Bibliografische Information der Deutschen Nationalbibliothek:
Die Deutsche Nationalbibliothek verzeichnet diese Publikation in der
Deutschen Nationalbibliografie; detaillierte bibliografische Daten sind im
Internet über http://dnb.dnb.de abrufbar.

© *2016 Florian Kofler*

Korrektorat: Libri Melior, Michael Weyer
Herstellung und Verlag:
BoD – Books on Demand, Norderstedt

ISBN: 978-3-7431-3975-6

Illustration: Florian Kofler

Frida

Die Schlacht um Rii

Florian Kofler

„Die Menschen kommen durch nichts den Göttern näher, als wenn sie Menschen glücklich machen."
Marcus Tullius Cicero
106–43 v. Chr.

Frida
Die Schlacht um Rii

Die Zeit der Ritter neigt sich dem Ende zu, Gewehre ersetzen Bögen und große Schiffe segeln über die endlosen Weltmeere. Zu jener Zeit findet der Nortmar Leif Torwaldson das kleine Menschenkind Frida. Vom Schicksal auserwählt, reisen sie gen Süden, in die Stadt der Könige. Auf ihrem Weg müssen sie sich Monstern, Piraten und anderen Gefahren stellen. Doch sie sind nicht allein. Ohne es zu wissen, geraten sie in den Zwist zweier verfeindeter Götter. Welche Rolle spielt Frida darin? Und was erwartet sie am Ende ihrer Reise?

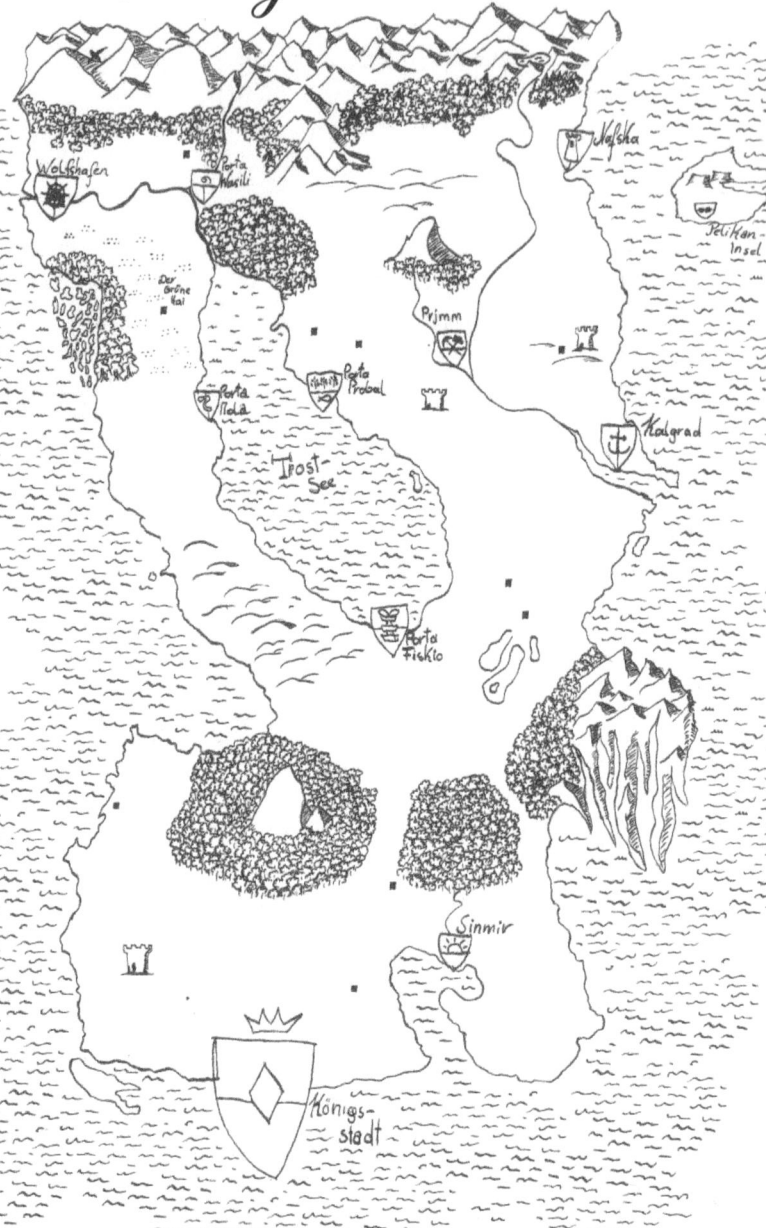

Der Jäger

Der Schnee glitzerte im fahlen Schein der Sterne. Das Nordlicht hüllte den Wald im Tal in ein sanftes Grün. Bis auf das dumpfe Geräusch von Schnee, welcher ab und an von den Ästen der Nadelbäume herunterfiel, war es still. Die Tiere des Waldes schliefen, nur die Augen der Eulen blitzten in der Nacht auf, bevor sie lautlos nach Beute jagten. Die Spuren, die der Jäger verfolgte, waren noch frisch. Nur wenige Schneeflocken hatten sich in den Mulden gesammelt. Etwas war seltsam an den Spuren, sie waren zu groß und zu tief. Bei einem Bären wären sie kleiner gewesen, selbst für ein größeres Exemplar. Sein Blick schweifte durch das dichte Unterholz. Langsam stapfend bahnte er sich einen Weg durch den Schnee. Mit jedem Schritt schlug der Helm an seinem Gürtel gegen sein Beinkleid aus Leder. Für gewöhnlich war dieses Geräusch kaum hörbar, doch in der Stille der Nacht tönte es wie ein heller Glockenschlag. Trotz der klirrenden Kälte trug er lediglich einen Umhang und unter dem Harnisch ein Hemd aus Hirschleder. Die grünen Augen blickten weiterhin in die schwarz-weiße Leere. Der leichte Schneefall wurde immer stärker, beißender Wind verfing sich in dem wallenden, roten Bart. Die Sicht wurde zunehmend schlechter, doch er durfte das Tier nicht verlieren. Es streifte schon lange durch die dichten Wälder der Weißen Berge, riss Wildtiere und ließ die Kadaver einfach verrotten;

Hirsche, Wildschweine und Auerochsen. Die Tiere waren meist wild entstellt, das Fleisch und Fell in Fetzen gerissen, die Knochen zertrümmert – das war nicht normal. In diesem Teil der Welt herrschte eine unausgesprochene Regel: Jeder nahm sich nur das, was er zum Leben benötigte. Sowohl Nortmar als auch Tiere hielten sich daran. Was immer es auch war, es war kein normaler Bär. Es war zu groß für einen Höhlenbären. Und selbst wenn es einer wäre, würde ein Höhlenbär niemals so lange in den Wäldern herumstreifen. Die Ältesten hatten ihn ausgewählt, das Tier zu erlegen, bevor es noch mehr Schaden anrichten konnte. Drei Tage verfolgte er es nun ununterbrochen. Seine Beine waren müde und wurden stündlich schwerer. Der Magen knurrte gefährlich, da das getrocknete Hirschfleisch, welches der Jäger mitgenommen hatte, zur Neige ging. Bei dieser Jagd war alles anders. Es war nicht so, als würde man einen Hirsch oder ein Wildschwein jagen. Er konnte diese allgegenwärtige Spannung förmlich fühlen. Es war viel zu ruhig, selbst für eine Nacht wie diese. Mittlerweile waren keine Tiere mehr in der Nähe. Selbst die Eulen waren verschwunden.

Der Jäger hielt sich die Hände vor das Gesicht, da das Wetter zu einem Schneesturm umschlug. Wo eben noch Sterne und das Nordlicht glänzten, waren nun dichte Wolken zu sehen. Selbst für das spontan wechselnde Wetter der Berge war das nicht üblich. Der eisige Wind peitschte ihm ins Gesicht und es wurde noch kälter. Aber das machte dem Nortmar nichts aus. Nortmar waren immun gegen Kälte. Sie waren größer als normale Menschen, im Durchschnitt maßen sie fast drei Meter. Auch ihr Haarwuchs war üppiger, die Männer trugen meist lange, geflochtene Bärte. Der

Kraftunterschied war jedoch am größten. Man sagte, einer sei so stark wie zehn erwachsene Männer gewesen und wenn ein Nortmar wütend war, konnte er sogar tief verwurzelte Bäume ausreißen.
Seit Jahrhunderten gab es keinen Kontakt mehr zwischen ihnen und anderen Völkern. In den alten Legenden, welche die Skalden erzählten, hieß es, dass sie früher ein großes Volk waren. Sie behausten gigantische Städte auf den verschneiten Bergen, ihre Festungen suchten ihresgleichen, kein Gegner konnte ihnen das Wasser reichen. Ihre Kunst der Metallverarbeitung wurde nur von den altehrwürdigen Zwergen übertroffen. Der Boden bebte unter den Stahlstiefeln ihrer Krieger. Sie waren wie eine Naturgewalt, unaufhaltsam. Die Feuer in ihren Hallen erloschen nie. Goldener Met floss in Strömen und die Gelage dauerten oft mehrere Monate.
Doch all das war lange her. Von den Bauten und Werken der Ahnen blieben nur noch Erinnerungen. Das antike Wissen war ebenso spurlos verschwunden, wie die Alten selbst. Heute war von dem großartigen Volk aus der Vergangenheit nur noch ein kleines Dorf und eine Handvoll Einsiedler übrig, die über das ganze Gebirge verstreut lebten.
Der Jäger kannte all die alten Legenden.
Der Wind begann stärker zu wehen. Es wurde schlagartig kälter, ein metallischer Duft juckte in der Nase des Nortmar. Die Luft knisterte leise und war erfüllt von einer seltsamen Energie.
„Magie ...", hauchte der Jäger kaum hörbar und wurde etwas langsamer. Das war unmöglich. Die Einzigen, die in diesen Bergen Magie wirken konnten, waren die ältesten Schamanen. Doch diese waren weit entfernt, in seinem Dorf.

Das Schneetreiben wurde immer dichter, der metallische Geruch verflog langsam. Er war verwirrt. Was beim Wolf jagte er? War es überhaupt ein Tier? Oder war es ein Dämon, geschickt von der Düsternis, um Chaos auf die verschneiten Gipfel der Weißen Berge zu bringen? Ein wenig abgelenkt stapfte er weiter durch den tiefen Schnee. Der Jäger fühlte sich beobachtet – als wäre er der Gejagte. Plötzlich erblickte er ein Licht im dichten Schneegestöber, nur wenige Meter von ihm entfernt. Schneller bahnte er sich einen Weg durch die Kälte. Und auf einen Schlag verlor er den Boden unter den Füßen.

Langsam öffnete er die Augen. Der Jäger war in eine große Mulde aus harter, gefrorener Erde gefallen. Kein Schnee bedeckte den Boden, die Bäume rundherum waren kahl und beugten sich von der Mitte weg. Keine Wolke war am Himmel zu sehen und es schien fast so, als würden die beiden Monde direkt über der Mitte schweben. „Was, bei der allwissenden Eule, ist hier passiert?", flüsterte er.
Der Jäger ließ seinen Blick über die Mulde schweifen. Etwas schien in der Mitte auf dem Boden zu liegen. Etwas sehr Kleines, gerade mal so groß wie ein junger Bär. Was es auch war, es war farblich kaum vom Boden zu unterscheiden.
Er war härter gelandet als erwartet. Mit einem leisen Stöhnen stand der Jäger auf, nahm zögernd die beiden Bronzeäxte von seinem Gürtel und ging vorsichtig auf das Etwas zu. Die Klingen des polierten Metalls glänzten im Schein der beiden Monde. Mit jedem Schritt knirschte der gefrorene Boden unter seinen Stiefeln. In der Luft herrschte eine solche Spannung, dass es sich anfühlte, als könnte der Jäger sie mit der Axt zerschneiden.

Er kam dem Bündel immer näher. Es war weiterhin viel zu ruhig. Der Nortmar verspürte keine Angst, dieses Gefühl gab es in seinem Universum nicht. Endlich war er angekommen. Vorsichtig kniete er sich nieder und beugte sich über das Bündel. Es strahlte eine ungewöhnliche Wärme aus und war mit einem dreckigen Laken bedeckt. Zögernd ließ er seine Hand über dem Laken schweben, dann packte der Jäger das warme Stück Stoff und riss es in die Luft. Große, stahlblaue Augen starrten ihn angsterfüllt an. Vor ihm lag zitternd ein Menschenkind! Wie war es hierhergekommen? Verdutzt blickte er in die Augen des kleinen Kindes. Es lag da und wimmerte, nackt und zitternd, die Augen fixiert auf den hünenhaften Jäger. Dann öffnete es langsam den Mund.

„Wo ... wo bin ich?", brachte es zitternd hervor. Die Stimme war schwach und heiser. „Wer ... wer bist du?"
Wortlos starrte der Jäger das Mädchen an. Es war klein und reichte ihm gerade mal bis zu den Knien. Wie alt die Kleine wohl war? Er konnte es nicht sagen. Das Kind starrte ihn noch immer ängstlich an. „Du bist in den Weißen Bergen. Ich bin Leif Torwaldson, Jäger der Nortmar!", sagte Leif stolz. Seine Stimme war tief und erinnerte an das Brummen eines Bären. Tief, aber herzlich. „Und wie ist dein Name?" Er war verwirrt. Was hatte sie hier zu suchen?

Statt einer Antwort bekam Leif nur einen Schrei zu hören. Das Menschenkind zeigte auf den Rand des Kraters. „Es ... es ist wieder da!"

Blitzschnell drehte sich der Jäger um und erhob sich, die Hände fest um die dicken Eichenstiele seiner Äxte geschlungen. Da sah Leif es. Am Waldrand funkelte ihn ein Paar gelbe Augen an. In ihnen sah er blinden Zorn und Wut. Es waren die Augen von etwas Bösem, sie schrien förmlich nach Zerstörung und Tod. Leif konnte diese Augen keinem ihm bekannten Tier zuordnen. Nie zuvor hatte er so etwas gesehen.

Plötzlich sprang es in das grünliche Licht des Kraters. Es war riesig, mindestens einen Kopf größer als Leif. Das Monster hatte den Kopf eines Wolfes, mit Zähnen so lang wie Dolche. Sein Gesicht war gezeichnet mit wulstigen Narben, der Körper war massig, wie der eines Bären, doch das Fell tiefschwarz. Es glänzte nicht einmal im Licht der Sterne. Es war, als würde es das Licht einfach aufsaugen. Die Pranken ähnelten denen eines Bären und waren so groß wie Leifs Kopf. Die Klauen waren so lang wie seine Hand und so scharf wie frisch geschliffener Stahl. Gefrorenes Blut klebte an der Schnauze des Monsters, dampfender Geifer rann dem Biest aus dem Maul.

Kurz zögerte der Nortmar, doch dann stürmte er mit einem tiefen Kriegsschrei auf das Monster zu. Mit der schweren Axt in seiner rechten Hand holte er aus und zielte auf den Kopf.

Doch Leif traf nicht.

Es hatte ihm einfach mit seinen Pranken die Axt aus der Hand geschlagen. Ein brennender Schmerz durchdrang sein Handgelenk. Das Biest war stark. Langsam umkreiste es ihn.

„Komm nur her, du Mistvieh!", schrie er aus tiefster Seele. Leif machte eine herausfordernde Geste. Er blickte in die gelben, gierigen Augen.

Das Monster zögerte nicht und tat, wie ihm befohlen. Mit einem Satz sprang es auf Leif zu. Diesmal musste er mit der Axt in seiner Linken ausholen. Doch der Jäger hatte einen Plan, eine Finte. Während das Ungetüm wieder versuchen würde, seine Axt zu treffen oder auszuweichen, würde er ihm mit seiner massigen Faust direkt auf den Schädel hauen. Seine Axt sauste mit einem Zischen auf das Monster zu. Dieses achtete nur

auf die Axt und bemerkte nicht die Faust, die auf es zuraste. Sein Plan ging auf.
Wie ein Felsbrocken donnerte die Faust des Nortmar auf den Schädel des seltsamen Tieres und schleuderte es zur Seite. Es war, als hätte er auf massives Gestein geschlagen. Der Jäger versuchte, den Schmerz abzuschütteln. Leif musste sich schnell seine andere Axt zurückholen, ansonsten würde es schlecht für ihn aussehen. Er erspähte das im Licht glänzende Blatt der Waffe. Schnell spurtete er dorthin und packte sie.
Gerade rechtzeitig. Das Monster war aufgestanden und schüttelte verwirrt seinen Kopf. Anscheinend war es nicht gewohnt, Schläge zu kassieren. Der Jäger lachte kurz auf, obwohl er wusste, dass er es nur wütender gemacht hatte.
Wie ein Blitz stürmte es auf Leif zu und gab ein schreckliches Brüllen von sich. Er holte mit der Rechten aus und schleuderte die schwere Bronzeaxt auf das Monstrum. Sie traf ihr Ziel und blieb in der Schulter stecken.
Doch es war kein langer Moment der Freude. Der Angriff hatte den Ansturm der Bestie nicht verlangsamt. Mit voller Wucht prallte es auf Leif und riss ihn von den Beinen. Er ließ die Axt los und landete schmerzhaft auf dem Rücken. Das Gewicht des Tieres, welches nun auf seiner Brust lag, presste ihm die Luft aus der Lunge. Es richtete sich auf, der warme Speichel tropfte Leif ins Gesicht. Sein Atem roch nach Tod und Verwesung. Angewidert drehte er den Kopf zur Seite. Mit der linken Pranke holte es aus und schlug auf Leifs Brust. Der Nortmar versuchte, das Tier nach oben zu stemmen, und nahm dem Angriff dadurch ein wenig seiner Stärke. Die langen Klauen zerschnitten den Harnisch, als wäre er aus Butter und hinterließ auf seiner Brust fünf rote Striemen. Sie waren nicht

sonderlich tief, doch brannten wie Feuer. Verzweifelt versuchte er, den Schädel des Monsters zu packen, und griff dabei direkt in sein Maul. Die Zähne des Wesens schnitten tief in seine Hände. Mit aller Kraft versuchte Leif, den Kiefer des Monsters nach unten zu drücken. „Stirb, du von den Geistern verlassenes Wesen!" Er riss den Kopf der Bestie mit voller Kraft zur Seite. Ein lautes, scharfes Knacken erklang und das Monstrum fiel mit einem dumpfen Donnern zur Seite. Keuchend lag der Nortmar am Boden und seufzte erschöpft. Seine Hände brannten wie Feuer und bluteten stark. Auch die Wunde auf seiner Brust brannte fürchterlich.

Da fiel ihm wieder das Menschenkind ein. Ungeschützt vor der klirrenden Kälte lag es noch immer dort. Leif griff nach seiner Axt, welche neben ihm lag. Schmerzen schossen durch seine verwundete Hand, dann stand er mit einem klagenden Stöhnen auf. Er zog die andere Axt aus der Schulter des toten Monsters. Der Schmerz, der dabei seine Hand durchströmte, war unerträglich.

Dann eilte der Nortmar wieder in die Mitte. Das Mädchen hatte das Bewusstsein verloren, doch trotz der Kälte war es noch angenehm warm. Leif wusste, dort hatte Magie seine unnatürlichen Finger im Spiel. Der Jäger nahm seinen schweren Umhang aus Wolle ab und wickelte das Kind darin ein. Der Stoff saugte sich mit dem Blut seiner Hände voll. Er musste es zur Ältesten bringen, vielleicht wusste sie, was es mit diesem Menschlein auf sich hatte. Leif ignorierte die brennenden Wunden, nahm das Kind wie ein Bündel Reisig unter den Arm und lief wieder in das Dunkel des Waldes, zurück in sein Dorf.

Das Dorf der Nortmar

Nach zwei Tagen war Leif endlich im Dorf der Nortmar angekommen. Das kleine Dorf Norstatt war einer der letzten Sammelpunkte dieser Rasse. Es bestand aus einundzwanzig Hütten und drei Langhäusern, von denen eines dem Jarl und seiner Familie, und eines den Ältesten gehörte. Das dritte wurde als gemeinschaftliches Lagerhaus genutzt. Im umliegenden Gebirge lebten ein paar Einsiedler, doch diese ließen sich nur äußerst selten hier blicken.
Für einen Außenstehenden musste es dort primitiv wirken, doch für Leif war es sein geliebtes Zuhause. Er liebte die Dächer aus den Zweigen der großen Tannen, welche selbst fünf Jahre nachdem man sie abgeschnitten hatte, noch in einem satten Grün strahlten. Das Licht von Lagerfeuern, welches durch die kleinen, mit Leder bespannten Fenster schien und den Geruch nach geräuchertem Fleisch und Fisch, gemischt mit dem satten Honigduft des Mets, der im Dorf herrschte.
Während er durch den nassen Schnee stapfte, grüßte Leif freundlich alle, die ihm begegneten. Sein Freund Ganbi Wolfsauge befiederte gerade ein paar neue Pfeile und winkte lächelnd zurück. Der alte Egil bemerkte ihn nicht, da er mit seinem Weib stritt, und die stämmige Greta Snorridottir bot ihm an, er solle doch später noch vorbeikommen und sich ein Stück Auerochsenfleisch abholen.
Als der Jäger den Waldrand erreichte, setzte er sich auf einen alten Baumstumpf. Hier dachte Leif gern nach.

Und in letzter Zeit gab es viel zum Nachdenken. Es war ihm immer noch ein Rätsel, wie er diese Reise überlebt hatte.
Schon als er das kleine Mädchen entdeckt hatte, war er erschöpft gewesen, und der Kampf gegen das Monster kam ihm nun wie ein seltsamer Traum vor. Es war schwer zu erklären, doch irgendwie hatte ihm das Menschenkind Kraft gespendet, Energie, um den anstrengenden Weg zu schaffen. Als Leif schließlich vollkommen erschöpft in Norstatt angekommen war, hatte seine Wunde schon zu eitern begonnen. Nachdenklich betrachtete der Jäger den Verband an seinen Händen und griff sich dann an die verarztete Brust.
„Das wird wunderbare Narben geben, Leif." Sif, die Schamanin, stand plötzlich neben ihm. Die Nortmar war fast fünfzehn Winter jünger als er und reichte dem Jäger bis zum Kinn. Ihre bernsteinfarbenen Augen glänzten ihn heiter an.
„Da hast du recht. Dieser Kampf wird mir mehr Ruhm und Respekt verschaffen. Die Narben sind das Zeichen eines schweren Kampfes."
Sif kicherte. „Ihr Männer und euer Ruhm! Erzähl mir doch noch einmal, was genau passiert ist."
Leif seufzte leise und fasste sich an den Nasenrücken. „Wie oft denn noch? Ich habe es dir und dem Rat schon fünfmal erzählt. Beim Vielfraß, ich werde es dir nicht noch mal erzählen."
Beleidigt verschränkte die Frau ihre Arme vor der Brust und schaute ihn vorwurfsvoll an. „Dann lass es sein, Torwaldson. Ach, übrigens, die Ältesten schicken mich. Das Menschenkind, welches du vor einer Woche hierhergebracht hast, ist aufgewacht."
Leif zog eine Augenbraue hoch. „Danke."

Er musterte Sif noch einmal. Sie war wahrlich eine Schönheit: Ihr langes, kastanienbraunes Haar hing ihr bis zum Hintern hinab und war zu einem dicken Zopf geflochten. Ihr Körper war schlank und athletisch, trotzdem hatte sie einen üppigen Busen.
Die Nortmar blickte ihn an und grinste. „Anstatt nur so dumm zu gaffen, könntest du mich auch mal auf einen Spaziergang zum See einladen", sagte sie und verschwand im Wald, ohne noch einmal zu Leif zurückzusehen.
Die jungen Schamanen verbrachten viel Zeit in den Wäldern. Sie lernten, welche Pflanzen welche Wirkung hatten und versuchten, eins mit der Tierwelt zu werden. Keiner der Jäger und Jägerinnen war jemals bei einem ihrer Rituale dabei gewesen, weshalb die buntesten Gerüchte entstanden. Doch Leif wusste, dass die Geschichten von spezieller „Tierliebe" und Blutopfern alle Humbug waren. Die Antwort war trotzdem geheim.
Die Kunst der Magie wurde den Schamanen allerdings erst im hohen Alter beigebracht. Die Magie der Nortmar war eins mit der Natur, so wie das Volk selbst. Sie besaß keine zerstörerische Kraft wie die der Menschen. Sie vereinte und reinigte. Leifs Vater, Torwald, war Schamane gewesen. Er hatte ihm viel erzählt, denn sein Plan war es, dass auch er ein Schamane wie sein alter Herr würde. Der Jäger grinste, er kam doch mehr nach seiner Mutter.
Langsam verschwand die Abendsonne hinter den verschneiten Bergen und färbte den Schnee an den Hängen in ein warmes Orange. Bald würden die beiden Monde am Nachthimmel stehen. Wie viele Tage es wohl noch dauerte, bis sie sich trafen?
Er freute sich auf diesen Tag. Der Tag der Zwillingsmonde wurde mit einem großen Fest gefeiert.

Die Jäger erzählten sich ihre Geschichten und tranken becherweise Met. Zudem wurde an diesem Tag der Jarl gewählt. Der Jarl war das Oberhaupt des Dorfes, er wurde unter den stärksten und erfahrensten Jägern auserwählt. Dieses Mal würde auch Leif antreten. Der Tod des Monsters hatte ihm viel Respekt eingebracht. Das Dorf brauchte einen Anführer, zumal Norstatt momentan keinen hatte. Jarl Oleif Asgeirson war am Anfang des Frühlings bei einer Jagd in eine Gletscherspalte gestürzt – ein unehrenhafter und grausamer Tod, aber so waren die Weißen Berge.

Leif erreichte das Langhaus. Über der Tür hing eine prächtige Schnitzerei eines Hirschkopfes. Das Geweih stammte von einem echten Zwölfender. Der Jäger schob die Laken, die als Tür fungierten, zur Seite und trat in das warme, nach Kräutern riechende Langhaus. In der Mitte knisterte ein Feuer vor sich hin. Der Boden bestand aus dunklen Schieferplatten und die Wände aus massiven Baumstämmen. Nahe dem Feuer saßen vier alte, in Felle gehüllte Nortmar.

„Da bist du ja, Leif! Die Ältesten warten schon!" Brogar, der massige Schamane, klopfte ihm auf die Schulter. Er war fast einen Kopf größer als Leif.

Langsam ging der Jäger auf die alten Nortmar zu. Zwischen ihnen erkannte er das Menschenkind, eingewickelt in ein Hirschfell. Die langen, blonden, fast weißen Haare schienen im flackernden Licht des Feuers zu leuchten.

„Sie wollte erst reden, wenn du da bist, Leif", sagte einer der Ältesten.

Leif nickte und kniete sich vor dem Mädchen hin. Sie war gerade mal so groß wie ein Neugeborenes, alles in diesem Raum musste ihr gigantisch vorkommen. „So, Mädchen. Geht es dir gut?"

Sie nickte nur.

„Wie ist denn dein Name?"
Das Kind hob leicht den Kopf und sprach mit zittriger Stimme: „Ich … ich weiß es nicht!"
Leif massierte sich wieder genervt den Nasenrücken. „Weißt du, wie du hergekommen bist?"
Sie schüttelte den Kopf.
„Na toll, wir haben hier ein Menschenmädchen, das mitten in den Bergen aufgetaucht ist und nicht weiß, wer sie ist und woher sie kommt. Sollen wir sie jetzt etwa aufziehen und so tun, als wären wir ihre Familie?" Genervt wandte sich der Jäger zu den Ältesten. Seine tiefe Stimme ließ die Kleine erschauern. „Ich spiele sicher nicht den Ziehvater für das Ding!"
Niemand sagte ein Wort. Wieder fiel Leifs Blick auf die Kleine und dann zurück auf die Ältesten. Eine Schamanin erhob sich – es war Skada. Obwohl es keine offizielle Hierarchie innerhalb der Schamanen gab, hörte jeder auf sie. Skada war eine alte Nortmar, das Haar war silbern und die Falten hingen tief in ihrem Gesicht. Niemand im Dorf wusste genau, wie viele Winter sie bereits erlebt hatte, aber jeder wusste, dass Skada die älteste Nortmar im Dorf war.
„Das Kind strahlt starke arkane Energie aus. Ich fühle es tief in meinen Knochen. Als sie hergeschickt wurde, war eine starke, zerstörerische Macht am Werk!"
Die Stimme der Ältesten sorgte jedes Mal dafür, dass Leif ein kalter Schauer über den Rücken lief. Aber dass dieses kleine Lebewesen eine Gefahr für sie darstellen würde? Nein, das konnte der Jäger nicht glauben.
„Ich weiß, was du denkst, Leif. Doch wir müssen sie aus unserem Dorf bringen. Du musst sie aus unserem Dorf bringen! Weit im Süden, in der Stadt, die die Menschen Königsstadt nennen, gibt es viele Menschen, die mehr über diese Energie wissen als wir. Du wirst sie dorthin bringen, Leif Torwaldson!"

Leif knirschte mit den Zähnen. Er durfte der alten Nortmar nicht widersprechen. „Aber warum ich? Kann das nicht einer der Jüngeren machen?"
Skadas milchige Augen blitzten böse unter ihrer Kapuze hevor. „Als du sie gefunden hast, wurden dein und ihr Schicksal unweigerlich miteinander verwoben! Wenn du sie nicht sicher in die Königsstadt bringst, wird dein Geist niemals in die Hallen der Ahnen gelangen."
Der Jäger war geschockt. War das sein Schicksal? Ein menschliches Gör in den Süden zu bringen? Nichts war daran ruhmreich. Das war kein schwerer Kampf oder eine Aufgabe, für die es sich zu sterben lohnte. Er versuchte, Skadas durchdringendem Blick zu widerstehen. Was, wenn das Kind wirklich eine Gefahr für das Dorf darstellte? Leif wäre schuld. Grübelnd strich er über seinen Bart. „Nun gut! Wenn ihr meint, dass das mein Schicksal ist, dann werde ich die Kleine in den Süden bringen. Zur Stadt der Menschen!"
Alles schwieg, erdrückende Stille war in den Raum gekehrt. Nur das Knistern des Feuers und das Pfeifen des abendlichen Bergwindes waren zu hören. Doch dann zerstörte etwas diese Stille.
„Die Königsstadt ... Ich ... ich kenne diesen Ort!"
Erstaunt blickten alle auf das Mädchen.
„Ist diese Stadt dein Zuhause?", fragte eine Älteste zärtlich.
„Ich ... ich weiß es nicht. Mein Kopf tut so weh!" Das Kind stöhnte und hielt sich die Hände an den Kopf.
Die alte Skada stand auf und legte ihre knochigen Hände auf den Schädel des Menschen. Ihre Hände waren so groß, dass sie den ganzen Kopf umschlossen. Ein leises Knistern erfüllte die Luft, dann hörte das Kind auf zu stöhnen und schlief ein.
„Nun, Leif. Du wirst in zwei Tagen aufbrechen, noch bevor die Sonne aufgeht. Bring das Kind sicher nach

Süden und komm wohlbehalten zurück. Schütze das Dorf und erfülle deine Aufgabe!"
Leif nickte zum Zeichen, dass er verstanden hatte, doch am liebsten hätte er geschrien! Die Reise in den Süden dauerte viel zu lange, er würde die Jarlwahl verpassen. Wortlos erhob er sich und verließ wütend das Langhaus.

Skada saß gedankenverloren im Langhaus. Das Feuer war heruntergebrannt, die anderen Schamanen schliefen schon. Etwas verschloss sich ihrem Blick. Etwas war faul an dieser Geschichte. Woher kam das Mädchen? Warum kam es hierher? Noch einmal versuchte sie, in Leifs Zukunft zu blicken. Sie richtete ihre ganze Konzentration auf die schwelende Glut des Lagerfeuers. Das Leuchten wurde stärker, dann wieder schwächer. Der Wechsel des Lichts erhellte den Raum sanft und ließ die Schatten tanzen. Neue Kohle glühte auf und verschwand wieder. Dann, ganz plötzlich, hörte die Kohle auf zu glühen. Skada atmete erschöpft aus. Etwas blockierte sie. Es war ihr nicht möglich, alles in Leifs Zukunft zu sehen. Doch seine Reise würde anders verlaufen, als er es sich vorstellte. Etwas Großes war hier am Werk und sie alle waren nur eine kleine Flamme darin. Selbst die Geister konnten ihr nicht helfen. In all ihren Jahren hatte Skada so etwas noch nie erlebt. Was würde nur passieren? Dann schloss sie die Augen und schlief erschöpft ein.

Ein dummer Name

Die Sonne war bereits aufgegangen und ließ die schneebedeckten Berggipfel glitzern. Leif stieg den schmalen, von kurzem Gras gesäumten Pfad hinab. Gundarr, der Schmied, hatte seine Äxte neu geschliffen und seinen Harnisch repariert. Er hatte sich genug Trockenfleisch und ein paar Seidel Wasser mitgenommen, von den Ältesten hatte er etwas Gold erhalten. Dem Mädchen hatten sie die Kleidung von Kleinkindern gegeben, um sie warm zu halten.
Der Jäger hatte das Menschenkind in seinem Rucksack verstaut, nur der Kopf lugte hervor, eingewickelt in ein Laken aus Wolle. Diese Menschen frieren einfach viel zu leicht, dachte Leif.
Der Abschied war schnell und heimlich verlaufen. Nur seine Freunde Ganbi, Hjörtur und Sif hatten sich von ihm verabschiedet. Die alte Skada hatte ihn mit dem Zeichen des Luchses gesegnet, um ihm eine sichere Reise zu ermöglichen.
Er würde sein Dorf vermissen.
Leif war nun schon mehrere Stunden unterwegs und die Schneefelder um ihn herum wurden kleiner. Der Ausblick von hier aus war wundervoll. Vor ihm lag ein enges Tal, dessen Hänge mit dichtem Wald bewachsen waren. Ein kleiner Fluss bahnte sich seinen Weg durch das dichte Geröll am Talboden und verschwand tosend in einer engen Klamm. Hinter jener Klamm waren schon die grünen Weiten des Flachlandes zu erkennen. Dort würde auch die erste Stadt der Menschen liegen.

Als Leif ein kleiner Junge war, hatte ihm ein Jäger einmal erzählt, dass er die Stadt von Weitem aus gesehen hatte. Die Stadt am Fluss sei größer als alles, was er je gesehen habe. Norstatt sei im Vergleich dazu ein Häuflein Nichts. Er beschrieb unzählige Rauchschwaden, die von den Häusern aus in den Himmel stiegen, und erzählte von Dächern aus Kupfer, welche im Licht der Sonne rot glühten. Der Fluss mündete in einen schier endlosen See und vor der Stadt wuchs ein dichter Wald, bestehend aus kahlen Bäumen.

Es würde noch einige Zeit dauern, bis Leif dort ankam, und so großartig diese Geschichten auch klingen mochten, er freute sich keineswegs darauf. Nie hatten Nortmar mit den Menschen Kontakt. Seit über Hundert Jahren hatte keiner mehr einen Fuß in eine Menschenstadt gesetzt. Sein Kommen würde großen Tumult verursachen. Aber er musste in diese Stadt. Er brauchte eine Karte oder eine Wegbeschreibung, ansonsten würde selbst er sich verirren.

Die Geister konnten es nicht gut mit ihm meinen. Solch eine Aufgabe war doch wohl ein Scherz? Eine Kindesdirne für ein kleines Mädchen spielen und sie nach Hause bringen. Wenn das nur seine Mutter miterleben könnte. Sie würde sich zu Tode lachen.

„Wo sind wir denn gerade?" Das Mädchen war aufgewacht.

„Auf einem Pfad Richtung Süden", antwortete Leif genervt.

„Warum stecke ich in einem Rucksack?" Sie strampelte ein wenig und versuchte, sich etwas Platz zu verschaffen.

„Weil du, wenn du schläfst, nicht gehen kannst. Ganz einfach."

„Nun bin ich doch wach, hol mich hier raus!", sagte sie etwas eingeschnappt.

Der Jäger blieb stehen und setzte den Rucksack unsanft auf dem Boden ab. Zum Dank erhielt er einen schmerzhaften Ton des Mädchens. Dann holte er sie heraus und stellte sie auf den Boden. „Zufrieden, kleines Mädchen?"
„Ich bin nicht klein! Und ja, viel besser!"
Leif grunzte nur und schulterte seinen Rucksack wieder.
Mit großen Augen betrachtete die Kleine das Bild, das sich vor ihr erstreckte. „Wunderschön", hauchte sie. „Ist es noch weit bis zur Königsstadt?"
Leif zuckte nur mit den Schultern und ging weiter.
Das Kind versuchte hinterherzuspurten. „Nicht so schnell! Ich kann nicht so schnell gehen wie du, ich bin kein Riese."
Aber eine riesige Nervensäge, dachte Leif, seufzte und ging etwas langsamer.
„Weißt du eigentlich, wie mein Name ist?", fragte ihn die Kleine und blickte sich mit funkelnden Augen um.
„Nein, den kenn ich nicht."
„Aber ich brauche doch einen Namen."
„Gut, dann heißt du ab jetzt Kleine", antwortete Leif. Eine dicke Ader bildete sich auf seiner Stirn.
Der Mensch blieb stehen und verschränkte seine Arme. „Der gefällt mir aber nicht!"
Nun blieb auch Leif stehen und drehte sich um. Seine Augen funkelten das Mädchen böse an. „Na gut", knirschte er, „wie möchtest du denn gern heißen?"
Die Kleine tippte sich mit dem Zeigefinger auf ihre Lippen und grübelte. „Ich möchte ... ich möchte ... ähm ..."
Der Jäger massierte sich die Schläfen.
„Ich hab's! Ich möchte Frida heißen!" Sie grinste breit.

„Frida? Wirklich? Etwas Besseres fällt dir nicht ein? Nun gut ... dann nenne ich dich ab jetzt Frida. Können wir weiter?"
Das Mädchen nickte und wiederholte immer wieder ihren Namen. Womit hatte Leif das nur verdient?

Die beiden gingen eine halbe Stunde, da stöhnte Frida schon wieder. Der Jäger versuchte, es zu ignorieren, doch sie stöhnte erneut, dieses Mal lauter und genervter. Leif drehte sich um. „Was ist los mit dir?"
„Ich bin müde, können wir nicht eine Pause machen?", fragte sie und atmete erschöpft ein und aus.
„Du bist doch gerade erst aus meinem Rucksack raus, wir haben noch nicht einmal den Talboden erreicht!"
„Kann ich mich auf deine Schultern setzen?"
Leif war verdutzt. Was wollte sie von ihm? Fridas Augen funkelten ihn hoffnungsvoll an. „Nein. Warum sollte ich dich auf die Schultern nehmen?"
„Na, weil du doch so groß und stark bist! Das wäre toll, ich könnte viel weiter sehen, wenn ich auf deinen Schultern säße!"
Der Jäger schüttelte den Kopf, drehte sich um und wollte gerade wieder losgehen.
„Gut! Dann bleibe ich eben hier!" Beleidigt verschränkte sie die Arme vor der Brust.
Leif hätte ihr am liebsten eine Kopfnuss gegeben, doch wahrscheinlich würde selbst ein leichter Schlag Frida verletzen. Beide starrten sich an. Die Wangen der Kleinen waren aufgeplustert und rot. Er knirschte wieder mit den Zähnen. „Na gut, aber nur, bis wir den Fuß des Berges erreicht haben!" Der Nortmar packte Frida und setzte sie auf seine Schultern. „Halt dich fest!" Wenigstens konnte er in seinem gewohnten Tempo weitergehen.

Die Kleine lachte und war immer wieder erstaunt, wenn sie ein Tier des Waldes zu Gesicht bekam. Leif wusste, das würde eine lange und anstrengende Reise werden.

Leif und Frida hatten die Baumgrenze erreicht, und wanderten nun durch die borealen Berghänge. Fichten und Tannenbäume dominierten den Wald und nur selten erblickten sie einen Laubbaum. Der Boden war mit braunen Nadeln bedeckt und Leif musste sich oft durch das Unterholz kämpfen. Er war erst einmal so weit im Süden gewesen. Damals war ein harter Winter in die Berge gezogen und das Wild wurde weit bergab getrieben.

Sie folgten einem kleinen Bach, welcher rauschend den Hang hinuntereilte. Das Schmelzwasser war kristallklar und eiskalt. Die Vögel in den Bäumen zwitscherten fröhliche Lieder und genossen die nachmittägliche Sonne. Frida beobachtete noch immer erstaunt die Gegend. Oftmals hörte er ein erstauntes „Ooh" oder „Aah". Leif war erleichtert, dass das kleine Mädchen endlich einmal weniger Fragen stellte. Sie hatte ihn schon nach allem gefragt, was er wusste. Was waren Nortmar? Warum war sein Bart geflochten? Was war dieses und jenes? Und etliche weitere Fragen.

Ein plötzliches Rascheln ließ den Jäger aufhorchen. Das war kein Tier. Waren es Bergräuber? Leif konzentrierte sich und versuchte, die Lebewesen in seiner Umgebung zu spüren. Mäuse, ein Dachs, ein kleiner Fuchs, ein Hirsch nicht unweit von ihnen. Aber nichts so Befremdliches wie ein Mensch. Hatte er es sich eingebildet? Sollte er Frida fragen, ob sie etwas gehört hatte? Nein, Nortmar irrten sich nie!

Leif verlangsamte seine Schritte und beobachtete das Dickicht. Schon wieder! Er hatte es sich also doch nicht eingebildet! Vor ihnen lag eine Lichtung, nur hundert

Schritte entfernt. Etwas riss ihn aus seiner Konzentration.
Es war Frida.
„Leif? Können wir eine Pause machen? Ich habe solchen Hunger!"
„Nicht jetzt, Frida!" Leif winkte genervt ab und versuchte, so schnell wie möglich, die Lichtung zu erreichen.
„Aber ich habe so einen Hunger!", antwortete sie traurig.
„Wenn wir bei der Lichtung sind, bekommst du schon etwas, aber jetzt sei ruhig!" Die letzten Worte flüsterte der Jäger beinahe. Er hörte erneut dieses Rascheln. Die Kleine musste er absetzen, ansonsten würde er im Notfall nicht richtig kämpfen können. Wenn es nur Bergräuber waren, würden sie kein Problem darstellen. Wieder blitzten die Erinnerungen an das Monster in seinem Kopf auf. Aber wenn es so etwas noch einmal war ... Er betete zum Wolf, dass das, was er getötet hatte, das Einzige seiner Art war.
Sie durchbrachen den Waldrand und erreichten die Lichtung. Auf dem Boden wuchs saftiges, grünes Gras und ab und zu blitzten bunte Wildblumen heraus. Schnell ging Leif zum Rand des Baches und setzte Frida auf einem großen Stein ab. Danach richtete er den Blick wieder auf den Waldrand. War es ihnen gefolgt? Wenn es sie jagte, würden sie es jeden Moment sehen.
„Krieg ich jetzt etwas zu essen?"
Genervt setzte der Jäger seinen Rucksack ab, holte das Trockenfleisch hervor und biss ein Stück davon ab. Dann reichte er es wortlos Frida.
Zögernd nahm sie den runzeligen, braunen Streifen entgegen. „Was ist das?" Sie roch einmal daran und verzog das Gesicht.

„Hab dich nicht so! Das ist geräuchertes und getrocknetes Hirschfleisch. Brunhild mariniert es immer mit einer Mischung aus Kräutern und Honig. Das schmeckt gut, glaub mir."
Während sich Leif weiter auf den Waldrand konzentrierte, versuchte Frida, ein Stück vom Fleisch abzubeißen. Es war definitiv zu groß für ihren Mund, daher knabberte sie nur an einer Ecke herum. „Au! Das ist ja steinhart! Außerdem schmeckt es grässlich! Haben wir nichts anderes?"
„Wenn dir das nicht schmeckt, musst du wohl hungern, Prinzessin. Wir haben sonst nichts dabei und ich gehe jetzt sicherlich nicht für dich jagen!"
Leif spürte, wie jemand sie beobachtete. Verdammt, dachte er. Wo ist es? Da ist etwas faul ...
„Möchte die werte Dame lieber einen Apfel?"
Eine schrille Stimme ließ Leif sich umdrehen, die Äxte in beiden Händen haltend. Ein Mensch mit buntem Mantel und einer ebenso bunten Harlekin Maske hielt Frida einen saftigen, roten Apfel hin. Wo war er hergekommen? Warum hatte er ihn nicht bemerkt.
Der Fremde drehte sich erschrocken zu Leif. „Buah! Habt Ihr Cicero erschreckt! Was macht ein ehrenwerter Nortmar hier, so weit von zu Hause entfernt? Bitte legt doch die Äxte weg und lasset Cicero sich vorstellen." Die lilafarbenen Augen des Fremden blickten den Jäger freundlich an.
„Wie wäre es, wenn ich meine Äxte da lasse, wo sie sind, und trotzdem sagst du mir, wer du bist!" Der Jäger bebte vor Wut. Wie hatte sich der Mensch unbemerkt an ihm vorbeischleichen können?
„In Ordnung. Eure Überzeugungskraft ist wahrlich atemberaubend, wenn Cicero das so sagen darf. Man nennt mich Cicero, Cicero Kalimux. Seines Zeichens Königlicher Hofnarr der Höflichen Königin der

Königlichen Höfe." Cicero verbeugte sich tief vor Frida und Leif.
Die Augen der Kleinen funkelten und ein Lächeln erstreckte sich bis über beide Ohren.
„Was willst du hier, du Witzfigur?" Der Nortmar war angespannt, da stimmte etwas nicht.
„Ach, der liebe Cicero war auf einer Wanderschaft und da hat er gehört, dass ein kleines Mädchen Hunger hat. Da dachte sich der gute Cicero, er sollte seine Jause mit ihr teilen."
Leif spürte, wie er lockerer wurde. Er fühlte, dass von dem Menschen keine Gefahr drohte. Doch zur Vorsicht hielt er noch immer seine beiden Äxte fest im Griff.
„Ich würde den Apfel wirklich gern haben, wenn es dir nichts ausmacht." Frida strahlte Cicero an.
„Aber natürlich, werte Wanderin." Cicero reichte dem Mädchen den Apfel und drehte sich wieder zu Leif. „Nun, wohin des Weges, werter Nortmar? Man hat Euer Volk schon seit Jahren nicht mehr in dieser Gegend gesehen."
Knackend biss Frida in ihren Apfel.
„Warum sollte ich Euch das erzählen?" Der Nortmar blickte den Menschen noch immer grimmig an.
„Aber, aber! Cicero ist doch kein Feind. Er ist nur auf ein freundliches Gespräch mit ein paar Fremden aus. Seid doch so gut und legt Eure Waffen ab, wie Ihr seht, trägt Cicero auch keine einzige Waffe." Cicero streckte die Arme aus und drehte sich einmal um sich selbst.
Grunzend steckte Leif seine Waffen wieder in den Gürtel, diese Witzfigur würde er auch ohne sie fertigmachen können.
„Wir reisen in die nächste Stadt", schmatzte Frida und biss wieder in ihren Apfel. Als Antwort erhielt sie von Leif einen finsteren Blick.

„Ach sooo! Das heißt, Ihr wollt nach Wolfshafen! Welch Zufall. Das wäre auch Ciceros Ziel gewesen. Lasst ihn Euch begleiten. In Gesellschaft reist es sich doch viel schöner als allein."

Der Jäger schüttelte den Kopf. „Danke, wir reisen lieber allein weiter."

„Ach, macht Euch keine Sorgen. Cicero hat sein eigenes Essen und geht selbst. Er ist keine Belastung für Eure Wandergesellschaft."

Während Cicero und Leif weiter diskutierten, aß Frida ihren Apfel. Er schmeckte saftig und sehr süß. Das war das Beste, was das Mädchen seit Langem gegessen hatte. In ihrem Kopf tauchten Bilder von Apfelbäumen auf. Der Geschmack weckte Erinnerungen: Feste mit Körben voller Äpfel, rote, grüne und gelbe. Kam sie aus einer Familie von Apfelhändlern? Sie biss wieder in den Apfel. Nein. Das war es nicht. Ihr Kopf fühlte sich immer noch leer an. Alles, was vor ihrer Begegnung mit Leif passiert war, war verschwunden, als hätte jemand ein weißes Tuch darübergelegt. Frida wusste nicht einmal, wie ihr Gesicht aussah. Das Mädchen fasste zusammen, was sie wusste: Ich bin Frida. Ich habe hellblonde Haare und bin elf Sommer alt. Ich strahle anscheinend starke Energie aus und ich muss in die Königsstadt. Außerdem sind meine Eltern keine Apfelhändler. War das alles? Vielleicht würde sie die Erinnerung mit der Zeit wiederfinden.

Sie betrachtete die beiden diskutierenden Männer. Leif war seltsam. Er hatte ihr erklärt, dass er kein Mensch war und ihr ein paar andere Sachen über die Nortmar erzählt. Sie erinnerte sich nicht mehr, wie menschliche Männer aussahen. Waren sie auch so muskulös und hatten einen geflochtenen Bart? Dieser Cicero versteckte sich ja unter einer Maske. Er reichte Leif nur bis zum Bauch und war auch nur halb so breit wie er.

Sie hatte lediglich ein verschwommenes Bild von anderen Menschen im Kopf. Aber Cicero war wenigstens freundlich – etwas, dass sie von Leif nicht behaupten konnte. Jedoch hatte Frida Verständnis für ihn. Niemand würde sich um ein verlorenes Kind kümmern wollen. Das Mädchen spürte ein drückendes Gefühl im Bauch und wurde ein wenig traurig. War das schon immer so? Bin ich ein Waisenkind? Lebe ich auf der Straße? Sie wusste es nicht – sie wusste gar nichts.
„Sagt mal, junge Dame, warum weint Ihr denn auf einmal? Stimmt etwas nicht?" Cicero hatte sich vor Frida in die Hocke begeben.
„Ich … ich weine nicht!" Doch dann spürte sie, wie eine warme Träne über ihre Wange kullerte. Schnell zog der Hofnarr ein hellrosa Taschentuch hervor und tupfte dem Mädchen sanft die Träne aus dem Gesicht.
„Was ist denn los?" Leif stand mit verschränkten Armen hinter Cicero und blickte auf die beiden herab.
„Ich war nur traurig, nichts weiter. Leif, ich möchte, dass Cicero mit uns geht, bitte!"
Der Mensch sprang erfreut auf und dankte dem Mädchen. „Tja, werter Herr Leif. Dann ist es nun abgemacht! Der großartige Cicero Kalimux wird Euch nach Wolfshafen begleiten!"
Leif blickte genervt zu Boden, seufzte und schüttelte den Kopf. „Na gut, aber wehe, du bereitest uns Probleme!" Was hatte er verbrochen, dass die Geister ihn so ärgerten?

Albtraum

Die Wände waren aus kaltem, grauem Stein und so gerade, als hätte man sie mit einem scharfen Messer in den Felsen geschnitten. Der Gang war so eng, dass keine zwei Männer nebeneinander gehen oder stehen konnten. Keine Fackel hing an den Wänden, trotzdem war alles mit einem kalten Licht erfüllt. Ihre Schritte hallten durch den schier endlosen Tunnel. Sie war erschöpft und atmete keuchen ein und aus. Schweiß rann ihre Stirn hinab und mischte sich mit den Tränen auf ihren Wangen. Ein Schatten verfolgte sie. Sie spürte die dunkle Präsenz hinter ihr. Er saugte das Licht auf und hinterließ nur kalte, traurige Dunkelheit. Egal, wie schnell Frida rannte, der Schatten war immer hinter ihr. Er trieb sie vor sich her wie ein Hirte sein Vieh – gefühllos, körperlos, aber trotzdem da.

Keine Weggabelung, keine Kurve, ununterbrochen ging es geradeaus. Warum verfolgte er sie? Wenn er sie fressen wollte, hätte er das schon lange getan. Er schien Gefallen daran zu haben, sie zu verfolgen. Wann hörte dieser Wahnsinn auf? Das Chaos hinter ihr verwandelte sich in dunklen Nebel, der zwischen ihren Füßen den kahlen Steinboden entlangkroch. Ein leises Zischen ertönte hinter ihr und die Luft wurde angespannter. Der Boden verformte sich, er wurde weicher – es war, als würde sie auf Schlamm rennen. Das Licht änderte sich in ein grelles Gelb, das Zischen wurde lauter und bedrohlicher. Hände aus Licht packten sie und rissen sie aus dem Gang. Kalter Wind peitschte ihr ins Gesicht. Die

Hände strahlten wohlige Wärme aus. Plötzlich ließen die Hände sie los. Sie fiel.
Stille.

Schweißgebadet wachte Frida auf. Ein tonloses Stöhnen entkam ihr. Die zwei Monde hatten sich über die Lichtung gelegt und hüllten das Gras in sanftes Licht. Leifs donnerndes Schnarchen mischte sich mit dem sanften Knistern der schwelenden Kohle des Lagerfeuers, dem Zirpen der Grillen und dem Rauschen des Baches. Die Reste des Lagerfeuers glommen noch vor sich hin und erfüllten die Lichtung mit dem Geruch von verbranntem Holz. Doch irgendetwas übertrumpfte den Geruch der Kohle. Dieser Geruch kam Frida bekannt vor, doch sie konnte ihn nicht zuordnen. Plötzlich wusste sie, wonach es roch – nach verwesendem Fleisch! Sie schaute zum Waldrand. Wo war die Quelle des Geruchs? Sie könnte schwören, dass sie am Nachmittag noch nichts gerochen hatte. Dann erblickten sie etwas, was sie noch nie zuvor gesehen hatte: Am Waldrand stand ein furchterregendes Wesen. Es war fast so groß wie Leif, doch es war dünn wie ein junger Baum und seine Arme reichten bis zum Boden. Auf dem Kopf hatte es einen blanken Hirschschädel, der im Mondlicht weiß leuchtete, und rote Augen, welche Frida zu durchbohren schienen. Es stand nur da und bewegte sich nicht.
Das Mädchen war wie festgefroren. Ihre Muskeln waren taub vor Angst. Was bei den Göttern war das? Sie versuchte zu schreien, doch kein Ton wollte ihr über die zitternden Lippen kommen. Dann bewegte es langsam klackend den Kopf zur Seite und hob die Arme. An den Enden waren lange, bleiche Klauen, jede so lang wie Fridas Arme. Würde es sie töten? Lautlos im Schlaf? Sie

musste die anderen wecken. Das Mädchen schloss die Augen und schaffte es endlich, laut zu schreien.
Der Erste, der aufsprang, war Cicero, Leif setzte sich langsam auf und presste sich die wuchtigen Hände auf die Ohren. „Beim Vielfraß, warum schreist du so, Frida? Ich habe gerade einen wunderbaren Traum von Si..." Leif schüttelte den Kopf.
Frida deutete zitternd auf den Waldrand.
„Ist dort etwas?" Cicero versuchte, etwas zu erspähen, doch der Waldrand war leer.
Frida war verblüfft. Das Wesen war verschwunden! An dem Fleck, an dem es eben noch gewesen war, war ... nichts! „Ich ... ich habe ein Monster gesehen ...", brachte Frida ängstlich hervor.
„Jaha, kleines Mädchen. Keine Sorge, du wirst wohl schlecht geträumt haben, es gibt hier keine Monster! Das sind alles Märchen!" Cicero streichelte den Kopf des Mädchens und legte sich wieder hin.
Nur Leif blieb sitzen und verzog ernst das Gesicht. Seine Augen waren starr auf den Wald gerichtet. Dann rümpfte der Nortmar die Nase und legte sich mit einem Grunzen wieder hin.
Frida tat es ihm gleich. Hatte sie das nur geträumt? Trotz des Albtraums und der Geschehnisse schlief Frida wieder ein. Doch der faulige Geruch lag immer noch wie ein bedrohlicher Schatten über der Lichtung.

Die Sonne war gerade dabei aufzugehen, und Leif füllte die Ledersiedel mit dem frischen Wasser des Baches. Zwei Spatzen flogen über die schattige Lichtung und dünner Nebel kroch aus dem Wald. Er hatte nicht mehr geschlafen, seitdem Frida ihn geweckt hatte. Die beiden Menschen schliefen noch tief und fest. Heute Nacht war etwas faul gewesen. Und faul traf es ziemlich genau.

Als die Kleine ihn aufgeweckt hatte, konnte er den Geruch von faulendem Fleisch riechen. Es roch so ähnlich wie das Wildschwein, welches er vor vier Jahren gefunden hatte. Eine Geröllawine hatte es unter sich begraben. Der Geruch verschlug ihm damals den Atem. Aber woher war der Geruch in der Nacht gekommen?

In der morgendlichen Stille hatte der Nortmar Zeit zum Nachdenken. Er griff nach seiner Halskette: Es war der Kopf eines Bergwidders, kunstvoll geschnitzt aus einem Quarzkristall. Er hatte sie als kleines Kind von seiner Mutter bekommen. Das war nun dreiundvierzig Winter her. Der Bergwidder war sein Tiergeist. Er stand für Stärke, Härte und Ehre, doch auch für Sturheit.

„Ein Monster", wiederholte Leif. Das hatte Frida gesagt. Er hatte in seinem Leben schon viel gesehen, auch ein Monster. Doch selbst dieses hatte nicht den Geruch von faulem Fleisch verströmt.

„Ihr habt es auch gerochen, nicht wahr?"

Leif erschrak, Cicero stand auf einmal neben ihm im kalten Wasser. Er hatte seine Maske keinen einzigen Moment abgelegt. Wie schaffte der Mensch es nur, immer aufzutauchen, ohne dass Leif es bemerkte? Der Jäger nickte nur knapp. „Ich wollte dem Mädchen keine Angst machen, daher habe ich nichts gesagt. Stattdessen habe ich die ganze Nacht kein Auge zugemacht. Habt Ihr einen Plan, was das gewesen sein könnte?" Er zog eine Augenbraue hoch und blickte den Hofnarren an.

Dieser schüttelte den Kopf und schüttete sich Wasser ins Gesicht, als würde er keine Maske tragen. Irgendwas läuft falsch mit dem Typen, dachte Leif. „Warum zur Eule legst du deine Maske nicht ab?"

„Welche Maske?"

Der Nortmar antwortete gar nicht erst auf die Gegenfrage. Die lilafarbenen Augen des Menschen blickten Leif durch die Maske hindurch an. Er hatte noch nie eine solche Augenfarbe gesehen. Vielleicht war sie häufig bei den Menschen. „Jedenfalls, was immer es auch war, wir müssen ab jetzt nachts Wache halten." Leif sah ernst ins Wasser. „Wisst Ihr, wie man kämpft?" Er drehte sich zu der Stelle, an der Cicero gerade noch gewesen war, doch dieser war wieder beim Schlafplatz und ließ seine Füße in die bunten Stiefel gleiten. Leif knurrte. Er freute sich darauf, die Hafenstadt zu erreichen, und diese dubiose Witzfigur wieder loszuwerden. Der Jäger traute dem Menschen nicht ganz, aber Frida tat es, das musste reichen. Doch solange er ihm nicht traute, würden seine Äxte immer locker sitzen.

Als auch Frida aufgestanden war, setzten sie ihre Reise fort. Das Mädchen unterhielt sich mit Cicero über die Welt, über den Traum hatte sie jedoch kein Wort verloren. Sie hörte ihm gern zu, auch wenn viele seiner Geschichten erstunken und erlogen waren. Selbst Leif wusste, dass es keine rosa Tiger und fliegenden Schiffe gab. Doch Frida glaubte ihm alles aufs Wort. Erst am Abend würden sie voraussichtlich den Fuß des Berges erreichen. Cicero kannte den Weg und ging voran. Er hatte einen Gehstock aus dunklem Holz ausgepackt und wenn er nicht mit Frida sprach, summte er ein Lied. Er war keinen Moment ruhig gewesen, seit sie losgegangen waren.
„Als ich in einem fernen Land vor dem Thron des Drachenkönigs auftrat, war er so begeistert, dass sein Lachen den Krieg zwischen den Kappa und den Feen beendete."

Leif verdrehte die Augen, die Geschichten waren wirklich zweifelhaft.

Das Licht der Sonne blitzte ab und zu durch die Bäume, es war ein herrlicher Tag. Der Wald hier im Süden war belebter als im Norden: Eichhörnchen sprangen auf den Ästen aufgeregt hin und her, manchmal blickte ein Dachs aus seinem Bau hervor und mehrmals hatten sie eine Gruppe Rotwild gekreuzt. Leif würde, wenn er wieder zu Hause war, auf jeden Fall hier jagen gehen. Es war wirklich ein schöner Ort.

„Herr Cicero, was ist hinter den Weißen Bergen?"

Noch bevor Cicero einen Laut von sich geben konnte, beantwortete Leif ihre Frage: „Dort liegt die Eisige Einöde." Seine Stimme war kühl und bedrückt. „Die Gegend ist trostlos und tot. In den Nächten wird es so kalt, dass selbst Nortmar frieren. Am Tag reflektieren die weißen Ebenen das Sonnenlicht so stark, dass man erblindet. Die Einöde erstreckt sich unendlich weit, niemand kann sagen, was danach kommt. Einige drangen in diesen Teil der Welt vor, doch keiner von ihnen kam lebend zurück. Die Legenden besagen, dass die Eisige Einöde früher ein blühender Ort war und wir Nortmar unsere Städte dort hatten. Doch wie das plötzliche Verschwinden meiner Rasse, ist auch der Wandel der Einöde unbekannt. Manche aus unserem Dorf wollten dieses Land erkunden und als Helden gefeiert zurückkehren. Das war vor zwanzig Wintern."

Leifs Blick war starr und bergab gerichtet.

Schweigen kehrte in die Gruppe ein. Was er nicht erzählte, war die Tatsache, dass zu der Gruppe der Abenteurer auch sein Vater und seine Mutter zählten. Es waren elf Leute gewesen – zwei Schamanen und neun Jäger, die Tapfersten des Dorfes. Sie waren bestens ausgerüstet: Nahrung, Zunder und genug Pelz, um selbst die eisigen Nächte durchzustehen.

Leif erinnerte sich an den Tag, an dem sie abgereist waren, als wäre es gestern gewesen. Er war gerade einmal achtundzwanzig Winter alt. Das halbe Dorf begleitete sie ein Stück, er war bis zum Yak-Leid-Pass mitgegangen. Es war das Tor, welches die Weißen Berge und die Eisige Einöde trennte. Der Pass lag so hoch im Gebirge, dass das Atmen schwerfiel, doch es war der einfachste Weg. Der Wind peitschte ihnen ins Gesicht und feine Eiskristalle schnitten in die ungeschützte Haut. Wortlos hatte er sich von seinen Eltern verabschiedet. In ihren Augen brannten die Abenteuerlust und der Wille zu überleben. Dann verschwanden sie im weißen Schleier des Sturms und kamen nie wieder zurück. Nach vier Jahren hatten alle die Hoffnung auf ihre Rückkehr aufgegeben.
„Ist etwas, Leif?"
Fridas helle Stimme riss den Jäger aus seinen Gedanken. Er nickte nur knapp und richtete seinen Blick auf den Weg. Leise summte Cicero ein Lied. Und aus irgendeinem Grund musste Leif dabei lächeln.

Der Korsar

Die Staubflocken tanzten in den matten Lichtstrahlen, welche durch die verschmutzten Fenster drangen. Das Geräusch knarzender Bretter, welches seinen Gang begleitete, wurde vom Lärm der Taverne übertönt. Die Klangwolke bestand aus lachenden Gästen, dem Klappern von Krügen sowie dem gelegentlichen Rülpsen der betrunkenen Gäste. Zwei Matrosen stritten sich um den Gewinn eines Kartenspiels und eine Gruppe von Hafenarbeitern warf Dartpfeile auf ein Bild eines stattlichen Mannes, der eine Kapitänsuniform trug. Der junge Mann grinste und wischte sich den Schweiß von der Stirn. Es war schwül und stickig in der Taverne.

Er erreichte den Tresen und ließ sich seufzend auf den alten, lederbezogenen Hocker sinken. „Alfred, mach mal die Fenster auf, hier drin hält man es kaum aus!"

Der Barmann mit der Glatze und dem schwarzen Schnurrbart grinste, und stellte dem jungen Mann eine Flasche Grog hin. „Spartacus, du Sack stinkender Fischköpfe, was machst du in Wolfshafen, und wo hast du den Haufen Nichtsnutze gelassen, die sich deine Mannschaft schimpfen?"

Spartacus nahm einen Schluck Grog und wischte sich die Reste mit dem Ärmel seines dunkelroten Mantels ab. „Private Geschäfte führen mich hierher. Ich bin allein hier, die anderen warten mit der Roten Korsarin in Porta Mola."

Der alte Alfred wischte mit einem nicht mehr ganz so sauberen Tuch einen Tonkrug aus und fragte neugierig:

„Was für Geschäfte müssen das sein, dass der ach so großartige Freibeuter Spartacus der Korsar allein nach Wolfshafen kommt?"

Der Pirat grinste und holte einen prallen Lederbeutel hervor, den er auf den Tresen fallen ließ. „Der alte Commodore, Bobbins, hat meinem Schiff die Durchfahrt durch die Passage verwehrt. Ich bin hier, um ihn umzustimmen. Du weißt doch, wie sehr er klingelnde Münzen liebt."

Bei dem Wort Münzen blickte Alfred finster drein und beugte sich zu Spartacus vor. „Du weißt, dass du in meiner Taverne nicht so mit deinem Gold herumspielen sollst. Ich will keine Schlägerei hier!" Mahnend hob der Barmann einen Finger.

Der Pirat strich sich nachdenklich über den feinen Bart und packte den Beutel wieder weg. „Du hast recht, du alte Schnapsdrossel. Jedenfalls, morgen werde ich den Commodore aufsuchen und so schnell wie möglich wieder zu meiner Mannschaft zurückkehren."

Kurz schwiegen die beiden.

Ein alter Mann neben Spartacus hob seinen Kopf vom Tresen und fragte: „Was, beim Dreizack von Kor, hast du getan, dass der alte Bobbins dir die Durchfahrt verwehrt?"

„Oh, bist du aufgewacht, Bert? Wurde auch Zeit, ich wollte dich fast schon rauswerfen!"

Die Augen des alten Bert waren blutunterlaufen, sein nach Rum stinkender Atem blies Spartacus keuchend ins Gesicht. Vor langer Zeit war er Kapitän eines großen Handelsschiffes gewesen, bis eine Horde Kelpies jenes zerstörte und seine halbe Mannschaft ausradierte. Seine dreckigen, schwarzen Haare hingen lasch nach unten und einige graue Strähnen blitzten hervor. Er war unrasiert, roch grässlich und war Stammgast in Alfreds Taverne.

„Nun ja, irgendwie hat der alte Knacker Wind davon bekommen, dass ich es war, der den großen Brand im Freudenhaus an der Hafengasse verursacht hat. Würde ich nicht den Handel in der Stadt so unterstützen, hätte er mich wahrscheinlich komplett vor die Tore gesetzt!"
Die drei lachten, wobei Berts Lachen eher ein Keuchen war.
„Sind wir froh, dass dem alten Halunken egal ist, woher die Ware kommt! Hauptsache, sie ist billig und sie gehört nicht der Königsstadt!" Alfred wischte sich mit dem dreckigen Tuch eine Träne aus dem Augenwinkel. Spartacus erhob seine Flasche und rief laut: „Auf Wolfshafen! Auf dass der Rum fließt, die Weiber willig sind und der König sich raushält! Prost!"
Die ganze Taverne tat es ihm gleich und der ganze Raum brach in schallendes Gelächter aus. Spartacus leerte die Flasche und stellte sie unsanft auf dem Tresen ab.
„Was hast du denn vor, wenn du die Stadt wieder durchfahren darfst?" Alfred hatte aufgehört zu lachen, und verschränkte ernst die Arme vor der Brust.
„Ich werde zur Sirenen-Insel fahren und mich mit Schwarzbart unterhalten. Ich habe da einen Plan. Etwas Großes ist im Anmarsch, spürt ihr es? Der Wind des Wandels weht schon wieder über die raue See!" Spartacus entließ ein raues „Jahrrr" und nahm einen großen Schluck seines Getränks.

Zu dieser Zeit war Wolfshafen eine autonome Stadt. Sie gehörte nicht zum Königreich und regierte sich selbst. Händler hatten das Land vor dreihundert Jahren dem König abgekauft und eine Stadt darauf errichtet. Der König hielt sich seit jeher aus Wolfshafen raus. Und das war nur möglich, weil diese Stadt der Knotenpunkt für den Handel mit aller Herren Länder war.

Für Ordnung sorgte das Wolfsrudel, allesamt gut ausgebildete Soldaten, geübt mit Schwert und Pistole. Ihr Anführer war der Commodore, Conrad Bobbins. Diese Tatsache jedoch sorgte dafür, dass die Wache weniger effektiv war, denn Bobbins liebte glänzende Münzen und war sehr bestechlich. Offiziell wurde die Stadt technokratisch geführt. Der Rat bestand aus je einem Vertreter der Bauern, der Handwerker, der Händler, der Kapitäne und dem Commodore. Bis vor der Erfindung des Schwarzpulvers vor ein paar Jahren hatten auch die Magier einen Sitz in diesem Rat. Doch durch die Vorteile, welche das Schwarzpulver mit sich zog, wurde Magie unnütz in dieser Stadt. Der Rat sollte Gesetze erlassen und Recht sprechen, doch die Fäden dahinter zogen die Piraten. Sie waren die geheimen Könige der Stadt. Sie entschieden letztendlich, welche Geschäfte öffneten und welche Schiffe zum Hafen durchkamen. Und das war nicht einmal schlecht für die Stadt.

Wer sich an die offiziellen und die inoffiziellen Regeln hielt, hatte ein schönes Leben. Es gab kaum Arbeitsuchende in der Stadt, selten wurde jemand beraubt. Wer für Ärger sorgte, wurde beseitigt. Jedes Geschäft zahlte Schutzgeld, und versuchte jemand, irgendetwas zu unterschlagen, hatten sich die Piraten stets darum gekümmert.

Von den Dutzenden Piratenkapitänen, die in Wolfshafen schalteten und walteten, hatten drei jedoch die größte Macht: Edward „Schwarzbart" Thatch: Er war es, der die Sirenen-Insel, die nicht unweit von Wolfshafen lag, übernahm und von da aus jedes Handelsschiff überfallen konnte. Er war der Einflussreichste unter den Kapitänen.

Gorn „Stahlfaust" Ulricson: Er war einer der Barbaren von den Südlichen Inseln, welche mit ihren

Drachenschiffen ganze Städte ausraubten und niederbrannten. Gorn war bekannt dafür, mit seinen Gegnern nicht zimperlich umzugehen, und räumte jedes Problem einfach aus dem Weg.

Shu Lao Fen „Der Gelbe": Er wurde einst an den Strand der Stadt angespült. Der Mann aus dem östlichen Kaiserreich Gang Shiroku entpuppte sich schnell als genialer Stratege und hinterlistiger Gauner. Er übernahm einen Großteil der Bordelle und Opiumhöhlen in Wolfshafen.

Spartacus stand den dreien in nichts nach. Innerhalb von sechs Jahren hatte er sich mit der Mannschaft der Roten Korsarin immer weiter nach oben gearbeitet, und verschaffte sich Respekt und Einfluss. Er hatte das Talent, die richtigen Leute auf seine Seite zu holen. Und dieses Talent war gefährlicher als jede Kanone und jede Armee.

Das Bild der Stadt war zweigeteilt. Es gab die Oberstadt und die Unterstadt: In der Oberstadt lebten die Leute, die durch Glück und Können genug Münzen verdient hatten, um nicht mehr arbeiten zu müssen. Dort waren das Forum, die Hochkontore und die Banken. Die Häuser waren alle stabil gebaut und ansehnlich. Fast jedes von ihnen hatte Schindeln aus Kupfer, welche die Dächer der Stadt grün, dunkelbraun und rot erstrahlen ließen.

In der Unterstadt waren der Hafen und die Fabriken. Sie war eher schlicht. Wo in der Oberstadt gebrannte Ziegel und Zement verwendet wurden, nutzte man hier simple Steine aus dem Fluss und Holz aus den Wäldern am Fuße der Weißen Berge. Teilweise wurden sogar ganze Schiffe oder Teile von Schiffen verwendet, um die Häuser zu bauen. Tagsüber rauchten die Schlote der Fabriken, die Kleidung und Kanonen herstellten. In der Nacht ging es ebenso geschäftig zu: Lärm drang aus den

Dutzenden Tavernen und Freudenhäusern, Männer priesen auf den Straßen Frauen aus aller Herren Länder an und betrunkene Arbeiter torkelten über das Kopfsteinpflaster.
Mitten durch die Stadt zog sich der Fluss, der der Metropole ihren Namen gegeben hatte: der Wolfsfluss. Das graue Schmelzwasser der Berge mündete hier in das weite Meer der Riesen. Über diesen Fluss kamen Schiffe aus dem Süden, von den verschiedenen Häfen, die am Trostsee lagen, um noch einmal ihre Vorräte aufzustocken, bevor sie den weiten Ozean besegelten. Genau das war der Grund, weshalb Wolfshafen zu solch einer großen Stadt geworden war.

Spartacus hing nun seit mehreren Stunden über dem Tresen von Alfreds Taverne. Der Kapitän hatte nur wenige Schwächen, doch Alkohol war die größte davon. Nicht selten kam es vor, dass er sich im Rum und Grog verlor. Es war mittlerweile Nacht geworden, durch die dreckigen Fenster schien nur noch spärliches Licht. Die Taverne war um einiges voller als mittags, und verschiedenste Menschen füllten das Haus.
Spartacus' Kopf hing über seinem leeren Becher und er schaukelte hin und her. Plötzlich spürte er eine Bewegung an seinem Gürtel. Der Pirat schien blitzschnell wieder nüchtern geworden zu sein, und packte die Hand, die sich seinen Beutel schnappen wollte. „Was mascht du da, du Halunge?", lallte er, und blickte in die grünen Augen eines kleinen Mannes. Er hatte schütteres Haar und trug die Kleidung eines Hafenarbeiters. Spartacus erinnerte sich an ihn. Der Fremde gehörte zu den Gästen, die mittags Dartpfeile auf das Bild des Commodore geworfen hatten.
„Ich …ich …" Der Dieb stotterte, Schweiß glänzte auf seiner Stirn.

Der Kapitän drehte die Hand des Mannes mit einem Knacken nach hinten, woraufhin er mit einem Schmerzensschrei in die Knie ging. Mit der Spitze seines Stiefels trat Spartacus ihm in die Magengrube und der Mann fiel keuchend nach hinten. Vom vielen Alkohol benommen, stand der Pirat auf und zog seine Pistole. Es war eine Steinschloss. Der Griff war aus Kirschholz gefertigt, mit einer Schnitzerei eines stilisierten Narwals. Er richtete seine Pistole auf den Dieb. „Niemand fascht mein Gold an!" Zitternd krümmten sich seine Finger und betätigten den Abzug. Doch ein Schlag in seine Seite sorgte dafür, dass die Kugel donnernd in einen Dachbalken knallte und Spartacus zu Boden fiel.

Ein weiterer Hafenarbeiter stand über dem Kapitän und ließ seine Faust auf den Kopf des am Boden Liegenden niedersausen. Schnell reagierte er und trat gegen das Bein seines Angreifers, woraufhin dieser nach hinten fiel und einen weiteren Gast mitriss. Innerhalb weniger Sekunden artete der Kampf in eine Massenschlägerei aus. Becher und Stühle flogen durch den Raum. Es war das reinste Durcheinander, jeder kämpfte gegen jeden.

Spartacus war mittlerweile aufgestanden, und schlug auf mehrere Leute ein, die sich auf ihn stürzen wollten. Seine Fäuste waren schon blutig. Vor ihm schlug ein Mann mit einem fein gezwirbelten braunen Schnurrbart eine Flasche auf den Kopf eines jungen Matrosen, welcher daraufhin blutend zu Boden sank. Der Pirat sprang auf den Mann mit dem Schnurrbart zu und rammte ihn mit voller Wucht tiefer in die Menschenmenge. Währenddessen stand der dicke Alfred, bewaffnet mit einem Knüppel und einer alten Pistole, auf dem Tresen und schrie in die Menge, doch keiner konnte und wollte ihn hören.

Zwei kräftige Hände packten Spartacus an den Schultern und drehten ihn nach hinten um. Ein bulliger Mann mit Glatze schlug ihm den Schädel ins Gesicht. Der Kapitän taumelte benommen zurück und wurde von zwei anderen Männern aufgefangen, doch anstatt ihm zu helfen, packten die beiden den Piraten und hielten ihn fest. Spartacus spürte, wie ihm Blut von der Stirn rann, und sah verschwommen, wie der große Glatzkopf, der ihm gerade eine deftige Kopfnuss verpasst hatte, nun vor ihm stand und ihm mit voller Wucht in die Magengrube schlug.

Er keuchte.

Der Schläger drosch weiter auf ihn ein – Spartacus musste sich fast übergeben. Der Griff der anderen beiden wurde indes nicht lockerer. Er hatte keinen Plan, wie er sich hieraus befreien konnte. Dann hörte der Mann auf und packte stattdessen seine Beine, die anderen beiden hielten seinen Oberkörper. Spartacus hing nun waagrecht in der Luft. Die drei Männer nahmen Anlauf und katapultierten den Piraten durch das Fenster, raus aus der Taverne, wo er hart auf dem Kopfsteinpflaster aufschlug, umgeben von dem nächtlichen Treiben der Stadt.

Monster

Die Sonne war gerade untergegangen, als Leif, Cicero und Frida am Fuß der Berge angelangt waren. Es hatte länger gedauert, da eine eingestürzte Brücke sie zu einem großen Umweg zwang. In der Ferne konnten sie das Licht von Wolfshafen und den umliegenden Höfen sehen. Cicero sagte, dass sie die Tore der Hafenstadt am nächsten Tag, spätestens gegen Mittag, erreichen würden.

Sie fanden eine alte Feuerstelle zwischen zwei Felsen, welche anscheinend vor wenigen Tagen noch benutzt worden war. Leif entzündete ein Feuer, woraufhin Cicero und Frida erschöpft zu Boden sanken.

Der Nortmar jedoch war nicht müde. Er setzte sich mit dem Rücken zum Feuer und beobachtete den düsteren Waldrand. Seine Äxte steckten vor ihm im Boden. Nachdenklich biss Leif von einem Stück Trockenfleisch ab und schob das zähe Stück in seinem Mund hin und her. Der würzige Geschmack des Fleisches erzeugte ein leichtes Kribbeln auf seiner Zunge. Er blickte auf seinen Helm, der griffbereit neben ihm lag. Wenn dieses Monster heute wiederkommen würde, wäre Leif gewappnet. Zwei Monster innerhalb kürzester Zeit, das war unnatürlich.

Es war dem Nortmar unerklärlich, woher sie kamen und was sie hier wollten. War vielleicht Frida der Auslöser? Immerhin hatte auch der seltsame Bär-Wolf ihn erst attackiert, als er das Mädchen entdeckte.

Mit einem Ohr hörte er, wie Cicero Frida wieder ein paar Lügenmärchen erzählte. Es schien, als wäre der Mensch wieder topfit.

„Und so kam es, dass der Großwesir Quitte mit dem Zwergenkönig Tec'Karmuzel den parlamentarischen Pakt schloss und so den Frieden zwischen Menschen und Zwergen bewirkte!"

„Was für ein Blödsinn!", brummte Leif leise. Jeder wusste, dass die Zwerge die Welt verlassen hatten, kurz bevor die Menschen dieses Land betraten. Spurlos, wie die meisten Nortmar. Als Nächstes würde er ihr wahrscheinlich etwas über Riesen oder Drachen erzählen.

Leif grinste. Auf der Welt gab es viele seltsame Wesen, aber bestimmt keine Drachen oder Riesen. Viele Menschen dachten, sie hätten einen Giganten gesehen, doch in Wahrheit war es meist nur ein Nortmar. Die Menschen hatten einige seltsame Geschichten und kaum eine davon war wahr. Leif hatte zwar erst zwei Menschen in seinem Leben gesehen, aber die alte Skada hatte oft Geschichten von ihnen erzählt.

Der Jäger kratzte sich seine klobige Nase und konzentrierte sich auf den Waldrand. Er sah einen kleinen Rotfuchs, welcher gerade einen toten Hasen in den Wald schleppte, und mehrere leuchtende Augen von Eulen.

„Cicero? Hättest du vielleicht etwas zu essen? Ich habe den ganzen Tag nur dieses seltsame Trockenfleisch von Leif gegessen." Frida hatte sich flüsternd zu Cicero herübergebeugt.

Der Hofnarr lachte und holte aus seinen Ärmeln einen saftigen Apfel hervor. Fridas Augen wurden groß.

„Sag mal, Cicero, wie stellst du das an, dass du die ganze Zeit Äpfel aus deinen Ärmeln hervorziehst? Hast du da einen magischen Apfelbaum drin?" Frida hätte schwören können, dass Cicero unter seiner bunten Maske grinste.

„Nun, werte Dame Frida …", er räusperte sich. „Ein guter Zauberkünstler verrät seine Tricks nicht!"

Frida staunte und ihre Augen funkelten noch mehr als zuvor. „Du bist ein Zauberer?"

„Aber natürlich! Ciceros Zauberkünste sind weltbekannt! Von den Städten aus Stein im Osten bis ins Reich der goldenen Sonne im Westen, überall kennt man ihn!"

Leif brach in schallendes Gelächter aus. „Mensch, das war der beste Witz, den Ihr bisher erzählt habt! Ich traue Euch viel zu, aber garantiert nicht, dass Ihr ein Magier seid!" Leif lachte noch immer.

„Nun denn, werter Herr Torwaldson, gesellt Euch doch zu uns ans Feuer und ich präsentiere Euch meine Künste!"

Leif winkte wortlos ab und richtete den Blick wieder auf den Waldrand.

„Komm schon, Leif! Das ist sicher lustig. Sei doch einmal kein Griesgram." Frida funkelte Leif erwartungsvoll an. Der Jäger wollte ablehnen, doch etwas in Fridas Blick ließ ihn seine Meinung ändern, und so setzte er sich wortlos neben Frida.

„Nun, werter Herr Hochmagier, zeigt mal einen Trick!" Leifs Stimme triefte vor Sarkasmus, aber Cicero schien sich daran nicht zu ärgern. Er stand auf und stellte sich vor sein Publikum. Sein Mantel schillerte in bunten Farben im Licht des Feuers. „Meine Dame, werter Nortmar! Ich zeige Euch nun einen Trick, den ich von den Meistern aus den Kristallbergen gelernt habe, einem Ort so schön, dass man die Gefahr, die von dort ausgeht, vergisst. Nun richtet Euer Augenmerk auf den großartigen Cicero!" Cicero wollte gerade in seinen Ärmel greifen, als er unvermittelt stoppte.

Stille kehrte ein. Der Geruch von verfaulendem Fleisch hing in der Luft.

Frida wurde kreidebleich, und mit schreckensstarren Augen fing sie an, am ganzen Körper zu zittern. Als Leif die Situation verstand, sprang er auf, packte seine Äxte und schaute entsetzt zum Waldrand. Langsam blitzten in der Dunkelheit des Waldes Dutzende rote Punkte auf. Sie wurden immer größer und bald erkannte der Nortmar, was sich hinter dem beißenden Geruch des Todes verbarg: Es waren die gleichen Wesen wie das, welches Frida gesehen hatte.

Ihre roten Augen schienen Leif wie Tausende glühende Pfeile zu durchbohren. Er spürte keine Angst, doch ein leichtes beklemmendes Gefühl schien ihn zu übermannen. Mit einem lauten, grölenden Kriegsschrei zerbrach er diesen Zustand. Der Schrei war so laut, dass selbst die Kiesel am Boden erzitterten.

Die Monster stoppten, als sie die Grenze zwischen Wald und Wiese erreichten. Sie standen nur da und bewegten sich keinen Schritt weiter.

„Was zum Fuchs sollen das für Wesen sein?", flüsterte der Jäger.

Cicero hatte sich schützend vor Frida gestellt, trotzdem stand der Hofnarr immer noch im Schatten des mehr als drei Köpfe größeren Nortmar.

Die Wesen hatten derweil noch immer keinen Fuß aus dem Wald gesetzt. Stattdessen streckten sie ihre langen, dürren Arme nach den dreien aus. Die Arme hatten zwei Gelenke und die zwei Klauen am Ende glänzten gespenstisch im nächtlichen Schein der beiden Monde. Leif wäre es lieber gewesen, sie wären auf ihn zugestürmt. „Kommt her, ihr dürren Weicheier! Ich werde euch mit meinen Äxten fällen wie einen Baum! Ihr seid keine Gegner für mich!"

Keine Reaktion. Um seine Worte zu unterstreichen, schrie der Jäger erneut in den Wald hinein, doch die Wesen standen noch immer starr da.

Dort wo ihre Köpfe sein sollten, befanden sich bleiche Tierschädel: Hirsche, Elche, Bären und Schädel, die selbst Leif keinem Tier zuordnen konnte.

Der faulige Gestank war so intensiv, dass Frida sich fast übergeben musste. Es schienen Stunden zu vergehen, während sie nur dastanden und sich anstarrten. „L-Leif ... was ist das?", brachte Frida zitternd hervor.

Das Schweigen des Jägers sagte mehr als tausend Worte. Noch nie hatte er etwas Derartiges gesehen oder davon gehört. Selbst der sonst so redefreudige Cicero schwieg. Stunden über Stunden vergingen und nichts geschah. Mit jeder Minute verschwanden die beiden Monde immer weiter im Westen.

Der Morgen brach an. Die ersten Sonnenstrahlen blitzten hinter den Hügeln im Osten hervor, und langsam, aber doch bemerkbar, verschwanden die Monster mit jedem auftauchenden Lichtstrahl. Eines nach dem anderem, bis schließlich alle verschwunden waren.

Minuten vergingen und die drei schwiegen immer noch. Leif die Spannung, indem er wutentbrannt in den Wald lief. Das Metall der Äxte blitzte im morgendlichen Licht rot und wirkte, als wären sie so heiß wie die Wut, die der Nortmar ausstrahlte. Als er den Wald erreichte, hing der Geruch des Todes noch immer schwer in der Luft, doch von den Wesen war keine Spur zu sehen. Keine Fährte zeigte, woher sie gekommen waren, kein Fell war am Boden oder hing in den Ästen des Unterholzes.

Doch dann erblickte Leif etwas Schockierendes – überall lagen tote Tiere. Vögel waren von ihren Ästen gefallen und Mäuse lagen am Boden. Auch der Fuchs, den er gestern Nacht gesehen hatte, lag tot, mit dem Hasen im Maul, im Wald. Keines der Tiere hatte Wunden, es war, als wären sie einfach tot umgefallen. Leif wusste, diese Wesen waren nicht von dieser Welt – sie waren Dämonen.

Schweigend über die Geschehnisse der Nacht, verließen die drei ihr Lager und machten sich auf den Weg nach Wolfshafen. Je näher sie der Stadt kamen, desto mehr Menschen begegneten ihnen und betrachteten Leif mit großen, verwunderten Augen.
„Ist euch beiden aufgefallen, dass sie uns verfolgen?" Der Nortmar beugte sich flüsternd zu seinen Begleitern vornüber.
„Tja, werter Herr Torwaldson, Ihr seid eine Attraktion! Das machen Menschen eben, wenn etwas passiert, was sonst nicht passiert, besonders hier auf den Höfen, jaja!"
Leif ignorierte die größer werdende Traube von Menschen, die sie verfolgte. Es waren größtenteils Kinder.
Frida hatte sich wieder auf die Schultern des großen Nortmar gesetzt, und betrachtete neugierig die Gegend. Obwohl sie sich nicht erinnern konnte, je so etwas gesehen zu haben, kam ihr alles irgendwie bekannt vor. Der Weg, auf dem sie gingen, wurde mehr und mehr zu einer Straße. Er wurde so breit, dass Leif und vier weitere gut gebaute Nortmar nebeneinander hätten gehen können. An den Seiten erstreckten sich weite Felder, auf denen die Pflanzen in sattem Grün sprossen. Die wenigen Häuser vor ihnen wuchsen langsam zu einem Dorf zusammen, die bunten Segel der Windmühlen drehten sich langsam im Wind und Männer beluden Holzkarren mit prallgefüllten Säcken.

In der Ferne sahen sie die Türme der Stadt, auf denen grün-blaue Fahnen im Wind hin und her flatterten.
Das Treiben rund um die drei wurde immer dichter, dennoch hielten alle respektvollen Abstand zu der Gruppe. Menschen lehnten sich aus den Fenstern der Häuser, um auf die Straße zu sehen, und sowohl Händler als auch Bauern unterbrachen ihr Tagwerk. Die Einwohner redeten aufgeregt miteinander und nicht selten fiel das Wort „Riese".
Endlich erblickten sie die Tore der Stadt Wolfshafen.
„Ohoo! Schaut mal da! Wir erhalten einen Willkommensgruß, jaha!" Cicero deutete auf mehrere Männer mit glänzenden Helmen, welche vor dem Tor und auf den Mauern Stellung genommen hatten.
„Sind das Soldaten?" Frida betrachte verängstigt die bewaffneten Menschen.
„So etwas in der Art. Das ist das Wolfsrudel. Sie sind die Wachen der Stadt."
Das Mädchen machte sich kleiner und klammerte sich fest an Leifs Kopf. Dieser beobachtete schweigend die Lage. Das Tor war verschlossen und die Menschen waren mit seltsamen Metallrohren bewaffnet. Unter ihren glänzenden Brustpanzern trugen sie dunkelblaue Mäntel. Die Leute lösten sich langsam von der Gruppe und blieben stehen.
Wie auf Kommando öffnete sich die Reihe der Wachen und ein Mann, mit einer prächtigen blauen Feder auf dem Helm, trat dazwischen hervor. Er hatte die Hände selbstsicher hinter dem Rücken verschränkt und wirkte sehr stolz. Der Mann war etwas älter als die übrigen und trug über dem Brustpanzer eine meergrüne Weste mit vielen bunten Abzeichen darauf. Cicero, Frida und Leif blieben wenige Meter vor den Wachen stehen.
„Man hat mir schon viel über die Gastfreundschaft der Menschen erzählt, aber das habe ich nicht erwartet!"

Leifs Stimme war laut und brummig. Er sah, dass ein paar der Wachen Angst hatten.

Langsam und mit ruhigen Schritten kam der Mann mit den Abzeichen auf sie zu. „Wir erwarten auch nicht jeden Tag einen Riesen", antwortete der Mensch selbstsicher. „Was wollt Ihr hier?"

Leif musterte den Mann von oben bis unten. Er hatte eine breite Narbe auf der Wange, die teilweise von einem säuberlich gezwirbelten, weißen Schnauzbart verdeckt wurde. „Normalerweise kenne ich die Namen derer, die mir den Weg versperren", schnauzte Leif den Menschen an.

Frida wurde nervöser und klammerte sich fester an Leif.

Der Mann mit dem Schnauzbart räusperte sich und blickte den Nortmar ernst an. „Ich bin Unterkonstabler Karloff und befehlige die Wachen am Nordtor der Stadt Wolfshafen. Wenn ich Ihr wäre, würde ich meine Äxte am besten dort lassen, wo sie gerade sind, ansonsten wird das dritte Schützenbataillon kurzen Prozess mit Euch machen. Und nun stelle ich hier die Fragen! Wer seid Ihr und was wollt Ihr hier?"

Cicero war dieses Mal der Erste, der antwortete: „Ich bin Cicero Kalimux, seines Zeichens Hofnarr und begnadeter Zauberkünstler! Meine Begleiter sind der Nortmar Leif Torwaldson aus den Weißen Bergen und die kleine Dame Frida. Wir sind auf Durchreise gen Süden und möchten unsere Vorräte aufstocken."

Unterkonstabler Karloff musterte die drei genau. Nachdenklich zupfte er an seinem Bart und drehte sich von der Gruppe weg. Leif wurde nervös. Er wollte einen Kampf vermeiden, da die Wachen allesamt gut ausgebildet zu sein schienen.

„Nun gut! Ich werde den Commodore hierüber informieren. Ihr werdet hier warten, bis wir Euch erlauben, die Stadt zu betreten. Ein Riese wie Ihr erregt viel Aufsehen, das könnte Ärger verursachen. Ich denke, Eure Freunde haben auch keine Eile, sie werden ebenfalls hier warten. Euch steht es frei, jederzeit zu gehen, doch solltet Ihr versuchen, die Stadt zu betreten, werden wir Euch mit Gewalt davon abhalten. Einen schönen Tag noch!"

Karloff gab ein Handzeichen, woraufhin die Menschen auf den Mauern ihre Waffen senkten und das Tor öffneten. Der Mann verschwand zwischen den Reihen der Wachen, welche ihm kurz darauf durch das Tor in die Stadt folgten.

„Was tun wir jetzt?" Frida hatte sich ein wenig beruhigt und bestaunte wieder die imposanten Stadtmauern. Sie waren teilweise so gebaut, dass sie aussahen wie Schiffe. Männer schritten darauf auf und ab und mehrere Kanonen schauten aus den Luken hervor.

„Nun ja, normal ist Wolfshafen offen für jeden, egal, welcher Rasse oder Nationalität. Aber da unser werter Herr Torwaldson besonders aufsehenerregend ist, sind sich die Wachen wohl nicht sicher, ob sie uns in der Stadt haben wollen. Wir werden warten müssen, bis wir reindürfen!" Cicero hatte die Arme verschränkt und sah durch die Maske zu, wie die Menschen wieder ihrem geschäftigen Treiben nachgingen.

„Wie lange wird das dauern?", grunzte Leif genervt.

„Das weiß nur Chronus, der Gott der Zeit, mein werter Freund!"

Wolfshafen

Es war Abend. Leif hatte sich in den Schatten eines Hauses gelegt und döste vor sich hin. Anfangs wollten ihn die Besitzer vertreiben, aber sie entschieden, dass es keine gute Idee war, einen schlafenden Bären zu wecken.
Frida hatte sich die Wartezeit verkürzt, indem sie mit anderen Kindern spielte und eifrig Fragen stellte.
Cicero hingegen hatte sich kein Stück weit bewegt, und sah immer noch den vorbeiziehenden Menschen nach. Frida fand das seltsam. Sie hatte ihn darauf angesprochen, doch Cicero hatte nur gesagt: „Auch Hofnarren können eine Pause gebrauchen, jaha!", kurz gelacht und seinen Blick dann wieder auf die Häuser gerichtet.
Sie hatte viel gelernt. Dieses Dorf versorgte die Stadt mit Lebensmitteln, welche in der Stadt benötigt wurden: Brot, Milch, Fleisch. Außerdem versorgten Fischer die Stadt mit frischem Fisch und im Süden vor der Mauer lagen Reisfelder. Frida hatte noch nie das Meer gesehen, jedenfalls erinnerte sie sich nicht daran. Die Kinder hatten es dem Mädchen bunt erklärt. Wie die tiefblauen Wellen am Strand aufschlugen und Muscheln und kleine Krebse anspülten. Wenn sich Frida konzentrierte, konnte sie sogar die salzige Seeluft riechen. Doch der Geruch wurde größtenteils vom Geruch des Dorfes überdeckt, der nicht gerade angenehm war. Eine Frau hatte ihr erklärt, das Dorf verfüge nicht über so gute Abflüsse wie die Stadt und

dass sie daher ihre Abfälle teilweise vor die Tür schütteten.

„Ekelig …", flüsterte sie, als sie darüber nachdachte.

Leif lag sicher in einer Pfütze aus Abfall. Frida schüttelte sich. Die Sonne ging gerade unter, da ertönte eine schallende Trompete von den Mauern. Ein kleiner Trupp Soldaten trat aus dem Tor, allen voran Unterkonstabler Karloff.

„Leif! Leif, wach auf, sie sind hier!" Das Mädchen stürmte zum Nortmar und weckte ihn.

Er öffnete die Augen und richtete sich langsam auf. „Dürfen wir rein?" Er gähnte.

Frida zuckte mit den Schultern und deutete auf Karloff und die Wachen. Der Jäger stand auf und klopfte sich den Staub von seinem wollenen Umhang. Auch Cicero hatte sich von der Wand entfernt und gesellte sich zur Gruppe.

„Werte Reisende!" Karloff stand vor der Truppe und räusperte sich kurz. „Der Rat hat nun entschieden. Da Ihr nur auf der Durchreise seid, dürft Ihr die Stadt betreten und Euch ausrüsten. Jedoch ist es dem Nortmar Leif Torwaldson nicht erlaubt, ein Gebäude zu betreten!"

„Warum das denn? Seid Ihr bescheuert?" Leif sah den Menschen verdutzt an.

„Nun ja, Ihr seid einfach zu groß für die meisten unserer Gebäude. Ihr werdet draußen in der Kälte schlafen müssen." Karloffs Bart hob sich, als er grinste.

„Ich bin Nortmar, ich friere nicht!", antwortete der Jäger, während er trotzig die Arme ausbreitete.

Der Konstabler lächelte und drehte sich wieder um. „Nun, dann sollte das für Euch auch kein Problem darstellen. Einen guten Tag noch, die Herrschaften!"

Karloff ging wieder zum Tor. Erst jetzt fiel Frida auf, dass der Mann hinkte.

„Ja, das ist doch prima! Wir dürfen endlich in die Stadt, jaha!" Cicero schaute zu den beiden und ging dann vor. Frida zog an Leifs Mantel. „Komm mit!"
Doch Leif bebte vor Wut. Er hatte die Hände fest zu Fäusten geballt, sodass die Knöchel sichtbar wurden. „Beruhig dich, Leif, bitte. Ist doch gut." Das Mädchen versuchte, den Hünen zu beruhigen.
Zähneknirschend murmelte Leif etwas vor sich hin und setzte sich dann stampfend in Bewegung.
Cicero unterhielt sich mit einer der Wachen, die herzhaft lachte. „Ach Freunde! Cicero hat sich erlaubt, Eure Kosten zu übernehmen. Ihr müsst keinen Zoll zahlen!"
„Oh! Danke ... Aber das wäre doch nicht nötig gewesen, Cicero!" Frida zog wieder an Leifs Umhang, woraufhin dieser ein leises „Danke" von sich gab.
„Nun denn, meine Freunde. Die kurze Reise mit Euch hat Spaß gemacht. Doch der großartige Cicero muss sich nun von Euch verabschieden. Seine Geschäfte treiben ihn in eine andere Gegend. Welch Schmerz, oh je!" Der Hofnarr legte theatralisch seinen Arm über die Maske und schluchzte.
Fridas Gesichtsausdruck änderte sich schlagartig. „Nein, bitte bleib doch bei uns! Bitte!"
Cicero schüttelte den Kopf und beugte sich zu Frida hinunter. „Werte Dame Frida, so leid es Cicero tut, das kann er nicht tun. Versucht einfach zu lachen, wenn Euch etwas Angst macht, dann werdet Ihr sehen, dass es von selbst verschwindet, jaja." Die letzten Worte flüsterte er. Dann blickte der Hofnarr zu Leif. „Kauft doch dem lieben Mädchen eine Kleinigkeit zu essen. Euer Trockenfleisch ist zwar vorzüglich, aber kleine Kinder brauchen ein wenig Abwechslung. Jedenfalls, Cicero wünscht Euch noch eine sichere Weiterreise. Kommt gut an, wo immer Ihr auch hingeht! Vielleicht

sieht man sich ja wieder, jaha." Laut lachend drehte Cicero sich um, ging in die Stadt und verschwand in der Menschenmenge.
Frida versuchte, dem Hofnarren hinterherzurennen, doch Leif packte sie am Kragen und zog sie zurück. „Lass ihn. Eh gut, dass wir die Witzfigur los sind!"
Frida verschränkte wieder beleidigt die Arme vor der Brust. „Ich mochte ihn mehr als dich!"
Leif zog eine Augenbraue hoch und setzte das Mädchen auf seine Schultern. „Mir doch egal", antwortete der Hüne unberührt, während er die Stadt betrat.

Leif war es hier viel zu hektisch. Alles war eng, jeder starrte ihn seltsam an und es roch beißend nach Rauch, Fisch und Fett. Wenn jedoch ein warmer Wind durch die Straßen wehte, konnte Leif den salzigen Duft des Meeres wahrnehmen. Es war ein angenehmerer Geruch.
Das war also die berühmte Stadt Wolfshafen. Zwischen den normalen Menschen erblickte der Nortmar immer wieder ein paar der Wachen, welche mit diesen ungewöhnlichen Waffen umherspazierten und aufpassten.
Obwohl es Abend war, waren die Straßen immer noch voll. In Häusern wurde gezecht, Händler priesen ihre Waren an, Karren wurden durch die Straßen geschoben und Leute riefen sich von den Fenstern aus zu.
Vor einem Stand mit seltsamen, gebratenen Spießen blieb Leif kurz stehen. Sie rochen würzig und lagen aufgereiht über glühenden Kohlen. Der Inhaber des Standes war damit beschäftigt, frische Fleischstückchen auf Spieße zu schieben. Als er bemerkte, dass jemand vor seinem Stand war, fragte der Mann freundlich, wie er behilflich sein könne. Als dieser

jedoch Leif erblickte, wurde er bleich und zitterte am ganzen Körper.

„Sprich, Mensch, was ist das?" Leif sah den Menschen belustigt an.

„Ähm ... das sind gebratene Mondbeißer. Sie ... ähm ... schmecken gut."

Leif beugte sich vor und roch an den Fischen. Dann nickte er zufrieden, griff sich ein paar der Spieße und ging wieder die Straße entlang. Der Besitzer wollte ihm nachschreien, doch er war noch immer zu verwundert über das, was gerade passiert war.

„Leif, darf ich auch einen haben?"

Wortlos gab der Nortmar dem Mädchen einen Spieß.

„Schmecken gar nicht schlecht, diese Spießchen. Aber viel zu klein und zu wenig." Schmatzend warf er die abgenagten Spieße einfach weg und betrachtete die Stadt weiter. Die Häuser sahen anders aus als in Norstatt. Für eine Rasse, die nicht gerade groß war, waren ihre Häuser umso größer, jedes unterschiedlicher als das andere. Eines war von außen weiß und dicke Holzbalken waren in die Mauer eingelassen. Ein anderes hingegen bestand nur aus Steinen unterschiedlichster Formen und Farben.

Dieser Karloff hatte wohl recht gehabt. Jede Tür, die der Nortmar bisher gesehen hatte, war zu klein für ihn. Durch manche mussten sich sogar die Menschen bücken. Er schüttelte den Kopf. Wie konnte man nur so bauen?

Faszinierender als die Gebäude waren aber die Menschen. Es gab sie in allen Farben, Formen und Größen. Manche trugen einfache Kleidung aus Leder oder Wolle, aber er hatte auch einen gesehen, der in einen seltsamen glänzenden Stoff eingewickelt war und einen seltsamen runden Hut trug – eine Zusammenstellung, die mehr als ungemütlich aussah.

Leif erblickte auch viele Tiere, die er nie zuvor gesehen hatte: Bunte Vögel in allen Farben in Käfigen, kleine wolfartige Tiere, die zwischen den Menschenmassen hindurchtrotteten und in den engen Gassen hatte er mehr als einmal bunte Wildkatzen gesehen. Am faszinierendsten fand der Nortmar allerdings diese Schlange auf vier Beinen, die die Menschen „Waran" nannten. Das Wesen war in einem Käfig aus Holz eingesperrt und von einem dunkelhäutigen Mann angepriesen worden. Wie es wohl schmeckte?
Diese Menschenstadt war wirklich mehr als seltsam. Leif spürte deutlich, dass er nicht hierhergehörte. Seine Heimat lag in den Bergen.
„Leif, wo gehen wir eigentlich hin?"
Leif blieb stehen. Gute Frage. Er hatte nicht damit gerechnet, dass diese Stadt so verwinkelt war. „Nun ja. Der Nase nach, nehme ich an." Der Nortmar blickte verwirrt hin und her.
„Also meine Nase sagt mir, wir haben uns verlaufen."
Er schüttelte den Kopf. „Ich verlaufe mich nie. Nicht in einem Schneesturm und auch nicht in einer Menschenstadt!" Leif setzte sich wieder in Bewegung.
„Wir haben uns verlaufen, Leif!"
Der Jäger wusste tatsächlich nicht, wohin er ging. „Ach, sei still da oben!" Nachdenklich strich sich der Nortmar durch den Bart. Es war bereits Nacht geworden. Seltsamerweise konnte Leif keine Sterne sehen.
Sie kamen an einem schäbigen Haus vorbei, welches an der Ecke einer Weggabelung stand. Der Lärm eines Kampfes drang durch die Fenster. Völlig überraschend ertönte das Geräusch von brechendem Glas. Ein Mann war durch ein Fenster geworfen worden und schlug, von zahllosen Scherben begleitet, auf den harten Pflastersteinen auf. Das erschreckte Frida so sehr, dass sie fast von Leifs Schultern fiel. Die Menschen um sie

herum hingegen ignorierten, was gerade passiert war und schienen den am Boden Liegenden nicht zu sehen.
„Ich wusste gar nicht, dass Menschen fliegen können."
Stöhnend und am Kopf blutend, lag der Mann am Boden.
„Leif, ich glaube, er ist schwer verletzt. Wir müssen ihm helfen!"
Leif winkte teilnahmslos ab. „Das ist ein Betrunkener, der wohl bei der Schlägerei dadrinnen zu viel abbekommen hat, dem geht's bald wieder besser!"
In dem Moment, in dem Leif den Satz beendet hatte, traten drei Männer aus dem Gebäude heraus. Sie spurteten auf den am Boden liegenden Menschen zu.
„Na, immer noch nicht genug, Spartacus?"
Dieser stöhnte nur: „Fick dich, du Landratte!"
Der bullige Mann mit der Glatze verzog wütend die dünnen Augenbrauen und trat auf den am Boden liegenden Mann ein.
„Leif, bitte!", bettelte Frida verzweifelt.
Leif sah verwirrt und wütend zugleich zu, wie der Mann auf den verletzten Menschen eintrat. Jemanden zu verprügeln war eine Sache, aber auf jemanden einzutreten, der am Boden lag, war ehrlos. Eine dicke, pulsierende Ader wuchs an seinem Hals. „Hey, Kleiner!", knurrte der Nortmar böse und setzte Frida auf dem Boden ab.
„Stör mich nicht, du ..." Der Mann unterbrach seine Worte, als er Leif erblickte. „Bei Boscarus' Eiern ... Was bist du denn?"
Die Männer hinter ihm stolperten ein paar Schritte zurück und liefen dann ängstlich weg. Vollkommen entgeistert blickte der Glatzkopf den beiden nach und sah dann wieder zu dem Hünen. Zitternd griff er nach dem Säbel an seinem Gürtel. Doch bevor der Mann ihn

ziehen konnte, hob Leif ihn schon am Kragen gepackt von den Füßen.

„Wie ist das, wenn man wehrlos gegenüber einem Stärkeren ist?"

Der Mann stotterte und starrte Leif entsetzt an. „Bi-Bitte, tötet mich nicht!", stammelte er.

„Du Made!", blaffte Leif und spuckte auf den Boden. „Wenn jemand am Boden liegt, dann hat er aufgegeben. Dann lässt man ihn in Ruhe oder hilft ihm auf und spendiert ihm einen Met!"

Angsterfüllt sah sich der Mann nach Hilfe um. Doch auch ihn schienen die anderen Menschen nicht sehen zu wollen. „O-Okay! Ich ... ich werde in Zukunft k-keinen mehr treten, der am Boden liegt. Aber ... b-bitte, lasst mich runter!"

Leif nickte zufrieden. Dann holte er aus und rammte den Glatzkopf in die Holzwand des Hauses. Splitter und Glasscherben flogen durch die Luft, der Mann schlitterte über den Boden der Taverne und schlug regungslos am Tresen auf. Die streitenden Gäste verstummten augenblicklich und starrten in Richtung des Loches, das sich in der Wand aufgetan hatte.

„Oh! Das sah aber stabiler aus!" Leif beugte sich vor und streckte den Kopf durch das Loch in der Wand. „'tschuldigung. Ihr könnt euch ruhig weiter prügeln!" Leif klopfte den Staub von sich ab und blickte zu Frida. Ihr Mund stand weit offen und sie sah den Nortmar mit einer Mischung aus Erstaunen und Schreck an.

„Du bist stark!"

Der Hüne grinste und prahlte mit seinen Muskeln. Dann sah er wieder zu dem Mann, welcher noch immer blutend am Boden lag. „Du hast recht. Wir sollten den Armen mitnehmen. Die Leute sehen hier nicht so aus, als würden sie Menschen helfen." Leif packte den Mann, den der Glatzkopf Spartacus genannt hatte, an den

Beinen und legte ihn wie einen Sack auf seine Schultern. Er hatte bereits das Bewusstsein verloren.

„Was machen wir mit dem Zeug, das da liegt?" Frida deutete auf ein dünnes Schwert und eine Pistole, die am Boden lagen.

Der Nortmar zuckte mit den Schultern, woraufhin der Mann aufstöhnte. „Der Knüppel und der Zahnstocher sehen nicht gerade nützlich aus. Nimm sie aber trotzdem mit." Dann bedeutete er dem Mädchen weiterzugehen.

Sie fragten einen Passanten, ob es in der Nähe einen Platz zum Schlafen gäbe. Etwas verängstigt vor dem großen Nortmar deutete er auf ein Haus nicht weit von ihnen entfernt. Über der Haustür hing ein Schild aus Kupfer auf dem Die Goldene Birke stand.

Leif klopfte mit der Faust vorsichtig an der Tür. Er ahnte, dass diese einbrechen würde, würde er mit voller Kraft klopfen. Sie mussten warten. Doch nach mehrmaligem Klopfen öffnete ihnen eine sichtlich verärgerte ältere Dame mit einer Kerze in der Hand. Sie wollte etwas sagen, erblickte jedoch Leif, der unter dem Türrahmen hervorlugte. Sie zuckte zusammen und ließ fast die brennende Kerze fallen.

„Mensch, könnt Ihr ein Bett anbieten für den Mann und das Mädchen hier?"

Frida blickte hinter Leif hervor und grinste freundlich.

„We-Welcher Mann?", stotterte die älter Dame ängstlich.

Leif nahm den Menschen von seinen Schultern und legte ihn etwas unsanft auf den Boden. „Wenn Ihr Euch um ihn kümmern könntet, wäre das großartig!"

Die Frau blickte komplett verwirrt auf den blutenden Mann, der vor ihrem Haus lag, und starrte wieder zu Leif, der die Nase rümpfte. Aus der Tür heraus roch es leicht säuerlich und stickig.

„Ähm ... ja ... aber das kostet Gold. Habt Ihr überhaupt Gold?"

Der Nortmar zog eine Augenbraue hoch und holte seinen Rucksack hervor. Er musste nicht lange suchen, nur wenige Augenblicke später fand er einen Beutel aus Leder, der so groß wie Fridas Kopf war. „Man hat mir das mitgegeben." Er öffnete den Beutel und mehrere kleine Goldbrocken kamen zum Vorschein.

Die Augen der Frau wurden groß und funkelten. „Nun ja ... drei dieser Steinchen sollten reichen."

Der große Jäger musterte die Frau ernst. Er ahnte nicht, wie wertvoll dieser Beutel war. Dann lächelte er, nahm drei Klumpen und gab sie der alten Dame. „Hier, bitte, ich hole die beiden morgen kurz nach Sonnenaufgang wieder ab!"

Die Dame wischte sich den Schweiß von der Stirn und nickte dankend. Danach zeigte sie Frida ihr Bett und kümmerte sich um den verletzten Mann.

Leif stand vor der Tür und blickte sich um. „Diese Stadt ist mehr als seltsam!" Müde setzte er sich auf den Boden und lehnte sich an die Hausmauer. Seufzend schloss Leif die Augen – es war hier viel zu laut!

Verschwunden

Langsam öffnete Spartacus die Augen. Er hörte das rauschende Plätschern von Regen. Der Pirat fasste sich an den Kopf – jemand hatte ihn verbunden. Leise stöhnend setzte er sich auf und streckte sich, alles tat ihm weh. Seine Zunge war pelzig, die Augen brannten und der Magen fühlte sich bedrohlich flau an. Spartacus saß auf einem mit Stroh gefütterten Bett in einem ihm völlig unbekannten Raum.
„Wo bin ich?", flüsterte er.
Er sah sich in dem Raum um, suchte nach etwas Bekanntem, doch hier war er wirklich noch nie gewesen. Der Pirat stöhnte wieder. Sein Kopf tat ihm fürchterlich weh.
Angestrengt versuchte der junge Kapitän, die einzelnen Erinnerungen von gestern Nacht zu ordnen. Alles schien durcheinander und verworren. Er hatte mal wieder ein paar Becher zu viel getrunken. Und dann wollte jemand sein Gold klauen.
Das Gold!
Schnell griff der Pirat an seinen Gürtel, doch der Beutel war nicht da. „Verdammt!", flüsterte er wütend. Man hatte ihm sein Gold geklaut!
Langsam verließ der Pirat das Bett. Seine Glieder brannten fürchterlich. Gestern war wohl mehr passiert.
„Oh! Du bist wach! Wie geht es dir?"
Verdutzt starrte er das kleine Mädchen mit den hellblonden Haaren an, welches in der Tür stand.
„Gut ... danke." Wer war sie?

„Wie heißt du eigentlich?", fragte sie und starrte ihn mit ihren großen, stahlblauen Augen an.
Der Pirat streichelte seinen Bart. „Spartacus ... Spartacus der Korsar!"
Das Mädchen lächelte freundlich und blickte ihn erwartungsvoll an.
„Ähm ... und du bist?"
„Man nennt mich Frida."
Spartacus grinste gespielt. Was für ein beschissener Name für ein Kind. „Na gut, Frida, kannst du mir verraten, wo bei Kors Dreizack ich bin?" Der Kapitän griff sich wieder an die Stirn.
„Mein Freund und ich haben dich gestern Nacht vor drei seltsamen Menschen gerettet. Ich glaube, die wollten dich töten. Wir haben dich in dieses Haus hier gebracht, und die alte Frau hat deine Wunden verbunden."
Jetzt dämmerte es ihm wieder. Drei Typen hatten ihm ordentlich zugesetzt. Er war wohl wirklich zu besoffen gewesen. Spartacus kochte vor Wut und griff nach dem Flachmann in seiner Jacke, öffnete ihn und wollte einen Schluck Schnaps trinken, doch er war leer. „Na, dann schulde ich dir und deinem Freund wohl etwas." Enttäuscht verzog er das Gesicht und steckte den Flachmann weg. „Wo ist er denn?" Spartacus musterte das Mädchen. Es war seltsam gekleidet. In diesen Fellfetzen sah sie aus wie etwas, was in den Aushang eines Kürschners gehörte.
„Der durfte nicht rein, darum hat er draußen geschlafen."
Spartacus grinste. Was ihr Freund wohl angestellt hatte? „Dann lass uns rausgehen, damit ich mich bei deinem Freund bedanken kann." Spartacus brauchte frische Luft. In diesem Haus roch es fürchterlich.

„Dein Zeug ist übrigens hier", sagte Frida, während sie auf die Ecke deutete, in der sein Rapier und seine Pistole lagen.

„Zeug? Mädchen, das ist ein Rapier aus dem Fernen Arsentia, so etwas wird hier nicht einmal hergestellt! Ach, vergiss es!" Er kämpfte sich unbeholfen zu seinen Waffen vor und schnallte sie sich zitternd um.

Leise schlichen die beiden die Stiege hinunter und standen nun in einem Raum, der von einem großen Ofen dominiert wurde. Die alte Dame lag schnarchend auf einer staubigen Bank, die mit Polstern bezogen war. Spartacus blickte sich um, vielleicht war hier etwas, was er mitgehen lassen könnte. Doch es schien so, als wäre hier nichts von Wert. Langsam legte er seinen Zeigefinger vor den Mund und sah zu Frida. Die alte Frau brauchte nicht zu wissen, wann sie das Haus verlassen hatten. Er ging zur Tür und öffnete sie. Kalter Regen peitschte ihm ins Gesicht, woraufhin der Pirat seinen Mantel enger zuzog.

„Na, wo ist er nun, dein Freund?" Was für ein schreckliches Wetter.

Frida huschte am Piraten vorbei und stand auf der Straße. Nervös blickte sie hin und her. „Leif?", rief sie.

Na toll, wahrscheinlich hat sich die Kleine ihren Freund nur ausgedacht, dachte Spartacus.

Das Mädchen rief immer wieder nach Leif, doch sie bekam keine Antwort. Nun blickte sich auch Spartacus um. „Bist du dir sicher, dass er hier ist?" Genervt betrachtete der Kapitän die Straße.

„Ganz sicher! Er hat an dieser Hausmauer geschlafen, ich habe ihn in der Nacht noch von meinem Fenster aus gesehen." Frida zeigte an die Wand neben der Tür.

Spartacus hob nachdenklich eine Augenbraue und betrachtete die Stelle genauer. Dann ging er in die Hocke und steckte einen Finger in eine Pfütze. Er verzog das Gesicht. „Hey, Kleine! Ich fürchte, deinem Freund geht's nicht gut!" Er hob den Finger und betrachtete ihn im gräulichen Licht des Regentages. Das Wasser war rötlich. Frida wurde kreidebleich. Noch einmal musterte Spartacus die Wand und entdeckte auch hier Blutspritzer. Überrascht betrachtete er die Stelle genauer. „Sag mal ... wie sieht dein Freund denn aus?" Er wischte sich den blutigen Finger nachdenklich an seiner Hose ab. „Vielleicht ist er irgendwo hier in der Nähe." Spartacus biss sich auf die Zunge. Wenn dieser Typ tot war, durfte er es dem Mädchen nicht einfach so sagen.

„Er ... er ist riesig. Viel größer als du! Und er hat dichte rote Haare. Und er ist sehr stark. Er hat gestern den Mann, der dich getreten hat, durch eine Wand geschleudert!" Das Mädchen war immer noch bleich und rief wieder nervös nach ihrem Freund Leif.

Durch die Wand geschleudert? Die Kleine übertrieb es wahrscheinlich, aber es wäre bestimmt keine schlechte Idee, zurück zur Taverne zu gehen. „Mmmhhh ... das möchte ich mir mal genauer ansehen. Bring mich zu Alfreds Taverne, Kleine!" Das Mädchen blickte ihn fragend an. „Zu der Taverne, die dein Freund gestern ramponiert haben soll." Genervt fasste sich Spartacus an den schmerzenden Kopf.

Wenig später erreichten sie Alfreds Taverne.

„Bei den Göttern!" Spartacus blickte auf das mit Tüchern verdeckte Loch in der Wand. Es war so groß, dass er einfach durchgehen konnte. „Hast du jetzt 'ne neue Eingangstür, Alfred?", rief er scherzend durch die Taverne.

Der Wirt drehte den Kopf zu Spartacus. Er war knallrot. „Du und dein riesiger Freund! Was habt ihr meiner schönen Taverne angetan?"

„Mein Freund? Ich habe mit dem nichts am Hut! Und bitte, diese Taverne war nicht mal schön, als du sie eröffnet hast!"

Alfred holte seinen Knüppel hervor und brüllte: „Verschwinde und komm erst wieder, wenn du mir die Wand zahlen kannst!"

Spartacus hob verteidigend die Hände und trat langsam rückwärts aus der Taverne. Dieser Leif musste wirklich verdammt stark sein. Die Bretter waren dick und draußen kaum verputzt. Er berührte die Bruchstelle – billig, aber stabil.

„Glaubst du ... glaubst du, man hat ihn umgebracht?" Das Mädchen zog an Spartacus' Mantel.

Nachdenklich strich er über seinen Bart. „Nein ... dafür war zu wenig Blut an der Stelle. Ich glaube eher, man hat ihn entführt." Der Pirat betrachtete noch einmal das Loch. Wer immer diesen Leif entführt hatte, musste ein paar starke Männer haben. Wer wäre so wahnsinnig und würde einen solchen Hünen entführen? Er schloss die Augen und atmete laut aus. Eigentlich war es auch egal, immerhin war es nicht sein Problem.

„A-Aber wie? Leif ist stark wie ein Bär! Den entführt man doch nicht so einfach."

Spartacus zuckte mit den Schultern. „Mir ist das ehrlich gesagt egal. Ist nicht mein Problem. Danke für die Pflege, viel Erfolg noch!"

Der Kapitän drehte sich um und wollte gerade verschwinden, doch das Mädchen hatte seinen Mantel gepackt. Zwischen all dem Regen konnte er deutlich die vielen Tränen in ihrem Gesicht erkennen. „Aber wir haben dich gestern doch auch gerettet. Bitte hilf mir! Ich brauche Leif."

Spartacus verdrehte die Augen und schüttelte ihre Hand von seinem Mantel. „Frag doch das Wolfsrudel, die helfen dir garantiert!" Die letzten Worte dehnte er

sarkastisch in die Länge. Der Pirat wollte sich wieder umdrehen, als das Mädchen ihn wieder festhielt.
„Bitte, Herr Spartacus! Du hast gesagt, du schuldest uns was!"
Er knirschte mit den Zähnen. Konnte er ein weinendes Kind einfach so im Regen stehen lassen? Außerdem hatte sie wirklich was gut bei ihm. Er seufzte. „Na gut, lass uns noch einmal dorthin gehen, wo er zuletzt war." Wieder fasste er sich genervt an den schmerzenden Kopf und richtete sich den Mantel zurecht.

Wenn ein solcher Typ entführt wurde, sollte das doch irgendwer mitbekommen haben. Vermutlich hatte es sogar einen kleinen Kampf gegeben. Der Pirat blickte zu den Fenstern hoch. Das Mädchen schaute immer noch aufgelöst hin und her.
Wer konnte wohl jemanden entführen, der so stark war, dass er mit Menschen Wände einschlug? Und was machte man mit ihm dann?
Sklaverei!, schoss es dem Piraten durch den Kopf. „Ich sag's nur ungern, kleine Kaulquappe, aber man wird ihn sicher versklaven", flüsterte er.
„Was heißt ‚versklaven'?" Frida starrte ihn mit großen Augen an.
„Ernsthaft? Du weißt nicht, was das heißt?"
Das Mädchen schüttelte den Kopf.
Spartacus seufzte. „Sklaverei ist etwas sehr, sehr Schlimmes, etwas Verabscheuungswürdiges. Man nimmt jemandem den freien Willen und zwingt ihn dazu, niedere Arbeit zu verrichten. Und wenn er nicht gefügig ist ... wird er gefoltert oder getötet." Spartacus' starrte in die Leere und in seinem Kopf tauchten Bilder auf – Bilder, die er versuchte, schnell wieder abzuschütteln. „Jedenfalls kenne ich nur zwei Leute in dieser verdammten Stadt, die das aktiv betreiben. Und

wenn ich richtig liege, bedeutet das, dass du deinen Freund nie wiedersiehst." Spartacus legte tröstend seine Hand auf die Schulter des Mädchens. Sie weinte.
„Kannst du denn nichts machen?"
Der Pirat blickte die verregnete Straße entlang. Ein rotbrauner Hund kreuzte sie und verschwand in einer Nebengasse. Der Regen hatte mittlerweile seine Bandagen aufgeweicht und mehrere Rinnsale bahnten sich ihren Weg sein Gesicht hinab. Warum wollte er dem Mädchen helfen? Er war doch sonst nicht so gefühlvoll. Instinktiv griff der Pirat nach seinem Flachmann, dann fiel ihm ein, dass er leer war. „Die zwei Typen sind ziemlich zäh. Wir können da nicht einfach reinmarschieren und deinen Freund mir nichts, dir nichts rausholen. Wir brauchen einen Plan ..."
Frida starrte den Piraten an. „Einen Plan?"
„Aye ... einen verdammt guten ..."

Der Mentor

Die Sonne schien wieder auf Wolfshafen und glitzernd dampften die Kupferdächer der Häuser. Es war Mittag. Leichter Nebel zog sich durch die Gassen der Stadt. Spartacus' Stiefel donnerten auf dem Kopfsteinpflaster auf und ab. Er blickte auf Frida, welche sich an eine Mauer gesetzt hatte und einfach nur still auf die Straße starrte. Obwohl ihm das Gold fehlte, hatte er ihr neue Kleidung besorgt, in den alten Lumpen war sie einfach zu sehr aufgefallen. Zum Glück gehörte das Geschäft zu einem seiner Handelsnetzwerke.
Das noble Haus, vor dem er auf und ab marschierte, war prachtvoll gebaut. Die Wände waren sauber verputzt und viele Erker stießen aus der Mauer hervor. Ein Mann mit einem roten Dreispitz und einer kunstvoll angefertigten Muskete stand schweigend vor dem Gittertor.
Hinter diesen Mauern saß Joseph Teach, einer der einflussreichsten Männer innerhalb der Stadtmauern. Wenn etwas Interessantes in Wolfshafen passierte, war er einer der Ersten, die davon erfuhren. Er hatte nur einen wirklichen Konkurrenten in der Stadt: Gilbert O'Brian, der Vorsitzende der Händler im Stadtrat.
„Weshalb müssen wir zu diesem ... Joseph?"
Spartacus blieb stehen, beugte sich zu Frida vor, tippte ihr sanft auf die Stirn und sprach mit ernster, aber ruhiger Stimme: „Ich habe es dir schon einmal erklärt! Dieser Mann weiß höchstwahrscheinlich, welcher Vollidiot deinen riesigen Kumpel entführt hat. Hier

erfahren wir hoffentlich mehr und verfolgen weiter unseren Plan!"

Frida nickte eifrig. Der Pirat versuchte, freundlich zu lächeln, und tastete wieder den Verband an seiner Stirn ab. Einfach nur Zeitverschwendung, er sollte schon längst in Porta Mola sein und mit seiner verdammten Mannschaft Richtung Meer fahren. Das alles hier sorgte nur dafür, dass sein Plan länger dauerte. Der junge Kapitän betrachtete die Fenster. Er erkannte grüne Vorhänge mit goldenen Stickereien. Teach war einer der reichsten Leute in dieser Stadt und er war es auch, der Spartacus zu seinem Ruhm verholfen hatte. Und wie es aussah, hatte der Pirat dem Händler zu mehr Reichtum verholfen. Waren von anderen Händlern, welche plötzlich bei ihm auftauchten oder Galeonen der Konkurrenz, welche spurlos verschwanden ... Spartacus half Joseph auf vielerlei Weise – und Joseph Spartacus.

Frida plusterte gelangweilt die Wangen auf und blies Wirbel durch den aufsteigenden Nebel. Ein gespieltes, gelangweiltes Stöhnen entrann ihr.

Spartacus drehte sich mit genervtem Blick zu dem Mädchen: „Wenn es dir nicht passt, Prinzessin, dann kannst du doch versuchen, den Dicken auf eigene Faust zu finden! Also gib Ruhe, ich denke nach!" Der Pirat streckte seine Arme fragend aus und schüttelte den Kopf.

Beleidigt blickte Frida wieder auf den Boden und widmete sich einem Kieselstein.

„Wie lange dauert das denn noch?", flüsterte er und schlug die Hände vors Gesicht.

Als hätte jemand nur auf diese Frage gewartet, öffnete sich quietschend das Tor. Ein Mann mit bunter, enganliegender Hose und einer feinen Frisur trat heraus. Der Mann wirkte vornehm, und herablassend

blickte er auf Frida und Spartacus. „Herr Spartacus und Begleitung dürfen in das werte Haus Teach eintreten!"
Spartacus hasste diesen Speichellecker. Er passte nicht zu Teach, aber leider sorgte ein Diener für mehr Ansehen. Der Pirat stieg die Stufen aus Marmor hinauf zur Eingangstür und bedeutete Frida, ihm zu folgen.
„Keinen Mucks dadrinnen, verstanden?"
Das Mädchen nickte eifrig und folgte dem Kapitän die Stufen hoch. Sie gingen durch einen Gang mit vielen Bildern an den Wänden und Türen mit kunstvoll geschnitzten Rahmen. Die Bilder zeigten berühmte Schiffe unterschiedlichster Farben und Bauweisen. Spartacus konnte mittlerweile jedes Einzelne dieser Schiffe benennen: Galeassen, Briggs, Karavellen.
Laut hallten die Schritte der drei durch den Gang. Frida betrachtete alles aufmerksam und mit großen Augen. Sie erreichten eine kunstvolle, schwarze Wendeltreppe, die in den ersten Stock führte. In den Stein, der von den Tafelbergen der Pelikan-Insel stammte, waren stilisierte Delfine und andere Meeresbewohner fein säuberlich eingemeißelt worden. Fast schon gespielt langsam stieg der dickliche Diener die Stufen hinauf. Spartacus folgte ihm und packte mit der Hand das kühle Geländer der Wendeltreppe.
Nach kurzem Zögern entschied sich auch Frida, die steinernen Stufen zu erklimmen. Oben angelangt standen sie in einem gemütlichen Raum. Glänzendes Parkett war auf dem Boden ausgelegt und auch die Wände waren mit Holz verkleidet. Alles in allem sah es aus wie im Bauch eines Schiffes.
Sie blickten geradewegs auf eine Tür, welche aus einem fast schwarzen Holz gefertigt worden war. Darüber hatte man ein altes Steuerrad befestigt, hinter dem zwei gekreuzte Säbel hingen.

„Danke, den Rest schaffen wir allein!" Der Pirat schob den Diener unsanft zur Seite, der als Antwort ein theatralisches „Ts" von sich gab.

Spartacus schritt gemütlich auf die Tür zu, packte die Griffe und schlug sie in weitem Bogen auf. „Ahoi, alter Mann!"

Im vom Sonnenlicht durchfluteten Raum saß ein Mann mit Glatze und einer Pfeife im Mund. Er sah sehr alt aus und hatte sonnengebräunte Haut. Seine Augen hatten eine blaue Farbe und wirkten ein wenig erschöpft. „Wie oft habe ich dir gesagt, du sollst nicht einfach so in mein Arbeitszimmer platzen?" Der alte Mann schlug mit der Faust auf den hölzernen Arbeitstisch, woraufhin ein fragil wirkendes Glas bedrohlich wackelte.

Spartacus hob verteidigend die Hände und winkte Frida herein. Er deutete auf einen braunen Ledersessel in einer Ecke, auf den sie sich setzen sollte, dann ging er zu einem der Fenster und blickte auf den wunderschönen Hafen in der Ferne. Auch dieses Zimmer war wie ein Teil eines Schiffes gebaut worden. Man fühlte sich wie in einer Kapitänskajüte. Die Fenster am Ende des Zimmers gingen schräg nach oben und auch hier war wie im Vorraum alles mit Holz ausgelegt. Der Raum war gefüllt mit Karten unterschiedlichster Länder und hohen Bücherregalen. Auf dem Boden war ein schöner bunter Teppich mit fremden Mustern ausgebreitet worden.

„Wen hast du mir denn da mitgebracht?" Teach deutete mit seiner Pfeife auf Frida und lächelte sie zärtlich an.

Spartacus, der mit dem Rücken zu Joseph stand, winkte nur ab und antwortete: „Ein Mädchen, das mir einen kleinen Gefallen getan hat."

Der alte Mann nickte, zog an seiner Pfeife und blies eine Reihe blauer Rauchringe aus. „Nun denn, Jungspund. Du sagtest, du hättest ein paar Fragen an mich. Um was geht es denn?"

Spartacus streckte sich und blickte auf das rege Treiben am Hafen. „Hast du ein Auge auf den Sklavenhandel in der Stadt?" Der junge Kapitän verschränkte ernst die Arme hinter dem Rücken.

Teach zog eine Augenbraue hoch und legte seine Pfeife auf den kleinen silbernen Teller, der auf seinem Schreibtisch stand. „Seit wann interessiert dich denn der Sklavenhandel? Soweit ich mich erinnere, verabscheust du doch den Handel mit Menschen?"

Spartacus zuckte mit den Schultern. „Ach, jeder muss sein Handelsspektrum erweitern."

„Besonders, wenn sein Schiff nicht vor der Stadt ankert." Nun hatte sich auch der alte Mann zum Fenster gedreht.

Der Pirat zuckte zusammen; natürlich wusste Teach, dass die Rote Korsarin nicht in Wolfshafen ankerte. „Nun ja", er räusperte sich, „ich hatte ein kleines Ärgernis mit dem alten Bobbins und ..."

Teach war von seinem Sessel aufgestanden, und verpasste Spartacus eine heftige Ohrfeige, die ihn taumeln ließ. Frida schrie erschrocken auf und machte sich klein. „Du nutzloses Stück Möwendreck! Wie oft habe ich dir gesagt, du sollst dich nicht mit Bobbins anlegen? Der Mann ist zwar bestechlich, aber trotzdem ist er einer der mächtigsten Männer dieser Stadt!" Der kahle Kopf des alten Mannes war rot vor Wut.

Spartacus legte eine Hand auf seinen Kopf und funkelte Teach finster an. „Was passiert ist, ist halt passiert! Es war ein Unfall!"

Teach, der aus dem Fenster starrte, schüttelte den Kopf. Es war eine Mischung aus Wut und Enttäuschung. „Wie viel brauchst du?"

Kurz schwieg der junge Kapitän, dann aber drehte er sich zu ihm und antwortete: „Dreißig Goldstücke."
Teach rieb sich den Nasenrücken, schenkte Spartacus aber keinen Blick. Er wedelte mit der Hand und bedeutete dem jungen Piraten, er solle fortfahren. Frida betrachtete das seltsame Schauspiel von ihrem Sessel aus.
Der Kapitän drehte sich nun auch wieder zum Fenster. „Wir suchen einen ... nun ja ... Riesen. Ich schulde ihm einen Gefallen und allem Anschein nach wurde er entführt."
Kurz schwiegen die beiden, dann lachte Teach kurz auf: „Einen Riesen? Spartacus, wenn du gekommen bist, mir Seemannsgarn zu spinnen, dann kannst du gleich wieder verschwinden. Wer soll bitte einen Riesen stehlen?"
Unbeeindruckt starrte Spartacus immer noch zum Hafen. „Teach, wir beide wissen doch ganz genau: Egal, was hier passiert, wenn etwas Exotisches verkauft wird, bist du einer der Ersten, die davon erfahren. Solch ein Riese fällt auf wie ein bunter Hund, und ich bin mir ganz sicher, dass du weißt, wer ihn hat."
Teach blickte den Piraten ein wenig verwundert an und begab sich wieder zurück zu seinem Schreibtisch. Er ließ sich in seinen Sessel sinken und strich mit seinen Händen über das dunkle Tropenholz. „Tatsächlich ist mir ein Sklavenverkauf der besonderen Art zu Ohren gekommen." Nun hatte sich auch Spartacus wieder vom Fenster weggedreht. „In drei Tagen soll eine Menschenauktion stattfinden, und die Hauptattraktion ist ein Wilder aus dem Norden."
Der Pirat stand nun direkt hinter Teach und beugte sich zu dessen Ohr hinunter. „Wer?"
Der alte Mann legte die Fingerspitzen aneinander und blickte grübelnd durch den Raum. Behutsam nahm er

seine Pfeife und zog daran. Er ließ sich Zeit. Ungeduldig trommelte Spartacus auf dem Ledersessel herum. Langsam pustete Joseph den blauen Rauch aus und legte seine Beine auf den Tisch.
„Der Mann, den du suchst, ist der Piratenkapitän Gorn Ulricson!"

Sanft hüllte das Licht der Kerze das Arbeitszimmer in ein warmes Orange. Joseph war tief in seinen Sessel gesunken und hatte die Beine auf den Tisch gelegt. Der Tabak seiner Pfeife glomm bei jedem Zug und erhellte sein Gesicht. Die ganze Zeit schon betrachtete er das alte Bild an der Wand. Es zeigte ein Schiff, das sich durch einen wilden Sturm kämpfte – sein Schiff. Er erinnerte sich gern an seine Zeit auf der Blauen Favol.
Joseph war einer der ersten großen Piraten gewesen. Wolfshafen war bei Weitem nicht so groß gewesen wie heute, alles war damals anders. Man hatte keine Pistolen oder Kanonen gehabt, Schiffe waren mit Armbrüsten und Schwertern geentert worden. Das Leben war härter gewesen, doch die Zeiten hatten sich geändert.
Er grinste. Dieser Spartacus war ein Schuft! Der alte Mann schloss die Augen und dachte an seine erste Begegnung mit dem jungen Piraten.
Es war am Hafen gewesen. Er ließ Fässer mit Fischen auf sein Schiff bringen, da fiel ihm ein Jüngling auf, kaum älter als neunzehn. Die Kleidung war fremdartig und zerlumpt, er war abgemagert und schien viel durchgemacht zu haben. Der junge Mann sprach eine komplett andere Sprache, doch Spartacus hatte dieses Feuer in den Augen. Dasselbe Feuer, das er selbst einst besaß. Joseph wusste, dass dieser junge Mann einen großartigen Piraten abgeben würde. Er brachte ihm

alles bei: Lesen, Schreiben, Navigieren, Segeln, Kämpfen.
Und nach wenigen Jahren war aus dem Fremden ein fabelhafter Pirat geworden. Kurz darauf hatte er sich zur Ruhe gesetzt und begonnen, sein Handelsimperium aufzubauen. Mit seinem Gold unterstütze er Spartacus und es schien sich eine Art Vater-Sohn-Beziehung zwischen ihnen aufzubauen. Dann, eines Nachts, erzählte Spartacus ihm seinen Plan. Ein Plan, der weit über Wolfshafen hinausgehen würde.
Joseph grinste. Der Junge war immer wieder für Überraschungen gut. Was hatte er mit dem Riesen und dem Mädchen vor?
Teach blies den blauen Tabakrauch aus und gähnte. Was es auch war, Spartacus' Taten zogen immer große Spuren nach sich. Früher oder später würde der alte Mann sicher davon erfahren.

Heikle Geschäfte

Mit einem dumpfen Knall schloss sich das Tor hinter Frida und Spartacus. Das Schauspiel in dem Haus war dem Mädchen irgendwie seltsam vorgekommen. Wer war dieser Gorn? Auf jeden Fall mussten sie Leif schnell retten. Der Nortmar hatte sich nur für sie auf diese Reise begeben. Frida hatte ein schlechtes Gewissen. Sie wollte sich gar nicht vorstellen, wie es ihm wohl gerade ging.
Spartacus hatte die Hände in die Jackentaschen gesteckt und blickte in den Himmel.
„Was machen wir jetzt?"
Spartacus beachtete sie nicht und starrte weiter in den Himmel. Dieser Mann war Frida nicht ganz geheuer, doch er war ihr einziger Weg, Leif zurückzubekommen. Das Mädchen richtete ihre Kleidung, die der Pirat ihr gekauft hatte. Es war ein einfaches Hemd aus einem groben, weißen Stoff sowie eine Hose aus altem Leder. Es war wesentlich angenehmer als das, was die Nortmar ihr gegeben hatten.
Spartacus blickte sie an und grinste. „Alles läuft wieder nach Plan! Komm, wir müssen ein paar Geschäfte erledigen!" Er bedeutete ihr weiterzugehen.
„Was für ein Plan?", fragte sie verwirrt.
„Das erzähl ich dir ein anderes Mal, aber jetzt komm mit."
Alles war so anders hier. Die Häuser waren höher und schienen stabiler gebaut zu sein. Auch die Leute waren seltsam. Sie waren besser gekleidet und würdigten die beiden keines Blickes. Außerdem waren hier mehr

Wachen als dort, wo sie mit Leif gewesen war. Mit ihren seltsamen Eisenrohren auf dem Rücken marschierten sie aufmerksam durch die Straßen. „Herr Spartacus, was sind das eigentlich für seltsame Waffen, die die Wachen hier haben?"
Spartacus blieb abrupt stehen und blickte das Mädchen schief an. „Hast du die letzten Jahre in einer Höhle gewohnt, Kleine? Das sind einfache Musketen, wie sie jeder Soldat heute trägt."
Frida starrte den Piraten verwirrt an.
„Bitte sag mir nicht, dass du nicht weißt, was das ist."
Spartacus fasste sich ungläubig an seinen Verband.
Das Mädchen antwortete mit einem Kopfschütteln.
Der Kapitän seufzte und setzte sich wieder in Bewegung. „Es sind Schusswaffen. Damit kann man kleine, aber gefährliche Kügelchen auf Feinde schießen. Man braucht zwar lange zum Nachladen, aber sie sind tödlicher als Bögen oder Armbrüste. Es gibt sie nun seit gut elf Jahren. Und seither werden sie jedes Jahr besser und gefährlicher."
Frida war das Ganze immer noch fremd, aber sie schwieg. Interessiert beobachtete sie weiter die Umgebung. Obwohl sie sich nicht erinnern konnte, je hier gewesen zu sein, erschien ihr alles so vertraut: das Schlagen der genagelten Schuhsohlen auf dem Kopfsteinpflaster, die Geräusche der Stadt, die Gerüche. An einer Kreuzung blieben sie stehen – außer den beiden war hier niemand. Spartacus blickte sich um und eilte dann in eine schattige Gasse. Langsam tastete er über die grobe Wand aus Stein. Frida wollte gerade etwas sagen, als Spartacus einen Stein aus der Wand zog. Verwundert blieb sie stumm. Keinen Herzschlag später griff der Pirat in eine seiner Jackentaschen und zog ein kleines, zerknittertes Blatt Papier heraus. Darin

eingewickelt befand sich ein kleines Stück schwarzer Kohle, mit dem er hastig etwas auf das Papier kritzelte.
„Spartacus, wa...?"
„Psst! Schreibe gerade", zischte der Piratenkapitän.
Kurz darauf nickte Spartacus zufrieden, steckte die Kohle wieder in die Jacke, faltete das Papier, legte es in die Wand und verschloss mit dem Stein die Öffnung.
„Das ist ein toter Briefkasten", sagte der Pirat leise.
„Tot? Wie kann ein Briefkasten tot sein?", fragte das Mädchen verwundert.
„Das heißt nur so, niemand ist tot. Ich hinterlasse Briefe an versteckten Stellen, von denen nur ich und meine Leute wissen. An besagten Stellen gebe ich Nachrichten oder Befehle ab, die dann abgeholt werden. Das heißt, ich delegiere Arbeit an meine Männer. Und bevor du fragst: Delegieren bedeutet so viel wie befehlen."
„Und was hast du jetzt auf den Zettel geschrieben?"
„Man soll ein Treffen für mich mit einem sehr wichtigen Mann organisieren. Aber genug gelernt für heute. Komm, wir haben noch ein anderes, nicht weniger wichtiges Treffen vor uns", sagte der Pirat und bedeutete Frida, ihm zu folgen.
Wieder auf der Straße trottete das Mädchen neben Spartacus her. Die Häuser hatten sich verändert. Sie waren nicht mehr so prächtig wie die, an denen sie zuvor vorbeigekommen waren. „Wenn du dele... deli... Wenn du Befehle geben kannst, warum gehst du dann jetzt selbst zu diesem Treffen?"
Spartacus grinste und tätschelte den hellblonden Kopf des Mädchens. „Das ist mal eine gute Frage", lobte er sie gespielt. „Für gewöhnlich würde ich wirklich jemanden vorbeischicken, der das für mich erledigt. Doch dieses Mal ist die Sache etwas vertraulicher. Je weniger davon wissen, umso besser."

Kurze Zeit später kamen sie zu einer Sackgasse. Um sie herum befanden sich fensterlose Häuser aus dunkel gewordenem Holz. Über eine kleine Treppe gelangte man zur einzigen Tür, die es dort gab. An der gegenüberliegenden Wand standen vergessen ein paar alte modrige Holzkisten und Fässer. Die gesamte Gasse lag im Schatten und eine feuchte Kälte kroch über den Boden. Was wollten sie hier?

„Gut!" Spartacus legte eine Hand auf Fridas Kopf. „Du wartetest dort neben der Tür, ich gehe da rein und erledige alles. Keine Angst, dir passiert hier nichts."

„Warum darf ich nicht mit?" Frida betrachtete die Gasse mit einem flauen Gefühl im Magen. Eine Ratte huschte an ihnen vorbei und verkroch sich in einer der modrigen Holzkisten.

„Weil dort drinnen sehr unhöfliche Gestalten sind. Kein Umgang für eine kleine Kaulquappe wie dich! Also, warte da neben der Tür auf mich, ich bin gleich wieder zurück."

Widerwillig lehnte sich Frida gegen die Hauswand am Fuße der Treppe. Spartacus klopfte dreimal fest gegen die Tür und zischend öffnete sich eine Metallklappe. Eine krächzende Stimme erklang dahinter: „Parole?"

Spartacus beugte sich zur Tür vor und flüsterte kaum hörbar: „Plotz-Klotz."

Das Klicken mehrerer Schlösser ertönte und kurz darauf öffnete sich die Tür. Wortlos trat er ein und verschwand in dem Gebäude.

Frida entfernte sich von der Wand und blickte böse die Tür an. „Dieser doofe Spartacus denkt, ich darf hier nicht rein. Hier draußen ist es bestimmt nicht sicherer als dort drinnen. Hier ist es nur kalt und dunkel", flüsterte sie und trat gegen eine kleine Holzkiste.

Als Antwort erhielt sie ein lautes Rascheln. Sie entschied sich, diese Kiste nicht mehr zu treten und deren Bewohner lieber in Ruhe zu lassen, nicht dass diese noch auf die Idee kämen zurückzuschlagen. Sie musste da rein, sie wollte einmal nützlich sein! Was hatte er gesagt? Plotz-Klotz?

Schnell huschte sie die kleinen Stufen hoch und klopfte gegen die massige Holztür. Wieder öffnete sich zischend der Sehschlitz, doch er ging, noch bevor Frida etwas sagen konnte, zischend wieder zu.

„Was zur ...?" Frida blickte empört die Tür an. Was hatte sie anders gemacht als Spartacus? Vielleicht musste sie durch den Schlitz sehen? Das Mädchen machte sich größer und stellte sich auf die Zehenspitzen, doch selbst so war sie nicht auf Augenhöhe mit dem Schlitz. Enttäuscht ließ sie sich sinken und lehnte sich gegen die Tür. „Ich komm da wohl doch nicht rein."

Sie musste sich irgendwie größer machen. Plötzlich fiel ihr die Holzkiste ein. „Das ist es! So komm ich rein!"

Sie hüpfte die kleine Treppe hinunter und stellte sich vor die Kiste. Vorsichtig griff sie danach, geistig gewappnet, sich dem zu stellen, was auch immer darunter lebte. Frida packte das feuchte Holz, schloss die Augen und riss es ruckartig hoch. Langsam öffnete sie die Augen wieder. Auf dem Boden saß ein seltsames Tier. Es sah ein wenig aus wie eine Ratte, doch es hatte lange, schlapp nach unten hängende Ohren.

„Oh, du siehst aber süß aus, was bist du denn, Kleiner?" Frida wollte sich gerade vorbeugen, als das seltsame Wesen sie plötzlich ansprang. Mit einem hohen Kreischen wich sie nach hinten aus und versuchte, das Tier mit ihrer Holzkiste zu erschlagen, doch sie verfehlte es. Frida trampelte mit ihren Füßen hin und her, in der Hoffnung, das Tier zu zertreten. Das Mädchen entschied sich, zur Tür zu flüchten, vielleicht würde sie das seltsame Tier nicht verfolgen.

Sie hatte recht. Das schlappohrige Wesen funkelte sie noch einmal böse an und versteckte sich leise quiekend in einer anderen Kiste. Frida atmete schwer aus. Das hatte sie nicht erwartet. Was war das für ein Tier?
Es dauerte ein paar Momente, bis sie sich wieder beruhigte, auf die Holzkiste stieg und gegen die Holztür klopfte. Zischend öffnete sich erneut der Sehschlitz und ein Paar gelber Augen blickte sie finster an.
„Parole?", fragte wieder die krächzende Stimme.
„Plotz-Klotz?" Fridas Stimme war ein wenig zittrig.
Der Schlitz schloss sich wieder und das Klacken der Schlösser erklang. Langsam öffnete sich die Tür und Fridas Augen weiteten sich erschrocken. Vor ihr stand ein Wesen auf einer kleinen Leiter. Es war fast so groß wie sie und hatte eine grüne, ledrige Haut, große gelbe Augen und eine eingedrückte Nase. Die spitzen Ohren stachen aus dem karg behaarten Kopf hervor. Sie hatte noch nie so etwas gesehen. Frida wollte etwas sagen, doch ihr fehlten die Worte.
„Was schaust du so blöd? Noch nie einen Goblin gesehen? Los, was willst du?" Die gelben Augen musterten das Mädchen argwöhnisch. Der Goblin hatte seine Hände in den Gürtel gesteckt und streckte seinen Bauch raus.
„Ich ... ähm ... ich suche den Herrn Spartacus", stammelte Frida.
Fragend blickte der kleine Goblin sie an. „Was hast du mit dem zu schaffen? Ach, vergiss es! Ich will das gar nicht wissen. Er ist irgendwo da drin!" Er zeigte hinter ihm in das Gebäude.
Zögernd trat Frida hinein. Der Raum war spärlich beleuchtet und lilafarbene Rauchschwaden zogen langsam wabernd durch die Luft. An kleinen Tischen saßen weitere Goblins. Viele von ihnen hatten kleine Pfeifen im Mund und bliesen den seltsamen Rauch aus.

Er roch fremdartig und kratzte unangenehm in Fridas Hals. Sie versuchte, Spartacus zu erspähen, doch sie sah nur die kleinen Wesen. Mittlerweile hatten sich viele Blicke auf das Menschenkind gerichtet. Ein ungemütlicher Schauer überlief sie.
Ein etwas größerer Goblin kam ihr entgegen. Ihm fehlte ein Ohr, und er schien auf einem Auge blind zu sein. „Was will so 'n kleines Menschending wie du hier? Du hast hier nichts zu suchen!", grunzte er und zog laut den Schleim in seiner Nase hoch.
Frida erschauerte, der dicke Goblin war ihr nicht geheuer. „Wisst Ihr, wo ich Spartacus finde?" Sie versuchte, ihm in die Augen zu sehen, doch etwas in seinem Blick machte ihr Angst.
Er trommelte nachdenklich auf seinen Wanst. „Gut, folg mir!" Der Goblin drehte sich um und trottete durch den Nebel.
Zögernd lief sie ihm hinterher. Die anderen im Raum gingen wieder ihren Gesprächen nach und wandten sich von ihr ab. Der Dicke schlenderte zur Stiege. Die Stufen waren zwar niedrig, aber perfekt für Fridas Größe. Schwerfällig stieg der Goblin die knarzende Treppe hinauf, das Holz war wohl sehr alt.
Im ersten Stock angelangt, befand sie sich in einem Gang mit mehreren, von Vorhängen verdeckten Räumen. Aus manchen konnte Frida vereinzelte Wortfetzen hören, doch viele der Worte waren ihr fremd.
„Da, der dritte Vorhang. Da musst du rein! Und jetzt beeil dich, hab Wichtigeres zu tun!" Der Goblin wischte sich seine platte Nase mit dem Handrücken ab und zog den verbleibenden Schleim hoch.
Frida lief es bei diesem Geräusch wieder eiskalt den Rücken hinunter. Sie bedankte sich leise und ging zum besagten Raum. Vorsichtig öffnete sie den Vorhang.

Zwischen Rauchschwaden erkannte sie Spartacus, welcher auf einem Haufen Kissen lag und an einer Pfeife zog. Vor ihr saßen zwei weitere Goblins. Beide trugen seltsame Lederkappen und wirkten etwas durch den Wind. Dem rechten fehlten drei Finger an einer Hand, der linke hatte eine große Brandwunde im Gesicht.

„Nein, nein und nochmals nein! Wir machen so etwas nur gegen Barzahlung! Und überhaupt ist das eine extrem gefährliche Sache. Dafür verlangen wir einen Aufschlag von mindestens dreizehn Goldstücken!"

Spartacus wollte gerade etwas sagen, als er Frida bemerkte. „Bei Kors Dreizack, wie bist du hier reingekommen?"

Die Goblins drehten sich zur Tür und sahen Frida mit ihren giftgrünen Augen an. Die beiden sahen sich mehr als ähnlich.

„Gehört die zu dir, Spartacus?" Der mit der Brandwunde musterte Frida von oben bis unten und leckte sich mit seiner spitzen Zunge über die Lippen.

„Ich ... Nun ja ... das ist meine Geschäftspartnerin. Sie hat ebenfalls Interesse an euren Diensten." Der Pirat funkelte das Mädchen wütend an.

Frida verbeugte sich instinktiv vor den beiden Goblins. „Ich bin Frida, es freut mich, euch kennenzulernen." Verwirrt schüttelte das Mädchen schnell den Kopf. Woher kam das denn?

„Darf ich vorstellen, Drafg und Blafg. Die beiden Brüder sind Sprengstoffexperten. Wir möchten sie für unser Unterfangen anheuern."

Frida betrachtete die beiden noch einmal. Drafg war derjenige mit der Brandwunde und Blafg also sein Bruder.

„Komm, Hübsche, setz dich zu uns." Blafg bedeutete Frida, sich zu ihnen zu setzen.

Langsam kam das Mädchen näher und setzte sich auf eines der bunt bestickten Kissen. Sie versuchte, sich so nah wie möglich zu Spartacus zu setzen.

„Also, wo waren wir? Ach ja, natürlich werdet ihr euer Gold erhalten, und ..."

Drafg fiel Spartacus ins Wort: „Na, Spartacus, wo sind deine Manieren? Sollte die Kleine da nicht erst auch an der Pfeife rauchen?" Der Goblin verschränkte seine dünnen Arme vor der Brust.

„Nun ja, ich glaube, dafür ist sie noch zu jung. Das wäre eine schlechte Idee!"

Blafg schüttelte den Kopf. „Du kennst unsere Gepflogenheiten! Sie ist am Geschäft beteiligt, also muss sie an der Pfeife ziehen."

Spartacus versuchte, die Brüder zu überreden, doch sie blieben stur. Frida starrte verwirrt zwischen dem Piraten und den beiden Goblins hin und her.

„Keine Widerworte! Entweder so, oder wir brechen dieses Geschäft auf der Stelle ab!"

Spartacus knirschte mit den Zähnen und brachte ein leises „Na gut" hervor. Er reichte Frida die Pfeife.

„Los, probier mal, Kleine! Ist ein guter Stoff." Drafg klatschte in die Hände.

Zögernd nahm das Mädchen die Pfeife entgegen und setzte sich das Mundstück an die Lippen. Dann zog sie einmal tief daran. Der Rauch war furchtbar kratzig und Frida hustete keuchend aus. Spartacus schlug sich die Hand auf die verbundene Stirn und schüttelte den Kopf. Das Mädchen hatte einen seltsamen Geschmack im Mund, eine Mischung aus Äpfeln und noch etwas, das sie nicht so richtig einordnen konnte. Langsam wurde ihr schwindelig und alles um sie herum fing an zu verschwimmen. Blitzende Sterne tanzten vor ihren Augen. Dem Mädchen wurde übel und ihr Körper fühlte sich taub an. Die Stimmen um sie herum waren verzerrt und stumpf. Sie sah nur noch, wie Spartacus sich über sie beugte, dann wurde alles schwarz.

Wieder fiel ein Tropfen kalten Wassers von der Decke. Es musste schon seit Jahren tropfen, denn am Boden hatte sich mittlerweile eine Mulde gebildet. Spärlich schien Licht in den kleinen Raum. Die Wände bestanden aus dunkelgrauem, grobem Stein, es schien derselbe Stein wie der zu sein, der den Boden bildete.
Leif wusste nicht, wie lange er schon in diesem Loch der Menschen war. Es musste eine Stunde vergangen sein, seit er aufgewacht war – angekettet an die Wand wie ein Hund. Dicke Ketten an Beinen, Armen und Hals verhinderten jegliche Bewegung. Mit all seiner Kraft hatte er an ihnen gezogen, gebrüllt wie ein wütender Höhlenbär, doch nichts half. Nie hatte er sich so hilflos gefühlt. Eine Schande. Der Kopf des Nortmar tat höllisch weh und jede noch so kleine Bewegung seiner Glieder sorgte für grausame Schmerzen. Leif konnte sich selbst nicht sehen, aber der Jäger spürte, wie mehrere Beulen sein Gesicht deformierten.
Mit Keulen aus Holz und Metall hatte man ihn in der Nacht überrascht. Er konnte nicht sagen, wie viele es gewesen waren – acht oder zehn Menschen, vielleicht sogar ein Dutzend. Sie hatten ihm einen Sack über den Kopf gestülpt, während er schlief und mit den Waffen auf seinen Kopf eingeschlagen. Leif erinnerte sich zwar noch, dass er einen der Menschen packen und vielleicht auch töten konnte, doch die Erinnerungen an diese Nacht waren vernebelt.
Von kleinen Menschen überrumpelt und gefangen genommen wie ein wildes Tier … Leif wusste nicht, was mehr schmerzte: die Schande oder die unzähligen Beulen und blauen Flecke.

Er starrte wieder auf die Tür, die vor ihm lag. Der Nortmar spürte, wie jemand davorstand, und konnte, wie bei wilden Tieren, seine Aura wahrnehmen.

Stunden schienen zu vergehen, bis sich etwas tat. Das Licht, welches durch das Loch über ihm schien, war schwächer geworden. Die Tür vor ihm öffnete sich und ein Mensch kam herein. Er war groß für einen Menschen und hatte lange, blonde Haare und einen dichten Bart. An seinem Gürtel hing ein massiger Streitkolben.

„Man hat mich nicht belogen. Ein wahrhaftiger Riese!", brummte die tiefe Stimme des Mannes. „Vopni, du sollst dein Gold für diesen Fund erhalten."

Ein Mann trat hinter dem Fremden hervor. Der zweite Mensch hatte eine Glatze und kam Leif bekannt vor. Schnell wurde ihm bewusst, dass dies der Mann war, der den Menschen auf der Straße töten wollte. Sein Gesicht war von Schrammen und Schnitten kaum noch zu erkennen, und er hinkte ungelenk.

Ängstlich betrachtete der Mann namens Vopni den Nortmar. „Werden ihn die Ketten festhalten?"

„Das sind Ankerketten, natürlich werden sie das."

Demonstrativ brüllte Leif und zog an den Ketten.

Erschrocken stolperte Vopni zurück und auch der blonde Mann schien ein wenig zurückzuweichen.

„Ha! Sag ich doch!" Langsam kam der Mensch näher. Wäre Leif nicht angekettet, hätte er ihn packen und zerreißen können. „Warum so wütend, Riese? Du kommst bald in die Freiheit. Auf ein großes Schiff. Du wirst einen atemberaubenden Sklaven abgeben."

„Beim Bären! Ich werde dich in zwei Hälften reißen, du Sohn eines Auerochsen!" Wieder versuchte Leif, den blonden Mann zu packen, doch die Ketten ließen es nicht zu.

„Du bist jetzt besser ruhig, oder dich hört noch jemand, das wollen wir doch nicht", sprach er ruhig.

„Du verdammter Bastard! Du kannst mir meinen Arsch lecken!" Leifs Kopf war rot vor Wut. Böse funkelten die blauen Augen unter den zotteligen, blonden Haaren hervor.

„Vopni, gib mir deine Pistole."

„Wie Ihr wünscht, Kapitän." Vorsichtig näherte sich Vopni, den Nortmar keinen Moment aus den Augen lassend.

Er hatte einen dieser seltsamen Knüppel in der Hand, wie ihn Leif schon einmal gesehen hatte. Was war so besonders an den Dingern?

Der blonde Mann riss dem verängstigen Menschen genervt die Pistole aus der Hand und zeigte damit auf Leif. Der Nortmar grinste. Was wollte er ihm mit diesem kleinen Ding denn tun?

Ein donnernder Knall. Rauch und Schwefelgeruch erfüllten den Raum. Leif musste kurz die Augen schließen. Als er sie wieder öffnete, sah er, dass der Rauch aus dem Rohr kam und Vopni blutend auf dem Boden lag.

„Wenn du noch mal solchen Lärm machst, Riese, endest du wie dieser Scheißer hier! Habe ich mich klar und deutlich ausgedrückt? Niemand verarscht Gorn Ulricson!"

Lichterspiel

Frida öffnete langsam die Augen. Sie befand sich in einem seltsamen Raum aus behauenem Stein. Schriftzeichen, denen sie keine Bedeutung zuordnen konnte, bedeckten sowohl Boden, Wände als auch die Decke. „Wo bin ich?"
In der Mitte des Raumes thronte ein großer, natürlich gewachsener Kristall. Er war ebenso farblos wie bunt und strahlte eine unsagbare Energie aus. Doch obwohl der Kristall farblich undefinierbar war, schien er den ganzen Raum in hellgrünes Licht zu hüllen.
Frida blinzelte mehrmals. Etwas stand vor dem Kristall – etwas Schemenhaftes. Es schien zu sprechen, doch das Mädchen verstand kein Wort. Nur dumpfe und unbekannte Töne drangen an ihr Ohr. Plötzlich schlich ein dunkler Schatten über den Boden. Wie Nebel umhüllte er langsam den Kristall. Die schemenhafte Gestalt versuchte, den Nebel zu verscheuchen. Die dumpfen Töne wurden schriller, es schien, als würde der Schemen mit dem Nebel kämpfen. Die Auseinandersetzung schien ewig zu dauern.
Da erblickte Frida eine Bewegung aus den Augenwinkeln. Sie drehte sich um und erschrak. Ihr gegenüber stand sie selbst, gekleidet in feine Stoffe und mit gekämmtem Haar. In ihrem Blick lag blankes Entsetzen. Fridas Spiegelbild öffnete den Mund, sie schien zu schreien, doch kein Ton kam über ihre Lippen. Dann, ohne Vorwarnung, wurde das Licht dunkler. Die schemenhafte Gestalt war verschwunden und der dunkle Schatten hatte den Kristall umhüllt. Das grüne

Licht wurde immer schwächer und verschwand gänzlich. Alles wurde grau. Blutige Tränen strömten aus den Augen der Doppelgängerin, bis der dunkle Schatten plötzlich ihren Hals durchbohrte und sie in grünen Flammen aufgehen ließ.

Schreiend wachte Frida auf. Sie war schweißgebadet und saß auf einer Decke aus Wolle. Spartacus stand über ihr. Seine Arme waren verschränkt, er blickte sie fragend an.
„Du denkst jetzt sicher, ich habe Mitleid mit dir, oder? Selbst schuld, du dummes Gör! Ich hab dir ja gesagt, dass du vor der Tür warten sollst!"
Frida versuchte, ihre Gedanken zu ordnen. Ihr Schädel tat schrecklich weh und ihr Blick war verschwommen. Sie befand sich in einem kleinen Raum, mit Wänden aus Holz und grobem Steinboden.
„Falls es dich interessiert, Prinzessin, der Handel hat geklappt, auch wenn du es fast versaut hättest." Nachdenklich fuhr sich der Pirat über den kurzen Bart und fuhr fort: „Du hast jetzt beinahe einen ganzen Tag verschlafen. Morgen findet die Auktion statt. Beeil dich, die Zeit läuft, und wir haben noch viel zu tun!"
Spartacus drehte sich um und verschwand durch die Tür in eine kleine Halle.
Langsam und zitternd erhob sich Frida von der Decke. Ihr Haar war komplett zerzaust und hing ihr ins Gesicht, ihre Zunge fühlte sich pelzig an, ein komischer Geschmack lag auf ihr. Wackelig folgte sie Spartacus und ging ebenfalls durch die Tür. Es roch nach Salzwasser, sie mussten nah am Meer sein.
Der Pirat stand vor einem Schiff, die Hände in den Jackentaschen.
„Was ist das?"

„Eine Karavelle, gut zwanzig Meter lang. Ein altes Schiff."
Es lag in einer Vertiefung im Boden auf dem Trockenen. Das Holz sah aus, als hätte es schon lange kein Wasser mehr gesehen.
„Können wir?" Spartacus blickte Frida ernst an.
Sie nickte, und wortlos bewegte sich der Pirat zu einem breiten Tor aus alten Holzbrettern. Er packte den rostigen Griff und schob die schwere Tür zur Seite. Draußen war es bereits dunkel geworden.
Kurz betrachtete das Mädchen noch das Schiff. Filigran stand auf dem Heck der Karavelle in goldener Farbe Blaue Favol. Leise las sie den Namen vor und strich mit ihrer Hand darüber.
„Komm jetzt!", rief Spartacus.
Frida wandte sich vom Schiff ab und ging durch das Tor, hinaus in den Hafen der Stadt.

Der Hafen war in ein Kleid aus warmem Licht gehüllt. Papierlampions hingen zwischen den Häusern und schienen in der Luft zu schweben. Die Lichter spiegelten sich glitzernd auf der schwarzen Wasseroberfläche des Meeres. Aus den Tavernen drangen Rufe und Gesänge. Die Bewohner der Stadt gingen im Hafen auf und ab: Wachen, Händler, Matrosen und viele andere. Es herrschte ein geschäftiges Treiben. Fridas Magen brummte. Ihr fiel ein, dass sie den ganzen Tag noch nichts gegessen hatte. „Spartacus, könnten wir vielleicht etwas essen?"
Der Pirat griff sich an den Bauch und schien kurz zu überlegen, dann nickte er. „Eine gute Idee. Ich habe den ganzen Tag noch nichts zwischen die Zähne bekommen. Komm mit, ich weiß da einen guten Laden! Aber bleib in meiner Nähe!" Mahnend hob er den Finger und blickte zu Frida zurück. Diese nickte eifrig, woraufhin

Spartacus sich wieder in Bewegung setzte. „Ich wette, das wird dir schmecken."
„Hoffe ich. Die letzten Tage habe ich nur Äpfel und Trockenfleisch gegessen. Die Äpfel waren lecker, doch das Trockenfleisch war schrecklich!" Das Mädchen streckte die Zunge heraus und schüttelte den Kopf.
Der Pirat lachte und folgte weiter dem Hafenrand. „Sag mal, Frida, von woher kommst du eigentlich?"
„Ich weiß es nicht", antwortete sie bedrückt.
„Wie, du weißt es nicht? Du bist doch nicht einfach erschienen."
„Laut Leif schon. Er hat mich vor ein paar Tagen in den Weißen Bergen gefunden und vor einem Monster gerettet."
Spartacus nickte misstrauisch. „Und du glaubst ihm das?"
„Ja. Ich meine, es kommt mir zwar so vor, als wäre das alles ein seltsamer Traum gewesen, aber ich erinnere mich ein wenig an diesen Tag."
„Und was macht ihr dann hier? Oder besser gesagt, was wolltet ihr hier?"
Frida schwieg kurz und betrachtete mit funkelnden Augen die Schiffe, die vor Anker lagen. Auch sie waren in bunte Lichter gehüllt. Keines sah aus wie das andere. Manche waren sehr klein und boten wenig Platz, andere hingegen waren so groß wie ganze Gebäude und ihre Masten reichten weit in den Himmel. An den vorderen Spitzen der großen Schiffe waren oft aus Holz geschnitzte Tiere oder nackte Frauen angebracht. Es herrschte reges Treiben auf den Decks, und ebenso verschieden wie die Schiffe selbst, waren die Menschen auf ihnen. Manche trugen seltsame Lederkleidung, Rüstungen, Kleidung aus Tüchern oder lange Mäntel wie Spartacus. „Leif bringt mich in die Königsstadt", murmelte Frida.

„Was?"
„Leif bringt mich in die Königsstadt. Dort weiß man anscheinend, wer ich bin. Wir mussten hierherkommen, um Vorräte zu sammeln und eine Karte zu besorgen."
Wieder nickte der Pirat. „Das hat ja ganz toll funktioniert. Ehrlich."

Nach einem kurzen Marsch bogen sie landeinwärts ab und kamen auf eine Straße. Wie ein Tor hing ein Holzschild zwischen zwei Häusern, auf dem unter seltsamen Zeichen Gāng-Shiruku-Viertel stand.
Diese Straße war komplett anders als der Rest der Stadt. Es duftete exotisch und die Häuser wirkten fremd. Die Dächer wölbten sich und hatten bunte Schindeln. Es war fast so, als wären die beiden in einer anderen Welt. Viele der Menschen, welche dort lebten, hatten eine seltsame Hautfarbe und enge Augen.
„Schau, da drüben!" Spartacus deutete auf einen kleinen überdachten Wagen. „Da ist der Bekannte von mir, dort schmeckt es dir sicher!"
Ein angenehmer Duft ging von dem mit Papierlampen beleuchteten Wagen aus. Spartacus schnappte sich einen der drei Hocker, die davorstanden und setzte sich. Auch Frida nahm auf einem Hocker Platz. Der Großteil des Wagens bestand aus einem Kohlegrill, auf dem zischend kleine Fleischspieße vor sich hin brieten. Frida war so sehr abgelenkt von dem gut duftenden Essen, dass sie die Frau vor ihr gar nicht bemerkte.
„Hallo, Rou!"
Die Frau mit dem tiefschwarzen Haar nickte freundlich.
„Hallo, Spartacus."
Ihre rehbraunen Augen funkelten im Licht der Lampen. Nun sah auch Frida Rou.

„Oh, und wer ist deine kleine Freundin?" Sie lächelte das kleine Mädchen freundlich an.

„Ihr Name ist Frida. Rou, wir sind ein wenig in Eile, mach uns doch bitte einmal Schwein."

Rou nickte höflich und wendete die Spieße auf dem Grill. Das Fett tropfte vom Fleisch in die glühenden Kohlen, woraufhin zischend Flammenzungen nach dem Essen griffen. Frida lief das Wasser im Mund zusammen. Es duftete herrlich. Rou drehte sich derweil um und holte eine kleine schwarze Flasche sowie einen kleinen Becher aus Ton hervor. Beides platzierte sie vor Spartacus.

„Ah, danke. Den brauch ich jetzt! Aber den Becher kannst du behalten, aye?"

Rou grinste breit. Frida fiel auf, dass der Frau mehrere Zähne fehlten. Es war seltsam, dass solch ein schönes Gesicht so hässliche Zähne hatte.

Der Pirat öffnete die Flasche und trank einen großen Schluck. Dann wischte er sich den Mund mit dem Ärmel ab und donnerte die Flasche wieder auf den Wagen.

„Und was möchtest du, kleines Mädchen?", fragte Rou freundlich.

Frida überlegte kurz. „Kriege ich das, was Spartacus hat?"

Spartacus verschluckte sich und lachte laut. „Glaubst du nicht, dass du genug Rauschmittel für heute hattest? Das ist Sake, Reiswein. Rou, gib ihr Wasser, das sollte ihr guttun."

Rou nickte freundlich und gab Frida einen Becher Wasser. Fridas Kopf brummte tatsächlich noch immer und ihr war ein wenig übel. Dieses Goblinzeug hatte ihr wirklich nicht gutgetan.

Endlich gab Rou den beiden ihre Mahlzeit. Spartacus biss mit großen Bissen das Fleisch von den Holzspießen und leckte sich den Saft von den Lippen.

Frida betrachtete das Fleisch. Es roch würzig und hatte eine bräunliche Farbe. Vorsichtig biss sie hinein. Es war süßlich und kitzelte ein wenig auf der Zunge. Das Mädchen strahlte. Es war das Beste, was sie seit Tagen zwischen die Zähne bekam.

Nachdem sie gegessen hatten, warf Spartacus eine Silbermünze auf den Wagen und rülpste laut, was Frida ein wenig erschreckte. Er wusste zwar, dass die Silbermünze viel zu viel war, doch Rou half er gern, als Frau hatte man es hier nicht leicht.
Erstaunlich, dass es Frida wieder so gut ging, die Kleine hatte das gut weggesteckt. Als er das erste Mal Goblinkraut geraucht hatte, lag er zwei Tage in einer Gasse und hatte von fliegenden Walen geträumt. Seltsam.
In wenigen Minuten würden sie ihr Ziel erreichen. Ein leichtes Schaudern überlief den Piraten. Diese ganze Aktion war sehr gefährlich und viele Faktoren hingen von purem Glück ab. Obwohl er der Kleinen zuerst nicht helfen wollte, kam ihm die ganze Geschichte mit dem Riesen mittlerweile zugute. „Zwei Fliegen mit einer Klatsche ...", flüsterte er kaum hörbar. Wenn er jetzt alles richtig machen würde, wäre er seinem Ziel viel näher. Die Sterne standen gut für ihn!
Wenig später erreichten sie ihr Ziel. Die beiden standen vor einem Gebäude mit verzierten Fenstern, aus denen warmes Licht und Gelächter drang. Über der Tür hing ein Schild in Form eines seltsamen Schiffes.
„So, Frida", Spartacus ging in die Hocke und sah Frida ernst in die Augen, „wir sind hier vor der Taverne von Shu Lao Fen, einem der großen Drei in dieser Stadt. Egal, was dadrinnen passiert, rede mit niemandem und tu das, was ich dir sage! Verhalt dich einfach ruhig." Er griff in seine Jacke und holte einen kleinen,

mattschwarzen Dolch heraus. Langsam drehte er ihn in seiner Hand. „Wenn die Sache hier eskalieren sollte, versuchst du davonzurennen. Verteidige dich mit der Klinge hier, spiel aber nicht die Heldin."
Spartacus sagte dies in einem ruhigen, ernsten Tonfall und drückte den Dolch in Fridas Hand. Das Mädchen starrte ihn verdutzt an und hielt die Waffe in ihren Händen.
„Versteck ihn in deiner Hose!"
Während der Pirat sich wieder aufrichtete, nickte Frida ein wenig verwirrt. „Ist es in dem Haus sehr gefährlich?", brachte sie zögernd hervor.
„Nicht, wenn alles nach Plan läuft." Der Kopf des jungen Kapitäns brummte. Zu der Wunde an seinem Kopf kam noch die Tatsache, dass er zu viel Goblinkraut geraucht und zu viel Sake getrunken hatte. Dort drinnen würde das Ganze bestimmt nur noch schlimmer werden.
Langsam ging er durch die von oben herabhängenden Lederstreifen, die als Tür dienten. In der Taverne zechten Männer, deren alte Heimat unzweifelhaft Gāng-Shiruku war.
Gāng-Shiruku war ein Land, das fern im Südosten lag. Seine Einwohner waren sehr stolz und zudem unglaublich reich. Die Insel war gespickt mit hohen zylinderförmigen Felsen und satten grünen Wäldern. Den größten Teil der Insel aber dominierte ein längst erloschener Vulkan, in dem sich angeblich die Hauptstadt befinden sollte. So genau wussten das allerdings nur die wenigsten, da ein allgemeines Einreiseverbot für Fremde bestand. Spartacus wäre gern einmal dorthin gereist, leider konnte er nur den zahlreichen Geschichten zuhören.
Einige der Männer hatten Glatzen und seltsame Zeichnungen auf der Haut. Zwischen breiten, bulligen Männern saßen auch kleine, unscheinbare Gestalten,

leicht zu verwechseln mit einem Kind. Doch trotz ihres Aussehens waren sie so gefährlich wie ihre breiteren Genossen. Ein Großteil der Gäste ignorierte ihn und Frida.
Zwei Männer am Tresen erblickten die beiden und tauschten ein paar hastige Worte aus, dann eilte einer in einen Nebenraum.
Spartacus lockerte sich ein wenig und schritt seelenruhig zum Tresen. Frida hatte Angst, die vielen fremden Menschen waren ihr nicht geheuer.
Hinter einem Tresen aus glänzendem, rötlichem Holz stand ein Mann mit schwarzen Haaren, die er sich zu einem langen Zopf nach hinten gebunden hatte. Er wirkte ein wenig erstaunt. „Oh, Kapitän Spartacus, welch Ehre!", sagte der Mann in melodischem Flüsterton. „Was treibt Euch in dieses Lokal?"
Spartacus lehnte sich an den Tresen und strich mit einer Hand langsam über seinen Bart. „Ich bin hier, weil ich den ehrenwerten Kapitän Fen zu sprechen wünsche!"
„Aber Herr Spartacus, Ihr wisst doch, Kapitän Fen ist immer sehr beschäftigt. Ich glaube nicht, dass er Euch heute empfangen wird."
Die Art, wie der Mann redete, kam Frida äußerst ungewöhnlich vor. Er betonte manche Silben seltsam und sprach das R wie ein L aus. Diese Stadt war wirklich sehr verwunderlich.

„Ich habe sehr Wichtiges zu besprechen. Ich bin mir sicher, Kapitän Fen kann ein wenig seiner kostbaren Zeit für mich opfern."
„Ich könnte mal nachfragen, doch ich glaube weiterhi..."
Noch bevor der Mann mit den schwarzen Haaren den Satz beenden konnte, kam eine junge, hübsche Frau aus einem Nebenraum. Ihre Haut war weiß geschminkt und ihr Gesicht wunderschön angemalt. Sie musste um die

achtzehn Sommer alt sein. Dann sagte sie mit leiser, freundlicher Stimme: „Kapitän Fen möchte unseren Gast gern empfangen."

Der Gelbe

Zwei tiefrote Augen schienen Frida zu durchbohren. Es war unheimlich. Erst ein kleiner Schubser von Spartacus ließ sie ihren Blickkontakt mit der seltsamen Statue eines Drachen an der Wand abreißen. Der Raum, in den sie gebracht worden waren, roch exotisch und ein leichter Nebel bedeckte den Boden. An den Wänden hingen Wandteppiche aus glänzendem Stoff. Sie zeigten ein sich wiederholendes Muster aus Schiffen, Drachen, Tigern und anderen Tieren, die Frida jedoch fremd waren. Am Ende des Raumes saß ein dünner, großgewachsener Mann auf einem reich verzierten Sessel, der mit goldenen Ornamenten bestückt war. Er hatte, wie alle Männer, die sie bisher in diesem Haus gesehen hatte, glänzendes, schwarzes Haar sowie einen nach unten hängenden, dünnen Oberlippenbart. Das Einzige, was den Mann von den anderen unterschied, waren die Augen. Es waren harte, gelbe Augen, die Menschen erstarren lassen konnten. Als sein Blick Frida schweifte, überfiel sie ein kalter Schauer. Der Pirat trug ein grünes Hemd, welches auch aus diesem glänzenden Stoff gefertigt worden war. Goldene Verzierungen waren darauf verwoben und schienen nahtlos in die Muster auf seiner schwarzen Hose überzugehen. Es spiegelte sich kein Hauch von Emotion in seinem Gesicht.
Spartacus verbeugte sich leicht und bedeutete dem Mädchen, es ihm gleichzutun.

„Kapitän Spartacus der Korsar – oder auch der Rote. Was treibt dich in mein bescheidenes Heim? Wie mir einer deiner kleinen Ratten mitteilte, hast du ein äußerst lukratives Angebot für mich, dass du ausschließlich persönlich abhandeln willst", sprach Lao Fen, Kapitän der Seiden-Piraten, und strich sanft über seinen Bart.
Frida fielen die vielen Goldringe an seinen Händen auf und die unnatürlich langen Fingernägel.
„Mit Verlaub, Kapitän Fen der Gelbe aus dem fernen Gāng-Shiruku. Ich bin im Interesse unserer beider Ruf in dieser Stadt."
Fen zog eine Augenbraue hoch. „Ist dem so? Du willst also meine kostbare Zeit damit verschwenden, um über unser Ansehen zu reden? Na gut, unterhalte mich."
Die Art, mit der der Pirat mit Spartacus sprach, klang eher herablassend, so als würde ein Erwachsener mit einem kleinen Kind sprechen. Frida blickte langsam zwischen den beiden hin und her.
„Wie du bestimmt schon weißt, verkauft Kapitän Gorn eine besondere Spezialität – einen Riesen. An diesem Tag wird seine ganze Mannschaft versammelt sein, inklusive der alten Stahlfaust höchstpersönlich. Ich denke daran, dass dies der ideale Zeitpunkt wäre, den Barbaren loszuwerden!"
Ein leichtes Lächeln umspielte Fens Lippen. „Natürlich habe ich davon gehört, aber wieso sollte ich meinen Freund verraten? Welchen Nutzen ziehe ich daraus und wichtiger: Welchen Nutzen ziehst du daraus?"
Spartacus versuchte, das Lächeln zu erwidern, doch er schien zu verkrampft zu sein. „Nun ja, ehrenwerter Kapitän Fen. Böse Zungen behaupten immerhin, dass Gorn mehr Einfluss in dieser Stadt hat als du. Würde er von der Bildfläche verschwinden, wärst du die unangefochtene Nummer Zwei nach Schwarzbart."

Das Lächeln in dem Gesicht des Piraten verschwand augenblicklich. Hatte Spartacus etwas Falsches gesagt? „Dies erscheint logisch, doch was nutzt dir das?" Noch bevor Spartacus antworten konnte, sprach Fen weiter: „Wie mir zu Ohren gekommen ist, hast auch du einiges in dieser Stadt zu sagen. Vierundzwanzig Bordelle, ein gutes Dutzend Tavernen, drei Handelskontore und ein großer Teil des nördlichen Hafens befinden sich in deinem Besitz. Man könnte fast meinen, wenn Gorn verschwindet, wärst du die Nummer Drei in dieser Stadt."

Kleine Schweißtropfen bildeten sich auf Spartacus' Stirn. Frida konnte die Spannung in dem Raum fast greifen. Sie verstand nicht, was hier vor sich ging. Ohne es zu bemerken, hatte sie wieder ihren Blick auf die roten Augen des Steindrachen gerichtet. Immer wieder schienen sie leicht aufzuleuchten, nur um dann langsam wieder zu erlöschen. Schnell schüttelte sie den Kopf und versuchte, sich wieder auf das Gespräch zu konzentrieren.

„Und darum wäre ich dafür, genau diesen Tag zu nutzen. An diesem Tag wird seine volle Aufmerksamkeit dem Schutz dieser Goldgrube gelten."

Wie lange war sie abgelenkt gewesen?

„Nun gut. Es scheint so, als hättest du einen Plan. Gern darfst du ihn mir mitteilen, dann werde ich darüber richten." Fens Stimme klang überheblich und nachdem er fertig gesprochen hatte, klatschte er in die Hände. Innerhalb weniger Sekunden eilten zwei in schwarze Roben gekleidete Männer wortlos in den Raum. Beide hatten Glatzen und schienen sich wie ein Ei dem anderem zu ähneln. Der eine stellte einen niedrigen Tisch auf den Boden zwischen Spartacus und Fen, der andere legte drei dünne Kissen auf je eine Seite des Tisches. Nach vollendeter Tat eilten sie zum Sessel, auf

dem Fen saß, verbeugten sich und knieten sich schweigend daneben hin. Nun erhob sich der Pirat von seinem Platz und schritt langsam auf den Tisch zu.
„Frida, setz dich bitte", flüsterte Spartacus energisch.
Fridas Blick war wieder auf den Drachen gerichtet. Fen und Spartacus saßen schon auf den Kissen am Boden. Fen sah Frida herablassend an. Was war passiert? Geistesabwesend setzte sich Frida langsam neben Spartacus auf ihr Kissen. Obwohl es sehr dünn war, war es ungewöhnlich weich.
Der Pirat klatschte wieder in die Hände und die beiden Diener in den schwarzen Roben standen auf und verschwanden in einem Nebenraum. Einen Augenblick später tauchten sie wieder auf, mit einem Tablett mit kleinen weißen Bechern und einer Teekanne darauf.
„Wen hast du da überhaupt mitgebracht, Spartacus? Das Mädchen scheint kein Benehmen zu haben, sie hat sich nicht einmal vorgestellt."
Bevor Frida protestieren konnte, antwortete Spartacus schnell: „Ich entschuldige mich für sie. Sie stammt aus dem Norden und hat kaum gelernt, wie man mit einem Mann deines Standes umgeht. Ihr Name ist Frida, sie ist meine Gesellschaft."
Während die Diener dampfenden Tee in die kleinen Becher gossen, blickte Fen Frida abwertend an. Sie versuchte, seinem Blick auszuweichen.
„Verkehrst du seit Neuestem mit Barbaren aus dem Norden, werter Kollege? Inwiefern dient dir dieses ungehobelte Mädchen als Gesellschaft?"
Sie wollte wieder protestieren, doch sie hielt es für klüger, lieber auf die Tasse Tee zu starren. Sie wusste, dass sie keinen Fehler mehr machen durfte. Ein süßlicher Geruch schien gegen den stechenden Geruch des Nebels anzukämpfen. Sie würde den Tee erst

trinken, wenn Spartacus den ersten Schluck genommen hatte!

„Es tut mir leid, doch das ist momentan nicht wichtig." Spartacus griff nach einem Becher und trank den Tee in einem Zug aus.

Gleichzeitig griff auch Frida danach und versuchte, den Tee in einem Zug zu leeren, doch das Getränk war so heiß, dass sie ihn fast wieder ausspuckte. Das Mädchen verkniff sich den Schmerzensschrei.

„Lass uns lieber über meinen Plan reden, Kapitän."

Fen bedeutete Spartacus, er solle beginnen, und trank ebenfalls einen Schluck Tee. Dieser nickte und begann: „Meine Mannschaft ist momentan leider in Porta Mola, da mir der Commodore die Einfahrt der Roten Korsarin verwehrt hat. Daher brauchen wir deine Leute. Ein Großteil soll sich unter die Bieter im Vorraum mischen. Du, eine kleine Gruppe deiner Leute und ich werden währenddessen durch den Hintereingang gehen. Ich habe für Ablenkung gesorgt." Fen nickte immer wieder und hörte Spartacus konzentriert zu. „Die Piraten, die sich im Vorraum befinden, in dem die Auktion stattfinden wird, müssen unbedingt für Radau sorgen, noch bevor der Riese auf die Bühne geholt wird. So wie ich Gorn kenne, wird er sowieso erst die billige Ware anbieten. Während draußen randaliert wird, schalten wir die Wachen hinten aus. In der Zeit, in der du den Riesen befreist, werde ich Gorn nach hinten locken. Dort hetzen wir den Riesen auf ihn."

Während Spartacus die Details des Plans weiter erläuterte, wanderte Fridas Blick wieder zur Drachenstatue. Sie schien sie magisch anzuziehen. Wieder leuchteten die roten Augen schwach auf. Die Nebelschwaden im Raum schienen die große Echse zu umspielen, und ließen die Statue mysteriöser wirken. Es schien fast so, als würde sich das Muster im Gestein

des Drachen bewegen. Es wirbelte hin und her, mal willkürlich, dann wieder im Strom der Nebelschwaden. Die Augen leuchteten immer heller, sie blendeten Frida. Langsam öffnete sich das Maul des Drachen und schien das Mädchen einzusaugen. Die Luft begann zu surren und sie wollte schreien, doch kein Ton entwich ihrer Kehle. Ihre zitternde Hand fuhr zu dem Dolch in der Hose. Das Monster war nun nur wenige Zentimeter von Frida entfernt. Mit schweren Armen hob sie den Dolch und stieß mit voller Kraft in eines der beiden Augen. Kreischend fand die Klinge ihr Ziel.
„Frida!" Spartacus' Stimme riss Frida aus ihren Halluzinationen.
Sie war aufgestanden und hatte ihr Gesicht gegen das geschlossene Maul der Drachenstatue gedrückt. Der Dolch lag am Boden, ebenso mehrere Splitter des Rubins, welcher in die Augenhöhlen der Statue eingelassen war.
„Spartacus, deine Begleitung ist eine Schande!" Fen bebte vor Wut und war aufgestanden. Schnell eilten die Diener wieder in den Raum, doch eine Handbewegung des Piraten ließ sie sofort wieder umkehren.
Fridas Mund öffnete und schloss sich, jedoch ohne auch nur einen Ton von sich zu geben.
„Es tut mir leid, ich weiß nicht, was in dieses Rotzgör gefahren ist!" Spartacus griff sich an die Stirn und schüttelte enttäuscht den Kopf.
„Diese Drachenstatue ist ein Erbstück aus meiner Heimat, sie ist von unschätzbarem Wert! Nun ist sie zerstört!"
Frida verstand die Welt nicht mehr. Wie war das passiert?
„Ich sehe nur zwei Möglichkeiten, wie du diese Beleidigung meiner Ehre wiedergutmachen kannst!", sagte Fen und griff sich vor Wut zitternd mit zwei

Fingern an seine Schläfen. „Entweder du schneidest dir hier und jetzt deine dreckige, kleine Kehle durch oder du dienst mir morgen als Leibwache und wirst dein Leben für mich geben, wenn es notwendig ist."
Spartacus' Augen weiteten sich erschrocken. Er wollte rebellieren, doch stattdessen blickte er Frida mit einer Mischung aus Wut, Mitleid und Trauer an.
„Solltest du morgen jedoch wider Erwarten überleben", Fen zeigte mit dem Finger auf Frida, „wirst du mir fortan und für den Rest deines erbärmlichen Lebens als Sklavin dienen!"
Ungläubig starrte das Mädchen Fen an.

Sanft wehte der Wind vom Meer in Fridas Gesicht und trocknete die Tränen, welche ihre Wangen hinabkullerten. Fen hatte ihr und Spartacus einen Platz zum Schlafen in seinem Haus gegeben. Wenige Minuten nach dem Gespräch zwischen Fen und Spartacus wurde sie weggebracht. Frida wurde gebadet und abgetrocknet. Danach waren zwei Schneider gekommen und hatten Maß genommen. Sie hatte Spartacus nur kurz gesehen, doch er hatte kein Wort mit ihr gewechselt.
Auf der Straße unter dem Balkon, auf dem das Mädchen saß, herrschte noch immer reges Treiben. Händler riefen sich Dinge in einer fremden Sprache zu und priesen ihre Ware an. Draußen auf dem Meer spiegelten sich die beiden Monde im schwarzen Wasser.
Trotz der wunderschönen Aussicht hallte immer wieder dieselbe Frage durch ihren Kopf: Werde ich morgen sterben?
Schritte rissen das Mädchen aus ihren Gedanken. Spartacus war auf den Balkon getreten. Der Pirat hatte seinen roten Ledermantel gegen ein weißes Leinenhemd mit tiefem Ausschnitt gewechselt. Er ging

barfuß, so wie alle in diesem Haus. Wortlos setzte er sich neben sie und ließ seine Füße in der Luft baumeln.
„Du kannst nichts dafür." In Spartacus' Worten lag Bedauern. „Du warst noch immer geschwächt von dem Goblinkraut. Das Opium in Fens Raum hat dir den Rest gegeben ..."
Frida starrte auf das Meer. „Was ist, wenn ich morgen sterbe?" Die Stimme des kleinen Mädchens bebte, sie zitterte.
Nun sah auch Spartacus wortlos auf das Meer. „Du wirst morgen nicht sterben, dafür werde ich sorgen. Dir wird nichts passieren. Wenn alles nach Plan läuft, dann wird dein Freund morgen befreit und Gorn wird sterben."
„Und was dann?" Frida blickte mit Tränen verschwommenen Augen in die von Spartacus.
Er schwieg.

Das Auktionshaus

Keine Wolke war am Himmel zu sehen und die Sonne schien auf den großen Platz vor dem Auktionsgebäude.
Heute Morgen hatten die Schneider dem kleinen Mädchen einen leichten Lederharnisch und ein Seidenhemd gebracht. Außerdem bekam sie eine Pistole und ein kurzes Schwert. Das ist alles meine Schuld, dachte Spartacus. Er hätte die Kleine gar nicht erst mitnehmen dürfen. Trotz der Tatsache, dass sie nerven konnte, mochte er das kleine Rotzgör irgendwie. Unter der vielen Schminke, die ihr aufgetragen worden war, konnte er unmöglich erkennen, wie sie sich fühlte. Ihre hellblonden Haare waren nach hinten zu einem Zopf gebunden worden. Sie wirkte tatsächlich wie eine kleine Kriegerin.
Spartacus schüttelte sich und prüfte noch einmal alles. Die Pistolen waren geladen, er hatte genug Pulver und sein Rapier hing locker im Gurt. Nun, da er seinem Ziel so nah war, bekam der Pirat es ein wenig mit der Angst zu tun. Er hatte den heutigen Tag bis ins kleinste Detail geplant. In wenigen Minuten würde der Freund von Blafg und Drafg den Karren am Westeingang des Gebäudes sprengen. Dann würden er und Fens Piraten den hinteren Bereich des Gebäudes stürmen.
Lao Fen saß seelenruhig auf einem Fass. Die Augen des Piratenkapitäns wurden von dem schwarzen Dreispitz verdeckt. Unter seinem roten Seidenhemd trug er einen Harnisch aus Stahl, an seinem Gürtel hing ein langes Schwert und seine Pistolen waren an den Ledergurt an

seiner Brust befestigt. Fen war für sein Alter noch immer ein talentierter Kämpfer. Spartacus hatte einmal mit angesehen, wie er allein vier Wachen des Wolfsrudels getötet hatte, ohne selbst auch nur einen Kratzer abzubekommen.

Die Leute, die der Gelbe mitgebracht hatte, waren fast so ausgerüstet wie ihr Kapitän. Sie waren kampferprobt und zählten zu Fens Leibwache. Mitten unter ihnen sah er die arme Frida.

Er schüttelte wieder den Kopf. Er durfte sich nicht von seinem Plan ablenken lassen, zu vieles war schon schiefgegangen!

Vor dem Tor des Auktionsgebäudes standen Wachen – Spartacus zählte sechs. Allesamt Mitglieder in Gorns Flotte. Auch sie würden zur Explosion laufen. Er atmete durch und versuchte, seine Umgebung wahrzunehmen. Die Geräusche der Stadt mischten sich mit dem Gespräch, das Fen in seiner Muttersprache führte. Er konnte die Rufe der Bieter bei der Auktion hören. Wie man nur mit Sklaven handeln konnte ... Es war Spartacus unbegreiflich. Schnell versuchte er, sich wieder zu konzentrieren. Deutlich konnte er das Meer und das Fett der Waffen riechen, das Schwarzpulver und das Leder seines Mantels.

Dann geschah es. Ein ohrenbetäubender Knall hallte durch die Gassen. Knistern und Pfeifen. Feuerwerk, dachte sich Spartacus. Schreie, davonlaufende Menschen – es war so weit.

Fen und seine Kameraden begaben sich schnell zur Hintertür des Gebäudes, ohne von den Wachen am Vordereingang gesehen zu werden. Frida versuchte hinterherzueilen. Das Gör war mutiger, als Spartacus dachte. Auch er lief über das Kopfsteinpflaster der Seitengasse und erreichte nach einer Abzweigung den

Hintereingang. Die Wachen waren verschwunden, wie geplant.

„Geh du vor, Spartacus!", rief Fen und deutete mit gezogener Pistole auf die massive Holztür.

„Aye!" Spartacus nickte, zog eine Pistole und bewegte sich auf die Tür zu. Er atmete tief ein und öffnete die Tür mit voller Wucht. Er wurde vom Lärm kämpfender Menschen begrüßt. Anscheinend hatte der Aufruhr im Vorraum geklappt. Nun kamen auch Fen und seine Truppe in den Raum, allen voran Frida.

„Wie ich sehe, scheint dein Plan zu funktionieren!" Hochnäsig betrachtete Fen seine Pistole.

„Was hast du denn erwartet?", grinste Spartacus und zog sein Rapier. In einer Hand die Klinge und in der anderen seine Pistole, bewegte sich Spartacus langsam vorwärts. Als er um die Ecke blicken wollte, kam ihm einer der bulligen Wachen Gorns entgegen. Doch noch bevor die Wache etwas sagen oder jemanden zu Hilfe rufen konnte, stieß Spartacus mit seinem Rapier zu. Knirschend fand das Schwert sein Ziel in der Kehle des Mannes und durchstieß die Wirbelsäule. Sein Opfer sackte zusammen und hinterließ eine Blutlache auf dem Holzboden.

Noch immer drang das Geräusch kämpfender Massen aus dem Vorraum. Pistolenschüsse, zersplitterndes Holz und wilde Flüche.

„Wie wär's, wenn du auch etwas zu unserem Erfolg beitragen würdest, Fen?" Spartacus rief ein wenig verärgert zum Piratenkapitän, sah ihn jedoch nicht an.

Schon eilten wenige Augenblicke später die fünf Männer – Fens Leibwache – an ihm vorbei und bogen um die Ecke.

Das Rasseln von Klingen, kurze Rufe, dann Stille.

Fen schlenderte seelenruhig an ihm vorbei, Frida vor sich herschiebend, und bog um die Ecke.

„Wie ich diesen arroganten Bastard hasse", zischte er unhörbar und folgte dem Rest.
Drei Wachen lagen am Boden, allesamt tot. Spartacus betrachtete den Raum. Durch eine große Holztür konnte man auf die Bühne in den Vorraum gelangen. Eine andere Holztür führte also zu den Käfigen. Dort musste der Riese sein. „So, jetzt geht's los." Spartacus schlug das Zeichen Kors. „Ihr geht da rein und befreit den Riesen, ich gehe über die Bühne und hole Gorn. Beeilt euch!"
Fen nickte und verschwand mit seinen Leuten durch die Tür zu den Sklaven.
Der junge Pirat schluckte und stellte sich vor die große Holztür. Er betete zu den Göttern, dass er das überleben würde, und trat die Tür auf.

Beißender Schwefelgeruch schlug ihm entgegen, als er die vom Chaos beherrschte Halle betrat. Überall kämpften Piraten und andere zwielichtige Gestalten gegeneinander. Gorns Piraten versuchten währenddessen, die Ordnung zu bewahren – erfolglos. „Irgendwo muss dieser Barbar doch sein!", fluchte Spartacus und ließ seinen Blick durch die Halle schweifen. Durch den Nebel und Rauch war es schwer, etwas zu erkennen.
Eine Wache entdeckte ihn auf der Bühne und brüllte ihm etwas entgegen. Wie fast alle von Gorns Männern war auch er ein bulliger Fleischhaufen. Er holte mit seinem schweren Bihänder aus und stürmte auf Spartacus zu.
Bevor der Pirat ihn erreichen konnte, feuerte Spartacus seine Pistole ab und traf seinen Gegner in die Brust. Der Mann ließ seine Waffe fallen und taumelte zurück. Spartacus rannte auf ihn zu und trat ihm mit voller Wucht zwischen die Beine. Mit einem Schlag mit dem

Korb seines Rapiers schaltete er seinen Gegner endgültig aus. Mittlerweile waren mehr Wachen auf ihn aufmerksam geworden und deuteten auf ihn.
„Kommt nur her, ihr verfilzten Ratten!"
Die Wachen zögerten kurz. Da tauchte ein großer, stämmiger Mann mit langen, blonden Haaren hinter ihnen auf und schob sie zur Seite. „Na, wen haben wir denn da?" Die Stimme des Hünen glich einem Donnerrollen. „Wenn das nicht dieser dreckige Jungspund Spartacus ist!"
Der Pirat deutete eine Verbeugung an und antwortete: „Spartacus, wie er leibt und lebt. Lange nicht gesehen, Gorn Ulricson!"
Gorn lachte auf und ging langsam auf ihn zu. „Ich hätte wissen sollen, dass du hinter diesem Scheiß hier steckst!" Der Piratenkapitän hielt einen großen Streitkolben in seiner rechten Hand. Die Waffe bestand aus Lindwurmstahl von den Südlichen Inseln und war so schwer, dass Spartacus sie kaum halten, geschweige denn schwingen könnte. Blut tropfte von den Dornen des Mordinstruments. Wo auch immer diese Waffe aufschlug, sie brachte Tod und Zerstörung. Die Muskeln von Gorns breiten Armen spannten sich an.
Spartacus wusste, ein Treffer mit dieser Waffe würde ausreichen, um ihn zu töten. „Nun ja, werter Gorn mit der Stahlfaust, wie es aussieht, geht's hier drunter und drüber, aye? Ich werde mich dann wieder verziehen! Auf Wiedersehen!" Mit diesen Worten sprang der junge Pirat von der Bühne in die kämpfende Masse.
Er musste ein wenig Zeit gewinnen, ansonsten konnten Frida und die anderen den Riesen nicht rechtzeitig befreien. Im Zweikampf hätten weder er noch Lao Fen eine Chance gegen Gorn. Zeit war ein mehr als entscheidender Faktor.

Zitternd schritt Frida durch den dunklen Raum, Fen und seine Wachen gingen hinter ihr her. Das Mädchen hielt ihre Pistole fest mit beiden Händen umklammert. Sie hoffte inständig, dass ihr keine Wache begegnen würde. An den Wänden gab es viele Türen. Dahinter waren bestimmt die Sklaven, doch hinter welcher war Leif?
Sie schwitzte unter ihrer Kleidung, sie hatte furchtbare Angst. Selbst wenn Frida das Ganze hier überstand, würde sie den Rest ihres Lebens als Sklavin für diesen furchtbaren Fen verbringen.
Immer wieder konnte sie ein Donnern hören, welches von den Pistolen draußen kommen musste. Hoffentlich war Spartacus nichts passiert.
„Am Ende des Raumes muss er sein!" Fen deutete dorthin. Seine ungewöhnlich langen, gelben Fingernägel machten dem Mädchen – wie fast alles an diesem Mann – Angst.
Frida erkannte eine Tür aus Metall am Ende des Raumes. Sie musste erst vor Kurzem eingebaut worden sein, die Mauer um sie herum war frisch verputzt.
„Öffnet sie, los!" Fen sprach zu zwei seiner Leute, welche daraufhin zur Tür eilten und mehrere Metallwerkzeuge aus einer Tasche holten.
„Sollten wir die anderen hier nicht auch befreien?" Frida blickte den Piratenkapitän hoffnungsvoll an.
Als Antwort schlug er ihr mit der Rückhand ins Gesicht. Der Schlag holte sie fast von den Beinen. „Was fällt dir ein, mich einfach so anzusprechen, du Made?"
Das Mädchen war geschockt, ihre Lippen bebten. Sie versuchte, den stechenden Schmerz in ihrem Gesicht zu unterdrücken, und biss sich auf die Lippe.
Fen würdigte sie keines weiteren Blickes.
Einen Augenblick später rief einer der Männer, die versuchten, die Tür zu knacken, etwas in dieser komischen Sprache – sie hatten sie geöffnet. Frida und

der Piratenkapitän gingen auf die Tür zu und traten in den Raum. Es roch bestialisch nach Fäkalien und Schweiß, und nur wenig Licht drang durch ein kleines Fenster hinein.

Und da saß er. Leifs Hände waren mit massiven Eisenketten an die Wand gekettet. Um den Hals trug er ebenfalls eine Kette, welche an der Wand befestigt war. Die verdreckten roten Haare hingen ihm zerzaust im Gesicht. Er trug noch immer seinen Harnisch, anscheinend war es den Piraten nicht gelungen, ihn auszuziehen.

„Leif!", rief Frida und stürmte auf den Nortmar zu. Freudentränen rannen ihre Wangen hinab.

„Was bei der Bärin …?" Der Jäger hob den Kopf – er hatte Beulen im Gesicht und mehrere Wunden. „Frida? Wie bist du … Was machst du hier?" Leif versuchte aufzustehen, doch die Kette an seinem Hals hinderte ihn.

Fen stand plötzlich neben ihr, seine Hände hatte er hinter dem Rücken verschränkt. Er musterte den Nortmar. „Löst seine Ketten!"

Die beiden Männer, die zuvor die Tür aufgesperrt hatten, wollten Leifs Ketten öffnen.

„Verschwindet, ihr verfluchten Menschen! Fasst mich nicht an oder ich werde euch zerreißen!", brüllte Leif heiser. Er musste in den letzten Tagen wenig zu trinken bekommen haben.

„Sie wollen dir helfen, Leif! Vertrau mir!" Frida trat nah an Leif heran und strich ihm sein Haar aus dem Gesicht. Danach begannen die Männer, an den Fesseln zu arbeiten.

Innerhalb kürzester Zeit waren Leifs Arme frei, Fens Piraten mussten wahre Meister ihres Werkes sein.

„Geh zur Seite, Kind, damit meine Männer die Kette an seinem Hals öffnen können!", befahl Fen Frida, die sich daraufhin ein wenig von dem Nortmar entfernte.
Nun versuchten die Piraten, das Schloss an Leifs Hals zu öffnen.
Ein wenig später ertönte das erlösende metallische Klicken, und das schwere Schloss und die dicke Kette fielen klirrend zu Boden. Langsam richtete sich Leif auf und streckte sich. Der Jäger betrachte seine befreiten Handgelenke und ließ knackend seinen Kopf kreisen. Dann grunzte er zufrieden und lächelte.
„So, und nun wirst du meinen Befehlen gehorchen, oder deine kleine Freundin hier wird sterben!"
Das Lächeln in Leifs Gesicht verschwand schlagartig. Er sah hinab auf Fen, welcher Frida am Kragen gepackt hatte und mit seiner Pistole auf ihren Kopf zielte.
„Eine falsche Bewegung und sie ist tot!"

Spartacus wich Schlägen aus und parierte Klingen. Er musste sich unter Angriffen hinwegducken oder über Gegner springen. Es glich einem Tanz.
Überall um ihn herum wurde gekämpft. Der Pirat konnte nur schwer den Überblick in diesem Tumult behalten. Hinter sich hörte er, wie Gorn in die kämpfende Masse gesprungen war. Er hörte auch, wie die grausame Waffe des Piraten immer wieder sein Ziel fand. Es war das Geräusch von Schreien und laut brechenden Knochen.
Spartacus rammte einem Mann mit einer blauen Augenklappe den Korb seines Rapiers ins Gesicht, als ihn plötzlich etwas in den Rücken traf und zu Boden riss. Ein Stuhl hatte ihn getroffen. Stöhnend richtete sich der Pirat wieder auf. Die Männer, die ihm gegenüberstanden, wichen zurück.

„Hab ich dich, du erbärmlicher Wurm!", donnerte Gorns Stimme in seinen Ohren.

Instinktiv rollte sich Spartacus zur Seite und konnte nur knapp Gorns Streitkolben ausweichen. Blitzschnell stand er wieder auf und sah sich dem großen Piratenkapitän gegenüber. Viele der Leute im Raum hatten aufgehört zu kämpfen, und betrachteten die beiden. Durch das Zurückweichen der Männer hatte sich ein Ring gebildet.

„Nun gibt es keine Auswege mehr, Spartacus!"

Nachdenklich zog Spartacus eine Augenbraue hoch.

„Dann bleibt uns nur eines über, du Fischkopf!", sagte er und richtete sein Schwert auf Gorn.

Dieser grinste und ließ seine Waffe niedersausen. Spartacus schaffte es, zur Seite auszuweichen. Knapp neben ihm schlug der schwere Streitkolben in den Holzboden ein und zertrümmerte diesen. Nun holte der Pirat zum Gegenschlag aus. Mit einem Schwung aus der Rückhand versuchte er, den Barbaren zu treffen. Wie ein Blitz zischte die Klinge durch die Luft, doch sie traf nur ins Leere. Gorn gelang es auszuweichen. Spartacus reagierte schnell und zog einen Dolch aus seiner Jacke, den er auf Gorn warf. Die Waffe fand ihr Ziel im rechten Arm des Piratenkapitäns. Dieser schrie kurz auf und ließ seine Waffe fallen. Er versuchte, mit seiner Faust nach dem Piraten zu schlagen. Spartacus wollte ausweichen, doch der Schlag traf ihn in die Magengrube und er wurde von der Wucht des Hiebes zu Boden gerissen. Ihm wurde übel und er musste sich fast übergeben. Er schaffte es, sich aufzurichten, doch Gorn stand wieder vor ihm und trat ihm mit voller Wucht in den Magen.

Spartacus lag am Boden, das Rapier immer noch fest in seiner Hand, und atmete schwer ein und aus. Da riss er

die Augen auf, als ihm ein rettender Gedanke durch den Kopf schoss. Das war die Lösung!
Der Piratenkapitän stand nun über ihm und lachte. Dann zog er sich den Dolch aus dem Arm und warf ihn auf den Boden. „Winde dich, Made", sagte er kühl und trat auf den Arm, mit dem Spartacus das Rapier festhielt. Mit einem Schmerzensschrei ließ der Pirat die Waffe los. „Es freut mich, dass ich die Ehre habe, dich zu töten. Du warst mir lange genug ein Dorn im Auge, Kapitän Spartacus!" Die letzten Worte trieften vor Sarkasmus. Dann beugte er sich langsam über den Piraten. Spartacus hätte nach seinem Gesicht schlagen können, doch das hätte kaum gewirkt.
Gorn holte mit der Faust aus und wollte zuschlagen, doch da griff der Pirat in eine seiner Jackentaschen und warf etwas in Gorns Gesicht.
Es war Salz. Ein alter, aber schmutziger Kampftrick.
„Meine Augen! Du Bastard! Du verdammter Hurensohn, ich verfluche dich!", brüllte Gorn und taumelte zurück.
Spartacus sammelte seine Kraft und kam wieder auf die Beine. Er packte sein Rapier und eilte hinter Gorns Rücken. Dieser rieb sich wild fluchend noch immer die brennenden Augen. Der Pirat holte mit einem Bein aus und schlug dem Piratenkapitän in die Kniekehle. Dieser fiel zu Boden und brüllte hasserfüllt.
„Nun denn, Kapitän Stahlfaust, es wird Zeit, dass ich mich wieder verziehe!", brachte er keuchend hervor und betonte den Namen seines Gegners ebenso sarkastisch wie dieser es zuvor getan hatte.
Spartacus wich ein wenig zurück und rannte auf den knienden Gorn zu. Dann sprang er auf seine Schultern und stieß sich von ihnen ab. Er flog über die Köpfe der staunenden Zuschauer hinweg und versuchte, den Kronleuchter an der Decke zu erreichen.
Er hatte es geschafft!

Seine Hände umklammerten die eiserne Deckenbeleuchtung und Spartacus schwang sich in Richtung Bühne. Er hörte einen Schuss und spürte eine Kugel neben seinem Ohr vorbeisausen. Unter ihm schrien die Leute. Manche jubelten, andere verfluchten ihn. Dann ließ der Pirat los und landete knapp vor der hölzernen Bühne.
Hinter ihm hatte Gorn sich wieder aufgerichtet, seine Waffe gepackt und stürmte auf ihn zu.
Spartacus kletterte auf die Bühne und drehte sich zum Piratenkapitän, welcher sich wütend einen Weg durch Menge bahnte. „Fang mich doch, Fischkopf!", rief er und verschwand durch die Tür in den hinteren Raum.
Der Pirat blieb in der geöffneten Tür stehen und wartete auf Gorn. Alles verlief nach Plan.

Eine neue Ära

„**H**ey, Bruder! Wann geht's hier denn endlich los?", flüsterte die krächzende Stimme.
„Klappe, Drafg! Laut Vertrag sollen wir anfangen, wenn der Knall ertönt!", erwiderte Blafg verärgert und wischte sich den Staub von seiner Schutzbrille.
„Laut Plan müssten wir genau unter den Käfigen sein", krächzte Drafg gelangweilt und wedelte mit einer Karte des Stadtteils herum, in dem sich das Auktionsgebäude befand. Wenn er genau hinhörte, konnte er leise Schritte über ihnen hören.
„Haben wir denn genug?"
Der Schein des kleinen Leuchtsteins, der in Drafgs Helm eingebaut war, beleuchtete den engen Tunnel.
„Natürlich haben wir genug, Bruder!", antwortete Blafg, sichtlich genervt von dem ständigen Gefrage seines kleinen Bruders. „Dreiundachtzig Kisten, ein Dutzend Fässer und drei Dutzend Packungen, wie im Vertrag vereinbart!"
Drafg nickte wortlos und bohrte in der Nase.
Blafg holte eine kleine Taschenuhr aus seiner Weste und las die Zeit ab. Er hatte schon viele Aufträge dieser Art erledigt, doch noch nie hier, mitten in der Stadt. Diese Menschen waren verrückt! Er würde nach diesem Auftrag das Gold nehmen und zurück zu den Schlangen-Fjorden kehren. Ein kleiner Urlaub in seiner Heimat würde ihm und seinem Bruder garantiert guttun. Im eisigen Wasser nach Fischen tauchen und wieder guten Goblinschnaps trinken, genau das brauchte er.

Ein dumpfer Knall riss ihn aus seinen Gedanken. Er blickte noch einmal auf die Uhr und steckte sie wieder zurück in seine Weste. „Das war das Zeichen! Los geht's, Bruder!"

Leif kannte das Ding, welches der Mann mit dem seltsamen Dialekt Frida an den Kopf hielt. Sie hatten ihm mit dieser rauchspuckenden Waffe gedroht. Er hatte gesehen, wie ein Mensch mit diesem Ding getötet wurde. Diesem Zauber durfte nicht auch noch Frida zum Opfer fallen. Leif durfte nicht zulassen, dass dieser seltsame Mensch Frida tötete. Verzweifelt sah er zwischen den beiden hin und her. Was sollte er tun?
Mit Leichtigkeit könnte er diesen Menschen töten, doch die Lage war aussichtslos. Fridas Augen waren weit aufgerissen, die Farben in ihrem Gesicht verschmiert.
„Na gut", brachte der Nortmar zähneknirschend hervor, „was willst du von mir?"
Fen lächelte siegessicher und wollte gerade etwas sagen, als ihn der Schrei eines Mannes unterbrach.
Spartacus rutschte über den harten Felsboden hinweg und landete zwischen Fens Männern. „Scheiße, ich war zu langsam!", keuchte er und spuckte Blut aus. Er richtete sich langsam auf und wischte sich den Mund mit seinem Ärmel ab.
„Jetzt ist es aus, du mieses Stück Scheiße!", brüllte Gorn. Fens Männer hatten mittlerweile ihre Schwerter gezogen. Als der Barbar Fens Männer erkannte, blieb er fassungslos stehen. „So ist das also! Dieser gelbe Hundefresser ist auch hier? Ihr habt euch zusammengerottet, um mich auszuschalten? Nicht mit mir, ihr Hurensöhne!" Gorn bebte vor Wut. Die Muskeln an seinen Armen spannten sich und unter den zotteligen blonden Haaren konnte man erkennen, dass sich dicke Adern auf seiner Stirn gebildet hatten. Dann

stürmte er auf sie zu. Wutentbrannt holte er mit seinem Streitkolben aus.

„Ich überlass euch den Vortritt, ich hab das gerade hinter mir!", sagte Spartacus und deutete mit seinem Rapier auf Gorn.

Fens Männer eilten auf Gorn zu. Einer der Piraten versuchte, den Streitkolben des Piratenkapitäns zu parieren – ein törichter Fehler. Mit der Waffe schlug er das Schwert des Mannes einfach zur Seite und zertrümmerte dessen Schädel. Blut, Knochen und Gehirn spritzten an die Steinwände und der kopflose Torso sackte zu Boden.

Kurz schreckten die anderen zurück. Blind vor Wut nutzte Gorn diese Chance, packte einen der Piraten am Hals und schleuderte diesen gegen einen anderen von Fens Leibwache. Beide stürzten zu Boden.

Mit einem Kriegsschrei stürmte einer der Piraten, welche zuvor die Schlösser geknackt hatten, auf Gorn zu. Er holte mit seinem länglichen, dünnen Schwert aus und schnitt dem Barbaren quer über die Brust. Das Lederwams des blonden Hünen hatte zwar das Schlimmste verhindert, trotzdem blutete er stark aus der Wunde. Als Antwort auf diesen Schlag traf er den Piraten mit seinem Streitkolben mit voller Wucht in die Seite. Krachend brach das Rückgrat des Mannes und er sank zusammen.

Der Letzte, der von Fens Leibwache übrig war, stand zitternd Gorn gegenüber. Sein Schwert hielt er fest mit beiden Händen umklammert und schüttelte ungläubig den Kopf. Vor Verzweiflung schreiend, versuchte der Pirat, mit seiner Waffe nach Ulricson zu stechen, doch er war zu langsam. Krachend schlug der Streitkolben auf die Klinge und schleuderte sie zu Boden. Noch bevor er ausweichen konnte, traf Gorns Streitkolben ihn am Kopf. Fens Männer waren alle erledigt.

„Und nun zu dir, Spartacus!", keuchte Gorn und ging langsam auf Spartacus zu. Dieser hielt sein Rapier kampfbereit in der Hand. Sein Gesicht war verschmiert mit Schweiß und Blut.
„Nicht so voreilig, Gorn Ulricson!", erklang Fens Stimme hinter ihm.
Spartacus grinste siegessicher. Er sah, wie sich Gorns Augen weiteten.
„Da bist du endlich ..." Spartacus drehte den Kopf zu Fen und sah, wie er seine Pistole an Fridas Kopf gedrückt hatte. „Was soll das? Das war so nicht vereinbart!" Spartacus blickte Fen ungläubig an.
„Halt deinen törichten Mund, Spartacus. Sie ist mein Besitz! Ich kann mit ihr tun und lassen, was ich will! Und nun, Riese, töte Gorn, oder ich töte das Mädchen!" Spartacus sah den Riesen. Er war mehr als zwei Köpfe größer als Gorn und mehr als doppelt so breit wie er. Seine Hände hätten ihn mit Leichtigkeit umfassen können. Wortlos ging der Nortmar an ihm vorbei, sein Kopf war rot vor Wut.
„Das ist ein Witz. Das ist doch alles nur ein beschissener Witz!" Gorn brach in manisches Gelächter aus und hob drohend seinen Streitkolben. „Wenn du mir nichts tust, dann lasse ich dich frei, Riese!"
In Gorns Gesicht spiegelte sich Angst, er zitterte. Noch nie hatte Spartacus gesehen, dass Gorn ‚Stahlfaust' Ulricson Angst hatte.
Wortlos ging Leif auf den blonden Piratenkapitän zu. Er hielt sich gebückt, da er sonst nicht genug Platz hatte. Gorn holte verzweifelt mit seinem Streitkolben aus und versuchte, Leif zu treffen. Dieser packte jedoch das Handgelenk des Piraten und zog ihn in die Luft. Gorn strampelte mit den Beinen und fluchte. Dann packte Leif den Kopf des Kapitäns und hielt ihn ganz nah vor

sein Gesicht. „Das ist für das, was du mir angetan hast!", brachte der Nortmar zähneknirschend hervor.

„Ich bin Gorn Ulricson! Ich werde dich vernichten!", schrie der blonde Pirat noch einmal, dann drehte Leif den Kopf mit einem schnellen Ruck zur Seite und ließ den toten Gorn fallen.

„Ein etwas unehrenhaftes Ende, findest du nicht?", sagte Spartacus und blickte auf den Leichnam von einem der einflussreichsten Männer der Stadt.

„Für diesen Barbaren mehr als angemessen", erwiderte Fen kalt und drehte den Kopf zu Spartacus.

Ein Knall. Beißender Rauch.

Fens Augen weiteten sich, er ließ Frida und seine Pistole fallen, und sackte zusammen. Spartacus blies die letzten Rauchschwaden weg, die aus dem Lauf seiner Pistole kamen, und steckte die kostbare Waffe zurück in das Holster.

„Du ... du hast mich verraten ... du Ratte!" Fen lag am Boden und presste die Hände auf seinen blutenden Bauch.

„Aye, mehr als angemessen für dich. Du hast mir leider im Weg gestanden. Ich danke dir für deine Hilfe, aber nun ist es vorbei. Du hast für mich keinen Nutzen mehr. Ich gebe dir noch ungefähr fünf Minuten. Dann wirst du sterben und meinem Plan steht so gut wie nichts mehr im Weg. Es ist irgendwie schade, Fen. Siehst du, eine neue Ära bricht an und du wirst kein Teil von ihr sein."

Frida starrte Spartacus ungläubig an, rannte dann jedoch zu Leif und klammerte sich an dessen Bein. „Danke, Spartacus! Danke, dass du uns gerettet hast!", schluchzte Frida.

„Keine Ursache, aber nun weg hier, sonst fliegt uns alles um die Ohren. Los!" Spartacus rannte auf die Tür zu und bedeutete den beiden, ihm zu folgen.

Leif musste sich durch die Tür zwängen, schaffte es jedoch, dem Raum mit den Gefängnissen zu entkommen. „Was passiert jetzt?" Leif war ein wenig verwirrt.

„Das siehst du gleich. Lass uns keine Zeit vergeuden, raus hier! Nimm Frida und lauf, so schnell du kannst!"

Leif nickte und packte das Mädchen. Die drei verließen das Gebäude.

„Weiter! Mir nach!", schrie Spartacus und rannte, so schnell er konnte. Der Nortmar folgte ihm.

Als sie ein gutes Stück vom Auktionsgebäude entfernt waren, blieb Spartacus stehen und atmete durch. „Geschafft!"

Wie um seine Worte zu unterstreichen, bebte plötzlich der Boden und ein lauter Knall ertönte. Vögel flohen in die Lüfte, Menschen schrien und Rauch füllte die Gassen.

„Was ist passiert?", schrie Frida.

Spartacus grinste und verschränkte stolz die Arme vor der Brust. „Ich habe dafür gesorgt, dass in diesem Gebäude nie wieder mit Sklaven gehandelt wird!"

Der Rat von Wolfshafen

Eine Krähe hüpfte auf der Suche nach Aas zufrieden über den schwelenden Rest eines Gebäudes. Es war eine von vielen. Schwärme dicker, schwarzer Fliegen surrten durch die trockene Luft, angelockt von dem toten Fleisch. Die Glut war noch heiß und glomm vor sich hin. Flammenzungen leckten ab und an über verkohlte Hausmauern, die ihr Ende noch nicht eingesehen hatten. Die beiden Monde standen hoch am Himmel, doch trotzdem war es am Boden finster. In der Ferne hörte man das beklemmende Jaulen eines Wolfes. Aus einem wurden zwei, aus zwei wurden zehn. Immer mehr Wölfe stimmten in das unheilverheißende Geheul ein.
Der Schädel brach unter dem Fuß der Gestalt krachend auseinander. Dunkler Nebel schien sie zu umgeben und vertrieb die Aasfresser und Fliegen. „Bald …", flüsterte sie in die dunkle Nacht.

Laut hallten die Schritte des Commodore durch den geschmückten Gang. An den Wänden hingen Bilder und Karten von Wolfshafen. Hier und da standen exotische Pflanzen in bunten Töpfen und erfüllten den Raum mit einem wohligen Duft. Der Boden bestand aus fein säuberlich geputzten roten Fliesen. Bobbins hätte sich darin spiegeln können, doch sein Blick war stur auf die Tür am Ende des Raumes gerichtet. Die Abzeichen an der Brust wippten beim Gang des Commodore auf und ab, ebenso der kunstvoll verzierte Degen an seinem Gürtel. Er erreichte die Tür, drückte den Griff nach

unten und riss sie auf. „Das ist inakzeptabel! Dieses Mal sind sie definitiv zu weit gegangen!"
Die Männer im Raum schienen wenig erstaunt über Bobbins' Wutausbruch zu sein. Fast alle saßen mit einem ebenso wütenden Blick in dem runden Raum. Das Bild des Raumes wurde von fünf großen Sesseln aus weißem Marmor dominiert. Vier der fünf Plätze waren besetzt.
Wütend stapfte der Commodore zu seinem Platz und setzte sich hin. Dann nahm er den Zweispitz mit der prächtigen weißen Feder ab und legte ihn auf eine der Armlehnen. Langsam strich er sich über die kurzen weißen Haare auf seinem Kopf.
„Nun gut! Da Commodore Bobbins nun da ist, können wir mit dieser Sondersitzung beginnen", sprach der Mann mit dem roten Hemd und den kastanienbraunen Haaren, der Bobbins gegenübersaß. Sein Name war Bragonas De Vrona. Er war der Sprecher der Kapitäne, welche nicht zu den Piraten zählten. Auch in seinem Gesicht stand Zorn. „Wie ihr alle sicherlich mitbekommen habt, wurde gestern gegen Mittag ein Gebäude im südlichen Stadtteil in die Luft gesprengt. Dabei handelte es sich um ein Gebäude des Piraten Gorn Ulricson." Bragonas schwieg kurz und sah in die Runde. „Bobbins, du hast den Schadensbericht, den das Wolfsrudel erstellt hat?"
Bobbins nickte und holte ein kleines, zusammengefaltetes Stück Papier aus seiner Weste. Er räusperte sich und las den Inhalt des Zettels laut vor: „Bei dem Gebäude handelte es sich um ein Auktionsgebäude, in welchem Sklavenhandel betrieben wurde. Angemerkt sei, dass der Handel mit Menschen in dieser Stadt verboten ist!"
„Warum können sie unter unserer Nase einfach Menschen verhökern?", unterbrach ihn Gilbert O'Brian,

Sprecher der Händler. Der dicke Mann mit dem fettigen, schwarzen Haar zupfte erbost an seinem Kinnbart.
„Warte bitte, bis Bobbins den Schadensbericht fertig gelesen hat, O'Brian", sagte Bragonas ruhig.
Der Commodore nickte ihm dankend zu und las weiter: „Gestern, kurz nach Mittag, war laut Zeugenaussagen eine laute Explosion zu hören. Das Gebäude wurde durch mehrere starke Explosionen in die Luft gesprengt. Anscheinend gab es zuvor eine große Schlägerei im Gebäude. Den Leichen nach zu urteilen, welche identifizierbar waren, waren sowohl Männer der Seiden-Piraten, unter der Führung von Lao Fen, als auch Mitglieder der Drachen-Piraten, unter der Führung von Gorn Ulricson, anwesend. Wir vermuten daher, dass es sich dabei um einen Bandenkrieg handelte, der eskalierte. Wir müssen leider dreizehn tote Zivilisten, fünfunddreißig Verletzte und eine bisher unbekannte Zahl toter Piraten melden. Es wurde außerdem bestätigt, dass unter den toten Piraten sowohl Gorn Ulricson als auch Lao Fen waren."
Der gesamte Raum hielt sich in erstauntem Schweigen.
„Woran wurde festgestellt, dass es sich bei den Toten um die beiden Kapitäne handelte?", fragte der Sprecher der Bauern, Phinneas Horn. Er war der Jüngste unter den Ratsmitgliedern, Ende zwanzig, und hatte kurze, schwarze Haare. Phinneas war überaus intelligent und nur wenig deutete auf sein Dasein als Bauer hin.
„Nun ja, ich habe darüber keine genauen Details, jedoch habe ich gehört, dass beide Leichen weniger Schaden durch die Explosion genommen haben, sondern mehr durch herabstürzende Trümmer. „Was bedeutet das nun für die Stadt?" O'Brian blickte erstaunt in die Runde.
„Wahrscheinlich wird vorerst ein Machtvakuum entstehen. Wir sollten diese Chance nutzen und eine

große Durchsuchung veranlassen!" Bragonas war aufgestanden, und schlug sich mit der Faust in die flache Hand.
„Wäre das wirklich sinnvoll für die Wirtschaft?" Nun meldete sich auch Dimitri Vyacheslav, Sprecher der Handwerker, zu Wort.
„Ich meine damit, dass die Piraten auf ihre eigene Weise gut für diese Stadt sind."
Nun war auch Bobbins aufgestanden, sein Kopf war wieder rot vor Wut.
„Das ist totaler Blödsinn! Wir haben kaum Kontrolle über diese Stadt, im Moment waren wir nichts als Marionetten der drei! Nun, da wir zwei los sind, sollten wir das nutzen und das Steuer wieder an uns reißen!"
„Eine andere Sache geht mir momentan durch den Kopf ...", Phinneas sprach nun wieder, „Könnte es sein, dass diese Explosion durch einen Dritten verursacht wurde?"
Erneut herrschte nachdenkliches Schweigen im Raum. Die Sonne schien durch das kleine Loch in der Mitte der Dachkuppel in den Raum, unzählige Staubflocken tanzten durch die Luft.
„Selbst wenn ein Dritter für diese Explosion gesorgt hat, sollten wir diese Tatsache unter Verschluss halten, trotz der toten Zivilisten", antwortete Bragonas. „Wir sollten froh sein über diesen Machtwechsel und ihn nutzen!"
„Ich bin dafür, dass wir warten, bis sich das Ganze selbst einpendelt. Was kann schon passieren?" O'Brian wischte sich mit einem Seidentuch den Schweiß von der Stirn und blickte fragend in die Runde.
Jeder in diesem Raum wusste, dass O'Brians ehemalige Hauptlieferanten die beiden Piraten waren, doch nie hatte sich jemand etwas zu sagen getraut.
„Bist du nun komplett übergeschnappt?" Dimitri blickte den Händler ernst an. „Du machst dir doch nur in die

Hose, weil dein Geschäft wahrscheinlich in die Brüche geht, jetzt, da Fen und Ulricson tot sind!"

Erst herrschte bedrückendes Schweigen, dann folgte ein heftiger Wortwechsel unter den Mitgliedern des Rates. Sie warfen sich gegenseitig die wüstesten Flüche an die Köpfe und alle hatten sich von ihren Sitzen erhoben.

Kurz bevor die Situation aus dem Ruder geriet, ertönte ein lauter Schuss, woraufhin Putz und kleine Steinchen von der Decke bröckelten. Erschrocken blickten alle zu dem Schützen. Es war Bobbins, sein Kopf war knallrot, eine dicke Ader pochte auf seiner Stirn. „So, meine Herren! Genug der Anschuldigungen, Behauptungen und etwaigen unnötigen Aussagen! Ich bin dafür, dass wir nun den Fisch an der Flosse packen und in dieser Stadt aufräumen! Es wird mit Handzeichen abgestimmt, die Mehrheit gewinnt. Wer dafür ist, eine groß angelegte Hausdurchsuchung durchzuführen, soll die Hand heben." Der Commodore ließ sich in seinen Sessel fallen und legte erschöpft die Hände vor das Gesicht.

Die anderen hatten sich mittlerweile auch wieder hingesetzt und einer nach dem anderen entschied sich. Dimitri und Gilbert waren die Einzigen, die die Hände nicht hoben.

„Gut, dann wäre das erledigt! Bobbins soll für den kommenden Dienstag eine große Durchsuchung im nördlichen Bereich organisieren. Lass jeden Stein doppelt umdrehen!" Bragonas massierte sich den Nasenrücken. Keiner widersprach dem Kapitän der West-Rii-Handelsflotte, der Handelsgesellschaft von Joseph Teach, mehr oder weniger bereitwillig.

„Nun gut, steht sonst noch etwas auf der Liste?" Phinneas betrachtete den Lichtpunkt am Boden und streichelte nachdenklich sein Kinn.

Nun stand O'Brian auf und räusperte sich. „Wir haben seit vier Tagen keine Nachrichten aus Nafska oder einem kleineren Dorf im Osten Riis bekommen. Ich gehe daher davon aus, dass es einen Angriff auf die Stadt und die umliegenden Höfe gegeben hat. Wir sollten das untersuchen!"

Die untergehende Sonne schien durch die Fenster des Arbeitszimmers von Joseph Teach. Erstaunt blickte er aus dem Fenster und blies eine blaue Wolke Tabakrauch aus. „Du hattest recht, Spartacus. Das ist wirklich ein Riese!" Der alte Mann deutete auf Leif, welcher zusammen mit Frida vor seinem Anwesen stand, bewacht von fünf seiner Wachen.
„Nun ja, was hast du erwartet?" Spartacus legte seine Beine über die Armlehnen des Ledersessels und biss in eine saftige Birne.
Ernst betrachtete Teach den Piraten. „Alles, nur nicht die Wahrheit."
Spartacus winkte ab und schmatzte etwas Unverständliches. Wieder blickte Joseph aus dem Fenster. Der rothaarige Nortmar stand noch immer da. Er war über und über mit Wunden übersät. Mit diesen Muskeln müsste er den Mast eines Kriegsschiffes ausreißen können! Und daneben das kleine Mädchen. Etwas war seltsam an ihr, Teach konnte es tief in seinen alten Knochen spüren. Er drehte sich wieder zu Spartacus und setzte sich an seinen Schreibtisch. „Und jetzt?", fragte der alte Mann und öffnete eine Schublade.
„Die ganze Geschichte kam mir sehr gelegen, alles läuft nach Plan. Morgen werde ich Bobbins bestechen, dann werde ich nach Porta Mola aufbrechen, mein Schiff holen und mit Schwarzbart reden." Der Pirat biss wieder in die Birne und kaute fröhlich vor sich hin.

„Ich vermute, du willst zu Fuß gehen? Warum?" Teach wühlte noch immer in der Schublade herum.

„Aye, ich nehm die beiden Gestalten vor deinem Fenster mit, irgendwer muss ihnen doch den Weg zeigen, sonst verirren die sich noch im Grünen Meer. Außerdem muss ich mir mit dem Muskelberg keine Sorgen über irgendwelche Wegelagerer oder Banditen machen."

„Sie ist es, nicht wahr?" Teach blickte Spartacus ernst an.

Der Pirat dachte kurz nach und starrte ins Leere. „Etwas ist da seltsam, aber ich kann nicht sagen, was genau ..." Spartacus kratzte sich am Bartansatz und warf die Reste der Frucht in einen Eimer, der nicht weit von ihm entfernt war. „Ach! Es schadet sicher nicht, wenn ich mir mal meine Seebeine vertrete. Und da hier sowieso bald die Luft brennt, bin ich lieber dort, wo man einen Piraten nicht vermutet."

„Aye, Bragonas hat mir davon schon berichtet." Teach schob die Schublade wieder zu und legte einen kleinen Zettel auf seinen Schreibtisch. Dann nahm er den Federkiel, der in einem Tintenfass steckte und schrieb etwas darauf.

Kurz schwiegen beide.

„Wie viel diesmal?" Wieder blickte Joseph ernst in Spartacus' Augen.

„Ich schätze, zehn Goldstücke. Damit sollten wir auskommen." Die Stimme des jungen Piraten klang ein wenig zurückhaltend und er mied Teachs Blick.

„Ich verstehe", murmelte der alte Mann, nickte langsam und schrieb weiter auf den Zettel.

Spartacus stand währenddessen auf, zupfte seinen Mantel zurecht und ging auf seinen Mentor zu.

„Du weißt, was du zu tun hast. Ich wünsche dir eine gute Reise!" Joseph überreichte ihm den Zettel und bedeutete dem Piraten, den Raum zu verlassen.

Spartacus nickte und verließ den Raum. Langsam schloss sich die Tür hinter ihm mit einem dumpfen Ton. „Pass auf dich auf ...", flüsterte Teach und zog an seiner Pfeife.

Wie lange musste er noch warten? Leif wollte die verdammte Menschenstadt, so schnell wie möglich, verlassen. Der Nortmar fuhr sich genervt durch den verfilzten Bart. Seit gestern war er wieder frei. Alles was er besaß, war in die Luft gejagt worden: seine Äxte, sein Helm und seine Verpflegung. Dem Wolf sei Dank konnten diese Menschen ihm nicht auch noch seinen Harnisch nehmen, denn dann hätte Leif auch die Kette seiner Mutter verloren.
Frida hatte ihm alles erzählt. Es war also doch weise gewesen, diesen Menschen zu retten. Den Menschen, die durch seine Hand gestorben waren, weinte er keine Träne nach. Sie waren alle Tiere – Tiere ohne Rücksicht und Achtung vor dem Leben anderer. Doch dieser Spartacus war anders, Leif spürte das.
„Woran denkst du gerade?" Frida kniff leicht in Leifs Bein.
„Wie lange dein Freund uns noch warten lässt!"
Frida nickte und betrachtete wieder die prächtigen Häuser um sie herum.
Wenige Minuten später öffnete sich das Tor und Spartacus trat heraus. Mit den Händen in der Jackentasche ging er auf die beiden zu. „Ich habe alles geklärt, vielen Dank, dass ihr gewartet habt." Leif brummte leise und der Pirat sprach weiter: „Außerdem habe ich gute Nachrichten! Ich werde euch ein Weilchen begleiten. Ich muss sowieso nach Porta Mola, eine kleine Hafenstadt, etwa vier Tage von hier entfernt."
Frida strahlte bis über beide Ohren und klatschte eifrig.

„Außerdem habe ich genug Gold, um deine Sachen neu zu kaufen, und genug Proviant für eure weitere Reise!"
Leif zog fragend eine Augenbraue hoch. Was hatte Frida dem Piraten alles erzählt? „Warum schenkst du uns die Sachen? Du schuldest mir nichts mehr." Leif war zwar dankbar für das Angebot, jedoch wollte er nur ungern in der Schuld eines Menschen stehen.
„Weißt du, Leif, du hast zwar keine Ahnung, aber du hast mir unbewusst einen großen Gefallen getan. Dafür möchte ich mich bedanken, aye?" Spartacus blickte hinauf zu Leif und hielt ihm seine Hand hin.
Misstrauisch beäugte der Nortmar die ausgestreckte Hand des Menschen und packte sie vorsichtig – es war, als würde er einem Kind die Hand schütteln.
„Gut, nachdem das geklärt wäre, folgt mir, wir kaufen das Zeug und hauen ab!"

Aufbruch

Die Morgensonne hüllte die Südliche Stadtmauer von Wolfshafen in warmes Licht. Die unzähligen Fahnen und Wimpel an den Türmen wehten sanft im Wind. Leif, Frida und Spartacus traten durch das breite Tor, hinaus in jenes Gebiet, das die Menschen das Grüne Meer nannten, eine weite Ebene, welche größtenteils mit saftig grünem Gras bedeckt war. Doch so verlockend friedlich dieser Teil der Insel war, versteckten sich unter dem Grün viele tödliche Sümpfe. An dem Punkt, an dem die Höfe der Stadt endeten, fing das unsichere Gebiet an. Viele Leute hatten dort schon ihr jähes Ende gefunden.
Die Menge hielt ein wenig Abstand zu Leif und den beiden anderen. Die Menschen folgten ihrem Tagwerk, Handwerker passierten die Stadt, um ihre tägliche Arbeit zu verrichten, und Bauern transportierten Säcke und Körbe voller Waren durch das Tor. Nur wenige Leute verließen die Stadt in diese Richtung, denn der Fußweg gen Süden war wegen der Sümpfe und der Gefahren, die sie mit sich brachten, äußerst gefährlich. Wer die Wahl hatte, reiste über den Wolfs-Fluss in den Trost-See und von dort aus zu einer der vier großen Hafenstädte.
Leif griff an die Holzstiele seiner Äxte. Es waren einfache Werkzeuge zum Holzfällen und ein wenig kleiner als er es gewohnt war. Der Schmied, bei dem sie die Waffen gekauft hatten, hatte allerdings die Klingen noch ein wenig überarbeitet. Aus Werkzeugen wurden tödliche Waffen. Leif hatte sich bei einem Schneider

auch neue Kleidung besorgt. Einen Umhang aus einfacher Wolle und eine Tunika aus Leinen. Außerdem hatte er sich ein neues Beinkleid und ein Paar neuer Stiefel zugelegt. Allesamt Sonderanfertigungen, welche zwei kostbare Tage fraßen, doch Leif freute sich über seine neue Kleidung.
Zusätzlich zu der Kleidung, die Spartacus Frida schon vorher gekauft hatte, hatte er dem Mädchen eine Jacke und einen kleinen Rucksack besorgt. Die seltsame Kleidung und die Waffen, welche sie vorher trug, hatte er Teach als Dank geschenkt. Seide und Stahl aus Gāng-Shiruku waren seltene Waren in Wolfshafen und heiß begehrt. Ein Teil des restlichen Goldes wurde in Proviant investiert. Laut Spartacus war der Großteil des Wassers, das sie finden würden, ungenießbar.
„Unser erstes Ziel wird eine Taverne namens Zum Grünen Hai sein. Zwei Tage von hier entfernt, es ist das einzige wirkliche Gebäude, das wir zu Gesicht bekommen werden", erzählte Spartacus und pulte mit einem Fingernagel zwischen den Zähnen herum.

Leif nickte und blickte noch einmal auf die Stadt. An diesem Ort hatte der Nortmar seine größte Niederlage erlitten. Er ballte die Hände zu Fäusten und biss sich auf die Unterlippe. So etwas darf nie wieder passieren, dachte er.
„Los, beweg deinen Hintern, Großer!", riss ihn Spartacus aus seinen Gedanken.
Ein grimmiger Blick von Leif ließ das freche Grinsen des Piraten verschwinden. Ohne Worte gingen die drei weiter.
Sie waren schon eine Weile unterwegs, um sie herum waren weite Felder und vereinzelt ein paar Windmühlen zu sehen. Die Felder hier sahen anders aus als die, die Leif im Norden gesehen hatte. Kleine grüne Spitzen ragten aus seichten, mit Wasser gefüllten

Becken. Menschen standen im Wasser und arbeiteten auf den Feldern. Viele der Bauern hatten sich das sumpfige Terrain zunutze gemacht und bauten auf den überschwemmten Feldern Reis an. Doch je weiter sich die Felder von der Stadt entfernten, desto schlechter schien das Wasser zu werden, und der Reis wuchs entweder schlecht oder gar nicht.

Während Frida, eifrig wie immer, die Gegend beobachtete und ab und an vom Weg abkam, unterhielten sich Spartacus und Leif über erlebte Abenteuer und unterschiedlichste Geschichten. Der Nortmar war fasziniert von der Vorstellung, mit einem Schiff aus Holz über die Meere zu fahren, Seeschlachten zu schlagen und gegen Stürme anzukämpfen.

„Das klingt alles sehr spannend, was du mir hier erzählst, Mensch. Die anderen Menschen müssen euch bestimmt als tapfere Helden feiern, nicht?"

Spartacus grinste breit und fuhr sich mit der Hand durch die schwarzen Haare. „Aye! In einer Welt ohne Gold wären wir Helden gewesen. Bestimmt." Nachdem Spartacus das sagte, lachte er laut, zog seinen Flachmann aus dem Mantel und trank einen kräftigen Schluck. Er hatte ihn mit frischem Rum aus Kalgrad aufgefüllt. „Auch einen Schluck?" Der Pirat hielt den kleinen Flachmann in die Höhe.

Leif betrachtete den Behälter und nahm ihn vorsichtig entgegen. Er tat es Spartacus gleich und schüttete sich den gesamten Rum in den Mund. Der Pirat starrte den Nortmar ungläubig an, als Leif ihm den Flachmann zurückgab. „Brennt ein bisschen auf der Zunge. Ist nicht so gut wie Met! Außerdem ist in dem kleinen Ding viel zu wenig drin!" Leif griff nach dem kleinen Fass, welches an seinem Gürtel hing, und trank einen Schluck Wasser, um den Geschmack des Rums von seiner Zunge zu bekommen.

„Krieg ich auch einen Schluck?" Frida mischte sich in das Gespräch ein.

„Glaubst du nicht, dass du genug Rauschmittel in den letzten Tagen hattest, Kleine?" Grimmig sah Spartacus zu dem Mädchen herab und tätschelte ihren Kopf.

„Ich glaube nicht, dass so etwas gut für kleine Menschen ist!" Leif streichelte nachdenklich seinen Bart und betrachtete den Himmel. Vereinzelt zogen weiße Wolken über ihren Köpfen hinweg, es war wirklich ein schöner Tag.

Obwohl Frida die beiden noch immer mit Fragen durchbohrte, war der Nortmar froh, dass sie wieder bei ihm war. Sie schien ihn nicht einmal mehr zu nerven. Etwas an ihrer Art sorgte dafür, dass ihm das Mädchen ans Herz wuchs. Vielleicht lag es auch daran, dass Frida ihr Leben in Gefahr gebracht hatte, nur um das seine zu retten.

Die drei folgten dem Weg weiter. Als es Nachmittag wurde, erreichten sie ein kleines Häuschen am Wegrand. Das Holz war unter der Sonne und den Witterungen mittlerweile grau geworden. Leise knarzte es im Wind. Leif sah, wie ein Paar Beine herausschauten, und hörte ein lautes Schnarchen. Im Häuschen schlief ein älterer Mann. Er trug eine Uniform des Wolfsrudels, die übersät war mit unterschiedlichsten Flecken und Dreck.

„Macht euch nichts aus dem! Der ist nur hier, um Passanten vor dem Grünen Meer zu warnen. Hier endet das Gebiet von Wolfshafen!"

Leif drehte sich noch einmal um. Die Stadt selbst war schon verschwunden, nur den Rauch konnte er noch schwach erkennen. Der Nortmar wandte Wolfshafen wieder den Rücken zu und blickte auf die weite grüne Ebene, die sich vor seinen Augen erstreckte. Der Wind strich durch das hohe Gras und ließ es silbern glänzen.

„Was ist hier denn eigentlich gefährlich?" Frida wandte sich Spartacus zu.
„Nun ja, Kleine, solange wir uns an die Straße halten, kann uns kaum etwas passieren. Doch abseits des sicheren Weges lauern gefährliche Tiere, Banditen, und ich habe sogar schon von Geistern gehört, die nachts auftauchen und Menschen in die Sümpfe ziehen!" Der Pirat stand mit dem Rücken zu Frida und grinste.
Dem Mädchen lief ein kalter Schauer über den Rücken.
„Das sind doch bestimmt nur Märchen, richtig?" Frida blickte verängstigt zwischen Leif und Spartacus hin und her.
„Wir werden sehen. Und wenn, dann werde ich sie vertreiben." Der Nortmar deutete mit seinem Daumen auf sich und lächelte. „Aber nun lasst uns weitergehen!"

Die Sonne ging langsam unter, die beiden Monde am Himmel waren schon zu erkennen. Das Quaken unzähliger Frösche wurde nur vom lauten Zirpen der Grillen übertönt. Frida war während der Reise müde geworden und saß wieder auf Leifs breiten Schultern. Um die drei herum war alles grün. Selten stach ein Baum aus der Ebene heraus, Blumen oder Sträucher waren eine Seltenheit. So weit das Auge blickte, gab es nur hohe Gräser und Farne. Als einziger Kontrast war ein Wald weit ab von ihnen zu sehen.
Spartacus hatte ihnen erzählt, dass er bisher nur einmal zu Fuß von Wolfshafen in den Süden gegangen war. Damals war alles gut gelaufen, doch der Pirat hatte schon von Berichten gehört, in denen das Ganze schlechter ausgegangen war. Der Jäger hatte viel mit dem Menschen geredet. Er hatte einiges über ihn und sein Volk erfahren, doch über die Nortmar hatte Leif nur spärlich geredet. Spartacus war um einiges angenehmer als dieser Cicero, obwohl er sehr

hochnäsig sein konnte. Er hielt dies jedoch für eine der vielen Eigenschaften der Menschen.
Leif schlug sich auf den Arm und fluchte leise. Schon wieder hatte ihn eines dieser Dinger gestochen. Hunderte von diesen Wesen surrten durch die Luft und stachen den Nortmar. „Moskitos", hatte Spartacus sie genannt. „Mit den Stacheln an ihrem Kopf dringen sie durch die Haut und saugen dein Blut aus", hatte er ihm erklärt. Komischerweise wurde Frida kein einziges Mal gestochen, kein Moskito setzte sich auch nur eine Sekunde auf die Haut des Mädchens.
„Wir sollten ein Lager aufschlagen, es wird bald Nacht!" Spartacus war stehen geblieben und deutete zum Himmel. „Nachts möcht ich hier nicht im Dunkeln stehen. Aye?"
„Ich werde Holz aus dem Wald dort drüben holen. Das dauert nur ein paar Minuten!" Leif deutete mit dem Daumen auf den Wald hinter ihm, welchem sie näher gekommen waren.
„Lass das mal lieber sein, Großer. Wenn du im Sumpf stecken bleibst und versinkst, kommst du aus den Mangroven dort nie wieder raus. Du hast Holz in deinem Rucksack, nimm das." Spartacus hatte sein Rapier gezogen und suchte nach einem trockenen Plätzchen am Wegrand. Er durchstieß das hohe Gras, bis er die perfekte Stelle gefunden hatte.
„Willst du mir damit sagen, dass ich den ganzen verdammten Tag Holz mit mir rumgeschleppt habe?" Leif setzte Frida auf den Boden und nahm den Rucksack ab, um nach dem Holz zu sehen.
„Nun ja. Normalerweise nimmt man ein Maultier dafür mit. Hätte ich gewusst, dass dir das zu schwer ist, dann hätte ich eines besorgt!" Spartacus grinste und steckte das Rapier zurück in die Halterung.

„Das habe ich nie gesagt! Ich ... ähm ... Machen wir einfach ein Feuer!" Der Nortmar durchwühlte daraufhin leise brummend den großen Rucksack und holte nach wenigen Sekunden ein paar Holzscheite hervor sowie etwas Zunder. Gekonnt stapelte er das für ihn viel zu kleine Holz und legte ein paar Steine herum, welche sie gefunden hatten.

Der Pirat kramte währenddessen eine kleine Büchse aus seinem Mantel und kniete sich über das Feuer.

„Was ist das, Spartacus?" Neugierig versuchte Frida, das unbekannte Objekt zu erspähen.

„Das ist meine Zauberbox, damit kann ich Feuer erschaffen!"

Frida strahlte vor Neugier und auch Leif beäugte das Schauspiel interessiert. Der Pirat holte aus der kleinen Büchse ein Stück braunen Stoff und zwei Steine.

„Feuersteine, ha! Da darfst du lange schlagen, bis es brennt!" Leif verschränkte die Arme vor der Brust und grinste leicht.

„Warte nur ab, Großer", flüsterte Spartacus und schlug die beiden Steine aneinander. Ein Funken sprang auf das Stück Stoff über, welches daraufhin anfing, in einem tiefen Blau zu brennen.

Leif machte große Augen und öffnete staunend den Mund. Innerhalb weniger Sekunden griff das Feuer nach dem trockenen Holz und entzündete dieses. Frida klatschte eifrig in die Hände und lachte.

„Das, lieber Leif, ist Magie!" Spartacus grinste wieder bis über beide Ohren und steckte die Büchse zurück in den Mantel.

Leif musste unbedingt erfahren, wie dieser Trick funktionierte! Diese Technik würde ihm garantiert behilflich sein, wenn er erst zurück in den Bergen war.

Zufrieden stand der Pirat auf und erweiterte den Lagerplatz, indem er die Gräser zertrampelte.

Spartacus bedeutete dem Nortmar, es ihm gleichzutun. Mit den großen Füßen Leifs entstand in wenigen Minuten ein ansehnlicher Lagerplatz. Wegen des Sumpfes war es an den Rändern des Platzes ein wenig matschig. Dann holte Spartacus Decken aus seinem Rucksack und breitete sie vor dem Feuer aus. „Na, hier kann man doch übernachten!" Zufrieden klatschte Spartacus in die Hände und legte sich auf eine der Decken.
Auch Leif und Frida ließen sich nieder. Die Dunkelheit brach schnell über sie herein, und hell leuchteten die beiden Monde Tyrlos und Talos am Himmel.
Das Feuer strahlte wohlige Wärme aus. Auf Spießen rösteten sie Pilze und das Fleisch, das sie mitgenommen hatten, über dem Feuer. Frida stocherte mit einem kleinen Ast im Feuer herum, Leif betrachtete die Sterne und Spartacus holte eine kleine Pfeife aus Walknochen aus seinem Mantel. Er stopfte sie mit Tabak, welchen er mit einem glühenden Holzstück anzündete. Zufrieden blies der Pirat blauen Rauch aus seiner Nase. Mittlerweile war es ruhiger geworden und das Lagerfeuer knisterte leise vor sich hin.
„Leif, woher kommen eigentlich die zwei Monde?" Frida blickte nun auch in den Himmel und betrachtete die unzähligen Sterne.
„Weißt du, bei uns gibt es eine Legende über sie. Einst waren die beiden Monde zwei Bären: Tyrlos und sein kleiner Bruder Talos. Bei einem schweren Unwetter verloren die beiden ihre Mutter und waren auf sich allein gestellt. Tagelang suchten sie nach ihr, doch die beiden konnten die Bärin nicht finden. Da kam ihnen ein großer Adler entgegen. Der Adler soll so groß wie ein Nortmar gewesen sein. Er fragte die Brüder, weshalb sie so traurig seien und ob er ihnen nicht helfen könne. Die Bären erzählten ihm von ihrer Lage

und wie sehr sie doch ihre Mutter vermissten. Der Adler war den beiden gut gesinnt und bot Tyrlos und Talos an, sie in den Himmel mitzunehmen, von wo aus sie ihre Mutter vielleicht sehen würden. So flog er die ganze Nacht mit den beiden durch die Luft, und die Hoffnung der beiden strahlte so hell, dass sie den Nachthimmel erleuchteten. Doch von ihrer Mutter war keine Spur zu finden und der Adler wurde müde. Tyrlos und Talos wollten jedoch nicht aufgeben und waren noch immer voller Hoffnung. Sie baten den Adler, sie noch einmal mit in den Himmel zu nehmen, wenn er wieder ausgeruht war. Der Adler, begeistert von ihrem Enthusiasmus, stimmte ihnen zu. Er wolle den beiden helfen, bis sie ihre Mutter gefunden hatten. Seitdem suchen die drei jeden Tag nach der Bärenmutter. Tyrlos und Talos haben bis heute nicht aufgegeben und das Licht ihrer Hoffnung erhellt die Nächte. Doch mit jeder erfolglosen Nacht bleibt ein wenig ihrer Hoffnung im Himmel hängen und wird zu einem Stern." Leif schwieg kurz. Diese Geschichte hatte ihm seine Mutter immer erzählt, als er klein war.

Frida blickte mit einem Lächeln in den Himmel und dann zum Nortmar. „Das ist wirklich eine schöne Geschichte, danke."

Leif nickte. „Sie soll uns lehren, dass wir selbst in der finstersten Nacht nie unsere Hoffnung und unseren Mut verlieren sollen. Aber nun leg dich hin und schlaf, Kleines. Morgen ist wieder ein langer Tag."

Ein wenig widerwillig legte sich das Mädchen hin und deckte sich zu.

Spartacus rauchte noch immer an seiner Pfeife. Er hatte sich mittlerweile eine kleine Tonflasche, welche mit Grog gefüllt war, aus seinem Rucksack geholt. Der Pirat trank einen Schluck und wischte sich mit einem Ärmel den Mund ab. „Eine wirklich schöne Geschichte, Großer.

Bei uns wird sie ein wenig anders erzählt. Und die beiden Monde heißen auch nicht Tür-Los und Tal-Los." Spartacus tat sich ein wenig schwer, die Namen richtig auszusprechen. „Wir Menschen glauben, dass die beiden früher ein Liebespaar waren." Der Nortmar nickte interessiert. „Und zwar nicht irgendein Paar. Es waren Lunara, die Göttin der Nacht, und ein Elf namens Silvio. Die beiden waren unendlich ineinander verliebt. Doch Lunara war die Frau von Lukarus, dem Gott des Lichts. Als dieser von dem Liebesspiel seiner Frau erfuhr, ..."
Leif unterbrach den Menschen, seine Augen waren geweitet. „Riechst du das?" Der Nortmar erhob sich und blickte nervös hin und her.
Spartacus zog wieder an seiner Pfeife und atmete den Rauch aus. „Nach was riecht es denn?"
Leif hob die beiden Äxte vom Boden auf und sprach tonlos: „Nach verfaultem Fleisch ..."

Spartacus war aufgestanden und blickte sich um. „Was ist los?" Er wirkte ein wenig teilnahmslos.
„Nein ... sie ... sie sind wieder da!", brachte Frida stammelnd hervor und zog sich zitternd die Decke über den Kopf.
„Wer? Was ist los mit euch?"
Leif versuchte, im Dunkeln etwas zu erkennen, dann deutete er mit einer Axt ins vermeintliche Nichts. „Da ...", hauchte er.
Der Pirat blickte in diese Richtung und kniff angestrengt die Augen zusammen. „Was soll da sei..." Spartacus unterbrach seinen Satz. Vor Schreck fiel ihm die Pfeife aus dem Mund und schlug auf der Erde auf. Seine Augen waren weit aufgerissen. „Bei Kors Dreizack ... was ist das?" Instinktiv packte der Pirat den Griff seines Rapiers.

Mitten im Dunkeln der Nacht stand ein einzelnes Wesen. Der weiße Schädel schien im Mondlicht zu leuchten, und die dürren Gliedmaßen waren, wie in der einen Nacht, nach ihnen ausgestreckt.
Frida wimmerte ängstlich unter ihrer Decke. Nun konnte auch Spartacus den Geruch von faulem Fleisch wahrnehmen, woraufhin er angewidert das Gesicht verzog. Dieses Mal jedoch war etwas anders. Das Monster schien sich langsam auf sie zuzubewegen!
„Beim Bären ..." Leif war kurz überrascht, doch dann grinste er. „Endlich ein richtiger Kampf!" Drohend hob er seine Äxte in die Höhe und grölte.
„Ich will dir die Freude nicht verderben, Großer, aber da hinten kommen noch mehr!" Spartacus hatte mittlerweile sein Rapier gezogen, und deutete in die Richtung, in der die Mangroven lagen. Unzählige weiße Lichtpunkte bewegten sich langsam durch das Gras und kamen den dreien bedrohlich näher.
„Wir müssen Frida um jeden Preis beschützen, koste es, was es wolle!" Leif blickte den Piraten ernst an.
Dieser nickte und wandte dem Nortmar den Rücken zu. Spartacus fragte sich, wieso er genickt hatte, die Monster waren eindeutig in der Überzahl. „Was geschieht hier nur?", flüsterte er und richtete sein Rapier auf eines der Wesen. „Hey, Landratte! Komm mir nicht näher, oder ich schlitze dich auf wie einen Fisch!" Der Pirat bemühte sich, bedrohlich zu wirken, doch unbeeindruckt bewegte sich das Monster weiter Richtung Feuer. Als es immer näher kam, wurde dem Piraten übel. Es roch grässlich. Das Biest war um einiges größer als er, doch dürr wie ein junger Baum.
Das Monster wurde schneller und stürmte auf Spartacus zu. Blitzschnell zog dieser eine seiner Pistolen, zielte auf den Kopf des Wesens, schrie und betätigte den Abzug. Donnernd verließ die Kugel den

Lauf der Waffe und traf das Monster. In einer weißen Wolke aus zersplitterten Knochen und Schwarzpulver sank das Wesen zu Boden und schlug mit einem dumpfen Knall auf.

Der laute Schuss war wie ein Startsignal, und die anderen begannen nun auch, auf das Feuer zuzurasen. Wirbelnd schlug Leif mit seinen Äxten um sich, traf zwei der Monster und teilte sie in je zwei Hälften. Kein Blut. Keine Schreie. Nun kamen auch aus der anderen Richtung immer mehr dieser Kreaturen. Wie eine Welle bewegten sich die weißen Schädel und die roten Augen auf die drei zu.

Frida war schluchzend unter ihrer Decke erstarrt. Sie hatte furchtbare Angst.

Nun schlug Spartacus mit seinem Rapier zu. Die Waffe glitt wie ein silberner Blitz durch die Luft und schnitt einem der Monster den Arm ab. Während Leif wie ein Berserker, ein unaufhaltsamer Sturm, um sich schlug und alles vernichtete, was ihm in die Quere kam, hackte der Pirat wild fluchend um sich und zerteilte Gliedmaßen oder trat die Monster von sich weg. Es war, als kämen für jedes dieser Biester, das sie töteten, zwei neue nach. Leif schien in der Menge unterzugehen, und immer wieder hörte man ihn brüllen. Einem der Monster gelang es fast, Spartacus mit einer ihrer langen Krallen zu erwischen. Doch dieser konnte ausweichen und den Arm packen. Er zog das Monster nah an sich heran und stieß mit seinem Rapier durch die Brust des Wesens. Schnell riss er seine Klinge heraus, zog seine zweite Pistole und schoss auf eines der Biester, das Frida gefährlich nahe kam.

Leif wurde von immer mehr Monstern bedrängt, und hatte kaum noch Platz, seine Äxte zu bewegen. Schweiß rann seine Stirn hinab. Wie viele hatte er schon getroffen? Zehn? Zwanzig? Er hatte aufgehört zu zählen.

Der Nortmar rammte den hölzernen Stiel seiner Axt in die Magengegend eines der Monster. Schnell drehte er sich um und trennte den widerlichen Kopf von den Schultern des Wesens. Mit der zweiten Axt durchtrennte er beide Beine eines anderen Monsters. Er versuchte ruckartig, sich wieder umzudrehen, um seine Äxte kreisen zu lassen, doch es war zu wenig Platz. Die Wesen engten ihn immer weiter ein. Wutentbrannt ließ er seine Waffen fallen, und packte das Geweih des Monsters, das ihm gegenüberstand. Er riss es mit voller Wucht zur Seite und warf damit weitere Wesen zu Boden. Aber waren die anderen besiegt, kamen neue nach. Der Nortmar schlug wild um sich, seine Fäuste fanden knackend ihr Ziel, doch dann traf ihn eine der Klauen in die Kniekehle. Mit einem Schmerzensschrei, welcher die Erde erbeben ließ, sank der Hüne zu Boden, wo er von weiteren Klauen durchbohrt wurde.

Spartacus stand nun über Frida und konnte sich kaum noch wehren. Er hatte viele Treffer eingesteckt. Der Pirat spürte, wie Blut über seine Arme, sein Gesicht und seinen Bauch rann. Er atmete schwer und konnte kaum noch seinen Arm heben. „Ich sterbe nicht hier! Nicht jetzt!" Tränen mischten sich mit dem Blut in seinem Gesicht. Voller Zorn versuchte er noch einmal, das Monster zu treffen, das vor ihm stand, doch die Klinge des Rapiers traf ins Leere.

Plötzlich spürte Spartacus, wie eine der Klauen tief in seinen Rücken stach. Er spuckte Blut. „Nein ...", hauchte er und fiel langsam zu Boden.

Mit weit aufgerissenen Augen sah Frida zu, wie der Pirat nach vorn kippte. Sie weinte. Wieso passierte das? Alles nur wegen ihr? Langsam streckten sich die Arme der Monster nach ihr aus. „Bleibt ... bleibt weg von mir!", wimmerte sie.

Langsam hoben unzählige Klauen das Mädchen vom Boden auf. Frida schrie sich die Seele aus dem Leib. War dies das Ende? Um sie herum wurde es furchtbar heiß. Die Luft war erfüllt von einem Knistern und alles war in blaues Licht gehüllt. Das Licht wurde immer heller und brannte in ihren Augen. Frida hörte ein Kreischen, als ob Metall auf Stein traf. Sie musste die Augen schließen. Dann fiel das Mädchen zu Boden und alles um sie herum wurde kalt und dunkel.

Inferno

Fridas Haut brannte fürchterlich. Sie wollte die Augen öffnen, doch ihre verkrusteten Lider gingen nur schwer auf. Wie glühende Speere bohrte sich das Licht in den Kopf des Mädchens. Sie blinzelte und langsam nahm alles um sie herum Gestalt an. Wild durcheinandergewürfelte Linien verformten sich und bildeten Umrisse der Umgebung.
Doch etwas war anders. Frida war nicht in dem Grünen Meer aus Gras und Wasser. Alles um sie herum war tot. Die Erde war ausgetrocknet und rissig. Wo vorher die Mangroven waren, waren nun kahle, schwarze Stacheln, die sich dem Himmel entgegenstreckten. Das Mädchen erschrak. Was war nur passiert?
Panisch suchte sie nach Leif und Spartacus, doch von den beiden war keine Spur zu sehen. Auch von den seltsamen Wesen, die sie attackiert hatten, war nichts übrig geblieben: keine Knochen, keine Körper, keine Waffen. Frida fiel auf die Knie und in den Staub. „Was ... was ist passiert?", stammelte sie fassungslos und vergrub ihr Gesicht in ihren Händen.
Wieder suchte sie nach einem bekannten Anhaltspunkt, doch nichts war wie vorher. Die Luft um das Mädchen herum war schwül und stickig, es roch nach Rauch und Schwefel. Es war furchtbar heiß, selbst der Boden schien zu glühen. Erst jetzt bemerkte sie die Schmerzen in ihren Knien. Frida wollte aufstehen, doch es gelang ihr nicht. Eine einzelne Träne lief ihre Wange hinab. Sie fiel hin und schlug zischend auf dem heißen Boden auf. Die Schmerzen bohrten sich immer tiefer in Fridas

Beine. Sie konnte verbranntes Fleisch riechen, doch trotz alledem gelang es ihr nicht, sich aufzurichten. Kein Schrei kam über ihre Lippen, keine Worte. Nur ein leises Wimmern. Die Welt um sie herum schien in Flammen aufzugehen, doch Frida kniete nur da und bewegte sich nicht.

Das Feuer kam immer näher, die Funken brannten sich in ihre Haut ein. Flammenzungen leckten nach dem Körper des Mädchens und versengten ihre hellblonden Haare. Die Schmerzen waren unerträglich, aber sie war wie gelähmt.

In dem Moment jedoch, als die Flammen Frida komplett umhüllten, griff etwas nach ihrer Schulter. Eine Hand riss sie aus dem Feuer und richtete das Mädchen wieder auf. Die Hand verbreitete eine angenehme Kälte, die sich durch ihren Körper zog.

„Das ist aber kein Ort für Euch, Dame Frida, findet Ihr nicht auch? Jaha!", erklang die bekannte Stimme.

Ruckartig drehte sich Frida um. Es war Cicero! Das Mädchen umarmte den Hofnarren und drückte ihn fest an sich.

„Nicht so hastig, werte Dame. Cicero ist es zwar gewöhnt, dass sich Frauen an seinen Hals werfen, aber nicht so junge Damen wie ihr, jaha!", lachte Cicero und nahm sie sanft in seine Arme.

Frida weinte vor Erleichterung.

Eine gefühlte Ewigkeit verharrten die beiden wortlos, bis der Hofnarr die Stille durchbrach. „Sagt mal, werte Dame, wisst Ihr, wieso es hier so aussieht?"

Das Mädchen schüttelte den Kopf und wischte sich die Tränen aus den Augen.

„Das ist aber schade! Hier sieht es ja grauenhaft aus! Keine Farben! Keine Freude! Alles ist tot und voller Schmerzen. Ein Jammer!" Theatralisch legte Cicero

seine Hand auf den Teil der Maske, unter dem sich seine Stirn verbarg. „Wollt Ihr ein Stück gehen? Vielleicht sieht es dort vorn besser aus? Jaja."
Frida nickte wortlos. Der Hofnarr nahm die Hand des Mädchens und ging langsam los.
Die Zeit schien stillzustehen. Auch wenn es Frida so vorkam, als wären sie schon stundenlang gewandert, stand die Sonne doch noch immer am selben Punkt wie vorher. Die Umgebung schien sich nicht zu verändern. Sie gewannen keinen Meter. Erst jetzt fiel dem kleinen Mädchen auf, dass der Himmel nicht blau, sondern orange war. War sie überhaupt noch in ihrer Welt?
Cicero blieb stehen.
„Was ist denn, Herr Cicero?"
Wortlos deutete der Hofnarr nach vorn. Fridas Augen weiteten sich vor Schreck. Ihre Hände krallten sich fest in den lilafarbenen Samt von Ciceros Mantel. „Wa-Was ist das?", brachte sie stotternd hervor.
Der Hofnarr schwieg.
Vor den beiden hatte sich eine himmelhohe Mauer aufgebaut. Wie aus dem Nichts war sie erschienen. Doch es war keine gewöhnliche Mauer, sie bestand nicht aus Stein oder Holz – sie bestand aus toten Körpern.
Frida wurde übel und sie übergab sich. Als das Mädchen sich wieder fing, versuchte sie, dem Anblick der Mauer auszuweichen.
„Wir sollten uns die Mauer genauer ansehen", sagte Cicero tonlos. Kein Hauch von Freude schwang in seiner Stimme mit.
„Ich will es mir nicht genauer ansehen! Das ist furchtbar! Ich will einfach weg von hier!"
Der Hofnarr hörte nicht auf Frida und ging langsam auf die Mauer zu. Das Mädchen wartete kurz und folgte ihm dann widerwillig. Je näher die beiden der Mauer

kamen, desto intensiver wurde der Gestank nach Tod und Verderben. Unzählige Fliegen surrten durch die heiße Luft und labten sich an den verfaulenden Körpern. Die Toten waren hauptsächlich Menschen: Frauen, Männer, Kinder. Ihre Gliedmaßen waren grotesk in alle Richtungen verbogen, die Augen blickten leer in die Weite. Sie mussten schon lange tot sein, denn der Verwesungsprozess hatte schon eingesetzt.
Frida stand ungläubig vor diesem grauenhaften Bauwerk. „Wer ... wer ist so ... so grausam und baut so etwas?" Das Mädchen betrachtete die unzähligen Gesichter der Menschen, kein einziges kam ihr bekannt vor.
„Ich weiß es nicht", antwortete Cicero ungewohnt wortkarg.
„Warum geschieht das? Bin ... bin ich daran schuld?" Frida erinnerte sich an den Angriff der Monster, an das helle Licht und an die Hitze.
„Nein, das ist unwahrscheinlich."
„Aber was sonst ist hier passie..." Frida unterbrach sich mitten im Satz. Ein kalter Schauer lief ihren Rücken hinab. Entsetzt blickte sie auf eine faulige Hand, die ihre Schulter berührte. Zwei tote weiße Augen starrten sie an. Es waren die Augen eines Mannes. Das Gesicht war verwest, und Frida konnte nur erahnen, wie der Mann früher ausgesehen hatte. „Cicero! Hilf mir!"
Der Hofnarr hörte nicht auf Frida und betrachtete das Ganze nur aufmerksam.
Das Mädchen zitterte am ganzen Leib. Sie wollte Schreien, doch konnte es nicht.
Langsam öffnete sich der Mund des toten Mannes. „Rette uns!", brachte er hustend hervor.
Ungläubig starrte Frida den Toten an.
„Rette uns!", sagte der Mann noch einmal.

Er wiederholte diese Worte immer und immer wieder. Auch die anderen Toten stiegen in den Singsang ein. Frida riss sich vom Griff der Leiche los und taumelte zurück. Sie stolperte und fiel auf ihren Hintern. Ungläubig versuchte sie von der Mauer wegzurobben.
„Frida", erklang Ciceros Stimme auf einmal hinter ihr, „hab keine Angst." Der Hofnarr half dem Mädchen auf und kniete sich hin. Durch seine Maske konnte sie seine lilafarbenen Augen sehen. „Das alles hier ist nicht real. Du hast einen Albtraum."
„Dann will ich aufwachen. Sofort!", schluchzte sie.
„Du hast in letzter Zeit öfter so seltsame Träume, nicht wahr?" Frida nickte. „Auf deinen Schultern scheint eine große Last zu liegen. Ich glaube, das, was wir hier sehen, ist die Zukunft, wenn du bei deiner Aufgabe scheiterst, Frida."
Kurz schwiegen beide. Der Mantel des Hofnarren flatterte im heißen Wind hin und her.
„Welche Aufgabe? Warum ich? Was ist an mir so besonders?" Eine Flut aus Tränen schlug zischend auf dem Boden auf.
„Deine Aufgabe wird dir im richtigen Moment zur richtigen Zeit bewusst werden. Du hast gute Freunde, sie werden dir helfen und auf dich aufpassen." Sanft streichelte Cicero Fridas Kopf.
„Wer bist du?" Frida versuchte, durch den Tränenschleier hindurch, den Menschen unter der Maske zu erkennen.
„Ich bin Cicero, Cicero Kalimux! Hofnarr der Höfe der Könige und Königinnen! Cicero verbreitet Freude, wo immer er auftaucht!" Der Hofnarr lachte wieder.
Und mit dem Lachen verschwanden die Leichen. Der Himmel wurde blauer, Gras und bunte Blumen schossen aus dem Boden. Kühler Wind blies die Funken

hinweg und strich sanft durch Fridas Haar. Und als er aufhörte, war die Welt wieder so, wie sie sein sollte.

„Und nun ist es Zeit, dass Cicero geht, und Ihr wieder aufwacht, Dame Frida!" Cicero lachte, und zog seinen Gehstock aus seinen Ärmeln.

„Eine Frage hätte ich noch." Frida wischte sich die Tränen aus dem Gesicht und blickte zum Hofnarren hinauf. „Was machst du in meinen Träumen?"

Der Hofnarr drehte sich um und wirbelte mit seinem Stock in der Luft. „Cicero weiß es nicht. Vielleicht war ihm langweilig? Vielleicht hatte er denselben Traum? Vielleicht verbindet Ihr ihn jedoch mit Freude und Spaß, und er gibt Euch Hoffnung? Wer weiß, wer weiß."

Mit jedem Wort entfernte sich Cicero ein Stück weiter von dem Mädchen, bis er hinter dem Horizont verschwand.

Frida lächelte und schloss die Augen.

Erwachen

Langsam öffnete der Pirat die Lider. Das Tageslicht stach wie unzählige feine Nadeln in seinen Augen. „Mein Kopf!", stöhnte er leise und griff sich mit den Händen an die Schläfen. „Ich habe wohl wieder zu viel gezecht ..."

Spartacus lag mit dem halben Gesicht in kaltem Schlamm. Vorsichtig richtete er sich auf und versuchte, den Dreck wegzuwischen. „Wie bin ich nur hierhergekommen? Und wo bei Tahidas Winden ist hier?" Langsam ließ er seinen Blick durch die grüne Landschaft schweifen.

Ein Graureiher flog über seinen Kopf hinweg und landete zwischen dem hohen Gras. Kühler Wind wehte ihm ins Gesicht und zog silberne Wellen durch das Grün.

Als Spartacus die erloschene Feuerstelle und das zusammengekauerte Bündel daneben sah, durchfuhr es ihn wie ein Blitz. Er erinnerte sich.

„Was zum ...?" Der Pirat tastete nach seiner Jacke. Sie war durchlöchert und zerschlissen, doch er konnte keine Wunden finden. Keine Kratzer. Keine Narben.

Warum lebte er noch? Das Letzte, woran sich Spartacus erinnern konnte, war, wie er von diesen Wesen durchbohrt wurde, und vornüber in den Schlamm fiel.

Hatten ihm die Götter eine neue Chance geschenkt? Oder war das alles nur ein Traum? Aber wenn das ein Traum gewesen sein soll, woher kamen dann die Löcher in seinem Mantel?

Spartacus schüttelte den Kopf. „Frida!" Der Pirat eilte zur Feuerstelle und ging in die Knie. Dort lag das Mädchen. Sie schlief. Sanft schob Spartacus die hellblonden Haare zur Seite. Ihr schien es gut zu gehen. Der Pirat setzte sich neben das Mädchen und streichelte behutsam ihren Kopf.

Die Flasche mit dem Grog lag nicht weit von ihm. Er streckte sich und griff nach dem Alkohol, doch die Flasche war leer. Verärgert warf der junge Kapitän sie weit in das hohe Gras. Das Zersplittern des Gefäßes aus Ton wurde von einem lauten Fluchen und davonfliegenden Vögeln begleitet. Spartacus blickte auf. Aus dem hohen Gras erhob sich Leif, er gähnte und streckte sich. Dann griff sich der Nortmar an den Kopf und blickte finster zum Piraten. „Hey, du Sohn eines Auerochsen! Pass gefälligst auf, wo du deinen verfluchten Mist hinwirfst!", rief er wütend und schüttelte seine Faust.

Grinsend winkte Spartacus ab.

Leif ging langsam auf den Menschen zu, dann sah er Frida am Boden liegen. Nun erinnerte sich auch der Nortmar. „Was, bei den Flügeln des Raben, ist hier geschehen?", fragte er leise und wischte sich ebenfalls Schlamm aus dem Gesicht.

Spartacus zuckte mit den Schultern und betrachtete den Harnisch des Hünen. „Was immer das war, es hat dir ein paar nette Löcher in den Panzer verpasst, Großer!"

„Löcher?" Verdutzt tastete Leif seinen Körper ab. Tatsächlich! Dutzende zwei fingerbreite Löcher waren in seinem Brustpanzer. „Ich frage noch einmal. Was, bei den Flügeln des Raben, ist passiert?" Der Nortmar war noch immer völlig ahnungslos. Dann betrachtete er Frida, die am Boden neben den Resten des Feuers lag. „Ist sie ... Lebt sie noch?", fragte der Jäger zögernd.

„Aye, ihr scheint es gut zu gehen, sie schläft. Und wie es aussieht, hat sie auch keine Wunden."
Erleichtert atmete der Hüne aus und ließ seinen Blick über das Grüne Meer streifen. Es sah nicht so aus, als hätte letzte Nacht ein Kampf getobt. Das Gras war unberührt, es lagen keine Leichen auf dem Boden und keine Blutspuren waren zu sehen.
„Ich erinnere mich kaum noch an gestern Nacht. Aber ich bin mir sicher, dass mich eines dieser verfickten Biester gestern erstochen hat. Wenn wir … wenn wir gestern Nacht gekämpft haben und gestorben sind … warum leben wir dann?" Spartacus durchbrach die Stille. Der Pirat hatte mittlerweile seine Pfeife aufgehoben und untersuchte sie auf Schäden.
Der Nortmar brummte nur.
„Weißt du, wenn wir beide nicht perforiert wie ein Sieb wären, würde ich denken, ich habe das Ganze nur geträumt. Doch du siehst aus, als wärst du in ein Kreuzfeuer gekommen. Ich sehe vermutlich nicht besser aus." Spartacus' Blick fiel ins Leere, als er seine Pfeife zurück in den Mantel steckte.
„Wie weit ist die nächste Menschensiedlung entfernt?" Leif betrachtete den Himmel.
„Drei Tagesmärsche von hier liegt Porta Mola, doch dazwischen liegt die Schenke Zum Grünen Hai, einen guten Tagesmarsch von hier."
Der Nortmar strich durch seinen roten Bart, der ebenso zerzaust war wie sein Haar. „Noch fünf Stunden …"
Fragend betrachtete Spartacus den Hünen.
„Noch fünf Stunden, dann geht die Sonne wieder unter." Leif sah dem Piraten in die Augen. Seine Stimme war kühl. „Wie schnell kannst du laufen, Mensch?"

Rotglühend verschwand die Sonne hinter dem Horizont. Die beiden Monde standen schon am dunkel werdenden Himmel. Spartacus rannte keuchend hinter dem Nortmar her. Leif hatte Frida in den Rucksack gesteckt, nur ihr Kopf lugte hervor und wackelte hin und her. Sie schlief noch immer. Leif hatte auch den Rucksack von Spartacus genommen. Während der Pirat schon völlig erschöpft war, lief der Nortmar ohne Mühe weiter. Sie hatten sich entschieden, so lange und so weit zu laufen wie möglich. Doch wie es aussah, hielt er es nicht mehr lange aus. Seine Beine brannten wie Feuer. Jeder Atemzug schmerzte fürchterlich, doch die Angst vor diesen seltsamen Wesen spornte ihn an.

Als hätte Leif seine Gedanken gehört, blieb dieser plötzlich stehen. „Lass uns eine Pause einlegen, du siehst aus, als würdest du gleich zusammenbrechen. Ich würde dich nur ungern liegen lassen."

Spartacus beugte sich erschöpft nach vorn und stützte sich mit den Armen auf den Knien ab. „Ich ... ich ... kann noch ... Machen wir eine Pause ...", brachte er keuchend hervor.

„Sobald es dunkel wird, werden wir weiterlaufen."

Der stämmige Nortmar ließ es sich zwar nicht anmerken, doch auch er schien sich ein wenig vor diesen Wesen zu fürchten. Spartacus hatte einmal von den Nortmar gehört. Sie waren eines der ältesten Völker von Rii. In den Spelunken der Hafenstadt erzählte man sich unzählige Geschichten über diese Riesen. Den Erzählungen nach schwankte die Größe von nicht viel größer als Menschen bis hin zur Größe mehrstöckiger Gebäude. So manch einer wollte schon einen gesehen haben. Doch nach dem, was Leif ihm alles erzählt hatte, schienen diese Informationen etwas fraglich.

Der Jäger reichte ihm den Seidel mit Wasser. Spartacus bedankte sich und trank eifrig das warme Wasser. Der Nortmar hob Frida sanft aus dem Rucksack und legte sie auf den Boden. Dann nahm er einen Laib Brot heraus und biss ein großes Stück davon ab.

„Sag mir jetzt ja nicht, du hast keinen Durst!", brachte Spartacus erschöpft hervor. Der Pirat verdurstete fast und Leif aß einfach ein trockenes Stück Brot.

„Nicht wirklich, nein."

Müde ließ sich der junge Kapitän zu Boden sinken und legte sich hin. Ein paar Minuten ausruhen, vielleicht sogar ein wenig schlafen, das wäre jetzt schön.

Als Leif den ganzen Laib Brot verschlungen hatte, holte er einen Wetzstein aus seinem Rucksack und fing an, eine seiner Äxte zu schleifen. „Wie sieht es mit deinen Waffen aus, Mensch? Sind sie für den Kampf vorbereitet?"

Murrend drehte sich Spartacus zur Seite. „Mein Rapier ist nicht gebrochen, meine Pistolen sind auch in Schuss und mein Pulverbeutel ist noch immer voll!" Der Pirat klopfte sich demonstrativ auf seinen Gürtel, an dem der Beutel hängen sollte. Doch stattdessen ergriff er ein verkohltes Stück Leder. „Was bei Kors Dreizack ...?" Spartacus hockte sich auf und betrachtete die verkohlten Überreste seines Pulverbeutels.

„Was ist los? Ist dein magisches Pulver alle?" Leif betrachtete die Schneide der Axt und legte sie zufrieden neben sich.

„Das ist unmöglich! Es scheint, als wäre mein Schwarzpulver verbrannt. Das würde aber bedeuten, dass ich wahrscheinlich kein Bein mehr haben würde."

„Das heißt, du kannst dein Feuerrohr nicht benutzen?"

„Aye", nickte Spartacus kurz und betrachtete noch immer verwundert die verkohlten Reste. „Leif, sag mal, ich habe noch mal darüber nachgedacht, was gestern passiert ist. Von der Tatsache mal abgesehen, dass wir beide tot sein sollten, was waren das für seltsame Biester?"

Leif schwieg kurz. Sein Blick war ernst in die Weiten des Grünen Meeres gerichtet. Dann erzählte er ihm alles: Wie er Frida gefunden hatte, von diesem Bär-Wolf, von seinem Aufbruch nach Wolfshafen und diesem seltsamen Cicero. Und natürlich von der Nacht, als diese Wesen das erste Mal aufgetaucht waren.

Spartacus schwieg die ganze Zeit über und nickte ab und zu. „Weißt du, von so etwas wie diesem Bären-Wolf-Ding habe ich schon mal was gehört. Deinen Erzählungen nach war das ein Warg. Doch die müssten schon seit Ewigkeiten ausgestorben sein. In Teachs Sammlung befindet sich ein Schädel von so einem Vieh."

„Dieser war jedenfalls nicht ausgestorben. Ganz im Gegenteil: Er war quicklebendig und wollte mich umbringen. Ich glaube mittlerweile, dass ich großes Glück habe, noch am Leben zu sein." Nach diesen Worten blickte Leif besorgt in den Himmel. Das, was vom Sonnenlicht übrig geblieben war, war nur noch ein roter Streifen am Horizont. „Es wird Zeit, wir müssen weiter. Wie lange, schätzt du, brauchen wir noch bis zur Taverne?"

Spartacus blickte kurz in den Himmel und betrachtete die Sterne. „Wir sind noch gute dreieinhalb Tage von Porta Mola entfernt. Das heißt, wir sollten morgen Mittag den Grünen Hai erreichen. Sofern ich es schaffe durchzulaufen."

Der Nortmar betrachtete ihn mit einem kurzen Anflug von Hohn, nickte kurz darauf jedoch zufrieden. „Los, gehen wir!" Leif verstaute Frida wieder in seinem Rucksack und setzte ihn auf seinen Rücken.

„Was, wenn sie erneut auftauchen?" Spartacus war aufgestanden und streckte sich.

Der Jäger brummte nur und lief langsam los.

„Dann weiß ich ja Bescheid!" Verärgert setzte sich auch Spartacus in Bewegung.

Leif gab es nur ungern zu, doch er fühlte etwas, was er nie zuvor gefühlt hatte: Angst. Er konnte sich genau an die vorherige Nacht erinnern. An den brennenden Schmerz, als diese knöchernen Klauen seinen Körper durchstachen. Dieses Gefühl, langsam dem Leben zu entschwinden. Seine Glieder wurden langsam kälter und er konnte sich nicht mehr bewegen. Das Atmen wurde dem Jäger schwerer. Der Gedanke daran ließ ihn erschauern.

Zu sterben war nicht so, wie in den Geschichten. Kein goldenes Licht leitete ihn in die Hallen seiner Ahnen. Keine Panssari, Nortmar-Frauen in schweren Rüstungen, welche auf großen Bären ritten, stiegen vom Himmel herab. Alles, was sich die Nortmar erzählten, war eine Lüge. Leif hatte Angst vor dem Tod. Und diese Angst schwächte ihn.

Er schüttelte den Kopf. Nortmar können keine Angst haben! Doch je mehr der Jäger den Gedanken zu sterben verdrängen wollte, desto intensiver wurde dieses beklemmende Gefühl.

Die beiden Monde standen schon höher am schwarzen Himmel. Unzählige Sterne erhellten die Nacht und sorgten dafür, dass das Gras silbern leuchtete. Das Zirpen Tausender Grillen war verstummt und nur das Geräusch der eilenden Schritte der beiden war zu hören.

Weit und breit war kein Wald zu sehen. War das ein gutes Zeichen? Bisher waren diese Wesen immer dann aufgetaucht, wenn ein Wald in der Nähe war.

„Hey, Großer! Sieh dir das mal an! Da vor uns ist etwas!", rief Spartacus, der ein wenig nach hinten zurückgefallen war.

Leif blickte die Straße entlang und erkannte etwas Großes, Schwarzes unweit von ihnen entfernt. Er blieb stehen.

„Weißt du, was es ist?" Der Pirat hatte ihn mittlerweile eingeholt und die Hand auf sein Rapier gelegt. Er atmete schwer ein und aus.

Langsam schüttelte der Jäger den Kopf und nahm seine beiden Äxte in die Hände. „Lass es uns herausfinden", sagte er leise und ging vorsichtig auf den großen schwarzen Schatten zu. Dieser bewegte sich nicht.

Der Pirat folgte ihm langsam. Leif fand es seltsam, wie Spartacus sich mit seiner Waffe bewegte. Abgesehen davon, dass sein Schwert eher einer großen Nadel als einer Waffe ähnelte, ging er seitwärts und hatte sich ein wenig nach hinten gebeugt. Ein leichter Tritt und er würde sofort nach hinten fallen. Je mehr der Nortmar über die Menschen herausfand, desto ungewöhnlicher kamen sie ihm vor.

Als sie den Schatten erreichten, atmete er erleichtert aus. Es war ein Karren aus Holz.

„Na, was macht der denn hier? Und wo sind die Besitzer des Wagens?"

Eine Decke verdeckte die Ladefläche und keine Tiere waren eingespannt.

„Da ist was faul …" Vorsichtig hob Spartacus die Decke mit seinem Rapier hoch. „Ach Scheiße!", fluchte er laut und riss sie von dem Karren.

Auf der Ladefläche lagen Leichen. Eine Frau, zwei Männer und ein Junge, welcher kaum älter als Frida zu sein schien.

Argwöhnisch betrachtete Leif die toten Menschen. Sie sahen nicht so aus, als hätten diese Wesen sie getötet.

„Na, dann schauen wir mal, ob die was dabeihaben." Spartacus beugte sich über die Leichen und durchsuchte sie.

„Was zum Luchs machst du da?" Ungläubig betrachtete der Nortmar ihn. Wie konnte er Leichen plündern? Dieser Pirat schien weder Skrupel noch Ehre zu haben.

Dieser zuckte jedoch nur mit den Schultern und versuchte, den starren Mund des toten Mannes zu öffnen. „Die sind schon tot, die brauchen sowieso nichts mehr!" Als er den Mund geöffnet hatte, versuchte er, etwas zu erkennen, seufzte aber enttäuscht und ließ den Kopf los. „Außerdem sieht es aus, als hätte derjenige, der die Leute hier getötet hat, sich schon reichlich bedient." Der Pirat öffnete einen der Körbe, welche zwischen den Leichen lagen und blickte hinein. „Wie kannst du so etwas überhaupt machen? Hast du denn keinen Funken Ehre?" Der Nortmar war versucht, den Menschen zu schlagen, ließ jedoch davon ab.
„Kann ich die Mägen meiner Mannschaft mit Ehre füllen? Kann ich meine Segel damit flicken oder die Hafengebühr damit bezahlen? Nein. Von daher wäre es mir lieber gewesen, diese armen Seelen hätten Gold dabei." Genervt klopfte sich Spartacus die Hände ab und blickte Leif ernst an. „Lass uns weitergehen."
„Und diese Menschen den Aasgeiern überlassen?"
Gleichgültig zuckte der Pirat wieder mit den Schultern. „Das ist mir egal, du kannst sie ja mitnehmen, wenn dir das gefällt. Doch hast du dich mal gefragt, was du den Leuten sagst, wenn sie fragen, wer diese vier hier umgebracht hat? Höchstwahrscheinlich der unheimliche Riese aus dem Norden und der gesuchte Pirat."
Leif betrachtete Spartacus ungläubig. Wie konnte er nur so über seinesgleichen reden? „Bei uns in den Bergen, da ..."
„Bei euch in den Bergen? Du bist hier nicht in deinem traumhaften Dorf, in dem alles fröhlich und kunterbunt ist. So ist das Leben bei uns Menschen eben, jeder muss sehen, wo er bleibt. Du siehst ja, was sonst passiert."

„Hätte ich so gehandelt, würdest du jetzt in irgendeiner Gasse in Wolfshafen liegen und nicht besser aussehen wie die hier!", fuhr Leif ihn wütend an.

Schweigen trat zwischen den beiden ein. Nur der Wind, welcher durch das Gras wehte, war zu hören.

Böse funkelte Spartacus Leif an. „Na gut", durchbrach er die Stille, „ich habe eine Idee, wie wir die vier zur Taverne bringen. Was wir den Leuten sagen, werden wir dann schon sehen."

Zufrieden nickte Leif.

„Die Idee wird dir aber nicht gefallen!", grinste der Pirat und deutete auf den vorderen Teil des Karrens.

Der Grüne Hai

Die Nacht war ruhig verlaufen, keines dieser seltsamen Wesen war aufgetaucht. Spartacus gähnte angesichts des silbernen Streifens am Horizont, der den neuen Tag ankündigte. Langsam streckte er die Arme nach dem grauen Himmel aus, woraufhin ihm ein weiteres Gähnen entglitt. Er hatte die ganze Nacht auf der Pritsche neben Frida verbracht, die Fahrt war holprig gewesen und dementsprechend schmerzte ihm der Rücken. Doch sein Leiden war nichts im Vergleich zu dem, was der Riese dulden musste. Der Pirat war erstaunt, dass Leif es geschafft hatte, die ganze Strecke über den Karren im Trab zu ziehen. Doch nun schien auch der mächtige Nortmar erschöpft zu sein.

Mit müden Augen betrachtete Spartacus die kleine Frida. Er hatte lange versucht, das Mädchen aufzuwecken, doch nichts wollte wirken. Nach vielen erfolglosen Versuchen hatte der Pirat aufgegeben und sie mit seiner Jacke zugedeckt, das arme Ding sollte nicht frieren. Ihm war dafür die ganze Zeit furchtbar kalt gewesen, und umso mehr freute er sich über die Sonne, die nun hinter dem Horizont hervorblitzte.

Der Karren kam zum Stehen.

„Braver Ochse! Gut hast du gezogen! Ganz ein Feiner!", scherzte Spartacus, erntete dafür aber nur böse Blicke. Er griff in den Rucksack und holte ein Stück in Papier eingewickelten Speck hervor. „Wir haben zwar keinen Hafer, aber das sollte auch reichen!" Der Pirat warf dem Nortmar den Klumpen Speck zu.

„Sie ist immer noch nicht aufgewacht, oder?", fragte Leif und roch am Fleisch.

Spartacus schüttelte den Kopf, holte zwei Seidel Wasser hervor und warf einen davon ebenfalls Leif zu, der ihn mit der freien Hand fing. „Schläft wie ein Stein. Machst du dir Sorgen?" Leif schwieg. „Sie wird schon aufwachen, sie hat schon mal so lange geschlafen. Als sie das Goblinkraut geraucht hat, war sie auch ein Weilchen weg."

„Das was?" Der Nortmar starrte den Menschen mit einer Mischung aus Verwirrung und Wut an.

„Nichts, nichts", winkte der Pirat daraufhin ab und blickte in eine andere Richtung. Ihm kam es vor, als wäre es besser, wenn Leif nichts davon erfuhr. „Wenn wir die Geschwindigkeit halten, sollten wir mittags das Gasthaus erreichen. Wir mieten uns ein Zimmer und können eine Runde schlafen, aye?"

Als Antwort erhielt er ein wortloses Nicken. Holprig setzte sich der Wagen wieder in Bewegung.

Das hellblonde Haar des Mädchens schaukelte vor ihrem Gesicht hin und her. Vorsichtig zog Spartacus es zur Seite. Sie schlief noch immer tief und fest. Auch wenn sie nach dem Goblinkraut lange geschlafen hatte, Frida hatte wenigstens Zeichen von sich gegeben. Ein schmerzhaftes Stöhnen und unruhiges Hin- und Herwälzen. Doch dieses Mal war sie ruhig, und allein die Tatsache, dass sich ihr Brustkorb hob und senkte, zeigte, dass sie noch lebte.

Die aufgehende Sonne schien dem Piraten ins Gesicht und erfüllte ihn mit wohliger Wärme. Selten hatte er eine Nacht wie die letzten beiden erlebt. Mit geschlossenen Augen konnte Spartacus diese Ungeheuer noch immer sehen: Ihre stechend roten Augen, die aus den bleichen Schädeln hervorlugten und dieser faulige Geruch. Ein kalter Schauer lief ihm über

den Rücken. Er dachte viel über diese Nacht nach. Doch die Frage, welche ihn am meisten quälte, war die Frage, warum er noch lebte.
Langsam wachte auch die Tierwelt auf. Vogelschwärme flogen durch die Luft und suchten nach Nahrung. Unzählige Frösche und Kröten quakten laut vor sich hin und der ein oder andere kreuzte den holprigen Weg. Alles war idyllisch. Sie konnten aber von Glück reden, dass noch keines dieser dicken Krokodile ihren Weg gekreuzt hatte. Oder schlimmer: ein Sumpfhai.
Diese grauenhaften Wesen erinnerten an eine fleischige Schlange mit einem Haikopf, so groß wie ein ausgewachsener Mann und so schwer wie eine Kuh. Ein Maul, gefüllt mit rasiermesserscharfen Zähnen, welches sogar Eisenpanzer durchbeißen konnte. Sie versteckten sich oft im seichten Wasser und schossen blitzschnell hervor. Meist waren ihre Opfer innerhalb von wenigen Sekunden tot.
Spartacus wollte sich mehr auf das hohe Gras konzentrieren. Wenn eines dieser Monster Leif oder den Wagen attackieren würde, wäre es aus für sie. Aber er war dafür viel zu müde.
Seine Hand strich wieder über seinen Mantel. Die Löcher waren noch immer da. Sie waren der einzige Beweis, dass die letzte Nacht kein Traum war. Er dachte auch über die toten Menschen auf dem Karren nach. Die Leute in der Taverne würden Fragen stellen, es war an der Zeit, sich einen Fluchtplan zu überlegen, gegebenenfalls auch ohne die beiden. Müde blickte der Pirat noch einmal auf den Straßenrand, dann schloss er die Augen und schlief ein, wohl wissend, dass ihm die Wesen in seinem Traum wieder begegnen würden.

Die Sonne stand hoch am Himmel, als das Gasthaus in der Ferne auftauchte. Zähneknirschend drehte Leif den

Kopf zu den beiden Menschen auf der Pritsche. „Ist dieser Bastard von Pirat einfach eingeschlafen", murmelte er und konzentrierte sich auf das näher kommende Gebäude.

Mittlerweile war sogar der Jäger ein wenig müde geworden. Normalerweise konnte Leif Tage durchrennen, doch der Karren und die Menschen darauf behinderten ihn.

Die Taverne war das einzige Bauwerk in der Umgebung. Es hatte ein hohes Dach, das mit Holzschindeln gedeckt war, und stand ein wenig windschief. Je näher sie dem Gasthaus kamen, desto schäbiger wirkte es. Die Wände bestanden aus sonnengebleichtem, grünem Holz und waren zum Boden hin mit einfachen Steinen verstärkt. Dem Nortmar fiel erst jetzt auf, dass ein paar der Schindeln auf dem Dach fehlten. Wenn es regnete, tropfte es vermutlich durch die Decke.

In den wenigen Fenstern konnte Leif matte, dreckige Scheiben aus dem Glas der Menschen erkennen. Schon in Wolfshafen hatte ihn dieses seltsame durchsichtige Material fasziniert. Er sollte Spartacus danach fragen. Alles in allem wirkte das ganze Gebäude schäbig und verfallen. „Hey, Piraten-Mensch! Ist das das Gasthaus?" Spartacus wachte auf, gähnte und streckte sich auf dem holprigen Karren. Er betrachtete das Haus. „Aye, der Grüne Hai. Das beste Lokal zwischen Wolfshafen und Porta Mola!" Der Mensch lachte und schwang sich von der Bank. „Kannst du jemanden erkennen?", fragte der Pirat.

Leif schüttelte den Kopf. Er konnte nur einen leeren Karren entdecken, der vor dem Grünen Hai stand.

„Dann lass uns einfach reingehen. Unser Wasservorrat neigt sich dem Ende zu und der Rum ebenso. Was Warmes zwischen den Zähnen wäre mir auch recht."

Als sie das Gasthaus erreichten, ließ der Nortmar die Stangen des Holzkarrens los, ballte seine großen Hände zu Fäusten und streckte sie erleichtert aus. Endlich war er den Wagen mit den toten Menschen los. Drinnen gab es bestimmt jemanden, der sich um die Toten kümmern würde.

„Was machen wir mit dem Mädchen? Wir können sie nicht einfach auf dem Wagen liegen lassen."

„Ich stecke sie wieder in den Rucksack!"

Noch bevor Leif den Rucksack nehmen konnte, unterbrach ihn Spartacus. „Leif, wir gehen in ein Gasthaus. Du kannst das arme Ding nicht immer wie Feuerholz transportieren. Halt sie in den Armen oder so etwas. Aber steck sie auf keinen Fall in den Rucksack. Ein Riese mit einem Harnisch, der so durchlöchert wie Kalgrader Käse ist, fällt schon genug auf, auch ohne einen Mädchenkopf, der aus einem Beutel schaut." Der Pirat lockerte sein Rapier und trat vor die geschlossene Tür.

Leif folgte dem Menschen mit der schlafenden Frida in den Armen.

Knarzend öffnete sich die Tür und gähnende Leere begrüßte sie. Staubflocken tanzten in den wenigen Lichtstrahlen umher. Im gesamten Schankraum herrschte absolute Stille.

„Hier stimmt was nicht", sprach Spartacus leise und trat langsam ein.

Der Nortmar rümpfte die Nase und zwängte sich durch die viel zu kleine Tür.

Vorsichtig zog der Pirat sein Rapier.

„Hallo, ist hier jemand?", donnerte Leifs Stimme durch den leeren Raum. „Wir sind drei Reisende und haben Hunger und Durst!"

Keine Antwort.

Dem Jäger fiel auf, dass auf den Tischen noch Essen und Getränke standen. Fliegen saßen auf den Resten und labten sich daran. Es lagen auch Messer auffällig auf den Tellern, als würde jemand später weiteressen wollen.
Spartacus griff nach einem Becher aus Zinn und schnupperte daran. „Wein aus dem Osten ..." Er trank einen Schluck und schüttelte sich. „Sauer und viel zu warm!" Trotz seiner Reaktion trank der Pirat den Becher leer und warf ihn in eine Ecke.
„Ich glaube, hier ist niemand. Ich wusste doch, dass das hier eine Bruchbude ist!"
Der Pirat schenkte Leif keine Aufmerksamkeit, ging hinter den Tresen und begann nach etwas zu suchen.
„Irgendwo müssen sie doch was haben!"
Leif hob fragend eine Augenbraue und betrachtete das Schauspiel.
„Da haben wir es ja!" Spartacus holte eine Tonflasche hervor und stellte sie donnernd auf den Tresen. Dann zog er den Korken heraus und trank gierig aus der Flasche. „Boscarus sei Dank! Rum! Ich bin schon viel zu lange nüchtern!" Der Mensch stellte die Flasche wieder hin und wischte sich mit seinem Arm den Mund ab.
Leif lachte kurz auf. Wie lange dieser Pirat es wohl ohne Alkohol aushalten würde?
Spartacus genehmigte sich noch einen Schluck und blickte fragend durch die Taverne. „Die Leute hier müssen erst seit Kurzem weg sein. Das Essen hat noch keinen Schimmel angesetzt. Ich schätze, einen Tag, höchstens zwei." Wieder blickte er nervös durch den Raum. „Was hier wohl passiert ist?" Beunruhigt trommelte er mit den Fingern auf der Tonflasche herum.
Während Leif bei Frida blieb und sie zu wecken versuchte, durchsuchte Spartacus das Gebäude, doch ihre Vermutung stellte sich als richtig heraus: Niemand

war hier, weder tot noch lebendig. Gästezimmer, Küche, Keller – keine Menschenseele.

Sie entschieden, hier zu übernachten, da sie zwischen den Wänden sicherer waren. Außerdem bestand die Möglichkeit, dass noch Menschen kommen würden.

Nach einer guten Stunde hatten sie Wasser und genug Nahrung für die Weiterreise gefunden: trockenes Brot, Speck, geräucherten Fisch, ein paar Eselswürste und fast ein ganzes Rad Käse. Spartacus hatte zu seiner Überraschung sogar einen kleinen Beutel mit Schwarzpulver gefunden.

Als die Nacht hereinbrach, feuerten sie den Flusssteinkamin an und versuchten, es sich ein wenig gemütlich zu machen. Das Feuer strahlte Licht und angenehme Wärme aus. Frida lag seelenruhig auf einer staubigen Decke. All ihre Weckversuche waren erfolglos geblieben, das Mädchen hatte sich weder bewegt noch einen Laut von sich gegeben.

„Glaubst du, die Taverne wurde überfallen?" Leif stocherte mit einem kleinen Ast im Kamin herum.

„Das bezweifle ich", antwortete Spartacus, während er den Lauf seiner Pistole reinigte. „Keine Kampfspuren." Er hatte schon die zweite Flasche Rum bei sich und wirkte betrunken.

Der Pirat hatte recht. Die gesamte Taverne wirkte so, als hätten sich die Gäste einfach aufgelöst. Leif biss von dem Laib Brot ab und kaute nachdenklich darauf herum. Seitdem er die Berge verlassen hatte, passierten andauernd seltsame Dinge. Die Geister konnten es nicht gut mit ihm meinen. „Was könnte die Leute hier veranlasst haben, einfach zu verschwinden?" Leif schluckte und biss wieder von dem Brot ab.

Während Spartacus zufrieden seine Pistole beäugte, zuckte er mit den Schultern. „Magie? Göttliche Mächte?

Oder gar böse Geister? Vielleicht wurde ihnen dieses Drecksloch auch zu blöd und sie sind einfach gegangen." Leif war von der Gleichgültigkeit des Menschen schockiert, für ihn war die Antwort ausreichend. Er würde heute Nacht wieder kein Auge zubekommen, auch wenn ihm ein wenig Schlaf guttun würde. Doch die Gefahr, die von den seltsamen Wesen und dem, was die Leute hier vertrieben hatte, ausging, war ihm einfach zu groß. Obwohl die Wesen letzte Nacht nicht aufgetaucht waren, dachte der Nortmar nicht einmal daran, sich in Sicherheit zu wiegen.
Ein fremdes Geräusch ließ Leif aufhorchen. Etwas war vor der Tür. „Hast du das gehört?", flüsterte er.
„Was gehört?" Spartacus' Wangen waren gerötet, sein Blick ein wenig verwirrt. Der Pirat wäre sicher keine Hilfe im Notfall.
Langsam stand Leif auf und legte seine Hand auf die Axt, die auf dem Tisch neben ihm lag.
Ein dumpfes Klopfen ertönte und knarzend öffnete sich die Tür. „Hallo, Berthold! Euren besten Tisch bitte!"
Leifs Augen weiteten sich. Er kannte diese Stimme. Eine Gruppe Räuber wäre ihm lieber gewesen.

Zusammentreffen

„Wer ist die Witzfigur?", grinste Spartacus und genehmigte sich noch einen Schluck von seinem Rum. Der Mann vor ihm war in einen glänzenden, orangen Samtmantel gekleidet und hatte eine lachende Harlekin Maske auf.

„Cicero Kalimux, aber seine Freunde nennen ihn Cicero Kalimux. Königlicher Hofnarr der Höflichen Königin der Königlichen Höfe! Zu Euren Diensten!" Der Hofnarr verbeugte sich.

Spartacus lachte. „Du bist mir ein seltsamer Vogel!"

Genervt massierte sich Leif den Nasenrücken.

„Von allen Wundern der Neun hätte ich Euch nicht hier erwartet, Herr Torwaldson. Ich dachte, Ihr und das Mädchen wärt schon viel weiter auf Eurer Reise gekommen!"

„Beim Vielfraß, glaubt mir, ich habe Euch auch nicht hier erwartet. Mir wäre auch lieber, ich hätte mein Ziel schon erreicht", knurrte der Nortmar und deutete auf Spartacus. Warum musste dieser Mensch gerade jetzt auftauchen? Das Letzte, was der Nortmar brauchte, war ein nerviger Hofnarr mit seinen Lügengeschichten und schlechten Witzen.

„Wie Cicero sieht, habt Ihr einen neuen Freund gefunden! Das ist aber schön. Verratet Cicero doch Euren Namen."

„Spartacus der Korsar! Kapitän der Roten Korsarin, dem schnellsten Schiff der Meere." Zufrieden klopfte sich der Pirat auf die Brust und trank wieder einen

Schluck, dann reichte er die Flasche Cicero. „Auch 'nen Schluck?"
„Danke nein, Cicero bekommt unerträgliche Kopfschmerzen von Eurem Getränk, jaja!" Theatralisch legte er sich die Hände an die Schläfen und beugte sich zurück. „Aber sagt doch dem ungläubigen Cicero, seid Ihr tatsächlich der Spartacus der Korsar, welcher kopfgeldlich in ganz Rii gesucht wird?"
Stolz nickte Spartacus und wies Cicero einen Stuhl zu. „Sagt mal, woher kennt ihr euch? Also du und der große Griesgram hier."
Noch bevor der Hofnarr antworten konnte, fiel ihm Leif ins Wort: „Wir haben ihn im Wald in den Weißen Bergen getroffen. Weiß die Eule, was er dort wollte." Genervt biss Leif in sein Brot und dachte an diesen Tag. Irgendetwas schien ihn bestrafen zu wollen.
„Tjaha! Der werte Herr Leif hat recht! Und während er und Dame Frida in Wolfshafen getrödelt haben, war Cicero fleißig und hat viele Leute zum Lachen gebracht. Apropos Dame Frida, wo ist denn die kleine Prinzessin? Ihr ist doch nichts passiert, oder?" Cicero drehte den Kopf suchend hin und her.
Spartacus deutete mit dem Kopf in die Richtung, wo Frida auf der Decke schlief. „Die Kaulquappe macht ein Schläfchen, seit uns die seltsamen Biester begegnet sind."
„Oh, welch unerfreuliche Nachricht. Sind Euch diese unheimlichen Wesen erneut erschienen, Leif? Cicero hofft, sie haben Euch nichts getan! Nichts ist unheimlicher als etwas, was man nicht kennt. Allein der Gedanke an diese Monster lässt Cicero erschauern! Uhhh!"
Spartacus wollte etwas sagen, doch Leif fiel ihm ins Wort: „Nein. Sie haben wie die letzten beiden Male einfach nur dagestanden und ihre dürren Ärmchen

nach uns ausgestreckt. Nichts ist passiert!" Die letzten Worte betonte Leif besonders und blickte zu dem Piraten. Er traute diesem Hofnarren nicht. Je weniger er wusste, desto besser. „Sagt, Mensch. Habt Ihr diese Wesen auch gesehen? Also seitdem Ihr Wolfshafen verlassen habt?" Fragend blickte der Nortmar zu Cicero und strich sich langsam über den roten Bart.
„Den Göttern sei Dank, nein! Und Cicero ist mehr als glücklich darüber. Anscheinend mögen sie Ciceros Gesangskünste nicht! Jaha!"
Kurz schwiegen die drei, bis Spartacus die Stille durchbrach und vom Tresen sprang. Er landete unsicher auf seinen Füßen und schwankte ein wenig. Langsam ging der Pirat auf den Hofnarren zu und packte ihn unsanft an der Schulter. „Hofnarr! Sei unser Gast! Und sing mir etwas! Dafür bekommst du was von unserem Essen. Kennst du das Lied von den Silberdelfinen?"
„Aber natürlich ist Cicero dieses Lied bekannt! Er singt es gern für Euch. Jaja!"
„Bitte nicht ...", flüsterte Leif verzweifelt und schlug sich die Hand vors Gesicht. Es wurde immer schlimmer. Bestand sein Schicksal daraus, in einer Bruchbude der Menschen, zusammen mit einem Betrunkenen, einem Hofnarren und einem schlafenden Mädchen zu sein? Meinte die alte Skada wirklich das?
Als der Hofnarr zu singen begann, legte sich der Nortmar auf den Boden und schloss die Augen. Wenigstens im Schlaf hatte er seine Ruhe. Bevor er einschlief, lauschte er Ciceros teils schrägen Tönen. Das Lied handelte von drei silbernen Delfinen, die ein Schiff begleiteten. Weiß die Eule, was ein Delfin ist, dachte er sich noch, und träumte von seiner Heimat.

Das morgendliche Licht strahlte direkt in Spartacus' Gesicht. Blinzelnd öffnete er die Augen. Sie brannten fürchterlich. Ein saurer Geschmack lag auf seiner pelzigen Zunge und sein Magen fühlte sich mal wieder flau an. Langsam richtete sich der Pirat auf. Der Hofnarr schlief auf einem Stuhl und schnarchte äußerst seltsam. Jedes Mal, wenn er ausatmete, winselte er „Mimimimimimi". Doch das Seltsamste an ihm war seine Maske. Diese lächelnde, rosa Harlekin Maske mit den schnörkeligen, goldenen Verzierungen. Bestimmt würde er dafür eine schöne Stange Gold kassieren. Aber irgendwas in Spartacus sagte ihm, er sollte das besser nicht machen. Etwas war faul an diesem Cicero.

Schwankend stand er auf und betrachtete den Raum. Alle schliefen noch, Frida, Leif und der Hofnarr. Wie lange hatte der Pirat mit der Witzfigur gezecht? Er wusste es nicht mehr. Als Spartacus in Richtung Tresen ging, wischte er sich den Mund mit der Rückseite seiner Hand ab und massierte seine Augäpfel. Er hatte wahrlich schon besseren Rum getrunken. Doch den nächstbesten Rum gab es in Porta Mola, in dem Hafen, in dem die Rote Korsarin ankerte.

Spartacus schloss die müden Augen und dachte an sein Schiff. Es war eine schwarze Brigg mit dunkelroten Segeln. Der Rumpf war mit Metallplatten verstärkt und den Bug zierte eine wunderschöne Frau mit wallendem, rotem Haar und üppigen Brüsten. Der Pirat leckte sich über die trockenen Lippen. Er hatte ganz vergessen, eines der Freudenhäuser in Wolfshafen zu besuchen.

Fast schon spürte er den salzigen Wind des Meeres auf seiner Haut. Er konnte hören, wie das Wasser gegen die Bordwand schwappte, und wie sein erster Maat Befehle über das rutschige Deck bellte. Die tapferen Männer der Roten Korsarin waren mehr als nur Kameraden – sie waren seine Familie. Dreiundachtzig Mann. Spartacus kannte jeden Namen. Dreiundachtzig Männer, denen er sein Leben anvertraute.

Einmal wurden sie im Nebel an der Küste der Pelikan-Insel von anderen Piraten geentert. Keiner seiner Männer hatte die Flucht ergriffen oder die Seiten gewechselt. Selbst dann nicht, als man sie gefesselt und zu Boden geworfen hatte. Niemand hatte sich ergeben.

„Ihr verdammten Hurensöhne glaubt doch nicht etwa, dass ich mich einer Mannschaft von schwanzlosen Bastarden anschließe?", hatte sein erster Maat Pum Baar'el dem anderen Kapitän ins Gesicht geschrien und ihn angespuckt. Irgendwie schafften sie es danach, sich zu befreien und ihr Schiff zurückzuerobern.

„Hey, Pirat! Aufwachen!"

Leifs tiefe Stimme riss Spartacus aus seinen Gedanken. Er streckte sich und sah, dass neben Leif auch Cicero aufgestanden war.

„Hey, Mensch, ich finde, wir sollten aufbrechen, doch Cicero meint, wir sollten noch eine Nacht hierbleiben, vielleicht wacht Frida auf."

„Das Mädchen sollte sich in Sicherheit ausruhen, die Straße zwischen hier und Porta Mola ist äußerst gefährlich, jaja! Cicero hält das für eine ausgezeichnete Idee. Was sagt Ihr, Kapitän Spartacus?"

Der Pirat grinste und schaute zu dem schlafenden Mädchen. Es war hier tatsächlich sicherer als auf der Straße. Und ein Tag mehr oder weniger entfernt von seiner Mannschaft würde auch nicht schaden. „Wir bleiben hier, Porta Mola kann bestimmt noch einen Tag warten. Frida braucht die Ruhe!"

Ein wenig enttäuscht nickte Leif und nahm seine Axt. „Ich werde Feuerholz hacken, wir haben kaum noch welches." Dann verschwand der Nortmar durch die viel zu kleine Tür ins Freie.

„Ein höchst seltsamer Schlaf für ein so zartes Ding, nicht wahr?"
„Ja. Es ist fast schon unheimlich. Irgendwie ziehen die beiden unheimliche Dinge magisch an."
„Yoho! Scherzt nicht mit unheimlicher Magie, werter Kapitän. Es gibt Dinge, die sind viel zu gefährlich, um darüber Witze zu machen!" Mahnend hob Cicero seinen behandschuhten Finger.
„Apropos unheimliche Magie." Der Pirat blickte durch den verlassenen Schankraum. „Glaubst du, dass irgendein böser Zauber seine Finger hier im Spiel hat? Immerhin verschwinden Menschen nicht einfach spurlos."
Kurz schwiegen beide.
„Vielleicht waren es ja die gruseligen Schattenmenschen? Sie tauchen nachts auf, schleichen sich getarnt als Nebel durch Ritzen und Fugen in die Häuser und stehlen Menschen."
„Hör mir doch mit diesen Ammenmärchen auf, Hofnarr! Jeder weiß doch, dass es weder Schattenmenschen noch Nekromanten oder tollwütige Werbären gibt. Das sind nur Geschichten, um kleinen Kindern Angst zu machen." Und obwohl Spartacus kein kleines Kind mehr war, machte ihm der Gedanke an Schattenmenschen Angst. Doch das Ganze war nur Zufall. Irgendetwas anderes musste hier passiert sein. „Nun denn, ich lege mich ein wenig in die Sonne. Hast du ein Auge auf die Kleine?"
„Aye, aye, Kapitän Sir Spartacus!" Cicero salutierte militant.
Spartacus lachte und schüttelte den Kopf. Ein seltsamer Mann.
Starker Wind blies Spartacus ins Gesicht, als er die Tür öffnete. Zwischen dem Geruch von brackigem Wasser und Moder konnte er leicht den salzigen Geschmack des

Meeres wahrnehmen. „Ein Sturm naht", flüsterte er und streckte sich.
Vom Meer her rollte eine riesige, schwarze Wolkenwand über das Land. Sollte es zu lange und zu stark regnen, würde die Straße überschwemmt werden, und ihre kleine Gruppe würde länger als geplant hier festsitzen.
Das Einzige, was die Idylle aus dem Gesang der Frösche und der Vögel störte, war das Geräusch einer Axt, die ein Stück Holz nach dem anderen durchtrennte.
Hinter dem Grünen Hai befand sich ein Schuppen voll mit Feuerholz. Der rothaarige Nortmar stand vor einem Hackblock und holte gerade mit seiner Axt aus. Die Waffe sauste hernieder, spaltete das Holzstück und blieb mehrere Fingerbreit in dem Baumstumpf stecken. Spartacus betrachtete den größer werdenden Haufen gespaltenen Feuerholzes. „Sag mal, Großer, wofür brauchen wir eine solche Menge Holz? Wir bleiben doch nur eine Nacht." Oder länger, falls das Gewitter zu stark wird, dachte er, sprach seine Befürchtung jedoch nicht aus.
„Ich hab keine Lust, den Karren bis in diese Menschenstadt zu ziehen. Ich werde ihn hier verbrennen, damit die Seelen der Menschen aufsteigen können!" Wieder sauste die Axt des Nortmar hernieder. „Schade, du hättest einen guten Zugochsen abgegeben. Wirklich schade."
Der Pirat erhielt nur ein dumpfes Grunzen als Antwort. „Außerdem verbrennt man auf Rii keine Menschen. Man begräbt sie, tief unter der Erde. Dann legt man Steine darauf, damit sie nicht wiederkehren, und schaufelt das Ganze zu." Spartacus klatschte in die Hände, und ließ sich an der Mauer der schäbigen Taverne zu Boden sinken. In seinem Kopf hämmerte es immer noch.

„Ihr Menschen seid dämlich", brummte Leif und spaltete ein weiteres Holzstück. „Man muss Tote verbrennen, egal, ob Nortmar, Mensch oder Tier. Ansonsten sind ihre Seelen in den toten Körpern gefangen und können nicht in die Große Halle." Leif stockte kurz, sein Blick wurde traurig. „Ich werde sie jedenfalls verbrennen."
Spartacus zuckte mit den Schultern und holte seine Pfeife heraus. Mir doch egal, was mit diesen Menschen passiert, dachte er und stopfte Tabak in seine Pfeife. Schweigend beobachtete der Pirat den Hünen beim Holzhacken und ließ die Zeit vergehen.

Es war früher Abend, als der Regen einsetzte. Zuerst fielen einzelne Tropfen vom Himmel, doch dann wurde er immer stärker. Leif entschied sich, sein Totenfeuer erst nach dem Unwetter zu entzünden.
Laut prasste das Wasser gegen Wände und Dach, untermalt von grollendem Donner. Doch trotz alledem schlief Frida seelenruhig weiter.
Unnachgiebig tropfte das Regenwasser durch die Löcher im Dach und fiel in Töpfe, Krüge und andere Gefäße, welche sie druntergestellt hatten.
„Ein gar grausiges Wetter haben wir hier, meine Herren, jaha!" Cicero saß auf dem Tresen und ließ seine Füße, die in bunten Stiefeln steckten, hin und her baumeln. „Das erinnert mich an die Geschichte des Sturmlords von Kaltwasser-Hafen! Ihr müsst wissen, der Stur..."
„Haltet die Klappe, Mensch. Ich will keine Eurer langweiligen Geschichten hören!", unterbrach ihn Leif, welcher an einem Stück Holz schnitzte.
„Ach, lass doch den Narren seine Geschichte erzählen. Ich war schon mal in Kaltwasser-Hafen. Trüber Ort, schlechtes Wetter, schlechtes Essen, schlechte Frauen. Doch die Geschichte vom Sturmlord ist spannend!"

Spartacus saß vor dem Kamin und flickte die Löcher seines Mantels.

Wieder donnerte es und das Licht des Blitzes drang durch die matten Fenster. Stunden vergingen und einer nach dem anderen schlief ein. Cicero musste die erste Wache halten. Leif zweifelte zwar an der Kompetenz des Hofnarren, ließ sich letztlich aber von Spartacus überreden. Bald mischte sich das Geräusch von Regen mit dem lauten Schnarchen des Nortmar.

Langsam löste sich das Unwetter und es wurde ruhiger. Auf den Feldern bildete sich wabernder Nebel und schwebte über das Grüne Meer.

Frida riss die Augen auf und schnappte nach Luft. Doch was das Mädchen sah, erschreckte sie so sehr, dass sie nicht einmal schreien konnte.

Vergessene Zauberkunst

Dicker, schwarzer Nebel schwebte über den Boden und kam immer näher auf sie zu. Er drang durch die Ritzen und Spalten in den Wänden, kam von der Decke und durch die Löcher in den Fenstern. Frida lag zitternd auf dem Tresen und konnte sich vor Angst nicht rühren. Es schien, als würden Hände aus dem Nebel ragen, die versuchten, sie und die anderen zu packen.
Langsam waberte der Nebel in Richtung Kamin. Er schien das Licht aufzusaugen, der Raum wurde immer dunkler.
Das Mädchen war noch immer starr vor Angst. Dann wurde es dunkel. Panik machte sich in Frida breit. Sie zitterte am ganzen Körper und war nicht in der Lage, auch nur einen Finger zu rühren. Komplette Stille. Nur ihr Herzschlag war zu hören.
Sie musste etwas tun! Wahrscheinlich hatte der Nebel Leif und Spartacus schon verschlungen. Aber was konnte sie tun? Sie hatte keine Waffe, geschweige denn Ahnung, was dieser Nebel war und ob man ihn überhaupt bekämpfen konnte.
Um Frida herum wurde es immer kälter. Ihr Atem wurde zu kleinen, weißen Wölkchen. Der Nebel kam immer näher. Etwas griff nach ihrem Bein und versuchte, sie vom Tresen zu ziehen. Immer mehr Hände griffen nach ihr. Modriger Geruch drängte sich in ihre Nase und in ihren Mund. Er umhüllte sie und zog sie mit sich. Frida bekam furchtbare Kopfschmerzen. Sie fühlte sich schwindlig, und vor ihren Augen schien

alles zu verschwimmen. Plötzlich wurde die Kälte schlagartig weniger, der Geruch schwächer. Stattdessen fühlte Frida Samt.
„Den Göttern sei Dank, Euch geht es gut! Und wach seid Ihr auch noch! Jaha!"
Cicero! Wo war er so plötzlich hergekommen? Und wo waren sie überhaupt? Das Letzte, an das sich das Mädchen erinnern konnte, war das Lagerfeuer. Sie erinnerte sich an die Geschehnisse am Lagerfeuer, die Monster, den Kampf, die Hitze. War sie tot? Und wenn Leif, Spartacus und Cicero hier waren, waren auch sie tot? „Cicero? Bin ich ... Sind wir gestorben?"
„Bei den Göttern, nein, das hofft Cicero nicht! Er hat noch so viel vor in seinem ach so jungen Leben! Doch Cicero scheint es so, als hätte dieser Nebel andere Pläne mit ihm, jaha", sprach der Hofnarr ungewöhnlich leise. „Erinnert Ihr Euch noch daran, dass Cicero ein begabter Zauberkünstler ist? Er wird Euch einen Trick zeigen!"
„Ich glaube nicht, dass das der rechte Zeitpunkt für deine Zauberstücke ist, Herr Cicero! Du musst Leif und Spartacus retten!"
„Erst der Zaubertrick!"
Der Hofnarr ließ Frida los. Dunkelheit und Stille umgaben sie noch immer. Ein lautes Klatschen durchbrach die Stille und ein schwacher Lichtpunkt schwebte in der Luft über ihr. Er wurde immer länger, schien sich in etwas zu verwandeln. Das Licht brachte Ciceros Maske zum Vorschein. Seine lilafarbenen Augen schienen ebenfalls zu leuchten. Dann erkannte Frida, in was sich das Licht verwandelte: Es war ein Schwert! Ein Schwert aus purem Licht, welches in allen Farben des Regenbogens schimmerte. Erstaunt öffnete sich ihr Mund, ihre Augen weiteten sich.
„Jaha! Cicero hat doch gesagt, dass er zaubern kann! Und nun lasst uns diesen Nebel vertreiben!"

Frida wollte ihren Augen nicht trauen. Der Hofnarr wirbelte das Schwert durch die Luft, scheinbar ohne einen erkennbaren Gegner zu treffen. Er bewegte sich so schnell, dass es dem Mädchen schwerfiel, seinen Bewegungen zu folgen.
Immer wieder ertönte ein leises, kaum wahrnehmbares Ächzen. Ein Geräusch, als würde sich ein alter Baum im Wind biegen. Mit jedem Schlag schien das ganze Haus zu beben.
Dann nahm der Raum Stück für Stück wieder Gestalt an. Boden, Wände und Gegenstände blitzten farblos zwischen dem Nebel hervor. Von Leif und Spartacus fehlte aber jede Spur.
Frida beobachtete gebannt den Hofnarren. Das Schwert funkelte hell und blitzte, immer wenn es den Nebel berührte, in allen Farben auf. Die Angst in Frida ließ nach und sie verspürte ein wenig Freude. Dann befreite Cicero das Feuer. Ein fahler, langgezogener Schrei hallte durch den Raum und der Nebel zog sich schlagartig zusammen. Die Farbe kehrte in die Räumlichkeiten zurück.
Auch Leif und Spartacus lagen wieder am Boden. Sie schliefen noch immer tief und fest, als wäre nie etwas geschehen. Cicero hatte es geschafft. Er hatte das Monster besiegt!
Eine Träne lief über Fridas Gesicht. „Herr Cicero! Du bist großartig!" Als sie jedoch zum Hofnarren sah, verschwand ihre Freude.
Der Schatten schien sich zu etwas geformt zu haben. Dieses Etwas ragte bis an die Decke und schien jegliches Licht aufzusaugen. Nebel waberte um das Wesen herum. Schwarze Arme griffen gierig nach allem, was sie in die Finger bekamen. Doch das Furchterregendste waren die unzähligen Gesichter, welche stumm zu schreien schienen. Sie hatten keine Augen, nur der

Ausdruck von Angst war erkennbar. Immer wieder versuchten sie, dem Schatten zu entkommen, wurden dann aber wieder hineingezogen.

Cicero stand kampfbereit mit seinem Schwert aus Licht davor. Die Luft schien zu knistern. Frida wollte etwas rufen, doch dann sprang der Hofnarr mit einem Ausfallschritt in den Schatten.

Stille. Licht. Ein gellender Schrei.

Frida schloss die Augen, sie zitterte am ganzen Körper.

„Ein furchtbares Wesen, nicht wahr? Jaha!", ertönte Ciceros fröhliche Stimme.

Frida öffnete die Augen. Er stand vor ihr, das Schwert war verschwunden. „Was ... was war das?"

„Ein Schattenmensch! Wenn nicht gar der König der Schattenmenschen! Wesen aus der Zeit vor dem Licht, vor Jahrtausenden verbannt von den Göttern!"

„Wenn die Götter sie verbannt haben, warum hat uns dieser dann angegriffen?" Wieder wollte Frida aufstehen. Erst jetzt bemerkte sie, dass sie furchtbaren Hunger und Durst hatte.

„Ist das denn noch wichtig? Cicero hat es vertrieben, jaja! Oder hat er es nicht? Vielleicht hat Cicero heute gar nichts getan?"

„Wie meinst du da..."

Der Hofnarr wischte mit seiner behandschuhten Hand über das Gesicht des Mädchens. „Nichts ist passiert, alles ist vergessen", flüsterte er und Frida schlief wieder ein.

Langsam öffnete das Mädchen die Augen. Trübes Tageslicht fiel durch die matten Scheiben und blendete sie. Frida streckte sich und gähnte. Eilige Schritte waren zu hören.

„Leif, komm schnell her! Rate mal, wer aufgewacht ist. Guten Morgen, kleine Prinzessin." Spartacus stand vor ihr und lächelte.
Der Boden bebte leicht, als Leif zum Tresen kam. „Endlich!", brachte er sichtlich erleichtert hervor und lächelte ebenfalls.
„Wo ... wo bin ich?"
„Im Grünen Hai, einem Gasthaus der Menschen."
„Wie bin ich hierhergekommen?" Frida setzte sich auf. Ihr Magen knurrte. Erst jetzt spürte sie die völlige Leere in ihrem Magen und den trockenen Mund. „Ich habe Hunger ... und Durst ..."
Während Leif ihr alles erzählte, besorgte Spartacus einen Becher Wasser und etwas Käse. Die Monster erwähnte der Jäger jedoch nicht. Er und Spartacus hatten sich entschieden, ihr nichts darüber zu erzählen, sollte sie sich nicht daran erinnern.
Eifrig leerte das Mädchen den Becher und aß den Käse. Obwohl das Wasser modrig und der Käse hart und alt war, schmeckte es besser als alles, was Frida bisher gegessen hatte. Wenn sie jedoch genauer darüber nachdachte, konnte sie sich an nur wenig gutes Essen erinnern.
„Und so sind wir hier gelandet. Jetzt, wo du wach bist, können wir endlich weiterziehen." Zufrieden verschränkte der bärtige Nortmar die Arme und lächelte.
„Lass das arme Mädchen erst einmal zu Kräften kommen. Sie braucht ein wenig Ruhe", protestierte Spartacus, der Frida noch einen Becher Wasser gebracht hatte.
„Sie hat drei Tage geschlafen, sollte sie nicht genug Ruhe gehabt haben?"
„Es geht schon, ich bin überhaupt nicht müde! Und ich glaube, wenn ich noch ein wenig Käse oder etwas

anderes bekommen könnte, dann bin ich sofort bereit!" Frida wollte den beiden nicht zur Last fallen. Außerdem ging es ihr tatsächlich schon besser.

„Jaha! Dame Frida ist also aufgewacht. Haben Ciceros Augen ihn doch nicht betrogen!"

„Cicero!", rief Frida fröhlich. „Was machst du denn hier?" Wackelig sprang sie vom Tresen und umarmte den Hofnarren.

„Joho! Cicero ist auf seiner Reise nach Süden auf die beiden Herren Leif und Spartacus getroffen!"

Es freute Frida, den Hofnarren wiederzusehen. Sie hatte ihn vermisst.

Auch der nächste Becher Wasser war schnell leer und das Mädchen spürte, wie sie wieder zu Kräften kam.

„Nun gut. Iss noch ein wenig, ich möchte noch vor der Mittagsstunde losgehen. Ich bin in der Zwischenzeit draußen."

„Er will den Karren also wirklich anzünden." Spartacus seufzte.

Während Frida den Apfel aß, den Cicero wieder aus seinen Ärmeln gezaubert hatte, unterhielt sie sich mit den beiden. Sie waren noch einen guten Tagesmarsch von der nächsten Stadt entfernt. Leider würde Spartacus sie dort verlassen, da sein Schiff am Hafen lag.

„Sei nicht traurig, kleine Kaulquappe. Vielleicht komm ich dich mal in deinem Zuhause besuchen", lachte der Pirat.

Zuhause – ein Wort, dessen Bedeutung Frida zwar kannte, jedoch keinem Ort auf der Welt zuordnen konnte. Wie sollte Spartacus sie besuchen kommen, wenn sie keines hatte? Das Mädchen hoffte inständig, in der Königsstadt zu finden, was sie suchte.

„Keine Sorge, Dame Frida. Ciceros Geschäfte treiben ihn nach Porta Fiskio, ein gutes Stück weiter als Porta Mola. Solange wird Euch der gute Cicero begleiten!"
Sie freute sich zwar, trotzdem würde Frida Spartacus vermissen. „Können wir nicht auf deinem Schiff mitfahren, Herr Spartacus?" Hoffnungsvoll blickte das Mädchen ihn an.
„Tut mir leid, Kleine, aber ich kann nicht zur Königsstadt segeln. Die Gewässer sind voller Schiffe der Königlichen Marine. Mein Schiff würde da unten durchsiebt werden. Außerdem bringt eine Frau an Bord Unglück."
„Außerdem bezweifelt Cicero, dass Leif auf einem Schiff mitfahren würde. Geschweige denn, ob er überhaupt Platz hätte, jaha!"
Spartacus lachte. „Das stimmt allerdings!"
Frida dachte an die Schiffe, die sie in Wolfshafen gesehen hatte. Auf den meisten hätte er tatsächlich keinen Platz gehabt. Sie grinste.
Der Geruch von brennendem Holz kitzelte in Fridas Nase. Verbranntes Holz und Fleisch. Nervös blickte sich das Mädchen um. „Riecht ihr das auch? Es riecht gar nicht so schlecht!"
Spartacus' Grinsen verschwand, sein Blick wurde ernst. „Aye. Es ist immer wieder beängstigend, wie appetitlich brennendes Menschenfleisch riecht ..."
„Menschenfleisch?" Frida wurde schlecht. Sie erinnerte sich wieder an ihren Traum und übergab sich.

Der Schrecken der Sümpfe

Die Rauchsäule stieg immer höher in den Himmel. Das Holz hatte schnell Feuer gefangen und den Wagen mitsamt den Toten eingeschlossen.
Die Gruppe war nun ein gutes Stück vom Grünen Hai entfernt, das Gasthaus war kaum noch erkennbar. Die Verpflegung, die sie sich mitgenommen hatten, würde für eine Weile reichen. Außerdem hatte Spartacus sich drei Flaschen von diesem furchtbaren Menschen-Gesöff eingepackt.
Leif betrachtete Frida. Dem Mädchen schien es besser zu gehen, doch er spürte, dass sie noch immer erschöpft war. Der Nortmar hatte ihr zwar angeboten, sie auf die Schultern zu nehmen, doch das Mädchen hatte dankend abgelehnt.
„Ich glaube, es würde mir guttun, ein Stück zu gehen. Ich habe lange genug nur dagelegen."
Leif würde nicht zweimal fragen. Nicht, dass das Gewicht des kleinen Menschen ihn stören würde, aber ohne Nervensäge auf den Schultern reiste es sich wesentlich angenehmer. Laut Spartacus waren sie einen guten Tagesmarsch von der nächsten Menschenstadt entfernt. Maximal zwei Tage.
Es war irgendwie schade, dass der Mensch sie dort verlassen würde. Er war der Einzige von den dreien, welcher nicht ganz so nervtötend war. Das Schlimmste war jedoch, dass er und Frida dann allein mit Cicero unterwegs sein würden. Dieser erzählte gerade etwas, das er einen Witz nannte. Spartacus und Frida lachten, Leif verstand ihn jedoch nicht.

„Warum sollte ein Hirsch mit einem Menschen in eine Taverne gehen? Und was ist eine Melone?" Leif kratzte sich unter seinem Bart am Kinn.
„Ach, werter Herr Leif, die Natur des Witzes ist es doch, dass etwas Witziges passiert. Auch wenn etwas passiert, was unmöglich erscheint! Jaha!"
Leif brummte und konzentrierte sich wieder auf den schlammigen Weg. Der gestrige Regen hatte die Erde aufgeweicht und bei jedem Schritt versank der Hüne bis zu den Knöcheln im Schlamm. Und obwohl das glänzende, feuchte Gras hell im Sonnenlicht funkelte, waren ihm die Schönheit und der Schnee der Berge hundertmal lieber als diese grüne Ebene. Er vermisste die tiefen Täler und die hohen schneebedeckten Gipfel der Berge. Er vermisste die immergrünen Tannen und die wilde, unzähmbare Natur.
„Wusstet ihr, dass hier früher ein riesiger Wald mit Bäumen, so hoch, dass sie in den Wolken verschwanden, gestanden haben soll? Ein angeblicher Gelehrter aus Nafska hat mir das einmal erzählt." Spartacus hatte die Hände in die Jackentaschen gesteckt und blickte in die Gruppe. „Nur die Zwerge waren in der Lage, diese Giganten zu fällen. Man sagt auch, dass sie mit nur einem Baum ein Jahr lang ihre Öfen befeuern konnten!"
Während Frida Spartacus erstaunt mit Fragen durchlöcherte, und Cicero leise vor sich hin kicherte, schweifte Leifs Blick gelangweilt über die Ebene. Wenn es solche Bäume je gegeben hatte, wo waren sie dann jetzt? Alles war eben – eben und sumpfig.

Die Reise verlief ruhig und die Sonne trocknete den feuchten Schlamm, bevor sie sich senkte und die Gräser in warmem Orange funkeln ließ. Die Gruppe hatte mittlerweile nahe dem Weg ihr Lager aufgeschlagen.

Spartacus hatte ein Feuer gemacht und eine dicke Sumpfratte hing an einem Spieß darüber. Leif hatte das Tier mit der bloßen Hand aus dem hohen Gras gefangen. Die Sumpfratte war so groß wie Fridas Oberkörper, hatte grünliches Fell und quiekte wie ein Dutzend Schweine.

„Wann ist es denn fertig?" Frida beobachte das vor Fett triefende Tier.

„Ein bisschen sollten wir es noch brutzeln lassen. Sumpfratten haben zwar ein köstliches Fleisch, jedoch sind sie voller Krankheiten. Ich lasse sie lieber ein bisschen zu lange am Spieß, als nachher mit Bauchschmerzen draufzugehen." Spartacus schnitzte mit einem leicht geschwungenen Messer an einem Stück feuchten Holz.

„Oh ja! Cicero hatte schon einmal die Ehre, von einer Sumpfratte krank zu werden! Furchtbare, grausame, unsagbare Schmerzen. Als Cicero zu einem Medicus ging, musste er ihm letztlich den Magen eines Wiesels einsetzen! Daher isst Cicero ja auch so wenig! Jaha!" Cicero zog die Umschreibungen der Schmerzen in die Länge und seufzte theatralisch. Prompt zauberte er wieder einen knallroten Apfel aus seinem Ärmel und tat so, als würde er ein Stück abbeißen.

Leif war das schon im Grünen Hai aufgefallen. Der Hofnarr biss nie in seine Äpfel, trotzdem verschwanden sie immer spurlos. Dieser Mensch war äußerst unheimlich. Egal, was Frida und Spartacus von ihm hielten, Cicero war nicht das, was er vorgab zu sein, Leif war sich absolut sicher. Er würde an dem Tag, an dem der Hofnarr ihre Gruppe verlassen würde, erleichtert ausatmen und laut jubeln.

Vorsichtig nahm Spartacus den Spieß vom Feuer und schnitt mit dem Rapier ein Bein ab. Prüfend roch er an dem dampfenden Fleisch. „Aye, kann man essen!" Um

seine Worte zu unterstreichen, biss er einen großen Brocken vom Fleisch ab. Kurz kämpfte er mit dem viel zu heißen Bissen, doch dann kaute der Pirat zufrieden darauf herum.
Die beiden Monde waren aufgegangen und Leif biss in das letzte Stück Ratte. Rülpsend warf er den Knochen, der früher ein Bein gewesen war, in das hohe Gras. Der Jäger hatte während dem gesamten Essen nur auf Cicero geachtet. Doch schon wieder hatte es der Hofnarr geschafft, den Apfel verschwinden zu lassen. Der Nortmar knirschte mit den Zähnen. Verdammter Hofnarr!

Es war bereits spät in der Nacht. Frida und Cicero hatten sich auf die Decken gelegt, die sie mitgenommen hatten, Leif jedoch war nicht nach schlafen zumute. Er wetzte die Blätter seiner Äxte, die Augen auf das sich im sanften Wind biegende Gras gerichtet. Er konnte unzählige Frösche spüren, ein paar Sumpfratten, welche unweit von ihnen schliefen. Und weit entfernt spürte er etwas Unbekanntes, etwas Großes. Was auch immer es war, würde es in die Nähe des Lagerfeuers kommen, müsste Leif es vermutlich töten. Doch nicht diese unbekannte Aura war es, die dem bärtigen Nortmar Sorgen machte.
„Du fürchtest auch, dass diese Biester wiederkommen, aye?" Spartacus lag mit offenen Augen auf seiner Decke und starrte in den bewölkten Nachthimmel.
„Ich habe keine Angst. Ich kann einfach nicht schlafen." Der Jäger prüfte die Klinge der Axt mit seinem Daumen und legte sie befriedigt zur Seite.
„Ehrfurcht, Spannung, Angst. Nenn es wie du willst. Doch ich weiß genau, dass du dir Sorgen machst!" Der Pirat setzte sich auf und warf einen dünnen Ast ins Feuer. Dann zog auch er sein Rapier. Der Stahl glänzte

im schwachen Licht der Flammen. „Und du machst dir zu Recht Sorgen. Auf meinen Fahrten über die Meere habe ich schon viel gehört und gesehen. Riesige fleischfressende Pflanzen, Wesen aus lebendem Stein. Ja, sogar einen Seedrachen habe ich gesehen, so groß wie eine Handelsgaleone, grün und äußerst griesgrämig. Aber noch nie habe ich nur ansatzweise von so etwas gehört, geschweige denn etwas gesehen wie diese Biester ..."
Das Feuer knisterte leise.
„Hast du das auch bemerkt? Sie bluten nicht, sie reagieren kaum auf Wunden und ihre seltsamen Klauen durchtrennen Eisen und Leder als wäre es Papier. Weiß Kor, was das für Dinger sind und woher sie kommen! Und besonders, warum wir noch leben! Wenn es eines gibt auf dieser Welt, bei dem ich mir absolut sicher bin, dann, dass wir so etwas nicht noch mal überleben!"
„Ich weiß, verdammt!", schrie Leif, woraufhin Frida im Schlaf zusammenzuckte. Der Nortmar sprach leiser weiter: „Ich weiß. Ich gebe es nur ungern zu, aber das nächste Mal werden wir vermutlich nicht überleben. Doch beim Wolf, ich werde so viele von diesen verdammten Biestern mit in den Tod reißen, wie ich nur kann." Um seine Worte zu unterstreichen, nahm er den verschwelten Kopf der Sumpfratte in seine Pranken und zerdrückte ihn.
„Aye ... Um ehrlich zu sein, habe ich keine Lust, früh zu sterben." Spartacus grinste wieder. Es war dasselbe Grinsen, das er immer auflegte. Dieses selbstsichere, unbekümmerte Lächeln.
Sie schwiegen. Nur das Knistern des Feuers und Ciceros seltsames Schnarchen waren zu hören.
Leif hatte keine Angst. Er kannte keine Angst. Angst hatte in seiner Welt nicht zu existieren!

Wie ein feuerroter Ball stieg die Sonne am Horizont auf. Spartacus war eingeschlafen. Er hielt eine Flasche des Rums in der Hand, die er sich noch geöffnet hatte. „Wenn ich sterbe, dann wenigstens mit dem Magen voller Rum!", hatte er gesagt.
Leif war die ganze Nacht über wach gewesen. Zufrieden schloss er kurz die Augen und atmete erleichtert aus. Das Erwachen des Grünen Meeres hatte etwas Malerisches. Abertausende Frösche quakten munter vor sich hin, Vögel erhoben sich in die Lüfte und Wassertropfen glänzten auf den Grashalmen.
Der Nortmar streckte sich und stand auf. Er musste Wasser lassen. Vorsichtig tastete er sich durch das hohe Grün. Der Boden unter seinen Füßen war nass, er stand in kaltem, modrigem Wasser.
Leif musste aufpassen. Laut Spartacus gab es hier überall tiefe Löcher, in denen sogar der Nortmar versinken könnte. Obwohl der Jäger dies nicht so wirklich glauben wollte, ließ er Vorsicht walten. In einem Erdloch zu ersticken, war nicht gerade ehrenhaft.
Da war es wieder! Dieses Tier. Leif konnte es spüren, knapp dreißig Meter von ihm entfernt im hohen Gras. Noch nie hatte er etwas Ähnliches gespürt. Es war so lang, wie der Nortmar groß war. Es beobachtete ihn. Langsam öffnete er den Schlitz in seiner Hose und ließ das Wasser laufen, ohne das seltsame Wesen aus den Augen zu lassen.
Es kam auf ihn zu, erst zaghaft, doch dann immer schneller. „Beim Raben, kann ich nicht mal in Ruhe pissen?", fluchte er und drehte sich in Richtung des Wesens – gerade noch rechtzeitig. Bevor Leif zu Ende urinieren konnte, sprang ein Sumpfhai aus dem seichten Wasser. Seine Haut schimmerte grünlich, das

Maul war weit aufgerissen und mehrere Reihen spitzer Zähne waren erkennbar.

Leif blickte in die schwarzen Augen des Hais, wich blitzschnell aus und packte ihn. Er wand sich in seinen Armen hin und her. Eine Kopfnuss auf die Schnauze ließ ihn erstarren. Der Nortmar warf das Wesen vor sich auf den Boden. „Was beim Bär ist das für ein hässliches Tier?"

Leif packte alles wieder ein und schnürte die Hose zu. Der Sumpfhai fing wieder an zu zappeln, doch der Nortmar zertrat den Schädel des Tieres. Ein Schmatzen ertönte und das Wasser färbte sich rot. Der kopflose Körper wand sich noch kurz, verlor dann jedoch an Kraft und verblieb regungslos. Zufrieden klatschte Leif in die Hände und schulterte den Hai. Vielleicht konnte man ihn essen.

„Bei Boscarus' Eiern! Du hast einen Sumpfhai mit bloßen Händen getötet?" Spartacus war seine Pfeife aus dem Mund gefallen, als er den Nortmar mit dem toten Sumpfhai auf den Schultern sah.

Leif zuckte mit den Schultern und warf den Kadaver zu den verkohlten Überresten des Lagerfeuers.

„Oh! Ein Sumpfhai! Der Koch des Königs der Pampelmusen weiß, wie man den zubereitet. Für uns ist der jedoch ungenießbar. Leider. Jaha!" Cicero stand da und wirbelte seinen Stock durch die Luft.

„Der König der Pampelmusen? Nun gut. Cicero hat jedenfalls recht. Sumpfhai ist ungenießbar. Das Fleisch ist von einem ranzigen Saft durchdrungen." Der Pirat klopfte die Pfeife aus und stand auf. „Lasst uns weiterziehen, dann kommen wir noch heute Abend in Porta Mola an."

Schnell wurden das übrig gebliebene Holz und das Essen eingepackt. Leif schulterte den Rucksack und sie gingen los.

Die Weiterreise verlief ruhig. Langsam veränderte sich auch die Landschaft: Sanfte Hügel übernahmen den Platz des sumpfigen Flachlands, kleine Obstbäume standen ab und an auf den Hügeln und wehten ruhig im Wind, der der Gruppe in den Rücken blies.

„Spartacus? Wirst du uns wirklich verlassen?" Frida saß mittlerweile wieder auf Leifs Schultern und hielt sich am dichten roten Haar des Nortmar fest.

„Ich hab's dir doch schon mal erklärt, kleine Kaulquappe." Spartacus' Mantel flatterte im Wind hin und her. „Liebend gern würde ich euch auf meinem Schiff mitnehmen, aber Leif hätte keinen Platz. Außerdem steuere ich als Nächstes eine kleine Insel vor Wolfshafen an."

Frida ließ traurig den Kopf sinken.

„Kapitän Spartacus, Ihr sagtet doch, dass der Commodore Euch die Durchfahrt verwehrt hat. Wie wollt Ihr dann durch die Passage fahren?" Cicero hielt seinen Stock hinter dem Rücken und schlenderte hinter der Gruppe her.

„Ein Freund von mir hat sich darum gekümmert."

Die Sonne ging unter und leuchtete orange am Horizont.

„Noch diesen Hügel da vorn und wir können Porta Mola sehen!" Zufrieden streckte sich der Pirat.

„Seht nur, wie schön orange die Sonne hinter den Hügeln leuchtet!", lächelte Frida.

Spartacus blieb geschockt stehen und starrte in Richtung des Hügels.

Auch Leif blieb abrupt stehen. Er rümpfte die Nase. „Frida, die Sonne geht im Osten unter. Die Hügel liegen ..."

„... südlich von hier!", fiel Spartacus dem Nortmar ins Wort und rannte auf die Hügel zu.

„Was ist los?" Verwirrt blickte Frida hin und her.

„Das ist nicht die Sonne, Frida!"

Porta Mola

Wortlos stand Spartacus auf dem Hügel. Er sah Porta Mola, die kleine Stadt brannte lichterloh. „Bei Kors Dreizack ... was ist hier geschehen?"
Spartacus wollte in die Stadt rennen, doch Leif packte ihn an der Schulter und warf ihn zurück. Dem Piraten wurde übel. Er verspürte ein Gefühl, als würde jemand einen Dolch in seinen Magen rammen.
Er konnte deutlich sehen, wie mehrere Schiffe im Hafen in haushohen Flammen standen. Durch das Feuer und die Entfernung konnte Spartacus nicht erkennen, ob die Rote Korsarin zu den brennenden Wracks gehörte.
„Nein, Spartacus. Was auch immer die Stadt verwüstet hat, es könnte noch dort unten sein!"
„Wer würde das arme Porta Mola niederbrennen? Wir befinden uns mit niemandem im Krieg. Das ist wahrlich schrecklich!" In Ciceros Stimme war ausnahmsweise kein Fünkchen Freude zu hören.
„Ich muss da runter! Meine Mannschaft ankert vor der Stadt!" Spartacus versuchte, sich Leifs Griff zu entreißen, doch der große Nortmar ließ nicht locker. „Was ist, wenn es noch Überlebende gibt? Wir müssen nachschauen, ob jemand Hilfe braucht!"
Frida klammerte sich an Leifs Wade und betrachtete die brennende Stadt. Kein Stein lag mehr auf dem anderen. Die ganze Stadt war ein flammendes Inferno.
„Das ist nicht unser Problem. Das ist nicht meine Stadt und das sind auch nicht meine Leute. Lasst uns

weiterziehen!" Der Nortmar ließ Spartacus' Schulter los und schnaufte verächtlich.

„Mir ist scheißegal, was ihr macht! Aber ich muss da runter!" Spartacus zog sein Rapier und lief zur Stadt.

„Spartacus! Leif, wir müssen mitgehen! Was ist, wenn ihm was passiert?" Frida zeigte auf die brennenden Ruinen und blickte Leif hoffnungsvoll an.

Er strich sich nachdenklich durch den Bart und schüttelte den Kopf. „Das ist sein Problem, nicht unseres!"

„Was? Nein, Leif! Wie kannst du nur so herzlos sein?" Frida trat gegen sein Bein. „Dann helfe ich ihm eben allein!" Das Mädchen drehte sich um und wollte loslaufen, doch er packte sie am Kragen und hob sie in die Luft.

„Das hat nichts mit Herzlosigkeit zu tun! Das Risiko ist einfach zu groß!" Leif blickte ihr in die Augen. Sie weinte.

„Aber wir müssen etwas tun. Was, wenn Spartacus stirbt?"

„Keine Sorge, dem passiert so schnell nichts. Aber einem kleinen Mädchen kann viel in einer brennenden Stadt passieren!" Er setzte Frida auf dem Boden ab und starrte auf die brennenden Häuser.

„Leif ... er ist unser Freund. Bitte!"

Heiße Luft schlug Spartacus ins Gesicht, Flammen schossen von allen Seiten auf ihn zu. Verbrannte und verstümmelte Leichen lagen überall, es war ein verstörender Anblick.

Ich muss zum Hafen! Vielleicht lebt meine Mannschaft noch. Ich muss zum Hafen!, schoss es ihm immer wieder durch den Kopf. *Ich muss zum Hafen!*

Ein Haus stürzte donnernd neben Spartacus ein und wirbelte heiße Flammen auf. Der Pirat wurde von Glut eingehüllt. Fluchend riss er die Arme hoch und schützte sein Gesicht. *Verdammtes Feuer ... Ich muss zum Hafen!* Die ganze Stadt roch nach Feuer und verbranntem Fleisch. Sie war ein reines Labyrinth aus Schutt, Flammen und verbrannten Menschen. *Was ist hier passiert? Ich muss schnell zum Hafen! Vielleicht konnten sie fliehen?*

Seine Haut schmerzte wegen der Hitze und seine Augen brannten. Doch schlimmer als die Schmerzen war die Angst. Es fühlte sich an, als würde sich alles in ihm zusammenziehen. *Lebte seine Mannschaft noch? Lagen sie bereits auf dem Grund des Hafens?* Wenn er nicht bald den verdammten Hafen erreichte, würde das hier sein Grab werden. *Nicht heute! Nicht hier! Ich muss zum Hafen!* Er rannte um eine Kurve, eigentlich sollte er von hier aus geradewegs zum Hafen kommen, doch ein alter Turm war umgestürzt, und versperrte die Straße. Ein Balken krachte in einem Haus zusammen und eine Feuersäule schoss wieder in die Luft. *Weiter! Ich muss zum Hafen!* Spartacus rannte unermüdlich weiter.

Wie lange war er schon hier? Obwohl es keine Stunde war, kam es ihm vor, als wären Wochen vergangen. Feuer. Rauch. Leichen. *Was war mit ihnen passiert? Wer tat so etwas?* Die Toten waren zerstückelt, vielen fehlten Körperteile, andere waren vollkommen zerfleddert. Gliedmaßen lagen verteilt auf den Straßen. Hier hatte kein Kampf stattgefunden, das musste ein Massaker gewesen sein.

Männer, Frauen und Kinder – die Angreifer schienen niemanden verschont zu haben. *Ich muss zum Hafen! Jetzt rechts, geradeaus und wieder rechts!* Erneut schossen Flammen aus einer Tür und verfehlten Spartacus nur knapp. Er musste aufpassen. Würde er Feuer fangen, würde sich auch der Pulverbeutel an

seinem Gürtel entzünden. Die darauffolgende Explosion wäre sein sicherer Tod.
Die heiße Luft brannte in seiner Lunge. Spartacus hustete und ging kurz in die Knie. Zum Hafen. Ich muss zum Hafen!
Der Pirat rappelte sich auf und rannte erschöpft weiter. Ich darf nicht aufgeben. Meine Mannschaft, mein Schiff. Ich muss zum Hafen!, rief er sich immer wieder ins Gedächtnis. Spartacus rannte an den brennenden Überresten eines Hauses vorbei, welches vorher ein Bordell gewesen war. Dort arbeitete eine schöne junge Frau, mit Haar so schwarz wie die See bei Nacht. Ob auch sie umgebracht worden war? Wahrscheinlich.
Er bog noch einmal um eine Ecke und erkannte die ersten brennenden Schiffswracks. Endlich! Der Hafen! Spartacus wurde langsamer. Auch der Hafen stand in Flammen, von den Schiffen einmal abgesehen. Unzählige verbrannte Leichen lagen herum. Verzweifelt suchte Spartacus die Rote Korsarin.
„Sie muss einfach hier sein!", flüsterte er und rannte am Rand des Hafenbeckens entlang. Karavellen, ein Handelsschiff und die verkohlten Überreste unzähliger anderer Schiffe. Doch keine Spur von seiner Brigg.
Plötzlich bebte der Boden unter seinen Füßen. Ein lauter Knall ertönte und hinter ihm erhob sich ein riesiger Feuerball. Der Pirat wurde zu Boden geworfen und landete unsanft auf den heißen Pflastersteinen.
Auf einem Schiff hinter ihm musste das Pulverlager Feuer gefangen haben. Spartacus stöhnte und setzte sich auf die Knie. Er hustete. „Ich darf nicht ... aufgeben!"
Er hielt sich den Arm vor den Mund und erhob sich. „Pum Baar'el! Pete! Ivan! Wo seid ihr?" Der Pirat zählte fast seine gesamte Crew auf, doch nur das Tosen des Feuers antwortete ihm.

Dann erreichte er das letzte Schiff. Der Hafen war zu Ende und es fehlte jegliche Spur der Roten Korsarin oder seiner Mannschaft. „Nein! Das ... das darf nicht sein!" Spartacus schüttelte den Kopf und schlug die Hände vors Gesicht.

Um ihn herum gab es nur Feuer und Tod, unzählige Leichen und brennende Schiffe, Häuser, die in sich zusammenstürzten, Zerstörung. Doch da war noch etwas.

Spartacus spitzte die Ohren. Da war ein Geräusch. Ein Donnern – Kanonen. Der Pirat drehte sich zur See und spähte in die Weite. Hoffnung keimte in ihm auf. Da draußen segelte ein Schiff! Rote Segel hingen von den Masten und an ihrer Spitze eine schwarze Flagge.

Die Rote Korsarin!

Erleichtert atmete Spartacus aus. „Bei Kors Dreizack, sie leben noch!" Seine brennenden Augen füllten sich mit Freudentränen. „Ich bin hier, ihr räudigen Hunde!" Er winkte und sprang auf und ab. Seine Energie schien wie aus dem Nichts zurückgekehrt zu sein. Johlend wedelte Spartacus wild mit den Armen, pfiff und schrie, doch der Pirat war zu weit entfernt.

Vor lauter Freude bemerkte er zu spät, dass noch ein weiteres Schiff auf der See war. Die schwarzen Segel hingen schlaff nach unten, der Rumpf war alt und schwer beschädigt. Ein Wunder, dass es sich überhaupt noch über Wasser halten konnte. Spartacus konnte das Schiff keiner bestimmten Bauweise zuordnen, doch das Seltsamste war dieser Nebel. Es war mehr ein dunkler Schleier, der das Schiff umgab. Er hüllte es komplett ein und verlieh ihm etwas Geisterhaftes.

Die Kanonen der Roten Korsarin donnerten wieder und spuckten Rauch und Kanonenkugeln aus. Einige trafen ihr Ziel und schlugen krachend in das unheimliche Schiff ein. Doch es wurde nicht langsamer. Es raste kontinuierlich auf die Brigg zu und drohte sie zu rammen. Spartacus konnte dem Schauspiel nur machtlos zusehen.

Eine weitere Salve hagelte auf das feindliche Schiff ein, doch zeigte kaum Wirkung. Es war zu spät. Spartacus wusste, es würde die Rote Korsarin rammen, noch bevor die Kanonen nachgeladen waren. Er sackte wieder in sich zusammen. „Nein ... das ... das kann nicht wahr sein!" Regungslos kniete er da und stützte sich mit den Händen auf den Boden.

Krachend rammte das feindliche Schiff seine Brigg. Die Masten brachen und Planken barsten. Die Rote Korsarin wurde in zwei Hälften gerissen.

„Nein!", schrie Spartacus und schlug seinen Schädel gegen den Boden. „Nein, nein, nein! Das ist ein Traum, das darf nicht wahr sein!" Heiße Tränen rannen über seine Wangen und tropften auf den Boden. Das durfte nicht wahr sein! Zitternd stand er auf und hielt sich schwankend auf den Beinen. „Ich ... ich muss sie retten ..." Er wollte zu ihnen, auch wenn das sein Ende bedeutete. Doch noch bevor er ins Wasser springen konnte, hielt ihn etwas zurück.

Leif stand hinter ihm. Er hatte sich ein feuchtes Tuch um den Mund gewickelt. Sein Bart war versengt. „Nein, Spartacus! Es ist zu spät! Sie sind tot!" Er betrachtete ihn traurig.

„Lass mich los, du stinkender Fischkopf! Du Sohn einer Hure! Ich muss meine Kameraden retten!" Spartacus wand sich unter Leifs Griff und fluchte lautstark.

„Versteh es endlich! Wir müssen fliehen! Ansonsten sterben wir in diesem Feuer!"

Doch der Pirat ließ nicht locker. Vielleicht hatte jemand überlebt. Es musste jemand überlebt haben. Diese Männer waren seine Familie. „Ich sagte, lass mich los, du verfluchtes Arschloch!" Er wollte nach seiner Pistole greifen, doch der Nortmar ließ ihm keine Chance. Spartacus wurde wie in einer Schraubzwinge zusammengepresst. Aber der Pirat gab nicht auf. Wie ein Fisch zappelte und wand er sich hin und her.

„Mach endlich deine Augen auf! Es ist vorbei. Es gibt keine Hoffnung mehr. Alle sind tot."

„Nein! Ich weiß es! Es gibt noch Überlebende! Lass mich los!"

Leif schloss die Augen. „Es tut mir leid!" Die massige Faust des Hünen sauste auf Spartacus' Kopf zu.

Trauer

Frida saß unter einer alten Buche und starrte in das knisternde Feuer. Sie hatten die brennende Stadt hinter sich gelassen, doch das Bild war immer noch in ihrem Kopf. Wer würde so etwas nur tun? All dieses Leid … Die armen Menschen. Es war bereits Nacht und die beiden Monde standen hell am Himmel. Cicero meinte, morgen oder übermorgen würden sie sich treffen. Als sie das Leif mitteilte, grunzte dieser nur verärgert und ignorierte sie.
Spartacus hatte den halben Weg geschlafen, doch seitdem er aufgestanden war, hatte er kein einziges Wort gesagt. Und nun starrte er einfach ins Feuer. Ab und zu hustete er, doch das war das einzige Geräusch, welches er von sich gab.
Auf die Frage, was in der Stadt geschehen war, antwortete Leif nicht. „Es ist weder der richtige Ort noch der richtige Zeitpunkt", hatte er gesagt.
Und nun saßen sie alle um das Feuer, selbst Cicero sprach wenig. Der Nortmar wetzte still seine Äxte und blickte nervös um sich. „Wir hätten kein Feuer machen sollen. Wer auch immer die Stadt angegriffen hat, könnte in der Nähe sein und uns überfallen."
Doch das Feuer brannte weiter.
„Wohin gehen wir jetzt?" Frida biss ein Stück des trockenen Brotes ab und blickte fragend zum Nortmar.
„Weiter gen Süden, doch wir werden die Straßen meiden."
„Cicero findet, wir sollten zuerst nach Porta Fiskio! Vielleicht erfahren wir dort mehr über die

Geschehnisse in Porta Mola, jaha!" Cicero saß regungslos vor dem Feuer.

„Und was ist, wenn mit diesem Porta Fiskidings dasselbe wie mit der anderen Stadt passiert ist?" Leif zog eine Augenbraue hoch und betrachtete den Hofnarren.

„Cicero bezweifelt das. Porta Fiskio ist die drittgrößte Stadt von Rii. Seine Mauern sind ganze zwanzig Meter hoch und werden Tag und Nacht bewacht. Jaja!"

„Das ist mir egal! Immerhin haben wir ja gesehen, dass den Angreifern Mauern und Verteidigungsanlagen relativ egal sind. Am Ende laufen wir mitten in einen Angriff hinein und sterben." Leif verschränkte die Arme vor der Brust. Die Haut darauf war rötlich und die Haare waren vom Feuer versengt worden. Er stank fürchterlich.

Frida betrachtete die beiden Diskutierenden wortlos und aß ihr Brot. Obwohl Leif immer wütender wurde, behielt Cicero die Ruhe und schwankte kein bisschen.

„Wir könnten uns durch die Hügel anschleichen und von dort aus die Stadt betrachten! Wenn wir keine Feinde sehen, gehen wir fröhlich hinein. Cicero kennt da einen alten Bauernpfad, jaja!" Der Hofnarr klatschte in die Hände, und durch die Bewegung glänzte der Samt seines Mantels, der übrigens keinen einzigen Schmutzfleck aufwies. Frida legte den Kopf schief und betrachtete ihn. Wie machte er das nur?

„Und dann sind wir mitten in der Stadt und werden am Ende überrannt! Nichts da. Wir gehen nach Süden, dort muss irgendwo ein Wald sein. Da lotse ich uns durch und wir landen fast direkt vor dieser Königsstadt." Leifs Nasenflügel weiteten sich und seine Brauen zuckten.

Frida war aufgefallen, dass er das immer machte, wenn er wütend wurde. Und wütend zu sein, gehörte anscheinend zu Leifs Lieblingsbeschäftigungen.

Die beiden diskutierten weiter, doch nun betrachtete Frida Spartacus. Sein Gesicht war rötlich und der Ledermantel angebrannt. Er hatte rote Augen – traurige Augen. Was auch immer in Porta Mola passiert war, es musste furchtbar gewesen sein. Ich sollte ihn trösten, schoss es ihr durch den Kopf.
Langsam rutschte sie zu dem Piraten. Er starrte noch immer wortlos ins Feuer. Frida rückte ganz nah an ihn heran und drückte ihren Kopf gegen seinen Arm. „Willst du ... willst du mir erzählen, was passiert ist?" Schweigen. „Ist schon gut, wir sind für dich da. Wir sind deine Freunde." Frida streichelte seinen Rücken. Das musste helfen. Ihr half es ja auch immer, wenn sie traurig war. Doch wann das letzte Mal jemand ihren Rücken gestreichelt hatte, wusste sie nicht. Das Mädchen hatte noch immer keine Erinnerung an früher ...
„Freunde ...", flüsterte Spartacus. „Ich hatte Freunde ... ich hatte eine Familie. Und jetzt habe ich nichts mehr!" Er stand auf. „Nichts! Nur einen griesgrämigen Riesen, einen idiotischen Hofnarren und eine weinerliche Rotzgöre!"
Leif und Cicero unterbrachen ihre Diskussion und betrachteten den wütenden Piraten.
„Cicero findet das aber gemein, jaha!"
„Cicero findet das aber gemein!", äffte er ihn nach. „Mir doch scheißegal, was der werte Herr Cicero gemein findet und was nicht! Am liebsten würde ich dir deine beschissene Maske aus dem Gesicht schießen!"
„Spartacus, bitte hör auf!" Frida stiegen Tränen in die Augen.
„Halt's Maul, du verdammte Rotzgöre! Ich habe genug von deinem scheiß Geheule!"

Trotz all der Beleidigungen blieb Leif ruhig und betrachtete den Piraten. In seinem Gesicht regte sich kein Muskel.

Spartacus fluchte noch einmal heftig und entfernte sich vom Lagerfeuer.

„Wir sollten ihn zurückholen. Was, wenn ..."

Leif unterbrach Frida. „Lassen wir ihn. Er braucht im Moment niemanden. Er braucht nichts außer Ruhe."

Die drei schwiegen kurz.

„Was ist passiert in Porta Mola, Herr Leif?" Cicero sprach leise.

Der Nortmar fuhr sich durch den angesengten Bart und blickte ins Feuer. „Als ich Spartacus erreicht hatte, sah ich zwei dieser Menschenboote, wie sie auf dem Wasser Feuer spuckten. Das eine sah zum Fürchten aus und war in eine Art Nebel gehüllt. Es hatte das Boot von Spartacus gerammt, zerstört und versenkt. Ich schätze, niemand hat das überlebt ..."

Frida atmete erschrocken ein. Spartacus hatte ihr von seinem Schiff und seiner Mannschaft erzählt. Sie waren wie eine Familie für ihn.

„Seine Familie zu verlieren ist grausam." Leif faltete die Hände vor dem Mund zusammen und betrachtete die Sterne. „Dieses Gefühl wünsche ich niemandem."

Frida wollte etwas sagen. Hatte auch der Nortmar seine Familie verloren? Doch sie schwieg.

„Ihr beiden solltet schlafen, morgen ist ein langer Tag. Ich werde Wache halten." Leif erhob sich und rammte eine seiner Äxte in den Stamm der Buche.

Frida deckte sich mit ihrer Decke zu und schloss die Augen. Wie es wohl war, eine Familie zu haben?

„Bei Erokas Titten! Was soll das heißen, Porta Mola liegt in Schutt und Asche? Vor zwei Tagen ist noch ein Schiff in unserer Stadt von dort eingelaufen!" Der Commodore bebte vor Wut. Sein Kopf war knallrot und eine dicke Ader pulsierte darauf.

Kapitän Bragonas rollte das Papier wieder zusammen und rieb sich die Augen. „Ich weiß nur, was auf dem Papier steht. Die Mannschaft der Eisvogel hat es nicht gewagt, die Ruinen zu betreten."

Es war spät in der Nacht und bisher waren nur der alte Commodore und Bragonas im Ratsgebäude.

„Zuerst Nafska, dann Prjmm und jetzt Porta Mola? Aus Kalgrad und Porta Probal ist seit Tagen keine einzige Taube mehr eingetroffen. Was geht da draußen vor sich?"

Der Sprecher der Kapitäne zuckte mit den Schultern.

Die Tür schwang auf und Gilbert O'Brian betrat gähnend den Raum. „Was bei Chronus' Bart ist denn so wichtig, dass ich um diese Zeit geweckt und vom Wolfsrudel zum Ratsgebäude gezerrt werde?" Der Sprecher der Händler sah tatsächlich so aus, als wäre er gerade aus dem Bett gefallen.

„Lest doch selbst!" Der Commodore riss Bragonas das Papier aus der Hand und gab es Gilbert.

Mit schreckensstarren Augen las er den Brief. „Das ist ja fürchterlich! Wer würde so etwas nur tun? Und wenn Porta Mola ausgelöscht wurde, woher beziehen wir dann unser Obst?"

„Mein Freund, es gibt weitaus Wichtigeres als Eure Äpfel und Pfirsiche. Ich befürchte, das Land befindet sich im Krieg und wir werden da auch hineingezogen!" Bragonas saß auf seinem Sitz und massierte sich die Augen.

„Was für ein Humbug! Niemand würde Wolfshafen angreifen, dafür sind wir viel zu wichtig. Unsere Exporte erstrecken sich über die ganze Welt." O'Brian wedelte aufgebracht mit den Händen hin und her.

„Nafska lieferte seinen Brandwein und seinen Whiskey auch rund um den Globus, trotzdem ist von dieser Stadt nur noch ein Häufchen rauchender Schutt übrig", sprach der Commodore und ging nervös auf und ab.
„Auf jeden Fall dürfen die Einwohner so wenig wie möglich von diesen Geschehnissen erfahren. Wir sollten den Fluss und den Hafen sperren!"
Der Commodore nickte, aber Gilbert sprang wütend auf.
„Den Hafen sperren lassen? Bragonas, seid Ihr von allen guten Geistern verlassen? Wenn wir das tun, wird die Stadt große Verluste hinnehmen müssen! Das ist inakzeptabel für die Wirtsch…"
„Gilbert, haltet den Mund! Ich werde sofort die Schleusen schließen lassen und den Hafenmeistern den Befehl erteilen, die Häfen zu sperren. Weder wird ein Schiff in Wolfshafen anlegen noch wird eines diese Stadt verlassen!" Bobbins schlug sich mit der Faust in die flache Hand.
„Das Meer sollte weiterhin offen bleiben, ansonsten werden die Menschen nervös. Die Sperre sollte sich nur auf den Fluss beziehen."
Gilbert wollte wieder protestieren, schwieg jedoch.
„Ich werde die Wachen auf den Mauern verdoppeln und Spähtrupps gen Süden und Osten ausschicken. Ab sofort befindet sich Wolfshafen in Alarmbereitschaft."
Die beiden anderen nickten langsam.
„Sollen diese vermaledeiten Hunde nur kommen! Mögen sie ganz Rii in Schutt und Asche legen! An Wolfshafen werden sie sich die Zähne ausbeißen. Unsere Kanonen und Gewehre warten auf sie! Und zwischen Rauch und Feuer wird das Banner der Stadt standhaft im Wind wehen. Wolfshafen wird niemals fallen!"

Rache

Die beiden Monde verschwanden hinter den kleinen Hügeln der Landschaft. Ein neuer Morgen brach an. Seltsame Rehe mit verdrehtem Geweih reckten unweit von ihnen entfernt ihre Köpfe in die Höhe. Leif seufzte leise. Morgen oder übermorgen würde wahrscheinlich der neue Jarl gewählt. Die Nortmar von Norstatt wählten ihren Jarl immer unter den mutigsten und begabtesten Jägern ihres Dorfes aus. Außerdem musste jeder ein Tier aus dem Wald erlegen und derjenige, der das größte oder prachtvollste erbeutete, würde Jarl werden. Dann gab es natürlich noch die große Prügelei. Es war zwar so, dass der beste Jäger Jarl wurde, wenn er allerdings in einem Kampf verlor, galt er als unwürdig. Darum prügelten sich die Männer nach der Jagd. Wer dann noch stand, der übernahm endgültig die Führung des Dorfes – sofern die Ältesten keinen Einwand hatten.
Dann kam die Feier. Das Fest dauerte mehrere Tage und die Vorräte an Met würden geplündert. Wie er den Duft von gebratenem Wild vermisste. Wahrscheinlich würde dieser Hohlkopf Ragnar Ragnarson gewinnen. Dieser blonde, aufgeblasene Wichtigtuer. Leif sah ihn vor sich stehen, mit dem Geweih-Helm des Jarls auf dem Kopf und mit Sif in seinen Armen. „Ragnar ...", knurrte der Jäger leise. Wie er ihn hasste.
In der Nacht hatte sich Spartacus wieder zu ihnen gesellt. Wortlos hatte er sich ans Lagerfeuer gesetzt und geschlafen. Und auch wenn der Pirat es nie zugeben

würde, hatte Leif an seinen roten Augen gesehen, dass er geweint hatte.

Leise stöhnend wachte Frida auf und streckte sich. Sie musste in der Nacht einen Albtraum gehabt haben. Kurz hatte sie wild um sich geschlagen und gewimmert. Ihr hellblondes Haar war mittlerweile zerzaust und dreckig.

„Guten Morgen, Leif. Hast du wieder nicht geschlafen?" Frida gähnte und rieb sich die Augen.

Der Nortmar nickte mit einem leisen Brummen und stand ebenfalls auf. Alles um ihn herum war kleiner als in den Bergen: das Gras, die Bäume, die Menschen. Nortmar gehörten hier einfach nicht her.

„Guten Morgen allerseits! Welch wunderbarer Tag, nicht wahr? Jaja!"

Leif hatte gar nicht gemerkt, dass Cicero aufgestanden war. Er traute ihm nicht über den Weg. Ein Mann, der andauernd sein Gesicht verbarg und dessen Kleidung nie auch nur einen Fleck bekam, war einfach nicht normal.

„Morgen ...", knurrte der Jäger.

„Guten Morgen, Herr Cicero! Hast du gut geschlafen?"

Frida schien ihn allerdings zu vergöttern. Schon plauderten die beiden wieder wie ein Wasserfall weiter. Er erzählte ihr immer, wie wundersam und atemberaubend diese Welt doch sei. Anfangs hatte Leif versucht, dem Mädchen die Wahrheit zu erklären, gab dieses Unterfangen jedoch schnell auf. Vielleicht war sie einfach zu jung dafür.

Nun erhob sich auch Spartacus. Sein Blick war finster und er hatte dunkle Ringe unter den Augen.

„Guten Morgen, Spartacus ...", sagte Frida leise, sichtlich eingeschüchtert von dem Ereignis der gestrigen Nacht.

Der Pirat schwieg.

„Na gut, packt zusammen, wir brechen noch heute nach Süden auf. Ich will so schnell wie möglich in der Königsstadt sein." Der Jäger klatschte mit seinen wuchtigen Händen und schwang sich seinen Rucksack auf den Rücken.

„Herr Torwaldson, Cicero glaubt noch immer, dass es eine bessere Idee wäre, nach Porta Fiskio zu gehen." Cicero lehnte sich gegen einen Baum und blickte mit seinen lilafarbenen Augen zu Leif.

„Ich habe gestern lange genug mit dir diskutiert. Wir gehen bestimmt nicht in diese verdammte Menschenstadt."

„Ich bin für die Idee des Spinners. Wir gehen nach Porta Fiskio. Wenn es sein muss, gehen wir auch ohne dich." Spartacus' Stimme klang kalt.

„Na gut! Geht doch! Ich werde Frida schon allein in diese Königsstadt bringen." Leif blickte zu dem Mädchen, deren Blick zwischen ihm, Cicero und Spartacus hin und her wechselte.

„Ich ... ich glaube ... ich werde mit Spartacus und Cicero gehen, Leif. Bitte komm mit. Es ist doch nur ein kleiner Umweg." Sie lächelte ihn sanft an und blickte ihm in die Augen.

Der Nortmar knirschte mit den Zähnen. Kurz überlegte er, einfach zu gehen. Zurück in die Berge, in sein Dorf. Dann nickte der Jäger jedoch widerwillig. „Aber wenn das Ganze schlimm endet, sagt nicht, ich hätte euch nicht gewarnt!"

Frida lachte fröhlich auf und umarmte Leifs Bein.

Ein unheimliches Grinsen breitete sich in Spartacus' Gesicht aus. „Wenn wir in Porta Fiskio angekommen sind, werde ich mir ein Schiff besorgen und diese verfluchten Schweine suchen. Ich werde ihr Schiff entern und jedem Einzelnen dieser verfluchten Bastarde eigenhändig die Kehle aufschneiden. Oder

besser noch: Ich stopfe sie in Säcke, fülle sie mit Steinen, lasse die Öffnungen zunähen und werfe sie in die tiefste Stelle des Trost-Sees!"
Skeptisch hob Leif eine Augenbraue. Die Rachsucht war dem Menschen ins Gesicht geschrieben. Frida starrte den Piraten mit blankem Entsetzen an.
„Ich werde meine Mannschaft rächen. Ich werde meine Rache bekommen, und wenn es das Letzte ist, was ich tun werde! Ich werde diese verfluchten Hurensöhne bis ans Ende der Welt jagen, wenn es sein muss! Sie werden alle büßen für das, was sie getan haben!" Der Pirat zitterte leicht, doch sein manisches Grinsen zeigte, dass er es absolut ernst meinte.

Die Reise nach Porta Fiskio verlief ruhig – fast schon zu ruhig. Unterwegs waren sie durch ein Dorf gekommen, das bereits verlassen war. Nichts deutete auf einen Kampf hin, die Häuser standen leer. Da sich in den Häusern weder Nahrung noch Wertgegenstände befanden, waren die Einwohner vermutlich geflohen oder hatten aus unbekannten Gründen ihr Dorf verlassen. Die Gegend, die sie durchwanderten, bestand hauptsächlich aus sanften Hügeln, die mit hohem, grünem Gras bewachsen waren. An manchen Stellen wuchsen kleine Bäume und dichtes Strauchwerk auf den Hügeln, ansonsten war die Gegend kaum besiedelt. Cicero behauptete, es wäre kein Wunder, dass hier so wenige Bauernhöfe waren. Der Großteil der Bauernhöfe lag östlich von Porta Fiskio, wo das Land flacher und von kleinen Bächen durchzogen war. Die Hügel waren schwer zu bewirtschaften, und brachten auch weniger Ernte ein.
Spartacus redete die gesamte Zeit über nur das Nötigste. Seine Augen waren müde und blutunterlaufen. Frida hätte schwören können, dass sie

ihren Freund kein einziges Mal lächeln sah. Er trieb die Gruppe immer weiter und folgte stur der alten Straße, auch wenn es abseits wohl sicherer gewesen wäre.

„Soll nur jemand versuchen uns anzugreifen. Ich werde seinen Bauch aufschneiden und ihn mit seinen eigenen Gedärmen in das Geäst der Bäume hängen", murmelte er leise.

Beim bloßen Gedanken daran war Frida schlecht geworden. Spartacus war nun vollkommen anders. Es war, als wäre etwas in ihm gestorben. Er tat ihr furchtbar leid.

Laut Cicero dauerte es nur noch wenige Stunden, bis sie Porta Fiskio sehen konnten. Er beschrieb die Hafenstadt als eine der schönsten Städte Riis. Unzählige Künstler kamen in die Stadt und machten sie zu einer kulturellen Oase. Maler, Dichter, Musikanten und Bildhauer, alle kamen sie nach Porta Fiskio. Die Häuser hatten weiße Fassaden und knallrote Ziegeldächer, die Straßen waren mit sorgfältig behauenen Steinen gepflastert und führten geradewegs zum Hauptplatz mit seinem riesigen Brunnen. Er war höher als jedes Gebäude der Stadt. Hunderte goldene Figuren zeigten berühmte Schlachtszenen oder bekannte Persönlichkeiten, und das Wasser war so klar, dass es unsichtbar zu sein schien.

„Nutzlose Verschwendung. Ihr Menschen schafft Häuser und andere Bauwerke, um nicht vergessen zu werden, doch nur Taten überstehen die Zeit. Wenn nach tausend Jahren nur noch Staub von euren Häusern übrig ist, werden die Geschichten derer, die große Taten vollbracht haben, weiter bestehen!"

Frida schmunzelte. Auch wenn der griesgrämige Nortmar recht hatte, den Brunnen würde sie trotzdem gern sehen.

„Und was denkt Ihr, sind das für Taten, die die Zeit zu überstehen vermögen, Herr Torwaldson?", fragte Cicero singend.
Leif grunzte lächelnd. „Na, ruhmreiche natürlich!", nickte der Hüne wissend. „So wie die Geschichte über Otger dem Donnerspeer!"
„Wer ist Otger?", fragte Frida neugierig.
„Hofnarr, es wird Zeit, dass Ihr eine richtige Geschichte erzählt", höhnte der Jäger.
„Es tut Cicero unsagbar leid, doch er kennt keine Geschichte über einen Otger den Donnerspeer."
„Was? Ihr Menschen kennt diese Legende nicht?"
Cicero schüttelte schnell den Kopf.
„Na dann, öffnet Eure Ohren, ich erzähle sie Euch. Otger lebte vor vielen tausend Jahren, zur Zeit der Helden. Er war der Kräftigste unter den Kräftigsten, der Mutigste unter den Mutigsten! Es heißt, er habe einen Lindwurm mit bloßen Händen erdrosselt. Doch sein berühmtester Kampf war gegen den Eisriesen Ymir, der ..."
„Den er dann getötet hat. Und irgendwann ist er selbst gestorben. Unfassbar interessant!", meckerte Spartacus giftig.
„Unterbrich mich nicht, Mensch."
Der Pirat sah finster zu Leif. „Weniger reden, mehr gehen."
Der Nortmar wollte ihm antworten, sein Kopf war knallrot, doch Cicero schritt dazwischen und schwärmte erneut von Porta Fiskio. „Und die Musik erst! In jeder Straße wird Musik gespielt! Flöten, Trommeln, Dudelsäcke und unendlich viele andere, welche Cicero nicht einmal zu zählen vermag! Jaha!" Begeistert tänzelte der Hofnarr vor der Gruppe hin und her.
Spartacus und Leif schwiegen.

„Wie kommt es eigentlich, dass uns noch kein einziger Mensch auf den Straßen begegnet ist? Von euch soll es doch so viele geben." Leif richtete die Frage an niemand Bestimmtes und betrachtete aufmerksam die Umgebung.

„Nun ja, seitdem auf Rii Schiffe gebaut werden, die schneller als Kutschen oder Menschen sind, benutzt man diese Wege kaum noch. Auf dieser Seite der Insel liegen außerdem alle Städte am Trost-See, daher sind Fähren und Frachtschiffe um einiges effektiver. Jaja." Cicero hatte aufgehört umherzutollen, und ging nun seelenruhig vor der Truppe her. „Auf der anderen Seite der Insel sind jedoch auch Städte, die nicht am Trost-See liegen und daher schwerer mit Schiffen zu befahren sind. Dort werdet Ihr keine ruhigen Straßen wie diese hier finden."

Leif nickte. Frida war nun wirklich aufgeregt und freute sich mit jedem Schritt mehr auf Porta Fiskio.

Sie überwanden den letzten Hügel und waren nur mehr anderthalb Meilen von der Stadt entfernt.

Sie erreichten den Hügel, von dem aus sie die große Stadt der unendlichen Künste sehen konnten. Doch statt dem weißen Juwel, den Cicero ihnen angepriesen hatte, fanden sie ein grausames Schlachtfeld vor.

„Das kann doch nicht ...", flüsterte Leif.

Geschockt starrten die vier auf die Angreifer, die zu Tausenden vor den weißen Mauern Porta Fiskios standen. Rauch stieg vereinzelt aus der Stadt empor und Flammen loderten und wüteten durch die Häuserreihen. Deutlich konnten sie die Schreie der Menschen hören. Sie waren zu spät, die Stadt war verloren.

„Wer vermag nur solch eine Grausamkeit zu begehen?", klagte Cicero.

Leif kniff die Augen zusammen und versuchte, die Angreifer zu erkennen. „Beim Bären …", sprach er leise, während er langsam nach seinen Äxten griff. „Das sind keine Menschen."

Der Feind

„Ich habe sie nur schwer erkennen können, doch diese Wesen ... Sie laufen gebückt und sind komplett mit Fell bedeckt", erklärte Leif.
Spartacus' Finger schlossen sich so fest um den Griff seines Rapiers, dass die Knöchel weiß hervortraten.
„Lasst uns gehen, bevor man uns entdeckt. Wir hatten sowieso schon mehr als Glück, dass sie nicht auf dieser Seite der Stadt lagern", brachte Spartacus zähneknirschend hervor.
Der Hofnarr hatte sich schützend vor Frida gestellt, sodass ihr ein weiterer Anblick der Stadt erspart blieb.
„Aber können ..."
„Nein, Frida, wir können nichts tun. Spartacus hat recht, wir sollten gehen, bevor man uns noch bemerkt." Leifs Blick war starr, seine Stimme eiskalt.
„Aber wohin sollen wir denn gehen? Die Straße wird doch von diesen Wesen blockiert." Frida rang mit den Tränen.
„Wir gehen meinen Weg. Durch den Wald nach Süden zur Stadt des Menschenkönigs! Das sollte der sicherste Weg sein." Leif betrachtete die Schlacht mit einer Mischung aus Abscheu und Bewunderung. Wie es wohl war, bei einer Schlacht wie in den alten Legenden dabei zu sein?
„Cicero gibt es zwar ungern zu, aber Herr Leif hat recht. Wir sollten den Weg eine Weile zurückgehen und dann Richtung Süden durch den Goldwald."
Spartacus nickte, dann ging er los, ohne Porta Fiskio auch nur einen Blick zu schenken.

„Beeilen wir uns besser", brummte Leif und blickte noch einmal zurück. Er betete zu den Geistern, dass sie nicht entdeckt wurden.

Wie viele Städte der Menschen wohl verloren waren? Auf der Karte, die der Pirat ihm gezeigt hatte, waren es ein paar Städte gewesen. Zwei waren mit Sicherheit schon zerstört. Ein anderer Gedanke schoss dem Nortmar plötzlich durch den Kopf. Was würde passieren, wenn diese Wesen sein Dorf angriffen? Auch wenn die Nortmar stark waren, einer solchen Streitmacht wären auch sie nicht gewachsen. Waren sie überhaupt schon so weit in den Norden vorgedrungen? Er schüttelte den Kopf. Er sollte sich darüber keine Sorgen machen, seinem Dorf ging es sicher gut. Die Geister ihrer Ahnen und die Geister der Tiere wachten über sie.

Was geschah nur in dem Land, welches die Menschen Rii nannten? Und wer oder was zur Eule waren diese seltsamen Tierwesen? Leif hatte so etwas noch nie gesehen. Wie eine Art Mensch, nur größer und mit dunklem Fell.

„Leif? Kannst du mich auf die Schultern nehmen? Ich bin so müde ... Wir gehen schon den ganzen Tag!"

Der Nortmar nickte. Das Mädchen tat ihm leid. Dies war weder der richtige Ort für sie noch die richtige Zeit. Kinder ihres Alters sollten nicht in so etwas hineingezogen werden. Frida wirkte enttäuscht, sie hatte sich sehr auf das gefreut, was der Hofnarr ihr erzählt hatte. Hier draußen war es viel zu gefährlich für ein kleines Menschenkind. „Frida, ich will, dass du weißt, dass dir nie etwas geschehen wird, solange ich bei dir bin. Ich schwöre auf meine Ahnen. In Ordnung?", flüsterte er.

„In Ordnung. Danke, Leif", flüsterte sie zurück und vergrub ihr Gesicht in seinem dichten, roten Haar.

Spartacus konnte es nicht fassen. All seine Hoffnungen und Träume entglitten ihm wie Sand durch die Finger. Seine letzte Hoffnung, ein Schiff in Porta Fiskio zu stehlen und seine Mannschaft zu rächen, war ebenso zerstört wie seine anderen Pläne. Er nahm einen tiefen Schluck aus der Rumflasche und wischte sich mit dem Ärmel den Mund ab. Was hatte er nur getan, dass die Götter ihn so bestraften? Nichts war ihm mehr geblieben. Keine Familie, kein Zuhause, keine Träume, gar nichts. Selbst wenn er zurück nach Wolfshafen kommen würde, würde es Monate, wenn nicht Jahre dauern, bis er wieder eine Mannschaft zusammengestellt hätte, die etwas taugte. Doch selbst dann würde es nie wieder wie früher werden.
Sollte er mit den anderen zur Königsstadt gehen? Oder doch allein zurück nach Wolfshafen? Er wusste es nicht. Ein Schiff in der Königsstadt zu stehlen, würde ihm nicht gelingen. Und würde eine informierte Wache ihn erkennen, wäre das ein Freischein für den Kerker, wenn nicht sogar die Todesstrafe. Wäre der Tod so etwas Schlimmes? Nein! Er durfte nicht aufgeben, nicht solange er seinen Plan nicht beendet hatte.
Wieder zogen die Bilder von den verstümmelten Leichen durch seinen Kopf. Also waren es doch keine Menschen gewesen, die das getan hatten? Hatte Leif recht? Spartacus konnte die Angreifer aus dieser Entfernung nicht erkennen. Wie grausam musste man sein, eine Stadt mitsamt seinen Bewohnern auszulöschen? Wieder packte den Piraten die Wut. Gern wäre er in das feindliche Heer gerannt und hätte so viele dieser Schweine wie nur möglich getötet. Auch wenn es das Letzte in seinem Leben gewesen wäre.
„Glaubt ihr, man ist uns gefolgt?", fragte Leif. Er hatte die erschöpfte Frida auf seine Schultern genommen.

Insgeheim wünschte sich Spartacus, vier oder fünf dieser Monster wären ihnen gefolgt, nur damit er ihnen die Kehlen aufschneiden konnte. „Ich glaube nicht", erwiderte er kalt.

„Cicero hofft, dass es so ist! Jaja!"

Wieder blickte der große Nortmar zurück. Er fürchtete also wirklich, dass man sie entdeckt hatte. Seit dem Vorfall im Grünen Meer wirkte der Riese generell verändert. Es schien, als wäre er weniger mutig geworden. Spartacus konnte sich auch täuschen, aber irgendetwas war anders an Leif.

„Cicero möchte die Herren warnen! Der Goldwald ist ein wahrer Irrgarten! Cicero selbst hat sich einmal in den tiefen Forst gewagt und war für mehrere Wochen verschollen! Er musste sich von Wurzeln und Beeren ernähren. Jaja. Cicero hatte nur Glück, dass eine Truppe erfahrener Jäger ihn gefunden hatte, ansonsten wäre die Sache schlecht ausgegangen." Der Hofnarr sprach munter und fröhlich, als hätte er nicht gerade seine Lieblingsstadt in Flammen aufgehen sehen. Was stimmte nur nicht mit ihm?

„Ich bin ein Nortmar. Nortmar verirren sich nicht in Wäldern!", brummte Leif.

„Cicero hofft, dass das stimmt! Auf jeden Fall sollten wir vorher nachsehen, ob die Waldstraße nicht doch frei ist. Auf ihr sollten wir schneller und sicherer in die Königsstadt gelangen. Jaja!"

„Und wie kommen wir zu dieser Waldstraße, wenn ich fragen darf?", fragte der Riese genervt.

„Ganz einfach! Wir gehen so lange, bis wir den Waldrand erreichen und an diesem entlang Richtung Osten! Und wenn wir Glück haben, dann schaf…"

„Man hat uns also doch entdeckt", sprach Leif leise. „Cicero! Nimm sofort Frida und lauf die Straße entlang, Spartacus und ich werden versuchen, sie aufzuhalten!"

Nun erkannte auch Spartacus die Angreifer. Sechs Leute. Eine kleine Herausforderung.
Der Nortmar setzte Frida ab, welche gähnend Ciceros Hand nahm. „Lauft und bleibt erst stehen, wenn ihr uns nicht mehr seht!"
Cicero nickte und begann zu rennen.
Der Pirat lockerte seine Schultern und sein Rapier. „Du kannst ruhig hierbleiben. Ich töte die auch allein, Großer!"
„Red keinen Unsinn, Mensch. Wir dürfen kein Risiko eingehen!"
Spartacus ignorierte Leif und ging behutsam auf die Angreifer zu. Diese rannten unheimlich schnell auf ihn zu. Jetzt erkannte er die Feinde. Es waren Wesen, halb Wolf, halb Mann. Sie hatten den Körper eines Menschen, doch den Kopf eines Wolfes. Dichtes Fell wuchs ihnen am ganzen Körper und unter der Last des schweren Kopfes liefen die Wolfsmenschen gebückt. Drei von ihnen waren mit langen Speeren bewaffnet, die anderen drei mit seltsamen Schwertern und Schilden aus Leder. „Grausige Biester!", fluchte er, spuckte aus und rannte auf seine Gegner zu. Leif rief ihm irgendetwas hinterher, doch der Pirat ignorierte ihn.
Spartacus war ihnen nun so nahe, dass er ihr Keuchen hören und den Geifer von den Lefzen tropfen sehen konnte. Als er den Ersten erreichte, sprang der Pirat hoch und packte den Speer. Seine Stiefel donnerten krachend gegen den Schädel des Monsters und er entriss ihm die Waffe. Durch die Wucht des Treffers fiel sein Gegner zu Boden. Spartacus stieß sich vom fallenden Wolfsmenschen ab und rammte den Speer in den Hals eines anderen Feindes. Jaulend umfasste dieser mit seinen Pranken die Waffe und fiel auf die Knie. Der Pirat drehte sich um und ließ sich gerade noch

rechtzeitig – ein Speer zischte nur wenige Zentimeter über ihn hinweg.
Mit einer Vorwärtsrolle stand Spartacus wieder auf und zog einen Dolch aus seinen Stiefeln. Gezielt warf er diesen auf den Speerträger, welcher ihn angegriffen hatte. Knirschend blieb die Waffe im Auge des Wolfsmenschen stecken und bohrte sich in sein Gehirn. In einer Rückwärtsdrehung zog er sein Rapier und schlitzte den Lederschild eines weiteren auf. Spartacus musste mehrere Schläge des Angreifers parieren, bis er eine Schwachstelle fand. Der Pirat blockte einen weiteren Schlag, rammte sein Knie durch die offene Stelle in der Verteidigung seines Gegners und traf dessen Magengrube. Sein Gegner jaulte auf, doch als Spartacus die Kehle des Wolfsmenschen aufschlitzte, ging das Jaulen in ein erbärmliches Gurgeln über. Ein tiefes Brüllen und das anschließende Geräusch von splitterndem Holz ließen Spartacus aufhorchen. Leif beteiligte sich nun auch am Kampf.
„Einer noch!", keuchte Spartacus und sah zu dem Wolfsmenschen, der auf ihn zurannte. Als dieser mit seinem Speer nur noch wenige Zentimeter von ihm entfernt war, wich Spartacus elegant zur Seite aus, zog seine Pistole und schoss aus kurzer Distanz auf den Kopf des Angreifers. Dieser explodierte in einer roten Wolke aus Blut, Hirnmasse und Knochen. Kurz hielt sich der kopflose Torso auf den Beinen, sackte dann jedoch in sich zusammen.
„Sieg, mein Freund! Sieg!", grölte Leif und riss seine Äxte in die Luft.
Doch Spartacus war nicht zufrieden. Er riss den Speer aus dem Hals des toten Wolfsmenschen und ging zu dem, den er als Erstes angegriffen hatte. Ein erschöpftes Keuchen bewies Spartacus, dass dieser noch lebte. Der Pirat stemmte einen Fuß auf die Brust des am Boden

Liegenden. Fest umklammerte er den Speer mit beiden Händen. „Wer seid ihr?", schrie er den Wolfsmenschen an. „Was macht ihr hier? Warum zerstört ihr unsere Städte?"

Spartacus erhielt keine Antwort. Der Wolfsmensch gab ein erschöpftes Knurren von sich. Jetzt erst erkannte er, dass sie fast nackt waren und nur einen dreckigen Lendenschurz aus altem Stoff trugen. Jeder Wolfsmensch hatte ein anderes Fell. Mal war es dunkler, mal hatte es ein anderes Muster.

„Könnt ihr überhaupt sprechen? Ich rede mit dir, du verdammtes Mistvieh!" Spartacus schrie so laut, dass sich dicke Adern an seinem Hals bildeten. Er verspürte in diesem Moment nichts anderes als Hass und Wut. Als der Wolfsmensch wieder nicht antwortete, riss Spartacus den Speer hoch und rammte ihn in den Kopf des Monsters. „Das ist für Porta Mola!" Er stieß wieder zu. „Das ist für Porta Fiskio!" Und wieder stieß er mit voller Kraft zu. „Und das für meine Mannschaft!" Immer wieder stieß der Pirat den Speer in den Kopf des Wolfsmenschen, bis Leif ihn von ihm wegzog.

„Hör auf! Das hat doch keinen Sinn! Wir müssen verdammt noch mal weg hier!"

Spartacus atmete erschöpft ein und aus. Schweiß rann über seine Stirn und vermischte sich mit den Blutspritzern. Er spuckte aus und wischte sich mit dem Ärmel sein Gesicht ab. „Gehen wir!", sagte der Pirat und setzte sich in Bewegung. Kurz sah er zurück zu den toten Wolfsmenschen. Wenigstens kannte er nun das Gesicht derer, die ihm seine Familie genommen hatten.

Billige Pfeile

Wortlos saß die Gruppe im Dunkel der Nacht. Sie waren weit gekommen, trauten sich jedoch noch nicht, ein Feuer zu machen. Die Nacht war kalt und Frida vergrub ihr Gesicht in der Wolldecke. Sie konnte nicht schlafen. Wenn sie die Augen schloss, sah sie wieder diese riesige Armee. Sie konnte Rauch riechen und Menschen schreien hören. Wie konnte man nur so grausam sein?

Als Leif und Spartacus sie erreicht hatten, waren beide mit Blut bespritzt gewesen. Leif erzählte mit großen Tönen, wie Spartacus allein fünf dieser seltsamen Wolfsmenschen getötet hatte. Die Erzählungen waren grausam gewesen.

Spartacus hatte kein Wort gesprochen, seit sie zurück waren. Still folgte der Pirat der Gruppe und leerte eine der letzten Flaschen Rum. Letzten Endes war er angetrunken in den Schlaf gefallen und schnarchte nun leise.

Auch Cicero schlief anscheinend. Als sie und der Hofnarr geflohen waren, hatte er sich Frida einfach über die Schultern gelegt, damit sie schneller vorankamen. Das Mädchen war erstaunt, wie kräftig Cicero war.

Leif schlief nicht. Munter betrachtete er die Umgebung, bereit, jeden Moment aufzubrechen. Die Kälte schien ihm nichts anzuhaben. Der Nortmar war so unvorstellbar stark, er wirkte, als hätte er die Armee allein besiegen können. Langsam stand Frida auf und gesellte sich zu dem Hünen.

„Du solltest schlafen, Frida", flüsterte er, noch bevor Frida ihn erreichte.
„Du solltest allerdings auch mal schlafen. Seit wann bist du munter?" Das Mädchen setzte sich neben ihn und lehnte ihren Kopf an Leif.
„Ich glaube, gestern Nacht bin ich kurz eingeschlafen."
Frida schwieg. Leif nahm so viel Mühe auf sich, um sie nach Hause zu bringen. Zu einem Ort, von dem Frida nicht wusste, wohin oder zu wem sie gehörte. Egal, wie sehr sie versuchte, sich zu erinnern, sie wurde nicht schlauer. In letzter Zeit dachte sie oft darüber nach, welches Leben sie wohl zuvor geführt hatte. Waren ihre Eltern einfache Leute? Oder vielleicht sogar reiche Händler?
Gestern hatte sie von engen, leeren Gassen geträumt. Hohe, bunte Häuser säumten den Weg. Sie lagen so eng beieinander, dass sie wie eine Mauer wirkten. Obwohl die Straßen leer waren, konnte Frida spüren, dass jemand bei ihr war.
„Du weißt immer noch nicht, wer du bist, nicht wahr?" Leif stützte sein Kinn auf einer seiner Äxte ab. Das Mädchen schüttelte den Kopf. „Ich habe mich gefragt, ob du wirklich wissen willst, wer deine Familie ist. Ich weiß zwar, wie es ist, keine Eltern zu haben, aber was ist, wenn deine Eltern schlechte Menschen sind?"
Frida war geschockt. Über so etwas hatte sie nie nachgedacht. Was, wenn ihre Familie aus lauter bösen Menschen bestand? Wenn sie Frida womöglich gar nicht mehr haben wollten? Ein seltsam kaltes Gefühl machte sich im Bauch des kleinen Mädchens breit.
„Ich glaub, ich weiß, was du denkst. Wenn wir deine Familie gefunden haben, werde ich versuchen, noch ein Weilchen in deiner Nähe zu bleiben."
Staunend blickte Frida den Nortmar an. Machte er sich etwa Sorgen um sie? „Danke", flüsterte sie und umarmte

den stämmigen Nortmar. Leif strahlte eine angenehme Wärme aus. Langsam schlief Frida ein.

Der Nortmar atmete erleichtert die kühle Luft ein. Der Geruch des Waldes. Vorsichtig kämpfte er sich durch das Unterholz des Goldwaldes. Hohe Laubbäume umgaben ihn und ließen nur wenig Licht durch das dichte Blätterdach. Immer wieder tropfte kühles Wasser auf Leifs Kopf. Gestern hatte es geregnet.
Gestern war es auch Ciceros Idee gewesen, jemand sollte zum Goldweg gehen und nachsehen, ob die Wolfsmenschen schon so weit gekommen waren. Da Leif der Schnellste und Ausdauerndste war, entschieden sich alle für ihn.
Es tat zwar gut, wieder in einem Wald zu sein, doch die letzten Worte des Hofnarren nervten ihn immer noch. „Egal, was passiert, geh nur so weit in den Wald, wie du das hohe Gras der Wiesen sehen kannst." Er hatte es ihm bei seinen Ahnen versprechen müssen.
Nun blickte Leif alle paar Minuten nach links zum satten, grünen Gras, welches mannshoch wuchs, um sich zu vergewissern, dass er nicht vom Weg abgekommen war. „Dummer Mensch", flüsterte er vor sich hin. „Als ob ich mich in einem kleinen Wäldchen wie diesem verirren könnte."
Einen halben Tagesmarsch waren sie anscheinend von der Straße entfernt. Der Nortmar hatte die kleine Gruppe vor Sonnenaufgang verlassen, um keine Zeit zu verlieren. Bald sollte er da sein.
Insgeheim hoffte der Jäger, dass Spartacus recht hatte und die Wolfsmenschen den Weg belagerten. Der Kampf gegen den einen hatte Leif unheimlich gefallen. Doch würden diese Wesen die Straße tatsächlich belagern, bedeutete das einen längeren Umweg durch den Wald.

Der Nortmar summte leise ein altes Lied. Es handelte von König Gundar und den zwölf Gefährten. Seine Mutter hatte es ihm immer vorgesungen, als er klein war. Es stammte aus einer Zeit, in der Nortmar noch Könige hatten und in ihren riesigen Hallen in den Weißen Bergen lebten.

Der Wald lebte – viel mehr als in den verschneiten Bergen noch. Mäuse, Hasen und viele andere Nagetiere tummelten sich im Unterholz. Spechte klopften gegen Bäume und Dutzende Eichhörnchen sprangen von Ast zu Ast. Eine Füchsin scheuchte ihre Kleinen vor sich her. Leif hörte, sah und spürte die Tiere.

Da es bereits kurz vor Mittag war, sollte er die Straße bald erreichen. Der Nortmar wurde langsamer und zog seine Äxte. Für den Notfall wäre er vorbereitet. Nun kämpfte er sich langsamer durch das Unterholz, versuchte, kaum Geräusche zu machen. Niemand sollte ihn bemerken, niemand sollte ihm folgen. Das Letzte, das sie brauchten, waren Verfolger.

Ein Geräusch ließ Leif mitten in der Bewegung erstarren. Waren da etwa Trommeln? Vorsichtig setzte er sich wieder in Bewegung. Nun konnte der Nortmar das Trommeln genauer hören. So wie es aussah, hatten die Wolfsmenschen den Weg tatsächlich erreicht, doch der Jäger wollte absolute Gewissheit. Es konnten ja auch Menschen sein, die in die Schlacht zogen, um diese Ausgeburten der Hölle zu zerschlagen. Sollte dies der Fall sein, könnten er und die anderen problemlos den schnelleren Weg nehmen.

Das Trommeln wurde lauter. Dem Klang nach waren es Hunderte, wenn nicht mehr.

Leif blieb erneut stehen – die Tiere waren verschwunden. Etwas stimmte nicht. Er umklammerte die Stiele seiner Äxte so fest, dass die Knöchel weiß unter der Haut hervortraten.

Ein plötzliches Surren ließ ihn herumfahren. Ein Pfeil schlug in den Baum neben ihm ein. Dann hörte er das Rascheln des Unterholzes. Drei Wolfsmenschen sprangen hinter den Bäumen hervor und stürmten auf Leif zu. Der Nortmar brüllte die Wölfe an, doch diese schreckten nicht zurück. Ein weiterer Pfeil verfehlte Leif nur um Haaresbreite, er sollte sich bewegen.

Wie ein rollender Berg stürmte der Hüne auf seine Gegner zu, die Äxte zum Schlag erhoben. „Kommt nur her, ihr räudigen Köter!", rief er und ließ seine rechte Axt niedersausen. Sein Ziel wich dem Schlag aus und wollte Leif mit seinem Schwert von der Seite attackieren, doch ein Schlag mit dem Knauf der Axt warf ihn von den Beinen. Wieder zischte ein Pfeil knapp am Kopf des Nortmar vorbei. Seine Äxte beschrieben silberne Bögen durch die Luft, doch keiner seiner Schläge fand sein Ziel, die Wolfsmenschen entkamen immer knapp. „Diese Mistviecher sind schnell!", stellte er erstaunt fest.

Ein plötzlicher stechender Schmerz in seinem linken Oberarm ließ ihn zurückschrecken – ein schwarz befiederter Pfeil steckte darin. „Wo bist du, du feiger Hund?" Leif konnte den Schützen nirgends ausmachen. Wieder versuchte ein Wolfsmensch, ihn von der Seite anzugreifen. Seine gelben Augen glänzten hungrig und blickten ihn direkt an. „Jetzt bist du fällig!", brüllte der Nortmar und holte mit seiner rechten Axt zu einem Rückhandschlag aus. Noch bevor diese ihr Ziel traf, ließ er die linke Axt von oben herabsausen und traf den Kopf des Wolfes. Knirschend grub sich das Axtblatt in den Schädel und spaltete ihn komplett. Blut spritzte ihm ins Gesicht und auf seine Rüstung.

Triumphierend riss Leif seine Waffen in die Luft, ein Stoß von hinten brachte ihn jedoch zurück ins Kampfgeschehen. Einer der Wolfsmenschen war auf seinen Rücken gesprungen und wollte ihn beißen. Immer wieder versuchte er erfolglos, seine Zähne in Leifs Nacken zu rammen – sein Atem roch widerlich nach Aas. Doch der Jäger ließ seine rechte Axt fallen, packte den Nacken des Monsters und schleuderte ihn über seinen Kopf nach vorn. „So nicht, du Mistkröte!" Jaulend traf das Monster einen Baum und sank zu Boden.

Im selben Augenblick traf ein Pfeil Leifs Brust, prallte jedoch am Brustpanzer ab. Der Nortmar blickte in die Richtung, aus der er gekommen war. Da! Endlich entdeckte er den Schützen. Ein leichtes Grinsen schlich sich auf seine Lippen. „Da bist du ja, Köter!", grölte der Jäger dem Bogenschützen zu und stürmte auf ihn los. Der dritte Wolfsmensch versuchte, ihn mit seinem Speer aufzuhalten, doch ein Axthieb zersplitterte den Schaft der Waffe. Ein weiterer Pfeil streifte Leifs Wange und hinterließ eine blutige Schramme in seinem Gesicht. Das war knapp.

Angst stand in den Augen des feindlichen Schützen. Hektisch versuchte er, noch einen Pfeil aus seinem Köcher zu ziehen, aber Leif hatte ihn bereits erreicht. Der Hüne zielte auf den Kopf des Wolfsmenschen, dieser duckte sich jedoch rechtzeitig. Den Tritt des Nortmar sah er nicht kommen. Begleitet von dem Knacken brechender Knochen wurde der Gegner in die Luft gerissen. Krachend landete der Schütze in einem Busch und bewegte sich nicht mehr. „Das war's dann wohl, ihr Mistviecher!"

Erleichtert atmete der Nortmar aus, dann zog er den Pfeil aus seinem Arm. Es war ein schlecht verarbeiteter Pfeil. Der Jäger lachte herzhaft auf. Selbst der beste Schütze würde damit sein Ziel verfehlen. Wahrscheinlich hatte der Wolfsmensch ihn nur deshalb nicht getroffen.

Das Trommeln aus der Nähe erinnerte Leif daran, weshalb er hier war. Also waren sie tatsächlich auf dem Weg zur Königsstadt. Der Nortmar spuckte aus und machte sich auf den Rückweg, er sollte sich beeilen. Wer wusste schon, wie lange es dauern würde, bis die toten Wolfsmenschen gefunden wurden.

Der Goldwald

Vor einem Tag war Leif zurückgekehrt. Er war völlig erschöpft gewesen. Sein Arm hatte geblutet, da ein Pfeil ihn getroffen hatte. Obwohl er behauptet hatte, dass das nur ein Kratzer war, bestand Frida darauf, die Wunde zu säubern und zu verbinden. Sie verwendeten dafür ein wenig von dem Rum, der Spartacus noch übrig geblieben war – sehr zu dessen Missfallen. Die Laune des Piraten hatte sich noch immer nicht gebessert. Er sprach weiterhin nur das Nötigste und wirkte niedergeschlagen. Bis auf die gelegentlichen, teils sinnlosen Wutausbrüche änderte sich dieser Zustand nicht. Einmal hätte er fast in einen Baum geschossen, nur weil eine Wurzel ihn zu Fall gebracht hatte.

Auf Leifs Drängen hin war die Gruppe sofort aufgebrochen. Der stämmige Nortmar ging voran, ständig sagte er, er wüsste, wohin sie gehen mussten, denn Nortmar verliefen sich nicht.

Frida konnte sich nicht sattsehen an der Schönheit des Waldes. Er war ganz anders als der Wald am Fuße der Weißen Berge. Die Bäume trugen Laub und viele hatten so dicke Stämme, dass selbst Leif sie nicht umfassen konnte. Überall gab es saftige grüne Büsche und Stauden. An manchen wuchsen sogar bunte Beeren. Doch Cicero hatte bisher davon abgeraten, eine davon zu essen.

Es wimmelte nur so von Tieren, einmal hatte sie sogar eine Hirschfamilie gesehen. Der Hirsch hatte ein majestätisches Geweih und das Rehkitz war unheimlich

niedlich gewesen. Leif wollte sie töten, doch das Mädchen hatte ihn davon abgebracht. Sie empfand es als ungerecht, diese wehrlose Familie zu zerreißen.
„Spätestens wenn wir verhungern, wirst du dir wünschen, ich hätte eins davon erlegt", brummte er.
Leif hatte nicht unrecht. Ihr Proviant wurde immer weniger: ein Stück Brot, ein Stück harter Käse und eine Wurst aus Eselfleisch. Zu trinken hatten sie nur noch drei Seidel Wasser und eine Flasche Rum, die Spartacus hütete wie seinen Augapfel. Selbst Cicero hatte keine Äpfel mehr. Er schien aber sowieso kaum zu essen – oder zu trinken.
Nachdenklich stapfte Frida durch den Wald. War es falsch gewesen, Leif davon abzuhalten, die Hirschfamilie zu töten? Falls sie noch einmal solch ein Glück haben sollten, würde sie einfach wegsehen! Vorausgesetzt, sie hatten solch ein Glück.
„Die Nacht bricht herein. Wir sollten uns einen Lagerplatz suchen. Der Felsen dort drüben scheint geeignet zu sein." Leif blieb stehen und deutete auf einen großen Felsen. Ein Stück hing über und bot Schutz vor schlechtem Wetter.
Cicero und Spartacus suchten Feuerholz und entzündeten ein Lagerfeuer. Leif suchte indes weitere große Steine, um ihr Lager besser vor Wind schützen zu können. Als er vor einem Felsen stand, der fast so groß wie Cicero und breiter als der Nortmar selbst war, rief ihm Spartacus zu: „Hah! Bin gespannt, wie du das Steinchen hochheben willst. Der sollte sogar dir zu schwer sein."
Leif grunzte und spuckte aus. „Sieh zu und lerne!", rief er, ging in die Hocke und umfasste mit seinen massigen Armen den Stein. Frida konnte sehen, wie sich die Muskeln in seinen Armen und Beinen anspannten. Wie

Schlangen traten sie zitternd hervor. Das Gesicht des Nortmar wurde rot wie eine Erdbeere.

„Werter Herr Torwaldson, passt auf, dass Ihr Euch nicht verletzt!", rief Cicero und betrachtete gespannt das Schauspiel.

Dann bewegte sich der Felsen, Zentimeter für Zentimeter. Mit einem schnellen Ruck riss Leif ihn aus dem Boden. Nun sahen sie, dass der Felsen fast so hoch wie Leif war. Während Frida laut jubilierte, sah Spartacus dem Ganzen nur wenig interessiert zu.

„Weg da!", ächzte der Jäger und stürmte auf Cicero zu. Erschrocken fuhr Cicero hoch und schaffte es mit einem Hechtsprung knapp, dem Stein zu entkommen. Als der Nortmar den Felsen auf den Boden fallen ließ, bebte die Erde leicht. Leif pustete zufrieden aus. „Das war ja mal ein kleiner Brocken. Hätte nicht gedacht, dass der so schwer ist!", grinste er.

Nun waren sie auch von der Rückseite vor Wind und Gefahren geschützt.

Die Nacht verlief ohne weitere Zwischenfälle und sie machten sich wieder auf den Weg. Immer tiefer drangen sie in den Wald ein. Von Stunde zu Stunde veränderte sich der Wald immer mehr. Die Bäume standen dichter. Wie große graue Säulen ragten sie in den Himmel und verdeckten ihn. Kaum ein Sonnenstrahl drang durch die Blätter. Wegen des geringen Lichts schien auf dem Boden weniger zu wachsen. Wo vorher große Büsche und dichtes Unterholz waren, war nun kahler Waldboden. Ab und an wuchsen ein paar nicht essbare Pilze und kleine Sträucher, doch diese lockerten den düsteren Wald kaum auf. Mittlerweile folgten sie einem kleinen Bach, dessen Wasser modrig schmeckte, in der Hoffnung, er würde in einen größeren Fluss münden.

Jeden Tag wurde die Stimmung schlechter und die Vorräte weniger. Leif hatte es zwar geschafft, ein paar Eichhörnchen zu fangen, doch an den Tieren war kaum Fleisch. „Für einen Wald sind hier viel zu wenig Tiere. Das gefällt mir ganz und gar nicht", hatte der Nortmar eines Nachts am Lagerfeuer angemerkt.
Laut Cicero war das nicht verwunderlich, es gab hier auch viel zu wenig Essen für sie. Das war auch der Grund, wieso kaum Jäger im Goldwald jagten.
Als dann auch noch der Rum ausging, eskalierte die Lage. Spartacus rastete komplett aus, warf die Flasche in den Wald und schlug wild fluchend um sich. Wie ein Berserker drosch er auf einen Baum ein. Er belegte ihn mit den wildesten Flüchen, die sogar Leif aufblicken ließen. Über eine Stunde wütete er und zerstörte fast sein Schwert. Erst als Frida es schaffte, seine Hand zu nehmen, und ihm in die Augen blickte, hörte er auf. Vor lauter Angst, der Pirat würde das Mädchen verletzen, hatte Leif eine Axt gezogen. Danach verfiel Spartacus wieder in depressives Schweigen.
Hunger und Trübsal legte sich wie ein Schleier über die Gruppe. Selbst Ciceros Witze und Geschichten konnten sie nicht aufmuntern. Jeder hatte furchtbaren Hunger. Frida hatte keine Ahnung mehr, wie lange sie schon in dem Wald waren. Eine Woche? Weniger? Oder sogar mehr? Als sie Leif fragte, brummte er nur und sagte, sie solle ihn in Ruhe lassen. Auch der Hofnarr hatte keine Idee.
Die Gruppe folgte stur dem kleinen Bach, der sich durch den dunklen Wald wand. Langsam zweifelte der Nortmar selbst sogar daran, ob er den Wald überhaupt verließ.
Wieder vergingen ein paar Tage, bis ihr Weg langsam zu einem Gefälle wurde. Der Hang war äußerst tückisch, da am Boden überall feuchtes Laub lag. Es war so

rutschig, dass Spartacus mit lauten Flüchen vornüberfiel und ein Stück weit hinabrutschte. Schnell waren die anderen zu ihm geeilt, doch dem Piraten war bis auf ein paar Prellungen nichts weiter geschehen.
Es dämmerte bereits, als der Boden wieder flacher wurde und sie den Grund des Tals erreichten. Nebel, so dicht, dass sie keine fünf Schritte weit sehen konnten, umgab sie. Durch die Dunkelheit wurde die Sicht nicht sonderlich besser.
„Wir sollten Halt machen und hier übernachten. Dieser verdammte Nebel ist sowieso viel zu dicht", seufzte Leif enttäuscht. Auch ihm war anzusehen, dass er hungerte.
„Können wir ein Feuer machen? Mir ist kalt", fragte Frida und schlang zitternd die Arme um ihren Körper.
„Wir können es versuchen, aber ich glaube, hier wird alles viel zu feucht sein."
Leif hatte recht. Sosehr sie sich bemühten, sie brachten kein Feuer zustande. So verbrachten sie die Nacht in der Kälte. Spartacus und Cicero hatten Frida ihre Decken gegeben, und beide beharrten stur darauf, dass ihnen nicht kalt war. Leif schlief wie ein Bär, ihn schien die Kälte kein bisschen zu stören. Ganz im Gegensatz zu Spartacus, der die ganze Nacht hindurch fror.
Im Wald herrschte beklemmende Stille. Kaum ein Ton drang aus dem dunklen Wald. Das Mädchen träumte in dieser Nacht davon, in einem pechschwarzen Meer gefangen zu sein. Unter ihr trieben unzählige weiß schimmernde Leichen vorbei.
Der Tag ließ lange auf sich warten, doch irgendwann fand das fahle Licht einen Weg durch das Blätterdach und hellte den Wald ein wenig auf. Der Nebel hatte sich verzogen und die Gruppe brach wieder auf. Sie folgten dem Bach weiter, bis Leif abrupt stehen blieb. „Beim Vielfraß ... das kann doch nicht euer Ernst sein!", brüllte

der Nortmar und spuckte aus. „Seht ihr das? Da ist ein verdammter See!", rief er. „Dieser von den Geistern verfluchte Bach mündet in einen verdammten See!"
„Ihr solltet Euch beruhigen, Herr Torwaldson. Vielleicht speist dieser See einen Fluss, welcher aus dem Wald führt, jaja", meinte Cicero müde und stützte sich auf seinen Spazierstock.
„Pah ... Hast du dich schon mal hier umgesehen, Hofnarr? Wir sind in einem Tal. Hier wird kein Fluss hinausführen. Außer du kennst Flüsse, die bergauf fließen", meldete sich Spartacus nach langer Zeit zu Wort.
„Um genau zu sein, ..."
„Nicht jetzt, Cicero! Wir gehen diesen von den Ahnen verfluchten See entlang und sehen zu, dass wir etwas finden, das uns den Weg weist." Leif verschränkte die Arme vor der Brust und blickte auf die drei hinab.
„Ich sehe nicht einmal, wie groß der See ist! Der Nebel über dem Wasser ist zu dicht!" Sosehr sich Frida auch konzentrierte, sie konnte nichts erkennen.
„Na los, gehen wir. Wenn ich diesen beschissenen Wald noch länger sehen muss, kotze ich", murmelte Spartacus und folgte dem Ufer.

Stunden vergingen, der See nahm kein Ende. Leif hatte gehofft, einen Fisch zu fangen, doch in dem trüben Wasser schien nichts zu leben. Wenigstens sahen sie zum ersten Mal seit Tagen die Sonne, auch wenn sie nur schwach durch den Nebel schien. Ihre Kleidung war feucht und sorgte dafür, dass es noch kälter wurde.
„Wir brauchen irgendetwas, wo wir unsere Kleider trocknen können, ansonsten erfrieren wir heute Nacht." Frida zitterte, sie fühlte sich nicht wohl. Jeder wusste, dass das Mädchen recht hatte, doch niemand antwortete.

Am Abend offenbarte der Nebel eine steile, gelbliche Klippe. Wie eine Mauer zog sie sich durch den See und schien ihn abzutrennen. Anhand von bunten Linien konnten sie sehen, dass der See an manchen Tagen sogar höher als Leif stand.

Erschöpft lehnte sich Spartacus an die Klippe und setzte sich in den kalten Schlamm. „Na? Was jetzt? Wollt ihr wieder zurückgehen?", fragte er genervt und fuhr sich durch den Bart. Er war ungepflegt und um einiges länger als bei ihrer ersten Begegnung.

„Ich könnte die Wand hochklettern, aber das wird keine Lösung für euch sein", sagte Leif und versuchte, im dichten Nebel über ihnen etwas zu erkennen.

„Oh! Seht mich an! Ich bin der große Leif Torwaldson! Ich erklimme nun diesen großen Berg und klopfe mir dann wie ein Gorilla auf die Brust! Seht mich an, wie großartig ich bin!", äffte Spartacus den Jäger übertrieben nach.

Leif ballte die Hände zu Fäusten und sagte: „Willst du mich etwa übers Ohr ziehen? Und was beim Bären ist ein Gorilla?"

„Ich will damit nur sagen, dass ich die Schnauze von deiner Großkotzigkeit gestrichen voll habe!" Der Pirat war aufgestanden und blickte dem Nortmar in die Augen.

„Und ich bin es leid, ein deprimiertes Menschlein mit mir herumschleppen zu müssen!"

„Ist dem so? Na, dann verzieh ich mich am besten! Wir sterben sowieso in diesem von den Göttern verdammten Wald!", schrie Spartacus Leif an.

„Dann hau doch ab, du jämmerlicher Wurm!", brüllte der Jäger zurück.

„Vielleicht sollten die Herren kurz einmal aufhören, sich unnötig zu streiten, und ihr Augenmerk ein wenig weiter zu Cicero richten. Cicero kann eine Höhle

erkennen, vielleicht ist es dadrinnen trocken und wir können ein Feuer entzünden. Ein kleines Feuerchen ist gut fürs Gemüt, jaja!" Cicero war zwischen die beiden Streithähne gegangen und deutete in den Nebel.
Kurz schwiegen alle. Dann gab Spartacus als Erster nach:
„Na gut … eine Nacht bleibe ich noch hier, dann verpiss ich mich."
Als Antwort erhielt er von Leif ein leises Brummen.
Cicero hatte recht, an der Felswand befand sich ein Eingang zu einer Höhle. Sie war so niedrig, dass der Nortmar sich bücken musste, aber sie war trocken und windgeschützt, auch wenn niemand wusste, wie tief es in den Berg ging.
Sie schafften es, ein kleines Feuer zu entzünden. Gierig leckten die Flammenzungen an dem feuchten Holz und erzeugten viel Rauch. Doch Frida genoss die Wärme und gab sich ihr hin. Heute Nacht würde sie besser schlafen.

„Frida, steh auf … Da ist etwas vor der Höhle", flüsterte jemand.
Es war Leif.
Das Feuer war abgebrannt, aber der Stein strahlte noch immer ein wenig Wärme aus.
„Ich kann es zwar nicht sehen, aber spüren – etwas … Großes!"
„Leg dich wieder hin, du Angsthase. Du bildest dir nur irgendwas ein", gähnte Spartacus in der Dunkelheit.
Ein knackender Ast.
„Es kommt näher."
Frida hörte, wie der Nortmar nach seiner Axt griff.
Wieder hörte sie einen Ast knacken.
„Jetzt höre ich es auch. Verdammt, ich sehe nichts!"

Absolute Dunkelheit umgab sie. Sie konnte nicht einmal die Hand vor Augen sehen. Frida konnte ein schweres Atmen vernehmen – was auch immer es war, es kam in die Höhle.
„Verdammt! Ich kann meine Äxte nirgendwo finden. Es ist bereits in der Höhle!"
„Was ist das?", ertönte Spartacus' Stimme, die von leisem Geklimper begleitet wurde. Er schien etwas zu suchen.
Das Mädchen hatte furchtbare Angst, sie zitterte am ganzen Körper. Dann spürte sie etwas Warmes und Feuchtes in ihrem Gesicht. Sie fiel in Ohnmacht.

Der letzte Bewohner

„Weg mit dir, du Mistvieh!" Leif wollte aufstehen, doch er stieß sich den Kopf an der niedrigen Decke an. Er fluchte. Er musste Frida helfen, das Tier war direkt vor ihr. Spartacus wühlte immer noch verzweifelt in einer seiner Jackentaschen. Der Nortmar musste versuchen, das seltsame Biest von dem Mädchen wegzuziehen. Vorsichtig näherte er sich dem Tier und packte es mit seinen großen Händen. Leif erwartete ein Brüllen, Ausschlagen, Klauen und Zähne, die versuchten, ihn zu zerfleischen, doch nichts geschah. Was ist das?, fragte er sich und versuchte, das Tier mit voller Kraft von Frida wegzuziehen.

„Leif, wo bist du?", hörte er Spartacus' Stimme im Dunkeln.

„Hier! Ich habe es von Frida weggezogen!"

„Duck dich! Ich schieße!", rief der Pirat wieder.

Wollte dieser Wahnsinnige ernsthaft in seine Richtung schießen? Und warum bewegte sich dieses seltsame Tier fast nicht? Es schien sich kaum daran zu stören, dass Leif es durch die Höhle zog.

„Nein! Stopp! Nicht! Ihr müsst aufhören! Jaha!" Ciceros Stimme hallte durch die Höhle. „Unser Besucher wird uns nichts tun!"

„Was beim Bär ist es denn? Und woher weißt du, was es ist?", sagte Leif, das Tier noch immer in seinen Händen haltend.

„Das ist ein Riesenfaultier! Ein Wächter der Wälder, der sich nur von Pflanzen und Insekten ernährt!"

Ein Riesenfaultier? Von solch einem seltsamen Tier hatte er noch nie gehört. Und wie konnte etwas so Großes sich nur von Pflanzen und Insekten ernähren?
„Ich dachte, Riesenfaultiere wären ausgestorben?", fragte Spartacus verwundert.
„Anscheinend hat mindestens eines in diesen isolierten Wäldern überlebt, jaha! Wir sollten es in Ruhe lassen und weiterschlafen."
Leif war es egal, was der Hofnarr sagte, er würde so lange wach bleiben, bis er dieses Riesenfaultier mit eigenen Augen gesehen hatte.
Auch Spartacus bestätigte, dass alle Faultiere, die er kannte, keine Fleischfresser waren und legte sich beruhigt hin, um weiterzuschlafen.
Stunde um Stunde verging. Leif blieb die ganze Nacht bei dem Tier. Es strahlte eine angenehme Wärme aus und roch nach Wald. Nun spürte auch er, dass von diesem Riesenfaultier keine Gefahr ausging. Als der Morgen anbrach, konnte der Nortmar es erkennen. Das Riesenfaultier war so groß wie ein Höhlenbär. Es war von oben bis unten in dunkelbraunes Fell gekleidet und seine Arme endeten in jeweils zwei Klauen, die so lang wie Leifs Unterarme waren. Wie konnte ein Tier mit solchen Klauen kein Fleisch reißen? Mit seiner Größe und diesen Waffen musste es doch ein gefürchteter Jäger sein.
„Ihr solltet Euch keine Sorgen machen, Herr Torwaldson! Diese wunderbaren Geschöpfe sind ganz friedlich."
Cicero war aufgestanden und vor dem Faultier in die Hocke gegangen. Wieder hatte Leif den Hofnarren nicht gehört. Er verfluchte ihn für diese Eigenschaft.
„Seht Euch doch nur seine lustige rosa Nase an! Sie ist so angenehm weich. Und diese kleinen schwarzen Knopfaugen ... Schade, dass man diese wunderbaren

Tiere nur noch in den entlegensten Winkeln der Welt findet, jaja!" Cicero streichelte den Kopf des Riesenfaultieres. „Oh? Was haben wir denn da? Seht, Herr Torwaldson! Unter dem Kopf unseres Freundes hier liegen Pilze, Nüsse und Beeren. Es kommt Cicero so vor, als wollte er sie uns schenken! Jaha!"
Was redete dieser Narr nur? Warum sollte ein Tier ihnen etwas schenken? Das war vollkommen unlogisch! Gebückt ging der Jäger zum Kopf des Faultieres und betrachtete ihn. Tatsächlich! Da lag Nahrung. Er war erstaunt. „Aber was sagt uns, dass es nicht für es selbst ist?", fragte Leif misstrauisch.
„Nun ja, es hat noch nichts davon gefressen. Und soweit Cicero weiß, fressen Faultiere alles auf, was sie finden. Das ist ein Zeichen, jaha!"
Cicero hatte recht. Das konnte nur ein Zeichen sein! Ein Zeichen der Geister, dass sie auf dem richtigen Weg waren. Leif grinste und nahm die Nahrung an sich. Er würde nicht davon satt werden, aber die anderen bestimmt! Ein Lächeln huschte über seine Lippen.
Dieses Tier faszinierte ihn. Anscheinend war nicht alles, was gefährlich aussah, auch unweigerlich gefährlich. Er würde, sobald er wieder in seinem Dorf war, ein Totem zu Ehren des Riesenfaultieres schnitzen. Das musste wahrlich ein mächtiger Tiergeist sein.

Es wurde hell und auch Spartacus und Frida wachten auf. Der Wald vor der Höhle lag noch immer in totaler Stille. Gespenstische Nebelschwaden bahnten sich einen Weg zwischen den Bäumen hindurch. Es war, als würden lange, weiße Finger nach ihnen greifen. Das Riesenfaultier schlief noch immer, sie hatten es für besser empfunden, es weiterschlafen zu lassen. Frida war in der Nacht vor Schreck ohnmächtig geworden, doch als sie das Tier bei Licht sah, quietschte sie verzückt und kuschelte sich an es.

„Was nun?", sagte Leif, nachdem die anderen alles aufgegessen hatten. „Ich finde, wir sollten der Felswand folgen, vielleicht finden wir eine Art Steig oder etwas in diese Richtung."

„Das glaube ich kaum. Wir sind hier am Fuß des Goldgebirges. Eine Bergkette, die in steilen Säulen nach oben ragt, jaja!" Ciceros lila Augen funkelten hinter seiner Maske hervor. „Cicero ist der Ansicht, wir sollten erst einmal nachsehen, wie tief diese Höhle ist. Vielleicht ist es ein Tunnel, früher soll es hier Zwerge gegeben haben, jaha!"

„Zwerge? Klingt nach viel Gold und, bei Kors Dreizack, nach dreimal mehr Fallen. Wenn sich in dieser Höhle wirklich die Überbleibsel von Zwergen befinden, müssen wir höllisch aufpassen." Spartacus' Stimme war gedämpft.

Auch wenn der Pirat endlich wieder etwas gegessen hatte, ihm war anzusehen, dass in ihm tiefe Trauer herrschte. Leif tat es ein wenig leid, wie er ihn gestern angeschrien hatte. Das hätte er nicht tun sollen.

„Ich mag keine Höhlen. Sie sind eng und ich sehe den Himmel nicht. Außerdem scheint es dadrinnen nicht gerade höher zu werden." Der Nortmar hasste Höhlen wie Zecken am Hintern. Auch in den Weißen Bergen gab es viele von ihnen, doch er mied sie. Jedes Mal, wenn er eine betrat, hatte er das Gefühl, erdrückt zu werden – einmal hatte er sogar nach Luft ringen müssen.

„Aber wenn dort wirklich eine Ruine der Zwerge ist, dann gibt es auch einen Ausgang. So finden wir vielleicht wieder einen Weg. Jaja!"

Die anderen beiden stimmten dem Hofnarren zu, doch Leif hielt noch immer nichts von der Idee. Es musste doch einen anderen Ausweg aus diesem Tal geben.

Einen Ausweg, der keine engen Höhlen beinhaltete. „Ich könnte doch hier auf euch warten? Wahrscheinlich geht's da nur ein paar Meter weit rein, dann steht ihr in einer Sackgasse. Jemand sollte euch Rückendeckung geben." Der Nortmar versuchte, gelassen zu wirken. Er wollte nicht in diese Höhle. Keine zehn Auerochsen würden ihn da reinbekommen.

„Sag, Leif, hast du etwa Angst?" Frida blickte ihn mit ihren stahlblauen Augen an.

Der Jäger brummte genervt. Keine zehn Auerochsen, aber ein kleines Mädchen.

Das Ziehen in Leifs Nacken wurde immer nervtötender. Wie lang war diese Höhle denn noch? Sie folgten nun gut einer Stunde diesem von den Geistern verfluchten Gang. Er ging noch immer gebückt, da die Decke viel zu tief hing. Irgendwann musste diese Höhle doch zu Ende sein!

Wenigstens hatten sie Licht. Spartacus konnte mit seiner Zauberbüchse eine Fackel entzünden, auch wenn jeder einen Teil seiner Kleidung abgeben musste. Nur Cicero steuerte nichts bei. Der seltsame Stoff, den er trug, konnte anscheinend nicht brennen. Wahrscheinlich war dieser Narr aber einfach nur zu eitel.

Wie lange das Feuer wohl noch brennen würde?

Ein herabhängendes Stück Stein unterbrach seine Gedanken. Stechender Schmerz bahnte sich einen Weg in seinen Kopf. Er fluchte. „Das war nun das dritte Mal, dass mir so etwas hier passiert", murmelte der Jäger in seinen dichten Bart. Es war eine schlechte Idee gewesen mitzukommen.

„Ist euch auch aufgefallen, dass der Boden und die Decke stur geradeaus verlaufen?", fragte Frida.

Das Mädchen hatte recht. Für ihn war die Decke zwar zu niedrig, doch selten hatte sie ihre Höhe verändert.
„Entweder ist das ein Zufall oder wir sind tatsächlich auf den Spuren der altehrwürdigen Zwerge! Jaha!" Ciceros letzte Worte hallten lange durch die Höhle, anscheinend ging es noch sehr viel weiter.
Sie gingen noch ein Weilchen, als Leif ein leises Rauschen hören konnte. Je weiter sie vorankamen, desto lauter wurde es. Die anderen schienen es mittlerweile auch hören zu können.
„Ist da etwa …?"
„Ja, dort muss Wasser sein!", unterbrach Spartacus Frida. „Ich kann es riechen."
Das Rauschen wurde zu einem Getöse und wurde immer lauter. Langsam war es schwer, die anderen zu verstehen. Vor ihnen musste sich ein riesiger Wasserfall befinden. Leif grinste, denn ein großer Wasserfall bedeutete auch einen großen Raum.
Als der Lärm so laut wurde, dass er kaum seine eigenen Gedanken verstehen konnte, hob sich die Decke. Der Anblick, der sich der Gruppe bot, war atemberaubend. Sie standen am Anfang einer großen Brücke aus fein säuberlich behauenem Stein. Sie führte über einen unerkennbar tiefen, schwarzen Abgrund. An beiden Seiten stürzten Unmengen an Wasser hinab. Der Schein der Fackel reichte nicht einmal ans Ende der Brücke.
„Bei Boscarus' Hammer … Also sind wir wirklich im Reich der Zwerge!", rief Spartacus. Seine Stimme strotzte nur so vor Ehrfurcht.
„Unglaublich!", brüllte Leif.
„Wir sollten … gehen … Ende … Brücke!" Der Lärm der stürzenden Wassermassen verschluckte einen Großteil von Ciceros Worten. Doch Leif hatte genug verstanden. Sie sollten nicht zu lange warten. Die Brücke war Hunderte, wenn nicht Tausende von Jahren alt, wer

konnte schon sagen, ob sie nicht gleich einstürzen würde.

Vorsichtig schritt die Gruppe voran. Die Brücke war lang und wirkte solide gebaut. Lampen waren am Geländer befestigt. Vermutlich wurden sie vor einer halben Ewigkeit das letzte Mal entzündet. Es war gut, wieder aufrecht gehen zu können.

Leif blieb stehen. Vor ihnen schimmerte etwas. War das Licht? Plötzlich tauchte ein weiterer Lichtpunkt auf – und noch einer. Es wurden immer mehr und sie wurden immer größer. Dann erkannte der Nortmar, um was es sich handelte. Die Lampen! Sie schienen sich von selbst zu entzünden. Licht erfüllte die Brücke und wurde vom rauschenden Wasser an den Wänden reflektiert.

„Was geschieht hier?", schrie Frida. Sie war kaum zu hören.

„Verschwindet von hier! Ihr seid hier nicht willkommen!", übertönte eine blecherne Stimme alles um sie herum. Jemand war also hier.

Das Goldene Herz

Er hatte die Stimme laut und deutlich gehört. Es war jemand hier. Waren es Räuber? Oder doch nur eine ausgeklügelte Erfindung der Zwerge, welche ungebetene Gäste fernhalten sollte?
Spartacus fuhr sich durch den Bart. Er war mittlerweile viel zu lang, aber das war ihm egal. Normalerweise hatte er viel Wert auf sein Äußeres gelegt, doch mit dem Tod seiner Mannschaft schien auch ein Teil seines Selbst gestorben zu sein. Der Schmerz saß noch tief in ihm.
„Lasst uns weitergehen!", brüllte Leif und riss ihn aus seinen Gedanken. Es kam ihm so vor, als würde der Boden ein kleines bisschen beben, jedes Mal, wenn der Nortmar schrie. Am Ende würde die Brücke noch einstürzen und sie alle in den Tod reisen. Er lachte innerlich auf. Dann wäre er endgültig gestürzt.
„Verschwindet von hier! Ihr seid hier nicht willkommen!", donnerte wieder die blecherne Stimme und übertönte das Wasser.
Was auch immer am Ende der Brücke lauerte, sie würden nicht umkehren. Spartacus wusste, dass keiner von ihnen jetzt kehrtmachen würde. Ihre einzige Hoffnung, wieder auf den richtigen Weg zu stoßen, war diese Ruine.
Am Ende der Brücke schien etwas zu glänzen. Als sie näher kamen, erkannte der Pirat, was vor ihnen war: ein großes, goldenes Tor. Normalerweise würde er sich über einen solchen Schatz freuen, aber wozu denn?

Niemals würde er einen dieser Torflügel herausbrechen können, geschweige denn ihn hier rausbekommen.

Wieder warnte sie die blecherne Stimme, sie sollten verschwinden. Spartacus bemerkte, dass Frida zitterte. Sie musste furchtbare Angst haben. Auch Leif schien angespannt zu sein. Er hielt die beiden Äxte fest im Griff, jederzeit bereit zum Angriff. Nur Cicero schien vollkommen ruhig zu sein. Dem Hofnarren war es generell schwer anzusehen, was er tatsächlich fühlte.

Sie erreichten das Tor, das dreimal so hoch wie Leif und so breit wie die Brücke war.

„Entfernt euch von dem Tor und kehrt um!", donnerte die blecherne Stimme erneut.

„Wie kommen wir jetzt rein?", brüllte Leif und legte die Hände auf das Gold.

Wenn wir freundlich anklopfen, lässt uns bestimmt jemand rein, dachte Spartacus, schwieg aber.

„Versuch sie aufzudrücken!", schrie Frida. Sie kämpfte schwer gegen das laute Wasser an.

Der Nortmar nickte und drückte fest gegen das Tor. Der Boden war jedoch rutschig und er fand kaum Halt.

Wieder ertönte die warnende Stimme und versuchte, sie zu verjagen. Leif probierte es erneut. Deutlich hoben sich die Adern auf seinen Armen hervor. Er drückte mit ganzer Kraft gegen die beiden Flügel.

„Das ist meine letzte Warnung! Kehrt um!", donnerte es wieder.

„Halt dein Maul und öffne dieses verdammte Tor!", brüllte Leif zurück.

Plötzlich bebte die Erde. Spartacus wusste, nun würde auch er sterben. Die Brücke würde einstürzen. Sie würden in den Abgrund fallen, auf dem Boden aufschlagen und sterben. Der Pirat schloss die Augen und wartete. Doch der erwartete Tod ließ auf sich warten. Stattdessen öffnete sich laut quietschend das Tor.

„Geht doch! Man muss nur freundlich fragen!", brüllte Leif.

Noch bevor der Eingang ganz offen war, ging der Nortmar hinein, die Äxte zum Kampf erhoben. Es half nichts, wahrscheinlich mussten sie kämpfen.

„Hofnarr, bleib du mit Frida hier! Wir holen euch!", rief Spartacus, zog sein Rapier und folgte Leif. Es war ihm egal, ob Cicero ihn verstanden hatte – oder ob er auch das tat, was Spartacus ihm befahl. Doch würde Frida etwas passieren, würde er es dem Hofnarren nie verzeihen. Trotzdem drehte sich der Pirat noch einmal um. Ein klein wenig erleichtert sah er, dass sie warteten. Hinter dem Tor ging es ein Stück weit geradeaus. Dann aber traute Spartacus seinen Augen kaum. Leif stand inmitten eines runden, von Licht durchfluteten Saales mit hohen Wänden und hob die Arme in die Luft. Seine Äxte lagen vor ihm am Boden.

„Für dich gilt dasselbe! Waffe auf den Boden und Hände in die Luft! Dann stellst du dich zu deinem seltsamen Freund!", ertönte die Stimme einer Frau. Dank dem Hall schien sie von überall her zu kommen.

Der Pirat überlegte kurz, ob er das Risiko eingehen sollte, die Waffe nicht abzulegen. Wer weiß? Vielleicht stellte die Stimme nicht einmal eine Gefahr dar? Doch Spartacus wollte nicht schuld sein, wenn Leif starb. Er warf sein Rapier zu Leifs Äxten und hob die Hände. Notfalls könnte er nach seinen Pistolen greifen.

„Komm her, du Miststück! Wir haben getan, was du wolltest, nun zeig dich!", rief Leif. Der Nortmar versuchte, etwas in den Galerien über ihnen zu erkennen, doch im Schatten der Säulen war nichts zu sehen. Das Rauschen der Wasserfälle war auch hier laut zu hören.

Etwas berührte Spartacus' Fuß – eine goldene Kugel, so groß wie seine Faust, lag zwischen ihm und Leif. „Was bei Kors Dreizack ...?" Ein Knall unterbrach ihn. Rauch breitete sich aus, er hustete.

„Verdammt! Ich kann mich nicht bewegen!", brüllte Leif. Der Pirat versuchte, seine Beine zu bewegen, doch er konnte sich nicht rühren. Irgendetwas Klebriges hielt ihn zurück.

„Was ist das für eine Hexerei?", rief der Nortmar verzweifelt.

„Widerstand ist zwecklos! Das ist das Harz von Eisenbäumen. Ohne geeignetes Lösungsmittel wird es nicht nachgeben", ertönte wieder die Stimme der Frau. Langsam legte sich der Rauch und enthüllte ihren Gegner. Vor ihnen stand eine Menschenfrau! Sie war ein bisschen kleiner als Spartacus und hatte schwarzes, schulterlanges Haar. Eine seltsame Brille verdeckte ihre Augen. Die Frau trug ein leicht verdrecktes, grünes Hemd mit einer Weste aus Leder darüber und eine dunkelbraune Lederhose. Sie wirkte zierlich, doch die Muskete ihn ihren Händen sagte etwas anderes. Der Lauf der Waffe war auf die beiden gerichtet.

„Was macht ihr hier? Ich habe euch doch gesagt, ihr sollt verschwinden!", rief die Frau und zielte mit dem Gewehr zwischen den beiden hin und her.

„Immer langsam mit den jungen Seepferden." Spartacus hatte sich das Ganze schlimmer vorgestellt, bei einer Frau jedoch konnte er seinen Charme spielen lassen. „Wir wollen hier doch niemanden verletzen. Und ist eine solche Waffe nicht ein wenig ungeeignet für ein so hübsches Fräulein?" Er grinste schelmisch und zwinkerte ihr zu.

Doch sein Charme ließ sie kalt. Die Frau zielte nun auf ihn. Anhand ihrer Haltung konnte er erkennen, dass sie mit der Waffe umgehen konnte.

„Na, was haben wir denn da? Glaubst du etwa, ich lasse mich von so einem dreckigen Dieb wie dir so einfach um den Finger wickeln?" Ihre Stimme war ein wenig zu tief, aber irgendetwas daran gefiel Spartacus. Und sie hatte eigentlich keine schlechte Figur.

„Mach mich von diesem Harz los und ich reiße dich auseinander!", brüllte Leif und versuchte noch immer, gegen sein klebriges Gefängnis anzukommen.

„Ganz gute Idee, Großer. Jetzt wird sie dich garantiert losmachen!" Der Pirat verdrehte die Augen. Wie sollte er sich befreien? Wahrscheinlich wäre die Frau schneller als er, nach seinen Pistolen zu greifen, war also keine Option.

„Also! Was wollt ihr hier? Und glaubt ja nicht, ihr könnt mich verarschen. Sollte ich merken, dass einer von euch lügt, dann schieße ich ihm ein neues Loch!"

Jetzt erst fiel Spartacus auf, dass sie leicht zitterte. Sie hatte also Angst. „Erlaube mir, dass ich uns vorstelle. Ich bin Spartacus und dieser höfliche Kerl hier ist Leif." Der Pirat versuchte, sich zu verbeugen, doch das Harz schränkte ihn ungemein ein. „Na ja, wir sind jedenfalls auf der Durchreise und ..."

„Ach so. Ihr seid auf der Durchreise? Klingt logisch! Daher kommt ihr auch vom Goldwald her? Nenn mir einen Grund, wieso ich dich nicht hier und jetzt erschießen sollte." Die Frau stand nun kaum eine Armlänge von ihm entfernt und zielte auf seinen Kopf.

Spartacus durfte jetzt nichts Falsches sagen. Die Wahrheit schien sie nicht zu glauben. Er schluckte. Eine einzelne Schweißperle rann seine Stirn hinab. „Nun ja, wir ... äh ... ich ..."

„Zu langsam!", sagte sein Gegenüber.

„Nicht! Nein! Bitte, tu ihnen nichts!", ertönte Fridas Stimme hinter ihnen.

Die Frau ließ verwundert ihre Waffe sinken und blickte zu dem kleinen Mädchen. Das war seine Chance! Blitzschnell griff er nach seinen Pistolen und zielte auf seinen Gegner.
„Und jetzt lässt du die Waffe fallen – bitte", sagte der Pirat siegessicher.
„Wenn du mich umbringst, werden du und dein Freund euch nie von dem Harz befreien können."
Verdammt! Daran hatte er nicht gedacht.
„Hört auf damit! Bitte! Spartacus, wirf die Pistolen auf den Boden, das bringt doch nichts!" Frida stand hinter ihnen, sie klang verzweifelt.
„Wenn ich meine Pistolen langsam auf den Boden lege, lässt du mich dann frei?", fragte er genervt und versuchte, unnötigen Augenkontakt zu vermeiden.
„Du kannst es versuchen, aber es wäre auf alle Fälle besser, auf deine kleine Freundin hier zu hören."
Spartacus knurrte leise und legte, so gut es ging, die Pistolen zu Boden.
„Na gut, vielleicht sagt mir das Mädchen die Wahrheit. Also, wer seid ihr und was macht ihr hier?" Die Frau war in die Hocke gegangen und lächelte Frida freundlich an. Ihr Lächeln gefiel Spartacus, doch schnell verdrängte er den Gedanken.
Zögerlich erzählte Frida fast alles. Von ihrem Aufbruch in Wolfshafen, den zerstörten Städten, dem Goldwald und der Höhle.
Die Frau hörte aufmerksam zu und nickte manchmal. Dann richtete sie sich wieder auf und zielte mit ihrem Gewehr auf Spartacus. „Na gut, ich glaube der kleinen Frida hier mal. Wenn es stimmt, was sie sagt, habt ihr viel durchgemacht. Ich bin gewillt, euch zu befreien, sofern der Nortmar hier schwört, mich nicht zu zerreißen", sagte sie und legte ihre Waffe über die Schulter.

„Ja, er wird dir nichts tun, ich verspreche es. Aber mach uns nun von diesem verdammten Zeug los!", knurrte Spartacus. Wenigstens zielte sie nicht mehr mit ihrer Waffe auf ihn.

Die Frau nickte und holte eine kleine Flasche aus einem Beutel hervor, der sich an ihrem Gürtel befand. Sie schüttete den Inhalt über Spartacus' und Leifs Füße und schnell verflüssigte sich das Harz.

Endlich konnte er sich wieder bewegen! Spartacus sah, dass Leif darüber nachdachte, ihren Peiniger zu packen, doch ein Blick von Frida schien ihn davon abgebracht zu haben.

Der Pirat griff erleichtert nach seinen befreiten Beinen und wischte die letzten Reste des flüssigen Harzes von seiner Hose. „Danke. Aber jetzt haben wir genug von uns erzählt. Mit wem haben wir denn die Ehre? Und wo sind wir überhaupt?"

„Mein Name ist Gabrielle Galvani und ihr seid hier in Kaz'carundum. Das bedeutet so viel wie Das Goldene Herz. Willkommen!" Gabrielle stemmte ihre Hände keck auf ihre Hüfte und grinste breit.

Wie Spartacus es hasste zu verlieren.

Kaz'carundum

Stille. Lange herrschte in diesen Hallen nur Stille. Keine gewöhnliche Stille. Kein Luftzug, kein Wasser und keine Tiere waren zu hören. Das war absolute Stille. Sie konnte sogar schwören, sie hätte einmal ihr eigenes Blut fließen gehört. Unheimlich. Doch mit der Zeit hatte sich die junge Frau daran gewöhnt. Natürlich gehörte zu ihrer Welt der Geräusche der Lärm von Werkzeugen, tickenden Zahnrädern, kleine Melodien, die sie zu summen pflegte und hin und wieder das Geräusch von brennendem Schwarzpulver. Doch in den einsamen Stunden, in denen sie durch die schier endlosen Gänge der alten Zwergenstadt schlenderte, herrschte vollkommene Ruhe.
Doch nun hallten mehrere Schritte von den Wänden wider. Leises Flüstern und andere menschliche Töne. Sie spürte die Blicke, die sich in ihren Rücken bohrten. Die zahllosen Fragen, welche sich ihre Gäste stellten. Gabrielle hatte einen Kloß im Hals. Zu lange war es her, dass sie den Umgang mit anderen gepflegt hatte.
„Lebst du hier eigentlich ganz allein?", ertönte die helle Stimme des Mädchens hinter ihr.
Die junge Frau erschrak und blieb ruckartig stehen. Die drei Männer hinter ihr bemerkten dies zu spät und stießen unsanft aneinander. Der Nortmar fluchte.
„Oh, ähm … entschuldige. Ich bin ein wenig schreckhaft" Gabrielle zwang sich ein Lächeln auf. „Ja … ich … ähm … lebe allein hier, seit gut drei Jahren." Gabrielle

setzte sich wieder in Bewegung. Hinter ihr kehrte wieder Ordnung und griesgrämiges Murmeln ein.

„Das ist aber eine lange Zeit, warum machst du denn so etwas?", fragte wieder das kleine Mädchen.

„Nun ja, ich studiere das Volk der Zwerge, oder das, was sie zurückgelassen haben." Jetzt rechts abbiegen, dann die Treppe hinauf, hallte es in ihrem Kopf.

„Und was findet eine Menschenfrau so heraus?", brummte der Nortmar durch die Gänge. Zum Glück war die Decke hoch genug, dass er sich aufrecht bewegen konnte.

„Nun ja, ähm ... Am schönsten wäre es herauszufinden, wieso die Zwerge fast spurlos verschwunden sind. Aber hauptsächlich untersuche ich ihre Maschinen und studiere ihre Lebensweise. Sie ist eng verbunden mit der Geschichte deines Volkes." Sie räusperte sich.

„Du kennst die Nortmar?", fragte der Riese überrascht.

„Ihr werdet oft in den wenigen Büchern erwähnt, die uns erhalten geblieben sind. Außerdem soll mein Großvater einem der euren in den Bergen begegnet sein." Ihr Vater hatte ihr oft von ihrem Großvater Rumold erzählt. Wie sie und ihr Vater hatte auch er versucht, mehr über die Zwerge zu erfahren. Seine Forschung hatte ihn sogar bis in die verschneiten Täler der Weißen Berge geführt, wo er fast erfroren wäre, hätte ihn nicht ein Nortmar gerettet. So hatte ihr Vater es jedenfalls immer erzählt.

„Wohin führst du uns eigentlich?", fragte wieder das Mädchen.

„In die Große Halle, dort habe ich mein Lager aufgeschlagen."

Wenige Minuten später erreichten sie ihr Ziel: die Große Halle von Kaz'carundum. Sie hatte einen Durchmesser von gut achtzig Metern und die Decke lag vermutlich über Hundert Meter hoch, so genau hatten

Gabrielle und ihr Vater es jedoch nicht herausfinden können. Eine große Lampe an der Decke durchflutete die Halle mit weißem Licht. Sie simulierte sogar die Tag- und Nachtabläufe. Nachts aktivierten sich die Lampen an den Wänden. Früher musste es auch eine Maschine gegeben haben, die die Decke mit Wolken bedeckte und es regnen lassen konnte. Doch bisher war sie nicht in der Lage gewesen, die vermeintliche Maschine wieder zum Laufen zu bringen.
Der Boden bestand aus verschiedenfarbigen Steinplatten. Von unten schienen sie willkürlich platziert. Betrachtete man das Ganze allerdings von oben, erkannte man, dass sie das Mosaik eines Drachens bildeten.
In der Mitte standen die letzten Reste eines alten Baumes. Doch wie die Stadt selbst, war auch er verkümmert und nichts im Vergleich zu seinem alten Glanz. Gleich daneben stand ihr Zelt. Auch wenn es groß genug war, dass sie sich alle mitsamt dem Nortmar dort aufhalten konnten, schien es lächerlich unbedeutend in dieser Halle zu sein. Darin befand sich nur das Nötigste: ein Schreibtisch, ein paar Bücher, ihr Bett, Werkzeug und Kleidung.
Ihre Gäste brachten ihr Erstaunen zum Ausdruck. Sie waren fasziniert und blickten verzaubert hin und her.
„Wahrlich ein großartiges Bauwerk!", lobte der Nortmar die Große Halle.
Gabrielle erinnerte sich genau an den Tag, als sie all das hier zum ersten Mal gesehen hatte. Mittlerweile war sie den Anblick gewohnt. „Nun ja, seid mir willkommen!" Gabrielle drehte sich zu ihren Gästen. Sie sahen ausgehungert aus. „Ob ich ihnen etwas zum Essen anbieten sollte?", sagte sie.
„Das wäre sehr freundlich von dir", antwortete Spartacus.

Geschockt fuhr die Forscherin hoch. Hatte sie etwa laut gedacht? In letzter Zeit tat Gabrielle das oft. „Ähm, ja! Dann folgt mir. Ich sollte noch Pilzsuppe haben, ich hoffe, das reicht", brachte sie ein wenig irritiert hervor. „Und wenn nicht, könnte ich noch eine kochen."
In den Gesichtern ihrer Gäste stand sichtlich Erleichterung. Kein Wunder! Im Goldwald gab es so gut wie nichts zu essen. Dass sie es überhaupt so weit geschafft hatten, grenzte an ein Wunder. „An ein Wunder ..."
„Was hast du gerade gesagt?", fragte das Mädchen.
„Ach! Nichts, nichts!", antwortete Gabrielle flüchtig. Sie wurde ein wenig rot. Dieses laute Denken war ihr mehr als peinlich.
Als alle im Zelt auf dem Boden saßen, jeder ein improvisiertes Schälchen mit kalter Pilzsuppe vor sich, hatte die Forscherin endlich Zeit, alle genauer zu betrachten.
Bis auf den unheimlichen Kerl mit der Maske sahen alle vollkommen erschöpft aus: dreckig, ausgehungert, müde. Die Bärte von Leif und Spartacus waren verfilzt und sahen ungepflegt aus. Auch die hellblonden Haare des Mädchens, das sich Frida nannte, waren verdreckt. Wenn man vom Dreck und dem ungepflegten Bart absah, wirkte Spartacus sehr attraktiv. Er erwiderte ihren Blick. Sie sah schnell weg und versuchte, ein neues Thema anzufangen. „Dann haben also diese ... Wolfsmenschen, wie ihr sie nanntet, Porta Mola und Porta Fiskio zerstört? Das ist ... schrecklich."
„Aye, das ist es. Ich schätze, um die anderen Städte in diesem Land steht es nicht besser", antwortete Spartacus und steckte sich einen Löffel Suppe in den Mund.

Hoffentlich hatten sie nicht Kalgrad eingenommen. Sie war dort zur Welt gekommen und hatte die ersten sechs Jahre ihres Lebens dort verbracht.

„Nun ja, wir sollten hier allerdings sicher sein. Solange sich keine Armee in diesen Wäldern verirrt und zufällig das hintere Tor findet." Gabrielle zwang sich ein Lächeln auf. Sie machte sich Sorgen um die unzähligen Menschen. „Wenn ihr wollt, kann ich euch nach dem Essen die Stadt ein wenig zeigen. Es gibt hier tolle Sache zu sehen!"

Ihre Gäste stimmten der Idee zu und aßen zu Ende.

„Und das ist die Waffenkammer", präsentierte Gabrielle stolz den mehrstöckigen Saal, der vor ihnen lag. Obwohl er kleiner als die große Halle und voll mit Staub und Spinnweben war, war die Waffenkammer nicht weniger interessant. Wie alle anderen intakten Teile der Stadt, wurde auch dieser Bereich durch Gaslampen erhellt, die sich selbst entzündeten, wenn jemand den Raum betrat.

„Ich habe hier Prototypen unserer Feuerwaffen gefunden. Die Zwerge hatten also schon lange vor unserer Zeit die Idee dazu."

Ohne die Zwerge hätte man sowieso nie Kanonen und Gewehre bauen können. Als zum ersten Mal vor elf Jahren, in einer Zwergenruine im Westen, Schwarzpulver und Rezepte zur Herstellung gefunden wurden, explodierte der Markt – wortwörtlich. Gabrielle kicherte, diesen Wortwitz hatte ihr Vater oft gemacht.

„Trotzdem haben wir Menschen die Idee zu Ende gebracht und perfektioniert." Spartacus zog triumphierend seine Pistole aus dem Holster und streckte sie stolz in die Luft.

„Nun ja, nicht ganz", antwortete die Forscherin kleinlaut.
„Was meinst du mit ‚nicht ganz'? Immerhin ist das Ding hier effektiver als Bogen und Armbrust." Der junge Mann wirkte gleichermaßen empört, als auch verwundert.
„Deine Pistolen sind zwar gut gebaut, doch ich bezweifle, dass der Innenraum gezogen wurde, um den Kugeln einen Drall zu geben."
„Und woher möchtest du wissen, dass meine Läufe nicht gezogen sind?", äffte Spartacus sie nach.
Gabrielle lächelte. „Ganz einfach! Weil ich diese Verbesserung erfunden habe."
Ihr Gegenüber zog fragend die Augenbraue hoch. Wahrscheinlich wusste er nicht einmal, was ein gezogener Lauf bedeutete. „Komm mit und ich zeige dir, was es damit auf sich hat. Meine Werkstatt ist ebenfalls in der Waffenkammer."
Leif, Spartacus und Gabrielle drangen tiefer in die Waffenkammer ein. Frida und Cicero waren zurückgegangen, die beiden hatten wohl kein Interesse an den Waffen. Die Forscherin fühlte sich ein wenig unwohl, hoffentlich würden sie sich nicht verlaufen. Auch wenn der Hofnarr sagte, er fände den Weg zurück.
„Wenn das eine Waffenkammer ist, warum sehe ich hier dann keine Waffen?", brummte der Nortmar.
„Das ist einfach. Alles ist hier fein säuberlich sortiert und hat seinen eigenen Raum. Dort drüben sind zum Beispiel drei Räume, welche voller Schwerter sind. Und hinter dieser Tür dort lagern unzählige Helme in den Größen sechseinachtel bis sechseinhalb." Die Waffen und Rüstungen hatten erstaunlicherweise über all die Jahre kein bisschen Rost angesetzt. Das lag an der grandiosen Legierung der Zwerge. Leider hatte sie dazu noch kein Rezept gefunden.

Spartacus ging zu einer Tür und öffnete sie. Dahinter lagen mittelgroße Brustpanzer. „Sag mal, wenn die Zwerge vor Ankunft der Menschen verschwunden sind, warum gibt es hier dann Rüstungen, die keine Zwergengröße haben?"
Gabrielle lächelte, sie wusste, dass diese Frage auftauchen würde. „Das liegt daran, dass die Zwerge nicht, wie alle glauben, kleiner waren, sondern in etwa gleich groß wie wir. Vermutlich stammt der Name Zwerg von den Nortmar. Denn, nun ja, im Vergleich mit einem Nortmar sind wir doch auch nur Zwerge, nicht wahr?"
„Aha", antwortete Spartacus karg und warf die schwere Tür zu.
„Apropos Nortmar! Ich habe da etwas, was dich interessieren könnte, Leif!" Der Forscherin war wieder der Raum mit den übergroßen Waffen und Rüstungen eingefallen. Schnell suchte Gabrielle die Tür. Sie war zum Glück nicht weit vor ihnen.
„Was ist hinter dieser Tür?", fragte der Nortmar ein wenig misstrauisch.
„Eine Überraschung!", antwortete sie, innerlich grinsend. Endlich würde sie die Rüstung sehen, wenn sie getragen wurde.
Leif öffnete vorsichtig die Tür und sah in den Raum. „Beim Bären … was ist das?", fragte er erstaunt. „Geht schon mal ohne mich weiter … ich komme gleich nach."
Dann betrat er den Raum und ließ die Tür hinter sich zufallen.
Die Forscherin kicherte. Hoffentlich würde ihm etwas passen.
„Was ist nun mit den Pistolen?", drängte Spartacus ungeduldig.

„Ach ja! Da vorn ist meine Werkstatt. Dort zeig ich dir meine Erfindung. Du darfst dich freuen! Du bist der erste Mensch, der sie sieht!"

Werke der Vergangenheit

Eines musste er dieser Frau lassen. Sie hatte einen netten Hintern. Zu anderen Umständen und einer anderen Zeit hätte er sich sicherlich an Gabrielle rangemacht, doch im Moment stand ihm einfach nicht danach. Ihre seltsame Erfindung jedoch interessierte Spartacus brennend. Noch nie hatte er von gefrästen Läufen oder Drall gehört.

Sie waren nun in dieser verhältnismäßig kleinen Werkstatt. Hätte er vorher nicht diese Große Halle und die Waffenkammer gesehen, wäre dieser Raum hier wahrscheinlich auch beeindruckend gewesen. Eine Karavelle hätte ohne Mast leicht Platz gehabt. Die Decke bestand aus einem Netz aus Kuppeln, die mit kleinen Lichtern gespickt waren. Es wirkte ein wenig wie der Sternenhimmel. Überall lagen Metallrohre in verschiedensten Größen, Metall- und Holzspäne und Werkzeuge.

„Wo habe ich meinen Prototyp nur hingelegt?" Gabrielle kramte auf einer Werkbank in einem Haufen aus Zeichnungen und Materialien herum.

Spartacus nahm sich eine Zeichnung und betrachtete sie. Darauf war fein säuberlich eine Art Granate skizziert. Sie sah so ähnlich aus wie diese Harzbombe, mit der die Frau ihn und Leif bewegungsunfähig gemacht hatte.

„Da ist er ja!" Stolz hielt die Einsiedlerin eine Pistole in der Hand. Der Aufbau war im Prinzip wie bei seinen Pistolen. Der einzige Unterschied bestand darin, dass der Lauf aus einem seltsamen schwarzen Metall bestand und die Mündung nicht trichterförmig auseinanderging.

„Hier, nimm mal, aber sei vorsichtig, sie ist schon geladen." Gabrielle gab ihm erwartungsvoll die Waffe.

Der Pirat wog die Pistole in seiner Hand behutsam hin und her. „Gut ausbalanciert. Aber worin besteht nun der Unterschied?"

„Das zeig ich dir jetzt. Siehst du die Zielscheibe dort drüben?" Sie zeigte auf das andere Ende des Raumes. Dort stand eine kreisrunde Scheibe mit mehreren Ringen darauf. „Versuch mal, mit deiner Pistole die Mitte zu treffen, und dann mit meiner."

Spartacus lachte kurz auf. Aus dieser Entfernung war es unmöglich, mit einer Pistole genau zu treffen. Doch aus Höflichkeit versuchte er es. Schnell war seine Waffe geladen und schussbereit. In diesem Raum würde der Schuss sehr laut werden. „Achtung, ich schieße jetzt!", warnte Spartacus sie und drückte ab. Donnernd verließ die Kugel die Pistole und schlug in der Zielscheibe ein. Durch den Pulvernebel konnte Spartacus nichts erkennen, außerdem dröhnten seine Ohren von dem lauten Knall.

„Du hast den äußersten Ring getroffen. Das ist für deine Pistole auf diese Entfernung schon ein guter Treffer." Gabrielle hatte wieder ihre seltsame Brille auf. Darin musste eine Art Fernglas verbaut sein.

Der Pirat biss sich auf die Unterlippe, er hätte besser treffen können.

„Gut. Nun probier mal meine Pistole", sagte sie und grinste fröhlich.

„Worin soll der Unterschied bestehen?", fragte Spartacus skeptisch.

„Mach einfach, dann wirst du's sehen. Ziel aber genau auf die Mitte." Gabrielle deutete auf die Zielscheibe und hielt sich die Ohren zu.

„Ähm ... na gut", antwortete der Pirat und zielte auf die Mitte. Hoffentlich würde diese selbstgebastelte Pistole nicht explodieren. Doch irgendwie war es ihm auch egal, er hatte sowieso nichts mehr zu verlieren. Spartacus schüttelte den Kopf. Er musste versuchen, nicht mehr daran zu denken.
Sein Finger betätigte den Abzug und er schloss die Augen. Dieses Mal waren sowohl der Knall als auch der Rauch geringer ausgefallen.
„Knapp die Mitte verfehlt!", jauchzte Gabrielle fröhlich.
Aus dieser Entfernung die Mitte zu treffen? Das war fast unmöglich, Spartacus musste das mit eigenen Augen sehen. Er fächerte den Rauch weg und ging auf die Zielscheibe zu. Die Forscherin folgte ihm.
Die Zielscheibe hatte mehrere Löcher, doch die zwei, die er geschossen hatte, waren deutlich zu erkennen. Tatsächlich, sein zweiter Schuss hatte fast ins Schwarze getroffen. „Das war wohl Glück", sagte Spartacus nüchtern und betrachtete die Einschusslöcher.
„Du nennst es Glück, ich nenne es Ingenieurskunst!" Stolz stemmte Gabrielle die Hände in die Hüften. „Und wenn es tatsächlich Glück ist, dann erklär mir doch bitte, warum das zweite Loch ein Durchschuss ist und das erste keines."
Durchschuss? Spartacus betrachtete die Löcher genauer. Wahrhaftig! Mit Gabrielles Pistole hatte er die Zielscheibe durchschossen. Mit seiner eigenen war ihm dies nicht gelungen. Die Bleikugel steckte in der Holzwand hinter der mit Stroh gefütterten Scheibe fest.
„Erstaunlich", flüsterte er verwundert. „Wie geht das?" Der Pirat drehte sich zur Forscherin. Sie hatte ihre Brille wieder abgenommen und offenbarte ihre mausgrauen Augen. Hübsche Augen, dachte er sich.
„Das ist eigentlich ganz einfach. Die Kugel rotiert wie ein Bolzen um ihre eigene Längsachse. Das sorgt für

eine höhere Geschwindigkeit und eine Stabilisierung der Flugbahn. Dieser Effekt, den ich Drall nenne, wird durch eine wendelförmige Ausfräsung in der inneren Laufwand erzeugt."
Gabrielle redete noch mehr von irgendwelchen Zahlen, Rechnungen und vorhergegangenen Fehlschlägen, doch Spartacus verstand die Hälfte davon nicht. Die Tatsache, dass ihre Erfindung Pistolen ungemein verbesserte, fand er äußerst faszinierend. „Kann ich dir diese Waffe hier abkaufen?", fragte der Pirat und hielt die verbesserte Pistole in der Hand.
„Nein, dieses Ding verkaufe ich nicht", antwortete sie schnell.
Das ist kein Problem, dachte Spartacus. Ich stecke sie in einem unachtsamen Moment einfach ein.
„Das ist ein Prototyp. Da stecken noch kleine Kinderkrankheiten drin. Ich könnte dir jedoch anbieten, zwei neue Pistolen zu bauen. Wäre kein Problem. Wenn du willst, verbaue ich auch die Griffe deiner beiden anderen Pistolen. Sie sehen ziemlich wertvoll aus."
Überrascht blickte der Pirat die Frau an. Damit hatte er nun wirklich nicht gerechnet. „Das ... ähm ... das wäre großartig, danke. Du schenkst einem Fremden einfach so Waffen?"
„Ich weiß, es klingt einfältig, aber ich möchte, dass meine Erfindung unter die Leute kommt. Merk dir einfach meinen Namen und gib fleißig mit deiner neuen Waffe an", antwortete die Büchsenmacherin und wurde kurz rot. „Außerdem wirkst du auf mich so, als könnte man dir vertrauen."
Spartacus lächelte freundlich und sah sich noch einmal in der Werkstatt um. „Wie lange wird das Ganze ungefähr dauern?"

„Ach, eine Stunde. Maximal zwei. Ich habe hier noch fertige Teile herumliegen." Sie deutete auf die Werkbank hinter ihr.

Mit zwei dieser Wunderwaffen hätte Spartacus in Zukunft einen großen Vorteil. Glück im Unglück, dachte er. Vorsichtig legte er den Prototypen wieder zurück und übergab seine eigenen Pistolen Gabrielle. „Sag mal, aus welchem Material besteht eigentlich der Lauf?"

„Feinster Zwergenstahl. Das wird deine Waffen besser als jede andere Pistole in Rii machen!"

„Ist das überhaupt geeignet für Pistolen? Das Letzte, was ich brauche, ist ein rostiger Lauf."

Gabrielle sah ihn empört an. „Also bitte! Zwergenstahl rostet doch nicht einfach! Das ist um Längen besser als das billige Messing, das du jetzt hast."

Der Pirat nickte und sofort machte sich Gabrielle an die Arbeit.

„Du scheinst gut mit Pistolen umgehen zu können. Du arbeitest damit, nicht wahr?", fragte die Erfinderin, während sie ihren Arbeitsplatz durchsuchte.

„Danke. Das könnte man so sagen, ja." Locker lehnte sich Spartacus gegen die Wand hinter ihm und betrachtete die Frau.

„Büchsenmacher bist du keiner, das sehe ich sofort." Jetzt hielt sie ein Rohr in der Hand und sah prüfend hindurch. „Du wirkst eher wie eine Art Söldner oder ein Leibwächter."

„Fast, ja. Ich bin Pirat." Spartacus sagte dies mit einer Leichtigkeit, als würde er über das Wetter reden.

Geschockt ließ Gabrielle das Rohr los, das klirrend auf dem Steinboden aufschlug. Ihre Augen waren weit aufgerissen und sie entfernte sich ein paar Schritte von ihm. „Du ... du ... du bist ein Pirat?", fragte die Erfinderin. Fassungslos hielt sich Gabrielle an einem Tisch hinter ihr fest.

Spartacus nickte und grinste. Er liebte es, wenn Fremde so reagierten.

„Also ... also mit allem Drum und Dran? Schiffe kapern, Menschen töten und stehlen? Alles mit einem eigenen Schiff und einer Mannschaft weiterer blutrünstiger Piraten?"

Da war es wieder. Dieses furchtbare, kalte Stechen in der Brust. Spartacus' Mundwinkel fielen nach unten und in seinem Kopf spielten sich wieder die Bilder von Feuer und Rauch ab. Es war fast so, als wäre er wieder dort. Sein Atem ging schneller. Ohne es zu merken, sank der Pirat zu Boden.

„Spartacus? Ist ... ist alles in Ordnung mit dir?", fragte die Erfinderin besorgt. Ihre Stimme klang so weit entfernt.

„Wie konnte das nur passieren? Warum bin ich nicht früher angekommen?", brachte er zitternd hervor.

„Was redest du da? Geht es dir gut?" Gabrielle war vor ihm in die Hocke gegangen.

Spartacus spürte, wie sich seine Augen mit Wasser füllten. „Warum kann ich nicht glücklich sein?", entkam es ihm wieder mit bebender Stimme.

Sein Gegenüber legte ihm sanft die Hand auf seine Schulter. „Hab ... hab ich was Falsches gesagt? Es tut mir leid, falls ich dich verletzt haben sollte", sagte sie zögerlich.

Der Pirat schwieg. Sein Blick war noch immer stur auf den Boden gerichtet. Er schaffte es, tief durchzuatmen und langsam zur Ruhe zu kommen.

„Soll ich Leif holen?", fragte Gabrielle besorgt.

Spartacus hob den Kopf und sah ihr in die Augen. „Ich ... ich hatte eine Mannschaft. Und ein ... ein Schiff. Sie waren wie eine Familie." Schnell fasste er sich mit einer Hand ins Gesicht und wischte sich die Tränen aus den Augen. Der Pirat wollte nicht vor Gabrielle weinen.

„Und was ist damit?", hakte die Erfinderin vorsichtig nach.

„Sie sind alle tot. Mein Schiff wurde mitsamt meiner Mannschaft von einem Schiff mit schwarzen Segeln versenkt", antwortete Spartacus gefühllos. Sein Blick ging ins Leere. Er musste aufstehen, sich aufrappeln, doch seine zitternden Beine gaben einfach nach und der Pirat blieb am Boden.

„Komm, ich helf dir auf", sagte Gabrielle leise und reichte ihm ihre Hand.

Zögernd nahm er sie an und ließ sich aufhelfen. Ihre Hand war klein, aber kräftig. Sie musste es gewohnt sein, hart zu arbeiten.

„Kannst du allein stehen?"

„Aye", antwortete Spartacus leise.

Beide schwiegen. Der Geruch von Schießpulver lag in der Luft und kratzte in seiner Kehle. Er spürte, wie Gabrielle ihn ansah.

„Weißt du ... ich kenne dieses Gefühl. Das Gefühl, jemanden zu verlieren, den man liebt."

Spartacus schwieg.

„Vor drei Jahren habe ich meinen Vater verloren", sprach die Forscherin leise. Ihre Lippen zitterten leicht und ihre Augen waren fest auf ihn gerichtet. „Er war mit seinem rechten Bein in ein großes Zahnrad geraten. Es gehörte zu einer großen Maschine, die wir reparieren wollten. Doch dann ... dann fing die Maschine plötzlich an zu laufen. Er stand noch auf einem der großen Zahnräder. Ich konnte ihn zwar daraus befreien, doch sein Bein war nicht mehr zu retten."

Sie atmete tief ein und zitterte leicht, während ihr Blick sich in der Leere verlor. „Ich musste sein Bein amputieren. Und dann wurde es von Tag zu Tag nur noch schlimmer. Er bekam furchtbar hohes Wundfieber und wurde immer schwächer. Das Einzige, das ich für

ihn tun konnte, war, seine ... seine Hand zu halten und bei ihm zu sein. Ich musste ihn vor den Toren der Zwergenstadt beerdigen."
Stille. Nun sammelten sich auch Tränen in Gabrielles Augen. „Aber ... aber ich habe gelernt, darüber hinwegzukommen. Ich habe gelernt, dass Papa nicht gewollt hätte, dass ich endlos um ihn trauere. Er würde wollen, dass ich weiterhin hierbleibe und so viel über die Zwerge herausfinde, wie ich nur kann! Und bei Chronus, das werde ich auch tun!" Eine einzelne Träne rann ihre Wange hinab.
Wortlos standen die beiden sich gegenüber. Stunden schienen zu vergehen, dann umarmte Spartacus sie. „Danke", flüsterte er in ihr Ohr. Als der Pirat sie losließ, wischte er sich die Tränen aus den Augen und lächelte. Sie hatte recht. Seine Mannschaft würde nicht wollen, dass er den Lebenswillen verlor. Sie würden wollen, dass er sein Leben weiterlebte, sein Ziel erreichte. Er durfte nicht aufgeben.
Die Tür zur Werkstatt wurde aufgerissen. „Da seid ihr ja!", hallte die tiefe Stimme von Leif durch den Raum. „Seht, welch großartige Rüstung ich gefunden habe! Wahrhaft prächtig!"
„Leif! Das sieht wundervoll aus! Du siehst aus wie ein König aus alten Zeiten!", lachte Gabrielle und klatschte in die Hände.
Der Nortmar hatte für sich eine prachtvolle, silberne Rüstung gefunden. Auf dem Brustpanzer waren goldene Verzierungen angebracht, in der Mitte preschten zwei prächtige Widder aufeinander zu. Darunter trug er ein Gambeson aus dunkelgrünem Stoff. Spartacus hatte noch nie so feine Arbeit gesehen. Armschienen und Stiefel passten perfekt zum Brustpanzer, auch sie waren kunstvoll gestaltet. Auf dem Kopf trug er einen kostbaren Helm mit großen

Wangenklappen und vergoldeten Flügeln an den Seiten. Auch hier waren Verzierungen aus Gold eingearbeitet. Trotz der filigranen und beeindruckenden Schönheit dieser Rüstung zweifelte der Pirat nicht daran, dass sie stabiler war als alles, was er bisher gesehen hatte.
„Verdammt! Das Ding muss mehr als eine Kanone wiegen!", scherzte Spartacus und sah sich die Rüstung genauer an.
„Das ist der Witz! Es kommt mir vor, als würde sie kaum etwas wiegen. Aber nun seht euch mal diese beiden Äxte an!" Eifrig holte er zwei tiefschwarze Äxte hinter seinem Rücken hervor. Sie wirkten stabiler und gefährlicher als die Waffen, die er vorher trug.
„Zwergische Schmiedekunst. Da hast du dir zwei besondere Stücke ausgesucht, Leif. Wenn ich mich nicht irre, hätten diese Äxte an den König der Weißen Berge gehen sollen. Sie bestehen komplett aus Orichalcum, einem magischen Erz, welches nur die Zwerge bearbeiten konnten. Sie sind selbst nach Jahrhunderten schärfer als alles, was du außerhalb von Kaz'carundum finden wirst!" Gabrielle schien sich genauso zu freuen wie Leif.
Dieser hatte seine Augen weit aufgerissen und strahlte wie ein Kind, dem man eine Tüte Honignüsse gekauft hatte. „Das muss ich sofort den anderen zeigen!", sagte er und verschwand wieder.
„Halt! Du könntest dich verlaufen!", rief Gabrielle ihm besorgt hinterher.
„Ich gehe mit ihm, ich habe mir den Weg gemerkt!", antwortete Spartacus lächelnd.
„Er hat nicht mal gefragt ob er die Sachen behalten darf", meinte die Erfinderin zu sich selbst und schien sichtlich überfordert mit der Situation zu sein.

„Du kannst ja gern versuchen, sie dem Großen abzunehmen!", lachte Spartacus, verließ die Werkstatt und eilte dem Nortmar hinterher.

Dunkelheit

Schon wieder Pilzsuppe. Gestern hatte es auch schon Pilzsuppe gegeben und vorgestern auch. Gab es hier denn nichts anderes? Müde rührte Frida mit ihrem Zinnlöffel in der dampfenden hellbraunen Flüssigkeit herum. Sie musste zwar zugeben, die Suppe war gut, aber jeden Tag wollte sie sie nicht essen. Na ja, es war immerhin besser, als wieder zu hungern. Und seitdem sich ihr Magen wieder füllte, merkte das Mädchen, wie ihre Kräfte zurückkehrten. Frida schöpfte ein wenig der Suppe heraus und pustete gegen die Wärme an. Sie war heiß. Leif, Cicero, Spartacus und diese freundliche Gabrielle aßen ebenfalls. Das Essen schien auch Spartacus gut zu bekommen. Gestern hatte sie ihn seit Langem wieder lachen sehen. Es freute Frida, dass es ihm wieder besser ging, aber er sollte sich rasieren, sein Bart wurde immer schlimmer. Immerhin hatte Leif seinen Bart auch gestutzt. „Zu einem Krieger mit solch einer prächtigen Rüstung gehört auch ein wohl gepflegter Bart!", hatte der Nortmar gesagt.
Der Löffel war kühl genug, um ihn in den Mund zu schieben. Das Mädchen schwenkte die dickflüssige Suppe mit der Zunge hin und her. Gabrielle hatte keine Gewürze benutzt, trotzdem schmeckten die Pilze so, als hätte sie sie vorher gewürzt. Ein wenig salzig, eine Spur Pfeffer und ein leichter Nachgeschmack von Kümmel.
Als die Suppe aufgegessen war, legte sich Frida gemütlich zurück und schloss die Augen. Sie liebte es, satt zu sein. Vor der Zeit im Goldwald war ihr nie

aufgefallen, wie schön es sein konnte, einen vollen Magen zu haben. Das Mädchen war kurz davor einzuschlafen, als Cicero zu sprechen begann. Er schien zu glauben, dass sie nicht mehr wach war.

„Wann gedenken die Herren eigentlich wieder aufzubrechen? Immerhin müssen wir die Königsstadt erreichen. Und das, wenn möglich, bevor diese Unholde von Wolfsmenschen dies tun. Jaja!"

„Der Mensch hat recht. Immerhin ist es unser Ziel, die kleine Frida nach Hause zu bringen", antwortete Leif und verschränkte die Arme vor seinem glänzenden Harnisch.

Fridas Mundwinkel fielen leicht nach unten. Sie hatte vergessen, dass sie sich bald von ihren Freunden trennen musste. Dieser Gedanke gefiel ihr gar nicht.

„Im Moment überlege ich ernsthaft, ob es überhaupt klug ist, Frida in der Königsstadt zu lassen. Wäre sie nicht in Wolfshafen besser aufgehoben? Immerhin ist es die Stadt mit der fortschrittlichsten Verteidigung. Ich bin der Auffassung, dass es unmöglich ist, sie einzunehmen." Spartacus saß im Schneidersitz neben Leif und stemmte die Hände auf die Knie. Die Pfeife in seinem Mund glomm langsam vor sich hin und er blies blauen Rauch aus. Zwei neue Pistolen glänzten an seinem Pistolengurt. Gabrielle hatte sie für ihn angefertigt.

„Auch die Königsstadt ist uneinnehmbar. Fast die ganze Armee Riis ist dort stationiert", behauptete Gabrielle. Sie schien nicht glücklich über die Tatsache zu sein, dass sie bald wieder gehen würden.

„Aye, das mag schon sein. Aber wie viele Kanonen sind auf ihren Mauern? Wie viele Schützenbataillone? Meines Wissens kämpfen viele in unserer Hauptstadt noch mit Armbrüsten und alten Breitschwertern.

Wolfshafen ist definitiv sicherer!", antwortete Spartacus wieder und lächelte siegessicher.

„Das mag zwar stimmen, mit Kanonen und Pistolen können die Leute in der Königsstadt nicht trumpfen, aber sie haben etwas Effektiveres gegen Feinde und Invasoren." Gabrielle blickte in die Runde.

„Besser als diese Feuer spuckenden Ungetüme?", fragte Leif erstaunt.

„Ja. Die Königsstadt wird durch Magie geschützt. Magie, welche ihnen einst die Götter selbst geschenkt haben sollen. Ich war zwar bisher erst einmal dort, aber was ich gesehen habe, war unglaublich. Auf ihren Türmen stehen große grüne Kristalle. Anscheinend können diese Blitze auf ihre Gegner feuern und Barrieren erschaffen. Sogar die Waffen der Soldaten sind verzaubert. Manche sind dadurch so scharf, dass sie einer Klinge aus Orichalcum gleichwertig sind. Andere sollen ihre Gegner sogar in Brand setzen können! Und all diese Magie wird von dem Herz der Stadt gespeist, einem magischen Kristall, tief in den Katakomben des Palastes. Ein Kristall von solcher Energie, dass man damit eine ganze Armee in einer Sekunde auslöschen könnte. Also wenn es einen sicheren Platz auf diesem Fleckchen Erde gibt, dann ist das unsere Königsstadt."

Leif und Frida waren erstaunt, Spartacus war jedoch unbeeindruckt. „Trotzdem glaube ich, dass die Kleine hier in Wolfshafen besser aufgehoben wäre. Schwarzpulver ist mächtiger als jegliche Magie." Spartacus griff nach seinem Krug Wasser und trank einen kräftigen Schluck.

„Mein Schicksal ist es, Frida in die Königsstadt zu bringen! Ich werde nicht weiter darüber streiten. Dort wird sie sicher sein! Die Geister werden sie beschützen!", brüllte Leif in einer Lautstärke, dass die Zeltstangen zu beben begannen. Wütend warf der

Nortmar den blechernen Krug auf den Boden, wo er mit lautem Scheppern aufprallte und sich verbog. Der Jäger war aufgestanden und starrte mit zornigem Blick auf Spartacus, abwartend, was dieser nun sagen würde. Der Pirat schien antworten zu wollen, doch er erkannte, dass das alles nichts brachte.
Eingeschüchtert von Leifs Wutausbruch, kehrte Stille ins Zelt ein und dämpfte die allgemeine Stimmung. Es dauerte, bis Frida endlich einschlafen konnte.

„Frida? Frida, wach auf", ertönte Spartacus' Stimme ruhig. Er rüttelte sanft an ihrer Schulter.
Das Mädchen streckte sich und gähnte. Zum ersten Mal seit Langem hatte sie wieder gut geschlafen. „Was ist denn?", antwortete Frida, die Augen noch immer fest geschlossen.
„Du musst mitkommen, das Licht ist plötzlich ausgefallen. Leif möchte dich hier nicht allein lassen, also kommst du mit", sagte der Pirat, während er sie sanft an der Schulter packte und aufsetzte.
Blitzartig riss das Mädchen die Augen auf, es änderte sich nichts. Es war noch immer stockfinster. Das Licht war tatsächlich verschwunden!
„Da haben wir sie ja!", rief Gabrielle in der Finsternis. Kurz darauf erhellte warmes Licht das Zelt. Die Erfinderin hatte eine Laterne in der Hand. „Irgendwo müsste hier noch eine zweite Laterne sein!" Sie blickte suchend im Durcheinander des Zelts umher.
„Wie konnte das passieren?", fragte Frida und rieb sich die Augen.
„Ich weiß es nicht genau. Vermutlich muss nur ein Getriebe neu aufgezogen werden oder so etwas. Dann dauert das Ganze nur ein paar Minuten. Im schlimmsten Fall ist es ein Gasleck, dann könnte es ein

wenig länger dauern." Gabrielle hatte die zweite Laterne gefunden.

„Und warum müssen wir dann alle mitkommen?", fragte Frida.

„Eigentlich könnte ich das Ganze allein reparieren, doch dann wäre alles komplizierter und würde mich mehr Zeit kosten. Darum haben wir beschlossen, gemeinsam zu gehen."

„Kann ich nicht einfach weiterschlafen?", gähnte das Mädchen und ließ sich wieder auf ihre Matte fallen.

„Tut mir leid, kleine Kaulquappe, doch unser Großer hier besteht darauf, dass du mitkommst." Spartacus deutete auf den grimmig dreinschauenden Leif.

„Kommt schon, Dame Frida! Das wird sicher ein Spaß, jaja!", jauchzte Cicero und wirbelte seinen Gehstock durch die Luft.

Müde stimmte Frida zu. Schleppend stand sie erneut auf, während Gabrielle die zweite Laterne entzündete. Sie gingen hinaus in das Meer aus Schwarz. Ihr Licht erhellte die riesige Halle nur schwach, so dauerte es ein paar Schritte, bis die Wände vor ihnen auftauchten. Ohne das Licht wirkte die Große Halle alles andere als imposant und atemberaubend. Obwohl Frida wusste, dass außer ihnen niemand hier war, schien die Dunkelheit etwas zu verbergen. Sie fürchtete, dass jeden Moment ein Monster aus den Schatten springen könnte und sie alle zerfleischen würde. Angst breitete sich in ihrem Magen aus.

Schnell hatte Gabrielle den richtigen Durchgang gefunden und führte die Gruppe hindurch. Das Licht der Laternen durchflutete den schier endlosen Gang. Der Hall ihrer Schritte wurde von Gabrielles nachdenklichem Gemurmel und dem fröhlichen Pfeifen Ciceros begleitet. Nichtsdestotrotz lief Frida jedes Mal ein kalter Schauer über den Rücken, wenn sie an einem

Seitengang vorbeikamen. In ihrer Fantasie lauerte hinter jeder Ecke ein neues Übel.

„So, gleich da vorn müssen wir uns trennen. Leif, du hast dir gemerkt, was ich dir gesagt habe?" Die Erfinderin drehte sich zu dem Nortmar und ging rückwärts weiter.

„Ich soll dieses ... Ventil-Dings drehen, wenn die Lichter angehen, oder?" Leif kratzte sich am Kopf und blickte fragend zu Gabrielle.

Diese seufzte und blickte zu Cicero. „Hast du dir gemerkt, was ich gesagt habe?"

„Natürlich hat Cicero sich das gemerkt. Alsbald das rote Licht zweimal blinkt, muss Herr Torwaldson das Ventil drehen, damit der Überdruck abgelassen werden kann und zum Kühlaggregat geleitet wird. Cicero Kalimux vergisst nie etwas! Außer natürlich das eine Mal, als ..."

„Jaja, schon kapiert. Können wir weiter?", fragte Spartacus gelangweilt.

„Na gut! Dann geht ihr beiden einfach diesen Gang entlang, die Treppe runter, und die sechsundzwanzigste Tür auf der linken Seite führt zu den Druckventilen. Es ist die rote, ihr könnt sie kaum verfehlen."

Cicero und Leif nickten und machten sich auf den Weg. Frida, Spartacus und Gabrielle hingegen folgten einer langen Wendeltreppe nach oben. Am Ende der Treppe folgte wieder ein weiter Gang mit vielen Türen. Wie sich die Erfinderin hier nur auskennt?, fragte sich Frida.

Spartacus hatte die Laterne in der Hand und hielt sie hoch. Über ihnen fielen Frida immer wieder winzig kleine Lichtpunkte auf, die in den erloschenen Lampen schwebten.

„Dreiunddreißig, vierunddreißig, fünfunddreißig. Da! Tür Nummer Sechsunddreißig-AE. Wir sind angekommen", jubelte Gabrielle. „Ich muss schon sagen, diese Gänge wirken noch länger, wenn sie nicht beleuchtet sind." Mit einem festen Ruck öffnete sie die alte Metalltür und die drei traten ein.

Zwischen unzähligen Rohren, die sich in allen Farben und Größen die Wände entlangschlängelten, erstreckte sich ein langgezogener Durchgang, an dessen Ende etwas schwach im Dunkeln leuchtete. Ein leichtes Pfeifen war zu vernehmen, und die Flamme in der Laterne brannte schlagartig schneller.

„Hab ich es doch gewusst", zischte Gabrielle und stampfte auf den Boden. „Wir haben ein Gasleck!"

„Ich kenn mich zwar nicht so großartig damit aus, aber sollten wir in diesem Fall nicht schnellstens von hier abhauen, bevor alles in die Luft fliegt?" Spartacus zog skeptisch eine Augenbraue hoch und inspizierte die Flamme.

Gabrielle schüttelte den Kopf. „Keine Sorge. Dieses Gas scheint nicht explosiv, sondern nur brandfördernd zu sein. Sprich, die kleinen Glutsteinchen in den ..."

„Schon gut! Geh einfach weiter", raunte der Pirat gelangweilt.

Beleidigt verzog die Erfinderin die Mundwinkel und murmelte: „Gut, von hier an kann ich allein weitermachen. Es wird schon nicht so lange dauern, das Leck zu finden." Sie setzte ihren Rucksack ab und wühlte darin herum. Es dauerte nicht lange, bis sie die nötigen Werkzeuge beisammenhatte: ein dünner Stab aus Messing, mit einem Haken am Ende, ein Messer und eine Rolle schwarzes Tuch.

Spartacus hatte seine Pfeife ausgepackt und lies den losen Tabak in den Kopf rieseln. Immer wieder stopfte er das braune Kraut mit dem kleinen Finger dichter, bis er zufrieden nickte. Frida fiel auf, dass er im Wald nie geraucht hatte. Etwas war anders – er wirkte weniger deprimiert als zuvor. Vermutlich lag es an der Tatsache, dass er wieder etwas zu essen bekommen hatte. Mit einem kleinen Stück Holz und der Laterne zündete er den Tabak an, doch schon nach wenigen Augenblicken hustete er.

„Ich glaube, dieses beschissene Gas verträgt sich nicht mit meiner Pfeife. Es glimmt viel zu stark und der Tabak hat einen seltsamen Beigeschmack. Ich verzieh mich in den Gang", knurrte der Pirat und verschwand durch die Tür.

Frida betrachtete den ihr unbekannten Raum genauer. Eines der Rohre war so groß, dass sie locker darin Platz gehabt hätte. Gabrielle hatte ihr gesagt, dass diese Rohre durch den ganzen Berg verliefen. Wie die Zwerge es wohl geschafft hatten, all das zu bauen? Sie mussten ein unvorstellbar großartiges Volk gewesen sein.

Ohne Warnung sprang Spartacus mit vor Schreck geweiteten Augen aus der Dunkelheit. „Da kommt etwas den Gang hinauf! Es klingt verrückt, aber ich glaube, es sind diese Wolfsmenschen!"

Der Sturz

„Kommt, wir dürfen keine Zeit verlieren! Wer weiß, wie nah sie an uns dran sind!", fluchte Spartacus und langte nach der Laterne. Er wollte seinen Sinnen kaum glauben, doch im Gang draußen konnte er eindeutig das Trappeln von Pfoten und dieses widerliche Hecheln der Wolfsmenschen hören.

„Wie sollen sie bitte hier durch das Tor gekommen sein?", fragte Gabrielle unsicher.

„Was weiß ich? Wir müssen auf jeden Fall von hier verschwinden. Es klingt so, als wären sie in der Überzahl. Und dank der Dunkelheit ist es unmöglich für mich, allein gegen die zu kämpfen!" Während Spartacus das sagte, nahm er Frida und warf sie wie einen Mehlsack über seine Schulter. Sie war leichter, als er erwartet hatte. Diese protestierte lautstark und hämmerte gegen seinen Rücken.

„Aber ...", stammelte die Erfinderin.

„Dafür ist jetzt keine Zeit!", unterbrach der Pirat sie und reichte ihr die Laterne. „Wir müssen verschwinden! Jetzt!"

Sie nickte und stand auf.

Zufrieden nickte Spartacus zurück. Die Wolfsmenschen waren nun auch hier zu hören. Also hatte er sich doch nicht getäuscht. Wie bei Kors Dreizack waren diese Biester nur in die unterirdische Stadt gelangt?

Sie stürmten zum Gang hinaus. „Sie kommen von der Treppe, wir müssen also dem Gang folgen!"

„Am anderen Ende führt ein Seitengang nach unten, aber ..."

„Gut, lasst uns keine Zeit verlieren!", unterbrach Spartacus sie wieder und rannte los.

Frida protestierte noch immer. „Wir müssen zu Leif und Cicero. Sie sind allein dort unten!", rief sie, während sie mit ihren Fäusten auf seinen Rücken hämmerte.

„Leif ist wie eine Mauer, den haut nichts so schnell um. In erster Linie müssen wir unsere eigene Haut in Sicherheit bringen!", antwortete er.

Der Lärm wurde immer lauter. Diese Monster wussten anscheinend, dass sie ihnen auf den Fersen waren. Spartacus biss sich auf die Unterlippe. Sie waren schneller. Sein Herz raste und unzählige Gedanken schossen durch seinen Kopf. Der Gang war viel zu breit, um allein gegen sie zu kämpfen. Einen, zwei, maximal drei könnte er schaffen, doch dann wäre es vorbei mit ihm. Gabrielles Gewehr lag im Zelt. Das bedeutete, dass sie keine große Hilfe wäre. „Wie weit noch?", keuchte er. Er war noch immer nicht vollständig bei Kräften.

Die Lippen der Erfinderin zählten lautlos. Schweiß glänzte in ihrem Gesicht.

„Wie weit?", fragte er energischer.

„Noch gut vierhundert Meter!", antwortete sie erschöpft.

Bis dahin hätten die Wolfsmenschen sie sicher eingeholt. Verdammt! Wenn er nur irgendetwas hätte, um sie aufzuhalten. „Du hast nicht zufällig eine dieser Leimgranaten bei dir?"

„Ich habe nur eine, der Rest ist in meinem Rucksack!"

Das könnte ihnen einen kleinen Vorsprung geben. „Brennt das Zeug?" Spartacus blickte flehend zu Gabrielle.

„Nein. Leider", seufzte sie. „Aber ich habe eine Idee! Gib mir deinen Beutel mit Schwarzpulver!"

Sie liefen langsamer. Er reichte ihr kurz die Laterne und nahm den Beutel von seinem Gürtel. „Hier, bitte! Und was gedenkst du damit zu tun?"
Die Erfinderin antwortete nicht und holte die goldfarbene Granate hervor. Eifrig drehte sie an einem kleinen Rad. Kurz darauf öffnete sich eine Luke.
„Wir müssen weiter! Sie kommen immer näher, ich kann es hören!", drängte Frida die beiden.
„Ich hab's gleich", antwortete Gabrielle konzentriert. Vorsichtig schüttete sie etwas von dem Schwarzpulver in die Granate. Dann schloss die Erfinderin die Luke und drehte wieder an dem Rädchen.
„Bei den Göttern, ich hoffe, das klappt, was immer du da auch veranstaltest!", sagte Spartacus, während er angestrengt in die Dunkelheit blickte. Sie konnten nicht weit sein.
Zufrieden nickte Gabrielle und bedeutete ihnen weiterzurennen.
„Was sollen wir tun, wenn wir die Treppe nach unten gefunden haben?", fragte Frida.
Schweigen.
Diese Frage hatte sich Spartacus auch schon gestellt. Wenn sie es irgendwie in die Große Halle schaffen würden, könnten sie Gabrielles Waffe holen. Aber was dann? Leif und Cicero suchen? Wahrscheinlich hatten sie selbst genug zu tun. Und irgendwie überkamen den Piraten Zweifel, dass die beiden die Große Halle finden würden. Aber zuallererst mussten sie zu dieser Treppe.
„Da sind sie! Ich kann sie sehen!", kreischte Frida und trommelte fester gegen Spartacus' Rücken.
Er blickte kurz zurück. Der Gang hinter ihnen war voll mit Wolfsmenschen. Sie waren wie die letzten, die er gesehen hatte, primitiv bewaffnet: Speere, Keulen, Äxte. Es sah jedoch so aus, als hätten sich ein paar auch gute Waffen erbeutet.

„Achtung! Da wirft einer einen Speer!", schrie Frida warnend.

Fluchend sprang Spartacus, ohne zu wissen, von wo der Speer kam, nach rechts. Doch er hatte Glück, der Speer verfehlte ihn um ein gutes Stück. „Langsam wäre der Moment, dein kleines Kunstwerk zu werfen, Gabrielle!", rief Spartacus ihr zu.

Diese nickte schnell, nahm die Granate und warf sie hinter sich. „Frida, schließ die Augen! Und macht eure Münder auf!"

Einen Augenblick danach ertönte ein ohrenbetäubender Knall durch den langen Gang. Die drei wurden von der Wucht der Explosion nach vorn geschleudert und fielen zu Boden. Kurz darauf folgte ein noch lauteres Donnern und Krachen. Ein Teil der Decke war eingestürzt und begrub viele der Wolfsmenschen unter sich. Spartacus hörte nur noch ein lautes Pfeifen. Alles um ihn herum war wie gedämpft. Er drehte den Kopf zur Seite. Gabrielle stand in einem Wirrwarr aus Rauch und Staub auf. Sie schien ihm zuzurufen, doch der Pirat konnte nichts verstehen.

„Schnell ... weiter ... entlang!"

Spartacus musste aufstehen. Er war mehr als unsanft gelandet. Gabrielle stand nun über ihm und half ihm auf.

„Los, lass ... Zeit ...lieren!"

Überall am Boden brannte das verschüttete Lampenöl. Die Druckwelle hatte das Feuer also nicht gelöscht. „Wo ist Frida?", hustete er.

Etwas packte seine Hand – es war Frida. Voluptus sei Dank, sie lebte! Bis auf eine kleine Wunde am Kopf war sie unverletzt. Langsam konnte er wieder besser hören.

„Der Teil hinter uns ist teilweise eingestürzt. Wer weiß, wie lange sie das jedoch aufhält", war Gabrielles Stimme dumpf zu hören. Sie hatte ein paar Schrammen abgekommen, wirkte jedoch ebenfalls nicht weiter verletzt.

„Wie weit?", fragte er.

„Ich weiß nicht! Dank diesem Rauch sehe ich kaum etwas. Aber es sollte nicht mehr weit sein. Lasst uns weitergehen!" Ihre Stimme klang immer noch weit entfernt.

Langsam gingen sie los. Spartacus' rechtes Bein schmerzte, es fühlte sich jedoch nicht gebrochen an. Er legte einen Zahn zu, sie mussten sich beeilen. Die Explosion war stärker ausgefallen als erwartet. Trotzdem hatte sie ihnen einen Vorsprung verschafft.

Der Pirat griff nach den beiden Pistolen an seiner Brust. Sie waren unbeschädigt. Auch sein Rapier hatte nichts abbekommen. Mit zitternden Händen zog er eine seiner Pistolen aus dem Holster und reichte sie Gabrielle. „Ich brauche dir wohl nicht zu erklären, wie du damit umgehen musst, oder?", fragte Spartacus, noch immer benommen.

„Nein. Ist sie geladen?" Die Erfinderin nahm die Pistole in die Hand und blickte ihn ernst an.

„Immer." Er versuchte zu grinsen, doch dabei verzog er seinen Mund eher zu einem unheimlichen Lächeln.

Sie waren langsamer als vorher. Das Licht des Feuers hinter ihnen verlor sich im Rauch der Dunkelheit. Sie waren blind. „Wie sollen wir etwas sehen ohne Lampe?", seufzte er erschöpft.

„Wir müssen ein wenig warten, bis sich unsere Augen an die Dunkelheit gewöhnt haben. Die Zwerge haben die Zahlen und Buchstaben über ihren Türen und Durchgängen mit einer leicht leuchtenden Farbe markiert."

Wenigstens ein kleiner Hoffnungsschimmer. Sie mussten diese Treppe finden und von dort aus zur

Großen Halle gelangen. Hoffentlich waren Cicero und Leif schlau genug, das Gleiche zu tun.

„Wir sollten eine Kette bilden, damit wir uns nicht verlieren", ertönte Gabrielles Stimme im Dunkeln.

„Gute Idee, ich gehe voran. Nimm du Fridas Hand und ich gebe dir meine." Spartacus zog sein Rapier und tastete in der Dunkelheit nach der Hand der Erfinderin. Wenige Augenblicke später hielten sich alle drei an der Hand. „Lasst uns keine Zeit verlieren. Ich glaube, ich kann die Zahlen sowieso schon sehen", sagte Spartacus ernst.

Tatsächlich schwebten Zahlen und Buchstaben in der Dunkelheit, dort wo vermutlich Türen sein sollten. Sie setzten sich wieder in Bewegung. Gabrielles Hand war warm und fühlte sich rau an. Das waren Hände, die viel in ihrem Leben gearbeitet hatten. Doch trotz alledem waren ihre Finger fein und zierlich. Er bekam ein mulmiges Gefühl im Magen, anscheinend hatte er doch mehr Schaden von der Explosion davongetragen.

„Ich hoffe, du weißt, wo wir hinmüssen. Ich hab keinen Bock, hier noch länger zu ..." Plötzlich verlor Spartacus den Boden unter den Füßen. Er fiel. Doch sein Fall wurde abrupt gebremst. Gabrielle hielt ihn mit beiden Händen fest. „Was bei Kor ...?", fluchte er und versuchte, mit den Füßen Halt zu finden.

„Lass nicht los, Spartacus, ich hab dich!", stöhnte Gabrielle. „Da geht es höllisch tief runter! Du musst das Rapier fallen lassen und versuchen, dich mit der anderen Hand hochzuziehen!"

Nicht sein Rapier. Es war das letzte Erinnerungsstück an seine Heimat. Er biss sich auf die Unterlippe. Es musste sein. Langsamer als ihm lieb war, löste sich seine Hand von dem ledernen Griff seiner geliebten Waffe – der Waffe, die ihm so oft das Leben gerettet hatte. Dann verschwand sie, hinab in den schwarzen Abgrund.

„Beeil dich, ich kann dich nicht mehr lange halten!", presste Gabrielle wieder hervor.

Spartacus suchte mit der rechten Hand nach etwas, an dem er sich festhalten konnte, doch die Kante war zu weit oben und in der Wand war nichts Greifbares.

„Spartacus, du darfst nicht sterben!", rief Frida von oben herab.

„Ich gebe mein Bestes!", stöhnte er und suchte weiter nach irgendetwas, an dem er sich hochziehen konnte. Da muss doch etwas sein, verdammt! Der Pirat spürte, wie er immer weiter abrutschte. Gabrielle konnte ihn nicht lange genug halten.

Die Zeit schien langsamer zu verlaufen. Spartacus schloss die Augen und sah die heiße Sonne seiner Heimat. Er atmete tief ein. Er sah die tiefblauen Wogen des Meeres, seine Mannschaft, sein Schiff, seinen Vater. Der Pirat wusste, es war hoffnungslos. „Lass mich los", sagte er mit zitternder Stimme. „Lass mich los, oder wir werden beide sterben!"

„Ich lass dich nicht los! Ich schaff das schon", antwortete Gabrielle mit zitternder Stimme. Die Kraft schien sie zu verlassen.

„Nein. Du musst Frida beschützen. Beschütze sie mit deinem Leben. Ich glaube, sie ist mehr, als sie zu sein scheint." Spartacus hatte Angst – Angst vor dem, was als Nächstes kommen würde.

„Ich kann ... ich ... Nein!", schluchzte die Erfinderin.

Er konnte Frida etwas rufen hören, doch er antwortete ihr nicht. „Sag dem Großen, er soll sein Schicksal erfüllen. Bringt Frida in diese verdammte Königsstadt. Leb wohl, Mädchen." Seine Lippen bebten und eine Träne fiel seine Wange hinab, in die Tiefe, in die auch er fallen würde. „Danke. Danke für alles."

Er ließ Gabrielles Handgelenk los. Sie konnte ihn nicht mehr halten. Dann fiel er.
Ich komme leider früher zu euch, meine Freunde. Es tut mir leid, dass ich meinen Traum nicht erfüllen konnte, dachte er, streckte seine Arme aus und lächelte dem schwarzen Abgrund entgegen. Hier kommt Spartacus der Korsar! Der gefährlichste Freibeuter der Meere!

Ein Gemetzel

„**W**ie lange diese Tür wohl noch standhält?" „Nun ja, die Angeln sind verbogen und sie wackelt immer mehr. Ich gebe ihr noch knapp zwei Minuten. Jaja!"

Leif massierte sich die Augäpfel. Konnte er nicht ein paar Tage seine Ruhe haben? Wie zum Habicht waren diese Ungetüme überhaupt in die Zwergenstadt gekommen? Das Tor, welches sie passiert hatten, war geschlossen und auch durch den Haupteingang konnte angeblich niemand reinkommen. Wütend trat der Nortmar gegen den Tisch aus hellem Stein, woraufhin kleine Stückchen davon abbrachen.

Wieder donnerte es gegen die Metalltür. Wie eine Glocke hallte der Klang durch den Raum. Er war groß – groß und voller seltsamer Sachen, welche Leif nicht begriff.

„Herr Torwaldson. Cicero unterbricht Eure Gedanken nur äußerst ungern, doch diese Tür wird nicht ewig halten. Wir brauchen einen Plan, jaha!" Ciceros Stimme klang überhaupt nicht ängstlich.

Welch seltsamer Mensch er doch war. Ein anderer würde jammernd am Boden liegen, sich windend wie eine Made krümmen und zu seinen Göttern beten. Doch dieser verdammte Hofnarr lehnte locker an der Wand neben der Tür und spielte mit seinem verfluchten Gehstock!

„Einen Plan?", brummte der Nortmar. Ihm fiel ein, was Sif immer gesagt hatte. „Leif, du musst mit deinem Kopf doch immer durch die Wand, nicht wahr?", flüsterte er. Ihm fehlten die Sticheleien der Nortmar.

„Nun ja, das klingt nach einem wenig ausgefeilten Plan, Herr Torwaldson. Diese Wände wirken doch äußerst massiv. Selbst ein Dickkopf wie Ihr würde sich schwertun, jaja!", kicherte der Hofnarr.

Natürlich hatte er recht, doch das war nie sein Plan gewesen. Jedenfalls nicht in dieser Ausführung. Schnell prüfte er, ob seine Rüstung richtig saß, dann schaute er starr auf die Tür, die immer instabiler wirkte.

„Wie viele da draußen wohl warten?", fragte Cicero kichernd.

„Keine Ahnung?", antwortete Leif brummend. „Bist du bereit, Mensch?"

„Der liebe Cicero wurde bereit geboren, jaja! Doch erlaubt dem lieben Cicero, sich ein paar Schritte von der Tür zu entfernen." Mit langen Schritten wich der Mensch von der Tür zurück, dann nickte er Leif zu.

„Wenn die nicht zu uns kommen ... dann kommen wir halt zu denen!", brüllte der Nortmar, spannte die Muskeln an und rannte auf die Tür zu. Mit seinem vollen Körpergewicht donnerte er dagegen. Quietschend schienen sich die verbogenen Angeln aus der Wand zu lösen, dann gab sie nach. Mit einem lauten Krachen riss Leif die schwere Metalltür aus der Wand und stürzte in die Menge der Wolfsmenschen.

Jaulen, Bellen und unzählige andere unbeschreibliche Geräusche hallten um ihn herum. Es mussten mehr als zwanzig sein. Seine Schulter schmerzte. Die Tür hatte doch mehr Widerstand gegeben als anfangs gedacht. Der Nortmar hatte seine Gegner dem Anschein nach überrascht. Verwirrt standen sie um ihn herum. Als der erste von ihnen zu begreifen schien, was geschehen war, war Leif allerdings schon wieder aufgesprungen. Mit seinen neuen Äxten beschrieb er einen dunklen

Bogen durch die Luft und schnitt durch Fell und Fleisch, als wäre es trockenes Laub. Blut spritzte auf seinen Harnisch und durch die Schlitze in seinem Helm.

Es war erstaunlich. Im Kampf blühte er auf. Alles schien langsamer zu verlaufen. Nichts und niemand konnte ihn aufhalten. Leif brüllte den Wolfsmenschen wie ein wild gewordener Höhlenbär die wildesten Flüche zu. Es war kein Kampf – es war ein Gemetzel. Die billigen Waffen seiner Gegner prallten einfach an Leifs Rüstung ab, ohne auch nur einen einzigen Kratzer zu hinterlassen. Das Werk der Zwerge war atemberaubend. Sie war Tausende von Jahren alt und trotzdem wie neu. Man stelle sich nur eine Armee aus Nortmar vor, gerüstet in Zwergenstahl.

Mit der Axt in seiner Rechten trennte er den Kopf einer Bestie von ihren Schultern, während die linke mit der stumpfen Seite den pelzigen Schädel eines grauen Wolfsmenschen in einer Wolke aus Blut, Knochen und Hirn zerbersten ließ.

Wenige Atemzüge, wenige Augenblicke, wenige Sekunden später lagen alle Bestien am Boden. Sein Atem ging keuchend. Leif grinste. Er fühlte sich lebendig.

„Nehmt dies, garstiges Scheusal! Jaha!", erklang Ciceros sanfte Stimme hinter ihm.

Schnell drehte sich der Nortmar um, nur um zu sehen, wie der Hofnarr mit seinem Gehstock auf einen jaulenden Wolfsmenschen einprügelte.

„Das ist für Porta Fiskio! Das ist für Porta Mola! Und der hier dafür, dass Ihr Ciceros schönen Mantel beschmutzt habt!", rief er, mehr singend als schreiend. Unter dem Hagel von Hieben ging sein Gegner zu Boden. „Cicero hat einen gezählt. Und Ihr, Herr Torwaldson?"

Leif zuckte mit den Schultern. Der Adrenalinschub schien nachzulassen. Er atmete erschöpft aus.

„Ihr habt da ja ein wahres Massaker angerichtet, mein Freund. So passt doch auf, da klebt ein wenig Wolf an der Wand, jaja!" Cicero hob mahnend seinen Finger.
Der Hofnarr hatte recht. Leif stand inmitten von drei Dutzend Leichen. Überall war Blut – an den Wänden, an der Decke, an ihm. „Wir müssen zu Frida und den anderen! Weiß der Rabe wie es ihnen geht. Los!"
Cicero beäugte durch seine Maske seinen Gehstock. Anscheinend hatte er ihn beschädigt. „Cicero ist der Ansicht, wir sollten uns zur Großen Halle begeben. Er schätzt, dass Frida, Gabrielle und Spartacus ebenfalls dorthin kommen werden. Herr Spartacus ist ein zäher Brocken, und diese Frau Galvani, hehe, ist auch nicht zu unterschätzen. Macht Euch keine Sorgen, Herr Torwaldson. Jaja!"
Leif knirschte mit den Zähnen. Wie konnte der Hofnarr nur so ruhig bleiben? Die drei konnten bereits tot sein, während sie hier redeten. „Du kannst ruhig in die Halle laufen! Ich werde jedoch nicht tatenlos abwarten. Ich suche die drei." Leif war stinksauer. Er spürte, wie eine dicke Ader an seinem Hals unter der Haut hervortrat.
„Herr Torwaldson, Cicero kann Eure Wut verstehen. Nichtsdestotrotz sollten wir uns zur Großen Halle begeben. Letzten Endes würden wir uns nur verlaufen und dann sind wir niemandem eine Hilfe. Jaja." Cicero, der nun direkt vor ihm stand, legte seine Hand auf Leifs Unterarm. Der Samt seines Handschuhs fühlte sich weich an.
Leif wollte sich wehren, doch er schien sich zu beruhigen. „Du hast recht", gab der Nortmar nach, „diese Gabrielle wird sie sicherlich in die Große Halle bringen."
Zufrieden nickte der Hofnarr. Seine lilafarbenen Augen blitzten unter der Maske hervor.

Irgendwie hatte er auch recht. Leif würde sich sicherlich in diesem unübersichtlichen Wirrwarr aus Gängen und Türen verlaufen. Wie konnte man nur an einem Ort wie diesem leben?
Cicero ging voran, Leif hielt die Laterne. Er hatte sich anscheinend den Weg gemerkt. Der Jäger konnte sich hier nicht einmal mit Licht orientieren, in der völligen Dunkelheit wäre es noch unmöglicher für ihn gewesen. In den Gängen stank es nach nassem Hund. Es mussten noch mehr in der Zwergenstadt sein. Leif biss sich auf die Unterlippe. Hoffentlich war Frida nichts passiert. Das könnte er sich nie verzeihen. Er umklammerte den Griff der Axt fester.
Der Nortmar fragte sich, ob noch weitere dieser Monster in der Großen Halle warteten. Unvorstellbar, was passieren würde, wenn die drei dort in ein Rudel dieser Bestien liefen. Sie mussten sich beeilen.
„Ihr macht Euch zu viele Sorgen, Herr Torwaldson. Cicero muss zwar zugeben, dass wir in einer verzwickten Lage sind, doch bisher sind wir doch überall lebend davongekommen, nicht wahr?" Der Hofnarr schien sich ebenfalls zu beeilen, auch wenn er es sich nicht anmerken ließ.
Leif gab als Antwort ein leises Brummen von sich. Es stimmte zwar, dass sie bisher alles überlebt hatten, doch nur die Geister konnten wissen, wie lange ihr Glück noch anhalten würde.
Die beiden folgten dem Gang ein Weilchen, bis Cicero plötzlich anhielt. Er bedeutete Leif ruhig zu sein. Sie waren der Großen Halle ganz nahe. Deutlich konnte der Jäger hören, wie etwas vor ihnen herumschlich. Wussten die Bestien bereits, dass sie hier waren? Vermutlich. Immerhin waren sie auch in der Lage gewesen, ihnen zu folgen.
„Das sind mehr als vorhin", flüsterte Cicero.

Es war viel zu dunkel. Wie konnte der Hofnarr erkennen, dass es mehr als vorher waren? „Ich brauche Licht zum Kämpfen", brummte er leise.
Cicero schüttelte den Kopf. „Herr Torwaldson, das sollten sogar für Euch zu viele sein. Wir müssen uns etwas ..."
Mit einer harschen Handbewegung unterbrach der Jäger ihn. „Kümmere du dich um Licht, ich mache den Rest. In dieser Rüstung bin ich unbezwingbar. Ich bin wie eine Naturgewalt", grinste Leif vorfreudig.
Da war es wieder – diese Spannung. Er spürte deutlich, wie sein Herz Adrenalin in den Körper pumpte. Er wollte töten.
„Hochmut kommt vor dem Fall, mein Freund. Doch wie der arme Cicero sieht, lasst Ihr Euch nicht aufhalten." Der Hofnarr umfasste grübelnd sein Kinn. „Cicero hätte da eine Idee! Ihr müsst nur ein Weilchen im Dunkeln kämpfen, denn Cicero braucht diese Laterne."
Leif nickte und gab dem Menschen die Laterne. Dieser versteckte das Licht unter seinem Mantel und es wurde dunkel.
„Cicero?", hauchte Leif in die Dunkelheit.
Keine Antwort. Der Nortmar zuckte mit den Schultern und spannte seine Muskeln an. Wie lange der Mensch wohl brauchen würde, um für Licht zu sorgen? Und wie überhaupt? Doch das sollte ihn nicht interessieren. Vielmehr sollte er dafür sorgen, Aufmerksamkeit zu erregen.
„Hütet euch, Bestien der Dunkelheit!", rief er heiter in das Schwarz. „Heute ist der Tag gekommen, an dem ihr sterben werdet!" Dann stürmte Leif mit erhobenen Waffen in die Dunkelheit.

Prototypen

Gabrielle konnte nicht glauben, was passiert war. Eben noch hatte sie seine Hand gehalten, nun war er weg. Verschwunden, für immer. Sie spürte warme Tränen in ihrem Gesicht. Der Abgrund. Wie hatte sie das nur vergessen können? Vor gut fünf Monaten war ein Großteil auf dieser Seite des Systems eingestürzt. Nur die Götter wussten, wie tief dieser Abgrund sein mochte. Ihre Vergesslichkeit hatte den armen Spartacus das Leben gekostet. Es war allein ihre Schuld. Sie umklammerte die Pistole des Piraten – eine der zwei Pistolen, welche sie für ihn verbessert hatte.
In der Dunkelheit hinter Gabrielle weinte Frida. Es war ein herzzerreißendes Geräusch, das durch die kalten, steinernen Wände verstärkt wurde. Sie musste am Boden zerstört sein. Nach allem, was das Mädchen ihr erzählt hatte, kannten sich die beiden zwar nur wenige Wochen, doch sie mochte Spartacus und er mochte sie. Die Erfinderin drehte sich langsam um, legte die Pistole sanft auf den Boden und nahm Frida in die Arme. Diese vergrub ihr von Tränen überströmtes Gesicht an Gabrielles Brust. Langsam strich sie mit ihrer Hand durch das fast weiße Haar des Mädchens. „Frida ... ich weiß, dass es schwer ist, doch wir müssen weiter. Wer weiß, wie lange wir diese Wolfsmenschen aufgehalten haben."
Sie antwortete nicht, stattdessen weinte und schluchzte sie ununterbrochen weiter. Die Erfinderin musste selbst mit den Tränen kämpfen. Verdammt! Sie kannte ihn doch kaum. Er war ein Verbrecher und hatte

wahrscheinlich unzählige Leben auf dem Gewissen. So jemandem sollte man nicht nachweinen! Nichtsdestotrotz spürte sie diesen stechenden Schmerz in der Brust. Sie schnappte kurz nach Luft und wischte sich eine Träne aus den Augenwinkeln. „Frida, wir müssen weiter. Wir haben keine Zeit", flüsterte sie ihr zu und hob das Mädchen langsam auf.

„Spartacus ...", schluchzte Frida. „Er ist ... er ist ..." Die restlichen Worte gingen in unverständlichem Stammeln unter.

„Ich weiß. Aber wir müssen weg von hier. In die Große Halle! Wir haben keine Zeit!"

Schwach leuchtete die Kombination aus Buchstaben und Zahlen über einer der Türen. Hinter dieser Tür wand sich eine Treppe nach unten. Dort war einer der Nebengänge, die direkt in die Große Halle führten.

Vorsichtig tastete sie auf dem Boden nach der Pistole. Die Erfinderin war noch immer unbewaffnet und nur die Götter wussten, was in der Dunkelheit vor ihnen lauerte. Da! Endlich hatte sie den feinen Griff aus Kirschholz in der Hand.

Langsam drückte Gabrielle Frida ein wenig von sich und sprach mit ruhiger Stimme zu ihr: „Er hätte gewollt, dass wir lebend hier rauskommen, Frida. Lass uns gehen, bitte!"

Das laute Schluchzen änderte sich zu einem leisen Wimmern. „Ja", antwortete das kleine Mädchen kaum hörbar.

Zufrieden nickte Gabrielle und nahm ihre Hand.

Ein Kampf. Nein! Viel eher eine Schlacht. Die Wolfsmenschen kämpften dort vorn. Doch in dieser undurchdringlichen Dunkelheit konnte Gabrielle nichts erkennen. War das dieser Nortmar? Es konnte nur Leif sein. Und er kämpfte gegen eine deutliche Überzahl an

Gegnern. Den Geräuschen nach zu urteilen, mussten es mehr als zwei Dutzend sein. Wie konnte man überhaupt in einer solchen Finsternis kämpfen? Sie war nicht einmal in der Lage, die Hand vor Augen zu sehen. Das grenzte schon an Wahnsinn.

Vor ihnen ertönte wieder dieser singende Knall, als würde ein Hammer auf Metall schlagen. Leif hatte offensichtlich einen Treffer abbekommen. Hörte sie ein Lachen? Jedenfalls würde sie das nicht wundern. Den Büchern zufolge, die sie gelesen hatte, waren diese Nortmar geboren für die Schlacht. Dieses Temperament, gepaart mit der Rüstung aus Zwergenstahl, war vermutlich nicht aufzuhalten. Es würde sie stark wundern, wenn eine normale Waffe das Metall durchdringen würde.

Ein seltsames Gefühl machte sich in ihrer Magengrube breit. Was, wenn diese Monster auf sie aufmerksam wurden? Gabrielles Gewehr lag im Zelt und in der Pistole war nur ein Schuss geladen. Die beiden wären ihnen schutzlos ausgeliefert. Zu ihrem Glück waren die Ungeheuer aber mit Leif beschäftigt. Frida hatte kein Wort auf dem Weg hierher verloren, sie hatte nur leise gewimmert. Der Schmerz, den das Mädchen ertragen musste, war bestimmt unerträglich. Die Kleine hatte den Piraten wirklich gemocht.

Ein plötzlicher Lichtblitz riss Gabrielle aus ihren Gedanken. Ein Großteil der Halle wurde mit warmem, orangem Licht durchflutet. Überwältigt von der überraschenden Helligkeit, kniff sie die Augen zusammen und hielt sich die Hände davor. Langsam öffnete sie sie wieder. Da erkannte sie den Ursprung: Der alte Baum in der Mitte der Halle stand lichterloh in Flammen! Gierig lechzten die Flammenzungen nach dem knochentrockenen Holz, um es zu verschlingen. Der Baum musste schon seit Jahrhunderten

vertrocknet sein, so wie er brannte. Ihr bot sich ein atemberaubendes Bild.
Jetzt konnte die Erfinderin auch Leif deutlich erkennen. Er war über und über mit Blut besudelt und stand umringt von gut zwanzig Wolfsmenschen. Sie alle waren sichtlich überrascht über das plötzliche Licht. Der Riese begriff aber als Erster, was vor sich ging, und holte mit seiner wuchtigen Axt aus. Noch nie zuvor hatte Gabrielle gesehen, wie eine Waffe der Zwerge im Kampf benutzt wurde. Das schwarze Metall leuchtete fast im Schein des Feuers, deutlich konnte sie das Blut auf der Waffe erkennen. Die Klinge der Axt zerschnitt ihre Gegner, als wären sie trockenes Laub. Jetzt erst fielen ihr die unzähligen zerstückelten Leichen auf, die am Boden verstreut lagen. Es waren fast doppelt so viele, als noch gegen Leif kämpften. Wieder durchzog ein schwarzer Blitz die Luft und trennte die Klauenhand eines Wolfsmenschen ab. Jaulend ging das Ungetüm in die Knie und versuchte verzweifelt, nach Leif zu schnappen. Doch der Nortmar verpasste ihm einen Tritt mit dem Knie. Der Tritt brach dem Wolfsmenschen den Kiefer. Kraftlos sackte er zusammen.
Da es nun Licht gab, dauerte der Kampf nicht mehr lange. Nach wenigen Atemzügen lagen alle Wolfsmenschen tot am Boden. Der Nortmar war sichtlich außer Atem.
Gabrielle wollte auf den erschöpften Giganten zugehen, als ein schrilles Surren durch die Halle schallte. Ein silberner Blitz traf Leif in die Schulter und ließ ihn ein paar Schritte zurücktaumeln. Eine Handbreit lang ragte ein weißer Bolzen aus Leifs rechter Schulter. Der Nortmar blickte in die Richtung, aus der der Bolzen gekommen war. Vor einem Seitengang stand ein Wolfsmensch mit einer Zwergenarmbrust in seinen pelzigen Armen. Leif ließ seine Äxte fallen und stürmte

auf den Schützen zu. Er brüllte wie ein wild gewordenes Tier. Noch bevor das Ungeheuer nachladen konnte, war der Hüne bei ihm. Für seine Größe war er unheimlich schnell. Blankes Entsetzen stand in den gelben Augen des Monsters, als Leif es am Hals packte und in die Luft hob. Wie ein Hammer schlug seine rechte Faust auf die Schnauze des Wolfsmenschen ein. Gabrielle sah, wie blutverschmierte Zähne zu Boden kullerten. Schon nach wenigen Schlägen war von dem Kopf des Schützen nur noch ein roter schleimiger Brei übrig. Leif warf den Kadaver zu Boden und riss sich den Bolzen aus der Schulter.
Jetzt waren sie in Sicherheit – vorerst.
Gabrielle nahm Frida bei der Hand und betrat die Halle. Der Baum brannte noch immer lichterloh.
„Herr Torwaldson, seht nur! Frau Galvani und Dame Frida sind zurückgekehrt!", lachte ihnen Cicero entgegen.
Der seltsame Hofnarr war ihr ein wenig unheimlich. Kein einziges Mal hatte er bisher diese Harlekin Maske abgelegt.
„Was bei den Geistern ist passiert?", hallte Leifs Stimme blechern unter dem Helm hervor. Schwer atmend ging er auf sie zu. „Ich dachte, niemand kann die Tore von außen öffnen?"
Gabrielle hatte sich diese Frage selbst bereits gestellt. Sie hatte eine Vermutung. „Die Vordertür lässt sich tatsächlich nur von innen öffnen. Die Hintertür jedoch könnte man mit viel Kraft von außen aufmachen. Durch die Tatsache, dass wir ein Gasleck haben, konnten wir auch die Warnlampen nicht sehen."
Müde nickte Leif und betrachtete die beiden. „Wo ist Spartacus? Er war doch bei euch."
Wieder traf sie dieser stechende Schmerz in der Brust. Gabrielle hatte diese Frage erwartet und sich überlegt,

was sie sagen würde. Ihre Lippen bebten. „Leif ... es tut mir leid, aber ..." Noch bevor die Erfinderin zu Ende sprechen konnte, durchzog ein leichtes Beben die Halle. Sie hörte donnernde Schritte, die auf dem polierten Stein stampften. Auch Leif und Cicero blickten auf.
„Was beim Raben ...?", hauchte der Nortmar.
Aus dem Gang, der zum hinteren Tor führte, erhob sich eine graue, felsige Masse. Sie nahm eine menschliche Form an. Fast hätte man meinen können, es wäre eine plumpe Statue eines Nortmar.
„Was ist das?", stammelte die Erfinderin erstaunt.
„Mir egal, ich zerhaue es zu Klump!", grunzte der Nortmar, zog seine Äxte und stürmte auf das graue Monster zu.
Gabrielle bemerkte, dass Leif langsamer war als vorher. Anscheinend kannten auch seine Kräfte Grenzen. Es glich einem Naturspektakel, als die beiden Giganten aufeinander zurannten. Was war dieses Ungetüm? Bereit zum Schlag, holte der Nortmar mit seiner linken Axt aus. Doch bevor er zuschlagen konnte, traf ihn ein Faustschlag in die Magengrube. Stöhnend wurde er von den Beinen gerissen und ein paar Meter weggeschleudert.
Blankes Entsetzen stand in Gabrielles Gesicht. Wie konnte das passieren? Das Monster hatte zugeschlagen, noch bevor Leif es treffen konnte. „Wir müssen zum Zelt! Schnell!" Die Stimme der Erfinderin überschlug sich. Sie brauchte ihr Gewehr. Egal, wie schnell dieses Monster auch war, Gewehrkugeln waren schneller.
Ihr Zelt war größtenteils verschont geblieben. Es lag ein Wolf mit einer klaffenden Wunde am Bauch vor dem Zelt und ein paar Blutspritzer waren am Stoff ihrer Behausung zu sehen. Vom Anblick aus nächster Nähe auf die Wunde des Monsters wurde ihr übel, doch dafür war keine Zeit. Sie brauchte ihre Waffe!

Leif war indes wieder auf die Beine gekommen und schüttelte verwirrt den Kopf. Sein Brustpanzer hatte eine sichtbare Delle. Hätte er eine normale Rüstung getragen, wären nun sämtliche seiner Rippen gebrochen.

Wütender als zuvor rannte er wieder auf das Ungetüm zu. Dieses Mal schaffte er es, dem Hieb des grauen Riesen auszuweichen. Mit voller Wucht fiel die Axt auf den Nacken des Monsters – doch die Waffe prallte einfach ab! Sie hatte kaum einen Kratzer hinterlassen. Noch bevor der vollkommen verwunderte Leif etwas sagen konnte, traf ihn ein Fausthieb in die Seite. Keuchend wurde der Nortmar ein weiteres Mal von den Beinen gerissen und landete klirrend auf dem Boden, wo er regungslos liegen blieb.

Gabrielle hatte es geschafft, ihr Gewehr zu laden. Es war keine gewöhnliche Waffe. Der Lauf war ein wenig breiter und an der Innenseite gezogen. Ihr Schuss war tödlicher und schneller als jedes andere Gewehr.

„Schluck Blei, du Ungeheuer", flüsterte die Erfinderin und drückte den Abzug.

Donnernd schossen Rauch und Feuer aus der Mündung der Waffe. Wie ein Blitz flog die Bleikugel durch die Luft und traf den Riesen in den Rücken. Er geriet ins Taumeln! Ein Hoffnungsschimmer machte sich in Gabrielle breit, doch der Riese fasste sich wieder. Leif lag noch immer da und rührte sich nicht. Jetzt drehte sich das graue Ungetüm zu ihnen. Sie konnte nichts in seinem Gesicht erkennen. Es hatte nicht einmal Augen! Plötzlich stampfte das Monster auf sie zu. Es ließ sich anscheinend Zeit.

„Unterschätz mich nicht, Mistvieh!", fluchte Gabrielle und lud ihr Gewehr nach. Sie hatte kleine vorgefertigte Schwarzpulverkartuschen aus Papier entwickelt, die es ihr erlaubten, schneller nachzuladen. Erst warf sie einen der kleinen Papierzylinder in den Lauf, dann die Bleikugel. Mit dem Ladestab drückte sie schnell die Munition nach innen und legte zum Zielen an. Das Ziel war groß und schwer zu verfehlen. Wieder löste sich donnernd ein Schuss. Und wieder traf sie. Mitten in die Brust. Der Rückschlag ließ den grauen Riesen nach hinten taumeln, hielt ihn jedoch nicht auf. Anscheinend hatte sie das Monster wütend gemacht, nun ging es schneller auf sie zu.

„Jetzt weiß Cicero es! Das ist ein Troll! Ein Wesen erschaffen aus Stein. Weder Klingen noch eure Kugeln vermögen einen Troll aufzuhalten!", japste Cicero hinter ihr.

Ein Troll? Gabrielle hatte von solchen Wesen gehört, doch sie hatte es bisher als Märchen abgetan. „Wenn ich es nicht töten kann, dann muss ich es wenigstens stoppen", dachte die Erfinderin laut und stopfte das Schwarzpulver in den Lauf. Dann nahm sie die kleine grüne Kugel, welche auf dem Tisch neben ihr lag, und lud sie in ihr Gewehr. Diese Art von Munition war bisher ungetestet, einer von drei Prototypen. Auch wenn die Erfinderin wenig von den Göttern hielt, hoffte sie, dass diese ihr nun beistanden. Denn würde diese Munition nicht funktionieren, waren alle verloren.

Das Monster war keine zwei Meter von ihnen entfernt. Wenige Schritte noch, dann könnte es sie packen.

„Bitte funktioniere", flüsterte Gabrielle und drückte ab. Ihr Gewehr spuckte wieder Schwefel und Rauch. Ein lautes klatschendes Geräusch schallte durch die große Halle.

Fast wäre die Erfinderin vor Freude hochgesprungen. Es hatte geklappt! Der Troll verharrte an einer Stelle. Sein linker Fuß klebte am Boden fest. Die Kugeln mit dem Eisenbaumharz funktionierten! „Ich muss noch eine abfeuern", sprach Gabrielle wieder zu sich. „Die

Menge ist viel geringer als bei den Granaten." Sie hatte die Welt um sich herum vollständig ausgeblendet. Alles verlief langsamer. Sie hatte alles im Blick: nachladen, stopfen, zielen, abfeuern.

Die Kugel mit dem Harz traf den rechten Fuß des Trolls. Wütend kämpfte er dagegen an, doch es war bereits so hart wie Stahl geworden. Ohne das Lösemittel konnte er unmöglich entkommen.

Hinter dem Ungetüm sah sie, wie Leif mühsam aufstand. Er wirkte verwirrt und konnte sich kaum auf den Beinen halten. Ob Gabrielle mit ihm rechnen konnte? Langsam Griff er nach einer seiner Äxte, die am Boden lagen, und ging schwankend auf den Troll zu.

„Herr Torwaldson! Ihr müsst mit der stumpfen Hinterseite auf den Kopf des Monsters schlagen! So fest Ihr könnt!", rief Cicero, welcher schützend vor Frida stand.

Leif zeigte keine Reaktion. Noch immer kämpfte der Troll gegen das Harz an. Dann stand der Nortmar hinter ihm. Langsam holte er mit seiner Axt aus.

„Leif! Die stumpfe Seite!", rief Gabrielle.

Der Troll drehte den Kopf nach hinten. In diesem Moment sauste die Axt hernieder. Im Flug drehte Leif sie, sodass der schwere Rücken der Waffe das Ungetüm mit voller Wucht traf. Splitter und Staub flogen durch die Luft. Ein Stück des Kopfes war abgebrochen. Cicero und Gabrielle jubelten.

Ruckartig griff der Troll nach hinten und packte Leifs Kopf. Er hob ihn hoch und drückte zu.

„Nein! Helft ihm!", kreischte Frida.

Dem Troll fehlte der halbe Kopf! Wie konnte das nur möglich sein? Er müsste tot sein!

Wie ein Blitz schlug Leif mit seiner Axt zu, wieder und wieder. Die Schläge waren weniger stark als zuvor. Er wirkte verzweifelt. Dann brach auch die zweite Hälfte des Kopfes ab. Der Troll verharrte regungslos auf der Stelle. Sein eiserner Griff löste sich, woraufhin Leif zu Boden fiel und kraftlos in sich zusammensackte. Wenige Herzschläge später stürzte der Koloss aus Stein in die andere Richtung. Sein Torso schlug krachend auf den Boden und zersprang in unzählige Stücke.

Ohne lange nachzudenken, lief Gabrielle los. Cicero war gleich hinter ihr. Leif lag regungslos am Boden. Die Hand des Monsters hatte seinen Helm sichtlich eingedellt, einer der goldenen Flügel war abgebrochen, der andere vollkommen verbogen.

„Leif? Geht es dir gut?", ertönte Fridas zittrige Stimme hinter ihr.

Keine Antwort.

„Leif, komm zu dir! Ich brauche dich! Bitte!" Verzweifelt warf sich Frida auf den blutigen Brustpanzer des Nortmar und hämmerte mit ihren kleinen Fäusten auf ihn ein.

Durch die Schlitze im Helm blitzen zwei Augen auf. Leif hustete, dann griff er zitternd nach Fridas Kopf und streichelte sie. „Keine Sorge, mir geht's gut. Aber bitte nehmt mir diesen verfluchten Helm vom Schädel!"

Gabrielle packte den Rand des Helms und zog ihn langsam vom Kopf des Nortmar. Er hatte Glück gehabt, dass der Helm ein wenig zu groß für ihn war, ansonsten hätte der Griff des Trolls seinen Schädel zerquetscht. Klirrend löste sich der Helm von Leifs Kopf. Sein rotes Haar war zerzaust und er hatte eine Platzwunde an der Stirn. Auch wenn der Nortmar schrecklich zugerichtet worden war, er lebte und nur das zählte. Erleichtert atmete Gabrielle aus und kniete sich neben seinen Kopf. „Ich frage dich noch einmal, Menschenfrau", sagte Leif schwach. „Wo ist Spartacus?" Seine grünen Augen musterten sie.

Das Licht des brennenden Baumes ließ das blutige Gesicht des Nortmar grotesk leuchten. Gabrielle blickte zu Boden und holte tief Luft. Dieses Stechen in der Brust. „Es tut mir so unsagbar leid ..."

Das Tor

Schweigend folgte die Gruppe dem breiten Gang. Er war größer als die anderen – breiter als die große Straße in Wolfshafen und so hoch, dass ein Haus der Menschen leicht Platz darin gehabt hätte. Die Erfinderin hatte erzählt, dass dies der Hauptgang wäre. Hier soll früher reges Treiben geherrscht haben: Märkte, Tavernen und unzählige Zwerge, die durch das große Tor aus und ein gingen. Feste sollen hier gefeiert worden sein. Musik, fröhliche Bewohner, kurzweg: Leben. Doch heute war von der vermeintlichen Pracht nichts mehr übrig. Dumpfe Schritte hallten von den Wänden wider, Staub bedeckte den Boden, Türen waren geschlossen, die Lichter erloschen. Nur ein kleiner Teil wurde von der Fackel, die er trug, und einer Lampe von Gabrielle erleuchtet. Der Ast des brennenden Baumes war so lang wie Cicero und würde eine Weile brennen, zumindest bis sie das Tor erreicht hätten.

Das Schweigen in ihrer Gruppe war bedrückend. Noch immer hallten in Leifs Kopf die Worte der Menschenfrau nach. „Spartacus ist tot", hatte sie gesagt. Hinabgefallen in ein bodenloses Loch, gefangen in ewiger Dunkelheit. Das war ein schrecklicher und unehrenhafter Tod.

Auch wenn er es nicht zugeben würde, der Mensch war ihm ans Herz gewachsen. Leif fühlte sich elend. Sein Kopf schmerzte und es fühlte sich an, als wären ein oder zwei Rippen geprellt, wenn nicht schlimmer. Die

Nachricht von Spartacus' Tod war der finale Schlag gewesen. Der Tod seines Freundes.

Frida schien es noch schlechter zu gehen als ihm. Mit leerem Blick trottete sie neben ihm her. Liebend gern würde er sie auf seinen Schultern tragen, zu sehr jedoch schmerzte ihm der Körper. Gabrielle wirkte geistig abwesend. Ob es sie auch traf? Cicero ließ sich nichts anmerken, doch er schwieg, und das tat der Hofnarr selten.

„Das Tor ist nicht mehr weit. Wir müssen es nur noch am Torhaus öffnen", durchbrach Gabrielle das Schweigen. Ihre Stimme hallte unheimlich lange durch den Gang.

„Verzeiht Cicero die Frage, aber was tun wir, wenn diese garstigen Ungeheuer vor dem Tor auf uns warten?", fragte der Hofnarr.

Leif musste zugeben, dass er sich das auch gefragt hatte. Sollte das der Fall sein, waren sie verloren. Cicero, Gabrielle, Frida und er würden sich zu Spartacus gesellen. Und er würde sein Schicksal nicht erfüllen können.

Niemand antwortete und das Schweigen begann von Neuem. Die einzigen Geräusche waren ihre dumpfen Schritte, das metallische Klappern seiner Rüstung und das Knistern der Fackel.

Sein Streit mit Spartacus fiel ihm wieder ein. Es waren so ziemlich die letzten Worte, die er mit diesem Piraten gewechselt hatte. Er wollte Frida nach Wolfshafen bringen, Leif in die Königsstadt. Wolfshafen war tatsächlich nicht schlecht ausgerüstet und wirkte sicher, doch seine Aufgabe war es, das Menschenkind in den Süden zu bringen. Gabrielle hatte ihm gesagt, Spartacus' letzter Wunsch sei gewesen, Frida doch in die Königsstadt zu bringen. Nun tat es Leif also nicht mehr nur für sich und sein Schicksal. Langsam hatte er

das Gefühl, dass viel mehr hinter dem Ganzen steckte, als er anfangs gedacht hatte.
Erst dieser unheimliche Warg und Fridas überraschendes Auftauchen in seiner Heimat, dann diese seltsamen Ungeheuer aus dem Wald. Ihre blanken Tierschädel und die roten Augen hatten sich in sein Gedächtnis eingebrannt. Nie würde er diesen schrecklichen Anblick vergessen.
Dann war da noch die Nacht, in der sie gegen diese Wesen gekämpft hatten. Leif war sich sicher, dass er an diesem Tag tödliche Wunden erlitten hatte, doch am nächsten Morgen waren sie einfach aufgewacht und lebten.
Und dann diese Wolfsmenschen ... Diese seltsamen Monster, die Städte einfach in Schutt und Asche legten. Ob das alles zusammengehörte?
Misstrauisch betrachtete er die kleine Frida, das Mädchen, das ihm knapp bis an die Knie ging. Ihre weißblonden Haare waren dreckig, sie wirkte erschöpft. Ob sie der Auslöser für alles war?
Nur ihre dumpfen Schritte, das metallische Klappern und das Knistern des Feuers waren zu hören.
„Angenommen, vor dem Tor steht keine Armee von Wolfsmenschen, wie kriegen wir das Tor wieder zu?", fragte Leif und blickte müde in die Finsternis.
Gabrielle war von der Frage sichtlich überrumpelt.
„Daran habe ich bisher gar nicht gedacht, muss ich gestehen. Man muss einen Schalter im Torhaus umlegen, um das Tor zu öffnen. Doch solange niemand den Hebel wieder zurückstellt, bleibt das Tor offen."
Gedankenverloren starrte Gabrielle vor sich hin.
Das Letzte, was sie jetzt brauchen konnten, war ein Rudel Wolfsmenschen, das ihnen in den Rücken fiel. Sie mussten die Tore irgendwie wieder schließen.

„Verzeiht mir die Frage, Dame Galvani. Ihr habt uns doch erzählt, dass Ihr von Zeit zu Zeit Vorräte aus einem Dorf in der Nähe geholt habt. Habt Ihr da das Tor nicht auch hinter Euch geschlossen?", hallte Ciceros Stimme von den Wänden wider.

„Nicht wirklich. Kaz'carundum liegt sehr abgelegen. Man muss durch den Goldwald gehen, und wer den Weg nicht kennt, verirrt sich. Ich habe das Tor also immer offen gelassen."

„Kann man dieses Schalterding nicht irgendwie von außen umlegen?", fragte Leif ein wenig verwirrt. Dieses ganze Gerede von Maschinen bereitete ihm Kopfschmerzen.

„Nein, das ist ein blö... Wartet!" Gabrielle blieb stehen und legte nachdenklich ihre Hand vor den Mund. Dann schnipste sie lächelnd mit den Fingern. „Du bist ein Genie, Leif! Im Torhaus gibt es Schießscharten. Ich binde meinen Enterhaken an den Hebel und werfe den Haken nach draußen. Im Freien müssen wir dann nur am Seil ziehen und können so den Schalter umlegen. Es ist ganz einfach!"

„Ausgezeichneter Plan, Dame Galvani! Das klappt bestimmt", antwortete Cicero fröhlich.

Doch die Euphorie hielt nicht lange an. Gabrielles Mundwinkel fielen nach unten und auch Cicero schwieg wieder.

Die vier setzten sich erneut in Bewegung. Wenigstens würde Leif heute wieder an die frische Luft kommen. Er hasste es, hier zu sein. Die Luft war dick und stickig. Über ihm war kein freier Himmel und alles war kalt und tot. Doch noch etwas setzte Leif zu: In den Hallen der Zwerge herrschte eine Art seltsamer Zauber, er war hier nicht in der Lage, die Auren der Lebewesen zu spüren. Selbst Frida, die direkt neben ihm lief, konnte er nicht wahrnehmen. Es war mehr als seltsam. Hoffentlich hatte das ein Ende, sobald sie durch das Tor entkommen würden.

Sie erreichten das Ende des Ganges und vor ihnen erstreckte sich eine drei Stockwerke hohe goldene Wand. Sie war kunstvoll mit Jagdszenen, Lebewesen und allerlei Schnörkeln verziert.

„Das ist das große Tor von Kaz'carundum. Der Anblick allein ist schon atemberaubend", flüsterte Gabrielle und fuhr mit ihrer Hand über das kalte Metall.

„Los, lasst uns keine Zeit verlieren, wir müssen hier raus." Leif zuckte zusammen. Etwas hatte sich verändert. Er konnte schwören, dass hinter ihnen in der Finsternis ein neues Geräusch aufgetaucht war. „Beim Bergwidder ... das muss doch wohl ein schlechter Scherz sein!", raunte der Nortmar und stützte sich erschöpft am großen Tor ab.

„Was ist denn?", fragte Gabrielle. „Sag bloß nicht ..." Die Erfinderin wurde kreidebleich.

Leif schüttelte wütend den Kopf. „Sie sind hinter uns. Ich kann sie hören. Nicht mehr lange und sie haben uns eingeholt. Schnell, wir müssen in dieses verdammte Torhaus!"

Die vier eilten am Tor entlang, und als sie die Tür erreichten, war der Lärm, den die Wolfsmenschen verursachten, deutlich hörbar. Es mussten so viele wie in der Großen Halle sein. Eigentlich ein Kinderspiel für Leif, doch der Kampf gegen den Troll hatte ihn all seine Kraft gekostet. Er war zu erschöpft, um zu kämpfen.

Quietschend öffnete sich die Metalltür nach außen zum Torhaus. Der Nortmar warf den letzten Rest des brennenden Astes zu Boden, er würde ihnen nicht mehr lange Licht spenden. Das Torhaus war karg eingerichtet: Ein kleiner Tisch – der ungefähr so lang wie Cicero hoch war – mit ein paar Stühlen, ein paar Regale und ein alter Schwertständer, auf dem zwei

Schwerter hingen, die seit Jahrhunderten auf ihre Besitzer warteten. Trotz der Tatsache, dass sie uralt waren, hatte sich kein Rost auf den Klingen gebildet. Leif mochte wetten, dass die Waffen noch immer scharf waren.

„Cicero, nimm dir ein Schwert. Im Notfall müssen wir dieses Torhaus verteidigen!", befahl Leif und klemmte eine seiner Äxte in den Griff der Tür. Das sollte sie ein Weilchen aufhalten. Doch wenn sie die Tür trotzdem durchbrechen sollten, musste er dafür sorgen, dass keiner über die Schwelle trat.

„Ich hoffe, du weißt, wie man mit einem Schwert umgeht, Mensch?" Leif musterte den Hofnarren. Er wirkte ein wenig unbeholfen mit dem Schwert, auf ihn durfte er sich nicht zu sehr verlassen.

Der Nortmar musste seine Gedanken sammeln. Wenn ihm doch nur der Kopf nicht so wehtun würde. „Also gut", fing er an und blickte zu den drei Menschen. „Gabrielle, du gehst mit Frida hoch und legst den Schalter um. Cicero, du bleibst bei mir und ..."

Ein Donnern wie ein Glockenschlag hallte durch den kleinen Raum – die Wolfsmenschen hatten sie eingeholt. „Verschwindet! Cicero und ich halten euch den Rücken frei!", brüllte Leif und presste sich gegen die Tür.

Gabrielle nickte gestresst und nahm Frida bei der Hand. Leif betete zu den Geistern, dass ihnen nichts passieren würde.

Der Hebel lag über dem Tor. Sie mussten drei Wendeltreppen hinauf, dann waren sie da. Hoffentlich war das Seil ihres Enterhakens lang genug. Schwach wackelte das Licht in ihrer Laterne hin und her. Bald hatten sie das Ende der ersten Wendeltreppe erreicht.

„Konzentrier dich, Gabrielle", flüsterte die Erfinderin gedankenverloren. „Rechts geht es zu den Wehrgängen, links zur zweiten Treppe!"
Laut hallte das Geräusch ihrer Stiefel von den Wänden wider. Es war ein schmaler Gang für eine Zwergenstadt. Er war gerade so breit, dass zwei Menschen nebeneinander gehen konnten. Sie erreichten die zweite Treppe, die länger war als die erste. Gabrielle keuchte, der Aufstieg war anstrengend, doch Frida blieb still. Wie lange Leif und Cicero die Tür wohl halten konnten? Für diese Gedanken war keine Zeit, sie musste das Tor öffnen, damit sie fliehen konnten. Wenige Augenblicke später erreichten sie das Ende der zweiten Treppe.
„Geschafft! Jetzt wieder nach links, dann kommen wir zur letzten Treppe und ..." Die letzten Worte blieben ihr im Hals stecken. Die Laterne glitt ihr aus den Händen und fiel krachend zu Boden. Das Glas splitterte, brennendes Öl breitete sich über den Gang aus. Ihnen gegenüber standen zwei dieser widerwärtigen Wolfsmenschen! Ihr rutschte das Herz in die Hose.
Die Monster schienen ebenso verwundert zu sein wie sie. Offensichtlich hatten sie sich verlaufen. Hastig schob die Erfinderin Frida hinter sich, zog Spartacus' Pistole aus ihrem Gürtel und taumelte ein paar Schritte zurück. Ihr Gewehr war nicht geladen, die Pistole schon. Nun begriffen die Ungeheuer, was geschah und hoben ihre primitiven Waffen höher. Einer trug einen kurzen Speer mit einer rostigen Spitze, der andere eine kleine Axt, deren Schneide aus Stein zu sein schien.
„Kommt nicht näher, ihr Ungeheuer!" Ihre Stimme überschlug sich, während sie zitternd auf den Wolf mit der Axt zielte. Frida krallte sich an ihr fest, auch sie zitterte. Endlos langsam kamen die Wolfsmenschen auf sie zu. Geifer triefte von ihren Lefzen. Es war

aussichtslos, sie hatte nur einen Schuss. Für diese Ungeheuer waren sie leichte Beute. Ihr Finger krümmte sich und betätigte den Abzug. Der Feuerstein schlug Funken und entzündete das Pulver in der Pfanne. Mit einem lauten Knall verließ die Bleikugel den gezogenen Lauf der Pistole – Spartacus' Pistole. Schmatzend schlug sie im Oberkörper des Wolfes mit der Axt ein. Er wurde nach hinten gerissen und krachte zu Boden. Erschrocken blieb der andere Wolfsmensch stehen und starrte sie mit wütenden Augen an.
Zitternd umklammerte Gabrielle die rauchende Pistole. „Komm nicht näher, oder ich erschieße auch dich!", drohte Gabrielle mit ihrem letzten bisschen Mut. Sie konnte nichts tun. Der Wolfsmensch würde sie und Frida töten, noch bevor sie eine Waffe aus ihrem Rucksack ziehen konnte.
Eine gefühlte Ewigkeit verging, bis das Monster begriff, dass Gabrielle nichts mehr tun konnte. Es hob den Speer und machte sich zum Sprung über das Feuer bereit. Die Erfinderin schrie verzweifelt und riss die Arme schützend vor ihr Gesicht.
„Hey, du räudiger Flohsack!", ertönte es in der Dunkelheit hinter dem Wolf.
Verwundert drehte dieser sich um.
„Bumm!", ertönte es und keinen Herzschlag später löste sich ein Schuss. Der Kopf des Wolfsmenschen zerbarst in einer roten Wolke. Der leblose Körper sackte in sich zusammen und fiel zur Seite.
Gabrielle war starr vor Schreck. Was war geschehen? Sie hörte unregelmäßige Schritte auf sich und Frida zukommen, dann trat ihr Retter ins Licht des Feuers.

Glück

Sanft strich ihm der Fallwind durch das Haar. Schier endlos schien der Sturz zu dauern, losgelöst von Zeit und Raum. Wie lange es wohl noch dauerte, bis der erlösende Aufprall kam? Spartacus war es egal. Es war unausweichlich, unumkehrbar. Sein Leben zog an seinem geistigen Auge vorbei: All die Abenteuer, die Schlachten auf hoher See, die Frauen, die er geliebt hatte, seine Heimat, Blutvergießen. Vielleicht war es gut, dass er starb. Jetzt, so nahe am Ende, erinnerte er sich wieder an diese unschuldigen Seelen, die er getötet hatte. Jedes einzelne Gesicht schien ihn mit leeren Augen zu beobachten. Die Erinnerung an die Nacht in … Ein plötzlicher Ruck riss ihn aus den Gedanken. Luft wurde aus seiner Lunge gepresst, ein stechender Schmerz schoss durch seinen Körper. Alles verfiel in Stillstand. Spartacus hielt die Augen geschlossen. Der Aufprall war nicht wie erwartet verlaufen. Er lebte noch! Aber wie war das möglich? Er war mindestens zehn Stockwerke tief gefallen, wahrscheinlich sogar mehr. Doch statt auf tödlichen Felsnadeln oder Steinen, war Spartacus auf etwas Weichem gelandet. Es war glatt und fühlte sich seidig an. Zögerlich öffnete der Pirat die Augen. Alles um ihn herum leuchtete in einem unheimlichen Grün.
„Bei Kors Dreizack …", flüsterte er und rieb sich die Augen. „Sind das Pilze?"
Das waren Pilze! Deutlich konnte er die breiten Kappen und Stängel im grünlichen Licht erkennen. Riesige Pilze! Einer hatte ihm das Leben gerettet. Teach hatte

recht, Spartacus hatte wirklich mehr Glück als Verstand. Unmöglich, so etwas zu überleben, außer man hieß Spartacus.
Vorsichtig drehte er sich auf den Bauch und robbte an den Rand des Schirms. Das Leder seines Mantels quietschte auf der glatten Oberfläche. Wie weit dieser Pilz wohl vom Boden entfernt war? Doch bevor Spartacus den Rand erreichen konnte, kippte sein Lebensretter nach vorn. Der Pirat fluchte und rutschte kopfüber von der Kappe. Der Sturz dauerte nicht lange und endete schmerzhaft auf hartem, kaltem Stein.
Dieses Mal hatte er weniger Glück gehabt. Ein stechender Schmerz schoss durch sein linkes Bein. „Verdammte Scheiße!", fluchte er und setzte sich auf.
Er lebte also noch. Die Götter mussten ihn entweder lieben oder einfach zum Lachen komisch finden. Gabrielle und Frida!, schoss es ihm plötzlich durch den Kopf. Sie waren noch dort oben!
„Hey! Gabrielle! Frida!", brüllte er lautstark. „Ich lebe! Hört ihr mich?"
Keine Antwort. Wie weit die beiden wohl über ihm waren? Konnten sie ihn überhaupt hören? Der Pirat rief noch einmal in die Dunkelheit über ihm und wartete.
„Gut ... Ich muss da irgendwie hoch!", sagte Spartacus entschlossen.
Er versuchte aufzustehen, doch der stechende Schmerz in seinem linken Bein ließ ihn taumeln. Es war nicht gebrochen, so viel war sicher, dafür war der Schmerz nicht intensiv genug. Doch mit diesem Bein konnte er den Gedanken, eine Felswand hinaufzuklettern, wohl oder übel vergessen.
„Es muss einen anderen Weg geben." Spartacus blickte sich um. Das Licht schien von dem Pilz auszugehen, auf dem er gelandet war.

„Ich frage mich, ob …" Der Pirat schlug mit der flachen Hand auf einen hüfthohen Pilz neben ihm. Sofort fing das Gewächs an, grün zu leuchten. Sie erzeugen also nur Licht, wenn sie sich bewegen. Ich sollte ein paar davon abschneiden und mitnehmen. Spartacus zog das Messer mit der geschwungenen Klinge aus seinem Gürtel und schnitt sich einen kleinen Pilz ab. Er war weiß wie Schnee, doch er leuchtete so hell wie eine Öllampe.
„Irgendwo sollte hier doch mein Schwert sein …", murmelte Spartacus und blickte sich um. Überall waren Pilze, er konnte kaum die schwarze Leere über ihm erkennen. Sie wuchsen hier in den verschiedensten Größen. Die kleinsten waren kleiner als sein Daumennagel und die größten unter ihnen hatten Stängel so dick wie ein Baumstamm. Es war unglaublich.
Dann erblickte Spartacus sein Schwert. Er hatte Glück, das Rapier steckte bis zum Korb in einem hüfthohen, fetten Pilz. Erleichtert zog der Pirat die Waffe heraus und betrachtete sie im grünen Licht. Sie war unbeschädigt. Der Pilz hatte dafür gesorgt, dass die Klinge nicht gebrochen war.
„Nun gut, Spartacus. Um dich herum sind nur Pilze und kalter, lebloser Stein. Du musst irgendwie einen Ausweg finden und zu den anderen stoßen." Wieder sah er sich um und erblickte hinter sich eine Felswand. Von dieser Felswand musste er gestürzt sein.
„Das sollte nicht so schwer sein!", seufzte der Pirat und hinkte los. An der Wand angelangt, führte der Weg nur nach rechts oder links. Er sollte sich definitiv an diese Wand halten. Entschlossen atmete Spartacus tief ein und wandte sich nach rechts. „Dann wollen wir mal."
Der Boden unter ihm bestand aus Geröll und Steinplatten, das war der Schutt des eingestürzten Zwergenreiches. Deutlich konnte er Formen in den

Steinen erkennen. Ab und an schimmerte ein Metallteil hervor. Wie viel von der Stadt wohl zerstört war? Durch den Wald aus Pilzen um ihn herum war das schwer zu sagen. Hoffentlich war das Areal nicht zu groß, denn es war schwer genug, sich auf dem teils losen Schutt fortzubewegen.

Sekunden wurden zu Minuten, Minuten zu Stunden. Sein Bein schmerzte noch immer, außerdem hatte er Durst und Hunger. Instinktiv griff er nach dem Flachmann in seiner Jacke, doch der war schon vor dem Betreten der Zwergenstadt leer gewesen. Enttäuscht zog Spartacus die Hand aus der Innentasche und seufzte.

Von einem Ausweg fehlte jegliche Spur. Zwar entdeckte er über sich immer wieder die Umrisse von Gängen und Türen, doch sie waren außer Reichweite für ihn. Die Felswand war zu glatt, um daran hinaufzuklettern. Es gab auch keine Möglichkeit, über die umliegenden Pilze zu fliehen. So führte sein Weg weiter über große Felsbrocken, eingestürzte Treppen und kleineren Schutt. Hier unten herrschte Stille, wie auf einem Friedhof. Er war vollkommen allein hier.

„Yoho, yoho. Da springen sie, die Silberdelfine", sang er leise, um gegen die Stille anzukämpfen. Doch bald war sein Mund zu trocken, um zu singen. Spartacus hatte mit dem Gedanken gespielt, einen der Pilze zu essen, immerhin tropfte genug Flüssigkeit aus den Stängeln, wenn er sie abschnitt. Doch wenn diese Pilze giftig waren, würde das seinen Tod nur beschleunigen. Eher unvorteilhaft.

Nach einer knappen halben Stunde durchbrach ein erlösendes Geräusch die Stille. „Wasser!", jauchzte Spartacus und hinkte ein wenig schneller. Im Licht des Pilzes plätscherte das Wasser grünlich schimmernd die Wand hinab. Spartacus fiel auf die Knie und wollte

davon trinken, doch die Vernunft hielt ihn davon ab. Vorsichtig roch er an der Flüssigkeit. „Geruchlos." Dann befeuchtete er seinen Finger mit dem Wasser und steckte ihn in den Mund.
Es war Trinkwasser! Zwar schmeckte es nach Kalk, doch es war trinkbar. Gierig fing Spartacus das Wasser mit den Händen auf und trank davon. Als der Durst gelöscht war, füllte er seinen Flachmann mit Wasser. Dann setzte sich der Pirat mit neu aufgeflammter Hoffnung in Bewegung. „Ich werde überleben. Ich muss die anderen finden", flüsterte er und hinkte über das Geröll.
Als Spartacus sich nach einer Weile einen neuen Pilz abschneiden wollte, erblickte er eine Öffnung in der Felswand. Sie lag tiefer als die bisherigen. „Da bist du ja!", seufzte Spartacus erleichtert und stellte sich unter die Öffnung.
Sie war um eine Handbreite zu hoch für ihn. Würde er springen, könnte er versuchen, sich hochzuziehen. Doch mit seinem schmerzenden Bein hatte er nicht viele Versuche. Es müsste beim ersten Mal klappen, ansonsten würde der Pirat es bereuen. „Du schaffst das! Glaub an dich, Spartacus!", flüsterte er und atmete tief ein.
Dann sprang er hoch. Er packte die Kante des Ganges, doch er rutschte ab und landete auf dem Boden. Wieder fuhr ein höllischer Schmerz durch sein Bein.
„Du beschissene Kante!", stöhnte der Pirat. Nun schmerzte sein Bein noch mehr als vorher. Er musste es noch einmal versuchen, es blieb ihm nichts anderes übrig. Wer konnte schon sagen, wann sich seine nächste Chance ergab. Vielleicht war das hier der einzige Gang, durch den er entkommen konnte.
Spartacus rappelte sich wieder auf und setzte zum Sprung an. Es musste einfach klappen! „Kor steh mir

bei!" Wieder sprang der Pirat hoch und packte die Kante. Dieses Mal rutschte er nicht ab und zog sich langsam mit aller Kraft hoch. Nachdem er es geschafft hatte, lag Spartacus mit ausgestreckten Armen im Gang. Er durfte keine Zeit verlieren. Die anderen würden nicht auf ihn warten. Für sie war er dort unten gestorben. Aufgeprallt auf dem steinigen Grund des Abgrunds. „Ich hoffe, das Schwerste ist hiermit geschafft!", keuchte der Pirat und erhob sich.

Deutlich hatte Spartacus einen Schuss am Ende der Treppe gehört. Er musste sich beeilen, das konnte nur Gabrielle sein! Sie war gleich in der Nähe. Er hatte weniger Zeit in den Gängen der Stadt verbracht, als in dem eingestürzten Teil davon. Er hatte sich entschieden, durch keine Tür zu gehen, sondern nur durch offene Tunnel. Drei Treppen hatten den Weg erschwert. Jeder Schritt war eine Pein für ihn gewesen. Doch nun musste er ans Ende gelangen. Der Schuss konnte nur bedeuten, dass Gabrielle dort oben war. Dem Geruch nach, der in der vergleichsweise engen Wendeltreppe herrschte, war ihr Ziel ein Wolfsmensch. Schwer lag der Gestank nach Wolfspelz in der Luft. Doch dazwischen konnte der Pirat auch den Geruch von Feuer wahrnehmen. Hoffentlich war ihr und den anderen nichts passiert.

Licht! Er hatte das Ende der Treppe erreicht. Ein Schrei ertönte – es war Gabrielle. Der Pirat stand mit gezogener Pistole im Gang. Deutlich war das Ungeheuer im Licht des Feuers, das auf dem Boden flackerte, zu sehen.

„Hey, du räudiger Flohsack!", brüllte er ihn an.

Das Biest drehte seinen Kopf zu ihm.

„Bumm!", sagte er und drückte den Abzug seiner geladenen Pistole. Donnernd verließ die Kugel in einer

Wolke aus Rauch und Schwefel den Lauf der Waffe. Sie traf den Kopf des Wolfsmenschen, welcher daraufhin zerbarst. Erleichtert atmete Spartacus aus und hinkte auf das Feuer zu.

„Spartacus!", kreischte Frida und löste sich von Gabrielles Bein.

„W-Wie", stotterte Gabrielle, „wie ist das möglich?"

„Wir Piraten sind eben nicht so leicht totzukriegen, Süße!", lachte er und trat vor das Feuer.

Mit einem Satz sprang die Erfinderin über die kleiner werdenden Flammen und sah Spartacus an.

„Hast du mich vermisst?", grinste dieser.

Als Antwort bekam er jedoch nur eine schallende Ohrfeige.

„Wir haben uns Sorgen um dich gemacht!", brüllte sie mit zitternder Stimme. Tränen standen in ihren Augen.

Überrascht rieb sich Spartacus die Wange und blickte ihr in die grauen Augen. „Das sehe ich. Aber genug von mir. Was macht ihr hier und wo sind der Dicke und Cicero?"

Das Feuer erlosch nun endgültig. Nur der Pilz, welchen sich Spartacus in den Gürtel gesteckt hatte, erhellte die Umgebung schwach.

„Was ist das für ein Pilz?", fragte Gabrielle fasziniert.

„Ich weiß ni...", antwortete Spartacus, wurde aber von einer weinenden Frida, die ihn fest umklammerte, unterbrochen.

„Ich ... ich bin so froh, dass du noch lebst. Bitte verlass mich nie wieder!", schluchzte sie und presste ihr Gesicht an seine Seite.

„Keine Sorge, kleine Kaulquappe. Ich habe nicht vor, so schnell wieder zu verschwinden", sprach er sanft und strich Frida über das helle Haar.

„Ach ja! Wir haben keine Zeit zu verlieren! Wir müssen das Tor öffnen!", platzte Gabrielle hervor. „Los, die Zeit rennt!"

Die Erfinderin packte die Hand des Piraten und stürmte los. Dieser tat sich mit seinem verletzten Bein schwer, mit ihrem Tempo mitzuhalten. Sie waren also in der Nähe des Tores? Wie weit war Spartacus wohl gegangen? Und wie lange war er weg gewesen?

„Diese Treppe müssen wir hoch, dann sind wir da!", rief Gabrielle.

Spartacus ließ ihre Hand los und zog den Pilz aus dem Gürtel. „Nimm den hier und Frida. Ich halte euch den Rücken frei. Beeilt euch!"

„Pass auf dich auf", flüsterte die Erfinderin verlegen und nahm den Pilz.

Zischend zog er sein Rapier und verharrte regungslos in der Dunkelheit. Was auch kommen mag, bei Kors Dreizack und Tahidas Winden, ich lasse niemanden vorbei! Noch heute würde Spartacus aus dieser kalten Hölle aus Stein und Dunkelheit fliehen, zurück an die frische Luft!

Ein leichtes Beben. War das das Tor? Hastige Schritte hallten von den Wänden der Treppe herab. Kurz darauf tauchten Gabrielle und Frida auf. Die Erfinderin wirkte sichtlich erleichtert.

„Los! Lass uns zu Leif und Cicero eilen. Das Tor ist offen, es gibt einen Ausweg!"

Freiheit

Wieder hallte der Glockenschlag durch den kleinen Wachraum. Beim Bären, womit hämmerten diese verdammten Monster gegen die Tür? Mit jedem Schlag verbogen sich die Angeln weiter. Es war nur eine Frage der Zeit, bis sie durchbrechen würden. Leif war zu erschöpft, die Tür noch länger zu halten. Cicero gab zwar sein Bestes, indem er sich mit seinem ganzen Körper gegen die Tür stemmte, doch der schmächtige Mensch konnte nur wenig ausrichten. Leif gab der Tür noch vier solcher Hiebe. Ein weiterer Schlag folgte. Die Wucht des Aufpralls ging an Leif und Cicero weiter, die beiden wurden zurückgerissen. Drei Schläge.

„Na, hier unten ist ganz schön was los!", nervte ihn Spartacus.

„Halt die Klappe und ... Spartacus?" Kurz blickte Leif nach hinten. Der Mensch lebte also noch, das war gut. „Bei den Geistern! Es tut gut, dich zu sehen, Spartacus!", rief er erstaunt. Wie hatte er den Sturz überlebt? Diese Menschenfrau musste ihn angelogen haben.

„Es ist schön, Euch wiederzusehen, Herr Spartacus. Doch verzeiht dem lieben Cicero, dass sich die Euphorie in Grenzen hält, angesichts unserer eher misslichen Lage. Würde es Euch etwas ausmachen, uns zwei Arme und Hände zu leihen?", fragte der Hofnarr höflich.

„Geht die Tür nach innen oder nach außen auf?", fragte der Pirat nachdenklich.

Was für eine Frage! Es war vollkommen egal, in welche Richtung die Tür aufging. Gleich würden die Angeln brechen und die Wolfsmenschen hereinstürmen. „Nach außen!", brummte der Nortmar gestresst.

Ein weiterer Schlag traf die Tür. Deutlich konnte er das Geräusch des sich biegenden Metalls hören. Zwei noch. „Dieser Tisch ist ein wenig kleiner als der Durchgang hier. Du nimmst das Ding und stürmst durch die Tür hinaus, kurz nachdem der nächste Schlag ertönt. Verstanden?" In Spartacus' Stimme lag etwas, das keinen Widerspruch duldete. Schon bedeutete der Pirat Gabrielle, ihm zu helfen, den Tisch in Leifs Richtung zu hieven.

Der Plan könnte funktionieren. Zwar hatte der Nortmar überlegt, die Tür wie vorhin einfach aus den Angeln und die Wolfsmenschen mit sich zu reißen, doch diese hier war stabiler verbaut als die letzte. An den Tisch hatte Leif nicht gedacht. Er war aus massivem Holz und hatte eine dicke Tischplatte. Wenn sie Glück hatten, würde diese Attacke die Monster kurzzeitig verwirren. Schlimmstenfalls hätten sie einen Schild, mit dessen Hilfe sie nach draußen gelangen konnten. Hoffnung flammte im Herzen des Nortmar auf. „Gut, machen wir's so!", antwortete Leif und entfernte seine Axt aus dem Türrahmen. Der Stahl hatte sich kein bisschen verbogen. Ohne ihn als Stütze wären die Wolfsmenschen wahrscheinlich schon lange durchgebrochen.

„Der Tisch steht bereit!", rief Spartacus und zog sein dünnes Schwert.

„Frida, bleib hinter mir", sagte Gabrielle ruhig und stellte sich vor das Mädchen. Dann holte sie ein Messer aus ihrem Rucksack hervor und lud ihre Feuerwaffe mit einer kleinen Kugel.

Auch Cicero hatte das alte Zwergenschwert gezogen und hielt es zitternd mit beiden Händen fest.

Die Spannung in der Luft war deutlich zu spüren. Die Wolfsmenschen waren in der Überzahl. Leif musste ohne Helm auskommen, er war also angreifbar. Außerdem war da noch Frida.
Die Sekunden bis zum nächsten Schlag dehnten sich. Dann erklang der erlösende Gong. Die Angeln quietschten. Donnernd hallte das Geräusch der Tür durch den Raum. Der Nortmar atmete durch. Es ging um alles oder nichts. Wenn sie jetzt versagen würden, wäre alles umsonst gewesen. Er mobilisierte seine letzten Kräfte und betete zu den Ahnen.
„Jetzt!", brüllte Spartacus.
Leif spannte die Muskeln an und sprintete gegen die Tür. Sie leistete mehr Widerstand als erwartet. Durch die mehrfachen Schläge des Feindes hatte sich das Metall im Stein verkeilt, doch das hielt ihn nicht auf. Wie eine dieser Feuerrohrkugeln stürmte er hindurch und warf den schweren Tisch mit voller Kraft gegen seine Angreifer.
Licht! Alles war in fahles Licht getaucht. Offensichtlich nahte der Morgen, draußen regnete es leicht. Kühle, frische Luft wehte durch die uralten Hallen. In Leif flammte der Funke der Hoffnung wieder auf. Deutlich konnte er spüren, wie sein Herz wild pochte. Sie würden entkommen!
Die Wolfsmenschen waren sichtlich überrascht von dem plötzlichen Gegenangriff. Auf den ersten Blick zählte Leif nur zehn von den Monstern. Er hätte schwören können, dass ihnen viel mehr gefolgt waren. Von ihren zehn Gegnern lagen vier am Boden. Sie hatten mit einer gut gebauten Ramme, an deren Spitze ein Widderkopf saß, versucht, zu ihnen durchzudringen. Vermutlich stammte diese aus dem Arsenal der Zwerge. Ebenjene Ramme hatte einem der am Boden liegenden Monster die Beine gebrochen. Der Wolfsmensch lag

jaulend am Boden und versuchte, sich mit seinen Klauen wegzuziehen.

„Los, raus hier, lasst uns keine Zeit verlieren!", drängte Gabrielle. Kurz danach feuerte sie auf eines der Monster. Ihr Opfer wurde von den Beinen gerissen und fiel zurück.

Es waren nur wenige Schritte bis nach draußen. Das Seil, um das Tor wieder zu schließen, sah Leif jedoch nicht. Verdammt! Hatte dieser dumme Mensch etwa das Wichtigste vergessen?

Die Wolfsmenschen fingen sich wieder und starteten einen neuen Angriff. Dass diese Biester auch nicht kleinzukriegen waren!

„Achtung, Herr Spartacus!", rief Cicero, als ein schwarzer Wolfsmensch auf den Piraten zusprang.

Dieser duckte sich blitzschnell weg und wich dem Monster somit aus. Doch offensichtlich hatte er etwas abbekommen, sein Gesicht war schmerzerfüllt. Spartacus blieb kniend am Boden.

„Ich hab dich!", rief Gabrielle und rammte das hölzerne Ende ihres Gewehres gegen den Kopf des schwarzen Wolfsmenschen, woraufhin dieser zu Boden ging. Sofort half sie Spartacus wieder auf die Beine.

„Verdammt! Raus jetzt!", brüllte Spartacus und schleppte sich ins Freie.

Nun wandte auch Leif den Wolfsmenschen den Rücken zu. An der frischen Luft würde er besser kämpfen können! Kalter Regen fiel auf ihn herab, der Wind verfing sich in seinem roten Bart. Nun sah er das Ende des Seils, doch es hing zu hoch. Nie im Leben würde er da rankommen können.

„Herr Torwaldson! Helft mir hoch!", rief Cicero. Der Hofnarr sprintete auf ihn zu.

Schnell begriff Leif, was der Hofnarr vorhatte. Er ging in die Knie, dann sprang der Mensch auf seine Hand. Mit letzter Kraft schleuderte der Nortmar ihn in die Luft. Sie hatten nur eine Chance, danach würden die Wolfsmenschen über sie herfallen. Die Zeit schien stillzustehen – hinter ihnen die Angreifer, vor ihnen die Freiheit.

Cicero hatte es geschafft. Er hielt das dicke Seil mit beiden Händen fest umklammert. Während der Hofnarr langsam nach unten sank, ertönte wieder das seltsame Quietschen, und der Boden begann zu beben.

„Seht! Das Tor schließt sich!", jauchzte Frida und klatschte freudig in die Hände.

Das glänzende Metall raste auf den Boden zu. Als es aufprallte, ertönte ein lauter Glockenschlag, und das Beben unter ihren Füßen ließ Spartacus taumeln.

Einer der Wolfsmenschen war vom Tor zerquetscht worden. Regungslos ragte sein halber Oberkörper darunter hervor. Ein weiteres Ungeheuer stand ängstlich vor ihnen.

„Na, sieh mal einer an. Ohne deine Freunde ziehst du wohl den Schwanz ein, was?", lachte Spartacus.

Erleichtert stapfte Leif auf den Wolfsmenschen zu. Sofort riss dieser schützend seine Waffe hoch. Der Nortmar holte mit seiner linken Axt aus. Mit einem leichten Schlag schlug er dem Monster das Schwert aus Stein aus den Klauen. Die andere Axt beendete mit einem schnellen Hieb das Leben des Wolfsmenschen.

„Wir sind entkommen!", atmete Leif erleichtert aus.

„Entschuldigt, dass der werte Cicero wieder die Euphorie unterbricht, doch könnte mir jemand runterhelfen?"

Cicero hing noch immer am Seil.

Es war später Nachmittag, als sie das Ende des Waldes erreicht hatten. Gabrielle hatte ihnen den Weg gezeigt. Es war nicht weit gewesen. Schon vom Tor der

Zwergenstadt aus hatte Frida die grünen Weiten sehen können. Wäre Spartacus nicht so langsam, wären sie schon früher da gewesen.

Spartacus ... Sie war so erleichtert, dass es ihm gut ging. Er hatte ihnen unterwegs erklärt, wie er den Sturz überlebt hatte. Auch wenn die anderen ihm nicht glauben wollten, das Mädchen war sich absolut sicher, dass der Pirat auf einem riesigen Pilz gelandet war und auf dem Weg zum Ausgang mindestens drei Dutzend Wolfsmenschen getötet hatte. Als Frida hörte, wie Spartacus fiel, war für sie eine Welt zusammengebrochen. Der Pirat war ihr ans Herz gewachsen. Er war wie ein großer Bruder für sie.

Jeder in der Gruppe war sichtlich erleichtert, wieder an der frischen Luft zu sein, trotz des schlechten Wetters. Der Regen hatte ein wenig zugenommen, das Blätterdach über ihnen hatte jedoch das Schlimmste abgefangen. Sie würden ein Feuer machen und die Nacht am Waldrand verbringen. Nach den letzten Ereignissen brauchten sie einen Moment Ruhe. Spartacus musste sein Bein schonen und Leif war auf den letzten Metern fast keinen Schritt weitergekommen. Er war völlig ausgelaugt.

Frida hoffte, dass am nächsten Tag das Wetter besser werden würde. Nur zu gern würde sie die warme Sonne wieder auf ihrer Haut spüren.

Während Gabrielle versuchte, ein Feuer zu entzünden, schloss Frida die Augen. Ein paar Stunden Schlaf war genau das, was die Gruppe brauchte. Bald wären sie in der Königsstadt.

Uniformierte

Schwarzer Nebel waberte um ihre Beine, und schien wie Finger nach ihr zu greifen. Kalt wie der eisige Wind in den Bergen und schwärzer als die Nacht.
Frida lief. Sie wusste weder wohin noch warum sie lief. Spitze Felsen, so weiß wie Knochen, ragten aus dem Boden. Darüber breitete sich ein tiefschwarzer Himmel über ihrem Kopf wie eine schwere Decke aus. Kein Licht drang zu ihr hindurch. Trotzdem konnte sie sehen – sehen, wie die Felsen langsam näher kamen, als wollten sie Frida festhalten. Das Mädchen wollte schreien, um Hilfe rufen, doch ihr fehlte die Luft. Es war, als läge ein großer Stein auf ihrer Brust.
Dann begann sich der Boden vor ihr zu wölben. Etwas Großes kämpfte sich einen Weg durch den eisigen Nebel und plötzlich verlor Frida den Boden unter den Füßen. Etwas hatte sie an den Haaren gepackt und hochgehoben. Brennender Schmerz durchfuhr ihre Kopfhaut. Deutlich konnte sie spüren, wie sich die Haut langsam vom Knochen löste. Das Mädchen versuchte, dagegen anzukämpfen, doch ohne Erfolg. Unter ihr schien sich die Wölbung zu formen. Das Ganze gewann an Kontur.
Es war ein Gesicht! Eine krumme Nase stach wie ein Felsen in die Luft. Perlweiße Zähne blitzten zwischen den dünnen, schwarzen Lippen hervor. Zwei stahlblaue Augen funkelten sie finster an – es waren ihre Augen. Der Mund formte ein Wort. Auch wenn kein Laut zu hören war, wusste das Mädchen genau, was es sagte.

„Frida!"
Es rief ihren Namen. Ein kalter Schauer durchfuhr ihren ganzen Körper.
„Frida. Frida. Frida", ertönte es unentwegt.

„Frida! Wach endlich auf!"
Sie öffnete die Augen. Das Mädchen wollte schreien, doch Spartacus hielt seine Hand vor ihren Mund. „Pssst. Sei nicht so laut", sagte er leise und ließ sie los.
„Ob sie uns gesehen haben?", fragte Gabrielle, welche neben ihm stand.
„Was für eine dumme Frage. Natürlich haben die uns gesehen", antwortete der Pirat.
Langsam gewöhnte sich Frida wieder an das helle Sonnenlicht. Es war Tag. Nur wenige Wolken zogen über ihren Köpfen hinweg. Wie sie den blauen Himmel vermisst hatte.
Gabrielle stand mit einem dieser komischen Metallrohre, welches sie vor ihr linkes Auge hielt, neben Spartacus und biss sich auf ihre Unterlippe. Frida glaubte, sich zu erinnern, dass diese Dinger ‚Ferngläser' genannt wurden, da man mit ihnen etwas von Nahem sehen konnte, was eigentlich weit weg war. „Was ist los?", fragte sie müde. Nach jedem Albtraum fühlte sich das Mädchen ausgelaugter als vor dem Schlafengehen.
„Da drüben reiten fünf verkackte Uniformierte auf uns zu", knurrte Spartacus. „Einer von denen hat mindestens den Rang eines Offiziers."
Ob diese Uniformierten eine Gefahr für sie waren? Die einzigen Männer in Uniformen, die sie gesehen hatte, waren die in Wolfshafen gewesen.
„Wenn einer von denen nach meinem Namen fragt: Ich heiße Sebastiano und ich komme aus Porta Fiskio. Verstanden?", knurrte Spartacus grimmig. Dann

verschränkte er seine Arme vor der Brust und drehte sich zu Gabrielle.
„Ich dachte, du heißt Spartacus?", fragte Leif leicht verwundert. Der Nortmar saß vor dem Feuer, wo er einen gehäuteten Hasen über die Glut hielt. Diesen hatten sie wohl in der Nacht gefangen.
„Ich heiße ja auch Spartacus, du Holzkopf. Doch für diese Soldaten heiße ich Sebastiano. Ich möchte nicht, dass diese königlichen Stiefellecker meine wahre Identität kennen. Immerhin werde ich außerhalb von Wolfshafen steckbrieflich gesucht."
„Gesucht? Haben die dich verloren?", fragte Leif noch verwunderter.
Spartacus schlug sich mit der Hand vors Gesicht und schüttelte den Kopf.
Während Gabrielle dem verwirrten Nortmar erklärte, was es hieß, steckbrieflich gesucht zu werden, kamen die Soldaten immer näher. Alle fünf ritten auf schwarzen Pferden und trugen glänzende schwarz-goldene Rüstungen. Einer von ihnen trug eine gelbe Feder auf seinem Kopf. Das war vermutlich der Offizier.
„Auf was sitzen diese Menschen?", fragte Leif.
„Sagt, Herr Torwaldson, habt Ihr noch nie Pferde gesehen?" Cicero lachte leise.
Der Nortmar schüttelte den Kopf und biss von dem Hasen ab. Er aß das Fleisch mitsamt den Knochen.
„Man reitet auf ihnen, um schneller zu sein. Manche benutzen sie auch, um schwere Lasten zu transportieren", erklärte Gabrielle und verstaute das Fernglas wieder in ihrem Rucksack.
„Ihr Menschen seid gar nicht so dumm. Sich auf ein Tier zu setzen, ist mutig und bestimmt schlau. Aber warum spielen diese Pferde da mit? Warum werfen sie euch nicht einfach ab und laufen allein weiter?", fragte Leif kauend weiter.

„Das ist ganz einfach. Über die Jahrhunderte hat der Men…"
„Genug jetzt mit dem Geschichtsunterricht!", unterbrach Spartacus sie. „Sie sind gleich da. Leif, steh auf, so wirkst du bedrohlicher. Ich habe nämlich keinen blassen Schimmer, was die hier draußen machen. Im Notfall müssen wir kämpfen."
Kurz nachdem der Pirat das gesagt hatte, zügelten die Soldaten ihre Pferde. Der Offizier setzte sich ein wenig von den anderen ab und stand nun keine vier Meter von ihnen entfernt. Offensichtlich gelangweilt stütze er sich auf seinem Sattel ab und musterte die Gruppe. Dann sprach er: „Im Namen König Haralds des Dritten, König von Rii und den umliegenden Inseln, König der Menschen, Goblins und … Ach, vergesst doch dieses ganze Geschwafel. Sagt mir Eure Namen und was ihr hier macht." Der Offizier war sichtlich genervt. Unruhig musterte er Leif, der stehend größer als der Reiter samt Pferd war.
„Wir sind Flüchtlinge aus Porta Fiskio, mein Herr", antwortete Spartacus. „Wir konnten die Stadt während des Gefechts mit diesen schrecklichen Kreaturen verlassen."
„Und wer ist ‚wir'?", fragte der Offizier.
„Das ist meine Cousine Gabrielle, die Kleine da nennt sich Frida und war die Tochter eines Händlers. Der Hofnarr ist ein ehemaliger Gaukler aus Porta Fiskio und dem Großen hier sind wir unterwegs begegnet. Er nennt sich Leif und ist ein Nortmar aus den Weißen Bergen. Mein Name ist Sebastiano."
Spartacus klang äußerst höflich. So hatte Frida den Piraten noch nie reden gehört.
Langsam schweifte der Blick des Soldaten über die Gruppe. Er schien jeden Einzelnen genau zu mustern. Dann aber lockerte sich seine Haltung und er winkte die

anderen Reiter zu sich. „Mein Name ist Richard von Schwarzholz, Offizier des elften Kavallerie-Regiments der Königlichen Armee. Wir wurden ausgeschickt, um Flüchtlinge in den Westlichen Landen bis Dornhall zu suchen, sie zu sichern und in die Königsstadt zu bringen."

Erleichtert atmete Spartacus aus. „Gepriesen seien die Götter! Endlich wendet sich das Blatt. Die Königsstadt war unser Ziel!"

Routiniert winkte Richard ab. „Lasst das Geschwafel von Göttern. Packt Eure Sachen und folgt uns. Nicht weit hinter dem Hügel liegt Dornhall, dort wartet der Rest des Regiments."

Die anderen Reiter waren nun wieder direkt hinter dem Offizier. Dieser wendete sein Pferd, deutete auf den Kleinsten der drei Soldaten und sagte: „Christian, reite voraus und erstatte Bericht, dass wir hier fünf weitere Flüchtlinge gefunden haben!"

Der Reiter nickte und brach sofort auf. Donnernd preschte er auf seinem schwarzen Hengst davon.

Die fünf hatten ihre Sachen schnell beisammen. Leif löschte das Feuer, dann brachen sie auf.

Frida war fasziniert von den Soldaten in ihren glänzenden Rüstungen. Es war ihr ein Rätsel, wie diese Wolfsmenschen eine Chance gegen die Menschen haben konnten. Offensichtlich waren sie gut ausgerüstet und organisiert.

„Sagt, Richard, wie ich hörte, wurde neben Porta Fiskio auch Porta Mola angegriffen. Sind auch andere Städte davon betroffen?", fragte Gabrielle, welche neben dem Offizier ging.

„Soweit unsere Informationen stimmen, wurde bis auf die Königsstadt jede Siedlung, jedes Dorf und jede Stadt dem Erdboden gleichgemacht. Es gibt leider kaum

Flüchtlinge, da unser Feind so gut wie niemanden am Leben lässt."
Nervös kratzte sich Spartacus am Kinn. Mittlerweile war ihm ein Vollbart gewachsen.
„Jede Stadt? Auch Wolfshafen?", fragte er zögerlich.
Richard schüttelte den Kopf. „Darüber fehlen uns die Informationen. Wir hielten es jedoch auch nicht für nötig, das Leben eines Kundschafters aufs Spiel zu setzen. Immerhin gehört Wolfshafen nicht zum Königreich", antwortete er.
Dem Piraten schien diese Antwort nicht zu gefallen. Er knirschte mit den Zähnen und versteckte seine Hände in seinen Jackentaschen.
„Warum interessiert Euch das?", fragte Richard.
„Ich habe einen Onkel, der dort wohnt!", stieß Spartacus hastig hervor.
„Dann hoffen wir das Beste für ihn", entgegnete der Offizier knapp. Er wandte sich wieder zu Gabrielle und sie sprachen über die Flüchtlinge.
Dann ist also jede Stadt in Rii zerstört, dachte sich Frida. Es war einfach unfassbar. Sie mochte nicht einmal daran denken, wie viele Menschen bereits gestorben waren. Warum verursachten diese Monster nur solch eine Zerstörung?
Sie versuchte, sich auf andere Sachen zu konzentrieren. Bald waren sie an ihrem Ziel angelangt. Jetzt, da sie von Soldaten des Königs begleitet wurden, sollte es keine Probleme mehr geben.

Nach einer knappen halben Stunde hatten sie das Dorf Dornhall fast erreicht. Es war ein kleines Dorf, das sich an steile Klippen schmiegte, die zum Meer hinabreichten. Gabrielle hatte Frida erzählt, dass die dort lebenden Menschen hauptsächlich von der Fischerei lebten. Sie schleppten den Fang die Klippen hinauf, salzten die Fische und verkauften sie weiter. Das Ganze war zwar nicht sonderlich ertragreich, doch sie konnten davon leben. Ab und zu hatte die Erfinderin dort Vorräte gekauft. Dornhall war ein bescheidenes, vor allem aber ruhiges Dorf. Nur selten kamen Wanderer oder Kaufleute dort vorbei. Es tat gut, eine Siedlung der Menschen zu sehen, die nicht in Flammen stand.

„Seht!", sprach Leif und deutete auf ein gutes Dutzend weitere Soldaten. „Noch mehr von denen!"

„Das sind aber wenig für ein Regiment, oder etwa nicht?", fragte Spartacus misstrauisch.

„Gut erkannt", antwortete Richard. „Ein Großteil sichert den Norden ab und ein kleiner Rest ist als Nachhut im Süden geblieben. Ein weiterer Teil sucht den Rand des Goldwaldes ab."

Frida beobachtete das Dorf. Deutlich konnte sie sehen, wie Menschen ihr Hab und Gut auf Karren verluden. Manche der Soldaten halfen ihnen dabei.

Nun preschte auch Richard voran und ließ die anderen Reiter allein mit der Gruppe.

Wenig später hatten auch sie es in das Dorf geschafft. Es schien, als hätten sich alle Menschen in der Dorfmitte um ein schnell zusammengebautes Podest aus Holzresten versammelt. Als die Gruppe an die Traube von Menschen herantrat, kehrte Stille ein. Anfangs bemerkten nur wenige den Nortmar, dann wurden es mehr. In ihren Gesichtern standen Angst und Unklarheit.

„Habt keine Angst vor ihm! Sein Name ist Leif und er gehört zu uns!", rief Gabrielle laut und winkte mit den Armen.

Ein paar der Einwohner schienen die Erfinderin zu kennen und nickten misstrauisch. Genug andere schienen ihr allerdings nicht zu glauben.
Plötzlich ertönte ein lautes Pfeifen. Richard stand auf dem Podest. Seine Rüstung glänzte im Sonnenlicht, seinen Helm hatte er unter dem Arm. „Hier spielt die Musik, Einwohner von Dornhall!", brüllte er. In seiner Stimme lag die unwiderrufliche Befehlsgewalt eines Anführers. „Viele von euch haben vielleicht unseren Besucher aus dem Norden bemerkt. Lasst mich euch versichern, er tut euch nichts! Er ist ebenso ein Flüchtling wie ihr!"
Alle Blicke richteten sich auf den Offizier.
„Wie viele von euch schon wissen, wird unser Königreich von einer Armee böser Dämonen heimgesucht. Fast alle Städte, Siedlungen und Dörfer wurden zerstört, und die Einwohner aufs Brutalste massakriert. Daher befahl unser König Harald, dritter seines Namens, in seiner von den Göttern gegebenen Gnade, dass die noch intakten Dörfer und ihre Bewohner evakuiert werden sollen!"
Die Menge wurde ein wenig unruhig, offensichtlich wussten noch nicht alle von den Wolfsmenschen.
„Beruhigt euch! Beruhigt euch!", rief Richard wieder. „Ihr habt Zeit bis zum Mittag, euer restliches Hab und Gut zusammenzupacken, dann werden wir Richtung Burg Hardkliff aufbrechen. Von dort aus reisen wir weiter zur Königsstadt, wo für Verpflegung und Unterkunft gesorgt ist. In zwei bis drei Tagen sollten wir dort sein!" Der Offizier verließ das Podest, und stieg in die Menge aus aufgebrachten und verängstigten Dorfbewohnern.

Die Sonne war vor zwei Stunden untergegangen, Dunkelheit lag über der Welt. Sie waren pünktlich zur

Mittagsstunde aufgebrochen. Niemand war zurückgeblieben und dem Anschein nach war nichts vergessen worden. Frida war erstaunt über die Organisation der Soldaten. Die Flüchtlinge bewegten sich in einer Linie die Straße entlang. Es gingen kaum mehr als vier Leute nebeneinander. Neben den Dörflern patrouillierten immer wieder Soldaten auf Pferden vorbei. Sie achteten darauf, dass niemand zurückgelassen wurde. Manche von ihnen hatten sogar Kinder auf ihr Pferd gesetzt. Diese schienen kaum etwas von der drohenden Gefahr zu spüren, lachend saßen sie auf den trabenden Pferden. Frida wusste, was ihnen auf den Fersen war. Leif, Spartacus, Cicero und Gabrielle wussten es. Richard und seine Soldaten wussten es. Ein Schaudern durchfuhr das Mädchen. War Flucht tatsächlich die Antwort? Sie waren aus der Zwergenstadt geflohen, jetzt flohen sie aus Dornhall. Irgendwann würden sie den Punkt erreichen, an dem sie nicht mehr fliehen konnten. War dieser Punkt die Königsstadt?

„Woran denkst du gerade, Frida?", fragte Leif, der sie auf seinen breiten Schultern trug.

„An nichts", log sie.

Der Strom stoppte. Nach einem kurzen Moment drang die Nachricht von vorn nach hinten.

„Zug Halt! Lager errichten. Stillstand bis eine Stunde vor Sonnenaufgang."

Geschichte

Es war eine kühle Nacht und vereinzelt schoben sich hellgraue Wolken vor die beiden Monde, die dabei waren, sich wieder voneinander zu entfernen. Demnach hatten sie sich also getroffen, während sie im Wald und in der Zwergenstadt gewesen waren. Spartacus fasste sich an die Stirn und dachte nach. Wie viele Tage hatten sie verloren? Es war schwer zu sagen.

Gelangweilt stocherte der Pirat in dem spärlichen Feuer herum. Leif zankte sich mal wieder lautstark mit dem Hofnarren. Irgendwas wegen einer Geschichte über einen goldenen Drachen. Gabrielle saß ihm gegenüber. Sie trieb mit einem Hammer die große Beule aus dem Harnisch des Nortmar und sah immer wieder verstohlen zu Spartacus herüber. Der Pirat musste grinsen, ihre mausgrauen Augen gefielen ihm irgendwie.

Die Gruppe hatte ihr Lager ein wenig entfernt von den anderen aufgeschlagen. Um sie nicht zu verunsichern, hatte der Soldat gesagt. Spartacus kam das nur zugute. Je weniger er mit den Menschen und den Soldaten zu tun hatte, desto geringer war die Wahrscheinlichkeit, dass ihn jemand erkennen konnte.

Sebastiano, Alvarez, Diego, Marko, der Pirat hatte sich über die Jahre viele Decknamen zugelegt. In Kalgrad hatte er sich sogar einmal als Sohn des Königs ausgegeben. Zugegeben, die Schankmaid, die ihm das geglaubt hatte, gehörte nicht zu den Intelligentesten –

Spartacus biss sich auf die Unterlippe –, aber sie hatte einen Hintern wie eine Göttin.

Langsam wanderten die beiden Monde über den schwarzen Nachthimmel. Statt den Glockenschlägen des Harnischs ertönte nun Leifs lautes Schnarchen. Gabrielle hatte es tatsächlich geschafft, die große Delle aus dem Metall zu treiben.

Langsam streckte sich der Pirat und gähnte. „Ist uns der Große glatt weggeschlafen", flüsterte er, um zu sehen, wer noch wach war. Doch nur das Knistern des kleinen Feuers schien ihm zu antworten.

Sie fühlten sich so sicher, jeder von ihnen. Die Dorfbewohner und auch die anderen. Immerhin waren sie ja von königlichen Soldaten umgeben, die mit ihren glänzenden Rüstungen und bunten Wimpeln neben ihnen her ritten.

Spartacus' Blick richtete sich wieder auf die beiden Monde. Es war kaum zu fassen, wie veraltet das Königreich doch war. Was hatte Teach im einmal gesagt? Eine Armee, bestehend aus eintausend gut ausgebildeten Rittern in voller Montur, voll gerüstete Pferde, scharfe Klingen, Stahlplattenrüstungen. Diese Lawine aus purem Stahl gegen einhundert Kanonen, bemannt und mit genügend Munition. Die Schlacht wäre in dem Moment vorbei, in dem das erste Feuer aus dem Rohr einer Kanone schießen würde. Die Pferde würden scheuen und die Kanonen blutige Schneisen durch die Reihen der Ritter ziehen. Die Schlacht würde keine Stunde dauern. So hatte Teach es ihm erzählt. Spartacus wusste, dass das die Wahrheit war. Die Zeit der Ritter war vorbei. Noch gut zehn Jahre und selbst die Königliche Armee musste einsehen, dass ihre Zeit vorüber war.

Der Pirat knackte mit den Fingern und fuhr sich durch den Bart. Ob es jemand merken würde, wenn er kurz

verschwand? Das Meer war vielleicht eine Stunde entfernt. Der salzige Duft des Wassers lag in der Luft. Kaum wahrnehmbar, doch Spartacus konnte es genau riechen.
Die Sonne würde erst in ein paar Stunden aufgehen. Vier, vielleicht fünf. Ein Spaziergang würde nicht schaden.

Der Pirat hatte hastig, aber leise ein paar Schritte zurückgelegt, und summte leise das Lied der Silberdelfine. Sein Bein schmerzte ein wenig, aber es war eine Kleinigkeit. Er war überrascht gewesen, wie schnell es verheilt war. Vorgestern noch dachten alle, es wäre gebrochen, heute konnte Spartacus schon wieder normal gehen. Doch auf dieser Reise war schon so viel Seltsames passiert. Ein schnell heilendes Bein ließ ihn nicht mehr verwundern.
„Das ist das Lied der Silberdelfine, nicht wahr?", erklang Gabrielles Stimme hinter ihm.
Spartacus grinste. Es war also doch noch jemand wach gewesen. „Richtig. Ist mein Lieblingslied", sagte er, ohne stehen zu bleiben.
„An den Hafenstädten spielt man es auf und ab", antwortete Gabrielle und ging neben ihm her. „Wohin gehst du?", fragte sie neugierig.
„Ich gehe ans Meer. Du kannst ja mitgehen, wenn du willst."
Die Erfinderin nickte.
Spartacus konnte es sich nicht erklären. Er mochte ihre Anwesenheit. Sie roch nach Stahl, Schwarzpulver und Schweiß. Fast wie ein Kriegsschiff, doch er empfand es nicht als störend. Vielmehr war es ein angenehmer Geruch. Der Pirat erlaubte sich einen kurzen Blick zur Seite. Ihr schwarzes Haar war zerzaust und dreckig. Kein Wunder, nach den letzten Tagen. Sie war eigentlich

nicht hässlich. Im Gegenteil: Für jemanden, der sein ganzes Leben in Ruinen, Bibliotheken und alten Zwergenstädten verbracht hatte, sah sie sogar gut aus.
Die Erfinderin schien den Blick gespürt zu haben, und sah nun ebenfalls zur Seite. Ihre grauen Augen trafen seine. Spartacus sah nicht weg, wie es ein verliebter Jüngling tun würde, nur um dann schweigend rot anzulaufen. Er sah ihr in die Augen.
„Ist etwas?", fragte Gabrielle verwundert.
„Nein. Dachte nur, du hättest was in den Haaren", antwortete der Pirat, zuckte mit den Schultern und richtete seinen Blick wieder geradeaus.
Sie sah ihn kurz an, schaute dann aber wieder weg.

An den steilen Klippen angekommen, setzte sich Spartacus auf einen Felsen und ließ die Beine baumeln. Gabrielle setzte sich wortlos neben ihm im Schneidersitz hin.
Das Meer im Westen hatte eine andere Farbe als im Osten. Hier war das Meer grüner, weniger klar. Im Osten war es blau – teilweise so blau wie Lapislazuli. Und manchmal war es so klar, dass man das Gefühl hatte, den Boden sehen zu können. Doch allen Unterschieden zum Trotz war bei Nacht jedes Meer gleich. Es war schwarz wie Pech. Nur die beiden Monde spiegelten sich in den dunklen Wogen. Weiter draußen würden die unzähligen Sterne im Nass funkeln, aber so nah an der Küste war der Wellengang zu stark.
„Es ist schön hier", sagte Gabrielle leise und legte ihre Hände in den Schoß.
Langsam nickte der Pirat, den Blick starr in die Ferne gerichtet.
„Wie lange bist du eigentlich schon ... nun ja ... in deinem Gewerbe?" Das letzte Wort sprach sie mit einer

solchen Vorsicht aus, als hätte sie Angst, einen wunden Punkt zu treffen.
„Ich weiß nicht. Wenn ich so darüber nachdenke, eigentlich schon mein ganzes Leben. Mit sechs habe ich die Planken der Schiffe geschrubbt, die im Hafen ankerten. Mit zwölf bin ich das erste Mal auf einem Frachtschiff aufs offene Meer hinausgefahren. Mit vierzehn auf meinem ersten Piratenschiff", antwortete Spartacus gleichgültig.
„Und deine Eltern haben nie etwas dagegen gesagt?" Auch diese Frage stellte die Erfinderin mit äußerster Vorsicht. Sie war sehr schüchtern.
„Ich hatte keine Eltern. Meine Mutter ist vermutlich irgendeine Hure und mein Vater ein versoffener Matrose. Ich bin allein auf den Straßen Wolfshafens aufgewachsen."
Die beiden schwiegen kurz.
„Das tut mir leid. Ich hoffe, dass ich keinen wunden Punkt getroffen habe."
„Nein, nein, keine Sorge. Früher habe ich mir Gedanken über meine Vergangenheit gemacht", Spartacus ballte die Hände zusammen, „aber mittlerweile ist es mir egal."
Eine gefühlte Ewigkeit verging, ohne dass einer der beiden etwas sagte.
„Du und dein Vater ... ihr seid weit gereist, nicht wahr?", fragte der Pirat und hob eine Augenbraue.
Gabrielle nickte. „Ich war in so ziemlich jeder Stadt des Königreiches. Meine Kindheit bestand darin, in Bibliotheken zu sitzen, Ruinen zu durchsuchen, die keinesfalls ein Platz für ein Kind waren, und vor dreckigen Tavernen zu warten, in denen mein Vater Informationen sammelte und Gerüchte aufschnappte. Versteh mich nicht falsch, es war nicht unbedingt die beste Zeit meines Lebens, aber es hat mich zu dem

gemacht, was ich heute bin. In den Bibliotheken konnte ich in andere Welten versinken. Die Ruinen waren Abenteuer, wie es sich ein Kind nur vorstellen konnte. Aber die Tavernen ... Ich habe sie gehasst. Ich musste mich mit mir selbst beschäftigen. Da wir so viel reisten, hatte ich ja sonst niemanden."
Spartacus nickte. So ein Leben auf Rädern war nicht unbedingt das Beste für ein Kind. Wahrscheinlich war ihre Kindheit nicht halb so toll, wie sie es ihm gerade erzählte. „Verzeih mir die Frage, aber warum bist du mit deinem Vater umhergereist? Was ist mit deiner Mutter passiert?"
„Ich habe meine Mutter nie gekannt. Sie ist bei meiner Geburt ums Leben gekommen."
„Mein Beileid", sagte der Pirat leise und legte sanft seinen Arm um ihre Schulter. Gabrielle wirkte kurz ein wenig überrascht über diese Aktion, ließ es jedoch zu.
„Tja", prustete Spartacus, „hier sitzen wir nun. Zwei Erwachsene mit einer großartigen Kindheit auf der Flucht vor Monstern!" Er spürte, wie sie ihn musterte.
„Findest du das komisch?", fragte sie ein wenig verwundert.
„So witzig wie einen Seeigel in meinem Stiefel", antwortete Spartacus tonlos. Es war kein Fünkchen komisch. Sie waren auf der Flucht. Wer fliehen musste, hatte Angst. Wer Angst hatte, verlor. Der Pirat drehte den Kopf zur Seite. Ihre Blicke trafen sich.
„Du hast wunderschöne Augen", flüsterte Gabrielle nach einer Weile.
Na großartig, dachte er, jetzt wird sie auch noch sentimental. Andererseits hatte auch sie schöne Augen. Solch ein Grau gab es bestimmt kein zweites Mal. Ob sie jemals bei einem Mann gelegen hatte? Sie war viel gereist, vielleicht hatte jemand daraus mal einen Vorteil

gezogen. Eventuell sollte er es herausfinden. „Du auch", hauchte Spartacus verführerisch.

Gabrielle biss sich auf die Unterlippe. „Ich rede eigentlich mit niemandem über meine Vergangenheit. Sie war nicht halb so schön, wie ich mich gern daran erinnern möchte."

Spartacus lachte innerlich auf. Hatte er also recht gehabt!

„Wir sind mehr als einmal hungrig zu Bett gegangen. Und Bett hieß auch mehr als einmal faules Stroh oder harte Holzbänke – an glücklichen Tagen. Vater verbrauchte unser ganzes Gold für Werkzeuge und Informationen. Manchmal konnten wir uns tagelang nichts zu essen leisten. Das wenige Gold, das Vater mit Glücksspielen oder geringen Schreibarbeiten verdiente, hielt meistens nicht lange. Ich weiß, was es heißt, arm zu sein. Traurig. Einsam. Hoffnungslos." Ihr Blick war zu Boden gerichtet.

Spartacus drückte sie fester an sich. Eine angenehme Wärme ging von ihr aus. Ihre Haare dufteten eigenartig gut. „Ich weiß, was du meinst. Meine Kindheit in Wolfshafen war auch nicht besonders rosig. In dieser Stadt gibt es genug Menschen, die nicht davor zurückschrecken, ein Kind zu töten. Ich wurde getreten, geschlagen und mit Waffen attackiert. Wenn ich kein Gold erbetteln konnte oder keine Arbeit fand, musste ich hungern. Ich lebte in einer Gasse unter einer sporadisch zusammengebauten Hütte aus Kisten. Jeder Winter war ein Kampf gegen den Tod."

Vorsichtig berührte er mit Zeigefinger und Daumen ihr Kinn und drehte ihren Kopf sanft in seine Richtung. Ihre grauen Augen waren wässrig. Sie glänzten im Schein der Monde und der Sterne. Mit festem Blick sah der Pirat Gabrielle an. „Doch unsere Vergangenheit macht uns stärker. Wie du bereits gesagt hast, sie macht uns zu dem, was wir heute sind. Sieh uns beide doch an. Wir sind stark geworden. Wir leben. Denk nicht an gestern. Denk an heute und an morgen." Spartacus lächelte liebevoll.

Kurz schwieg die Erfinderin wieder, nur um dann kaum hörbar zu hauchen: „Danke."

Langsam näherten sich ihre Gesichter, bis sich ihre Lippen berührten. Vorsichtig griff Gabrielle nach seinem Gesicht. Sie küssten sich. Ein wenig ungeschickt, dachte Spartacus und presste die Erfinderin an seinen Körper.

Langsam erkundeten ihre Hände jeden Winkel, neugierig und aufgeregt. Die Küsse wurden intensiver. Er war sich sicher, sie wollte ihn.

Vorsichtig drückte er die Erfinderin zu Boden. Seine rechte Hand schob sich unter ihr Hemd. Langsam griff er nach ihrer Brust, massierte sie sanft, umkreiste ihre Brustwarze …

Ihr Herz schlug schneller. Vorsichtig wanderte seine Hand nach unten über ihren Bauch. Eifrig öffnete Spartacus den Knopf der Hose.

Plötzlich schob sie ihn weg. „Ich glaube, es wird Zeit, dass wir gehen!", sagte Gabrielle hastig und schloss ihre Hose wieder. Dann stand sie auf, das Gesicht rot vor Scham.

Spartacus saß am Boden und sah zu, wie die Erfinderin eilig verschwand. „Na ja, ist mir auch egal", log er sich selbst an, wie er auch Gabrielle angelogen hatte.

Von Bauern und Adeligen

Die Kolonne war pünktlich eine Stunde vor Sonnenaufgang losmarschiert. Leif bewunderte diese Genauigkeit der Menschen. Was ihnen offensichtlich an Stärke fehlte, machten sie durch Ordnung, Masse und guter Ausrüstung wieder wett. Es wäre bestimmt interessant, mit ihnen zu kämpfen.
Der stämmige Nortmar sah sich um. Sein Magen knurrte. Wie lange war es her, dass er eine richtige Mahlzeit gehabt hatte? Als sie von der Menschenstadt Wolfshafen aufgebrochen waren. Seitdem gab es nur Kleinigkeiten, vieles schenkte er den Menschen. Ihre kleinen, zerbrechlichen Körper brauchen es vermutlich dringender als ich, dachte er.
Seine Nase juckte. Nortmar konnten lange Zeit ohne Nahrung auskommen. In den Wintermonaten gab es oft Tage, an denen man die Hand vor Augen nicht mehr sehen konnte. Schneestürme, so stark, dass sie Bäume entwurzelten. In diesen Tagen war an Jagd nicht zu denken. Und nur von Trockenfleisch zu leben, war mehr als deprimierend.
Leif erinnerte sich an einen Winter vor gut dreißig Sommern. Es hatte einen Monat durchgehend geschneit. Das große Langhaus war bis zum Rauchabzug von Schnee bedeckt gewesen. Es hatte lange gedauert, bis sie alles freigeschaufelt hatten. Der Tag war nicht anders gewesen als der vorherige. Die Sonne schien auf die grünen Gräser und nur selten schob sich eine Wolke davor. Es sah nicht nach Regen aus.

Leif sah sich um. Das Gras hier war anders als im Norden. Es war … trockener. Regnete es hier nicht oft genug? Neben dem Gras sah Leif immer wieder vereinzelt Bäume. Es waren Nadelbäume, aber nicht solche wie die massigen Fichten und Tannen der Berge. Nein. Sie waren dünn und lehnten sich in Richtung des leichten Windes, der vom Süden her wehte. Er war wirklich sehr weit von zu Hause entfernt.

„Seht! Da! Ist das die Königsstadt?", rief Frida, welche auf Leifs Schultern saß, aufgeregt.

„Ooooh nein, werte Dame Frida! Was Ihr von Herrn Torwaldsons hohen Schultern wohl sehen könnt, ist Burg Hardkliff, jaja!", lachte Cicero hinter ihnen.

Burg Hardkliff? Das war also dieser graue Klotz in der Ferne. Leif war er schon aufgefallen, doch mit einer Burg hätte er ihn nie verglichen. Eher mit einem großen Felsen. Die Burgen in den alten Sagen seines Volkes waren riesig, unüberwindbar. Bei dieser hier sah das aber nicht so aus.

„Kennst du diese Burg, Cicero?", fragte das kleine Mädchen neugierig.

Der Hofnarr fasste sich an die Nase seiner Maske. „Oh ja! Cicero kennt die Herren von Hardkliff! Sie nennen sich Steingrams. Eine der ältesten Familien des Reiches, jaha!"

„Älteste Familie?", grunzte Leif und kratzte sich am Kinn. „Meinst du damit, dass diese Menschen besonders alt werden?"

Cicero lachte. „Aber nein, werter Herr Torwaldson! So wie ihr Nortmar die wohl älteste Rasse seid, weil es euch schon lange gibt, sind diese Herren und Damen eine der ältesten Familien, weil es ihren Namen auch schon lange gibt. Ja?"

Der Nortmar runzelte die Stirn und nickte langsam. Was nutzte es einem, wenn man einen alten Namen hatte? Er würde diese Menschen wohl nie verstehen.
Die Gruppe entschied, sich zum Anfang der Kolonne zu bewegen. Sie bahnten sich ihren Weg an den Flüchtlingen vorbei. Leif warf aus Versehen einen stämmigen Mann mit langen, blonden Haaren um, Gabrielle und Cicero schafften es jedoch, einen Streit zu verhindern. Frida war von ihm heruntergestiegen und ging ein wenig abseits mit den anderen Menschen.
Mit jedem Schritt wurde Burg Hardkliff größer. Leif konnte drei große Türme erkennen. Einer war sehr dick gebaut und hatte eine Art hölzernes Haus auf der Spitze. Die anderen waren nichts Besonderes. Generell war die Burg nicht auffallend: dicke, graue Mauern, graue Türme, ein grauer Bergfried. An den Türmen und den Mauern hingen Fahnen und Banner in stechendem Gelb und mit einem schwarzen Fleck in der Mitte. Laut Cicero war das das Wappen des Hauses Steingram. Eine schwarze Sonne auf gelbem Grund – oder so. Der Nortmar musste sich zwar von Nahem eingestehen, dass es doch schwerer war, diese Burg einzunehmen, trotzdem hielt sich seine Bewunderung in Grenzen.
„Hey du! Großer!", wurde Leif von der Seite angesprochen.
Die Stimme war die eines Mannes. Etwas zögerlich, doch fordernd. Langsam drehte er den Kopf zur Seite und suchte nach dem passenden Körper zu der Stimme. Ein bulliger Mann mit kahl rasiertem Kopf sah ihn ein wenig ängstlich an. Er war kleiner als Spartacus und Cicero, doch dafür sah er kräftiger als die beiden aus.
„Was ist, Mensch?", brummte Leif.
„Bist 'n Nortmar, hab ich recht?", fragte der Mensch.
Leif nickte grunzend.

„Das wusst ich, weil meine Mama mir Geschichten von euch erzählt hat. Damals, als ich noch 'n junger Hüpfer war", grinste der Fremde.
Leif nickte verstehend und blickte wieder nach vorn.
„Wie heißt 'n du?", bohrte der Mensch nach.
„Mein Name ist Leif, Sohn des Torwald!", antwortete der Nortmar stolz.
„'n netter Name! Mein Name is' Mikkel ... ähm ... Sohn des Walter. Verzeih mir, wenn die Fragen eines einfach'n Schweinehirten nervig sin', aber was, bei den Eiern Boscarus', machste hier im Süden?"
„Ich bin auf der Flucht vor Wolfsmenschen", antworte Leif knapp, ohne Mikkel anzusehen.
Diese Antwort schien dem Schweinehirten nicht zu gefallen. „Das is' aber richtig beschissen, wenn so 'n großer Krieger wie du vor den Monstern flieht. Sin' die echt so stark?" Der Mensch klang misstrauisch.
Der Nortmar nickte.
Enttäuscht ließ Mikkel die Schultern hängen. Ob Leif ihn hätte anlügen sollen? Er hatte ihn immerhin einen großen Krieger genannt. Es musste ziemlich bedrückend sein, zu wissen, dass sie etwas verfolgte, was vermutlich stärker als ein Nortmar war. Leif runzelte nachdenklich die Stirn. „Mach dir keine Sorgen, Mikkel, Sohn des Walter! Die Soldaten des Königs werden uns schon beschützen!" Leif versuchte, so aufmunternd zu klingen wie nur möglich.
„Scheiß auf diese dreckigen Arschlöcher!" Mikkel spuckte aus. „Die können nich' mal ne Fliege auf 'nem Scheißhaus töten!"
Irgendwie mochte der Nortmar die Art des Menschen. Doch ob die Soldaten des Königs tatsächlich so schwach waren, konnte er nicht beurteilen.
„Weißte, uns einfach'n Leute vom Land trifft's bei so was immer am härtesten. Wir müssen Haus und Hof

aufgeben und hoffen, dass alles noch so is', wie wir's verlassen haben. Wahrscheinlich stopft man uns in so 'n scheiß Lager, wo wir dann abwarten müssen, bis der ganze Kack vorbei is'. Währenddessen haben's diese Sesselfurzer von Adeligen fein! Die pennen in 'nem schönen Adeligen-Haus, in 'nem warmen Adeligen-Bett."

Mikkel lief rot an, er war offensichtlich wütend. Leif hatte das seltsame Gefühl, dass da mehr dahintersteckte. „Und was gedenkst du dagegen zu tun?"

Diese Frage schien den Schweinehirten zu überraschen. Seine rote Gesichtsfarbe verflog. „Was meinste mit ‚dagegen tun'?"

„Na, das ist doch einfach", grunzte Leif und fuhr sich durch seinen Bart. „Werde einer der Soldaten. Mit einer Waffe in der Hand bist du Herr über dein Schicksal. Du könntest die Adeligen besiegen und selbst in einem ihrer Betten schlafen."

Mikkel sah ihn ungläubig an, verfiel dann aber in schallendes Gelächter. Das Lachen verwirrte den Nortmar. Was war daran lustig? Wenn Leif im Haus des Jarls schlafen wollte, dann musste er den Jarl erst besiegen. Wo war der Unterschied?

„Du bist 'n ulkiger Kerl, weißte das? Ich hab zwar keine Ahnung, wie das bei euch so abläuft, aber hier is' das Besiegen von Adeligen verboten. In einem Punkt muss ich dir aber recht geben. Ich sollte mich wirklich inner Armee melden. Vielleicht kann ich diesen milchtrinkenden Weicheiern zeigen, wie 'n Mann kämpft! Außerdem sterb ich lieber aufm Schlachtfeld, als erstochen in 'nem Flüchtlingslager."

Leif grunzte zufrieden.

Den restlichen Weg zur Burg unterhielt sich Leif mit Mikkel über die Menschen und andere Dinge wie

Schweine, Scheiße und Schweinescheiße. Mikkel schien ein harter Kerl zu sein – für einen Menschen. Seine Nase war schief, offenbar mehrmals gebrochen. Außerdem hatte er einige Narben im Gesicht und an den Armen. Dem Anschein nach war der Schweinehirte in mehr als eine ernsthafte Prügelei geraten, vermutlich auch in den einen oder anderen Kampf mit einer Waffe. Auf jeden Fall war er ein akzeptabler Mensch. Er konnte gut reden, und den Geschichten nach hörten viele im Dorf auf ihn.

An der Burg angekommen, sah Leif eine Gruppe von Menschen, die vor etwas standen, das aussah wie ein Karren, auf dem man ein kleines Haus gebaut hatte. Doch es sah nicht sonderlich stabil aus. Stattdessen war das Holz verziert mit goldenen Wirbeln und anderem Schnickschnack. Doch am meisten störte ihn der Gedanke, ein Haus zu haben, welches auf Rädern lag. Wie konnte man da ruhig schlafen?
Einer der Menschen, ein Mann mit kurzen, weißen Haaren und buschigem Backenbart, schrie Richard mit rotem Kopf an. Der Offizier blickte ihn jedoch gelassen an und antwortete immer wieder in ruhigem Ton. Aufgrund der vielen Menschen um ihn herum konnte Leif nur ein paar Wortfetzen auffangen: „Unfassbar!", „Gesindel!", „Frechheit!", und dazu noch ein paar Worte, dessen Bedeutung der Nortmar sich nicht ganz sicher war.
„Siehste den Wichtigtuer da vorn?", fragte Mikkel. „Das is' Baron Steingram. Der Wichser beschwert sich bestimmt drüber, dass er mit seiner Kutsche mit uns einfachen Bauern flüchten muss."
Leif vermutete, dass die Menschen dieses Haus auf Rädern ‚Kutsche' nannten. Langsam und gedehnt sprach er das Wort aus.

„Was hast du gesagt?" Der Schweinehirte hatte seinen Blick noch immer auf den alten Mann gerichtet.

„Nichts", grunzte der Nortmar. „Sag mal, Mikkel, warum sollte es den Baron stören, mit uns zu fliehen?" Immerhin wurden sie gerettet. Selbst diese Burg würde unter den Fluten der Wolfsmenschen untergehen, egal, wie massiv sie gebaut war.

„Na, weil die was Besseres sin'. Glauben, nur weil sie unser Zeug einsacken und 'n schöneren Namen haben, sin' sie was Besseres! Idioten sin' das, mehr nich'." Die Stimme des Menschen triefte vor Verachtung.

Leif nickte und betrachtete die Umgebung. Unweit von ihm erblickte er die anderen. Ob sie ihn suchten? Vermutlich nicht. Unter all den Menschen war er schwer zu übersehen. „Hat mich sehr gefreut, Mikkel, Sohn des Walter! Aber ich werde mich wieder zu meinen Freunden begeben. Viel Erfolg auf deiner Reise!"

Der massige Nortmar drehte sich in Richtung seiner Gefährten, da ertönte die Stimme des Schweinehirten hinter ihm. „Dir auch, Leif, Sohn des Torwald! Man sieht sich immer zweimal im Leben, vergiss das nich'!"

Es war früher Abend, die Sonne verschwand langsam hinter dem Horizont. Frida döste auf Leifs breiten Schultern vor sich hin. Ihr kleiner Kopf lag auf dem seinen.

Cicero hatte den ganzen Nachmittag damit verbracht, in der Kolonne hin und her zu gehen und kleine Kinder aufzumuntern. Er hatte ihnen Geschichten und Witze erzählt. Einer Gruppe hatte er sogar einen Zaubertrick gezeigt. Leif war verblüfft, dass der Hofnarr tatsächlich zaubern konnte. Er hatte einen einfachen Stock in einen Strauß Blumen verwandelt.

Zwischen Gabrielle und Spartacus herrschte den ganzen Tag schon eine seltsame Spannung. Sie sprachen kaum miteinander und Leif hatte oft genug beobachtet, wie die beiden einander immer wieder ansahen. Wäre die Stimmung nicht so eisig, würde er fast denken, dass die beiden Menschen ineinander verliebt wären.
Leif selbst hatte nach seinem Gespräch mit Mikkel lange nachgedacht. Menschen und Nortmar waren so verschieden. Sie hatten Könige und eine breite Palette an Adeligen. Diese waren nicht sonderlich stark, doch die Menschen gehorchten ihnen. Sie gaben ihnen sogar Teile ihres Goldes und ihrer Nahrung. Dieses System wollte Leif einfach nicht in den Kopf gehen. Vor etwa einer Stunde hatte er aufgegeben, darüber nachzudenken, zu verwirrend war das Ganze für ihn.
Eine Welle der Aufregung ging plötzlich durch die Menge der Flüchtlinge. Was war los? Wurden sie angegriffen? Dann folgte die erlösende Nachricht.
„Wir haben die Königsstadt erreicht! In gut einer Stunde und einer halben sind wir am Hammertor!"
In der Ferne sah Leif Rauch. Doch nicht den Rauch einer brennenden Stadt, es war der Rauch von unzähligen Schornsteinen, größer und mehr noch als in Wolfshafen.
Sie hatten ihr Ziel erreicht!

Die Königsstadt

Ehrfürchtig durchquerte die Gruppe das Hammertor. Von außen war vollkommen klar, woher das Tor seinen Namen hatte. Zwei turmhohe Menschenstatuen mit grimmigem Blick und Schmiedehämmern in den großen Händen bildeten das Tor. Sie waren reich verziert und an mehreren Stellen vergoldet. Hinter ihnen waren die Verteidigungsanlagen zu erkennen. Ein massives Stahlgitter konnte von oben herabgelassen werden, und schwere Tore aus mit Stahl beschlagenem Holz wurden bei Bedarf von den Seiten aus geschlossen. Die Steine, aus denen die Mauern und das Tor gebaut waren, hatten eine hellgraue Farbe. Solche Steine hatte Spartacus noch nie gesehen. Sie stammten offensichtlich nicht von dieser Insel.

Direkt hinter dem großen Tor befand sich das Handwerkerviertel. Trotz der fortschreitenden Uhrzeit hallte noch immer der Klang von Hämmern und Sägen durch die nach Rauch und Schlacke riechenden Straßen – sie bereiteten sich auf einen Krieg vor.

Langsam streckte sich Spartacus und fuhr sich mit der Hand durch seinen dichten Bart. „Also ich bin dafür, dass wir uns die nächstbeste Taverne suchen und uns endlich einmal ordentlich ausschlafen. Ich habe schon so lange nicht mehr die Nacht in einem richtigen Bett verbracht!", gähnte der Pirat.

„Wir sollten lieber damit anfangen, Fridas Familie zu suchen", brummte der große Nortmar.

Das Mädchen selbst saß, mehr schlafend als wach, auf seinen Schultern. Schade, sie hatte die atemberaubenden Mauern der Königsstadt verpasst.
„Ach komm, morgen ist auch noch ein Tag. Ihre Familie ist morgen bestimmt ebenso in der Stadt wie heute oder gestern!"
„Aber es ist mein Schi..."
„Aber es ist mein Schicksal, bla, bla, bla!", äffte der Pirat den Nortmar kindisch nach. „Wir wissen es, Leif. Aber für dein Schicksal gilt das Gleiche wie für Fridas Familie. Es ist morgen auch noch da!"
Bevor Leif etwas sagen konnte, fiel ihm Gabrielle ins Wort: „Spartacus hat recht. Wir brauchen erst einmal Ruhe. Die Königsstadt ist sehr groß, wir werden die Energie für die Suche brauchen. Lasst uns einen Schlafplatz suchen und uns ausruhen."
Spartacus sah die Erfinderin an und lächelte, sah dann aber wieder hastig zu Leif. Auch Cicero nickte und stimmte den beiden zu.
Nach einem kurzen Geplänkel entschieden sie sich schließlich, in einer Taverne zu übernachten. Es dauerte zwar knapp zwei Stunden, bis sie vier freie Betten im selben Raum gefunden hatten, doch in einem Gasthaus namens Die alte Säge wurden sie fündig. Zum ersten Mal seit Langem hatten die fünf etwas Anständiges im Magen. Cicero erzählte einen Witz nach dem anderen, Gabrielle vertiefte sich in ihre Notizen, Frida schlief auf ihrem Zimmer und Leif soff zusammen mit Spartacus um die Wette, wobei der Pirat den Kürzeren zog.
Müde von der langen Reise und glücklich, ihr Ziel erreicht zu haben, fielen alle in ihre Betten. Leif musste zu seinem Bedauern im Stall schlafen. Man hatte ihm ein Bett aus Stroh ausgelegt und vergleichsweise kleine Polster und eine Decke dazugegeben. Trotz alledem

hatte keiner von ihnen in dieser Nacht so gut geschlafen wie Leif Torwaldson.

Die Königsstadt war die mit Abstand älteste Stadt Riis. Keine war älter, keine war größer und in keiner lebten mehr Menschen. Einst hatte diese glorreiche Stadt der Menschen einen eigenen Namen besessen, doch über die Jahrtausende war dieser in Vergessenheit geraten. Irgendwann hatten die Menschen damit begonnen, sie einfach als Königsstadt zu bezeichnen. Der Name des aktuell herrschenden Königs war Harald III. Er zeichnete sich vor allem dadurch aus, dem Volk kaum entgegenzutreten, und sich so gut wie gar nicht um die Politik zu kümmern. Scherzhaft nannte man ihn daher auch Harald den Fernen – natürlich nur unter vorgehaltener Hand. Hinter den Mauern seines strahlenden Palastes segnete er die Gesetze ab, verwaltete die Ländereien und Städte, plante Kriege und zerschlug Intrigen. So hieß es jedenfalls.

Die Menschen der Königsstadt waren ein stolzes Volk. Sie waren Meister der Handwerkskunst, des Handels und der Magie.
Die Spuren der Magie zogen sich durch die gesamte Stadt. Die Bezirke, die es sich leisten konnten, stellten magische Straßenlaternen auf oder ließen ihre Abwasserkanäle verzaubern, um den Geruch zu vertreiben. Ritter gaben immense Summen Gold für verzauberte Rüstungen und Waffen aus, und sei es nur, um sie vor Rost zu schützen. Magie wurde in Kranken- oder Badehäusern, in den Schmieden und Tischlereien eingesetzt. Selbst zum Kochen verwendete das Volk der Königsstadt Magie. Doch der technische Fortschritt wuchs stetig von Jahr zu Jahr. Ausgeklügelte Maschinen, Geräte und das Schwarzpulver verdrängten die

altbewährte Magie immer mehr. Zwar war dieser Wandel nicht so stark zu spüren wie in den anderen Städten Riis, doch der Fortschritt war unaufhaltbar.
Die Königsstadt war aufgeteilt in sieben Distrikte. Den größten bildete der Bürger-Distrikt. Dort lebten die meisten Menschen, die sich ein Haus leisten konnten, der Mittelstand: Handwerker, kleine Händler und viele andere. Es gab kleine Krämerläden und Tavernen, in denen nachts nach getaner Arbeit gefeiert wurde, wenn denn das Gold ausreichte. Die Straßen waren des Nachts sicher, dafür sorgte die Stadtgarde. Das Abwassersystem stank kaum und auch der Müll zwischen den Gassen hielt sich in Grenzen.
Anders war dies im Ratten-Distrikt, dem Armenviertel. Dieser war ein bunt zusammengewürfelter Haufen aus Gassen, Häusern und schäbigen Unterschlüpfen. Schmutz und Fäkalien wurden hier einfach auf die Straßen geworfen. Es gab zwar Zugänge zu den Kanälen, doch kaum jemand benutzte diese so, wie man sie benutzen sollte. Dort lebten das Gesindel und die Vergessenen der Stadt: Bettler, Diebe und andere Verbrecher. Aber auch Kriegsveteranen und Kranke fanden dort mehr oder weniger Unterschlupf. Es gab ein paar Tavernen und Schänken, doch diese waren schäbig und ungastlich. Orte, an denen man seinen Goldbeutel besser im Auge behielt und seine Waffe griffbereit.
Das Stadtviertel, welches sich wie ein Ring um den Königlichen Palast gebildet hatte, nannte man den Patrizier-Distrikt. Dort lebte die gehobene Klasse der Stadt. Alles, was Rang und Namen hatte, wohnte hier. Diesen verdienten sie sich meist durch herausragendes Geschick im Handel, akademische Leistungen oder indem sie schlicht zur richtigen Familie gehörten. Villa grenzte an Villa. Dort befanden sich zahlreiche Gärten

und Parks, prachtvolle Springbrunnen und Denkmäler. Alle paar Schritte erhellten magische Laternen die Straßen, und abgesehen vom Palast des Königs waren die Einwohner bei Nacht nirgendwo in der Stadt sicherer. Schmutz und Dreck waren kaum zu finden, dafür sorgten die zahlreichen Straßenfeger. Die Geschäfte und Gasthäuser, die sich dort befanden, boten nur die besten Waren an. Wer es sich leisten konnte, fand dort erlesenste Stoffe, feinstes Geschmeide und exotische Gewürze aus den Kolonien im Westen.

Wer allerdings ein paar Münzen weniger in der Tasche hatte, ging zum Markt-Distrikt, der sich in der Nähe des großen Hafens befand. Dort lebten zwar deutlich weniger Menschen, doch war dort alles zu finden, was das Herz begehrte. Ein Gelehrter aus Nafska beschrieb den großen Marktplatz der Stadt als ein Füllhorn an Waren und Gütern, wie sie selbst in Wolfshafen nicht zu finden seien. Ob sündhaft teure Kleidung oder einfache Alltagswaren, hier gab es Geschäfte für alle Preisklassen.

Im Handwerker-Distrikt fanden die meisten Bürger Arbeit. Dort gab es große Schmieden, in denen die Hämmer nie zu ruhen schienen, Sägewerke, Textilfabriken, Töpfereien und vieles mehr. Über die Jahrhunderte hatten sie ein ausgeklügeltes Wassersystem entwickelt, welches die großen Maschinen antrieb. Es gab aber auch Betriebe, die mittels Magie arbeiteten.

Der Magier-Distrikt bestand hauptsächlich aus der großen Universität, mehreren Büchereien, ein paar kleinen Läden und Tavernen, in denen viele Novizen schliefen. Nirgendwo auf der ganzen Welt gab es eine Schule für Magie, die so berühmt und berüchtigt war, wie die Universität der Königsstadt. Früher kamen Menschen von allen Ecken und Enden der Welt dorthin,

um die Praktiken der Magie zu erlernen. Leider sank die Zahl der Neulinge von Jahr zu Jahr. Maschinenbau, Schwarzpulver und stets besser werdende Technik waren der Tod für Zauberei und Magie.
Der letzte Distrikt war der Palast des Königs. Nur die wenigsten Bürger der Stadt waren jemals innerhalb der fast weißen Mauern der Burg gewesen. Hohe, spitze Türme stachen in den Himmel und die schwarzgoldenen Farben Riis wehten in der Luft. Dutzende Erker und Balkone sprossen aus dem Gemäuer wie Pilze an einem Baum. Die Dächer waren aus Kupfer und roten Ziegeln gefertigt – sie leuchteten im Morgenrot wie Feuer. Es hieß, dass der Palast des Königs zu den acht Wundern der Menschheit gehörte. Und das vollkommen zu Recht. Dieses Wunder musste man einmal im Leben mit eigenen Augen gesehen haben.

Um die Stadt herum stand eine große, massive Mauer. Sie war so dick, dass zwei Kutschen ein Rennen darauf veranstalten könnten und noch immer genug Platz zum Ausweichen hätten. Das Besondere an den Mauern und Türmen waren allerdings die mit magischen Kristallen gefüllten Körbe. Diese sicherten seit Jahrhunderten die Stadt vor Feinden. Sie waren der Grund, weshalb es noch nie jemand geschafft hatte, die Königsstadt zu belagern, geschweige denn sie zu erobern. Mit diesen magischen Wunderwaffen konnte der König eine undurchdringliche Barriere um die Stadt ziehen oder kommende Angreifer mit der Magie töten. Daher befanden sich auf den Mauern kaum Soldaten und keine Verteidigungsanlagen. Keine Kanonen, Katapulte oder Ballisten, diese wurden immerhin nicht benötigt. Dies war allerdings ein großer Fehler, denn vor gut einem Monat war sämtliche Magie auf Rii spurlos verschwunden.

Wahrheit

Ein kalter Schock riss Gabrielle aus dem Schlaf. Jemand hatte ihr eiskaltes Wasser ins Gesicht geschüttet. Sämtliche Luft verließ schlagartig ihre Lunge. Neben sich hörte sie Spartacus fluchend aufwachen. Offensichtlich hatte man ihn auf dieselbe Weise geweckt. Es dauerte ein paar Herzschläge, bis sie wieder genug Luft gefunden hatte, nur um dann zu merken, dass sie an einen Stuhl gefesselt war. Hände und Beine waren mit dicken Klammern aus Stahl an einen Holzstuhl gekettet. Sie versuchte, sich herauszuwinden, zerrte an den Fesseln, doch es half nichts.

„Wa... was ist hier los?", stammelte Gabrielle, während sie mit müden Augen etwas zu erkennen versuchte. Vor ihnen standen zwei vermummte Gestalten. Sie waren in etwa gleich groß und hüllten sich in Schweigen.

„Bei Kors Dreizack und Tahidas Winden! Ich reiße euch die Eier ab, ihr elendigen Hurensöhne! Was zum Seeteufel ist hier verdammt noch mal los?", fluchte Spartacus lautstark neben ihr. Wütend kämpfte auch er gegen die Fesseln an.

„Trinkt das!", sagte eine der vermummten Gestalten vor Gabrielle und hielt ihr einen Tonbecher an den Mund. Erst jetzt bemerkte sie, wie durstig sie war. Ihr Mund war so trocken wie eine Wüste. Gierig und ohne lange darüber nachzudenken, leerte die Erfinderin den Becher. Es schmeckte süßlich, ein wenig wie Milch. Offensichtlich hatten sie auch Spartacus etwas zu trinken gegeben, zumindest war er still geworden.

Vorsichtig musterte Gabrielle die Umgebung. Sie befanden sich in einem kleinen Raum mit einem Tisch aus dunklem, glänzendem Holz, auf dem mehrere Fläschchen und Ampullen standen. Von Leif, Cicero oder Frida fehlte jegliche Spur.
„Wie ist dein Name? Woher kommst du und was machst du hier?", fragte die andere vermummte Gestalt. Er klang wesentlich älter als der, der ihr das Wasser angeboten hatte.
„Mein Name ist Gabrielle Galvani. Ich komme ursprünglich aus Kalgrad, habe meine Kindheit allerdings in fast jeder Stadt Riis verbracht. Ich bin hier auf der Flucht vor den Wolfsmenschen, und um zusammen mit meinen Freunden Fridas Familie zu suchen." Gabrielles Augen weiteten sich geschockt. Sie hatte keine Kontrolle mehr über ihre Worte, die wie ein Wasserfall unaufhaltsam aus ihrem Mund geschossen kamen. Die Wahrheit und nichts als die Wahrheit. Jetzt begriff die Erfinderin, was hier geschah. Sie waren gefangen genommen worden und wurden nun verhört! Man hatte ihnen einen Trank flüssiger Wahrheit gegeben. Also war es doch kein Gerücht, dass solch ein Gebräu existierte! „Warum habt ihr ..."
„Wer sind deine Gefährten?", unterbrach der ältere Mann sie.
Kurz versuchte Gabrielle zu widerstehen, ihr wurde heiß und ihr Kopf begann zu schmerzen. Es war unmöglich. „Das sind Leif Torwaldson, der Nortmar, das Mädchen Frida, der Hofnarr Cicero Kalimux und Spartacus der Korsar!"
„Sag mal, geht's noch?", brüllte der Pirat neben ihr außer sich vor Wut. „Was redest du da für einen Blödsinn?"
„Schweig! Zu dir kommen wir später!", befahl der Befrager und schnitt dem Piraten mit einer harschen

Geste das Wort ab. Spartacus schwieg sofort. Das musste ebenfalls an dem Trank liegen.

Die beiden vermummten Herren flüsterten kurz miteinander, dann wandte sich der ältere wieder Gabrielle zu. Das Licht der Kerzen verfing sich in seiner dunkelbraunen Kutte. „Du hast einen Hofnarren erwähnt. Wie sieht er aus und wo ist er?" Misstrauen lag in der Stimme des Befragers.

„Cicero trägt einen bunten Mantel aus Samt, eine rosa Harlekin Maske, hat rotbraunes, buschiges Haar und ist größer als ich. Er war zuletzt mit uns zusammen in der alten Säge, und er ist zur selben Zeit wie ich zu Bett gegangen." Gabrielle konnte erkennen, wie sich die Augen hinter den Sehschlitzen verengten.

„Als wir euch holen kamen, lag niemand, der dieser Beschreibung entspricht, in eurem Raum. Julian, lass die Wachen sofort nach einem Mann suchen, der auf diese Beschreibung passt", befahl er mit ruhiger Stimme.

Der Mann, der Julian hieß, nickte und verließ den Raum durch eine schwere Holztür.

Langsam ging der Befrager zwischen Gabrielle und Spartacus hin und her, die Hände hinter dem Rücken gefaltet. Dann blieb er vor dem Piraten stehen. „Jaja. Was haben wir uns denn hier Schönes geangelt? Niemand Geringeren als den berühmt-berüchtigten Spartacus den Korsaren. Den roten Schrecken der Meere. Wer hätte das gedacht? Aus reinem Interesse, wie ist eigentlich dein richtiger Name?"

Gabrielle blickte zu Spartacus. Wutentbrannt ballte er die Hände zu Fäusten.

„Mein richtiger Name ... ist ..."

Deutlich konnte Gabrielle erkennen, wie der Pirat zähneknirschend dagegen ankämpfte.

„Mein richtiger Name ist Spartacus Magnus Imperialis."

Der Befrager schwieg. Er wirkte überrascht, soweit sie das durch die Kapuze erkennen konnte. „Dein Name ist Magnus Imperialis? Dein Vater ist also ... also Brutus Magnus Imperialis? Der König von Arsentia?", hakte der Befrager unsicher nach.
Und nach einer kurzen Pause antwortete Spartacus knapp: „Ja."
Gabrielle verstand nicht. War Spartacus also ein Prinz? Der Prinz von Arsentia? Dem Land der ewigen Sonne? Wie konnte das sein? Das war unmöglich! Er hatte ihr doch erzählt, er sei als Waise auf den Straßen Wolfshafens aufgewachsen. Ein kaltes, unwohles Gefühl machte sich in Gabrielles Magen breit. Spartacus hatte gelogen, von Anfang an.
„Na, das ist kaum zu glauben!", kicherte ihr Befrager. „Spartacus der Korsar, einer der meistgesuchten Verbrecher des Königreiches, ist ein Prinz Arsentias! Hat man dich geschickt, um uns auszuspionieren?"
Spartacus schüttelte den Kopf, in seinen Augen lag eine Mischung aus unbändiger Wut und Trauer. „Nein!"
Langsam fuhr sich der Vermummte an den Kopf und enthüllte sein Gesicht. Vor ihnen stand ein Mann mit grauem Spitzbart und kurz geschorenen, weißen Haaren. Seine Augen flammten im Schein der Kerzen auf. Es waren Augen, die alles wissen wollten. Mit diesen musterte er Spartacus, den Prinzen von Arsentia, und fragte: „Habt Ihr Katharina entführt?"
Der Pirat war sichtlich verwundert. „Wen sollen wir entführt haben?"
Langsam ließ sich ihr Gegenüber auf den Tisch sinken und überkreuzte die Arme vor der Brust. „Katharina Klarwasser, das Mädchen, das bei Euch war."

Nervös saß Frida auf dem weich gepolsterten Stuhl. Unruhig ließ sie die Beine baumeln. Man hatte sie aus dem Gasthaus entführt und hierhergebracht. Wo auch immer ‚hier' war. Als sie kurz aus einem Fenster blickte, konnte sie einen großen Teil der Stadt und das Meer sehen, auf den ersten Blick schien sie viel größer als Wolfshafen zu sein. Doch das half ihr wenig weiter. Seit sie in dem Zimmer mit dem unfassbar weichen Bett aufgewacht war, hatte niemand mit ihr geredet. Was allerdings am erschreckendsten war, war die Tatsache, dass man sie ausgezogen, gewaschen, gebürstet und parfümiert hatte. Das alles, während sie seelenruhig im Schlaf gelegen hatte. Frida war fein gepflegt und neu eingekleidet in dem komischen Bett aufgewacht. Was mit der dreckigen Kleidung aus Wolfshafen geschehen war, wusste sie nicht.

Auf jeden Fall hatte Frida keine Ahnung, wo genau sie sich befand. Klar war nur, dass ihr Entführer reich sein musste. Sehr reich, so wie das Ganze hier aussah. Die Wände waren mit edlem Holz verkleidet, der Stuck vergoldet. Der Boden war mit kaltem, aber wunderschönem Marmor gefliest. Ein bunter Teppich mit wilden, in sich verschlungenen Mustern lag auf dem Boden. Er war angenehm weich. Glänzend polierte Kerzenhalter hingen an den Wänden und auf kleinen Beistelltischen standen bunte Blumen in kunstvollen Vasen. Drei Türen führten in und aus dem Raum.

Wo wohl Leif und die anderen gerade waren? Hoffentlich ging es ihnen gut. Hoffentlich suchten sie nach ihr. Fragen über Fragen flogen dem Mädchen durch den Kopf. Auf keine wusste sie eine Antwort.

Die nächste halbe Stunde verbrachte Frida damit, an den Blumen zu riechen, nervös im Zimmer auf und ab zu gehen und zu versuchen, aus dem Fenster zu fliehen. Letzteres scheiterte daran, dass es von dort aus tief nach unten ging. Zu tief.

Endlich öffnete sich die Tür, welche sich parallel zum Fenster befand. Ein aufgebrachter Mann mittleren Alters stürmte in den Raum, erblickte Frida und rannte auf sie zu. Das Mädchen wollte wegspringen, doch der Mann packte sie und hob sie in die Luft. „Bei den Göttern! Du lebst! Ich habe mir solche Sorgen gemacht!", schluchzte der Mann sichtlich erleichtert.
Frida war ein wenig verwirrt. Dann wurde ihr klar, was hier geschah! Dieser Mann musste ihr Vater sein! Sie war offensichtlich die Tochter eines sehr reichen Mannes. „Va... Vater?", fragte sie zögernd.
„Ich bin so froh, dass es dir gut geht!" Ihr Vater blickte ihr tief in die Augen.
Bis auf die Augenfarbe hatte er nicht die geringste Ähnlichkeit mit ihr. Sein Gesicht war schmal, er hatte eine Hakennase und ein spitzes Kinn. Außerdem hatte er eine halbe Glatze. Frida weinte. Sie war so unendlich froh.
„Katharina, erzähl mir, was passiert ist."
Katharina? War das ihr richtiger Name? Vorsichtig sprach sie ihn aus: „Katharina". Sie lächelte. Ihr gefiel er.
„Was ist los? Geht es dir nicht gut?", fragte ihr Vater mit besorgtem Blick.
„Verzeih mir, doch ich kann mich an nichts hier erinnern. Ist das dein Haus?", fragte Katharina.
Verdutzt sah ihr Vater sie an. Diese Frage hatte ihn offenbar überrascht. „Nun ja ... das ist nicht gut. Aber wir werden einen Weg finden, deine Erinnerung zurückzubekommen! Aber erst einmal, komm mit in mein Arbeitszimmer, dort können wir reden."

Das Arbeitszimmer ihres Vaters war ein großer Raum mit einem massiven Schreibtisch aus hellem Holz vor einem breiten Fenster, das viel Licht in den Raum ließ.

Auf dem Tisch stand ein Tintenfass, in dem eine breite, gelbe Feder steckte.
Bücherregale, vollgestopft mit Büchern in allen Formen und Größen, Schriftrollen und seltsamen Tafeln. Bis auf einen Springbrunnen, aus dem kein Wasser kam, und eine große, blaue Kugel in einem goldenen Gestell schien nichts auf Luxus hinzudeuten. Ihr Vater nahm auf einem grünen Sessel mit gepolsterten Armlehnen Platz und bedeutete Katharina, sich auf den Stuhl vor dem Schreibtisch zu setzen.
„Möchtest du einen Apfelsaft? Du liebst Apfelsaft", fragte er und griff nach einer silbernen Karaffe, die mit stilisierten Eichenblättern verziert war.
Das Mädchen nickte. Kurz darauf goss ihr Vater die goldene Flüssigkeit in einen Becher und reichte ihn ihr. Der Saft roch nach frischen Äpfeln. Sie rochen zwar nicht so gut wie Ciceros Äpfel, aber dennoch hervorragend! Vorsichtig nippte sie an dem Saft. Er war köstlich.
„Also, um auf deine Frage zurückzukommen: Nein, das ist nicht mein Haus. Das ist der Königliche Palast. Wir haben nur das Glück, hier leben zu dürfen."
Der Palast des Königs? Und ihr Vater arbeitete für ihn?
„Mein Name ist Horatio Klarwasser, dein Vater. Ich bin Erzmagier des Königs und von Rii. Dein Name ist Katharina Klarwasser." Horatio faltete seine Hände und legte sie auf den Tisch. Seine stahlblauen Augen musterten sie.
Katharina nickte nur.
„Also, mein Kind. Erzähl mir alles, was passiert ist."
Sie erzählte dem Erzmagier die ganze Geschichte: Wie Leif sie in den Bergen gefunden hatte, von ihrem ersten Treffen mit Cicero, von den Abenteuern mit Spartacus in Wolfshafen, von ihrer Reise in den Süden, von den Schrecken in Porta Mola und Porta Fiskio, von der Zeit

im Goldwald und den Wundern der Zwergenstadt mit Gabrielle. Und letztlich, wie sie es in die Königsstadt geschafft hatten. Als sie fertig erzählt hatte, war ihr Apfelsaft leer. Horatio hatte die ganze Zeit schweigend zugehört.

„Nun ja", räusperte er sich, „ich bin deinen Freunden unendlichen Dank schuldig. Es tut mir leid, dass ich sie verdächtigt habe, dich entführt zu haben. Als meine Spione mir mitteilten, du seist wieder in der Stadt, umgeben von diesen Leuten, da habe ich mit dem Schlimmsten gerechnet."

„Diese Leute sind meine Freunde. Wo sind sie eigentlich? Und geht es ihnen gut?", erkundigte sich Katharina besorgt.

„Keine Angst, ihnen geht es gut – mehr oder weniger. Man hat sie heute Morgen verhört und in den Kerker geworfen. Ich werde dafür sorgen, dass sie freigelassen werden."

Das Mädchen lächelte unsicher.

„Die Chancen stehen allerdings schlecht, dass ich diesen Piraten, Spartacus, freibekomme. Seine Verbrechen gegen die Krone sind zu schwerwiegend. Aber ich werde sehen, was ich tun kann", lächelte Horatio freundlich, dann öffnete er eine Schublade seines Schreibtisches. „So gern ich mehr Zeit mit dir verbringen würde, habe ich aber leider noch viel zu tun, ich hoffe, du verstehst das. Eine Zimmerdame wird dich auf dein Zimmer bringen. Ich werde arrangieren, dass wir heute Abend gemeinsam speisen."

Der Erzmagier holte eine kleine Glocke hervor und läutete sie ein paar Mal. Kurz darauf eilte eine Frau mit kastanienbraunen, nach hinten gebundenen Haaren in den Raum.

„Bring Katharina auf ihr Zimmer und sorge dafür, dass sie sich nicht langweilt." Horatio widmete sich nun dem

Stapel Papier, der vor ihm lag, und winkte die beiden weg. „Geh ruhig mit, Katharina. Wir sehen uns heute Abend!"

„Bis später, Vater", lächelte Katharina. Sie war endlich zu Hause.

Zu Gast

„Kann mir bitte jemand die Nase kratzen?", brummte Leif deprimiert neben ihr.
Der Nortmar war mit dicken Ketten, in die seltsame Muster geritzt waren, an die Wand gefesselt. Er sah erbärmlich aus. Es war, als befände sich eine tosende Regenwolke über dem sonst so starken Jäger.
„Na ja, Dummkopf. Wie du vielleicht siehst, bin ich gerade ein wenig verhindert", knurrte Spartacus zurück.
Der Pirat war mit beiden Beinen an den Boden gekettet. Gabrielle konnte ihm nicht in die Augen sehen. Er hatte sie angelogen, von Anfang an. Jeden von ihnen. Sie konnte es kaum fassen, dass sie ihn geküsst hatte. Ihre Füße waren mit einer einfachen Fußfessel versehen.
„Ich meine auch nicht dich, du mickriger Mensch!", brüllte Leif so laut, dass die Wände zu wackeln schienen. „Ich habe Augen im Kopf!"
„Ach! Das ist schön! Der Riese hat also Augen im Kopf, ist aber nicht in der Lage, lange genug Wache zu halten! Denn wenn er das könnte, würden wir hier nicht in der Scheiße stecken, verdammt!"
„Du mieser Sohn eines verkrüppelten Auerochsen! Wenn ich nicht an diese von den Geistern verfluchte Wand gefesselt wäre, würde ich dir den Kopf abreißen!"
Das Gesicht des Nortmar war knallrot. Seine Muskeln spannten sich und er versuchte, die Ketten aus der Wand zu sprengen.
„Offensichtlich kannst du nicht einmal das!", lachte Spartacus hämisch.

„Ruhe jetzt da drin! Sonst komme ich rein und reiß euch höchstpersönlich den Arsch auf!", brüllte eine Wache durch die Zellentür und klopfte mit etwas Hartem dagegen.

„Fick dich doch, Pisser!", blaffte der Pirat zurück und ließ sich an der Wand zu Boden sinken.

Ruhe.

Gabrielle konnte die Geschehnisse von heute Morgen noch immer nicht glauben. Dieser Befrager hatte sie ausgequetscht, und sie hatten gesungen wie die Vögel. Offensichtlich war Fridas richtiger Name Katharina, die Tochter des Erzmagiers Horatio Klarwasser. Die Erfinderin hatte schon viel von ihm gehört und ein paar Bücher gelesen. Niemand auf Rii kannte sich so gut mit Magie aus wie der Erzmagier. Und kaum jemand im Stab des Königs war so unbarmherzig. Wer weiß, was er mit ihnen machen würde. Immerhin dachte das ganze Land, sie hätten Katharina entführt.

Und dann war da noch diese Sache mit Spartacus. Nachdem der Befrager die beiden über Fridas wahre Identität aufgeklärt hatte, wurde sie hinausgeschickt und in diesen Kerker gesteckt. Der Pirat wurde noch über eine Stunde ausgequetscht, bis er mit roten Augen und bleichem Gesicht ebenfalls in dieses Loch geworfen wurde.

Gabrielle schüttelte den Kopf. Sie hatte kein Mitleid mit diesem Arsch. Ein Teil von ihr wollte ihn am liebsten nie wiedersehen. Die Erfinderin blickte noch einmal in den Raum. Spartacus und Leif saßen still am Boden. Licht kam nur durch einen Sehschlitz in der Tür und einem kleinen vergitterten Fenster hoch oben an der Wand. Von Cicero fehlte überraschend jegliche Spur.

Nach knapp zwei Stunden öffnete sich die Tür. Ein Mann, gekleidet in ein sauberes gelb-schwarzes Wams, trat herein. Er hatte fettige, lange Haare und wurde von zwei Wachen begleitet, die ebenfalls die Farben des Königreiches trugen.

„Die Herren und die Dame. Im Namen des Königs möchte sich der Hof samt dem Erzmagier für diesen Fehler entschuldigen. Nichts liegt dem Königreich ferner, als die Retter und Beschützer der Dame Klarwasser auf niederste Art und Weise zu befragen, und dann in dieses Rattenloch von Kerker zu werfen."

Er sah kurz in die Runde, räusperte sich und fuhr fort: „Frau Gabrielle Galvani, Ihr seid hiermit des Kerkers entlassen und erhaltet für Euren Verdienst ein persönliches Geschenk des Erzmagiers. Herr Leif Torwaldson, Nortmar aus den Weißen Bergen, Ihr seid ebenfalls des Kerkers entlassen und erhaltet, ebenso wie Frau Galvani, ein Geschenk des Erzmagiers. Prinz Spartacus Magnus Imperialis, auch als Spartacus der Korsar bekannt, Ihr seid beschuldigt, folgende Verbrechen begangen zu haben: Piraterie, Diebstahl des Guts der Krone in fünfunddreißig Fällen, Mord in achtundvierzig Fällen, Brandstiftung in neunzehn Fällen …"

Die Liste dauerte eine gefühlte Ewigkeit. Gabrielle war überrascht, für welche Taten Spartacus angeklagt wurde.

„… und letztlich der Zerstörung öffentlichen Eigentums der Stadt Porta Wasili in achtundzwanzig Fällen. Der Schuldspruch auf diese Vergehen wurde vom Stab des Königs einstimmig entschieden und lautet: Tod durch Erhängen."

Spartacus lachte einmal auf. „Ihr habt Diebstahl von zehn Ziegen in Markt Fischbach vergessen!"

Leif blickte angesichts dieses Schuldspruchs äußerst verwirrt. „Tod durch Erhängen? Was heißt das?"

„Die hängen mir ein viel zu raues Hanfseil um den Hals und werfen mich die Hafenmauer runter. Wenn ich

Glück habe, bricht mir das das Genick. Wenn nicht, ersticke ich qualvoll!", erwiderte Spartacus und spielte den Vorgang mit den Händen nach.

Bevor Leif etwas sagen konnte, fiel ihm der Mann mit den fettigen Haaren ins Wort. „Angesichts der von Prinz Spartacus' erbrachten Leistung im Sinne der Krone und des Erzmagiers, ist dieses Urteil mit sofortiger Wirkung nichtig."

Zufrieden lächelte der Pirat kurz.

„Wachen! Befreit Herrn Torwaldson und Frau Galvani bitte von diesen unbequemen Fesseln!", befahl der Höfling.

Sofort machten sich die Wachen an die Arbeit.

„Hey, Schnösel! Was ist mit mir?", fragte Spartacus verunsichert.

„Ihr werdet zwar nicht hingerichtet, doch werdet Ihr, ungeachtet Eurer Rettung der Dame Klarwasser, für Eure Verbrechen in diesem Kerker verweilen müssen. Doch seid versichert, Erzmagier Horatio arbeitet daran, Euch an einen angenehmeren Ort zu versetzen. Macht Euch allerdings nicht zu viele Hoffnungen."

Der Höfling verbeugte sich und verließ den Kerker.

Vorsichtig erhob sich Gabrielle, gefolgt von dem massigen Nortmar. Als sie durch die Tür trat, wollte sie noch einmal zu Spartacus sehen, der mit verärgertem Blick den Boden anstarrte, doch er war es nicht wert.

Leif passte kaum durch die Tür. Wie hatten die Wachen es nur geschafft, ihn hier reinzuzerren?

Die beiden folgten den Wachen aus dem Verlies und fanden sich in einer großen, lichtdurchfluteten Halle wieder. Natürlich kein Vergleich zur großen Halle von Kaz'carundum, doch immer noch imposant.

„Da wäre noch eine Sache, die ich Euch im Namen des Erzmagiers ausrichten soll." Der Mann mit den fettigen Haaren hatte am Ausgang des Verlieses auf sie

gewartet. „Er wünscht, dass Ihr am morgigen Kriegsrat teilnehmt. Bisher hat kaum jemand eine Auseinandersetzung mit dem Feind überlebt, insbesondere nicht mehrere Male. Daher hält der Erzmagier es für schlau, Euch teilnehmen zu lassen, damit Ihr Euer Wissen mit dem Kriegsrat teilen könnt. Wartet hier nun einen Augenblick. Zimmerdamen werden Euch sogleich zu Eurem Quartier bringen. Es wurde dafür gesorgt, dass Ihr nicht zu weit auseinander seid. Außerdem klären sie Euch über Eure Rechte und Befugnisse als Gäste im Palast des Königs auf. Einen angenehmen Tag wünsche ich weiterhin!" Der Höfling verbeugte sich erneut und verschwand hinter einer Seitentür.
Einen kurzen Augenblick später erschienen die Zimmerdamen und führten die beiden zu ihren Betten. Leif tat sich äußerst schwer mit den Regeln des Hauses und hinterfragte jede von ihnen. Mit Gabrielles Hilfe verstand er letzten Endes jedoch alles – vermutlich.
Gabrielle wurde in ein wunderschönes Zimmer einquartiert. Ein großes Himmelbett mit sauberen, weißen Laken dominierte den Raum. In solch einem weichen Bett hatte Gabrielle noch nie geschlafen. Von den drei großen Fenstern aus hatte sie eine wunderbare Sicht auf die Gärten des Palastes und auf einen Großteil der Stadt. Die Vorhänge waren aus hellgrauem Samt. Tanzende Tiere waren auf ihnen abgebildet. Vor einem Kamin standen zwei bequem aussehende Sessel und ein kleiner Tisch mit einer gelben Tulpe in einer weißen Vase darauf. Eine weitere Tür in ihrem Zimmer führte in ein Bad. Es duftete angenehm nach Mohn und Vanille. Im Bad befanden sich eine Wanne aus Bronze, ein sauber polierter Spiegel und ein Waschbecken aus Porzellan. Der Steinboden war angenehm warm. Die Wanne war

bereits mit dampfendem Wasser gefüllt, frische Handtücher lagen auf einem Tischchen neben ihr. Zufrieden seufzte Gabrielle, zog sich aus und stieg in das angenehme Wasser.

Nach dem die Erfinderin endlich wieder sauber war – ein Gefühl, das sie seit einer halben Ewigkeit nicht mehr gehabt hatte –, stieg sie aus der Wanne und legte sich ein Handtuch um.

Jemand war in der Zwischenzeit im Zimmer gewesen und hatte ein Feuer im Kamin entfacht. Entspannt ließ sich Gabrielle auf einem der Sessel nieder und streckte die Füße aus. „Nanu? Was ist denn das?", flüsterte sie verwundert. Auf dem Tisch, auf dem vorher noch die Blume stand, lagen nun ein dicker Wälzer und ein kurzer Brief. „Vielen Dank für die Rettung meiner Tochter. Ich hoffe, dass dieses Geschenk angemessen ist. Gezeichnet, Erzmagier Horatio", las Gabrielle langsam vor.

Ihr Blick wanderte zu dem Buch. *Das Verschwinden der Zwerge. Eine Zusammenfassung religiöser und wissenschaftlicher Texte, einschließlich regionaler Folklore von Viktor Silberstein. Illustriert.*

Die Augen der Erfinderin weiteten sich. Viktor Silberstein war der größte Zwergenforscher aller Zeiten. Er hatte das Schwarzpulver entdeckt. Dank ihm konnte ein Großteil der zwergischen Sprache entschlüsselt werden! Dieser Mann war eine Koryphäe. Und sie besaß nun eines seiner Bücher! Ihr Vater hatte ihr einmal erzählt, es gebe nur vier Bücher von ihm, die aber nie kopiert wurden. Diesen Schatz konnte man nicht mit Gold aufwiegen.

Ein Klopfen riss die Erfinderin aus ihren Gedanken. Sie öffnete vorsichtig die Tür und wurde von einer Gruppe Menschen förmlich überrannt. Man hatte ihr drei Schneider geschickt, ein Diener brachte Essen, welches

Gabrielle zwar nicht sehen konnte, aber köstlich roch. Außerdem stürmten zwei Zimmerdamen den Raum, die ins Bad eilten, um dort zu putzen.

Nach einer guten Stunde waren die Schneider fertig. Draußen war es schon fast dunkel. Schon am nächsten Morgen würden sie fertig sein, auch wenn Gabrielles Sonderwünsche kompliziert waren: eine enge Lederweste mit großen Taschen, Kleidung, die strapazierfähig war, ein Mantel, welcher ebenfalls mit vielen Taschen versehen war, Schuhe ohne Absatz, stabil und mit Stahlkappen, und Handschuhe aus robustem Leder. Als eine der Damen mit ihrer Kleidung samt ihrer Schutzbrille davoneilen wollte, hielt die Erfinderin sie auf. Sie brauchte die Brille, es war die ihres Vaters.

Müde setzte sich Gabrielle an ihr Essen. Es gab einen saftigen Braten vom Rind, welcher in der Mitte noch rosig war, Kartoffeln, die man mit Butter glasiert hatte und kleine Karotten. Darüber war eine kräftige, dicke Soße verteilt. Dazu hatte man ihr einen schweren Rotwein serviert. Obwohl das Essen kalt war, hatte sie noch nie so gut gespeist. Der Teller war leer und ihr Bauch mehr als voll.

Ursprünglich wollte Gabrielle sich sofort auf Das Verschwinden der Zwerge stürzen, doch mittlerweile war sie einfach viel zu müde. Erschöpft ließ sie sich in ihr weiches Bett fallen. Die Erfinderin war glücklich, auch wenn die letzten Gedanken vor dem Einschlafen Spartacus galten.

Der Kriegsrat

Sanft wiegten sich die Zypressen im kühlen Wind. *Dieser Garten ist atemberaubend*, dachte Gabrielle, die mit den Armen auf einem dunkelbraunen Marmorgeländer ruhte. Sie hatte sich den ganzen Vormittag Zeit genommen, den Palast zu erkunden. Soweit es ihr jedenfalls zustand. Mit seinen Wendeltreppen und schier endlosen Gängen war das ganze Gebäude ein wahrer Irrgarten. Deutlich war zu sehen, dass das Areal über die Jahrzehnte und Jahrhunderte immer wieder erweitert wurde. Teilweise war nicht darauf geachtet worden, dass die neuen Gebäude mit dem Baustil der alten übereinstimmten. Teilweise wirkte der Palast wie ein Fleckenteppich.
Nichtsdestotrotz war es ein mehr als beeindruckendes Gebäude. Sie hatte nur einen Bruchteil erkundet und schon vier Speisesäle mit je fünfzehn Kaminen, dreihundert Schlafzimmer, von denen ein Großteil belegt war, wie sie feststellen musste, mehr als hundert Zwischen- und Warteräume, drei Bibliotheken mit teilweise interessantem Material, siebenundsechzig Balkone und noch viel mehr gesehen.
Doch der Palastgarten war der mit Abstand schönste Ort, den Gabrielle je gesehen hatte. Zugegeben, er war weniger faszinierend wie die Zwergenstadt Kaz'carundum, doch immer noch beeindruckend. Die Wege waren ausgelegt mit weißem Kies und gesäumt mit gelben und schwarzen Blumen. Kunstvoll gefertigte Laternen aus Gusseisen standen in geordnetem

Abstand daneben. Eine bunte Palette von Blumen aus aller Welt waren fein säuberlich eingepflanzt worden.

„Wie ein Musikstück ... Alles hat seinen Platz und seine genaue Abfolge", sagte sie nachdenklich.

Entspannt ließ sich die Erfinderin auf die Bank aus Stein sinken, die hinter ihr stand. Es war ein herrlicher Tag, kaum eine Wolke zeigte sich am Himmel.

Es verging eine Weile, während Gabrielle in ihrem neuen Buch las, bis ein wütender Leif zu ihr kam. Sein Kopf war hochrot und er fluchte wild.

„Beim Vielfraß, ich halte das nicht aus! Das kann nicht deren Ernst sein! Unmöglich, diese verfluchten Menschen!"

„Beruhige dich", sagte Gabrielle sanft und legte das Buch beiseite. „Was ist denn los? Warum bist du so wütend?"

„Weil ihr verdammten Menschen mich verrückt macht!" Der hünenhafte Nortmar ballte seine Hände zu Fäusten und überlegte kurz, auf das Marmorgeländer einzuschlagen, entschied jedoch, es nicht zu tun.

„Was ist passiert, Leif? Von Anfang an, bitte."

„Als Erstes hatte man mir zwei große Betten zusammengestellt, in denen ich eigentlich gut geschlafen habe. Und das Essen war auch gut, ich habe zwei ganze Schweine verschlungen und viel von diesem roten Gesöff, das man hier unten Wein nennt."

„Leif, komm bitte zur Sache!", drängte sie ihn.

„Jedenfalls machte ich ein Schläfchen, und da kamen zwei dieser schmierigen Hofmenschen in mein Zimmer! Zusammen trugen sie eine kunstvoll gefertigte Axt herein. Ich sah sie an und fragte, was das solle, da sagte einer der beiden zu mir frech, dass diese Axt das Geschenk von Fridas Vater sein soll. Versteh mich nicht falsch, es war eine gute Axt, doch nicht annähernd so gut wie die beiden aus Orichalcum."

Gabrielle war gespannt, wohin sich dieses Gespräch entwickeln würde.

„Ich sagte den beiden jedenfalls, dass sie die Axt wieder mitnehmen sollen, da ich sie nicht brauche. Einer der Hofmenschen fragte mich daraufhin, ob ich einen Wunsch an den Hofmagier habe."

„Ich schätze mal, den hattest du, oder?", fügte Gabrielle hinzu.

„Natürlich! Ich wollte, dass Spartacus freigelassen wird, und mich vergewissern, dass es Frida gut geht!"

„Leif, sie heißt Katharina."

„Mir egal, wie sie heißt! Jedenfalls gingen die beiden dann und nahmen die Axt wieder mit. Nachdem man mir das Essen gebracht und ich alles aufgegessen hatte, kam erneut einer der beiden Höflinge. Er sagte, es tue ihm sehr leid, aber der Erzmagier könne meinen Wünschen nicht nachkommen. Irgendwas mit Spartacus' Verbrechen. Allerdings haben sie mir versichert, dass es Frida gut geht, ich sie im Moment aber nicht sehen darf."

Gabrielle runzelte die Stirn. „War das alles oder ist sonst noch was passiert?"

„Dieser Fatzke hat mir dann noch so ein komisches Papier in die Hand gedrückt und behauptet, dass sollte mehr als ausreichend für meine Belohnung sein."

„Hast du das Papier noch?"

Leif nickte, zog ein kleines zerknülltes Papier aus seinem Gürtel hervor und reichte es ihr.

Vorsichtig öffnete Gabrielle den vermeintlichen Brief und las den Inhalt: „Im Namen seiner Königlichen Hoheit, Harald dem Dritten, wird mit sofortiger Wirkung das Dorf Norstatt der Nortmar und das umliegende Gebirge vom Königreich Rii abgespalten, und gilt hiermit als selbstständiger Vasallenstaat. Somit sind sämtliche dort lebenden Bewohner freigesprochen vom Kriegsdienst, der Einzahlung der Steuern und allen anderen Gesetzen des Königreiches Rii. Gezeichnet, König Harald III."

Gabrielle winkte mit dem Papier in der Luft und erklärte Leif dessen Bedeutung. Natürlich war dieses Geschenk weniger großartig, wenn man länger darüber nachdachte. Einerseits wusste ein Großteil des Königreiches nicht einmal, dass es noch Nortmar gab, andererseits wäre es vollkommen unmöglich, vom Volk der Riesen Steuern abzuverlangen. Von einem Feldzug gar nicht angefangen.

„Großartig! Ich will keinen Wisch, auf dem steht, was ich sowieso schon weiß! Beim Hirsch, verdammt, ich will meine Freunde sehen!", knurrte Leif. „Und niemand in diesem von den Ahnen verlassenen Ort will mit mir reden oder auf meine Fragen antworten!"

„Das liegt vermutlich daran, dass du wie eine Lawine durch die Gänge rennst und wie ein wild gewordener Bär brüllst", erläuterte die Erfinderin und legte die Hände in den Schoß.

Da Leif gerade von ihren Freunden sprach, fragte sie sich, wo wohl Cicero abgeblieben war. Offensichtlich hatten sie den Hofnarren noch immer nicht gefunden.

Der Nortmar ließ sich weiterhin über die menschliche Rasse und den Hofstaat aus, als ein Bote herbeieilte.

„Endlich habe ich Euch gefunden. Herr Torwaldson, Frau Galvani, der Kriegsrat beginnt in Kürze, und der Herr Erzmagier wünscht Euer beider Anwesenheit. Bitte folgt mir!"

Es war ein hartes Stück Arbeit gewesen, Leif zu beruhigen. Der Erfinderin war es zwar nicht ganz gelungen, aber wenigstens versuchte der Hüne nicht mehr, alles und jeden zu erschlagen.

Der Bote hatte die beiden zu einer großen Doppeltür aus Eiche gebracht. In die beiden Flügel war kunstvoll der Ablauf einer Schlacht eingeschnitzt. Präzise und genau waren Elfenbein, Gold und andere wertvolle Materialien in das Holz eingearbeitet.

„Der Herr, die Dame. Ich darf Euch darauf hinweisen, dass Ihr zwar am Rat teilnehmen dürft, sprechen aber dürft Ihr nicht. Nun ja, jedenfalls so lange nicht, bis Ihr angesprochen werdet. Bitte verhaltet Euch ruhig, zumal es um den Fortbestand unseres Königreiches geht."

Gabrielle nickte nur kurz, während Leif ein gelangweiltes Grunzen von sich gab. Der Bote klopfte dreimal an die Tür, und sofort öffneten zwei Diener diese.

Der Raum, in dem der Kriegsrat stattfand, war lichtdurchflutet, da ein Kuppeldach aus Glas klares, helles Licht in den Raum hereinstrahlen ließ. An den Wänden zwischen Fenstern aus Buntglas hingen prunkvolle Banner mit den Farben und Wappen der verschiedenen Häuser des Königreiches. Der Boden bestand aus fast reinweißem Marmor. In der Mitte des Raumes stand ein großer, runder Tisch, auf dem sich eine topografische Karte Riis befand. Um den Tisch herum standen neun Stühle aus einem glänzenden Holz und ein reich verzierter Thron. Bis auf den Thron war jeder Platz besetzt.

Gabrielle blickte in die Runde der Männer, die im Rat saßen und erschrak für einen kurzen Moment. Ihre Augen mussten ihr einen Streich gespielt haben. Einer der Herren, die lauthals diskutierten, sah Spartacus zum Verwechseln ähnlich. Die bräunliche Hautfarbe, die braunen Augen, der schwarze Bart und die schwarzen Haare. Erst bei genauerem Hinsehen erkannte die Erfinderin, dass die Haut des Mannes nicht ganz so braun wie die von Spartacus war, die Augen nicht das Feuer der Abenteuerlust in sich trugen und die Haare anfingen, grau zu werden. Trotz alledem war der Anblick verblüffend.

„Das, hochverehrte Herren, sind die Ehrengäste des Königs, Leif Torwaldson aus dem hohen Norden und Gabrielle Galvani, renommierte Forscherin aus Kalgrad!", unterbrach der Bote ihre Gedanken.

Gabrielle wurde rot bei den Worten ‚renommierte Forscherin', zumal kaum jemand sie kannte.

„Und warum gedenkt unsere ehrenwerte Majestät, dass diese Ehrengäste dem Kriegsrat beiwohnen sollten?", brummte ein alter Mann mit weißem Backenbart und kurz geschorenen Haaren in die Menge.

„Weil das, meine Herren, die einzigen Zeugen der Angriffe auf Porta Mola und Porta Fiskio sind. Sie haben gegen die Wolfsmenschen gekämpft und überlebt. Sie kennen den Feind vermutlich besser als wir!", sprach ein glatzköpfiger Mann mit Hakennase laut. Gabrielle erkannte den Mann als den Erzmagier Horatio, Katharinas Vater. „Und da bis jetzt keiner unserer Spähtrupps zurückgekehrt ist, müssen wir auf die Informationen dieser Außenstehenden vertrauen. Doch bitte, nehmt erst einmal Platz und lasst mich Euch den restlichen Rat vorstellen."

Freundlich breitete Horatio seine Arme aus und bedeutete den Dienern, zwei Stühle heranzubringen. Für Leif war extra einen Hocker angefertigt worden. Dieser knarzte und quietschte bedrohlich unter dem Gewicht des Nortmar, der seine Rüstung noch immer trug.

Der Erzmagier stellte unverzüglich die Ratsherren von links nach rechts vor: Lukas Sieran, Gilde der Schmiede; Runar von Drumm, Direktor der Universität; Fabian Hart, Gilde der Tischler; Stephan De Santa, Gilde der Bauern; Kalf Burgund, Gilde der Architekten; Lancel,

der Mann, der aussah wie Spartacus, war auch noch Kapitän der Königlichen Marine; Robert von Steinhaupt, der Mann mit dem weißen Backenbart und den kurzen, weißen Haaren, Anführer der Königlichen Armee; Stennis von Halmstatt, die Rechte Hand des Königs und natürlich Horatio.
Jeder von ihnen musterte die beiden mit neugierigen Blicken. Auf ihren Gesichtern zeichneten sich gemischte Gefühle ab.
Ein Mann mit langem, weißem Bart, langen, weißen Haaren und einer dicken Brille durchbrach die Stille. Es war Runar, von dem Gabrielle fand, dass er aussah wie die Zauberer aus den Märchen ihrer Kindheit. „Nun denn, werte Reisende. Berichtet uns, wie verlief die Belagerung von Porta Mola?"
Leif zuckte mit den Schultern und zog den Schleim in der Nase hoch. „Was heißt hier Belagerung? Als wir ankamen, stand die Menschenstadt in Flammen. Ich war drin. Überall lagen verbannte Leichen, niemand hat überlebt."
„Zeigten die Mauern oder das Stadttor Beschädigungen auf, die das Wirken von Belagerungswaffen bestätigen?", fragte Kalf, ein Bär von einem Mann mit buschigen, dunkelbraunen Augenbrauen und langem, verknotetem Ziegenbart.
„Hab nicht genau hingesehen. Ich musste meinen Freund retten, den ihr freundlicherweise gefangen haltet!", knurrte der Nortmar zähneknirschend.
Der Rat ignorierte Leifs Bemerkung und fuhr fort. „Na gut, Ihr habt die Belagerung Porta Molas nicht gesehen. Eurem Verhör zufolge, Herr Torwaldson, habt Ihr jedoch den Untergang Porta Fiskios miterlebt. Oder?", fragte wieder Runar und fuhr sich durch den langen Bart.
Leif nickte knapp.

„Welche Belagerungswaffen verwendeten sie? Belagerungstürme, Rammen, Katapulte, Triboke? Bitte sagt nicht Kanonen." Nervös trommelte der Architekt Kalf mit den Fingern auf dem Tisch herum.
Leif schüttelte den Kopf. „Ich kenne zwar die Hälfte von dem Zeug nicht, aber die hatten ein paar komische Holzgerüste dabei. Die meisten kletterten einfach auf die Mauern und stürmten die Tore. Als wir ankamen, war die Schlacht schon in vollem Gange. Häuser standen in Flammen und sie hatten das Tor durchdrungen. Ich habe keinen Menschen entkommen sehen. Wir entschieden uns, kehrtzumachen und durch den Goldwald zu fliehen, zumal uns diese Monster bemerkt hatten."
„Ihr habt bei Eurer Befragung erwähnt, gegen diese Bestien gekämpft zu haben. Wie sind sie gerüstet? Wie kämpfen sie?", fragte Robert und zog fragend eine Augenbraue hoch.
Leif blickte in die Runde. „Sie tragen keine Rüstung und ihre Waffen sind primitiv: Äxte, Speere aus Stein, Pfeile mit Steinspitzen. Doch ich habe gesehen, wie sie sich bessere Waffen aneignen. Diese Ungeheuer kämpfen mehr in wilder Raserei als überlegt. Es ist ein Leichtes, einen zu töten." Leif nickte nachdenklich.
Plötzlich schlug Lukas, ein Mann mit blondem, kurzem Haar, hellgrauen Augen und Armen, die keinen Zweifel an seiner Tätigkeit ließen, auf den Tisch. Der Schlag war so wuchtig, dass er fast die Kelche und Pokale umwarf. Auf der Karte Riis fielen ein paar der Steine, die die Truppen symbolisierten, um. „Wenn diese Kröten so einfach zu besiegen sind, warum haben sie dann fast jede Stadt dem Erdboden gleichgemacht? Wenn sie leichte Gegner sind, warum können wir sie dann weder zurückschlagen noch besiegen? Erklärt mir das, verdammter Nortmar!"

Leif verschränkte die Arme vor der Brust und erhob sich. Langsam ging er auf den Tisch zu. Kurz wurde Lukas kreidebleich im Gesicht, dann blieb Leif stehen und musterte die Karte. „Wie erkläre ich es Euch, Mensch, sodass Ihr es auch versteht? Einen echten Wolf, den töte ich mit bloßen Händen. Zwei Wölfe vielleicht auch. Für drei brauche ich meine Waffen. Dasselbe Spiel für weitere fünf Wölfe. Bei zehn Wölfen würde ich ohne Rüstung die Flucht ergreifen. Mit Rüstung nehme ich es mit vielleicht zwanzig Tieren auf. Das Spiel geht weiter und weiter. Bei dreißig Wölfen würde ich vermutlich selbst mit Rüstung nur knapp gewinnen können. Vierzig Wölfe würde ich nicht überleben." Leifs Augen wanderten böse funkelnd von der Karte zu Lukas. „Und jetzt, Mensch, stellt Euch nicht vierzig Wölfe vor, sondern hundert, Tausende, Abertausende. Die Kraft dieser Mistviecher rührt nicht in ihrer Bewaffnung oder ihrer Organisation, die ihr Menschen so liebt. Nein, diese Kraft kommt von ihrer schier unendlichen Zahl. Sie sind wie eine Urgewalt. Ich habe sie gesehen, vor den Feldern der Menschenstadt, die ihr Porta Fiskio nennt. Ich habe sie gesehen in den Ruinen von Kaz'carundum. Wenn ich einen töte, kommen zwei nach. Man tötet diese Biester, bis man in ihrer schier endlosen Masse ertrinkt." Langsam zog sich der Hüne wieder zurück und ließ sich auf seinem knarzenden Hocker nieder.

„Nun gut", schluckte Robert, der sich nachdenklich über den Schnauzbart strich, „ich glaube Euch, Nortmar. Habt Ihr eine Idee, wie man diese ‚Naturgewalt' aufhalten kann?"

Langsam schüttelte Leif den Kopf.

„Dachte ich mir. Meine Herren, wie Ihr bereits wisst, haben wir heute die Nachricht erhalten, dass die Bastion Goldtor am Morgen gefallen ist. Wir können

vermuten, dass die Wolfsmenschen morgen einen Angriff auf unsere Stadt planen. Lancel, Ihr habt berichtet, dass eine Flotte unbekannter Schiffe von Osten her gesichtet wurde?"
Lancel nickte. „Aye. Von den drei gesandten Schiffen kam nur eines zurück. Sowohl Herkunft als auch genaue Zahl konnte man nicht ausmachen, wohl aber das Flaggschiff. Dem Anschein nach eine große Galeasse mit schwarzem Segel. Die Männer fantasierten davon, dass es von unheimlichem Nebel umgeben war." Der Anführer der Königlichen Marine machte eine abwertende Handbewegung und fuhr fort: „Vermutlich Piraten, die die Gunst der Stunde ausnutzten! Die Marine wird sich der Flotte annehmen. Wir haben schon genug andere Sorgen."
Der Rat stimmte dem bei und fuhr laut diskutierend fort.
„Leif Torwaldson!", hob sich die Stimme Roberts plötzlich hervor. „Ich denke, es wäre gut, Euch in den Rang eines Offiziers zu erheben. Ich will auch, dass Ihr an der kommenden Schlacht teilnehmt. Eure Anwesenheit wird die Moral der Soldaten heben. Freilich steht es Euch nicht zu abzulehnen."
Es wurde laut diskutiert. Leif wollte den Titel nicht, manche der Herren waren gegen diesen Beschluss. Es folgte ein heißes Wortgefecht, welches damit endete, dass Leif den Titel erhielt. Sie erklärten ihm, es sei eine absolute Ehre, und nach kurzer Bedenkzeit stimmte der Nortmar zu. Die Diskussionen dauerten an. Es ging um Waffen, Verpflegung, den Einsatz der wenigen Kanonen, die die Stadt hatte, und vieles mehr.
Etwas riss Gabrielle aus dem konzentrierten Zuhören der Beschlüsse des Rates. Irgendwas hatte ihren Arm gestreift. Die Erfinderin blickte sich um und fand am Boden ein zusammengeknülltes Stück Papier.

Vorsichtig hob sie es auf, und las verwirrt und erstaunt zugleich den Brief.

Katharina Klarwasser

Nachdenklich lag Katharina in ihrem warmen Schaumbad. Ihr hellblondes Haar schwebte im Wasser. Es war eine lange Reise gewesen – eine harte Reise. Und nun war sie endlich zu Hause, bei ihrem Vater.
Eigentlich sollte sie rundum glücklich sein und durchgehend Luftsprünge machen, doch Katharina war nicht danach. Etwas in ihr sagte mit weicher Stimme immer und immer wieder: Du bist zu Hause. Dein Heim. Dein Leben. Endlich bist du zurück.
Doch neben dieser weichen Stimme war auch diese Stille. Ein schwarzes, bodenloses Loch, aus welchem ein stummer Schrei drang. Unhörbar, aber spürbar. Irgendetwas hatte dieses Loch aufgerissen, und sie konnte nur ahnen, was es war.
Katharina seufzte und ließ sich bis zu den Augen ins Badewasser sinken. Blubbernd drang ihr Seufzen an die Oberfläche.
Ihr Vater hatte alles versucht: Zaubersprüche, Tränke und alte Riten. Er hatte ihr von ihrem Leben am Hof erzählt. Es war, gelinde gesagt, langweilig. Katharina hatte Spielkameraden gehabt, viel gelesen und war oft schweigsam und ruhig. Doch sosehr sie sich bemühte, an nichts davon konnte sie sich erinnern. Was war passiert? Diese Frage hatte das Mädchen auch ihrem Vater gestellt. Doch selbst er wusste keine Antwort. Eines Tages war sie einfach aus dem Bett verschwunden. Spurlos, keine Zeugen.

Katharina tauchte wieder auf und griff nach dem Becher mit Apfelsaft, der neben der Wanne stand. Ihr Arm dampfte vom warmen Wasser. Apfelsaft, den mochte sie, daran konnte sie sich erinnern.

„Wann darf ich endlich Leif sehen? Und Gabrielle und Spartacus?", fragte Katharina ihren Vater während des Mittagessens.
Er schwieg.
Das Mädchen wiederholte die Frage, erhielt aber wieder nur ein Schweigen als Antwort. Genervt stocherte sie in ihrem Kartoffelbrei herum. Das Essen hier war um Längen besser als das Essen, das sie unterwegs bekommen hatte. Lange sah sie ihren Vater an, dieser blickte jedoch die meiste Zeit auf einen Stapel Papiere. Ab und zu schaute er zu ihr und lächelte liebevoll.
„Hörst du mich eigentlich?", platzte es aus Katharina heraus.
„Ich höre dich gut, mein Kind", antwortete Horatio ruhig.
„Und warum antwortest du dann nicht auf meine Frage?"
„Weil ich dir keine Antwort geben kann."
„Warum nicht?"
„Weil es so ist!"
„Das ist keine Antwort!"
„Doch, ist es, und jetzt genug!"
Der Ton ihres Vaters ließ vermuten, dass jede weitere Frage zu Konsequenzen führen würde. Beleidigt warf Katharina die Gabel auf den Teller zu den Erbsen und dem Stück Schweinefleisch, dann schob sie ihn trotzig von sich fort.
Beide schwiegen sich an.

Die Stille dauerte an, bis der Erzmagier sein Essen gegessen hatte und das Besteck fein säuberlich auf den Teller legte. Langsam schob er sich vom Tisch weg und stand auf. „Nun gut, Katharina. Ich werde nun zum Kriegsrat aufbrechen, danach werde ich mit dir über deine Freunde reden. In Ordnung?"
Katharina schwieg und nickte langsam.
Als Horatio den Raum verließ, aß das Mädchen den Rest des Essens auf. Ihr Kopf juckte.

„Soll ich Euch die Geschichte von Ritter Sporneisen noch einmal erzählen?", fragte der Barde mit den grasgrünen Augen.
„Nein danke. Ich habe keine Lust darauf", antwortete Katharina und kratzte sich am Kopf.
„Aber das ist Eure Lieblingsgeschichte!", protestierte der Barde entsetzt.
Das Mädchen bedeutete ihm zu gehen. Sie war gelangweilt von den Dutzenden Versuchen, sie aufzumuntern. Dem Mädchen, das man ihr zum Spielen geschickt hatte, zog sie so lange an den Haaren, bis es weinend davonlief. Dem Jungen, den man danach brachte, hatte sie kräftig in den Schritt getreten. Die Zofe, die sie tadeln und schimpfen wollte, hatte sie mit einem bösen Blick verjagt. Jetzt hatten sie einen Barden geschickt. Zweifelsohne, seine Stimme war wie Honig in den Ohren, und die Laute, die er gebracht hatte, gab einen klaren und wunderbaren Klang von sich. Nichts aber konnte das dunkle Loch in ihr stopfen. Es schrie weiter stumm vor sich hin. Hinzu kam, dass sie ihre Freunde vermisste. Spartacus saß im Gefängnis, Gabrielle und Leif durfte sie aus irgendeinem Grund nicht sehen und von Cicero fehlte weiterhin jegliche Spur. Katharina kratzte sich wieder am Kopf und starrte auf den rosa Baldachin ihres Bettes. Hier lag sie wie auf

einer Wolke. Wochenlang hatte sie auf kaltem Boden geschlafen. Trotzdem war sie nicht glücklich.

Seufzend stieg sie aus dem Bett und nahm das Stück Papier von ihrem Nachtkästchen. Darauf stand in der schnörkeligen Handschrift ihres Vaters ihre Lebensgeschichte: „Dein Name ist Katharina Klarwasser."

Ob dieser Name den Menschen besser gefällt als Frida?, überlegte sie bitter.

„Geboren im Jahre 1591 nach Krönung Wolframs des Ersten, am vierten Tag des Monats der Ernte."

Sie war zwei Jahre jünger, als alle bisher angenommen hatten. Der Monat der Ernte war, so hatte sie sich sagen lassen, der letzte Sommermonat.

„Vater: Horatio Klarwasser, Erzmagier seiner Majestät. Mutter: Sigrun Klarwasser, geborene von Mistelbach. Bei Katharinas Geburt tragischerweise von uns gegangen. Aufgewachsen im Königlichen Palast seiner Majestät."

In dem Brief stand so vieles mehr. Über ihre schulische Ausbildung, ihre Vorlieben und Dinge, die sie nicht mochte. Mit nichts jedoch konnte sie übereinstimmen. Früher mochte sie keine Käfer, fürchtete sich sogar vor ihnen, doch auf ihrer Reise hatte sie sich nie vor ihnen geekelt. Sie fand sie vielmehr faszinierend.

Und so ging es die ganze Liste lang weiter. Je öfter und je länger Katharina die Zeilen überflog, umso mehr fragte sie sich, wie viel Frida in ihr steckte und was von Katharina Klarwasser übrig war. Es war, als wären es zwei komplett verschiedene Menschen.

Es dämmerte bereits, als sich die Tür zu ihrem Zimmer wieder öffnete. Nach dem Barden war niemand mehr hereingekommen. Sie hatte ihre Ruhe gehabt, ein paar

Bücher durchstöbert, um zu sehen, ob sich darin Bilder befanden, denn die Texte waren einschläfernd.

Jetzt aber trat keine Zimmerdame, Zofe, kein Spielgefährte oder Troubadour durch die massive Eichentür mit den verzierten Schnitzereien. Dieses Mal trat ihr Vater ein, gekleidet in den Farben des Königreiches.

Trotzig blickte das Mädchen den Erzmagier von dem weichen Ohrensessel aus an. Sein Blick war herzlich, doch stand darin auch eine gewisse Traurigkeit.

„Katharina."

„Vater?"

Horatio ging langsam auf sie zu und setzte sich auf den zweiten Sessel. „Weißt du, Katharina, du bist alles, was mir geblieben ist, nachdem deine Mutter von uns ging." Ihr Vater faltete die Hände auf seinem Schoß zusammen und blickte in das Feuer des Kamins. „Du hast mich heute oft gefragt, wann du deine Freunde wiedersehen darfst. Es ist nicht so, dass ich es dir nicht erlaube. Das Problem ist vielmehr jenes, dass sie bereits den Palast verlassen haben."

Der Magen des Mädchens zog sich zusammen. Sie spürte, wie ihr Mund sich öffnete, um Fragen über Fragen zu stellen. In ihren Augen sammelten sich Tränen. „Das ... das kann nicht wahr sein. Du lügst doch!"

„Ich wünschte, es wäre so", sagte er mit fester Miene und sah ihr in die Augen. Es waren die gleichen Augen wie die ihren. Er log nicht.

„Aber ... wieso? Und warum haben sie sich nicht verabschiedet?"

„Ich weiß es nicht, mein Kind. Gestern, nachdem ich sie aus dem Kerker holen ließ, habe ich den beiden je zwei Säcke Gold und meinen Dank geschenkt. Mit dem Gold könnten sie sich jeweils eine kleine Burg kaufen, samt

Ländereien. Sie haben im Palast gegessen und geschlafen. Der Nortmar verließ vor Sonnenaufgang den Palast, vermutlich ist er bereits schon vor den Toren. Gabrielle Galvani verließ den Palast nach dem Frühstück, um zur Universität aufzubrechen."
Sie brach in Tränen aus. Ihre Freunde waren gegangen, ohne sich zu verabschieden. War das wirklich wahr?
„Was ist mit Spartacus? Darf ich ihn wenigstens sehen?"
Horatio schüttelte den Kopf. „Der Pirat wurde heute ins Gefängnis auf die Klaue gebracht. Nach einem Jahr werden wir ihn in seine Heimat schicken."
Katharina konnte nicht glauben, was sie da hörte. Alle ihre Freunde, jeder Einzelne war weg. Niemals würde sie sie wiedersehen. Sie konnte kaum atmen, so sehr weinte sie.
Zärtlich nahm ihr Vater sie in die Arme und drückte sie. Er sprach ihr tröstende Worte zu, sagte ihr, alles würde wieder gut werden.
Doch Katharina wusste es besser. Nichts würde wieder gut werden. Niemals. Denn das schwarze, bodenlose Loch war aufgerissen und größer geworden. Etwas war gestorben. Sie war allein, obwohl sie nicht einmal wusste, wer sie wirklich war.

Offizier Leif Torwaldson

Mit einem mulmigen Gefühl im Magen betrat Leif das Feldlager seiner Diversion – so oder so ähnlich hatten die Menschen es genannt. Der Nortmar hatte sich den mittlerweile ausgebeulten Helm an den Gürtel geschnallt und trug die beiden Äxte an der Hüfte.
Jeder in der Zeltstadt betrachtete ihn mit großen Augen, teils Ehrfurcht, teils Furcht. Leif wusste, dass er imposant aussah. Seine Rüstung war frisch poliert, das Haar gekämmt und der Bart gewaschen, gestutzt und mit Stahlringen geschmückt.
„Wie ein altehrwürdiger Nortmar aus den Geschichten!", hatte ihn einer der anderen Offiziere gelobt.
Freilich, diese Aussage schmeichelte Leif ungemein, es war ihm eine Ehre, mit seinen Ahnen verglichen zu werden, doch er fühlte sich nicht wohl bei dem Gedanken an das, was morgen passieren würde. Er hatte mittlerweile schon oft gegen diese Monster gekämpft, doch jedes einzelne Mal hatte er einen Ausweg gehabt. Dieses Mal stand er aber mit dem Rücken zur Wand – wortwörtlich. Hinter dem Nortmar erhob sich die riesige Mauer der Königsstadt. Der Anblick war selbst für ihn imposant. Erstaunlich, wozu diese kleinen Menschen imstande waren.
Im Zeltlager herrschte rege Stimmung. Viele feierten, betranken sich und lachten leicht bekleidete Mädchen an. Ob die Frauen wohl auch in den Krieg zogen? Sonderlich gut gerüstet waren sie jedenfalls nicht. Trotz

der feierlichen Stimmung konnte Leif es riechen: den unverkennbaren Geruch von Angst. Er kannte den Geruch der Tiere, die in die Enge getrieben worden waren. Heute war es aber kein einfacher Geruch in seiner Nase, nein, er hing wie eine Glocke über dem Zeltlager, über der gesamten Stadt.

Die drei Söldner in dem Zelt aus bunten Flickenteilen betranken sich, weil sie den nächsten Tag fürchteten. Die Soldaten, die gestern vermutlich noch Bauern waren, würfelten, um zu vergessen, was vor ihnen lag. Und der Mensch, der gerade eines der leicht bekleideten Mädchen hinter einem Zelt liebte, tat dies, weil er wusste, dass es vielleicht sein letztes Mal war.

Selbst die Wachen vor seinem Zelt hatten Angst, auch wenn es ihren eisernen Mienen nicht anzusehen war. Dem Nortmar war ein großes Zelt zugeteilt worden, in dem er sich mit seinem Unteroffizier treffen sollte. Ebenjener Unteroffizier würde die eigentlichen Befehle geben, zumal Leif keine Ahnung von Krieg oder Schlachten hatte.

Das Zelt war zwar um einiges größer als die anderen, trotzdem musste Leif sich tief bücken, um hineinzugelangen. Drinnen roch es nach Bienenwachs, Waffenfett, Met und gebratenem Fleisch. An einem Holztisch mit allerlei Nahrungsmitteln saß ein verhältnismäßig kleiner Mann, mit Augenklappe, schmierigen langen Haaren und Stoppelbart. Eine hässliche Narbe zog sich über seine linke Gesichtshälfte.

„Lass mich raten! Du bist Offizier Leif Torwaldson, eh?", krächzte der kleine Mann, legte die dreckigen Stiefel auf den Tisch und grinste böse. „Die dachten sich wohl, es wäre lustig, den Kleinen Argus mit dem großen Nortmar zusammenzustecken?"

„Ich schätze mal, du bist jener, den man den Kleinen Argus nennt?"
„Kleiner Argus nennen mich diejenigen, die keine Angst vor mir haben", antwortete Argus ruhig.
„Und, sollte ich Angst vor dir haben?" Fragend zog Leif eine Augenbraue hoch.
„Nun ja, du magst zwar ein paar Köpfe größer sein als ich, aber ich kann dir noch immer fest gegens Schienbein treten!"
Kurz herrschte Stille, dann lachten beide laut auf.
Leif setzte sich auf den für ihn bereitgestellten Hocker. Dieser knarzte ebenso laut unter seinem Gewicht wie jener, auf dem er im Kriegsrat gesessen hatte. Vorsichtig betrachtete er die Karte des Schlachtfeldes. Mit Pfeilen war die vermutliche Richtung angegeben, aus der der Feind kam. Die gelben Steine standen für die Königliche Armee, die roten für den Feind. Man hatte Leif erklärt, dass ein Stein für eine Diversion stand. Eine Diversion bestand zumeist aus tausend bis achttausend Soldaten. Leif zählte einundzwanzig gelbe Steine auf der Karte. Die doppelte Anzahl in Rot.
„Wir wissen ja immer noch nicht, wie viele von den Bastarden im Wald lauern, darum haben wir deinen Informationen nach einfach mal das Doppelte genommen. Das wird schon reichen."
Das tat es nicht, Leif wusste das. „Welche Diversion befehlige ich eigentlich genau?"
„Erstens, mein großer Freund, heißt es Division, nicht Diversion. Zweitens haben wir beiden das große Glück, das Himmelfahrtskommando zu leiten." Argus stach mit einem Stilett in einen Apfel, in den er, nach kurzem Schnuppern, seine Zähne vergrub.
„Was ist ein Himmelfahrtskommando?"
„Bei den Göttern, ich habe echt Glück diese Woche!", seufzte Argus. „Wir beiden haben den Befehl über die

Söldner und die Frischlinge erhalten. Und bevor du fragst, unter Frischlinge verstehe ich Bauern, denen man ein Schwert in die Hand gedrückt hat und junge Burschen, die dem Vaterland einen Dienst erweisen wollen, aber den falschen Namen haben, um an einer weniger gefährlichen Front zu kämpfen."

Leif nickte. Er verstand, wieso er gerade diese Division erhalten hatte. Diese armen Seelen brauchten jemanden, zu dem sie aufblicken konnten. Jemanden, der ihnen Hoffnung gab, nicht sofort auf dem Schlachtfeld zu sterben.

„Sag, Argus", sprach Leif und riss einem gebratenen Schwein eine Haxe ab, „du hast sicher schon in einer Schlacht gekämpft, oder?"

Der kleine Offizier nickte kauend. „Fieben Flaften", kaute er, bevor er den Apfel schluckte. „Mit drei Schlachten zählt man hier als Veteran! In meiner vierten habe ich mein linkes Auge verloren. Einer dieser Barbaren aus dem Süden hat mir mein halbes Gesicht zertrümmert, wie du sehen kannst. Danach habe ich nur noch einmal gekämpft. Seitdem stehe ich hinter der Front und kommandiere. Unter meinem Einsatz haben wir das Scharmützel von Falkhafen gewonnen!" Stolz salutierte Argus und lachte dann dreckig.

Leif kannte weder die Südlichen Inseln noch Falkhafen. Eine Frage brannte ihm aber schon lange auf der Zunge. Eine Frage, auf die er nirgendwo sonst eine Antwort erhalten würde. „Sprich, Kleiner Argus. Sind Schlachten so ehrenhaft wie in den Sagen und Legenden?"

Verwundert blickte Argus den Nortmar mit seinem gesunden Auge an. „Scheiße, nein!"

Tiefe Falten bildeten sich auf Leifs Stirn. Gespannt blickte er auf die Karte des Schlachtfeldes und hörte Argus' Plan genau zu.

„... und wenn sie dann den aus ihrer Wunderkiste ziehen, haben wir die hier!" Der Offizier deutete mit seinem behandschuhten Zeigefinger auf den Stein mit dem Hammer. „Offensichtlich sind nicht alle deine Informationen Hühnerscheiße gewesen, damit könnten wir morgen einen entscheidenden Vorteil haben."
Leif nickte. Er hatte den Plan voll und ganz verstanden. Krieg bestand wirklich nicht nur aus ehrenhaften Zweikämpfen bis zum Tod. Es war genauste Berechnung und Vorbereitung. Das musste er den Menschen lassen, diese Strategie leuchtete sogar ihm ein.
„Na gut, Offizier." Wie jedes Mal sprach der kleine Mensch das Wort ‚Offizier' sarkastisch aus. „Gehen wir mal raus und halten eine Rede vor diesen Bauern, Beutelschneidern und Vollidioten!"
Leif nickte zögerlich. Draußen herrschte noch immer dieselbe Stimmung wie vor drei Stunden. „Was suchst du?", fragte der Nortmar Argus, welcher nervös hin und her sah.
„Ein Fass zum Draufstellen, sonst sehen die mich ja nicht."
„Ich kann dich auf meine Schultern nehmen."
„Sehe ich aus wie ein verkacktes Gör? Wie sieht das denn aus? Der große Offizier Argus sitzt auf den Schultern eines Nortmar wie ein Kleinkind. Nein danke, nein!"
Nach kurzem Suchen fand der Mensch ein angemessenes Fass und stellte sich breitbeinig darauf. Nun stand er ein paar Köpfe über den anderen, war aber immer noch kleiner als Leif. „Hergehört, ihr Taugenichtse!", brüllte Argus laut und pfiff mit den Fingern. „Ich hoffe, ihr habt euren Spaß beim Rumhuren und Saufen!"
Begeistertes Jubeln ging durch die Menge.

„Frederick! Bist das du, den ich da sehe? Tja, wie es aussieht, hast du dir heute wieder den Schwanz wund gefickt. Wenn das deine Frau erfährt, ist sie sicher begeistert!"

Die Menge lachte laut. Leif verstand nicht, was daran so witzig war.

„Ich will ehrlich sein. Mehr als die Hälfte von euch kennt sich besser mit Pflügen, Schafen und Mistgabeln aus. Ach was, jeder von euch kennt sich besser mit Schafen aus – auch wenn's nur ums Ficken geht – als mit der Waffe. Ihr habt nie ein Schwert benutzt, geschweige denn eines in Händen gehalten. Doch wisst ihr was? Heute sehe ich keine kleinen Bauern mit Schwertern in den Händen und weichen Knien vor mir. Nein! Ich sehe Krieger! In voller Montur, die bereit sind, ihren Mann zu stehen und für das zu kämpfen, was ihnen wichtig ist. Nicht für das verdammte Königreich oder den verdammten König. Scheiß auf den König! Nein! Ihr kämpft für eure Familien, für gefallene Freunde, für ein Leben nach dem Krieg! Für euch selbst und euer Leben! Darum frage ich euch: Seid ihr bereit, dieser Pestilenz, die unsere Heimat bedroht und verwüstet, in den Hintern zu treten?"

Die Menge grölte und jubelte aus vollem Halse! Argus' Worte trafen genau ihr Ziel. Selbst Leif war ein wenig motivierter.

„Dachte ich's mir! Und wer sich noch nicht sicher unter euch ist, ob das alles einen Sinn hat, der sieht sich mal unseren Offizier an!" Argus deutete mit dem Zeigefinger auf den verblüfften Leif. „Er ist ein Nortmar aus dem hohen Norden. Eine Rasse, von der wir glaubten, sie sei ein Kindermärchen. Diese Monster haben ihm alles genommen: sein Haus, seine Frau, seine Kinder! Doch hat er sich davon kleinkriegen lassen? Nein! Er steht hier und will jeden einzelnen verfluchten

Wolfsmenschen, der ihm vor die Äxte kommt, einen Kopf kürzer machen! Niemals aufgeben! Niemals kapitulieren! Niemals klein beigeben! Für den Sieg!", brüllte Argus noch einmal aus vollem Halse.
Die Menge gehörte ihm. Selbst wenn es nur für einen kurzen Moment war, die Soldaten hatten ihre Angst abgelegt und neuen Mut gefasst. Leif verstand, wieso Argus eine Geschichte erfunden hatte. Wortlos nickte der Nortmar und brüllte ebenfalls in die Nacht.
Morgen würde sich alles entscheiden. Die Schlacht konnte kommen!

Prinz Spartacus Magnus Imperialis

Es war eine idiotische Idee gewesen. Irgendjemand hatte sich einen schlechten Scherz mit ihr erlaubt, wie sollte Spartacus denn auch bitte aus dem Kerker entkommen? Doch wer sonst würde ihr diese Botschaft übermitteln?
Vorsichtig kramte die Erfinderin das kleine Papierstück aus ihrer Weste. „Um Mitternacht am Hafen", stand dort deutlich lesbar.
Enttäuscht warf sie die Nachricht auf das Pflaster und verschränkte die Arme. Direkt am Meer war es kühler als in der Stadt. Ein schneidender Wind zog vom schwarzen Wasser übers Land. Alles war still, der Hafen war wie leer gefegt. Sie war allein. Nicht einmal Männer der Stadtgarde bewachten die Straßen. Sie waren wohl, bis auf ein paar Ausnahmen, der großen Armee vor den Toren beigetreten.
Ein wenig weiter entfernt erkannte Gabrielle viele Schiffe, die sich auf den morgigen Angriff vorbereiteten. Lediglich das Schiff des Admirals und zwei kleinere Karavellen lagen noch im Hafen. Er würde wohl erst zum Sonnenaufgang zu den anderen stoßen.
Gabrielle fror. Sie hätte einfach gehen sollen, ein wenig schlafen. Wer wusste schon, was der nächste Tag mit sich bringen würde. Spartacus tauchte sowieso nicht mehr auf. Doch die Erfinderin verharrte an ihrem Punkt, irgendetwas sagte ihr, sie solle noch ein wenig warten. „Was hab ich denn zu verlieren? Wenn ich morgen einen Schnupfen habe, ist es auch egal", flüsterte sie und plusterte genervt die Wangen auf.

„Ich würde es aber mehr als schade finden, meinen letzten Tag mit einer Rotznase zu verbringen!", ertönte eine bekannte Stimme hinter ihr.

Gabrielle musste lächeln, doch schnell änderte sich ihre Miene und sie drehte sich um. Spartacus stand tatsächlich da, noch ungepflegter und dreckiger als sonst, die Arme weit ausgestreckt.

„Na? Überrascht?", fragte der entflohene Pirat grinsend.

„Überrascht? Du fragst wirklich, ob ich überrascht bin?" Die Erfinderin wurde lauter. „Vor zwei Tagen wurdest du festgenommen und lebenslänglich in einen Kerker geworfen! Und das, nachdem ich herausfand, dass der Mann, für den ich vielleicht angefangen habe, Gefühle zu entwickeln, mich über seine Herkunft belogen hat und ein …"

Spartacus hatte seine Hand über ihren Mund gelegt und bedeutete ihr, still zu sein. „Ja, ich weiß, ich weiß. Ich schulde dir ein paar Erklärungen. Komm einfach mit mir. Ach ja, du solltest ein wenig leiser sein", zischte er und sah ihr in die Augen.

Seine wunderbaren braunen Augen, in denen sich Gabrielle verlieren konnte. Sie nickte.

Sie waren ruhig durch den Marktbezirk gekommen und hatten einen alten Turm erreicht. Nachdem Spartacus das Schloss am Tor geknackt hatte, waren sie heimlich hinaufgestiegen. Die Aussicht über die Königsstadt war atemberaubend, auch wenn die Kälte hier oben noch schlimmer war. Spartacus hatte sie nur kurz angesehen und ihr seinen Mantel gegeben. Er roch zwar etwas unangenehm, wärmte aber. Spartacus stand nur noch in seinem kurzärmeligen, schmutzigen Hemd am Geländer und blickte in die Ferne.

Die beiden schienen eine Ewigkeit zu schweigen, bis der Pirat endlich etwas sagte: „Es tut mir leid, Gabrielle, doch diese Lüge lebe ich nun schon lange. Wie du dir vielleicht denken kannst, ist die Tatsache, dass ich ein Prinz bin, nicht unbedingt etwas, mit dem ich von Haus zu Haus ziehe."

„Aber was ist so schlimm daran? Ich hätte nicht anders als nach der Geschichte von deiner Kindheit auf der Straße von dir gedacht", setzte die Erfinderin nach, während sie sich neben ihn an das massive Geländer aus Stein stellte. In der Ferne war deutlich das Leuchten der Zeltlager hinter den hohen Mauern zu erkennen. Es war unglaublich, auch nur daran zu denken, dass irgendjemand oder irgendetwas diese Stadt einnehmen könnte.

„Ich bin nicht gerade stolz auf meine Zeit in Arsentia. Und ich habe Dinge getan, die mich manchmal noch heute in meinen Träumen jagen." Spartacus' senkte den Blick, seine Stimme wurde leiser.

Sanft legte Gabrielle ihre Hand auf die seine. Sie war nicht wirklich böse auf ihn, nur verletzt. „Du kannst mir alles erzählen, Spartacus. Bitte, ich möchte es wissen!"

Er seufzte, es fiel ihm sichtlich schwer, darüber zu reden. „Als dieser Wahrheitstrank mich zwang, meinen wahren Namen zu nennen, war es die Hölle für mich. Den Namen Magnus Imperialis würde ich nur als Schimpfwort für meine schlimmsten Feinde verwenden. Es war so, als hätten sie etwas tief in mir drin herausgerissen. Etwas, was ich vor der Welt verbergen wollte." Spartacus zog seine Hand vom Geländer und setzte sich an die Turmmauer.

Gabrielle drehte sich zu ihm. Der Pirat vermied jedoch jeglichen Augenkontakt.

„Aber gut, ich werde dir alles erzählen. Die nächsten Tage überleben wir wahrscheinlich sowieso nicht. Ich kam in der Hauptstadt Arsentias als siebter Sohn des

dortigen Herrschers, Brutus Magnus Imperialis, König des Reiches Arsentia, zur Welt."
Den Namen seines Vaters schien Spartacus mehr zu fluchen als zu sagen.
„Was soll ich sagen? Würde ich behaupten, ich hätte eine schlimme Kindheit gehabt, wäre das gelogen. Man hat mir das Schreiben und Lesen beigebracht, die Dichtkunst, Jagen und Kämpfen. Ich hatte immer einen vollen Magen, einen Palast voller Diener und vermeintliche Freunde zum Spielen. Mein Zuhause war wundervoll. Alles war reich verziert und wir hatten einen riesigen Garten mit großen Wasseranlagen. Mein Vater liebte mich und ich ihn. Als Kind ist man eben blind für die Welt dort draußen. Man sieht nicht, was dort vor sich geht. Jedenfalls wurde mein Kampftraining nach meinem dreizehnten Namenstag intensiver. Wie es Tradition für alle Prinzen war, wurde auch ich in die Armee eingezogen. Ich erlernte und meisterte den Kampf mit dem Speer, dem Schwert und dem Bogen. Ich war arrogant, selbstsüchtig, verwöhnt, dennoch der Beste in allem, was ich begann. Niemand konnte mir meine Fehler aufzeigen. Wer würde schon die Frechheit besitzen, dem Prinzen die Wahrheit ins Gesicht zu sagen? Meine Ausbildung dauerte fünf Jahre, bis ich achtzehn wurde. Bis zu meinem achtzehnten Lebensjahr hatte ich praktisch nie die Außenwelt gesehen. Ich hatte nicht den leisesten Hauch einer Ahnung, was außerhalb der Mauern des Palastes und der Kaserne vor sich ging."
Gabrielle hörte gespannt zu. Sie wusste nur wenig von dem Land im Westen namens Arsentia. Kein Land betrieb Handel mit ihnen und die Regierung ließ nie jemanden aus- oder einreisen.
„Mein Vater, musst du wissen, war ein Despot. Er herrschte mit eiserner Faust über das Land. Hunger,

Gewalt und Tod waren allgegenwärtig. Wer sich gegen die Regierung wandte, wurde entweder getötet oder in die Mienen im Norden des Landes geworfen. Mein erster Einsatz lautete, ein Dorf zu untersuchen, welches angeblich Rebellen beheimaten sollte. Motiviert, es diesen ... Königsuntreuen zu zeigen und Blut zu vergießen, brachen wir mit unserem Trupp auf. Fünfzig schwer bewaffnete und bestens ausgebildete Soldaten. In diesem Dorf sah ich das erste Mal, wie es in Arsentia wirklich aussah. Die Menschen waren hungrig und es gab nur Frauen, Kinder und Alte in der ärmlichen Siedlung. Die Häuser waren schäbig und klein. Gewaltsam durchsuchten wir die Häuser, zerstörten das letzte bisschen Hab und Gut dieser Menschen."
Spartacus hielt kurz inne. Dieses Thema schien ihm wirklich schwer über die Lippen zu gehen. Gabrielle war sich nicht einmal sicher, ob er wegen der Kälte oder wegen seiner Vergangenheit zitterte. Der sonst so stolze Pirat wirkte verletzlich und klein. Langsam setzte sich die Erfinderin neben ihn, nahm ihn in den Arm und küsste seine Wange. „Es ist schon gut. Was immer du getan hast, es liegt in der Vergangenheit", sagte sie sanft. „Was ich in dieser Nacht getan habe, ist ... unverzeihlich, Gabrielle. Nachdem wir nichts gefunden hatten, bedrohte unser Kommandant den Dorfältesten. Er solle ihnen endlich verraten, wo sie die Rebellen versteckt hatten, und er solle nicht seine Zeit verschwenden. Ich selbst dachte mir, als ich diese mageren Menschen sah, wie sie denn bitte andere unterstützen und beherbergen sollten, wenn sie selbst knapp vor dem Hungertod zu sein schienen. Erste Zweifel keimten in mir auf. Dann folgte der Befehl des Kommandanten. Zwei Worte. Zwei Worte, die ich niemals vergessen werde. Alle töten. Und wie gute Soldaten nun mal sind, führten wir den Befehl aus, ohne

Fragen zu stellen. In dieser Nacht schlachtete ich dreiundzwanzig Menschen ab. Wehrlose Frauen, Kinder und Alte. Manchmal, wenn ich die Augen schließe, sehe ich jedes einzelne Gesicht noch vor mir ..."

Spartacus' Blick war starr auf den Boden gerichtet. Er hatte aufgehört zu zittern. Gabrielle war schockiert von seiner Geschichte, doch sie schwieg und hörte ihm weiter zu.

„Weißt du", sagte er und fuhr sich mit der Hand durch den Bart, „es ist etwas anderes, einen Mann, der dich oder deine Freunde mit einer Waffe bedroht, zu töten, als ein schutzloses Dorf zu massakrieren. Klar, ich habe in Wolfshafen und in meiner Zeit auf hoher See viele Menschen getötet. Manchmal sogar nur, um ein Zeichen zu setzen. Doch seit dieser Nacht in dem kleinen Dorf habe ich nie wieder einen Unschuldigen getötet. Wenn wir ein Schiff geentert hatten und sich wehrlose Frauen oder Kinder darauf befanden, ließen wir so viele Matrosen wie möglich am Leben, plünderten die Schätze auf ihrem Schiff und verschwanden. Nie plünderten wir Proviant oder sorgten dafür, dass das Schiff manövrierunfähig wurde. Jedenfalls hatte mir diese eine Nacht die Augen geöffnet. Ich begann zu sehen, dass ich mein Leben bisher nur auf Kosten anderer genießen konnte. Ich begann zu verstehen, dass mein Vater nicht der war, für den ich ihn hielt. Drei Tage später konfrontierte ich ihn damit. Er lachte nur und sagte, dass dies der einzige Weg war, ein Königreich zu führen. Er sagte, dass auch ich eines Tages so werden würde wie er. Doch das ließ ich nicht zu. Eine Woche später packte ich Proviant und ein paar Sachen zusammen, sattelte mein Pferd und brach zur nächstgelegenen Hafenstadt, Ankra-Ma, auf. Eine kleine Nussschale war schnell gekauft. Ich legte meinen

Familiennamen ab und setzte die Segel, hinaus aufs weite Meer. Es war mir vollkommen egal, wo ich landen würde. Die Hauptsache war, weit, weit weg von zu Hause."

Spartacus biss sich auf die Unterlippe. Er wirkte erschöpft und ausgezehrt. Das war also seine Geschichte. Sie wusste nicht, was sie sagen sollte, also führte sie die Geschichte logisch weiter. „Du bist dann in Wolfshafen gelandet?"

„Aye, nach anderthalb Monaten auf See. Zweimal wäre ich fast verdurstet, wenn es nicht zu regnen begonnen hätte, und am Ende war ich nur noch Haut und Knochen." Der Pirat zwang sich ein Lächeln auf und erzählte weiter: „In Wolfshafen begegnete ich Joseph Teach, einem alten Piraten. Er nahm mich auf und lehrte mich alles, was ich wissen musste. Das ist nun gut zehn Jahre her. In diesen zehn Jahren war Teach mehr ein Vater für mich, als Brutus es je gewesen war." Er lächelte kurz.

Gabrielle musste mehr wissen. „Ich schätze, dein Plan, von dem du einmal geredet hast, hat etwas mit deiner alten Heimat zu tun, nicht wahr?", fragte sie vorsichtig.

Spartacus zögerte kurz und nickte langsam. „Aye, in der Tat. Die Idee dazu kam mir kurz nach meiner Ankunft in Wolfshafen. Ich wollte Arsentia von der Tyrannei meines Vaters befreien. Als ich die riesige Anzahl an Schiffen sah, ausgestattet mit modernsten Waffen und fähigen Männern, begann ich mich zu fragen, ob man diese gewaltige Macht nicht nützen könne. Vor fünf Jahren kam mir dann die Idee: Mit Moral und guten Worten würde ich diesen Haufen Seeleute nie dazu bringen, zusammenzuarbeiten. Doch wenn es etwas gibt, was jeder gute Pirat liebt, dann sind es Ruhm und Gold. Gold und Schätze gibt es in meiner alten Heimat zuhauf, mehr als diese Rabauken ihr ganzes Leben lang

versaufen könnten. Und was wäre ruhmreicher als ein ganzes Land einzunehmen? Stell dir mal vor, eine Armada aus dreihundert Schiffen. Wir würden Arsentia im Sturm erobern und befreien. Ich hätte die Möglichkeit, in den Palast zu marschieren, meinen Vater zu stellen und ihn büßen zu lassen. Büßen für all das Leid und die Schmerzen, welche er über Arsentia brachte. Für diesen Plan brauche ich hohes Ansehen bei den Piraten und immense Geldmittel. Kor sei Dank habe ich Teach auf meiner Seite. Ohne ihn könnte ich es nie schaffen."
Sein Blick war die ganze Zeit stur in die Ferne gerichtet. Die beiden schwiegen wieder.
Plötzlich griff Spartacus nach ihrer Hand. Er sah ihr in die Augen. Tränen standen in den seinen sonst so strahlenden braunen Augen. „Danke", flüsterte er. „Es hat gut getan, mit jemandem darüber reden zu können."
Langsam kamen sich ihre Gesichter näher. Er roch nach Schweiß und Urin, doch das war Gabrielle egal. Sie drückte ihn fester an sich. Dann trafen sich ihre Lippen. Es war anders als das letzte Mal. Die Zeit schien still zu stehen. Es war wie ein Feuerwerk. Tausende Gefühle sprangen in ihr auf und ab. Sie wünschte sich, dieser Moment würde nie vergehen. Die beiden tauschten weitere Küsse aus. Er küsste ihren Hals, ihren Ausschnitt. Seine festen Hände fuhren unter ihr Hemd und griffen nach ihren Brüsten. Sie stöhnte leise auf. Ein kalter Schauer lief ihren Rücken hinab. Sanft, aber bestimmt massierte er sie. Kurz ließ die Erfinderin von seinen Lippen ab und hauchte ihm ins Ohr: „Ich liebe dich."
„Verdammt", flüsterte der Pirat. „Ich dich auch!"
Dann griff sie nach seiner Hose.

Lange hatten sie sich geliebt. Es war atemberaubend gewesen. Noch immer lagen sie nebeneinander, Arm in Arm. Er fühlte sich so warm an. Die beiden Monde standen tief, nicht mehr lange und der Morgen würde anbrechen. Bald würde es Krieg geben. „Wie bist du eigentlich aus dem Gefängnis ausgebrochen?", fragte Gabrielle Spartacus.
Der Pirat wirkte ein wenig überrumpelt, grinste dann jedoch schelmisch. „Es war leichter als ich dachte. Sie hatten einen Großteil der Wachen abgezogen, und mich hatten sie nur spärlich durchsucht. Ohne Magie scheinen diese Idioten aufgeschmissen zu sein. Für solche Fälle habe ich immer einen Dietrich in meinem Stiefel. Das veraltete Schloss war schnell aufgebrochen und ich war schneller als ein fliegender Fisch aus dem Kerker entkommen."
Gabrielle kicherte. Sie hatte sich einen echten Verbrecher angelacht. Wieder schwiegen die beiden und betrachteten den Nachthimmel.
„Was wirst du als Nächstes tun? Ich meine, so wie ich dich kenne, wirst du nicht tatenlos zusehen."
„Aye, das werde ich nicht. Ich werde wohl oder übel ein Schiff kapern und versuchen, bis zu diesem ominösen Geisterschiff vorzudringen. Dort werde ich eigenhändig jedem einzelnen Bastard der Mannschaft die Kehle aufschlitzen!" Spartacus' Blick wurde düster.
Woher wusste er, dass die feindliche Flotte von dem Geisterschiff aus seinen Erzählungen angeführt wurde?
„Ich weiß, was du denkst. Ich war anwesend bei der Besprechung. Ich hatte mich auf einem Fenstersims versteckt und zugehört, wie denn sonst hätte ich dir die Nachricht zukommen lassen können?"
Er hatte recht, warum hatte sie nicht selbst daran gedacht? Plötzlich hatte Gabrielle einen Geistesblitz. Warum kam ihr diese Idee erst jetzt? „Wenn du

erlaubst, dieses Mal habe ich den genialen Plan. Hör mir genau zu!", sagte sie aufgeregt und lächelte verwegen. „Da bin ich aber mal gespannt", antwortete der Pirat.

Die Schlacht

Die Sonne strahlte erbarmungslos auf die trockene Ebene. Es war heiß in der Rüstung, doch Leif ließ sich davon nicht stören. Er blickte stur geradeaus, sofern es die Sehschlitze seines Helms erlaubten. Die ganze Armee wartete, bis sich der Feind am Horizont blicken ließ. Von fünfzehn Reitern waren drei mit schäumenden Pferden zurückgekehrt. Sie berichteten, dass sich das Heer des Feindes in Bewegung gesetzt hatte. Es waren mehr als doppelt so viele wie sie und besaßen, wie erwartet, keine Belagerungswaffen. Die Königliche Armee hatte sich daraufhin in Bewegung gesetzt und das Feldlager verlassen. Die Stadt war nur noch ein kleiner Punkt hinter ihnen, vor ihnen erstreckte sich eine weite, grasige Ebene. Hier gab es keine Höfe und Bauernhäuser mehr wie vor den Toren der Stadt. Ein perfekter Platz für eine Schlacht.
Leif und Argus hatten sich entschieden, an vorderster Front zu kämpfen. „Acht ist 'ne ziemlich schöne Zahl, um draufzugehen", hatte er gesagt. „Außerdem bin ich im Herzen noch ein Soldat, ich habe also an der Front zu stehen, verdammte Scheiße!"
Der kleine Offizier stand nervös neben ihm und wirbelte mit der Dornenaxt hin und her. In der anderen Hand hielt er, wie der Rest der Soldaten, ein Turmschild in den Farben des Königreiches und der Zahl neunzehn. Sie waren eine der letzten Divisionen, sie standen hinter den Pikenieren und vor den Bogenschützen.

Die Soldaten waren ein bunt zusammengewürfelter Haufen. Nicht jeder trug die offizielle Rüstung der Armee, manche trugen Lederrüstungen, andere bunt gemischte Rüstungsteile. Manche trugen Schwerter, andere Äxte. Der ein oder andere sogar Kriegshämmer. Noch seltener sah Leif Menschen mit diesen seltsamen Feuerrohren, wie sie die in Wolfshafen trugen.
Zwischen den Bauern und Veteranen, fanden sich auch Söldner. Sie trugen ihre eigenen Farben und Symbole. Krieger von den Südlichen Inseln, mit langen blonden Haaren, jeder einen Kopf größer als die anderen Soldaten. Weniger exotisch waren die Söldner des Königreiches. Raubeinige Halsabschneider, wie Argus sie nannte, aber jedes Silberstück wert.
Sie alle warteten auf ihren Feind – auf den entscheidenden Befehl zum Angriff.
„Ich hab's in den Knochen, das wird meine letzte Schlacht!", knirschte Argus neben ihm.
„Wenn das so ist, kämpfe ehrenvoll, Mensch. Dann wird dein Geist auf ewig fortleben!", raunte der Nortmar ehrfürchtig.
Der kleine Offizier spuckte jedoch nur auf den Boden und klopfte auf seinen Schild. „Verdamm mich! Wenn ich tot bin, will ich meine Ruhe und nicht fortleben. Lass uns das hier möglichst schnell zu Ende bringen!"
Leif nickte verwundert, sagte aber nichts.
„Leif! Leif Torwaldson!", erklang nach kurzer Zeit eine bekannte Stimme. „Ich glaub's immer noch nich'! Ich dachte, ich wäre gestern zu besoffen gewesen, als ich dich gesehen hab!"
Es war der Schweinehirte Mikkel. Der Mensch trug einen plumpen Harnisch und war mit Schwert und Schild gerüstet.
„Mikkel der Schweinemensch!", grinste Leif. „Dann bist du wirklich zur Armee gegangen?"

„Nun ja, ich hatte keine Wahl", räusperte sich der Schweinehirte. „Herolde sin' durch die Stadt gezogen und haben jeden kampffähigen Mann eingesackt!"
Der Nortmar war verwirrt. Sie hatten Menschen in Säcke gepackt und zur Armee geschleppt? Bevor er nachfragen konnte, ertönte ein ohrenbetäubender Lärm. Es waren die Kriegshörner. Endlich sah Leif die Staubwolken in der Ferne.
„Na dann, neunzehntes Regiment, zeigen wir diesen verfickten Hunden, dass sie sich mit den Falschen angelegt haben!", brüllte der Kleine Argus und trommelte mit seiner Axt auf den Schild.
Die restlichen Soldaten folgten seinem Beispiel. Innerhalb weniger Augenblicke vibrierte die Luft unter den Schlägen der Waffen und dem Grölen der Soldaten. Es ging los.

Wenn die Menschen heute von der Schlacht um Rii reden, haben nur die wenigsten die brennenden Dörfer und Städte vor Augen, die zahlreichen zerstörten Leben und auf ewig vernichteten Kunstwerke und Bücher. Vielmehr haben sie die Schlacht vor den Toren der Königsstadt im Kopf. Zurückgedrängt auf die letzte freie Stadt, sah sich der König gezwungen, sämtliche Truppen zu mobilisieren, die ihm zur Verfügung standen. Ritter wie Bauern, Jünglinge wie Veteranen, Söldner wie Handwerker.
Der König rief und das Land rief tausendfach zurück. Schon nach drei Tagen wehten die Fahnen und Wimpel über dem Meer aus Zelten. Jeder wusste, wenn sie diese Schlacht verlieren würden, wäre auch das Königreich verloren.
Die Königliche Armee zählte zu dieser Zeit rund zwanzigtausend Mann. Mitsamt den Freiwilligen schickte Rii achtzigtausend Männer in den Kampf.

Die Schmieden liefen heiß, Tag und Nacht, eine Armee musste gut gerüstet sein. Schwerter, Speere, Äxte, Schilde und vieles mehr. Erstmals in der Geschichte des Königreiches wurden sogar Kanonen in den Krieg geschickt, etwas, auf was das Königreich bisher verzichtet hatte.

Der Tag der Schlacht wird von vielen als Gemetzel bezeichnet. Strategisch war das Heer Riis vollkommen im Vorteil. Sie waren besser gerüstet und die fähigsten Anführer des Königreiches ersonnen eine schier unschlagbare Strategie. Sogar die Götter waren gnädig und ließen die Angreifer gegen Mittag anstürmen, direkt gegen die Sonne.

Trotz alledem war es mehr ein Massaker als eine ehrbare Schlacht. Tausende und Abertausende Wolfsmenschen stürmten auf die Ebene vor den Toren der Stadt. Sie prallten wie eine Lawine gegen die Reihen der Speerkämpfer, starben zu Hunderten. Ein Pfeilhagel regnete auf sie hinab und ließ Wolf um Wolf sterben. Das Fußvolk stürmte in die Massen der Monster und färbte den Boden rot vor Blut. Viele sagen, diese Schlacht sei so bedeutend gewesen, dass selbst die altehrwürdigen Nortmar aus den Bergen gestiegen waren, um an den Kämpfen teilzunehmen.

Doch es half nichts. Der Strom von Monstern folgte Schlag um Schlag. Keine der beiden Parteien gewann Land. Doch im Gegensatz zu den Wolfsmenschen war für die Armee des Reiches jeder Krieger unerlässlich.

In der Stunde der Not, als die Schlacht zu kippen schien, griffen die gepanzerten Reiter von den Flanken aus an. Wie eine rollende Welle aus blankem Stahl rissen die Ritter blutige Schneisen in die Reihen der Wolfsmenschen und unterbanden deren Nachschub. Dank den Rittern des Königs gelang es der Armee, vorzurücken. Schritt für Schritt. Die Kanonen wurden

herangezogen und abgefeuert, sie spien Feuer und Schwefel. Ihre Kugeln sorgten für Chaos und Verwüstung in den feindlichen Reihen.
Doch weiterhin gab der Feind nicht klein bei. Ohne sichtbares Ende strömten sie aus nördlicher Richtung herbei. Siegessicher wie sich die Menschen fühlten, bemerkten sie nicht, wie eine weitere Gefahr aus dem Norden drohte. Aus den Tiefen des Waldes erhoben sich Wesen aus Stein – Wesen, die mancher bisher nur aus Legenden kannte ... Trolle.
Die Trolle zerschlugen die Speere der Pikeniere, zerbrachen Schwerter und Schilde. Nichts konnte sie aufhalten, selbst die Königlichen Ritter nicht. Es gelang ihnen zwar, ein paar der Trolle mit den Kanonen zu treffen, doch die Feuerspucker waren zu ungenau.
Runar aber, seinerzeit Direktor der Universität der Königsstadt und ehrenwertes Mitglied des Rates, hatte dies in seiner Weisheit vorausgesehen. Er hatte die Schmiedemeister der Stadt mit ihren großen Hämmern und Rabenschnäbel hinaus auf das Schlachtfeld geschickt, um die Monster zu zerhauen. Und so geschah es auch. Die tapferen Handwerker stürmten auf die Monstren zu und kämpften mit einem Feuer, so heiß wie jenes in ihren Schmiedeöfen. Die Trolle waren unter Kontrolle gebracht, somit war der Weg für die anderen Soldaten wieder frei. Die Schlacht dauerte noch lange an.

Schlag, ausholen, zur Seite werfen. Wütend riss Leif seine rechte Axt in die Höhe und beschrieb einen schwarzen Bogen mit seiner linken. Die Wolfsmenschen, die er getroffen hatte, fielen geteilt zu Boden. Er wurde langsam müde. Wie lange dauerte es schon? Zu lange. Der Nortmar hatte aufgehört, die

Minuten zu zählen. So, wie er es auch mit seinen erschlagenen Gegnern gemacht hatte.
Die Wolfsmenschen waren zurückgeschlagen. Leif war weit hinter die Front gefallen und metzelte mit ein paar Menschen seiner Division die Wolfsmenschen dahinter nieder. Weiter vorn war das kalte Lied der Schlacht zu hören: Schreie, Schläge, klirrendes Metall, das Surren von Pfeilen und Bolzen, und vereinzelt das Donnern der Kanonen.
Um ihn herum kämpften nur mehr die wenigsten. Hier war das Lied der Schlacht zwar leiser, doch dafür erklang eine viel traurigere und grausamere Melodie – der Klang sterbender Menschen. Es war das Wimmern der Soldaten, das Fluchen und Beten zu den Göttern. Manche schrien im Wahn nach ihren Geliebten oder flehten nicht existente Feinde an. Leif wurde übel.
Gruppen von Frauen rannten zu verwundeten Kriegern und versuchten, ihnen zu helfen. Manche wurden auf Bahren weggetragen, vielen konnte jedoch vor Ort geholfen werden.
Leif tastete nach den Pfeilen, die ihn getroffen hatten. Dem Anschein nach hatten viele Wolfsmenschen Waffen aus der Zwergenstadt geplündert. Er sollte dankbar sein, dass sie damit nicht umgehen konnten. Einer der Pfeile hatte ihn am rechten Bein getroffen, er war nicht tief eingedrungen. Mehrere Pfeile steckten in seinem Rücken, auch sie waren nicht tief eingeschlagen, doch deutlich konnte der Nortmar spüren, wie ihm das Blut den Rücken hinablief.
Es war noch kein Ende in Sicht, doch Leif musste sich setzen. Nie hätte er gedacht, dass eine Schlacht so anstrengend sein konnte.
Der Hüne grinste. Was für eine Schlacht.

Die Königliche Marine

Reges Treiben herrschte auf der Königshammer, dem Flaggschiff der Königlichen Marine. Es war ein großer Dreimaster mit drei Kanonendecks. Ein Rammsporn befand sich an der Spitze des Bugs, das Holz war dick und eisenverstärkt. Ein waschechtes Kriegsschiff.

„Reißt euch zusammen, Männer!", bellte Admiral Lancel, während er die Planken auf und ab marschierte. „Wir bleiben nicht lange, denn ich will diese Bastarde so schnell wie möglich erreichen, ihnen in den Arsch treten und endlich wieder vor meinem Kamin sitzen! Ist das klar?"

„Aye, aye, Admiral!", erklang es von den Matrosen.

Gespannt marschierte Lancel zur Kapitänskajüte, in der die Kapitäne der anderen fünf Kriegsschiffe auf ihn warteten.

„Da seid Ihr ja endlich, Lancel", knurrte ein Mann mit grauen, langen Haaren, die nach hinten zu einem Knoten gebunden waren.

„Ihr seht heute irgendwie besser aus, wenn ich das so sagen darf, Admiral", merkte ein anderer Kapitän an.

„Hört doch bitte auf, Kapitän Siegfried!", sprach ein entnervter Mann mit rotblondem Bart und Brille. „Admiral Lancel, bei aller Ehre, aber warum müssen wir unsere Strategie noch einmal besprechen? Wir haben gestern lange genug Rat gehalten!"

Lancel ging seelenruhig zu seinem Schreibtisch und ließ sich in den Sessel fallen. „Meine Herren Kapitäne", sagte er und faltete die Hände. „Ich habe mir unseren

Plan durch den Kopf gehen lassen. Nach reifer Überlegung bin ich darauf gekommen, dass diese Art der maritimen Kriegsführung veraltet und nicht zielführend ist."

„Verdammter Möwendreck!", entfuhr es dem Kapitän mit den weißen Haaren. „Was fällt Euch eigentlich ein? Seit Jahrzehnten wenden wir diese Technik an, und haben damit Feinde und Piraten gleichermaßen besiegt oder in die Flucht geschlagen. Woher wollt Ihr bitte wissen, was eine gute Strategie ist und was nicht? Noch nie habt Ihr in einer Schla..."

„Haltet Eure vorlaute Klappe, Johann. Ihr scheint zu vergessen, dass Ihr mit Eurem Vorgesetzten redet. Ich habe entschieden und so wird es auch gemacht!" Ruhig rückte Lancel einen Stapel Seekarten auf seinem Schreibtisch zurecht.

Die Kapitäne leisteten keine Widerworte.

„Die Technik, die wir anwenden, nennt sich Die Waffenbrüder: einfacher Name, schwer zu manövrieren, effektiv, wenn erfolgreich ausgeführt. Wir positionieren unsere Schiffe in einer Dreiecksformation. Die Kriegsschiffe in der Mitte, die kleineren Schiffe draußen. Unser Ziel ist es, zum Flaggschiff der feindlichen Flotte vorzudringen – dem Schiff mit den schwarzen Segeln. Sobald dieses Schiff ausgemacht und lokalisiert wurde, werden die Königin Mathilde und die Mundschenk ihm nebeneinander entgegenfahren. Kurz bevor es zum Aufprall kommt, werden sich die beiden Schiffe trennen, um das feindliche Flaggschiff in ein Kreuzfeuer zu nehmen. Die kleinen Schiffe müssen dabei den zwei großen unbedingten Feuerschutz geben und sich um die anderen Schiffe des Feindes kümmern. Klar so weit?"

Die Kapitäne nickten misstrauisch. Offensichtlich waren sie es nicht gewohnt, riskante Manöver durchzuführen.

„Sollte dieser Angriff jedoch nicht ausreichend sein, wird die Königshammer das Flaggschiff rammen und entern."

„Ihr geht also davon aus, dass sich die feindliche Armada einfach auflöst und aufgibt, wenn das gegnerische Flaggschiff vernichtet ist?"

„Aye." Lancel nickte selbstsicher. „Doch vermutlich werden wir uns erst durch die Reihen der Gegner hindurchkämpfen müssen. Hierbei gebe ich den Kapitänen freies Feuer. Versenkt so viele gegnerische Schiffe wie möglich, zeigt kein Erbarmen, sie werden es auch nicht mit Euch haben."

„Seid Ihr sicher, dass …", fing der Kapitän der Mundschenk an, wurde aber unterbrochen.

„Ich bin mir sicher. Ich bin fertig, Ihr dürft nun wieder gehen." Lancel konzentrierte sich auf die Seekarte und bedeutete den anderen Kapitänen, seine Kajüte zu verlassen.

Mit fragenden und wütenden Gesichtern verließen die anderen den Raum und warfen die Tür hinter sich zu. Zufrieden streckte der Admiral die Beine aus und blickte zum dunklen Holz an der Decke.

„Herr Admiral?", ertönte es aus einer Ecke des Raumes. Ein Kabinenjunge mit mausgrauen Augen war die ganze Zeit da gewesen. Still und wortlos. Vermutlich hatte ihn nicht einmal jemand bemerkt. „Ihr seid sicher, dass diese Waffenbrüder-Strategie funktioniert?"

„Aye. Es muss funktionieren."

Das Meer wurde rauer, der Himmel war bewölkt. Schlechtes Wetter für eine Schlacht. Vor wenigen Augenblicken kam die Nachricht aus dem Krähennest:

Feind gesichtet. Die Fahnen gaben den Befehl an die anderen Schiffe weiter. Die Schlacht konnte beginnen.
Der Admiral stand vor seinem Schreibtisch und betrachtete die frisch polierten Waffen. Sein Rapier, gefertigt aus dem Stahl der Mienen von Arsentia. Langsam schob er die Waffe in den dafür vorgesehenen Gurt. Seine zwei Pistolen mit den Griffen aus Kirschholz und den schönen Verzierungen steckte er in die Holster an seiner Brust. Zwei weitere Schiffspistolen trug er an der Hüfte. Den Krummdolch mit dem vergoldeten Griff und das mattschwarze Messer steckte er ebenfalls in den Gürtel. Ein weiteres Wurfmesser steckte er in den Schaft seines Stiefels.
„Schau, ich habe hier noch etwas für dich, Spartacus", ertönte die Stimme des Kabinenjungen neben ihm. „Diesen Dolch habe ich in den Ruinen von Kaz'carundum gefunden. Er besteht aus dem Metall Orichalcum, du sollst ihn haben."
Der Dolch in ihren Händen bestand komplett aus schwarzem Metall. Vorsichtig nahm der Pirat den kalten Dolch entgegen. Er hatte schon einmal von Orichalcum gehört. Es war ein seltenes und wertvolles Metall, von dem behauptet wurde, dass nur die Zwerge es zu schmieden vermochten. „Danke, Gabrielle. Ich werde ihn in Ehren halten." Sanft lächelte Spartacus sie an.
Dann schwiegen die beiden. Wortlos strich sie ihm über den Stoff der feinen Uniform. Die Ähnlichkeit zu Admiral Lancel war wirklich mehr als überraschend. Jeder hatte ihnen geglaubt.
Sie sah ihm in die Augen. Ihre wunderschönen, mausgrauen Augen.
„Du hast Angst, nicht wahr?"
„Und wie ich Angst habe. Doch lieber sterbe ich, als diese Bastarde davonkommen zu lassen!"
Sie küssten sich. Ihre warmen Lippen gaben ihm Mut.

„Pass auf dich auf, ich will dich nicht noch einmal verlieren", hauchte sie.

„Aye!", antwortete er, fuhr sich durch den Bart und nahm den weißen Zweispitz des Admirals. Ob sie den armen Kauz schon gefesselt in seiner Villa gefunden hatten? Das war nun egal. Vorsichtig setzte er den Flachmann an seine Lippen und trank einen großen Schluck. Es war Zeit.

Der Pirat ging zur Tür und legte die Hand um den Griff. Doch bevor Spartacus sie öffnete, drehte er sich noch einmal zu Gabrielle und zwinkerte ihr zu. „Unkraut vergeht nicht!"

Dann riss er die Tür auf und wurde zu Admiral Lancel. „Los, ihr räudigen Seehuren! Jetzt machen wir diesen Wichsern Feuer unterm Hintern! Bei den Göttern, verdammt!"

Ein bisschen zumindest.

Der alte Feind

Traurig blickte der Nortmar auf die Leiche des Schweinehirten, welche zertrampelt am Boden lag. Sein Körper war übersät mit unzähligen Schnitt- und Stichwunden. Tausende von mit Klauen besetzten Pfoten mussten über ihn hinweggetrampelt sein. Es war schwer gewesen, ihn als Mikkel, Sohn des Walter, zu identifizieren. Der Mensch hatte bestimmt tapfer gekämpft, doch gegen die Übermacht des Feindes schien er keine Chance gehabt zu haben. Leif ballte seine rechte Hand zur Faust. Ein Grund mehr, härter zu kämpfen.

Seit Stunden schlugen die Armeen immer wieder aufeinander. Jedes Mal, wenn es die Menschen schafften, die Gegner zurückzudrängen, kamen mehr Monster nach. Es war ein Trauerspiel. Wie lange konnten sie das noch durchhalten? Diese Schlacht musste ein Ende finden!

Der Hüne nahm seine Äxte, die in der zerwühlten Erde steckten und stürmte auf die Spitze der Front zu. Ehrfürchtig wichen die Menschen dem wütenden Nortmar aus. Jeder wusste, wer sich ihm in den Weg stellte, würde niedergetrampelt werden. Kurz vor den sich sammelnden Wolfsmenschen blieb Leif stehen. Er brüllte wie ein wütender Höhlenbär. Der Boden schien zu beben. Viele der Krieger stiegen mit Geheul, Kampfschreien und Schlägen auf ihre Schilde ein.

Dann stürmten sie los, die zwei Heere prallten wieder aufeinander. Weit hinter den Wolfsmenschen sah Leif, dass die Reiter noch immer dafür sorgten, den

Nachschub neuer Gegner einzuschränken. Doch auch sie waren bereits weniger geworden. Bald mussten sie die Strategie wechseln.

Einer der Wolfsmenschen sprang auf Leif zu. Er trug ein Schwert aus Stahl, das er vermutlich einem toten Soldaten abgenommen hatte. Mit der flachen Seite seiner linken Axt schlug Leif auf den Schädel der Bestie ein. Unter der Wucht des Schlages konnte er spüren, wie Knochen brachen. Der Wolf wurde zur Seite gerissen und landete in den feindlichen Reihen.

Schon holte er zum nächsten Angriff aus. Mit der rechten Axt trennte er einem Wolfsmenschen den Arm ab, mit der linken zerteilte er den Torso eines anderen Monsters. Wie ein Berserker schlug der Nortmar wild um sich. Hätten ihn die Gegner nicht bereits umzingelt, hätte Leif fürchten müssen, einen Mitstreiter zu verletzen. Einem besonders großen Wolfsmenschen zertrümmerte er mit der Rückseite der Axt den Schädel. Der Jäger trat, schlug, stach und zerteilte alles, was ihm in den Weg kam, doch die feindlichen Truppen schienen nicht weniger zu werden.

Immer wieder spürte er durch seine Rüstung hindurch, wie die Monster ihn trafen, doch ihre Waffen vermochten das Werk der Zwerge nicht zu durchdringen. Wie lange würde es dauern, bis sie eine Lücke fanden?

Wieder beschrieb er einen weiten Bogen mit seiner Axt und tötete gleich mehrere Gegner mit diesem einen Angriff. Die ganze Zeit schon fühlte er sich mehr wie ein Metzger, denn als ein Krieger. Wo immer Leif auch kämpfte, er hinterließ eine blutige Spur aus abgetrennten Körperteilen und gespaltenen Körpern.

Unweit neben sich sah er, wie mehrere Menschen mit Hämmern auf einen Troll einschlugen. Es war wirklich schlau gewesen, dass die Menschen auf ihn gehört

hatten. Diese Wesen waren zwar immun gegen Klingen, doch harte Schläge mit Spitzhacken und Hämmern konnten sie bezwingen.
Endlich wichen die Gegner ein wenig zurück. Leif kämpfte daher noch verbissener. Er wollte so viele dieser Bastarde töten, wie er nur konnte.
Ein flammender Schmerz in seiner linken Schulter ließ ihn aufschreien. Er taumelte zurück. Ein Speer, so dick wie sein Finger, steckte in seiner Schulter! Die Waffe musste aus der Zwergenstadt stammen. Deutlich konnte der Nortmar spüren, wie warmes Blut seine Brust hinablief. Kurz hielt er inne, dann packte er den Speer und brach ihn ab. Er konnte seinen rechten Arm noch mühelos bewegen.
„Jetzt bin ich wütend!", brüllte er.

Die Wolfsmenschen waren wieder zurückgedrängt, eine neue Schlachtreihe der Menschen bildete sich. Offiziere auf großen Pferden ritten eifrig zwischen den Reihen hin und her. Sie brachten Ordnung in den immer geringer werdenden Haufen von Menschen.
Es freute Leif zu sehen, dass der Kleine Argus noch lebte. „He da! Nortmar!", brüllte er. „Hast du ein paar dieser räudigen Bestien erlegt?"
Der Nortmar nickte.
„Sieht übel aus, die Wunde da! Solltest du verbinden lassen!" Der Offizier deutete auf das Stück Holz, das aus Leifs Harnisch herausragte.
Da er über und über mit dem Blut der Wolfsmenschen bedeckt war, fiel es ihm schwer zu sagen, welches Blut von ihm selbst stammte. „Das ist nur ein Kratzer, das heilt schon."
„Na, wenn du meinst. Kratz mir halt nicht während der Schlacht ab, verstanden?"

Wieder nickte er, dann ritt Argus auf seinem weißen Pferd weiter und wies die Soldaten ein.

Trotz der hohen Verluste schien das Heer der Menschen noch nicht die Motivation verloren zu haben. Manche rissen sogar noch Witze über ihre Gegner. Hoffentlich würde ihnen das Lachen nicht vergehen.

Leif stand wieder an vorderster Front. Er ließ den Kopf kreisen, um seinen Nacken zu lockern. Sollten sie nur kommen! Er würde bis zum letzten Moment kämpfen. Doch der Feind kam nicht. Eine Ewigkeit schien zu vergehen, ohne dass die Wolfsmenschen einen Angriff wagten. Unruhe machte sich unter den Menschen breit. Irgendetwas stimmte nicht.

„Die haben wohl aufgegeben!", bellte ein Söldner hinter ihm.

„Oder die bereiten was Großes vor!"

„Warum greifen wir nicht an?"

Genau diese Frage stellte sich Leif auch. Warum erhielten sie nicht den Befehl zum Angriff?

Was war das? Hatte der Boden etwa leicht gebebt?

Da war es schon wieder! Leif hatte sich nicht getäuscht. Der Boden bebte! Es wurde immer stärker. Nun schienen es auch die Menschen bemerkt zu haben.

Die Soldaten verfielen in Panik, Gespräche und Witze verstummten. Selbst Leif wurde unsicher. Dann erkannte er am Horizont die Quelle des Bebens: Turmhohe Gestalten rannten auf die beiden Heere zu.

„Bei den Pranken des Bären ...", hauchte Leif.

„Riesen!", riefen einige Soldaten.

Und als hätten die Wolfsmenschen auf dieses Signal gewartet, jaulten sie alle und stürmten los.

Ein Horn ertönte! Es war das Signal zum Angriff. Viele der Menschen waren starr vor Angst, denn die gigantischen Monster kamen immer schneller auf sie

zu. Sie waren größer als die Mauern der Königsstadt. Die Masse stockte, bewegte sich nicht fort.
Dann ertönte das Horn erneut, dieses Mal waren es zwei Stöße.
Rückzug!

Die Menschen rannten, doch die Wolfsmenschen waren schneller als sie. Wer zu langsam war, wurde einfach niedergemetzelt.
Die Riesen kamen der Armee immer näher. Es waren grässliche Gestalten mit deformierten Gesichtern. Sie sahen fast aus wie Menschen, nur waren ihre Arme viel länger und die Köpfe kleiner. Sie trugen keine Waffen und keine Rüstung, nur Lendenschurze aus etwas Braunem, das Leif aber nicht identifizieren konnte. Der Nortmar hatte keine Zweifel daran, dass diese Monster die Armee vernichten konnten.
Leif blieb abrupt stehen. Es hatte keinen Sinn wegzurennen! Nortmar liefen nicht davon. Fest umklammerte er die Stiele der beiden Äxte. Er würde hier nicht sterben!
Menschen rannten an ihm vorbei, in ihren Gesichtern standen pure Angst und Entsetzen. Vielleicht würden es ein paar schaffen, zur Nachhut zu kommen. Mit ihren großen Belagerungswaffen vermochten die Menschen sogar, einen der Riesen zur Strecke zu bringen.
Die Welle aus blutrünstigen Wolfsmenschen hatte ihn erreicht. Wütend trat er dem ersten mit voller Wucht gegen den Brustkorb. Das Ungeheuer wurde zurückgeworfen und riss mehrere seiner Gefährten mit sich. Leif hackte wie wild auf die Wolfsmenschen ein, doch sie liefen einfach an ihm vorbei, als stünde er nicht da. Ihr einziges Ziel war es offensichtlich, die Menschen zurückzudrängen. Er fluchte. Wieder sauste seine Axt

hernieder und trennte den Kopf von den Schultern eines gelblichen Wolfes mit braunen Flecken.

Ein Stich in seinen linken Oberschenkel ließ ihn einknicken. Ein breites Schwert hatte seinen Beinschutz durchdrungen und steckte im Fleisch. Die Klinge war an seinem Knochen vorbeigeschrammt und hinten wieder ausgetreten. Entsetzt blickte er auf die Waffe. Wie viele von diesen Waffen hatten sie noch?

Als hätte jemand seine Gedanken gelesen, traf ihn ein Armbrustbolzen in den Bauch. Im Gegensatz zu den Pfeilen, die ihn schon einmal getroffen hatten, steckte der Bolzen tiefer. Ein weiterer Bolzen schrammte an seinem Helm vorbei. Leif fluchte und spuckte Blut. Er konnte kaum noch aufrecht stehen.

Wieder traf ihn ein Bolzen, dieses Mal in den Oberschenkel, in dem das Schwert steckte. Laut brüllend stürzte der Hüne zu Boden. Unzählige Wolfsmenschen stürmten über seinen Körper hinweg. Es war unmöglich aufzustehen. Unaufhörlich wurde er von unzähligen Pfoten in den blutgetränkten Boden gedrückt. Sein ganzer Körper brannte vor Schmerzen. Leif versuchte zu schreien, doch ihm fehlte die Luft dazu. Das war sein Ende.

Mit letzter Kraft dachte der arme Jäger an seine Heimat, von der er so weit entfernt war, an die mit Schnee bedeckten Hänge, die weitläufigen Nadelwälder und an sein Dorf. Er dachte an Skada, an Sif, an all die anderen, sogar an Ragnar. Er dachte an seine Eltern, die in der Eisigen Einöde verschollen waren. An Spartacus, Gabrielle, Cicero und Frida.

Dann wurde es düster. Durch die Sehschlitze seines Helms sah Leif, wie der nackte, dreckige Fuß eines Riesen auf ihn herniedersauste.

Feuer und Salz

Wieder bebten die Planken unter ihren Füßen. Alles war erfüllt mit Rauch und Nebel. Männer schrien Befehle, andere schleppten Pulverpakete und Kugeln über das Deck. Die Schlacht war in vollem Gange.

Gabrielle hatte sich die Kanonen vor ihrer Abreise angesehen. Es waren sehr alte Modelle. Hoffentlich war ihr Gegner nicht besser gerüstet.

Und noch einmal ertönten Schreie. Ein ohrenbetäubendes Donnern ließ das gesamte Schiff vibrieren. Eine weitere Salve war abgeschossen worden. Die Erfinderin konnte auch die Kanonen der anderen Schiffe hören. So fühlte sich also eine Seeschlacht an.

Auf dem Deck herrschte das gleiche Treiben wie ein Stockwerk darunter. Männer liefen über die nassen Planken und luden Kanonen nach. Es schüttete wie aus Kübeln. Spartacus hatte ihr erklärt, dass Seeschlachten bei diesem Wetter mehr Glück als Können voraussetzten. Der Pirat hatte kurz gelächelt und gemeint, er habe das Glück der Götter auf seiner Seite. Die Erfinderin lächelte, wurde aber von einem Matrosen zur Seite geschubst und angeschnauzt.

Als Kabinenjunge verkleidet, musste sie zwar keine Kugeln schleppen oder Kanonen abfeuern, aber mitten auf dem Deck herumzustehen war keine gute Idee.

„Feuer!", ertönte die Stimme des vermeintlichen Admirals.

Der Befehl wurde weitergegeben. Wieder schossen alle Kanonen auf der rechten Seite auf einen kleinen Einmaster neben ihnen. Gabrielle stürmte zur Reling und versuchte, die feindliche Mannschaft zu erkennen, doch in diesem Unwetter war das unmöglich. Würde die Sonne scheinen, hätte sie sogar versucht, mit dem Gewehr ein paar der Gegner zu erschießen.

Krachend schlugen die Kugeln im gegnerischen Schiff ein, diese Salve versenkte den Einmaster. Begeistertes Jubeln. Ein paar Matrosen warfen sogar ihre Hüte in die Luft.

„Aufhören mit dem Scheiß!", brüllte Spartacus vom Achterdeck. „Wir haben gerade mal einen jämmerlichen Seelenverkäufer versenkt, verdammte Scheiße! Weitermachen! Volle Kraft voraus, und hart Steuerbord!"

Schnell sank die Euphorie. Die Männer schnappten sich Seile und kletterten die Wanten hinauf zu den Masten. Für Gabrielle war es ein Wunder, wie die Seemänner ohne Probleme über die rutschigen Planken rennen konnten. Sie tat sich mit jedem Schritt schwer auf dem stark schwankenden Schiff.

Um ihr Schiff herum kämpfte der Rest der Marine des Königreiches. Spartacus hatte die Königshammer an der Spitze positioniert. Die Erfinderin hielt dies für einen Anflug von Übereifer, doch der Pirat brauchte vermutlich den Nervenkitzel. Unweit von ihnen entfernt, hatte sich die Greifenpranke ein kleines Kriegsschiff ausgesucht, um es zu versenken. Offensichtlich musste sie gerade einen Treffer einstecken. Der Kapitän der Greifenpranke war Jonathan gewesen, der Mann mit den rotblonden Haaren.

„An die Mörser, verdammt! Ich will diese scheiß Nussschale auf halb Backbord nicht mehr sehen!", brüllte Spartacus gegen den Sturm. Gabrielle war erstaunt, wie laut er schreien konnte.

Eine Welle, die auf das Deck schwappte, riss die Erfinderin sowohl aus ihren Gedanken als auch von den Füßen. Hart schlug sie auf dem Deck auf, niemand beachtete sie.

„Mann über Bord!", brüllte es von allen Seiten.

„Zum Glück bin ich glimpflich davongekommen!", ächzte sie und stand auf.

Rufe hallten vom Krähennest herab. Obwohl die Nachricht schwer zu verstehen war, breitete sie sich wie ein Lauffeuer aus.

„Schwarze Segel Nordnordwest!"

Das Schiff, das die Rote Korsarin versenkt hatte! Das angebliche Geisterschiff. Sie musste hoch zu Spartacus! Vorsichtig kämpfte sie sich die nassen Stufen hinauf zu dem vermeintlichen Admiral.

Breitbeinig stand der Pirat neben dem Steuerrad aus schwarzem Holz, den Blick stur geradeaus gerichtet. Wie ein Felsen in der Brandung, regungslos im Wind und Regen. Zwischen Feuer und Salz.

Am Boden neben ihm lag ein Seemann bewusstlos an die Reling gelehnt. Sie konnte sich denken, was passiert war. Spartacus wollte dem armen Kerl nicht das Steuer überlassen und hatte ihn beiseitegeschafft, auf Piratenweise.

„Spartacus!"

„Los Männer, legt euch ins Zeug! Wo sind die beschissenen Mörser?"

Als Antwort erhielt er ein lautes Donnern vom Vorderdeck. Rauch spuckte aus den breiten Eisenrohren, als sie die schweren Kugeln in die Luft schossen. Es wäre unmöglich, ein Ziel unter diesen Bedingungen zu treffen. Trotzdem schaffte es eine der

Kanonenkugeln, ein gegnerisches Schiff zu streifen. Offensichtlich im richtigen Moment. Während es getroffen wurde, lösten sich Schüsse vom Deck, welche ihr Ziel, die Silberne Stefanie, verfehlten. Wieder jubelten die Männer.
„Gut gemacht, Männer!", brüllte Spartacus.
Er hatte sie noch nicht bemerkt.
„Weiter, und jetz..."
Ein lautes Tosen zerfetzte den Satz des Kapitäns. Die Königshammer wurde zur Seite gerissen. Ein Zweimaster stieg aus den schwarzen Wellen links neben ihnen empor. Die Segel waren zerfetzt, die Planken modrig. Gabrielle konnte die feindliche Crew sehen, aber nicht erkennen. Blankes Entsetzen breitete sich in der Mannschaft aus, einige der Seemänner schlugen schützende Zeichen.
Spartacus aber spuckte nur aus und brüllte: „Verdammt, ihr Kammerzofen! Pisst euch nicht an, habt ihr noch nie Kelpies gesehen? An die Backbordkanonen, und auf meinen Befehl abschießen!"
Der Befehl wurde weitergegeben und hastig kehrten die Seemänner zu ihrer Arbeit auf dem schwankenden Schiff zurück.
„Was bei den Göttern sind Kelpies?", kämpfte Gabrielle gegen den Sturm an.
Der Pirat sah sie grimmig an und warf ihr ein kleines Fernglas zu. Die Erfinderin faltete es aus und betrachtete das gegnerische Schiff.
„Kelpies sind die Pest des Meeres! Eigentlich tauchen sie nicht so nahe in Ufernähe auf!", brüllte Spartacus.
Auf dem Schiff zu ihrer Linken eilten entsetzliche Gestalten das Deck auf und ab. Sie hatten den Oberkörper eines Mannes, aber einen Kopf, der an ein Pferd erinnerte. Graublaue Schuppen bedeckten Teile ihres Körpers und ließen sie unheimlich glänzen.

„Widerliche Biester, sag ich dir. Haben schon genug gute Schiffe versenkt. Hatte, den Göttern sei Dank, bisher erst einmal mit ihnen zu tun. Musste die Rote Korsarin danach fast verschrotten lassen."
Die Kelpies trugen seltsame Rüstungen und lange gebogene Schwerter. Noch nie hatte Gabrielle von diesen Wesen gehört, geschweige denn eines davon gesehen. „Glaubst du, die anderen Schiffe we..." Eine Salve des Gegners unterbrach sie.
Das Schiff erzitterte. Schreie, knarzendes Holz. Panik machte sich auf dem Schiff breit und nach wenigen Minuten eilte ein Mann mit fein gezwirbeltem, braunem Bart die Stufen hinauf. „Kleine Schäden, Admiral! Kanonen intakt, geringe Schäden an der Backbordseite!", ächzte der Mann.
„Gut! Sind wir bereit zu feuern?", erwiderte Spartacus.
„Aye, Admiral!"
Der Pirat nickte, blickte auf das Schiff der Kelpies und dann wieder nach vorn. „Feuer!", brüllte er.
Wenige Augenblicke später ertönte das Donnern der Kanonen. Krachend schlugen die schweren Kugeln in das gegnerische Schiff ein. Genervt fluchte Spartacus und betrachtete seinen Feind. Ihr Angriff hatte viel zu wenig Schaden angerichtet!
Entsetzt blickte Gabrielle auf die Bordwände. Die Kugeln hatten gerade mal das Holz zum Splittern gebracht.
„Ladet Kettenkugeln und schießt auf die scheiß Segel!", brüllte der falsche Admiral.
Verdutzt blickte der Mann, der gerade den Lagebericht dargelegt hatte, ihn an. „Admiral, verzeiht mir, aber wir haben keine Kettenkugeln!"
„Was, bei Kors Dreizack, soll das heißen, dass wir keine Kettenkugeln haben? Welches verdammte Schiff hat keine Kettenkugeln?"

„Nun ja, dass wir eben keine haben!"
Genervt schlug sich Spartacus mit der Hand an die Stirn.
„Haben wir irgendwas Explodierendes?"
„Nein, Admiral. Nur das Schwarzpulver."
„Verdammter Möwendreck! Wie stellst du dir dann vor, dass wir die Kelpies besiegen, Klugscheißer?"
„Wir könnten Lukarusfeuer auf die Gegner schießen, wie immer, Admiral!"
„Was soll ich mit Feuer gegen ein Kelp... Warte, das Scheißzeug brennt auch auf Wasser, nicht?"
„Aye, Admiral!"
„Männer, beladet die Kanonen mit Lukarusfeuer und schießt aus allen Rohren!", befahl der Pirat.
Gabrielle kannte Lukarusfeuer. Es war eine grausame Waffe. Ein Elixier aus Harz, Schweinefett, Schwefel, Phosphor, Vitriol, Magnesium und destilliertem Schwalbenstachel, einer Blume aus dem Osten. Zusammengemischt erzeugten diese Substanzen eine strahlend weiße Flamme, die auf jeder Oberfläche brannte. Sie war nur mit feuchter Erde zu löschen – viel feuchter Erde. Gabrielle besaß eine kleine Kiste, deren Innenseite sicher gepolstert war, darin befanden sich acht Kugeln gefüllt mit Lukarusfeuer. Sie hatte schon Angst, die kleinen Kugeln mit sich zu führen. Ein Schiff voller großer Kugeln mit diesem Teufelszeug zu führen, war Wahnsinn.
Ein Zeichen, die Kugeln waren bereit.
„Feuer frei!", brüllte Spartacus.
Die Messingkugeln flogen in hohem Bogen auf das gegnerische Schiff. Sie öffneten sich beim Aufprall und bedeckten die rechte Seite mit einem in allen Farben schimmernden Ölfilm.
Mehrere Männer mit Armbrüsten eilten auf die Backbordseite der Königshammer. Sie entzündeten die Bolzen und schossen auf das Schiff der Kelpies. Ein

Großteil der Pfeile landete im Wasser, doch zwei schlugen an der gegnerischen Bordwand auf. Gabrielle hielt sich die Hand vor Augen. Ein Geräusch wie das Fauchen eines wütenden Drachen überdeckte das Donnern der anderen Schiffe und das Toben des Sturms. Sengende Hitze schlug ihr entgegen, ihre Haut spannte sich.

Dann nahm die Erfinderin die Hand weg und betrachtete das grausige Spektakel. Das Schiff der Kelpies war eingehüllt im heiligen Feuer des Sonnengottes. Es stand lichterloh in weißen Flammen. Die Mannschaft jubelte, selbst Spartacus grinste.

„Um auf deine Frage zurückzukommen: Ja, auf jedem der feindlichen Schiffe stehen diese widerwärtigen Kelpies. Diese Biester bauen selbst keine Schiffe, sie kapern sie nur."

Gabrielle nickte und blickte auf das Schlachtfeld. Im Nebel des Regens blitzten entfernt Kanonen auf, es war schwer zu sagen, zu wem sie gehörten. Alles um sie herum kämpfte und schoss. Links neben ihr war das brennende Schiff der Kelpies dabei unterzugehen. Rechts von ihr kämpfte die Silberne Stefanie weiterhin gegen das Kriegsschiff.

„Ach du Scheiße!", fluchte Spartacus. „Bei Kors Dreizack, das darf doch nicht wahr sein ..."

„Was ist los?"

Die Männer schrien. Viele blickten nach vorn, andere sahen weg.

Jetzt sah auch Gabrielle, was los war. Nicht weit von ihnen entfernt attackierten die Königin Mathilde und die Mundschenk das Schiff mit den schwarzen Segeln.

„Diese Bastarde nehmen die königlichen Schiffe auseinander!", sprach Spartacus fassungslos.

Gabrielle konnte nur erkennen, wie das Geisterschiff ein Dauerfeuer durchführte. Statt selbst getroffen zu werden, zerstörte es ohne Mühe die beiden Schiffe.
„Volle Kraft voraus, Männer! Wir rammen diese Hurensöhne!", brüllte Spartacus. „Festhalten und klarmachen zum Entern!"

Die Geschichte Riis

Lange bevor es die Menschen gab, lebten jene Götter, welche sie heute anbeten in diesen Landen.

Als Erstes war Chronus, der Gott der Zeit. Dieser erschuf Lukarus, den Gott des Lichts, und Lunara, die Göttin der Nacht.

Lukarus erschuf mit seiner Frau Lunara die anderen Götter: Boscarus, den Gott der Erde, Kor, den Gott des Meeres und Eroka, die Göttin der Liebe.

Eroka und Kor erschufen Tahida, die Göttin der Winde. Sie formten die Welt nach ihren Vorstellungen. So entstanden die Inseln und die Meere, die Berge und die Seen.

Mit jedem Morgen erschuf Lukarus den Tag, und wenn er müde wurde, erschuf Lunara die Nacht.

Chronus saß auf seinem Thron, weit oben auf dem höchsten Gipfel der Welt, und betrachtete sein Werk. Bald war ihre Welt fertig. Doch in den üppigen Wäldern, den klaren Seen und den unendlichen Wiesen herrschte kein Leben. Dies langweilte die Götter. So befahl Chronus seinen Nachkommen, jeder solle Lebewesen erschaffen und die Welt damit füllen.

Kor erschuf die Lebewesen der Meere. Schon bald tummelten sich Fische in allen Farben, Formen und Größen in den Gewässern der Welt.

Boscarus erschuf die Lebewesen des Landes. Er begann mit den großen Tieren wie den Bären und den Gesichtschwänzlern, und hörte mit den Kleinsten wie den Insekten auf.

Tahida erschuf die majestätischen Wesen der Lüfte, und schnell war der Himmel voller Leben.

Eroka sah gelangweilt auf die Wesen, welche die anderen Götter erschaffen hatten. Sie wollte etwas Besonderes kreieren. Etwas, was aus der Masse hervorstach. So suchte sie die schönste Blume der Welt und erschuf daraus die Elfen. Sie waren so schön wie ihre Mutter und lebten in den Wäldern Riis. Selbst nach Hunderten von Jahren wurden sie nicht älter. Die Elfen bauten wunderbare Städte und entwarfen atemberaubende Kunst. Eroka war stolz auf ihre Kreation.

Lunara war neidisch auf ihre Tochter und wollte ebenfalls etwas Großartiges in diese Welt setzen. So verschwand sie unter der Erde in die Dunkelheit und suchte sich das schönste Metall, das sie finden konnte. Daraus erschuf sie die Zwerge. Diese sahen den Elfen nicht unähnlich, auch wenn ihre Haut bleich war und ihnen der besondere Glanz fehlte. Sie bauten sich ihre Städte in den Bergen und unter der Erde Riis. Im Gegensatz zu ihren Verwandten, den Elfen, entwarfen sie keine Kunstwerke, sondern Maschinen. Sie waren fortschrittlicher als alles, was diese Welt bisher gesehen hatte. Auch Lunara war stolz auf ihr Werk.

Nun lag es an Lukarus, als Letzter der Götter, Leben zu erschaffen. Lange überlegte er. Was konnte er erschaffen, das so großartig war wie die Elfen oder die Zwerge? So geschah es, dass er eines Tages durch die Berge wanderte, die man heute als die Weißen Berge kennt. Dort erblickte er einen riesigen Baum. Sein Stamm war so dick, dass selbst er ihn nicht umschließen konnte. Unbezwingbar und unbesiegbar stand der Baum inmitten des Waldes. Da wusste Lukarus, daraus würde er Leben erschaffen. So kreierte er die Nortmar, jenes riesenhafte Volk, das die Berge beherrschte und so Ehrfurcht erregend war wie der Baum, aus welchem sie erschaffen wurden. Sie waren weder so intelligent wie die Zwerge noch so künstlerisch wie die Elfen. Doch in ihnen brodelte ungeheure Kraft und Stärke. Es heißt, dass sie sich in Situationen höchster Not mit der Kraft Lukarus' in gigantische Tiere verwandeln konnten. Tiere so groß wie der Baum, aus welchem sie erschaffen wurden.

Chronus war zufrieden mit den Werken seiner Nachkommen und verfolgte das rege Treiben seiner Welt.

So vergingen Jahrtausende, bis etwas Ungewöhnliches geschah. Plötzlich und ohne Vorwarnung gebar Chronus Zwillinge. Der eine kam mit einem lächelnden Gesicht zur Welt, der andere mit fahlem Blick und spitzen Zähnen. Es waren Götter. Götter, die die Wesen seiner Nachkommen erschaffen hatten. Sie waren die Verkörperungen ihrer stärksten Gefühle der Lebewesen: Freude und Furcht.

Er nannte sie Voluptus, welcher fortan für die Freude unter den Lebewesen sorgte, und Volantus, welcher Furcht in die Herzen der Lebenden säte. Chronus wusste, nun waren alle Götter geboren und er könne sich schlafenlegen.

Noch heute schläft Chronus, der Gott, der selbst im Schlaf die Zeit beherrscht.

Wieder vergingen Jahrtausende. Die Nortmar, die Elfen und die Zwerge hatten in dieser Zeit Bündnisse geschlossen und Kriege geführt, Handel betrieben und Feste gefeiert.

So geschah es eines Tages, dass sich Lunara aus Langeweile auf ein Fest der Elfen begab. Ihr Mann, Lukarus, ruhte sich währenddessen für den nächsten Tag aus. Auf ebendiesem Fest lernte Lunara den Elfen Silvio kennen. Sie verfielen einander und liebten sich

bis zum Morgen. Als Lunaras Mann jedoch aufwachte, sah er seine Frau mit dem Elfen. Aus Angst flüchtete die Göttin der Nacht mit Silvio in die Dunkelheit. Doch davor schaffte es Lukarus, die beiden mit einem Fluch zu belegen. Erst leuchteten beide strahlend hell in der Dunkelheit, damit er sie nie verlieren konnte, doch dann trennte er die beiden voneinander. Er trennte sie jedoch nur so weit, dass sie sich zwar sehen, aber nicht berühren konnten. Und so jagt Lukarus noch heute seine Frau und Silvio über den Himmel. Lukarus als die Sonne, und Lunara und Silvio als die beiden Monde.
Aus Wut über den Verlust seiner Frau und aus Rache gegenüber dem Volk Silvios, sandte der Gott des Lichts seine Diener, die Nortmar, aus, sämtliche Elfen zu töten. Diese taten, wie ihnen geheißen, und vernichteten in einer blutigen Schlacht das Volk der Elfen. Kein Elf überlebte diese Schlacht. Die Nortmar zerstörten ihre Städte, ihre Kunstwerke und salzten das Land, auf dem sie lebten.
Eroka war unsagbar traurig über ihren Verlust, und aus Rache brach sie den zweiten Fluch von Lunara und Silvio, sodass diese sich wenigstens einmal im Jahr ganz nahe sein konnten, damit ihre Liebe weiterbestehen würde.
Eroka erschuf daraufhin nie wieder ein Volk, doch sie mischte sich unter die Nortmar, welche ihre Elfen getötet hatten, und unter die Zwerge. Sie hoffte, dass diese mit ihrer Liebe nie wieder ein Volk vernichten würden.
Mit der Zeit vergaßen die Zwerge und die Nortmar ihre Götter Lunara und Lukarus, da diese mit ihrer Jagd beschäftigt waren.
Die Zwerge gaben den Glauben komplett auf und wandten sich nur noch ihrer Technologie zu. Tempel wurden zu Werkstätten und Schreine zu Maschinen.

Die Nortmar hingegen fanden neuen Glauben in den Geistern der Natur. Sie beteten zu ihren Ahnen und zu den Tieren der Wälder.

Mit dem schwindenden Glauben schien auch die Kraft der Götter zu sinken. Und als ihre Kraft am schwächsten war, erschufen Boscarus, Kor, Tahida, Voluptus und Volantus in einem fernen Land, welches heute als Arsentia bekannt ist, ein neues Volk: die Menschen.

Der Mensch war im Vergleich zu den anderen Wesen schwach. Ihm fehlte der Sinn für die Wissenschaft der Zwerge oder die Kunst der Elfen. Auch war er nicht ansatzweise so stark wie die Nortmar. Doch der Mensch wuchs. Er vermehrte sich rascher als die anderen Völker und lernte von Generation zu Generation. Zudem war ihr Glaube an die Götter stark, was ebenjenen neue Kraft gab. Daraufhin entschieden die Götter, nie direkt in das Schicksal der Menschen einzugreifen. Die Menschen sollten sich von allein entwickeln und zu wahrer Größe wachsen.

Wenige Tausend Jahre nach der Erschaffung des Menschen geschah jedoch etwas Unerwartetes. Ohne das Wissen der anderen hatte Volantus eigene Völker auf Rii erschaffen. Furchterregende Wesen wie die Vendigos, seltsame Schattenwesen mit den Köpfen von Tieren und scharfen Klauen, oder die Wolfsmenschen, blutrünstige Mischwesen. Doch unter den vielen Scheusalen, welche Volantus erschaffen hatte, waren keine so gefährlich wie die Riesen. Diese beschützten sein selbsternanntes Reich hinter den Weißen Bergen. Heute kennt man dieses Land als die Eisige Einöde.

Früher war dieser Teil der Welt eine blühende Wiese, die endlos zu sein schien. Es war ein wunderbarer Ort, welcher durch das Verderben Volantus' verendete und abstarb.

Die anderen Götter waren erzürnt. Sie wussten nicht, was sie tun sollten. Chronus schlief noch immer und ihre Eltern jagten sich über den Himmel. Sie waren weder in der Lage, Volantus zu vernichten, noch seine Geschöpfe.
Letzten Endes nahmen ihnen Lukarus' und Lunaras Kinder ihre Entscheidung ab. Es kam zum Krieg zwischen den Wesen Volantus' und den Wesen ihrer Eltern. Es war ein fürchterlicher Kampf, den die Nortmar und die Zwerge zwar gewannen, doch mit einem hohen Preis bezahlten. In einer selbstaufopfernden Attacke vernichteten die Zwerge einen Großteil der Streitmächte Volantus', wurden dabei jedoch selbst ausgelöscht.
Die Zwerge waren nicht in der Lage gewesen, die Riesen zu besiegen. Nur die Nortmar in ihrer Tierriesengestalt waren dazu imstande. Der letzte Kampf zwischen den Riesen und den Nortmar dauerte dreizehn Tage und dreizehn Nächte. Am Ende gingen die Nortmar zwar als Sieger hervor, verloren jedoch all ihre mächtigen Festungen in den Bergen und die Fähigkeit, sich in Tierriesen zu verwandeln. Außerdem wurde fast ihr gesamtes Volk ausgelöscht.
Das Bild von Rii hatte sich für immer geändert. Volantus war geschlagen und wandte sich kraftlos von den anderen Göttern ab.
Kaum ein Jahrhundert nach diesem Krieg erreichten die Menschen mit ihren einfachen Booten aus Tierhäuten den Süden der Insel Rii. Die Menschen hatten sich mittlerweile über die ganze Welt ausgebreitet.
Auch wenn die Ungeheuer Volantus' vernichtet waren, fürchteten die Götter ihre Rückkehr. Sie wussten, dass die schwachen Menschen keine Chance gegen diese Monster hätten. Also spalteten sie einen Teil ihrer Energie ab und verwahrten diese Kraft in einem

Kristall. Dieser Kristall schenkte den Menschen die Magie. Mit dieser Kraft waren sie in der Lage, sich zu schützen. Nur die Götter wussten, was passieren würde, würde diese Energie eines Tages verlorengehen.

Entern!

„**F**esthalten!", brüllte er gegen den Sturm an. Kalt peitschte ihm der Regen ins Gesicht. Seine Uniform war durchnässt und klebte an seinem Körper. Doch Spartacus war das alles egal, er hatte nur ein Ziel: Er wollte jede Seele auf dem Schiff mit den schwarzen Segeln auslöschen.

„Achtung!", ertönte es. „Die schießen auf uns!"
Kanonenkugeln flogen über das Deck. Spartacus duckte sich hinter das Steuerrad. Schreie ertönten, das ganze Schiff erbebte.

Sie würden die Seite des Geisterschiffes mit voller Wucht rammen. Durch ihre Position fiel es den feindlichen Kanonieren schwerer, sie zu treffen.

Eine Welle riss das Schiff nach links, doch Spartacus steuerte dagegen. So leicht ließ er sich nicht aus der Bahn werfen. Gleich würden sie ihren Gegner erreichen.

Eine weitere Salve flog ihnen entgegen. Viele Kugeln trafen das Segel und rissen Löcher in den Stoff, andere trafen die Reling. Gefährlicher als die Kugeln waren die Schrapnelle, die bei jedem Treffer Holzsplitter durch die Luft sausen ließen. Oft genug hatte Spartacus miterlebt, wie die langen Splitter Menschen durchbohrten. Wieder ertönten Schreie. Wie viele wohl getroffen waren?

„Bereit machen, ihr Halunken! Noch einmal treffen uns diese Fischköpfe nicht. Enterhaken vorbereiten! Besetzt die Deckkanonen!"

Die Matrosen machten sich ans Werk. Es gab weniger Verletzte als vermutet. Lediglich acht Leute mussten unter Deck gebracht werden.

„Gabrielle!", schrie Spartacus. „Du bleibst hier und hilfst den Männern dabei, uns den Rücken freizuhalten. Ich will keinen dieser verdammten Kelpies an Bord der Königshammer sehen!"

Die Erfinderin sah ihn besorgt an und brüllte gegen den Wind: „Wäre es nicht besser, wenn ich dir helfe?"

Spartacus nahm eine Hand vom Rad, packte Gabrielles Arm und sah ihr tief in die mausgrauen Augen. „Du hilfst mir am besten, wenn du hierbleibst, wo du sicher bist. Ich könnte es mir nie verzeihen, wenn dir etwas passiert." Er blickte wieder nach vorn. Der schwere Dreimaster mit den schwarzen Segeln versuchte sich zu drehen, um den Aufprall abzuwenden, doch es war bereits zu spät. „Festhalten!", brüllte er erneut.

Der schwere Rammsporn der Königshammer traf den Rumpf des feindlichen Schiffes. Laut ertönte das Krachen und Knarzen von Holz, das Schreien der Männer. In der Ferne wurden noch immer die Kanonen der anderen abgefeuert. Spartacus erhob sich, rückte den Hut zurecht und zog sein Rapier. „Dann los! Wir zeigen diesen Bastarden jetzt, wie Menschen kämpfen! Angriff!", brüllte der Pirat und stürmte los.

Ein paar der Matrosen mussten erst wieder aufstehen, die meisten jedoch waren schon auf den Beinen. Sie warfen die Enterhaken und knoteten die nassen Hanfseile an der Reling fest. Die Kelpies versuchten mit Äxten, das Schiff von den Seilen zu befreien, doch die Seeleute feuerten fleißig ihre Armbrüste auf sie ab. Nur die wenigsten von ihnen besaßen eine Handfeuerwaffe, sie gehörte nicht zur Standardausrüstung der Marine.

Die ersten Matrosen gelangten auf das Deck des Geisterschiffes und fochten mit den Meeresungeheuern.

Spartacus eilte über die nassen Planken, vorbei an Armbrustschützen und einfachen Matrosen, die hinter Fässern und Kisten Schutz suchten. Über die Enterbrücken würde er nicht auf das feindliche Deck kommen. Instinktiv erblickte er das Seil, das die Reling mit dem unteren Segel des Vordermastes verband. Er packte es, holte mit dem Rapier aus und zerschnitt es. Blitzschnell wurde der Pirat von den Beinen gerissen und sauste nach oben. Kurz bevor er die hölzerne Spule erreichte, ließ Spartacus los und packte das Seil, das den Vordermast mit dem Bug verband.

Die Matrosen taten sich schwer im Kampf gegen die Kelpies. Hätten sie keine Unterstützung durch die Armbrustschützen gehabt, wären sie einfach abgeschlachtet worden.

Der Pirat schob sein Rapier in die Halterung. Noch immer mit einem Arm am Seil hängend, zog er den eisernen Haken von seinem Gürtel und packte den Holzgriff. Schon sauste Spartacus das nasse Hanf hinab. Da der Bug über das Deck des Geisterschiffes herausragte, würde er inmitten der Kelpies landen. Das Feuer in ihm brannte heiß, der Zeitpunkt der Rache war gekommen.

Die Meeresungeheuer sahen ihn zu spät. Der falsche Admiral ließ den Haken los und rammte einen Gegner zu Boden. Mit einer Vorwärtsrolle stand Spartacus auf, zog Rapier und Pistole. Die erste Kugel verließ den Lauf aus Messing und traf ein Kelpie ins Bein. Spartacus warf die Pistole hoch, packte den noch heißen Lauf, und schleuderte ihn in einer Rückwärtsdrehung nach einem Gegner. Blitzschnell zückte er sein Rapier und stach nach dem ungeschützten Hals eines Pferdekopfes. Blut

spritzte ihm entgegen, doch Spartacus vollführte eine Pirouette nach links und zog die Waffe aus dem Fleisch seines Gegners. Ein Kelpie mit prunkvollem Helm zielte mit einer Axt auf seinen Kopf, doch Spartacus lief unter der Waffe durch, zog den Krummdolch aus dem Gürtel und stach in einer fließenden Bewegung durch den Sehschlitz des Helms. Der Pirat verpasste dem wiehernden Gegner einen Tritt gegen den Brustpanzer und zog den Dolch aus dem Auge. Er preschte vor, in Richtung Kapitänskajüte. Ein bulliges Meeresungeheuer stellte sich ihm in den Weg, die Nüstern weit aufgebläht. Spartacus warf den Krummdolch nach ihm, doch sein Gegenüber blockte das Geschoss mit einem großen Breitschwert ab.
„Ein ganz schneller!", keuchte Spartacus und zog eine weitere Schiffspistole.
Ein Bolzen flog knapp an seinem Kopf vorbei und schlug in der Reling des Geisterschiffes ein. Diese Idioten würden ihn noch treffen!
Mit einem Sprung stürmte der Pirat auf das bullige Kelpie zu und täuschte einen Rückhandschlag an. Sein Gegner versuchte zu blocken, doch im letzten Moment ließ sich Spartacus zu Boden fallen, rollte knapp an den nackten Beinen des Monsters vorbei und stach in dessen rechte Kniekehle. Mit einem an ein Wiehern erinnernden Schrei fiel das Ungeheuer zu Boden. Der Pirat war mittlerweile wieder auf den Beinen. Er presste den Lauf der Pistole gegen den schleimigen Pferdekopf des Kelpies und drückte ab. Der Schädel zerplatzte in einer grünlichen Wolke aus Hirn und Rauch.
Überall auf dem Deck kämpften nun Menschen gegen Kelpies. Die Matrosen der Königlichen Marine waren der feindlichen Besatzung zahlenmäßig knapp überlegen, doch für ungeübte Kämpfer waren die

Seeungeheuer schwere Gegner. Sie waren wesentlich stärker als Menschen, und der Stahl ihrer Waffen konnte sogar Plattenrüstungen durchschneiden. Nur noch wenige Schritte trennten Spartacus von der Tür zur Kapitänskajüte. Wenn der Kopf der Schlange erst einmal abgeschlagen war, würde sich der restliche Körper einfach auflösen – das hoffte er zumindest.

Ein kleineres Kelpie schlitzte einem Matrosen mit dicken Koteletten den Bauch auf. Wie fette Würmer quollen seine Gedärme aus der Wunde hervor. Verzweifelt versuchte dieser, die Wunde zuzuhalten. Dann erblickte das Ungeheuer Spartacus und raste auf ihn zu. Es war in eine Rüstung aus dem seltsamen, türkisen Metall gerüstet und schwang ein großes Breitschwert.

Der Pirat grinste, es war zu einfach. Mit einem Hechtsprung nach links wich Spartacus dem Angreifer aus. Dieser tat sich schwer, auf den nassen Planken anzuhalten, er rutschte bis zur Reling und strauchelte. „Rüstungen gehören nicht auf ein Schiff, scheiß Mistvieh!", brüllte er und warf seine Pistole nach dem Kelpie. Sie traf den Helm, und ein heller Glockenschlag ertönte, als der gerüstete Gegner ins schwarze Wasser fiel.

Zufrieden nickte Spartacus. Sie schienen den Kampf auf dem Schiff tatsächlich zu gewinnen. Immer mehr Ungeheuer fielen unter den Treffern des Bolzenhagels, der auf sie einging. Die restlichen mussten sich meist gleich drei Menschen gleichzeitig stellen, die mit ihren Kurzschwertern und Entermessern auf sie einstachen.

Die Königliche Marine ist wirklich gut organisiert, dachte Spartacus. Der tiefe Klang eines Horns riss den falschen Admiral aus seinen Gedanken. Die Tür der Kapitänskajüte öffnete sich. „Kommen wir endlich zur Sache!", knurrte der Pirat und lockerte seine Schultern.

Aus der Tür drangen Kelpies heraus, er zählte mindestens zwei Dutzend. Doch alle rannten an dem wild fluchenden Piraten vorbei. Dann trat eine hagere Gestalt aus der Kajüte. Ein unheimliches grünes Licht schien sie wie dichter Nebel zu umgeben.

„Das kann doch nicht sein ...", stammelte der Pirat und ließ das Rapier sinken. Er kannte die Gestalt, die im Türrahmen stand. Es war niemand geringeres als Lao Fen, der Pirat, den Spartacus eigenhändig in Wolfshafen getötet hatte.

„Es freut mich, dich wiederzusehen, Spartacus!", grinste der totgeglaubte Pirat giftig.

„Ich würde lügen, wenn ich das Gleiche behaupten würde", knurrte Spartacus und hob sein Rapier.

„Nicht so unhöflich, Spartacus. Immerhin haben wir beiden noch eine Rechnung offen."

„Warum lebst du noch? Du hättest bei der Explosion verrecken sollen!"

„Nun ja, du hast gute Arbeit geleistet, ich bin auch an diesem Tag gestorben."

„Und doch stehst du hier!"

„Und doch stehe ich hier, genau!"

Spartacus grinste, während er in eine Angriffshaltung überging. „Dann muss ich dich eben noch einmal töten."

Der Pirat spurtete auf Lao Fen zu.

Dieser zog ebenfalls sein Schwert und blockte den Angriff mühelos ab. Klinge an Klinge, Gesicht an Gesicht standen die beiden sich gegenüber. Fauliger Geruch ging von dem feindlichen Piratenkapitän aus.

„Was machst du hier?", knurrte Spartacus.

„Ich bin der Kapitän dieses wunderschönen Schiffes", antwortete Fen und stieß ihn zurück.

Sofort holte Spartacus mit seiner Waffe aus und zielte auf Lao Fens Bein. Doch dieser parierte den Schlag erneut.

„Weißt du, nachdem du mich getötet hast, erhielt ich ein lukratives Angebot. Ein neues Leben, mächtiger als je zuvor!" Er schlug das Schwert des Piraten zur Seite und holte aus. Die Klinge raste auf Spartacus' Kopf zu, dieser duckte sich jedoch und ließ seine Waffe auf Fens Brust zuschießen. Lachend schlug dieser den Angriff zur Seite. „Und zusätzlich deinen Kopf auf einem Silbertablett, Spartacus."

Blitzschnell stach der Piratenkapitän mit seiner Klinge nach ihm. Im letzten Moment drehte sich Spartacus zur Seite, schlug mit dem Korb seines Rapiers auf Fens Hand und entwaffnete ihn. Innerhalb eines Atemzuges zog er seine Pistole. Es war eine der Pistolen, die ihm Gabrielle geschenkt hatte. „Tja, Fen, Hochmut kommt vor dem Fall!", rief Spartacus und drückte ab.

Feuer und Rauch schossen aus der Waffe. Die Kugel schlug in Lao Fens Brustkorb ein. Der Piratenkapitän taumelte ein paar Schritte zurück, die Hände in seine Brust gekrallt. Dann lachte er – es war ein manisches Lachen. Verdutzt zog Spartacus eine Augenbraue hoch.

„Hochmut", flüsterte Fen und zog nun ebenfalls eine Pistole, „kommt tatsächlich vor dem Fall."

Ein Schuss. Rauch. Spartacus fiel schreiend zu Boden. Eine Kugel hatte sein Knie getroffen. Sengender Schmerz durchlief seinen Körper vom rechten Bein aufwärts. Spartacus wand sich vor Pein am Boden.

Langsam kam Fen auf ihn zu und hob sein Schwert von den nassen Planken auf. Alles um ihn herum schien stumm geworden zu sein: das Donnern der Kanonen, die kämpfenden Matrosen, der Regen, der sich in Strömen über Spartacus ergoss. Der Pirat griff nach seinem Bein. Die Kniescheibe war zertrümmert, er konnte nicht aufstehen.

„Weißt du, Spartacus, als du mir damals die Kugel verpasst hast und dann das Gebäude einstürzen hast

lassen, da wollte ich dich einfach nur noch sterben sehen." Fen trat mit voller Wucht in Spartacus' Seite, woraufhin dieser schmerzerfüllt aufschrie. „Ich wollte dich leiden sehen." Der Piratenkapitän legte seinen Fuß auf das verletzte Bein und verlagerte genussvoll sein Gewicht darauf.
Der Pirat konnte kaum noch schreien vor Schmerzen. Weiße, kleine Sterne tanzten vor seinen Augen.
„Doch dann hatte ich eine bessere Idee!" Noch einmal trat er nach ihm, dieses Mal gegen die Schläfe. Spartacus' Kopf wurde zur Seite gerissen, und er schlitterte kurz über die nassen Planken. „Ich werde dafür sorgen, dass du dich selbst tötest!" Diese Worte sprach Fen mit einem selbstsicheren Lächeln aus.
Spartacus spuckte Blut auf die Planken und lachte laut. Dann setzte er sich zitternd auf und antwortete: „Tja, Fen, da werde ich dich enttäuschen müssen. Ich habe nicht vor, so schnell zu sterben!" Mit zitternden Fingern griff er nach der Pistole an seiner Brust. Fen betrachtete ihn gelangweilt. Langsam zog der Pirat die zweite Pistole, die Gabrielle ihm gemacht hatte, aus dem Holster.
Sein Gegenüber lächelte. Die Waffe war gezogen, doch sie zielte nicht auf Fen – Spartacus hielt sich selbst die Pistole an den Kopf!
Mit schreckensweiten Augen sah er den lachenden Lao Fen an. Was passierte nur mit ihm? Er hatte absolut keine Kontrolle über seinen Körper! Seine Hände, seine Augen, sein Kopf, nichts gehorchte ihm mehr.
„Eines muss ich dir lassen, Spartacus. Du hattest recht! Eine neue Ära bricht an, doch du bist es, der daran nicht teilhaben wird. Stirb, Spartacus der Korsar!"
Er konnte nicht einmal mehr die Augen schließen, verzweifelt suchte er nach einem Ausweg. Kalter Regen

schlug ihm ins Gesicht. Sein Finger krümmte sich, dann drückte er klickend ab.

Der Zorn der Ahnen

„Warten! Warten! Lasst sie noch ein wenig näher kommen!" Der Geschützmeister hielt stur seine bandagierte Hand in die Höhe. Eines dieser Monster hatte ihm zwei Finger abgetrennt.
Nie wieder werde ich einen Bogen spannen können, dachte er bitter.
Bald wären die Riesen in Reichweite der Ballisten. Die schweren Torsionsgeschosse würden diesen Monstern schon zeigen, mit wem sie sich angelegt hatten.
„Warten!", brüllte er noch einmal.
Jetzt!
„Feuer!"
Mit einem lauten Krachen und Surren flogen Hunderte schwere Pfeile durch die Luft. Mit diesen Waffen riss man für gewöhnlich blutige Schneisen in die Reihen des Feindes, heute aber mussten sie als Abwehr für diese Riesen dienen.
Noch nie zuvor hatte er etwas Ähnliches gesehen wie auf diesem Schlachtfeld: Wolfsmenschen, Trolle, Riesen. Es kam ihm wie eine der Legenden vor, die ihm seine Großmutter stets erzählt hatte, als er noch klein war. Nur war es dieses Mal keine Geschichte.
Viele der Pfeile verfehlten ihr Ziel, die anderen drangen tief in die Körper der Ungeheuer ein. Jubel herrschte kurz unter den Soldaten, doch als die Riesen die für sie kleinen Geschosse einfach aus ihrem Körper zogen, ebbte die Freude ab.
„Nachladen!", bellte der Geschützmeister.
Schon schafften die Soldaten neue Pfeile heran.

Hoffentlich waren die Krieger vor ihnen in der Lage, den Strom von Wolfsmenschen aufzuhalten.

„Geschütze in Stellung bringen!"

„Feue..."

Ein plötzlicher Lichtblitz schnitt dem Geschützmeister das Wort ab. Mitten im Schlachtfeld leuchtete etwas strahlend hell auf. Es war, als blickte er in die Sonne.

Einer der Riesen schien zu wachsen. Nein! Er wurde emporgehoben!

„Was bei den Göttern ...?", stammelte ein Soldat neben ihm.

Das Licht formte sich zu einer Gestalt. Der Riese, der in die Höhe gehoben wurde, ruderte brüllend mit den Armen und versuchte, sich aus dem Griff der Gestalt zu winden.

Vorsichtig tastete der Geschützmeister nach dem Flachmann in seiner Westentasche. Er nahm einen tiefen Schluck des scharfen Wacholderschnapses. Würde das Ganze sich nicht direkt vor seinen Augen abspielen, er hätte es niemals geglaubt.

Die Gestalt war größer als die Riesen und langsam erlosch das Licht um sie herum. Der Oberkörper war eindeutig menschlich, auch wenn er über und über mit dichtem, weißem Fell bewachsen war, doch die Beine waren die eines Bockes. Allein die Hufe waren so groß wie ein kleines Haus. Arme so dick wie Türme hingen ihr bis zu den Knien hinab. Der Kopf sah aus wie der eines Widders. Wulstige, in sich gewundene Hörner wuchsen an den Seiten heraus.

Was dort auf der Ebene vor seinen Augen aufgetaucht war, war eine Mischung aus Riese und Widder!

„Scheiße!", fluchte einer seiner Soldaten. „Das ist das Ende!"

Langsam ließ der Geschützmeister die Hand sinken. Er bezweifelte, dass der Tierriese ihr Feind war, denn immerhin hielt er noch immer den Fuß des Riesen in seiner Hand.

„Geschützmeister Randyl! Gebt den Befehl und wir schießen!"

„Warten, verdammt!"

Der Tierriese wirkte ein wenig verwirrt. Er blickte in die Reihen der Wolfsmenschen, dann zu dem Riesen in seiner Hand. Und dann brüllte er. Es war ein Geräusch wie Abertausende Fanfaren, die gleichzeitig ein und denselben Ton spielten. Der ganze Boden schien zu erzittern.

Der Tierriese wirbelte das Ungeheuer über seinem Kopf im Uhrzeigersinn, dann warf er es auf einen anderen Riesen. Dieser wurde von der Wucht des Aufpralls von den Beinen gerissen und stürzte laut donnernd zu Boden.

„Geschütze neu ausrichten! Keiner der Pfeile darf dieses seltsame Ding mit den Hörnern treffen!"

„Aber Geschützmeister Randyl, wir wissen nicht, ob dieses Ding auf unserer Seite ist!"

Was fiel dem Mann ein, seinen Befehl infrage zu stellen?

„Dieses Ding hat gerade zwei Riesen zu Boden gezwungen, bei Boscarus' Hammer! Der ist auf unserer Seite! Und jetzt richtet die Geschütze neu aus und schießt auf die verdammten Riesen!"

„Bei den Titten Erokas", stammelte Argus, „was ist das für ein Ding?"

„Könnt Ihr Euch bitte Eure gotteslästerlichen Flüche sparen, Unteroffizier Argus?"

„Wolfram, seid nicht so ein Langweiler! Wir sollten lieber nachsehen, ob alles bereit ist. Ich habe keine Lust, diesem seltsamen Ding den ganzen Ruhm allein zu überlassen!"

Wie Argus diesen Speichellecker Wolfram hasste. Der feine Offizier aus hohem Hause. Freilich war er ein genialer und einfallsreicher Stratege, es war immerhin seine Idee gewesen, Reiter mit Seilen auszurüsten. Sechs Reiter pro Bein, ein Seil pro zwei Reiter. So würden sie sicher einen dieser Riesen zu Fall bringen, sofern dieses seltsame Mischwesen nicht vorher jeden einzelnen plattmachte. Doch der Unteroffizier hasste dieses höfische Getue, welches Wolfram an den Tag legte, wie die Pest.

„Männer! Versucht geschickt zu reiten! Und seht zu, dass ihr unterwegs so viele dieser Wolfsmenschen tötet, wie nur möglich! Verstanden?", bellte Wolframs Stimme durch den Visierhelm aus Stahl. Die ausgewählten Ritter nickten.

Vorsichtig strich Argus über die Nüstern seines Schimmels. Es war der einzige Schimmel in der Gruppe der gepanzerten Reiter. „Na dann! Auf in die Schlacht, ihr Hurenböcke!", schrie der kleine Offizier und drückte sein Visier nach unten.

Anfangs war Leif wie benebelt gewesen. Es war fast wie damals, als er seinen ersten Metrausch hatte. Seine Bewegungen waren ihm schwerfällig und fremdartig vorgekommen, als wäre er nicht Herr über seinen eigenen Körper. Doch dann hatte er begriffen. Tausende Bilder spielten sich innerhalb weniger Sekunden vor seinen Augen ab: grüne Wiesen, hohe Berge mit gigantischen Hallen, unzählige Nortmar in voller Rüstung, die über die Länder marschierten – eine Schlacht, Riesen. Nortmar, die zu gigantischen Tierriesen wurden. Hirsche, Wildschweine, Luchse, Bergwidder. Die Sonne. Schwarze Flügel verdeckten sie. Dann eine Wüste aus Eis – die Eisige Einöde.

Leif hatte verstanden, was sich vor seinen Augen abspielte. Vor Jahrtausenden besaß sein Volk die Gabe, sich in Riesen, halb Tier, halb Nortmar, zu verwandeln. Dasselbe war mit ihm passiert. Irgendwie hatte er diese verschollen geglaubte Gabe wiedererweckt. Das Erbe der Nortmar. Es war der Zorn der Ahnen.
Mit großen Schritten stürmte er auf den nächsten Riesen zu, den Kopf tief gesenkt. Unter seinen gewaltigen Hufen spürte er, wie Dutzende Wolfsmenschen wie winzige Insekten zerquetscht wurden. Doch trotzdem ergriffen sie nicht die Flucht. Sie blieben.
Mit voller Wucht rammte er seinen Kopf gegen die Brust eines Riesen. Dieser versuchte, den Schlag mit den Händen abzufangen, doch deutlich konnte Leif spüren, wie jeder einzelne Knochen in den Armen zerbarst. Das Monster wurde von den Beinen gerissen. Der Riese segelte kurz durch die Luft, bis er krachend im Boden einschlug, wo er unzählige Wolfsmenschen unter sich begrub.
Leif streckte sich und brüllte. Dieses Brüllen ist viel mehr als ein Schrei, dachte sich Leif. Es war ein Strom purer Macht und Energie. Energie, wie sie diese Welt seit Jahrtausenden nicht mehr gesehen hatte.
Wie eine Lawine sauste seine Faust auf das feindliche Heer hinab. Mit einer Handbewegung, als würde er eine Maus vertreiben, wischte er über das Schlachtfeld und warf Dutzende der Monster einfach beiseite.
Er war unaufhaltbar!
Es flogen weiterhin die großen Pfeile der Menschen durch die Luft. Einer davon traf Leif. Obwohl er gespürt hatte, wie das Geschütz eingedrungen war, vernahm er keinen Schmerz.
Er richtete seinen Blick auf eine einsame Schar Reiter, die durch die Reihen der Wolfsmenschen preschte. Sie

hielten auf einen der Riesen zu. Leif schlug noch einmal mit der flachen Hand durch die Reihen der Gegner, den Blick weiterhin auf die Reiter gerichtet. Der Riese hatte sie entdeckt. Dieser stürmte mit großen Schritten auf sie zu, die Hände nach vorn gestreckt. Er schaffte es, einen Reiter samt seinem weißen Pferd zu packen und quer über das Schlachtfeld zu schleudern.
Ein weiterer Riese lief auf Leifs Rücken zu, deutlich konnte er dessen Aura spüren. Der Nortmar ballte die gigantischen Hände zu Fäusten und schlug dem anstürmenden Feind aus der Drehung heraus ins Gesicht. Dieser wurde von den Beinen gerissen und zu Boden geworfen. Leif stieg über ihn hinweg und zertrampelte den Kopf mit seinen Hufen zu blutigem Matsch.
Ein plötzliches Krachen ließ ihn zurückblicken. Die Menschen hatten es geschafft, den Riesen zu Fall zu bringen! Nie hätte er das für möglich gehalten.
Nun kam wieder Bewegung in die Reihen der Soldaten. Sie warfen sich zurück ins Getümmel und bekämpften die Wolfsmenschen.
Leif brüllte noch einmal aus vollem Halse.
Die Schlacht wendete sich wieder – dieses Mal zu ihren Gunsten!

Gabrielle Galvani

Klick.
Das Geräusch hallte unendliche Male durch seinen Kopf. Es war ein einfaches Klicken. Nichts Besonderes. Ein Geräusch, das er schon oft gehört hatte, und auf welches etwas Größeres folgen sollte. Doch stattdessen geschah nichts. Der Regen schlug weiterhin gegen sein starres Gesicht. In der Ferne donnerten noch immer die Kanonen und an Deck kämpften die Matrosen weiterhin gegen die Kelpies.
Spartacus lachte. Er lachte so laut und so herzhaft, wie er in seinem Leben noch nie gelacht hatte.
Verdutzt sah ihm Lao Fen in die Augen.
„Tja, Fen! Wie's aussieht, ist mein Pulver nass! Wird wohl nichts mit deinem Plan!" Seine Brust schmerzte vor lachen, der Pirat musste Luft holen. Tränen mischten sich mit dem Regen in seinem Gesicht.
Mit einer absoluten Gleichgültigkeit zuckte Fen die Schultern. „Dann mach ich es eben selbst. Sowohl du als auch die restliche Menschheit seid verloren!" Drohend hob Fen sein Schwert in die Höhe.
Spartacus verstummte und betrachtete das glänzende Schwert. Grüne Nebelschwaden umgaben es. „Schlag zu, widerwärtiger Bastard!", flüsterte er und spuckte blutigen Schleim aus.
Fen grinste. Dann ertönte ein Zischen und er wurde von den Beinen gerissen. Hart schlug der Piratenkapitän am Boden auf.
Verwirrt sah sich Spartacus um. Was war passiert?

Ächzend erhob sich Lao Fen, ebenso verwundert wie der Pirat. „Was zum ...?"

Gabrielle stockte der Atem. Was sie durch das Fernglas sah, war kaum zu glauben. Spartacus hielt sich selbst die Pistole an die Schläfe! Er lag am Boden und zielte mit seiner Waffe auf seinen Kopf. Eine jener Waffen, die Gabrielle für ihn in Kaz'carundum angefertigt hatte. Sie musste etwas tun, und zwar schnell. Doch wie konnte die Erfinderin ihn davon abhalten, sich selbst zu töten? Und wer war überhaupt der Mensch, mit dem er kämpfte?
Gabrielle stand im Krähennest der Königshammer, fernab der Kämpfe an Deck. Bisher hatten sie es geschafft, die Kelpies weitestgehend von ihrem Schiff fernzuhalten. Doch nachdem gut zwei Dutzend aus dem Schiff gekommen waren, hatte sich die Lage verschlechtert, die Matrosen schafften es mit Müh und Not, die Feinde zurückzuhalten.
Es sah nicht gut für sie aus. Und dort vorn versuchte gerade der Mann, den sie liebte, sich selbst zu erschießen.
Gabrielle wollte das Fernglas weglegen, da sah sie, dass Spartacus lachte und die Pistole fallen ließ. Er war offensichtlich zur Besinnung gekommen! Doch schon folgte die nächste Gefahr. Sein Gegenüber hob sein seltsames Schwert! Er würde dem Piraten den Kopf abschlagen.
„Nein! Nicht, wenn ich es verhindern kann", flüsterte sie und legte ihre Muskete auf das Geländer des Krähennestes. „Ich darf nicht danebenschießen", sagte Gabrielle. Doch mit diesem starken Wind und dem rauen Wellengang war es unmöglich, jemanden aus dieser Distanz zu treffen. Die Erfinderin musste es zumindest versuchen! Es musste funktionieren!

Gabrielle zielte genau, atmete aus, dann drückte sie ab. Donnernd verließ die Kugel den Lauf ihrer selbstgebauten Waffe. Eine Wolke aus Schwefel und Rauch verdeckte ihr die Sicht. Hatte sie getroffen? Lebte Spartacus noch? Hatte sie womöglich sogar ihn getroffen?
Als sich der Rauch lichtete, wäre die Erfinderin am liebsten jauchzend aufgesprungen. Sie hatte den seltsamen Mann getroffen. Er lag am Boden! Jetzt musste sie schnell zu Spartacus!

Lao Fen war sichtlich verwirrt, damit hatte er nicht gerechnet.
Spartacus versuchte verzweifelt davonzukriechen. Die Schmerzen in seinem Bein waren schier unerträglich.
Der Piratenkapitän stand mittlerweile wieder auf den Beinen. Fluchend hob er sein Schwert vom Boden auf und ging auf Spartacus zu. „Kriech nicht davon, du Feigling!" Seine Stimme überschlug sich.
„Fick dich, Fen!", antwortete Spartacus und versuchte weiterhin zu entkommen. Er wusste, dass dies unmöglich war.
Sekunden später stand Lao Fen über ihm. „Ich sagte …", kreischte er, rammte sein Schwert durch den linken Arm des Piraten und nagelte ihn am Boden fest. Spartacus schrie wieder auf. „… du sollst nicht davonkriechen!" Fen trat Spartacus in die Seite, woraufhin dieser samt Schwert im Arm über die Planken rutschte.
Er war kurz davor, ohnmächtig zu werden. Die Schmerzen waren unerträglich.
„Ich habe es satt, mich mit Ungeziefer wie dir aufhalten zu müssen!" Fen trat ihm noch einmal in die Seite.
Spartacus spuckte Blut aus, ihm wurde schwarz vor Augen.

„Du kannst nicht glauben, welche Erleichterung und welche Freude es mir bereitet hat, dein Schiff und deine Mannschaft zu versenken. Wie sie verzweifelt schrien. Nach den Göttern, nach ihren Familien, nach ihrem Kapitän. Doch du standest am Hafen und konntest nur hilflos zusehen."

In Spartacus flammte das Feuer erneut auf. „Du ... du elendiger Bastard!" Wieder spuckte er Blut aus. „Ich werde ... ich werde dich büßen lassen für das, was du meiner Familie angetan hast!" Schnell griff er mit dem gesunden Arm nach dem Messer, das im Schaft seines Stiefels steckte. Es war Gabrielles Dolch, eine Waffe gefertigt aus Orichalcum, dem Wundermetall der Zwerge. Er warf ihn mit der letzten Kraft, die er hatte, nach Fen.

Dieser fing sie jedoch einfach in der Luft ab und lächelte herablassend. Ein lautes Zischen ertönte. Seine Hand rauchte und mit entsetztem Blick ließ der Piratenkapitän die Waffe fallen. Ungläubig blickte er auf seine rauchende Hand. „Was ist das?", kreischte er.

„Dein Ende!", ertönte Gabrielles Stimme hinter Spartacus.

Ein Schuss ertönte. Lao Fen taumelte nach vorn. Ein Lichtblitz, weiße Flammen. Der Piratenkapitän brannte lichterloh.

„Lukarusfeuer!", keuchte Spartacus.

„Brenne, Monster! Das Feuer des Sonnengottes soll dich läutern!", ertönte Gabrielles Stimme.

Spartacus schloss die Augen. Lao Fen kreischte fürchterlich, ruderte mit seinen Armen, doch das Feuer hüllte ihn komplett ein. Der Gestank von brennendem Fleisch stieg ihm in die Nase. Lao Fen stürmte auf die Reling zu und warf sich von Bord in sein nasses Grab.

Spartacus lächelte. Es war vorbei. Gabrielle hatte nicht nur ihn gerettet, sondern einen Teil der Menschheit.

Vorsichtig half die Erfinderin dem Piraten auf die Beine. Sie musste ihn stützen, denn allein konnte er nicht mehr gehen. Sein Knie sah fürchterlich aus, vermutlich würde er das ganze Bein verlieren.
„Danke, Gabrielle!", hustete er. „Ich ... ich ... Das ... das war ein guter Schuss!"
Die Erfinderin wurde rot, damit hatte sie nicht gerechnet.
Die Kämpfe um sie herum wurden weniger. Es schien fast so, als wären viele der feindlichen Schiffe um sie herum einfach spurlos verschwunden. Selbst der Regen hatte aufgehört. Eine Stimme in ihr schrie laut aus, was Gabrielle sich schon dachte.
Sie hatten gewonnen! Die Flotte des Bösen war zerschlagen.
Sieg!

Die Schlacht um Wolfshafen

Wieder bebte der Boden unter seinen Füßen. Der beißende Schwefelgeruch des Schießpulvers brannte in seiner Nase und seinen Augen. „Ladet die Kanonen!", befahl er. Wie Ameisen eilten blau gekleidete Soldaten auf den Mauern von Kanone zu Kanone. Die Männer waren diszipliniert und gut ausgebildet. Er hob seinen Degen in die Luft, bereit, den nächsten Befehl zu geben. Wenn sich dieser verdammte Rauch nur ein wenig mehr lichten würde.
„Zielen! Feuer!", brüllte der Konstabler, und um ihn herum brach wieder die Hölle aus.
Die Mauer bebte, das Donnern der Kanonen ließ keinen Platz für Gedanken. Ihr Gegner hatte kein leichtes Spiel. Der südliche Teil von Wolfshafen bestand aus sumpfigen Reisfeldern. Belagerungswaffen konnten nur über die schmale Straße transportiert werden, und es erforderte Kraft, durch das kniehohe Wasser zu waten. Trotzdem schafften es diese Ausgeburten der Hölle, immer näher an sie heranzukommen. Es war, als würden für jeden toten Gegner zwei neue nachkommen.
„Feuer für den Lagebericht einstellen und nachladen!", bellte er mit einem Kratzen im Hals.
Der Befehl wurde von seinen Feldwebeln wiederholt.
„Lasst mal sehen, wo wir sind ...", flüsterte der Konstabler und fuhr sich mit der behandschuhten Hand über die schweißnasse Stirn.

Langsam legte sich der beißende Rauch. Vor seinen Augen breitete sich ein wüstes Feld aus Kratern und Leichen aus. In Tümpeln unterschiedlichster Größe konnte er Blut erkennen. Doch in dem grausamen Bild des Krieges tummelten sich weitere dieser widerlichen Abnormitäten herum. Fester drückte er den Griff seines Degens. „Schützen antreten und zielen!", bellte der Konstabler.
Wieder wurde sein Befehl wiederholt. Zwischen den Kanonen erhoben sich blitzartig Hunderte von Männern und zielten mit geladenen Musketen auf die Gegner.
„Anvisieren!"
Die Kanoniere und Schützen Wolfshafens zählten zu den wahrscheinlich Besten von ganz Rii.
„Feuer!" Noch bevor er den Befehl zu Ende bringen konnte, spuckten Hunderte Musketen Feuer und Rauch. Der Lärm war zwar nicht so ohrenbetäubend wie der der Kanonen, trotzdem schmerzten seine Ohren.
Auf der Ebene vor Wolfshafen fielen wieder unzählige Wolfsmenschen tot zu Boden, doch die Wellen von Monstern schienen nicht zu stoppen. Noch nie hatte er von solchen Wesen gehört. Und am wenigsten konnte er begreifen, woher sie kamen. Ihr Angriff erfolgte mit dem Sonnenaufgang. Wie eine Flut aus Pelz stürmten sie auf Wolfshafen zu. Doch das Wolfsrudel war bereit gewesen. Es lag an ihnen, die vermutlich letzte Stadt von Rii zu retten. Nafska, Prjmm und Kalgrad, die Städte am Trost-See, einschließlich Porta Fiskio und Porta Wasili – alle dem Erdboden gleichgemacht. Es gab kaum Überlebende, doch jene, welche dieser Apokalypse entkommen konnten, schafften es nach Wolfshafen. Nur dank dieser armen Seelen hatten sie sich vorbereiten können.

„Konstabler Philipp! Feldwebel Kowalsky meldet sich mit schlechten Neuigkeiten!", erklang es hinter seinem Rücken. Dort stand salutierend ein Mann in der typischen blau-grünen Kluft eines Feldwebels.

„Erteilt Meldung, Feldwebel!", antwortete er ordnungsgemäß. Schlechte Neuigkeiten war das Letzte, was Philipp nun brauchte.

„Das Nordtor von Wolfshafen ist durchbrochen. Das Schützenbataillon unter Unterkonstabler Karloff wurde bei der Verbarrikadierung der Straßen zerschlagen. Bei diesem Angriff ist der ehrenwerte Unterkonstabler leider gefallen!" Der sichtlich erschöpfte Feldwebel salutierte noch immer.

„Scheiße!", fluchte der Konstabler. „Wie weit sind die Straßen gesichert?" Schnell gab er dem Unterkonstabler neben ihm ein Handzeichen, den Befehl zu übernehmen. Dieser salutierte und brüllte die Anordnungen.

Die Mauer bebte unter dem Donnern der Kanonen, während Philipp mit dem Feldwebel die Treppe in den Kommandoraum hinabstieg.

„Die Straßen sind weitestgehend gesichert und die Bürger in die Oberstadt evakuiert. Vor seinem Tod hat Karloff noch Schützen in den Häusern positioniert, die zurzeit ihr Bestes geben!"

Angestrengt fuhr sich der Konstabler mit der Hand durch das Gesicht. „Wie sehen die Pläne aus? Wer hat momentan das Kommando?"

„Im Moment hat Unterkonstabler Stephan das Kommando. Doch der Commodore hat den Befehl erteilt, dass Ihr fortan die Führung habt. Ihr sollt sofort in den Norden der Stadt reiten!" Kowalsky kramte aus seinem Mantel eine kleine Schriftrolle mit dem blauen Siegel des Commodore hervor.

Philipp schüttelte den Kopf. „Danke, ich glaube Euch einfach. Zeigt dies Unterkonstabler Merry und teilt ihm mit, dass er nun den Befehl über die Südliche Mauer hat. Ich werde sofort aufbrechen!" Er musste sich beeilen, bevor es zu spät war.

„Lass uns endlich verschwinden, Gabriel! Zurück aufs Schiff, auf hoher See sind wir sicher", drängte ihn sein kleiner Bruder.
Fünfundzwanzig Jahre war das hier nun sein Zuhause. Und jetzt sollte er es verlassen? Im Stich lassen? Wolfshafen stand in Flammen. Das Wolfsrudel verlor die Kontrolle.
Wieder zerrte sein Bruder an seinem Kapitänsmantel. „Los jetzt! Das Schiff ist bereit zum Ablegen!"
Frederic hatte sichtlich Angst. Sein kleiner Bruder hatte diese Monster auch gesehen. Fast schon Ironie, dass Wolfshafen von Wolfsmenschen angegriffen wurde. Wolfshafen, sein Zuhause.
„Nein", sagte er ruhig und packte das Handgelenk seines Bruders.
„Was? Nein? Hier erwartet uns nichts als der Tod!" Die Panik in Frederics Augen war deutlich zu erkennen.
„Nein!", sagte er nun lauter und riss seinen Bruder von sich.
Der Kapitän der Rothschild-Piraten blickte um sich. Dutzende Seeleute beluden eilig ihre Schiffe. Selten war der Hafen so voll gewesen. Verdammte Feiglinge, dachte er und blickte in den Himmel. Dunkle Rauchwolken zogen aufs Meer hinaus. „Matrosen! Seeleute! Piraten! Hört mir zu!", brüllte er, so laut er konnte. Doch niemand wollte ihn hören.
Gabriel fluchte laut, zog seine Pistole und feuerte in die Luft. Die Menschen um ihn herum blieben stehen und betrachteten ihn. „Geht doch! Hört mir zu, ihr

ungewaschenen Seehunde! Sind wir wirklich gewillt, unsere Heimat im Stich zu lassen? Ziehen wir alle unsere Schwänze ein, und wollen wir wirklich fliehen? Ich weiß nicht, wie es euch geht, aber ich habe keinen Bock darauf, diese Goldgrube von Heimat aufzugeben!"
Mehr Menschen waren stehen geblieben und sahen zu ihm.
„Du kannst gern hierbleiben und sterben, alter Mann! Und während du dich von diesen seltsamen Hunden massakrieren lässt, werde ich schon lange auf hoher See sein. Ich bin doch nicht blöd!", rief ein Mann mit blauem Kopftuch aus der Menge heraus. Seine Antwort fand Zustimmung. Immer mehr Leute riefen durcheinander.
„Dann fahr doch hinaus auf die See! Versteck dich! Doch ich werde nicht zusehen, wie alles, was mir lieb ist, zerstört wird. Wenn du keine Eier hast, dann verpiss dich!" Gabriel spuckte auf den Boden und stemmte die Hände in die Hüften. „Lasst uns diesen Wölfen zeigen, was passiert, wenn man sich mit Piraten anlegt!"
Der erhoffte Jubel fiel aus. Nur wenige stimmten ihm zu. Ein Großteil der Menge wandte sich wieder ab und machte dort weiter, wo sie aufgehört hatten.
„Das sind also die berühmten Piraten von Wolfshafen, aye?", erklang eine markante, rauchige Stimme hinter ihm. Es war eine Stimme, die sogar gestandenen Männern das Blut in den Adern gefrieren ließ.
Ein großer Mann mit gelbem Mantel, schwarzem Dreispitz und dichtem, schwarzem Bart stand neben ihm. „Schwarzbart!", hauchte er erschrocken.
Schwarzbart Thatch legte seine Hand auf Gabriels Schulter. „Dieser Mann hat etwas, was vielen von euch räudigen Landratten fehlt! Er hat den nötigen Mumm in den Knochen! Er ist bereit, seine Heimat zu verteidigen!"

Augenblicklich war jeder stehen geblieben. Wenn Schwarzbart sprach, tat jeder gut daran, ihm zuzuhören. Es hieß nicht umsonst, er sei der Teufel in Person. Deutlich konnte Gabriel aus den Augenwinkeln die brennenden Lunten in Schwarzbarts Bart erkennen.
„Leben wir hier nicht wie die Maden im Speck, aye?", fragte er und blickte in die Runde. Ein paar Männer nickten vorsichtig und nur wenige trauten sich, laut zuzustimmen. „Aber seid ihr alle mickrige Maden? Lassen wir uns so einfach aus unserem schönen Brocken Speck vertreiben? Ich sage Nein! Und ich hoffe für euch, dass ihr genauso denkt, denn ich werde jeden einzelnen Pisser, der es wagt, den Hafen zu verlassen, persönlich kielholen lassen!"
Stille breitete sich aus. Niemand widersprach dem mächtigsten Piraten der Meere.
„Also, werden wir jetzt verdammt noch mal Wolfshafen verteidigen?", brüllte er und zog seinen mit Juwelen geschmückten Säbel hervor.
Etwas zögerlich zogen erst wenige, dann immer mehr ihre Waffen und hielten sie jubelnd in die Luft. Kurz darauf bellte und jubelte der ganze Hafen.
„Für Wolfshafen! Für Gold und Ruhm!", brüllte Schwarzbart und riss die Seeleute endgültig mit sich.
Piraten, einfache Matrosen und bekannte Gesichter stürmten an ihnen vorbei in die Häusergassen, begleitet von Jubel und wüsten Fluchen.
Noch immer hielt Schwarzbart seine Schulter fest. Dann drückte er fester zu. „Versammle deine Mannschaft auf deinem Schiff und sei bereit zum Ablegen. Wir haben etwas Besonderes vor!", sagte Schwarzbart und lächelte.

Er hatte es geschafft, nach zwei Stunden da zu sein. Diese Wolfsmenschen hatten sie weit zurückgetrieben, sie waren dem Fluss nun näher als den Mauern. Wie konnte das nur passieren? Es grenzte schon an ein Wunder, dass sie es geschafft hatten, das Nordtor zu durchbrechen, doch dass sie die Oberhand in der Straßenschlacht hatten, war unfassbar.

Das Wolfsrudel hatte den Befehl zum freien Feuer. Auch er hatte sich eine Muskete geschnappt und lud diese gerade nach. „Wo bleibt nur Kommandant Salvadore mit seinen Reitern?", brüllte er und zog den Ladestock aus dem Lauf.

Überall roch es nach Feuer und Schwefel. Er zielte und drückte ab. Donnernd riss die Kugel einen Wolfsmenschen zu Boden – einen von Tausenden.

„Sie sind im Haus!", schrie ein Soldat hinter ihm und zog sein Schwert.

Es war so weit. Letztendlich hatten sie auch eine Bresche in diese Barrikade geschlagen. Philipp ließ seine Muskete fallen und zog seinen Degen. Es war eine schöne Waffe, mit einem prachtvollen Korb aus poliertem Messing. Die anderen Soldaten taten es ihm gleich.

„Es war mir eine Ehre, unter Euch gedient zu haben, Konstabler Philipp", sagte ein etwas älterer Soldat neben ihm und ging in die Fechterstellung. Jeder wusste, dass es keine Hoffnung mehr für sie gab – und damit auch nicht für Wolfshafen.

Der erste Wolfsmensch erschien in der Tür und stürmte, mit einer Steinaxt bewaffnet, auf sie zu. Philipp zog seine Pistole und schoss das Monster einfach nieder. Wenige Herzschläge später folgten weitere. In dem kleinen Lagerraum entbrannte ein furchtbarer Kampf. Für seinen Degen waren die schlecht gerüsteten Wolfsmenschen kein Hindernis, doch ihre Übermacht würde sie früher oder später bezwingen. Nicht weit neben ihm schafften es zwei dieser Monster, einen

Soldaten zu Boden zu werfen. Er musste wegsehen, als sie den wehrlosen Mann zerfleischten.

Sein Vater hatte den Kampf mit dem Schwert immer mit einem Tanz verglichen. Mit dem Degen war das nicht anders. Der Konstabler duckte sich unter Schlägen hinweg, trat gegen die Kniekehlen seiner Gegner oder stach ihnen mit seiner Waffe in die Brust oder den Hals. Nun stand es dreizehn gegen fünf. Es war hoffnungslos. Er schaffte es, einen weiteren Wolfsmenschen zu töten, musste jedoch mit ansehen, wie ein anderer seinen Speer in das Bein eines Soldaten rammte.

„Da sind welche!", rief jemand von draußen.

Schüsse waren zu hören. Schreie, das Jaulen sterbender Wolfsmenschen. War das endlich Salvadore? Nein, er konnte keine Pferde hören. Ein weiterer Schuss ertönte nun auch im Lagerraum. Ein kleiner Mann mit einer Pistole in der einen Hand und einem rostigen Säbel in der anderen stürmte fluchend auf ihre Gegner zu.

„Piraten?", murmelte er erstaunt.

Ohne Vorwarnung standen fünf weitere Männer im Raum und unterstützten sie. Kurz darauf waren die Wolfsmenschen tot. Der Holzboden war mit Blut getränkt.

„Wir dachten, ihr Blauröcke braucht 'n wenig Unterstützung!", rief einer der Piraten grinsend.

Erleichtert lächelte der Konstabler und antwortete: „Aye, das brauchen wir wohl oder übel!"

„Rückzug! Über den Fluss! Rückzug!", brüllte Konstabler Philipp und deutete mit seinem abgebrochenen Degen gen Fluss. Sein rechter Arm hing schlaff herab, er war gebrochen. Die Wunde an seinem Kopf blutete noch immer. Der Konstabler war am Ende.

Nachdem die Piraten ihnen zu Hilfe geeilt waren, waren sie in der Lage gewesen, langsam die Oberhand zu gewinnen. Als Salvadore mit seinen Reitern auftauchte, gelang es ihnen sogar, die Gegner weit zurückzuschlagen. Doch dann passierte etwas, mit dem niemand gerechnet hatte.

Ein Pfeil verfehlte ihn nur knapp. Vor ihm stürzte ein Pferd zu Boden und riss den Reiter und einen Soldaten des Wolfsrudels mit sich. Es war hoffnungslos.

Sie waren eine Häuserreihe vom Nordtor entfernt gewesen. Den Weg dorthin hatten sie sich mit viel Blut erkämpft. Doch dann tauchten sie auf. Ihre Haut war grau wie Stein und sie waren größer als die Reiter auf ihren Pferden. Mit ihren Keulen schlugen sie sich durch die Reihen. Kugeln schienen ihnen kaum etwas auszumachen, und als Philipp es schaffte, mit seinem Degen in die Kniekehle eines solchen Ungetümes zu stechen, brach dieser einfach ab. Noch nie hatte er von so etwas gehört oder gelesen. Innerhalb einer halben Stunde hatten diese Wesen sie bis zum Fluss zurückgedrängt. Sie hatten die Barrikaden einfach zertrümmert und marschierten darüber hinweg. Die Gassen von Wolfshafen waren in Blut getränkt, die Unterstadt im Norden war verloren. Sie waren zu wenig.

„Rückzug! Über den Fluss!", rief er erschöpft. Philipp setzte sich hinkend in Bewegung, jeder Schritt schmerzte. Hinter sich hörte er die Schreie. Die Monster hatten sie eingeholt. Der Konstabler versuchte, sich zu beeilen. Direkt vor ihm war die letzte Kreuzung, von dort aus müsste er nur noch die Brücke überqueren. Es gab nur wenige stabile Brücken aus Stein in Wolfshafen. Diese Ungetüme würden in den Fluss stürzen, sollten sie versuchen, einen Fuß auf die andere Seite zu setzen.

„Du schaffst das, Philipp! Ein kleines Stückchen noch!", flüsterte er sich zähneknirschend zu.

Hinter ihm ertönte wieder das schmerzvolle Wiehern eines sterbenden Pferdes. Der Boden vibrierte unter den schweren Schritten der Monster. Philipp traute sich nicht, zurückzublicken. Wenige Schritte noch. Wieder starb jemand hinter ihm. Er durfte nicht sterben!

Endlich erreichte er die Kreuzung, doch die Freude war nur gering. Statt der erhofften Brücke stand eine hohe Galeone im Fluss. Soldaten und Piraten standen schreiend davor. Man hatte zwar Leitern und Seile hinabgelassen, doch niemals würden sie alle rechtzeitig auf das Schiff kommen. Konstabler Philipp sank vollkommen erschöpft zu Boden. Warum hatten diese Piraten die Brücken zerstört? Warum waren sie den Fluss hinaufgesegelt? Kraftlos kroch er zu einer Hauswand und setzte sich auf. Sein Blick richtete sich gen Himmel. Jeden Moment würden diese grauen Monster die Kreuzung erreichen und in der Menschenmasse ein blutiges Massaker anrichten.

Philipp schloss die Augen. Er konnte die Schreie und Hilferufe der Menschen hören, dann die schweren Schritte der Monster, wie sie die Kreuzung betraten. Wenn er Glück hatte, würden sie mit einem einzigen Hieb ihrer schweren Keulen sein Leben beenden.

Das Donnern von unzähligen Kanonen. Schreie. Steinbrocken und Geröll flogen durch die Luft. Überall Rauch. Etwas traf seinen Kopf. Dunkelheit.

Frida

Katharina war noch immer verwirrt, was ihr Vater hier unten wollte. Er hatte sie gebeten, ihm in die Katakomben des Schlosses zu folgen. Nun folgten sie einem engen Gang, der nicht beleuchtet war. Die einzige Lichtquelle bot das kleine Fläschchen mit der silbernen Flüssigkeit an ihrem Gürtel. Horatio trug auch eines um seinen Hals. Es war geformt wie ein Stern.

Das Mädchen kratzte sich müde am Kopf. Den ganzen Tag juckte es sie schon. Das war bestimmt dieses seltsame Zeug, welches ihre Zofe ihr gestern beim Bad über den Kopf geschüttet hatte. Ihr blondes Haar war zwar nun glatt und seidig, doch das Jucken war nervig. Sie war erstaunt gewesen, wie viel Dreck von ihr abgewaschen wurde. Nach dem Abtrocknen hatte die Zofe erleichtert gesagt: „Jetzt sieht die kleine Katharina wieder aus wie ein echtes Mädchen!"

Ob sie vorher nicht wie ein echtes Mädchen ausgesehen hatte? Nun ja, das war ihr egal. Alles war Katharina vollkommen egal. Es schien bedeutungslos. Sie mochte zwar das feine Kleid, welches man ihr gegeben hatte, und das gute Essen, doch das tiefe, schwarze Loch in ihr verschlang noch immer jegliche Freude. Das Mädchen griff nach dem Kleid. Der Stoff fühlte sich so leicht wie Luft an und passte ihr haargenau. Er war sogar angenehmer als die Seide, welche Lao Fen ihr gegeben hatte.

Doch es half nicht, Katharina fühlte sich elendig. Ihre Freunde waren fort und sie war allein. Spartacus saß im

Verlies, Leif war auf dem Weg nach Hause, Gabrielle irgendwo in der Universität und Cicero ... Cicero hatten sie noch immer nicht gefunden. Wie es ihnen wohl gerade ging? Tief in ihrem Inneren wünschte sich das Mädchen, bei ihnen zu sein.
Ihr Vater blieb stehen. Sie standen vor einer kahlen Felswand.
„Sind wir angekommen?", fragte Frida verwundert.
„Ja", antwortete ihr Vater hastig und legte seine linke Hand auf den grauen Stein.

Er wisperte ein paar Worte in einer Sprache, die Frida nicht kannte. War das ein Zauberspruch? Dann begann der Boden leicht zu vibrieren, und die leere Felswand versank langsam im Boden. Als sie gänzlich verschwunden war, versuchte Frida, einen Blick auf das zu werfen, was vor ihnen lag, doch es war zu dunkel.
„Komm", sagte Horatio und packte seine Tochter am Arm. Sein Griff war hart und tat ihr weh.
„Aua! Du drückst zu fest!", beschwerte sich Katharina.
Ihr Vater reagierte nicht. Stattdessen zog er sie in den dunklen Raum vor ihnen. Dahinter schloss sich die Wand wieder und versperrte den Ausweg. Das Mädchen bekam ein wenig Angst. Was wollte ihr Vater hier?
Der Erzmagier flüsterte wieder ein paar Worte in der fremden Sprache, dann riss er sich das Fläschchen mit dem Licht vom Hals. Er öffnete den Verschluss. Langsam und zäh wie Honig floss die silberne Flüssigkeit nach oben. Über ihnen formte sie sich zu einer Kugel. Ihr Licht wurde stärker und erhellte nach wenigen Augenblicken den gesamten Raum.
Jetzt konnte Katharina alles erkennen. Sie waren in einem kreisrunden Raum, dessen Boden, Wände und Decke mit weißen Fliesen bedeckt waren. Auf den Fliesen waren seltsame Zeichen eingeritzt. In der Mitte

des Raumes stand ein gewaltiger, grüner Bergkristall. Er war fast so groß wie ihr Vater und so breit, dass selbst Leif ihn nicht vollständig umfassen hätte können.
Der Raum kam ihr irgendwie bekannt vor.
Horatio hatte ihren Arm noch immer fest im Griff.
„Vater, was machen wir eigentlich hier?"
Er schwieg und drehte sich um.
„Vater, du machst mir An..." Eine überraschende Ohrfeige warf das Mädchen zu Boden. Der Erzmagier stand über ihr und starrte sie an. Seine stahlblauen Augen musterten die ihren. Ihre linke Wange brannte wie Feuer. Tausende Gefühle strömten durch ihren Körper. „Wa... warum hast du das gemacht?" Tränen stiegen ihr in die Augen. Wortlos musterte sie den Mann, der ihr Vater war.
„Endlich ist es so weit", flüsterte er. Dann zog er einen gekrümmten Dolch aus seinem Ärmel hervor und beugte sich zu ihr hinab.
„Was hast du vor? Du ... du bist doch mein Vater!" Katharina versuchte verzweifelt, aufzuspringen, doch Horatio stemmte seinen Fuß auf ihre Brust und drückte sie zu Boden.
„Es stimmt, ich bin dein Vater. Du bist meine Tochter", sprach er leise. „Aber du bedeutest mir nicht das Geringste. Du hast mir meine geliebte Sigrun genommen. Du hast sogar ihr Gesicht gestohlen, du kleines, widerliches Monster!", kreischte er.
Das Mädchen war sprachlos. Diese Worte trafen sie wie ein Pfeil ins Herz. Was konnte sie für den Tod ihrer Mutter? Einer Frau, die sie nicht einmal kannte. „Aber ... aber ... warum?" Sie kämpfte gegen die Tränen an.
„Du bist nur Mittel zum Zweck, Kind. Und jetzt halt still. Was ich mit dir machen werde, wird vielleicht ein wenig wehtun!" Die Lippen ihres Vaters verzogen sich zu einem unheimlichen lächeln. Er legte den Dolch an ihre

Kehle. Katharina fühlte, wie sich die scharfe Klinge langsam in die dünne Haut an ihrem Hals schnitt.

„Bei den Göttern! Wo ist Cicero denn hier gelandet?", ertönte es hinter ihr.

Der Erzmagier entfernte die Klinge vom Hals des Mädchens. „Wer bist du und wie bist du hier hereingekommen?", fragte ihr Vater überrascht.

Cicero! Cicero war gekommen, um sie zu retten! Katharina wollte schreien, doch sie war noch immer starr vor Angst.

„Nun ja, sein Name ist Cicero Kalimux. Königlicher Hofnarr sein..."

„Das interessiert mich nicht! Wie bist du hier reingekommen?" Horatio wurde wütend und hob den Dolch drohend in Ciceros Richtung.

„Nun ja, Cicero hat gerade eine spannende Reise hinter sich, die er als Floh auf dem Kopf eines kleinen Mädchens erlebt hat, jaha! Man könnte also behaupten, der gute Cicero hat ein Flohloch in diesem vor den Göttern abgeschirmten Raum gefunden", lachte der Hofnarr.

„Du bist kein einfacher Hofnarr! Ich spüre es ganz genau! Ich weiß wer du bist. Du willst seinen Plan schon wieder vereiteln!" Angst schwang in der Stimme des Erzmagiers mit.

Katharina war ein wenig verwirrt. Was geschah hier?

„Fürwahr, fürwahr! Offensichtlich hat nun endlich jemand Ciceros kleine Scharade durchschaut, jaja!" Cicero wurde lauter. „Gestatten, dass Cicero sich erneut vorstellt? Man nennt ihn zwar tatsächlich Cicero Kalimux, Königlicher Hofnarr der Höflichen Königin der Königlichen Höfe, doch gemeinhin ist er als Voluptus bekannt. Ihr wisst schon. Der Voluptus. Gott der Freude, Glückseligkeit, Heiterkeit und der Erfinder der Wassermelonen-Witze!"

Katharina verstand die Welt nicht mehr. Was erzählte Cicero da? War er wirklich ein Gott?

Ihr Vater nahm seinen Fuß von ihr und wich ein paar Schritte zurück. „Dieses Mal wirst du seinen Plan nicht verhindern! Nicht schon wieder! Dafür sorge ich!"

Schwarze Flammen schossen aus den Händen ihres Vaters und griffen nach Cicero. Der Hofnarr stand lichterloh in Flammen, doch das schien ihn nicht zu stören.

„Jaha! Jetzt wird mir aber warm", lachte er heiter, und klopfte sich das Feuer wie Staub aus den Haaren und von seinem Mantel. Der Zauber des Erzmagiers hatte keine Spur hinterlassen.

„Unterschätzt mich nicht, Voluptus! Euer Bruder hat mir die Macht gegeben! Mehr als Ihr Euch auch nur vorstellen könnt." Horatio wirkte ein wenig selbstsicherer.

„Ach so! Mein Bruder? Ihr armer Tropf arbeitet mit ihm? Das erklärt so einiges! Verratet mir doch, was hat Volantus Euch versprochen, damit Ihr ihm helft?" Langsam kam der Gott auf Horatio zu. Als er neben Katharina stand, blieb er stehen.

„Ist das relevant? Sobald er die Magie der Menschen in sich hat, wird er Euch und Eure Geschwister sowieso auslöschen. Ihr könnt weder das Mädchen noch diese Welt retten, Voluptus." Wütend riss der Erzmagier seine Hand hoch und schleuderte einen grellen Blitz auf Cicero.

Dieser griff sich lachend an den Bauch. „Hört auf! Das kitzelt ja! Ist das die Macht, die Euch mein Bruder gegeben hat? Den Gott des Lachens zum Lachen zu bringen?" Der Hofnarr verfiel in schallendes Gelächter und ließ seinen Gehstock fallen.

„Spottet nicht über mich!", brüllte ihr Vater. Wutentbrannt ballte er seine Hände zu Fäusten und schlug sie gegeneinander. Hände formten sich aus dem Boden, sie packten Cicero.

Der Hofnarr versuchte, sich gegen die steinernen Fesseln zu wehren, doch er konnte sich nicht befreien. Mit einem Ruck rissen sie ihn in den Boden und er verschwand.

Katharina schrie. Was war mit ihm passiert?

„Nun, da diese Witzfigur von einem Gott erledigt ist, kann ich mich wieder um dich kümmern."

Blut rann aus den Augen ihres Vaters. Er wirkte erschöpft. Verzweifelt versuchte das Mädchen davonzurobben, doch der Erzmagier kam beständig näher.

„Nun, das hat aber wehgetan!" Cicero stand plötzlich hinter ihrem Vater. „Ihr seid doch nicht so unfähig wie Ihr ausseht, werter Horatio!" Der Mantel des Hofnarren war zerrissen und ein Teil seines rechten Hosenbeins fehlte.

„Wie konntet Ihr das überleben? Ich habe Euch in die Hölle verbannt!", keuchte der Erzmagier entsetzt.

Lilafarbene Flammen züngelten aus Ciceros Maske. „Werft Eure Waffe weg, Horatio Klarwasser. Verratet mir, was Volantus vorhat, und ich werde Eure Seele nicht in die ewige Verdammnis verbannen." Voluptus' Stimme war kraftvoll und hallte von den Wänden wider. Etwas in ihr gab Frida Hoffnung.

„Ihr ... Ihr könnt ihn nicht aufhalten! Selbst wenn Ihr mich jetzt tötet, werdet Ihr meine Tochter nicht retten können. Ohne Magie werden die Wolfsmenschen diese Stadt zerstören und früher oder später werden sie in diesen Raum gelangen. Volantus bekommt die Magie der Menschen, so oder so!", brachte der Erzmagier verzweifelt hervor.

„Wie gedenkt Ihr die Magie aus Eurer Tochter herauszubekommen, Horatio?", fragte Cicero ruhig und faltete seine Hände.

„Indem ich sie töte und ihr Blut trinke. So geht die gesammelte Macht an mich über. Dann schenke ich mein Leben Volantus, dem Gott der Angst und des Schreckens!"

Der Gott nickte und riss seine Hände auseinander. Dazwischen schwebte ein Schwert, das in allen Farben des Regenbogens leuchtete. Das Licht blendete Katharina. „Nun gut. Ihr werdet nun büßen für die unzähligen Leben, die Ihr durch Eure Tat vernichtet habt. Büßen für die unzähligen zerrissenen Familien, toten Kinder und das Leid, welches Ihr über dieses Land gebracht habt, Horatio Klarwasser. Ich frage Euch ein letztes Mal: Was hat Euch mein Bruder versprochen?"

„Sigrun! Er hat mir versprochen, Sigrun zurückzuholen!" Ihr Vater war mit Tränen in den Augen auf die Knie gefallen.

„Glaubt Ihr, Eurer Frau würde es gefallen, dass Ihr ihre Tochter tötet?" Mit diesen Worten schwang der Gott das Schwert aus Licht und verfehlte den Erzmagier nur knapp. Einen Herzschlag später war ihr Vater verschwunden.

„Wo ... wo ...", stammelte das Mädchen.

„Ich habe ihn in die ewigen Feuer der Hölle verbannt, mein Kind", sprach Cicero sanft. „Geht es Euch gut, Dame Katharina?"

„Mir geht es gut. Aber bitte nenn mich wieder Frida. Katharina ist der Name, den mir mein Vater gegeben hat, ich will nicht die Tochter eines ... eines Monsters sein!"

Cicero nickte.

„Was ist hier eigentlich los? Ich habe die Magie der Menschen in mir? Was soll das bedeuten?" Frida war innerlich vollkommen aufgewühlt. Sie konnte nicht ganz begreifen, was soeben passiert war.

„Es bedeutet, dass das Geschenk, das meine Geschwister und ich einst den Menschen schenkten, nun in Euch ist. Vor fünf Wochen hatte Euer Vater versucht, die Magie aus diesem Stein zu reißen und in sich selbst aufzunehmen. Dafür benötigte er jedoch die reine Seele eines Kindes – Eure Seele. Allerdings ging etwas schief. Die Magie wurde in Euren Körper transferiert und Ihr wurdet zu Volantus gebracht. Ich begriff zu spät, was vor sich ging. Im letzten Augenblick schaffte ich es, den Strom der Magie zu zerbrechen. Ihr stürztet ab ..."

„In die Weißen Berge", flüsterte Frida und erhob sich.

„Ja. Ich habe Euch beschützt, den Warg, der Euch finden und töten sollte, abgelenkt und Leif in Eure Richtung geführt."

Alles um sie schien sich zu drehen. Darum war sie also dort aufgewacht. Darum konnte sie sich nicht an früher erinnern. Alles ergab einen Sinn. „Wenn die Magie wieder zurück in dem Stein ist, können wir dann die Monster besiegen?", fragte Frida.

Der Gott nickte.

„Dann lass uns keine Zeit verlieren! Nimm die Magie! Ich will sie nicht! Nimm sie, bitte!", rief Frida.

„Dame Frida, es tut mir leid, Euch das zu sagen, doch als sich die Magie in Euren Körper transferiert hat, wurde Eure Seele mit ihr eng verknotet. Wenn ich diesen Knoten löse und die Magie zurück in den Stein ziehe, dann werdet Ihr sterben", erklärte ihr der Gott traurig.

Das war also das Ende? Frida konnte es kaum fassen. Sie würde sterben. „Gibt es denn keinen anderen Weg?", fragte das Mädchen. Ihre Stimme zitterte.

„Glaubt mir, wenn es nur die kleinste Chance auf eine andere Lösung gäbe, würde ich diese wählen. Doch leider gibt es keine. Es tut mir leid, Dame Frida. Wisset, dass ich es verstehen würde, wenn Ihr Euer Leben nicht opfern wollt. Doch seid Euch bewusst, dass Ihr mit dieser Wahl das Ende der Menschheit und jedes andere Leben auf dieser Welt zerstört. Euer Vater hat recht, ohne die Magie werden die Menschen verlieren. Die Schergen meines Bruders werden die Stadt dem Erdboden gleichmachen und auch die anderen Ländereien auf dieser Welt auslöschen. Früher oder später werden sie auch diesen Raum zerstören. Es mag Jahrhunderte dauern, ja, vielleicht sogar Jahrtausende, bis sie es schaffen würden, hier hereinzukommen. Von Euch wird bis dahin nur noch Staub und Knochen übrig sein. Die Magie wird in den Stein zurückkehren. Volantus wird sie sich aneignen und mich und die anderen Götter töten." Cicero war in die Knie gegangen. Dort wo vorher seine Augen gewesen waren, flammte nun lilafarbenes Feuer aus der Maske hervor.

Frida biss sich auf die Unterlippe. Es gab nichts zu überlegen. Was zählte ihr Leben im Vergleich zu den anderen? Tränen rannen über ihre Wangen. Das Mädchen nahm ihren ganzen Mut zusammen. „Ich werde es tun", sagte sie leise.

Sanft streichelte der Gott ihre Wange. „Arme, arme, tapfere Frida. Es tut mir so unendlich leid, dass das hier geschehen muss. Ihr habt so etwas nicht verdient, glaubt mir. Doch wisset, dass Ihr das Richtige tut. Ihr rettet diese Welt. Ihr seid eine Heldin."

„Kann ich mich irgendwie von meinen Freunden verabschieden?", fragte Frida und sammelte sich.

„Natürlich. Doch beeilt Euch. Je länger Ihr braucht, desto mehr unschuldige Seelen sterben in diesem sinnlosen Krieg. Überlegt Euch gut, was Ihr sagen wollt."

Das Mädchen wusste genau, was sie sagen wollte – ihre letzten Worte. „Ich möchte als Erstes mit Spartacus reden", sagte sie entschlossen.

„Nun gut. Er befindet sich zurzeit auf dem Flaggschiff der Königlichen Marine, zusammen mit Gabrielle. Schließt Eure Augen. Wenn ich Euch Bescheid sage, könnt Ihr sie wieder öffnen."

Frida schloss die Augen. Wenige Herzschläge später stand sie im tosenden Regen. Sie war auf einem Schiff. Es roch nach Feuer, Rauch und Blut. Um sie herum kämpften königliche Soldaten gegen seltsame Wesen, halb Pferd, halb Mann. Vor ihr war Spartacus. Er trug seltsame Kleidung und war von oben bis unten mit Blut besudelt. Gabrielle stützte den Piraten.

„Spartacus! Gabrielle!", rief sie ihnen zu.

Die beiden drehten sich überrascht um.

Spartacus sah von vorn noch schlimmer aus. Sein Gesicht war entstellt, sein Bein blutete stark und hing schlaff herab. „Was bei Kors Dreizack …?", fluchte Spartacus erschöpft.

„Frida! Was machst du hier?", rief Gabrielle gegen den Sturm.

„Bitte hört mir zu!" Auch wenn der Sturm entsetzlich laut war, Frida wusste, dass die beiden sie hören konnten. „Ich möchte mich bei euch bedanken. Für alles, was ihr getan habt. Spartacus, ohne dich hätte ich Leif nie wiedergefunden. Ohne dich wäre er als Sklave verkauft worden oder gestorben. Danke. Danke, dass du die ganze Zeit über bei mir warst. Ohne deine Hilfe hätten wir es nie hierhergeschafft. Und auch dir danke ich, Gabrielle. Hätten wir dich nicht getroffen, wären wir für immer im Goldwald gefangen gewesen und verhungert. Danke, dass du Spartacus wieder Hoffnung gegeben hast. Pass gut auf ihn auf!"

„Was soll der ganze Scheiß?", keuchte Spartacus verwirrt.
„Wie sich herausgestellt hat, ist Cicero der Gott Voluptus. Der Gott Volantus hat die Magie der Menschen gestohlen und durch einen Unfall ist diese Macht nun in mir. Ich muss sterben, damit alle anderen leben können. Ohne meinen Tod kann die Magie nicht zurückkehren!"
„Was? Nein! Du darfst nicht sterben. Es gibt bestimmt einen anderen Weg!", brüllte der Pirat verzweifelt.
„Es gibt keinen anderen Weg. Nur so können Volantus' Ungeheuer besiegt und das Leben in dieser Welt gerettet werden. Ich danke euch beiden. Danke für alles. Auf Wiedersehen!"
Das Letzte, was Frida hörte, war, wie Gabrielle und Spartacus ihr etwas zuriefen. Dann war sie wieder zurück.
„Nun möchte ich bitte zu Leif", sprach das Mädchen tonlos.
„Dann schließt wieder Eure Augen", antworte Cicero.
Das Mädchen schloss die Augen. Als sie sie wieder öffnete, war sie weit in der Luft. Unter ihr konnte sie unzählige Wolfsmenschen gegen die letzten Menschen von Rii kämpfen sehen. Frida stand auf etwas Pelzigem. Sie blickte zur Seite und erkannte einen riesigen Widderkopf. Sie war auf einer Art Riese! Er zermalmte die Monster unter ihm mit seinen gewaltigen Hufen.
Sorgt Euch nicht, ertönte Ciceros Stimme in ihrem Kopf. Das ist Leif. Er hat die uralte Macht der Nortmar wiedererweckt. Sprecht zu ihm. Er wird Euch hören.
„Leif?", rief Frida zaghaft.
Abrupt blieb der Riese stehen.
„Ich weiß, dass du mich hören kannst! Hör mir bitte genau zu. Ich möchte mich bei dir für alles bedanken. Für die Gefahren, die du auf dich genommen hast, für

meine Rettung und dafür, dass du mein Freund warst, auch wenn du mich anfangs nicht ausstehen konntest. Ich weiß nun, dass du meine Familie bist. Nicht diese komischen Typen in der Königsstadt! Du, Spartacus, Gabrielle und Cicero, ihr seid meine Familie. Danke für alles! Ich muss sterben, Leif. Ich muss sterben, damit die Menschen ihre Magie wiederhaben können. Ohne sie werden diese Wolfsmenschen sie vernichten. Das ist der einzige Weg. Bitte verzeih mir, dass ich gehen muss. Leif, ich hab dich lieb! Danke!"
Nun brachen alle Dämme. Frida weinte unaufhaltsam. Sie versuchte, sich die Tränen wegzuwischen, doch nichts half.
„Nun gut, Frida. Seid Ihr bereit?", ertönte Cicero leise.
Sie nickte und versuchte sich zu beruhigen. Sanft berührte Cicero ihre Stirn. „Weint nicht, mein Kind. Denkt an all die Leben, die Ihr rettet", flüsterte Cicero.
Plötzlich war Frida nicht mehr traurig. Der Gott hatte wohl einen Zauber auf sie gelegt. „Wird es wehtun?"
„Nein, dafür werde ich sorgen. Wenn Ihr wollt, kann ich Euch auch etwas vorsingen, bis es vorbei ist."
„Danke, Cicero Kalimux", hauchte sie.
Die Hand des Gottes lag noch immer auf ihrer Stirn. Langsam griff er mit der anderen nach dem Stein in der Mitte des Raumes.
Frida schloss die Augen und lauschte der sanften Stimme ihres Freundes. Sie erinnerte sich an ihre Reise. An die Nacht, als Leif sie gerettet hatte. An den Moment, als sie Cicero das erste Mal trafen. Spartacus, wie er durch das Fenster der Taverne geworfen wurde. An die Tage in Wolfshafen. Leifs Lachen. An die ruhigen Tage ihrer Reise. Ciceros Witze, die nur sie komisch fand. Das Mädchen erinnerte sich auch an ihr erstes Treffen mit Gabrielle und wie sie wieder Leben in ihre Gruppe eingehaucht hatte. Die Freude, die sie verspürt hatte.

Sie erinnerte sich an all die schönen und großartigen Momente der letzten Wochen.

Langsam wurden Fridas Arme und Beine taub, ihr war kalt. Der Gott sang noch immer. Es war ein schönes Lied. Kurz öffnete sie die Augen. Der Stein begann wieder grünlich zu leuchten. Es funktionierte also.

Als sie die Augen erneut schloss, wurde Ciceros Gesang leiser. Immer leiser.

Endlich zu Hause.

Cicero Kalimux

Traurig blickte der Gott auf den leblosen Körper des Mädchens. „Tapferes, tapferes Mädchen", hauchte er bedrückt.
Langsam begann das Licht des Kristalls stärker zu leuchten. Er pochte wie das Herz eines Lebewesens. Vor seinen Augen konnte Voluptus deutlich sehen, wie er und seine Geschwister einst einen Teil ihrer Macht opferten und in den Stein transferierten. So viele Jahrtausende waren seitdem vergangen, und die Menschen hatten es noch immer nicht geschafft, das volle Potenzial des Kristalls zu nutzen.
Noch einmal strich der Gott Frida über die hellblonden Haare. „Euer Opfer wird nicht vergebens sein."
Einen Herzschlag später schwebte Cicero in der Luft. Weit unter ihm kämpften die vollkommen unterlegenen Menschen gegen die Kreaturen seines Bruders. Deutlich konnte er den Nortmar erkennen, der die Kraft seiner Ahnen endlich entfaltet hatte. Wütend hämmerte er mit seinen Fäusten auf einen dieser widerlichen Riesen ein. Voluptus erinnerte sich genau, wie stolz sein Bruder auf diese Rasse war.
„Ich habe auf dich gewartet, Bruder!", ertönte eine düstere Stimme von allen Seiten.
Voluptus kannte die Spielchen seines Zwillings. „Komm heraus, Volantus. Ich habe keine Lust auf deine billigen Tricks!"
„Aber, aber, Bruder. Du nennst meine Zauber billige Tricks, dabei bist doch du es, der sich gern in einen

Menschen verwandelt, um den Maden dort unten kümmerliche Zaubertricks zu zeigen."

Sein Bruder lachte höhnisch, doch Voluptus ließ sich nicht aus der Ruhe bringen. „Dieses Mal bist du zu weit gegangen, Volantus. Wir haben uns geschworen, nicht in das Schicksal der Menschen einzugreifen!"

„Ach? Findest du?"

Kurz tauchte Volantus' körperlose Form vor ihm auf, dann verschwand er wieder. „Das ist witzig, denn keinen unserer Geschwister scheint es zu stören, außer dir. Und immerhin hast du dich auch eingemischt."

Voluptus hatte sich lange Zeit gefragt, ob die anderen die Tat seines Zwillings nicht bemerkt hatten oder schlichtweg nicht helfen wollten. Zu ruhig war es um sie in den vergangenen Jahrhunderten geworden. „Spielt das jetzt noch eine Rolle? Dein Plan ist gescheitert, Volantus. Deine menschlichen Diener sind bezwungen und die Magie kehrt jeden Moment zurück. Die dabei freigesetzte Energie wird einen Großteil deiner Kreaturen vernichten und die verwundeten Menschen heilen. Du hast verloren!"

Da war er! Voluptus schlug blitzschnell mit der Hand in die Luft. Ein dunkles Knistern ertönte, und der Gott riss seinen Bruder aus der Dimension, in der er sich versteckt hielt. In hohem Bogen flog der nun materialisierte Gott der Furcht auf den unsichtbaren Boden.

Wie in Zeitlupe erhob sich sein Bruder. Für die Menschen würden die beiden aussehen wie zwei schemenhafte Lichter. Lila und ein dunkles Grün. Für ihn jedoch sah Volantus aus wie er. Es waren die gleichen Augen, das gleiche Gesicht und der gleiche Körper. Sie unterschieden sich hauptsächlich in ihrem Charakter.

„Na, na, Voluptus. Du musst nicht gleich so grob werden!" Spielerisch klopfte sich der Gott unsichtbaren Staub von den Schultern. „Tja, du hast wohl recht. Du hast meinen Plan zerschlagen. Es war schlau von dir, mit dem Mädchen zu reisen, so konnte selbst ich sie nicht aufspüren. Und deine Helferlein haben gut daran getan, meine Wesen zu vertreiben."

„Letzten Endes war es aber die Magie der kleinen Frida, die deine Vendigos für immer verbannte und ihre Gefährten ins Leben zurückholte."

„Ja, und du hast den letzten Schattenmenschen getötet, bist du stolz auf dich?"

Voluptus schwieg.

„Aber was tut das schon zur Sache? Denke an den Schaden, den ich angerichtet habe. Diese Würmer werden Jahre brauchen, um sich von diesem Schlag zu erholen. Ich werde schon noch eine Chance bekommen, meinen Plan auszuführen. Vielleicht nicht in hundert Jahren. Vielleicht nicht in tausend. Doch eines steht fest, ich werde meinen Plan in die Tat umsetzen."

„Nicht, wenn ich es verhindern kann!"

Volantus lachte laut auf. „Du wirst das nächste Mal keine Chance haben, mich aufzuhalten, Bruder, denn ich werde nun das tun, was ich schon vor Jahren hätte tun sollen. Ich werde dich vernichten!" Plötzlich stand Volantus direkt vor ihm, deutlich konnte er seinen fauligen Atem riechen. Eine Klinge aus purem Schwarz steckte in Voluptus' Bauch. „Für dich wird es leider kein nächstes Mal geben, Bruder", lächelte der Gott der Furcht giftig.

„Du solltest am besten wissen, dass wir uns gegenseitig nicht töten können, Volantus." Der Gott der Freude stand plötzlich hinter seinem Bruder. Die Illusion, die er von sich selbst erschaffen hatte, löste sich in einer Wolke aus buntem Licht auf.

„Ich weiß, ich weiß. Aber wenn ich lange genug auf dich einprügle, schaffe ich es vielleicht, dich für ein paar Tausend Jahre zu verbannen." Sein Bruder holte mit der Klinge aus und drehte sich nach hinten.

Voluptus wich spielerisch aus und sorgte für ein paar Schritte Abstand zu seinem Bruder. „Mir zittern die Knie", lächelte Voluptus.

„Wir wissen beide, wie das hier ausgehen wird. Schon früher warst du mir unterlegen. Dieses Mal wird sich nur darin unterscheiden, dass ich nicht aufhören werde, wenn du wimmernd am Boden liegst."

Voluptus faltete die Hände und schloss die Augen. „In einer Sache hast du recht. Früher war ich dir unterlegen. Doch wenn du glaubst, mich hier und jetzt verbannen zu können", ruckartig riss er seine Hände auseinander und erschuf eine Klinge aus purem Licht, „dann hast du falsch gedacht!"

Ungläubig torkelte Volantus einen Schritt zurück. „Das ... das ist ... Du hast das Schwert unseres Vaters gestohlen?" Deutlich zeichnete sich Ehrfurcht in seinem Gesicht ab.

„Der korrekte Ausdruck wäre ‚geliehen'. Vater schläft noch immer und wird das auch für die nächsten Millionen Jahre tun. Ich bezweifle, dass er seine Waffe vermisst." Langsam ging Voluptus auf seinen Bruder zu. „Weißt du, dieses Mal hast du einen schweren Fehler gemacht. Du hast jemanden getötet, der mir sehr ans Herz gewachsen ist."

Ein Lächeln machte sich im Gesicht des bösen Gottes breit. „Oh! Wie es aussieht, hat sich der kleine Voluptus in die kleine Menschentochter verliebt. Ist das nicht süß?"

Voluptus schwieg. Er hatte die Scherze seines Bruders satt.

„Du kannst mich nicht töten", erwähnte Volantus sachlich.

„Nein, ich kann dich nicht töten. Doch mit diesem Schwert werde ich dich in eine Zeit werfen, in der nicht einmal du Schaden anrichten kannst."

Nun flackerte Angst in Volantus' Augen auf. Schützend hob er die schwarze Klinge in die Höhe, doch es war zu spät. Voluptus stand augenblicklich hinter seinem Bruder und rammte ihm die leuchtende Klinge in den Rücken. „Auf Wiedersehen, Volantus."

Sein Bruder war verschwunden.

Einen kurzen Moment später spürte der ehemalige Hofnarr, dass die Magie zurückgekehrt war. „Danke, tapferes Mädchen."

Soldaten, die die Schlacht vor den Toren der Königsstadt überlebt hatten, berichteten von einer Kraftwelle, die den Boden erschüttern ließ. Eine Kraftwelle, die dafür sorgte, dass sich ihre Wunden augenblicklich schlossen, ihre Knochen zusammenwachsen ließ und ihnen neue Kraft schenkte. Ihre Feinde jedoch lösten sich in schwarzen Rauch auf, als sie von der unsichtbaren Kraft berührt wurden. Nur ein Bruchteil der Monster überlebte die Rückkehr der Magie. Diejenigen, die Glück hatten, sich nicht in Luft und Rauch aufzulösen, wurden von den restlichen Soldaten des Reiches getötet. An diesem Tag hatte die Menschheit einen Sieg errungen, auch wenn sie diesen mit Blut bezahlen musste. Weniger als die Hälfte der Männer, die in den Krieg gezogenen waren, kehrten nach Hause zurück.

Trotz alledem brannten die Siegesfeuer in der Nacht danach hell. Die Magie war zurückgekehrt, das feindliche Heer vernichtet.

Niemand konnte sagen, warum sie verschwunden war oder warum sie plötzlich zurückkehrte. Ebenfalls sind sich die Gelehrten bis heute nicht einig, woher der Feind kam und wer ihn geschickt hatte.

Eine neue Zeit

Gelangweilt hörte Harald den Vortragenden zu. Desinteressiert ließ er die Beine über die Lehne seines Throns hin und her baumeln. Das Ganze lag schon drei Tage zurück und sie hatten gewonnen. Darauf kam es an, er musste nicht jedes Detail wissen. Was interessierte es ihn, dass die Königlichen Ritter die versprengten Wolfsmenschen gejagt und getötet hatten? Oder dass sich ein Großteil der feindlichen Flotte aufgelöst hatte? „Hat man den Riesen gefunden?", fragte er genervt und betrachtete seine fein geputzten Fingernägel. Der Verbleib des Nortmar interessierte ihn selbst am ehesten.

„Verzeiht, mein Herr, doch nachdem wir unsere Magie wiederhatten, schrumpfte der Nortmar Leif auf seine alte Größe zurück. Wir waren zu sehr abgelenkt von der Wendung, die die Schlacht genommen hatte. Als dann auf dem Schlachtfeld nach Überlebenden gesucht wurde, konnte niemand den Nortmar finden", antwortete der Herold verlegen.

„Na ja, es ist egal." Genervt winkte der junge König ab.

„Da wäre noch eine Sache, Eure Hoheit", fuhr der kleine Mann fort.

König Harald bedeutete ihm mit einer Handbewegung, er solle sprechen.

„Wie wir herausfanden, führte nicht der von Euch eingesetzte Admiral Lancel von Rabenfels die Königliche Marine, sondern der aus dem Verlies ausgebrochene Pirat, Spartacus Magnus Imperialis. Die

Mehrheit des Rates schlägt vor, dem Piraten Amnestie zu gewähren und sein Kopfgeld aufzuheben."
„Abgelehnt", antwortete Harald.
„Aber mein König! Den Kapitänen nach zu urteilen, war es Spartacus' gewagtes Manöver, welches den Sieg brachte. Ohne seine Taten wäre die feindliche Flotte in den Hafen der Stadt eingedrungen. Unzählige Zivilisten hätten ihr Leben verloren." Der Herold sprach mit äußerster Vorsicht.
„Wollt Ihr Eurem König widersprechen?" Empört erhob er sich. „Mein Entschluss steht fest! Die Verbrechen des Piraten sind Verrat an der Krone. Er soll sich glücklich schätzen, dass er nicht wie die anderen Ratten am Galgen endet!"
Der Herold nickte eifrig und notierte etwas mit der gelben Feder auf dem Pergament. „Im Übrigen konnte Spartacus nicht wieder festgenommen werden. Er verließ das Schiff, noch bevor sie den Hafen erreicht hatten. Erst einen Tag später wurde der echte Admiral in seinem Haus gefunden."
Der König legte genervt seine Hand an die Stirn. Er war von Idioten umgeben. „Dann lasst nach ihm suchen und erhöht sein Kopfgeld. Ich will ihn noch vor Ende des Monats im Kerker sehen. Gibt es sonst noch etwas?"
„Ja. Seit der Schlacht fehlen sowohl von eurem Erzmagier, Horatio, als auch seiner Tochter jegliche Spur. Wir konnten sie weder hier noch sonst wo ausfindig machen. Wie sollen wir verfahren?"
„Wenn bis Ende der Woche keiner von beiden gefunden werden konnte, soll der Rat einen neuen Erzmagier bestimmen und mir das Ergebnis vortragen. Das war nun alles, verlasst den Thronraum, Herold!"
Der kleine Mann verneigte sich tief und verließ rücklings den prächtigen Thronsaal.

„Zu nichts fähig, diese Würmer", jammerte der König und griff nach einer Birne, die in der goldenen Obstschale neben ihm lag.
„Für das Reich! Sterbt, elendiger Bastard!", brüllte eine der Wachen, zog eine Pistole und schoss auf ihn.
Die Kugel raste auf Harald zu und blieb kurz vor ihm in der Luft hängen. Gelangweilt betrachtete er das Geschoss aus Blei. Wie schwach diese Waffen doch waren.
„Wachen! Ergreift den Attentäter und bringt mir seinen Kopf!"
Die Kugel landete mit einem dumpfen Geräusch auf dem purpurnen Teppich.
Es war gut, dass die Magie wieder zurück war. Harald betrachtete belustigt den magischen Ring an seinem Finger, biss in die Birne und sah zu, wie seine Wachen den Verräter zu Boden drückten.

Sanft fuhr der Wind durch seine roten Haare. Die Zöpfe seines Bartes schlugen langsam hin und her. Gestern Abend hatten sie die kleine Frida beigesetzt, so wie es der Wunsch der Menschen war. Es war ein schönes Grab. Sie hatten eine kleine Mulde ausgehoben und fein säuberlich Steine darauf gestapelt. Gabrielle hatte außerdem ein paar Kornblumen besorgt. Doch erst Voluptus verlieh Fridas letzter Ruhestätte etwas Magisches. Vorsichtig grub er einen Samen ein und sprach ein paar Worte. Innerhalb weniger Augenblicke bildete sich auf der Klippe über dem Meer ein wunderschöner Hain. Kleine Bäumchen spendeten Schatten und sorgten für traumhafte Lichtspiele. Am schönsten jedoch war der dichte Teppich aus Blumen, der sich ausgebreitet hatte. Jede der Pflanzen hatte hauchzarte, stahlblaue Blüten. Es war dieselbe Farbe wie die Augen des kleinen Mädchens.

Es war der Menschengott Voluptus, der ihnen das Mädchen gestern gebracht hatte. Er erzählte ihnen alles und sprach sein Mitleid aus. Der Gott gab sich die Schuld für das Geschehene.

Gabrielle hatte sehr geweint. Selbst Spartacus konnte sich eine Träne nicht verkneifen. Leif aber weinte nicht, auch wenn der Schmerz tief saß. Er hatte das kleine Ding lieb gewonnen. Nur der Gedanke, dass sie einen Heldentod gestorben war, konnte ihn aufmuntern. Das kleine, nervige Mädchen aus den Weißen Bergen hatte sie alle gerettet, aber selbst alles verloren.

Der Nortmar glaubte nun, sein Schicksal verstanden zu haben. Er war stolz auf diese Reise und was aus ihr entstanden war. Sie war eine Geschichte wert.

„Du willst wirklich nicht mit uns kommen? Du weißt am besten, dass der Weg lang und weit ist."

Spartacus stand vor dem kleinen Segelboot. Wie er selbst, war auch der Pirat durch den Ausbruch der Magie geheilt worden. Gabrielle hatte erzählt, dass er viel eingesteckt hatte. Laut schlugen die Wellen auf die felsige Westküste ein. „Wirklich nicht. Ich mache mir nichts aus diesen Booten. Außerdem wäre ich viel zu schwer für das Ding."

Spartacus nickte knapp. Die drei standen stillschweigend da und sahen sich an. Sie wussten, dass der Moment ihrer Trennung gekommen war.

„Weißt du, Großer", sprach Spartacus, „ich habe mich nie wirklich bei dir bedankt, dass du mich in Wolfshafen vom Boden aufgehoben und in Sicherheit gebracht hast. Du sollst wissen, solltest du je meine Hilfe benötigen, dann werde ich zur Stelle sein."

„Und auch mit meiner Unterstützung kannst du rechnen!", fügte Gabrielle eifrig hinzu.

Leif lächelte. Diese Menschen waren wirklich faszinierend. „Ich muss euch beiden auch danken. Ohne

eure Hilfe hätte ich Frida nie in die Königsstadt bringen können. Ihr sollt wissen, dass euch das Dorf der Nortmar offen steht und ihr jederzeit mit meiner Hilfe rechnen könnt." Feierlich legte der Hüne die rechte Hand auf sein Herz.
Das Rauschen des Meeres wurde lauter. Möwen zogen über ihren Köpfen hinweg und schrien laut.
„Es wird Zeit, Leif. Wir müssen fahren, sonst wird die See um diese Klippen zu rau!"
Der Jäger nickte.
Grinsend streckte der Pirat seine Hand aus. Kurz sah der Nortmar ihn an, dann tat er es dem Menschen gleich. Die beiden sahen sich in die Augen.
„Mach's gut, mein Freund", sagte Spartacus lächelnd.
„Du auch ... Freund", antwortete Leif. Als er die Hand des Menschen losließ, umarmte Gabrielle ihn stürmisch.
„Komm uns mal besuchen, Leif Torwaldson!" Der Tonfall der Erfinderin erlaubte keinen Widerspruch.
„Pass auf den Idioten auf, dass ihm ja nichts passiert", flüsterte Leif und drückte die Menschenfrau leicht.
Dann stiegen sie in das kleine Boot und legten ab.
Leif stand auf dem großen Felsen und sah den beiden nach. Erst als sie aus seinem Blickfeld verschwanden, stieg der Nortmar die steilen Felsen hinauf auf die weite Graslandschaft.
Noch einmal blickte er auf die Landkarte, die Spartacus ihm geschenkt hatte. Er würde den Weg im Osten nehmen, nicht den, auf dem sie gekommen waren. Es gab hier so viel zu entdecken, und bestimmt gab es auch überall etwas zu tun für zwei starke Hände.
Leif betrachtete die kleinen Wolken, die schnell am blauen Himmel vorbeizogen. Es war ein schöner Tag.
Er hatte sein Schicksal erfüllt.

Langsam setzte sich der Jäger in Bewegung. Die Bilder seiner Reise liefen durch seinen Kopf. All die Erinnerungen. „Eine Geschichte wert", flüsterte er.

Epilog

Zwei Jahre später

Salziger, warmer Wind strich ihr durch die Haare und das Gesicht. Erste Sonnenstrahlen stachen hinter dem fernen Horizont hervor und erhellten den wolkenlosen Himmel. Gabrielle Galvani saß gemütlich auf der Reling und sah den wenigen Matrosen zu, die um diese Uhrzeit schon auf dem Deck arbeiteten. Sie war müde, doch der Anblick der aufgehenden Sonne war einfach zu schön, um weiterzuschlafen. Auch Spartacus war bereits auf den Beinen. Der Kapitän stand auf dem Achterdeck und beriet sich mit seinem ersten Maat, Vadim, zwei Navigatoren und dem Steuermann der Roten Korsarin II.

Gabrielle richtete ihren Blick wieder auf das endlose Meer. Wie lange es wohl dauern würde, bis sie Arsentia erreicht hatten? Sie dachte an die Geschichten, die ihr Spartacus über seine alte Heimat erzählt hatte. Über die endlosen Wüsten aus heißem Sand, die feurige Sonne, die unerbittlich auf das Land schien, die goldene Hauptstadt, die an der Quelle des breiten Arsen-Flusses lag, mit all ihren Wundern und Schätzen. Sie dachte auch an all das Leid, das die Bewohner dieses Landes ertragen mussten. Es war an der Zeit, sie endlich von diesem Joch der Tyrannei zu befreien.

„An was denkst du gerade?", fragte Spartacus, der plötzlich hinter ihr stand. Zärtlich umfassten seine Arme ihren Körper.

„Glaubst du, dein Vater erwartet uns?"
Spartacus legte nachdenklich seinen Kopf auf ihre Schulter. „Wer weiß."
Gabrielle nickte langsam. „Hast du Angst?", fragte sie ihn leise, kaum hörbar.
Für einen kurzen Moment war nur das Rauschen des Wassers, wie es plätschernd vom Bug verdrängt wurde, zu hören.
„Ja", hauchte er tonlos in ihr Ohr. Spartacus hatte Angst, er spürte es tief in seinen Knochen. Vor zehn Jahren hatte er Arsentia bei Nacht und Nebel verlassen, und nun würde er wieder zurückkehren. Nur dieses Mal würden Feuer und Rauch seine Begleiter sein.
Langsam löste er sich von seiner Frau und streckte sich. Sie drehte sich zu ihm um. „Aber vielmehr verspüre ich Zuversicht!", sagte der Pirat stolz, während er die Hände in die Hüften stemmte. „Gegen unser Kanonenfeuer hat er keine Chance."
Gemütlich gingen die beiden zurück auf das Achterdeck und blickten in die Richtung, aus der sie kamen.
„Glaubst du, meinem Vater wird unser Gastgeschenk gefallen?", sagte Spartacus und zog Gabrielle an den Hüften zu sich.
„Ich glaube nicht", lachte sie.
Der Kapitän grinste verwegen. „Ich liebe dich, Gabrielle Galvani!"
„Ich dich auch, Spartacus!"
Während die beiden sich küssten, warf Spartacus noch einmal einen Blick auf die Armada, bestehend aus gut dreihundert Schiffen, die ihnen nach Arsentia folgten.

Dreißig Jahre später

Die Luft hier oben war so dünn, dass es dem Nortmar sichtlich schwerer fiel zu atmen. Langsam griff der eisige Frost nach ihm. Es war keine gewöhnliche Kälte, hier war Magie am Werk – alte Magie.
Die vier Nortmar wurden nur von ihren Lebenspartnern begleitet. Sif war über die Jahre noch schöner geworden. Sie hatte ihm zwei Söhne und eine Tochter geschenkt, allesamt groß und gesund. Die drei bedeuteten ihm alles, doch trotzdem wusste Leif, dass er das Richtige tat.
Während der großen Schlacht in der Menschenstadt hatte er eine Vision gehabt. Sie war wirr und verschwommen gewesen, doch Leif glaubte zu wissen, was sie ihm sagen wollte. Die Eisige Einöde verbarg etwas, und er musste herausfinden, was es war. Auch wenn die Gefahr groß war, nie wieder zurückzukehren, das Verlangen nach einer Antwort brannte einfach zu stark in ihm.
Der eisige Wind peitschte ihm ins Gesicht, bald würden sie den Pass erreichen. Der Jäger sah sich nach seinen Gefährten um. Ganbi Wolfsauge tat sich schwer, gegen den Wind anzukommen, während die beiden Schamanen Hjörtur Undrison und Nanna Alftdottir scheinbar problemlos den steilen Weg erklommen.
Heute Nacht würde ein neuer Jarl im Dorf gewählt werden. Leif hoffte, dass sein Sohn Stóri sich nicht blamierte. Er war jung und aufbrausend und noch weit entfernt von seinem wahren Potenzial. Er selbst hatte schon vor fünf Jahren aufgehört, an der Jarlwahl teilzunehmen, oft genug war er bereits gewählt worden. Als sie am Pass angekommen waren, betrachtete er noch einmal das wunderschöne Gesicht seiner Frau.

„Du weißt, warum ich das tue, Sif?", fragte er zärtlich und strich mit seiner Hand über ihre Wange.

„Ich verstehe es, Leif. Doch versprich mir bitte, dass du zurückkommen wirst." Sif schrie fast, um gegen den Wind anzukommen. Tränen sammelten sich in ihren Augen.

„Ich werde zu dir und den Lämmchen zurückkehren, das schwöre ich beim Wolf. Doch mein Schicksal wartet dort draußen, ich muss es tun!" Leif umarmte seine Frau fest. Während er ihren warmen Körper spürte, schien die Zeit langsamer zu fließen. Dann ließ er los und verließ sie, ohne ein weiteres Wort zu sagen.

Auch die anderen verabschiedeten sich und folgten ihrem ehemaligen Jarl. Der Nortmar wusste, dass Sif noch eine Weile dort stehen würde, um ihm hinterherzublicken.

Fast alle hatten ihn für verrückt erklärt. Sie sagten, dass in der Eisigen Einöde nichts außer der Tod selbst zu finden war.

Feiglinge, dachte er, während er durch den hohen Schnee stapfte. Leif Torwaldson würde finden, was er suchte, er spürte es in den tiefsten Winkeln seines Körpers.

Danksagung

Nun, da die Geschichte um das Schicksal von Rii und der kleinen Frida abgeschlossen ist und Sie das Ende des Buches erreicht haben, möchte ich abschließend diese letzten Zeilen nutzen, um Danke zu sagen.
Hinter so einem Buch steckt viel Arbeit, die man glücklicherweise nicht gänzlich allein verrichten muss. Ich danke hiermit all meinen fleißigen Testlesern, die mich akribisch auf Fehler jeglicher Art hingewiesen haben.
Ein herzliches Dankeschön gilt auch meinem Vater, der mir immer mit Wörtern auf die Sprünge geholfen hat, die mir nicht eingefallen sind, und auch meinem ehemaligen Lehrer Güni gilt ein Dank.
Ich bedanke mich bei all meinen Freunden und meiner Familie.
Aber der wohl größte Dank gehört Ihnen, sehr geehrte Leser und Leserinnen. Letzten Endes ist eine Geschichte nichts, wenn es niemanden gibt, der sich für sie interessiert. Ich hoffe, Sie hatten genauso viel Spaß während des Lesens, wie ich während des Schreibens.

Florian Kofler

Bildrechte:

Icon made by Freepik from www.flaticon.com

Icon made by Ocha from www.flaticon.com

Icon made by Freepik from www.flaticon.com

Icon made by Nikita Golubev from www.flaticon.com